Milwaukee, Ende der siebziger Jahre: Hayat ist zehn Jahre alt, als Mina, die Jugendfreundin seiner Mutter, aus Pakistan nach Amerika kommt. Mina ist ihrem neuen Leben gegenüber aufgeschlossen, fühlt sich ihrer Kultur und ihren Glauben aber weiter eng verbunden. Für Hyat öffnet sich eine neue Welt und zwischen der faszinierenden Frau und dem zurückhaltenden Jungen, der unter der unglücklichen Ehe seiner Eltern leidet, entsteht eine innige Beziehung. Als er jedoch Mina zu verlieren glaubt, begeht Hayat einen schrecklichen Verrat …

Ayad Akhtar, Jahrgang 1970, ist in Amerika geboren und aufgewachsen, seine Eltern stammen aus Pakistan. Er ist Schauspieler, Drehbuch- und Bühnenautor und wurde für seine Texte bereits mehrfach ausgezeichnet.

AYAD AKHTAR

Himmelssucher

ROMAN

Aus dem Englischen
von Karl-Heinz Ebnet

btb

Die Originalausgabe erschien 2012 unter dem Titel
»American Dervish« bei Little, Brown and Company,
New York.

MIX
Papier aus verantwortungsvollen Quellen
FSC® C083411
FSC
www.fsc.org

Verlagsgruppe Random House FSC® N001967
Das für dieses Buch verwendete FSC®-zertifizierte
Papier *Lux Cream* liefert Stora Enso, Finnland.

1. Auflage
Genehmigte Taschenbuchausgabe Oktober 2014,
btb Verlag in der Verlagsgruppe Random House GmbH, München

Umschlaggestaltung: semper smile, München nach einem
Umschlagentwurf und einer Illustration von © GhostSatz:
Druck und Einband: CPI – Clausen & Bosse, Leck
SL · Herstellung: sc
Printed in Germany
ISBN 978-3-442-74751-1

www.btb-verlag.de
www.facebook.com/btbverlag
Besuchen Sie auch unseren LiteraturBlog www.transatlantik.de

Für meine Mutter & Marc H. Glick

Und Allah sprach: Ich bin bei denen,
deren Herz zerrissen ist.

Hadith Qudsi

PROLOG: 1990

Es war der Wendepunkt in meinem Leben, und ich erinnere mich daran, als wäre es erst gestern gewesen.

Die Halle glühte, honigfarben schimmerte der Holzboden im Licht der Scheinwerfer unter der Decke. Am Spielfeldrand drängten sich die Spieler um ihre Trainer, dahinter wir, die tobenden Zuschauerreihen, die es kaum erwarten konnten, dass die Auszeit zu Ende ging.

Einige Reihen unter uns entdeckte ich den Verkäufer, einen untersetzten Typen mit Schwabbelhüfte und rotbraunem Pferdeschwanz, der ihm hinten aus der orange-schwarzen Kappe hing – das waren die Farben unseres College. »Wiener, Bratwürste!«, rief er. »Wiener, Bratwürste!«

Ich hob die Hand. Er nickte mir zu, während er drei Reihen unter uns stehen blieb und einen anderen Kunden bediente. Ich fragte meine beiden Kumpel neben mir, ob sie was wollten.

Bier und Bratwurst, antwortete jeder.

»Glaube kaum, dass er Bier hat«, erwiderte ich.

Unten kehrten die Spieler aufs Feld zurück und nahmen für die letzten Minuten der Spielhälfte ihre Positionen ein. Die Zuschauer sprangen von den Sitzen.

Der Verkäufer gab das Wechselgeld heraus, schob sich den Metallkasten auf die Hüfte, stieg die Stufen herauf und wartete am Rand unserer Reihe.

»Gibt es auch Bier?«, fragte einer meiner Freunde.

»Nur Wiener und Bratwürste.«

»Dann zwei Hotdog mit Bratwurst und einen mit Wiener«, sagte ich.

Er nickte, öffnete den Deckel seines Kastens und fasste hinein. Ich zückte die Brieftasche und wischte die Geldscheine zur Seite, die meine Kumpel mir hinhielten. Der Verkäufer reichte mir drei Päckchen, die sich weich und warm anfühlten.

»Wiener ist oben. Macht neun Dollar.«

Ich gab die Bratwürste weiter und zahlte.

Die Menge johlte, unsere Mannschaft hatte den Ball und näherte sich dem Korb. Ich wickelte den Hotdog aus, aber im Brot steckte keine Rinder-Wiener, sondern eine marmorierte, braun-weiße Bratwurst aus Schweinefleisch.

»He, hat einer von euch meine Wiener?«, schrie ich im Lärm der Menge meinen Kumpel zu.

Beide schüttelten den Kopf. Auch sie hatten Bratwürste.

Ich drehte mich um und wollte dem Verkäufer schon nachrufen, ließ es dann aber sein. Welchen Grund gab es denn, die Wurst nicht zu essen?

Überhaupt keinen.

Wieder kam unsere Mannschaft vor den Korb, der Spieler wurde gefoult. Der Lärm nach dem Pfiff war ohrenbetäubend.

Ich hob die Wurst an den Mund, schloss die Augen, biss ab und kaute. Mein Herz raste, während sich mein Mund mit einem süßen, rauchigen, leicht beißenden Geschmack füllte, der mir absolut bemerkenswert vorkam – was vielleicht auch daran lag, dass er mir so lange verboten gewesen war. Ich kam mir mutig und lächerlich zugleich vor. Und als ich schluckte, überkam mich eine gespenstische Ruhe.

Ich sah zur Decke hinauf.

Sie war noch da. Nichts deutete darauf hin, dass sie jeden Moment einstürzen würde.

Nach dem Spiel ging ich allein über den Campus, die Lampen an den Wegen leuchteten im Nebel, weiße Blüten an einem milden Novemberabend. Ich fühlte mich lebendig. Frei, zu tun und zu lassen, was ich wollte. Richtig aufgekratzt.

Im Wohnheim stand ich vor dem Badezimmerspiegel. Meine Schultern waren anders. Nicht eingefallen, sondern gerade. Ohne Last. Ich musterte meine Augen, und in meinem Blick sah ich, was ich fühlte: eine starke, stille Entschlossenheit.

Ich fühlte mich als ganzer Mensch.

In jener Nacht schlief ich tief und fest wie ein Baby in den Armen seiner Mutter. Als ich endlich den Wecker hörte, war es schon Viertel vor neun. Sonnenlicht flutete ins Zimmer. Es war Donnerstag, das hieß, in einer Viertelstunde begann Professor Edelsteins Vorlesung über die Geschichte des Islam. Ich schlüpfte in die Jeans und zuckte zusammen beim prickelnden Gefühl, das die neue Hose auf meiner Haut hinterließ. Das Wunder des vergangenen Abends entfaltete anscheinend immer noch seine Wirkung.

Draußen war es ungewöhnlich warm und windig. Ich eilte zur Student Union hinüber, besorgte mir einen Becher Tee, lief dann, den Koran unter den Arm geklemmt, weiter zur Schirmer Hall und verschüttete dabei die heiße Flüssigkeit. Ich wollte nicht zu spät zu Edelsteins Vorlesung kommen und mir auf jeden Fall einen Platz ganz hinten sichern, nahe am Fenster, das er immer gekippt ließ, wo ich für mich sein und in aller Ruhe nachdenken konnte, wenn der klein gewachsene, charismatische Edelstein allwöchentlich das zertrümmerte, was vom Glauben meiner Kindheit noch übrig war. Und noch etwas zog mich in die letzte Reihe.

Rachel saß dort.

Professor Edelstein war wie immer in seinem förmlich-frischen pastellfarbenen Sammelsurium erschienen, das diesmal aus einem tadellos gebügelten malvenfarbenen Hemd bestand, gekrönt und am Kragen zusammengehalten von einer roséfarbenen Fliege, dazu Hosenträger, die zum kastanienbraunen Farbton seiner frisch gewienerten Collegeschuhe passten.

Er begrüßte mich mit einem freundlichen Lächeln. »Guten Tag, Hayat.«

»Guten Tag, Professor.«

Ich schlängelte mich zwischen den Tischen zu meinem angestammten Platz in der Ecke, wo die wunderbare Rachel an einem Keks knabberte.

»Hallo.«

»Hallo auch.«

»Wie war das Spiel?«

»Gut.«

Sie nickte. Dann lächelte sie verhalten, während sie mir in die Augen sah. Blicke wie diese – wenn ihre hellblauen Augen funkelten – hatten mich am Vorabend tatsächlich das Wagnis eingehen lassen, sie zum Spiel einzuladen. Das ganze Semester hatte ich sie schon bitten wollen, mit mir auszugehen, und als ich mich schließlich dazu durchringen konnte, sagte sie, sie müsse lernen.

»Willst du mal?«, fragte sie. »Es sind Hafermehlkekse mit Rosinen.«

»Klar.«

Sie brach eine Ecke ab und reichte sie mir. »Hast du dich vorbereitet?«, fragte sie.

»War nicht nötig.«

»Warum nicht?«

»Ich kannte die Suren schon, ich musste sie nicht mehr lesen … Ich kann sie auswendig.«

»Ach?« Rachel machte große Augen.

»Ich hab das Zeug mal auswendig gelernt«, erklärte ich. »Manche muslimische Kinder unterziehen sich dieser Tortur. Sie lernen den ganzen Koran auswendig ... Damit sie ein Hafiz werden.«

»Echt?« Sie war beeindruckt.

Ich zuckte mit den Schultern. »An viel kann ich mich nicht mehr erinnern. Aber an die Suren, die wir für heute lesen sollten ...«

Edelstein begann mit seinem Vortrag. »Ich gehe davon aus, dass Sie alle Ihrer Lektüre nachgekommen sind. Wir werden uns heute nicht direkt damit beschäftigen, auch wenn es ganz offensichtlich sehr wichtig ist. Man kann sich am Koran die Zähne ausbeißen, und je mehr wir in diesem Semester schaffen, umso besser.« Er hielt inne und ordnete die vor ihm liegenden Blätter.

Rachel bot mir den Rest ihres Kekses an. »Willst du?«, flüsterte sie.

»Klar«, sagte ich und nahm ihn.

»Heute möchte ich von der Arbeit erzählen, der augenblicklich einige meiner Kollegen in Deutschland nachgehen. Ich kann Ihnen keine Texte zu ihren Forschungen zur Verfügung stellen, weil alles noch sehr neu ist. Es gehört mit zum Aktuellsten in der Islamwissenschaft ...« Erneut hielt Edelstein inne, suchte Blickkontakt mit den Studenten muslimischer Abstammung – es waren insgesamt drei – und fügte vorsichtig hinzu: »Und was ich Ihnen mitzuteilen habe, könnte für manche von Ihnen vielleicht ein Schock sein.«

So begann er seinen Vortrag über die Sana'a-Handschriften.

1972 stießen Arbeiter bei der Restaurierung der Großen Moschee in der jemenitischen Stadt Sana'a in einem Hohlraum zwischen Dach und Decke auf unzählige Pergament- und Papierfragmente. Es handelte sich dabei um eine Art Büchergrab, in dem Muslime – denen es verboten ist, den Koran zu verbrennen – beschädigte oder abgegriffene Ausgaben ihres heiligen Buches deponieren. Die Arbeiter stopften die gefundenen Manuskripte damals in Kartoffelsäcke, die anschließend weggesperrt wurden, bis etwa sieben Jahre später einer von Edelsteins engen Freunden – ein Kollege – gebeten wurde, sich die Dokumente genauer anzusehen. Was er entdeckte, war einzigartig: Die Pergamentmanuskripte datierten aus den ersten beiden islamischen Jahrhunderten, es waren Fragmente der ältesten noch existierenden Koranausgaben. Das Schockierende daran allerdings war, sagte uns Edelstein, dass die Texte von der Standard-Koranausgabe abwichen, die Muslime seit über tausend Jahren benutzten. Kurz gesagt, Edelstein behauptete, sein deutscher Kollege werde in Kürze aller Welt aufzeigen, dass die unerschütterliche muslimische Überzeugung, der Koran sei buchstäblich das unveränderte, ewige Wort Gottes, reine Fiktion sei. Den Muslimen würde nicht erspart bleiben, womit sich die Christen und Juden in den vergangenen drei Jahrhunderten hatten auseinandersetzen müssen. Wie die Bibel würde sich auch der Koran, so wie es der gesunde Menschenverstand verlangte, als ein historisches Dokument erweisen.

Ahmad, einer der Studenten in der ersten Reihe und Muslim, unterbrach Edelsteins Vortrag und hob wütend die Hand.

Edelstein sah auf. »Ja, Ahmad?«

»Warum hat Ihr Kollege seine Erkenntnisse noch nicht veröffentlicht?«, blaffte Ahmad.

Edelstein sah ihm einen Moment in die Augen, bevor er in versöhnlichem Tonfall antwortete. »Mein Kollege fürchtet um den weiteren Zugang zu den Texten, wenn diese Erkenntnisse den jemenitischen Behörden vorgelegt werden. Er und seine Mitarbeiter bereiten eine Artikelreihe vor, wollen aber sicherstellen, dass noch genügend Zeit bleibt, um alle vierzehntausend Seiten sorgfältig durchzugehen, falls sie die Dokumente später nicht mehr zu Gesicht bekommen sollten.«

Zornig erwiderte Ahmad: »Und warum, bitte schön, sollte ihnen der Zugang verwehrt werden?«

Stille. Die Spannung war mit Händen zu greifen.

»Es gibt keinen Grund, sich so aufzuregen, Ahmad. Wir können wie Akademiker darüber reden …«

»Akademiker! Was ist das für ein Akademiker, der solche Behauptungen aufstellt, ohne sie ausreichend zu belegen? Hä?«

»Mir ist bewusst, dass es sich um kontroverse Dinge handelt … aber es gibt keinen Grund …«

Ahmad fiel ihm ins Wort. »Das alles ist nicht kontrovers, *Professor*«, sagte er voller Verachtung. »Sondern *ketzerisch*.« Ahmad sprang auf, die Bücher in der Hand. »Ketzerisch und beleidigend!«, schrie er. Nach einem Blick zu Sahar, der stillen malaiischen Studentin, die links von ihm saß und mit gesenktem Kopf nervös in ihren Notizblock kritzelte, und einem weiteren Blick zu mir stürmte Ahmad aus dem Raum.

»Will noch jemand gehen?«, fragte Edelstein, sichtlich betroffen. Nach einer kurzen Pause packte Sahar schweigend ihre Sachen, stand auf und ging hinaus.

»Bleiben noch Sie, Hayat.«

»Keine Sorge, Professor. Ich bin durch und durch ein Mutazilit.«

Edelsteins Miene hellte sich auf. »Gesegnet seien Sie.«

Nach dem Seminar stand ich auf, streckte mich und war erneut verblüfft, wie hellwach ich mich fühlte.

»Wohin gehst du?«, fragte Rachel.

»Zur Student Union.«

»Willst du mich begleiten? Ich muss in die Bibliothek.«

»Klar«, sagte ich.

Unter den schattenspendenden Eschen schlenderten wir

zur Bibliothek, und Rachel erzählte, wie sehr es sie überrascht habe, dass Ahmad und Sahar den Raum verlassen hatten.

»Das muss dich nicht überraschen«, sagte ich. »In manchen Kreisen wird man schon wegen Geringerem umgebracht.« Sie stutzte. »Denk nur an Rushdie.« Die Fatwa gegen ihn lag damals nur ein Jahr zurück und war jedem noch frisch im Gedächtnis.

Rachel schüttelte den Kopf. »Ich verstehe das alles nicht. Was du zu Edelstein gesagt hast… Was hast du damit gemeint?«

»Dass ich ein Mutazilit bin?«

»Ja.«

»So nennt sich eine Schule im Islam, die im Koran nicht das ewige Wort Gottes sieht. Aber das war nicht ernst gemeint. Ich bin kein Mutazilit. Die sind schon vor tausend Jahren ausgestorben.«

Sie nickte. Dann, nach einigen weiteren Schritten, fragte sie: »Wie ging's dir damit?«

»Wie soll's mir damit schon gehen? Die Wahrheit ist die Wahrheit. Es ist besser, wenn man sie kennt.«

»Genau«, sagte sie und musterte mich. »Aber das heißt nicht, dass man dabei nicht auch etwas empfinden kann, oder?« Sie fragte ganz vorsichtig. Etwas Zärtliches schwang darin mit.

»Willst du es wirklich wissen? Ich fühle mich frei.«

Sie nickte. Schweigend gingen wir weiter.

»Was dagegen, wenn ich dir eine persönliche Frage stelle?«, sagte ich schließlich.

»Kommt drauf an.«

»Worauf?«

»Was du wissen willst.«

»Hast du letzten Abend wirklich lernen müssen, oder hast du das nur so gesagt?«

Rachel lachte, ihre Lippen teilten sich und ließen ihre kleinen Zähne aufblitzen. Sie war wirklich wunderschön. »Ich habe morgen eine Prüfung in organischer Chemie, das habe ich dir doch gesagt. Deswegen gehe ich jetzt auch in die Bibliothek.« Sie blieb stehen und legte mir die Hand auf den Arm. »Aber zum nächsten Spiel komme ich mit … Versprochen!«

Mein Herz hopste vor Freude. »Okay«, sagte ich und verschluckte mich fast dabei.

Als wir die Stufen zur Bibliothek erreichten, war mir plötzlich danach, ihr zu erzählen, was mir am Abend zuvor passiert war. »Kann ich dir noch eine persönliche Frage stellen?«

»Schieß los.«

»Glaubst du an Gott?«

Rachel stutzte, dann zuckte sie mit den Schultern. »Nein. Jedenfalls nicht daran, dass da so ein Typ im Himmel sitzt.«

»Wie lange ist das schon so?«

»Vermutlich schon immer. Meine Mom ist Atheistin, daher habe ich das wohl nie so recht ernst genommen. Also, mein Dad hat uns manchmal gezwungen, in die Synagoge zu gehen – zu Rosch ha-Schana und so –, aber selbst da hat sie den ganzen Weg, hin und zurück, immer nur gemeckert.«

»Dann weißt du also nicht, wie es ist, wenn man seinen Glauben verliert.«

»Eigentlich nicht.«

Ich nickte. »Es ist befreiend. Unglaublich befreiend. Das Befreiendste, was mir jemals zugestoßen ist … Du hast mich gefragt, wie es mir mit dem Seminar gegangen ist. Wenn ich Edelstein vom Koran reden höre, als wäre er nur ein Buch, ein Buch wie jedes andere auch, dann ist mir nach feiern zumute.«

»Klingt gut«, sagte sie lächelnd. »Wenn du bis morgen warten kannst, könnten wir zusammen feiern …«

»Klingt noch besser.«

Rachel verharrte auf der Stufe über mir gerade so lange, um bei mir einen Gedanken heraufzubeschwören – einen Gedanken, den ich nicht hinterfragte. Kurzentschlossen beugte mich vor und drückte ihr meine Lippen auf den Mund.

Sie presste sich gegen mich. Ich spürte ihre Hand am Hinterkopf, und ihre Zungenspitze streifte sanft meine Zungenspitze.

Plötzlich löste sie sich, drehte sich um und sprang die Stufen hinauf, blieb an der Tür stehen und warf mir einen schnellen Blick zu. »Wünsch mir alles Gute bei der Prüfung«, sagte sie.

»Alles Gute«, sagte ich.

In meinem Kopf drehte sich alles, nachdem sie fort war. Ich konnte mein Glück kaum fassen.

An diesem Abend, nach dem Unterricht und den Tischtennispartien in der Student Union, saß ich auf dem Bett, versuchte zu lernen und konnte nur an Rachel denken … bis das Telefon klingelte. Es war meine Mutter.

»Sie ist gestorben, *Behta*.«

Ich schwieg. Natürlich wusste ich, von wem sie sprach. Einen Monat zuvor hatten wir Mina – nicht nur die beste Freundin meiner Mutter, sondern auch der Mensch in meinem Leben, der mich wahrscheinlich am meisten beeinflusst hatte – in Kansas City besucht, wo sie, schon völlig vom Krebs zerfressen, im Krankenhaus gelegen hatte.

»Hast du mich gehört, Hayat?«, fragte Mutter.

»Ist wahrscheinlich besser so, oder, Mom? Ich meine, jetzt hat sie keine Schmerzen mehr.«

»Aber sie ist tot, Hayat«, stöhnte Mutter. »Sie ist tot …«

Ich lauschte ihrem Weinen. Dann tröstete ich sie.

Mutter fragte mich an jenem Abend nicht nach meinen

Gefühlen. Wahrscheinlich hätte ich ihr sowieso nicht gesagt, was in mir vorging. Selbst mein Geständnis an Minas Totenbett hatte nicht gereicht, die Schuld zu lindern, die ich seit dem zwölften Lebensjahr mit mir herumtrug. Wenn ich meiner Mutter nicht mitteilen wollte, wie sehr es mich bedrückte, dann deshalb, weil mein Schmerz nicht nur Mina galt, sondern auch mir.

Wie konnte ich jetzt, nachdem sie tot war, den Schaden jemals wiedergutmachen, den ich angerichtet hatte?

Am darauffolgenden Abend saß ich mit Rachel an einer Pizzeria-Theke, wo wir vor dem Kino noch etwas aßen. Ich erzählte ihr nicht von Mina, aber irgendwie spürte sie, dass etwas nicht stimmte. Sie fragte mich, ob alles in Ordnung sei. Ja, sagte ich. Sie hakte nach. »Wirklich, Hayat?« Dabei sah sie mich mit einer Zärtlichkeit an, die ich nicht ergründen konnte. »Ich dachte, es gäbe was zu feiern«, sagte sie lächelnd.

»Na ja … es gab schlechte Neuigkeiten … nachdem wir uns gestern verabschiedet haben.«

»Welche?«

»Meine Tante ist gestorben. Sie war für mich … wie eine zweite Mutter.«

»O Gott. Das tut mir leid.«

Mit einem Mal schnürte es mir die Kehle zu. Ich war den Tränen nahe.

»Tut mir leid«, sagte ich und sah weg.

Ich spürte ihre Hand auf meinem Arm und hörte ihre Stimme. »Du musst darüber nicht reden …«

Ich sah sie an und nickte.

Der Film, eine Komödie, lenkte mich ein bisschen ab. Zum Ende hin drückte sich Rachel an mich, und wir hielten eine Weile lang Händchen. Danach lud sie mich zu sich auf ihr Zimmer ein, wo sie Kerzen anzündete und mir ein selbst komponiertes Lied auf der Gitarre vorspielte. Ein sehnsuchtsvolles, trauriges Lied über eine verlorene Liebe. Nur drei Tage vorher hätte ich nicht im Traum daran gedacht, dass ich so viel Glück haben sollte. Trotzdem ging mir Mina nicht aus dem Sinn.

Ich sagte Rachel, dass ihr Song wunderbar sei.

Sie sah mir an, dass ich in Gedanken ganz woanders war. »Du denkst immer noch an deine Tante, oder?«

»Ist es so offensichtlich?«

Sie zuckte mit den Schultern und lächelte. »Schon gut«, sagte sie und stellte ihre Gitarre zur Seite. »Meine Großmutter ist mir wahrscheinlich genauso wichtig gewesen. Es ging mir ziemlich mies, als sie starb.«

»Aber es geht nicht nur darum, dass sie gestorben ist … sondern, dass ich etwas damit zu schaffen habe.« Erst als der Satz schon ausgesprochen war, wurde mir bewusst, was ich gesagt hatte.

Überrascht sah mich Rachel an.

»Was ist passiert?«, fragte sie.

»Du kennst mich kaum … ich meine, na ja, du *kannst* mich ja gar nicht kennen. Es ist nur … ich glaube, dir ist nicht bewusst, wie ich aufgewachsen bin.«

»Ich kann dir nicht folgen, Hayat.«

»Du bist Jüdin, oder?«

»Ja? Und?«

»Du wirst mich nicht sonderlich mögen, wenn ich dir erzähle, was geschehen ist …«

Sie rutschte auf ihrem Stuhl herum und streckte den Rücken durch. Sie sah weg.

Du kennst sie kaum, dachte ich. *Was willst du dir damit beweisen?*

»Vielleicht sollte ich gehen«, sagte ich.

Sie sagte nichts.

Ich rührte mich nicht. Ich wollte nämlich nicht gehen. Ich wollte bleiben. Ich wollte ihr alles erzählen.

Lange saßen wir uns schweigend gegenüber, dann berührte mich Rachel an der Hand.

»Erzähl es mir«, sagte sie.

I

DAS VERLORENE PARADIES

1

MINA

Lange bevor ich Mina kennenlernte, kannte ich ihre Geschichte.

Eine Geschichte, die Mutter oft erzählt hatte: wie ihre beste Freundin, die so begabt, so großartig war – laut meiner Mutter so etwas wie ein Genie –, immer wieder enttäuscht und in ihrer Entwicklung durch ihre kleingeistige Familie gehemmt, wie ihr starker Wille durch eine Kultur, in der für Frauen kein Platz war, gelähmt wurde. Ich hörte von den Schulstufen, die Mina übersprungen hatte, von den Klassen, in denen sie die Beste war, meist zum Verdruss ihrer Eltern, denen ihre irgendwann anstehende Hochzeit wichtiger war als ihre Zeugnisse. Ich hörte von den Jungs, die in sie verliebt waren, und wie auch sie sich im Alter von zwölf Jahren in einen verliebte, worauf ihr Vater, als dieser den Zettel des Angebeteten im Mathebuch fand, ihr mit einem Faustschlag die Nase brach. Ich hörte von ihren Nervenzusammenbrüchen, von ihren Essstörungen und natürlich von ihren Gedichten, die ihre Mutter eines Abends im offenen Wohnzimmerkamin verbrannte, als sie sich mit Mina darüber stritt, ob diese auf die Universität gehen dürfe, um Schriftstellerin zu werden.

Und weil ich das alles wahrscheinlich so oft hörte, ohne die Frau selbst zu kennen, war Mina Ali samt ihren Geistesgaben und Seelenqualen wie der immerwährende Currygeruch in unseren Zimmern und Fluren: eine Allgegenwart in meinem Leben, von der ich kaum Notiz nahm.

Und dann, an einem Sommernachmittag, ich war acht Jahre alt, sah ich ein Bild von ihr. Als Mutter Minas neuesten Brief aus Pakistan öffnete, fiel ein handtellergroßes Hochglanzfoto heraus. »Das ist deine Tante Mina, *Kurban*«, sagte Mutter, als ich es aufhob. »Schau, wie schön sie ist.«

Schön, in der Tat.

Das Bild zeigte eine auffallend attraktive Frau in einem Korbsessel vor grünen Blättern und orangefarbenen Blüten. Ihr tiefschwarzes Haar wurde fast ganz von einem blassrosa Schal bedeckt, und Haar und Schal rahmten ein durch und durch fesselndes Gesicht: hohe Wangenknochen – sanft durch etwas Rouge erhöht –, ovale Augen und eine kleine, kecke Nase über vollen Lippen. Ihre Gesichtszüge waren von vollkommener Harmonie und versprachen Geborgenheit und Zartheit. Aber nicht nur. Denn in ihren Augen lag eine Intensität, die dieser Verheißung mütterlichen Trosts widersprach oder sie zumindest problematischer machte: Es waren schwarze Augen, erfüllt von einem durchdringenden Licht, als wäre Minas Wahrnehmung seit Langem am Schleifstein eines namenlosen Schmerzes geschärft worden. Und obwohl sie lächelte, war ihr Lächeln eher eines, das etwas verbarg und nichts preisgab und das wie ihre Augen auf etwas Rätselhaftes, schwer Fassbares verwies, auf etwas, das man herausfinden wollte.

Meine Mutter heftete das Foto an unseren Kühlschrank, wo es von einem regenbogenförmigen Magneten gehalten wurde, mit dem auch mein Schulspeiseplan angebracht war. (Der Speiseplan, den Mutter jeden Abend studierte, um zu sehen, ob am folgenden Tag Schweinefleisch serviert wurde, so dass ich in diesem Fall ein Essenspaket mitbekam, und den ich an jedem Schulmorgen studierte in der Hoffnung, mein Lieblingsessen, Lasagne mit Rinderhack, im Angebot vorzufinden.) So verging zwei Jahre lang kaum ein Tag, an dem ich nicht wenigstens einen beiläufigen Blick auf Minas Foto warf. Und mehr als nur ein paar Mal, wenn ich morgens mein Glas Milch trank oder nach der Schule an einem Zopf Fadenkäse kaute, starrte ich versonnen auf das Foto, so wie ich an manchen Sommernachmittagen auf die Oberfläche des Teichs im Worth Park starrte und zu erhaschen versuchte, was sich in den Tiefen dort verbarg.

Es war ein außergewöhnliches Foto und hatte, wie ich einige Jahre später von Mina selbst erfuhr, eine ebenso außergewöhnliche Geschichte. Minas Eltern, die darauf bauten, dass die Schönheit ihrer Tochter einen lukrativen Bräutigam anlockte, beauftragten einen Modefotografen, um Bilder von ihr anzufertigen, und die fragliche Aufnahme war jene, die über einen Heiratsvermittler einem gewissen Hamed Suhail zugestellt wurde, dem einzigen Sohn einer wohlhabenden Familie aus Karatschi.

Sobald Hamed das Foto sah, war er in Mina verliebt.

Eineinhalb Wochen später erschienen die Suhails im Haus der Alis, und nach Beendigung des Treffens besiegelten die beiden Väter mit einem Handschlag die Verlobung ihrer Kinder. Mutter beharrte stets darauf, dass Mina keine Abneigung gegen Hamed gefasst und immer gesagt habe, sie hätte mit ihm glücklich werden können. Wäre nicht Irshad gewesen, Hameds Mutter.

Nach der Hochzeit zog Mina in den Süden nach Karatschi, wo sie bei ihren Schwiegereltern lebte. Bereits in der ersten Nacht begannen die Probleme zwischen Schwiegermutter und Schwiegertochter. Irshad kam ins Schlafzimmer, in der Hand eine Halskette mit runden, granatroten Steinen, ein Familienerbstück, das – wie Irshad erklärte – seit fünf Generationen jeweils von der Mutter an die Tochter vererbt worden war. Da sie selbst keine Tochter hatte, wollte Irshad diese Kette, den einzigen Familienschmuck, der Frau ihres einzigen Sohnes vermachen. So hatte sie sich das immer vorgestellt.

»Leg sie an«, drängte Irshad sie herzlich.

Mina tat es. Und als sie beide in den Spiegel sahen, bemerkte Mina Irshads verkniffenen Blick. Sie erkannte ihren Neid.

»Du solltest es nicht tun, *Ammi*«, sagte Mina und nahm die Kette ab.

»Was sollte ich nicht tun?«

»Ich weiß nicht… ich meine, sie ist so schön… bist du dir sicher, dass du sie mir schenken willst?«

»Ich schenke sie dir *noch* nicht«, erwiderte Irshad abrupt. »Ich wollte nur sehen, wie sie dir steht.«

Gekränkt von Irshads plötzlichem Meinungsumschwung, gab Mina ihrer Schwiegermutter die Kette zurück. Irshad nahm sie in Empfang und verließ ohne ein weiteres Wort das Zimmer.

Das war der Auftakt zu Irshads Feindseligkeiten. Als Erstes kamen schneidende Bemerkungen, zunächst nur geflüstert oder beiläufig geäußert: wie starrköpfig das »neue Mädchen« sei; wie tief sie sich beim Essen über ihren Teller beuge, als wäre sie eine Bedienstete; wie sehr sie wie eine »Maus« aussehe, so Irshads Worte. Bald darauf folgten Änderungen im häuslichen Tagesablauf, die einzig und allein darauf abzielten, Mina das Leben schwer zu machen: Hausangestellte wurden nach oben geschickt, um Minas Zimmer zu reinigen, während sie noch schlief; auf dem Familienspeiseplan wurden jene Speisen gestrichen, die Mina am liebsten mochte; dazu kamen wie vorher gemeine Bemerkungen, nun aber nicht mehr hinter vorgehaltener Hand. Mina tat alles, um ihre Schwiegermutter versöhnlich zu stimmen. Was Irshads Argwohn nur noch mehr schürte. Versuchte Mina, Irshad mit Unterwürfigkeit zu begegnen, fasste die ältere Frau dies als Bestätigung für Minas Verschlagenheit auf. Irshad streute nun Gerüchte über den »schweifenden Blick« und die »diebischen Hände« ihrer Schwiegertochter. Sie riet ihrem Sohn, Mina von den männlichen Bediensteten fernzuhalten, und wies die Angestellten an, ihre Wertsachen zu verschließen. (Weder Hamed noch sein Vater, die beide unter Irshads Fuchtel standen, wagten es, den sich zuspitzenden Konflikt zur Sprache zu bringen.) Und als das Vergnügen an den verbalen Misshandlungen schal wurde, nahm Irshad Zuflucht zu körperlichen Züchtigungen. Sie schlug Mina, weil sie ihre schmutzige Wäsche im Schlafzimmer herumliegen ließ oder vor Gästen unpassende Bemerkungen machte. Als Mina einmal erwähnte, das Essen sei nicht so scharf wie sonst, fasste Irshad diese Äußerung als Beleidigung auf, packte ihre Schwiegertochter an den Haaren, zerrte sie vom Esstisch und stieß sie hinaus in den Flur.

Nach vierzehn Monaten in diesem immer schlimmer werdenden Albtraum wurde Mina schwanger. Um den Misshandlungen zu entgehen und die Schwangerschaft in aller Ruhe zu Ende zu bringen, kehrte sie in den Norden, ins Haus ihrer Eltern im Punjab, zurück. Dort, drei Wochen zu früh und ohne ihren Mann – der sie aus Angst vor dem Zorn seiner Mutter nicht begleitete –, brachte Mina einen Jungen zur Welt. Und während sie erschöpft von den einen ganzen Tag dauernden Wehen im Krankenhausbett lag, erschien in der Tür ein Mann in einem langen dunklen Gewand. Er trat ein und fragte, ob sie Amina Suhail, geborene Ali, sei.

»Das bin ich«, erwiderte Mina.

Der Mann näherte sich ihrem Bett, in der Hand hielt er einen Umschlag. »Ihr Ehemann hat Sie verstoßen. Hier ist das für die Scheidung notwendige Schriftstück. Er hat es eigenhändig verfasst – Sie werden seine Handschrift erkennen – und schriftlich kundgetan, dass er Sie verstößt, dass er Sie verstößt, dass er Sie verstößt. So sieht es das Gesetz vor, wie Sie sehr wohl wissen, Mrs. Suhail … ich meine, Miss Ali.« Er legte ihr den Umschlag sacht auf den Bauch. »Sie haben gerade Hamed Suhails Sohn geboren. Er hat für den Jungen den Namen Imran bestimmt. Imran wird bis zum Alter von sieben Jahren bei Ihnen bleiben, von da an fällt das alleinige Sorgerecht an Mr. Hamed Suhail.« Der Anwalt trat einen Schritt zurück, war aber noch nicht fertig. Mina blinzelte ihn ungläubig an. »All dies erfolgt in Übereinstimmung mit den Gesetzen des Landes Pakistan, datiert auf den 15. Juni 1976. Das Gesetz stellt Ihnen frei, einen Sorgerechtsprozess anzustrengen, ich rate Ihnen aber, Mrs. Suhail … ich meine, Miss Ali, einzusehen, dass jede gerichtliche Auseinandersetzung für Sie nutzlos ist und nur Mittel verschlingen wird, über die Ihre Familie nicht verfügt.«

Daraufhin machte der Anwalt kehrt und ging hinaus.

Mina weinte an den Tagen und Nächten und in den Wochen, die folgten. So sehr Hameds grausames Vorgehen ihr auch zusetzte – und so sehr sie sein drohendes Versprechen fürchtete, ihr eines Tages das Kind wegzunehmen –, als sie ihrem Sohn in die Augen sah, sprach sie ihn mit dem Namen an, den ihr nunmehriger Exmann ohne Absprache mit ihr bestimmt hatte.

Sie nannte den Jungen Imran.

Im Winter 1981 hörte ich zum ersten Mal, dass meine Mutter Mina nach Amerika holen wollte. Ich war zehn. Die Geiseln aus dem Iran waren vor Kurzem nach Hause gekommen, und in den Abendnachrichten sah man brennende amerikanische Flaggen. Es war an einem Samstagnachmittag, zur Teezeit, meine Eltern saßen sich am Küchentisch gegenüber und nippten schweigend an ihren Tassen. Ich saß am anderen Ende, mit dem Rücken zum Glas Milch, das meine Mutter mir hingestellt hatte, und beobachtete ein halbes Dutzend Fliegen, die gegen die Fensterscheibe stießen, durch die der Garten hinter dem Haus zu sehen war.

»Weißt du, *Kurban*, deine Tante Mina kommt vielleicht zu uns und wird bei uns wohnen«, sagte Mutter schließlich. »*Kurban*?«

Ich drehte mich um. »Wann?«, fragte ich.

»Je früher, umso besser. Ihre Familie treibt sie noch in den Wahnsinn. Und der Junge muss außer Landes … oder sein Vater holt ihn. Nein, *beide* müssen raus.«

Mutter sah zu meinem Vater. Er blätterte eine Anglerzeitschrift durch, ohne auf ihre Kommentare einzugehen.

Ich sah wieder zu den Fliegen, die gegen die Glasscheibe schwirrten.

»Diese Fliegen! Wo kommen die bloß alle her?«, rief Mutter plötzlich. »Und auf dem Dachboden sind auch so viele! Weiß Gott, wie sie da hinaufgekommen sind!«

Missmutig blickte Vater von seiner Zeitschrift auf. »Du sagst das, als ob wir es noch nie gehört hätten, als ob du es uns zum ersten Mal erzählst. Aber du sagst es nicht zum ersten Mal. Ich kümmere mich darum.«

»Ich habe nicht mit dir geredet, Naveed.«

»Mit wem dann?«, fragte Vater in scharfem Ton. »Sonst ist nur noch der Junge hier, und ich weiß nicht, was er damit zu schaffen hat.«

Mutter starrte ihn ausdruckslos an. Vater starrte mit seinen haselgrünen Augen kalt zurück. Dann verschanzte er sich wieder hinter seiner Zeitschrift.

Mutter stand vom Tisch auf und ging zum Kühlschrank. »Es wird nicht einfach werden, *Kurban*. Selbst wenn wir es arrangieren können, wer weiß, ob ihre Eltern sie kommen lassen. Manchmal denke ich mir, sie wollen sie nur bei sich behalten, damit sie jemanden haben, den sie quälen können. Weißt du, was ihr Vater getan hat? Er hat ihre Bücher verkauft! Kannst du dir das vorstellen? Mina ohne ihre Bücher!«

Mutter sah zu Vater, dann erwartungsvoll zu mir. Ich sollte etwas sagen, aber ich wusste nicht, was.

»Warum hat er ihre Bücher verkauft?«, fragte ich schließlich.

»Weil er glaubt, die *Bücher* seien der Grund für die Scheidung. Die Bücher seien schuld an ihrem *losen Mundwerk* … so hat er immer von ihrer Intelligenz gesprochen. ›Alles, was sie davon bekommt, ist ein loses Mundwerk …‹« Verstohlen sah Mutter erneut zu Vater.

Er rutschte nur auf seinem Stuhl hin und her und blätterte eine Seite um.

Grummelnd nahm Mutter einen Krug aus dem Kühlschrank. »Hayat, ihre Intelligenz ist der Fluch ihres Lebens. Ist eine muslimische Frau zu klug, muss sie dafür bezahlen. Und sie bezahlt nicht mit Geld, *Behta*, sondern durch *Misshandlungen*.« Mutter verstummte und wartete auf eine Reaktion von Vater. Aber er rührte sich nicht. »Weißt du, was Freud gesagt hat, *Behta*? Dieser brillante Mann?«

Von Freud wusste ich nicht recht viel mehr als das, was mir meine Mutter von Zeit zu Zeit über ihn und seine Aussprüche berichtete. »Er hat gesagt, Schweigen *bringt einen um*. Wenn man über die Dinge nicht redet … geht man innerlich *kaputt*.« Ein weiterer Seitenblick zu Vater.

Jetzt sah er auf, aber nicht ihretwegen. Er warf den Kopf zurück und leerte seine Tasse Tee. Mutter knallte hinter ihm die Kühlschranktür zu. Vater setzte seine Tasse ab und blätterte eine weitere Seite um.

»Ich erzähle dir das alles, weil du mein *Behta* bist, mein Kind … aber eines Tages wirst du ein Mann sein. Und du solltest über diese Dinge Bescheid wissen …«

Ich sah wieder zum Fenster, hinter dem eine scharlachrote Sonne unter purpur-pinkfarbenen Wolken unterging, die wie Zuckerwattebäusche über dem Horizont hingen. Die Fliegen knallten immer noch gegen die Scheibe.

»Sie sind ja so lästig. Wo kommen die eigentlich her?«, beschwerte sich Mutter erneut, während sie aus dem Krug einschenkte.

Wieder Schweigen. Schließlich hörte ich Vater hinter mir: »Hier.«

Ich drehte mich um. Er streckte mir die zusammengerollte Zeitschrift hin. »Bring sie um! Damit Schluss ist.«

»Zwing ihn nicht dazu«, sagte Mutter seltsam flehentlich. »Mach du es, Naveed.«

Vater rührte sich nicht, sondern hielt mir nur die Zeitschrift hin.

Ich nahm sie und ging ans Fenster, holte aus und schlug zu. Die Scheibe zitterte. Eine Fliege fiel zu Boden. Die anderen stoben auf. Ich benötigte ein Dutzend weiterer Schläge, um sie alle zu erwischen. Als ich fertig war, sah ich auf das Küchenlinoleum, wo die toten Fliegen lagen.

»Gut gemacht«, sagte Vater und nahm die Zeitschrift entgegen. Er stand auf, riss die Titelseite ab, zerknüllte sie und stopfte sie in seine leere Teetasse. Dann ging er hinaus.

Mutter stellte ihr unberührtes Glas Wasser in die Spüle. »Das nächste Mal machst du nicht, was er sagt«, fauchte sie mich an. »Sondern das, was ich sage.«

Die Ehe meiner Eltern war von Anfang an schwierig gewesen. Sie hatten sich in Lahore kennengelernt und sich verliebt. Beide hatten dort studiert, Mutter Psychologie, Vater Medizin. Sie heirateten, und nach Abschluss seines Studiums wurde meinem Vater als Jahrgangsbestem eine Stelle in einem Programm angeboten, das ihn nach Wisconsin führte, wo er zum Neurologen ausgebildet wurde. Mutter brach ihr Studium ab, begleitete ihn – immer bedauerte sie, nicht mehr ihren Abschluss gemacht zu haben – und fand sich in den ländlichen westlichen Suburbs von Milwaukee wieder, einer Landschaft, die flach wie ein Brett und monatelang unter Schnee begraben war. Ein Ort, den sie nie recht verstand. Und sie war mit einem Mann zusammen, der sie betrog, sobald sie in Amerika angekommen waren. Kurz gesagt, als ich zehn war, war sie seit Jahren unglücklich.

Eine Woche nach der Episode mit den Fliegen wachte ich mitten in der Nacht auf und war mir nicht sicher, ob ich träumte. Mein Zimmer glühte in flackerndem orangefarbenem Licht. Von draußen ertönte das Geschrei von Menschen. Ein aufheulender Motor schien die Luft erzittern zu lassen. Ich stand auf und trat ans Fenster. Durch den Schleier wirbelnder Schneeflocken bot sich mir ein chaotischer Anblick: Ein Wagen stand in Flammen, dahinter zwei helle Scheinwerferkegel, durch die immer wieder schwarze Gestalten huschten. Ich brauchte eine Weile, bis mir klar wurde, dass es sich um ein Feuerwehrauto handelte. Die Feuerwehrleute verteilten sich um die Flammen und zogen an einem weißen Schlauch. Plötzlich gab es ein lautes Zischen, der weiße Schlauch versteifte sich zwischen den ungleichmäßig verteilten Verbindungsstücken und spie milchigen Schaum.

Ich war mir immer noch nicht ganz sicher, ob ich träumte.

»Geh wieder ins Bett«, hörte ich hinter mir eine Stimme. Ich drehte mich um. Mutter stand in der Tür. Die lodernden Flammen spiegelten sich in ihren Augen. »Eines von den weißen Flittchen deines Vaters hat seinen Mercedes abgefackelt.« Sie stellte sich neben mich. Zusammen sahen wir zu, wie die Feuerwehrleute die Flammen löschten. Es dauerte nicht lange. Fast augenblicklich war das Feuer aus, und die nasse, ausgebrannte Karosserie rauchte nur noch vor sich hin.

Mutter drehte sich mir zu, noch immer blitzten ihre Augen, obwohl es jetzt dunkel war im Zimmer. »Deshalb sage ich dir immer, *Behta* … Lass dich nicht auf eine weiße Frau ein.«

Sie brachte mich zum Bett und packte mich mit einem Kuss unter die Decke. Als sie fort war, stand ich wieder auf und kehrte ans Fenster zurück. Ich entdeckte Vater, der nach vorn gebeugt durch den fallenden Schnee stapfte und die Feuerwehrleute ins Haus führte. Ich kroch ins Bett und schlief unter dem Gemurmel von Männerstimmen, das die Treppe heraufzog, wieder ein.

Die ganze Nacht träumte ich vom Feuer.

Als ich am nächsten Morgen zum Frühstück nach unten kam, war Vater nicht da.

»Wo ist Dad?«, fragte ich.

»In der Arbeit«, erwiderte Mutter. »Er hat meinen Wagen nehmen müssen«, fügte sie mit einem genüsslichen Grinsen hinzu, während sie zwei Teller mit Parathas und Spiegeleiern auf den Tisch stellte.

»Parathas?«, fragte ich. Sie machte sonst nur an Wochenenden Parathas.

»Iss, mein Lieber. Ich weiß, das magst du am liebsten.«

Mutter ließ sich mir gegenüber nieder, riss eine Kante des mit Ghee getränkten, knusprig herausgebackenen und von mir so sehr geliebten Brotes ab, stocherte damit in ihrem Ei herum, bis der Dotter platzte und zerlief. »Eine seiner weißen Prostituierten hat von seinen Versprechungen anscheinend die Schnauze voll gehabt«, begann Mutter. »Weiß der Teufel, was er ihr alles versprochen hat. Wenn er sich betrinkt, plappert er einfach drauflos und weiß wahrscheinlich später selbst nicht mehr, was er gesagt hat.« Sie löffelte sich mit ihrem Paratha Eigelb in den Mund. »Deshalb trinken wir nicht, *Kurban*, weil es dich *beeinträchtigt*. Es macht dich *töricht*.« Zähflüssige gelborange Pünktchen klebten an ihren Mundwinkeln, während sie kaute und redete. »Gib einem muslimischen Mann Alkohol, und er hechelt wie der letzte Trottel den weißen Frauen hinterher!«

Von den Geliebten meines Vaters hörte ich, seitdem meine Mutter mich als Fünfjährigen durch die Straßen von Milwaukee geschleift hatte – auf der Suche nach Vater, den wir schließlich in der Wohnung einer Frau fanden, die mit ihm im Krankenhaus arbeitete; damals wartete ich auf der Treppe, während sie und Vater sich oben auf dem Absatz anschrien. Während meiner Kindheit ersparte mir Mutter kaum ein Detail ihrer Probleme mit Vater. Mit zehn kannte ich mich selbst schließlich gut genug, um zu wissen, dass es mich wütend machte, wenn ich ihr länger zuhörte.

Ich zog den Kopf ein und hoffte, das Gewitter würde über mich hinwegziehen, aber das war unwahrscheinlich. Sie war richtig in Fahrt an diesem Morgen. Selbst ihr Äußeres war verändert – meistens erschien sie ungekämmt, verbittert, mit zunehmend verhärmtem Gesicht, und ihr dünnes braunes Haar war oft am Abend noch so zerzaust, als wäre sie gerade erst aufgestanden. Doch an diesem Morgen hatte sie geduscht und sich angezogen, als wollte sie wirklich das Haus verlassen.

»Aber jetzt hat er die Möglichkeit, zur Abwechslung mal das *Richtige* zu tun«, sagte sie und brach ein weiteres Stück vom Paratha ab. »Jetzt kann er jemandem helfen, der in Not ist. Deine Tante Mina braucht jemanden, der ihr und dem Jungen hilft … Jede Nacht liege ich wach und muss daran denken, was sie alles durchmacht. Der Junge ist schon vier. Sie müssen sich *jetzt* überlegen, wie sie rauskommen wollen. Oder es wird zu spät sein.« Sie nahm einen weiteren Bissen, kaute und schüttelte den Kopf. »Man demütigt nicht seine Frau und sein Kind vor den Augen aller Welt, ohne dass das *Folgen* hätte. Hier weiß er nicht so recht, dort weiß er nicht so recht, aber jetzt hat er keine andere Wahl mehr. Sie kommt, und er wird nichts dagegen einwenden können. Nach der vergangenen Nacht ist er mir das schuldig.«

»Mom, ich verpasse noch meinen Bus.«

Sie sah auf und zur Uhr. »Du hast noch Zeit. Fünf Minuten. Iss dein Frühstück zu Ende.«

»Ich habe keinen Hunger. Ich muss noch meine Sachen packen. Meine Hausaufgaben.«

»Trink deinen Saft aus.«

Ich stand auf und leerte mit einem Zug den Orangensaft. Bevor ich gehen konnte, zog Mutter mich zu sich heran. »*Meri-Jaan*, vergiss nicht: Das Geheimnis eines glücklichen Lebens liegt im *Respekt.* Respekt, den du dir selbst und anderen entgegenbringst. Das habe ich von meinem Vater gelernt, *Behta*, den du nicht kennst … und der ein kluger Mann war. Man könnte sogar sagen, dass er noch nicht mal ein Muslim war. Er hatte eher was von einem Juden an sich.«

»Ich habe meine Sachen noch nicht gepackt, Mom«, maulte ich.

»Schon gut, schon gut«, seufzte sie. Ich küsste sie auf die Wange und lief in mein Zimmer, um die Schulsachen zu packen.

2

EINE LEISE STIMME

Mutter behielt recht. Nach dem Zwischenfall mit dem Wagen gewann sie problemlos Vaters Unterstützung für ihren Plan, Mina nach Milwaukee zu holen. Jetzt mussten nur noch Minas Eltern überzeugt werden. Mutter telefonierte stundenlang mit Rafiq und Rabia Ali und versicherte ihnen, man würde hier auf ihre Tochter gut aufpassen. Sie könne so lange unterkommen, bis sie ihr Leben neu geordnet habe, und Mutter versprach, für Imran zu sorgen, als wäre er ihr eigener Sohn. Es stellte sich heraus, dass die Beteuerungen, die Minas Eltern eigentlich hören wollten, weniger mit der Unterbringung ihrer Tochter, sondern eher mit deren Unbescholtenheit zu tun hatten. Denn selbst für Muslime aus der westlich orientierten Mittelschicht wie die Alis – Minas Mutter war ein glühender Elvis-Fan, und ihr Vater pflegte eine große Leidenschaft für Marlboros und Wildwest-Romane – war Amerika keineswegs das Land des Überflusses und der unbegrenzten Möglichkeiten, sondern das der Sünde; die Freiheit, an der sich sonst die Vorstellungskraft berauschte, verdarb und zersetzte die Seelen der Menschen. Und für Amerikas moralische Verkommenheit gab es kein besseres Sinnbild als die amerikanische Frau, die, von der Freiheit dazu ermutigt, sich ihrer Vergnügungs- und Selbstsucht hinzugeben, ganz begierig darauf war, sich im Beisein wildfremder Menschen die Kleider vom Leib zu reißen. Dass ihre Tochter zu einem dieser Wesen werden könnte, wünschten die Alis unter allen Umständen zu vermeiden.

Oder unter *fast* allen Umständen, wie Vater eines Abends beim Essen anmerkte.

»Wie scheinheilig«, beschwerte sich Mutter, während Vater und ich Hühnchen-Karahi mampften. »Rafiq will, dass seine Söhne hierher kommen, aber nicht seine Tochter. Wenn *die Söhne* mit weißen Frauen herumziehen, spielt das keine Rolle, aber Gott behüte, wenn *sie* dabei ertappt würde, wenn sie einen weißen Mann auch nur ansieht.«

»Die Söhne?«, fragte Vater.

»Das ist der einzige Grund, warum er überhaupt einen Gedanken daran verschwendet. Wenn sie kommt, kann sie ihren jüngeren Brüdern später unter die Arme greifen.«

Vater lächelte mokant. »Rafiq versucht also herauszukriegen, ob das Geld, das seine Söhne ihm aus Amerika schicken werden, es wert ist, wenn er seine Tochter zur Hure macht ...«

Ich wusste nicht, was dieses Wort genau bedeutete, aber bevor ich danach fragen konnte, schaltete sich Mutter dazwischen. »Findest du das witzig? So ein Wort vor deinem eigenen Kind?«

Vater sah mich an. »Je früher er weiß, wie es auf der Welt zugeht, umso besser.«

Mutter wandte sich an mich. »Halt dir die Ohren zu!«

»Mom ...«

»Keine Widerrede, Hayat.«

Widerstrebend wischte ich mir die curryverschmierten Hände ab und tat wie angewiesen. Das verhinderte allerdings nicht, dass ich hörte, was sie als Nächstes zu ihm sagte.

»Wenn du noch mal in seiner Gegenwart solche Ausdrücke in den Mund nimmst, werde ich dich hier rauswerfen lassen. *Rauswerfen*, hörst du?«

Vater wartete kurz, bevor er zu einer Erwiderung ansetzte. »Ist das ein Versprechen?«, sagte er trocken, sah dann schulterzuckend weg und aß weiter.

Letztlich erklärten sich Minas Eltern aus welchen Gründen auch immer dazu bereit, sie zu uns zu schicken. Wir erfuhren davon, als es eines Nachmittags an der Tür klingelte. Ich öffnete. Vor mir stand ein spindeldürrer Mann mittleren Alters mit stechend blauen Augen und einem violetten Muttermal, das sich über die Nase und die rechte Wange zog. In der einen Hand hielt er ein Klemmbrett, in der anderen einen dünnen Umschlag.

»Shah?«

»Ja.«

»Telegramm«, sagte er und reichte mir den Umschlag.

»Was ist das?«

»Ein Fernschreiben. Hier unterschreiben.« Er hielt mir das Klemmbrett hin, und ich trug meinen Namen ein.

»Was ist das überhaupt für ein Name? Shah? Bist du Perser, oder was?«

»Pakistani.«

Er grummelte. Er schien sich nicht ganz sicher zu sein, ob er mich verstanden hatte. Daraufhin neigte er den Kopf und musterte mich. Ich bemerkte das dünne silberne Kreuz, das er an einer Kette um den Hals trug. »Hasst ihr auch die Amerikaner?«, fragte er.

»Nein.«

Er starrte mich weiter an, schließlich nickte er. »Gut«, sagte er zufrieden. Damit drehte er sich um und ging zum olivgrünen Wagen, der mit laufendem Motor in unserer Einfahrt stand.

Am Küchentisch riss Mutter den Umschlag auf. »Minas Telegramm!«, rief sie erfreut.

»Was ist das, Mom?«

»Ein Brief, der telegrafisch übermittelt wird. Von einem Amt zum anderen. Von der einen Erdhalbkugel zur anderen, *Behta*. Als ich klein war, Hayat, wurden Nachrichten nach Übersee immer mit dem Telegramm geschickt. Heute hat man das Telefon, das ist einfacher. Aber in Pakistan ist das Telegramm immer noch hundertmal billiger als ein Telefonat.« Sie las es. »Sie hat ein Ticket gekauft.«

»Was schreibt sie?«

KOMME NACH AMERIKA STOPP ANKUNFT
13. MAI CHICAGO STOPP BRITISH AIRWAYS

Sie reichte mir das hauchdünne Blatt. Alles war in Großbuchstaben gedruckt, sogar das Wort »Stopp«.

»Warum steht hier ›Stopp‹?«

»Satzzeichen würden mehr kosten«, sagte Mutter und nahm das Telegramm wieder an sich. Dann sah sie mich mit weit aufgerissenen Augen an. »Schicken wir ihr eines zurück!«, sagte sie.

»Wo?«

»Bei Western Union.«

So machten wir uns auf den Weg. Mutter und ich gingen zur Mall, traten dort an den Schalter und füllten das Formular für das zu versendende Telegramm aus. Würde die Nachricht aus zehn oder weniger Wörtern bestehen, kostete es nur sechs Dollar. Jedes Wort darüber wurde mit siebzig Cent abgerechnet. Es war mir schleierhaft, wie Mutter überhaupt auf zehn Wörter kommen sollte, schließlich wollte sie doch nur mitteilen, dass Minas Telegramm angekommen war.

TELEGRAMM ERHALTEN STOPP
SEHR AUFGEREGT STOPP INSCHALLAH

Mutter sah mich an. »Was meinst du?«

Klang für mich okay.

Während Mutter am Schalter zahlte, entdeckte ich den Boten mit dem Fleck im Gesicht; er kam aus dem hinteren Raum, und unsere Blicke trafen sich.

Er nickte. Ich nickte ebenfalls.

Wie angekündigt kam Mina im Mai. Auf dem Weg zum Flughafen blieben wir im Stau stecken, so dass wir erst eintrafen, als das Flugzeug schon zur Landung ansetzte. Mutter war außer sich. Vater hielt an, und Mutter zerrte mich vom Rücksitz. Wir rannten zum Schalter der Fluggesellschaft, um uns nach dem Flug zu erkundigen, während Vater den Wagen parkte. Als der Angestellte verkündete, die Maschine sei bereits gelandet, stieß Mutter einen spitzen Schrei aus. Wir stürmten durch das Terminal zu Minas Gate. Doch als wir dort ankamen, war die Lounge leer. Zwei Stewardessen standen am Schalter. Mutter trat zu ihnen. In diesem Augenblick fiel mir eine Frau auf, die vor der Glasscheibe zum nächsten Gate stand. Sie war klein und drückte ein großes schlafendes Kind an sich, dessen Arme wie die Enden einer Stola zu beiden Seiten herunterbaumelten. Als Mutter zurückkehrte, deutete ich auf sie. »Ist sie das?«

»Miinnaa!«, rief Mutter voller Freude.

Mina drehte sich zu uns um, und ich staunte. Sie war genauso schön wie auf dem Foto, aber es war noch etwas an ihr: Selbstvertrauen, eine große Anziehungskraft.

Sie lächelte, und ich war hin und weg.

»*Bhaj*, ich habe mich schon gefragt, ob ich in der falschen Stadt gelandet bin!«

Mutter lachte, ihre Augen wurden feucht. Sie fasste Mina an den Schultern und sah sie eindringlich an. Minas selbstbewusstes Lächeln geriet ins Wanken, auch ihre Augen füllten sich mit Tränen. Die beiden Frauen umarmten sich. Minas Sohn, der zwischen ihnen klemmte, rührte sich und stöhnte.

Schniefend löste sich Mutter und nahm Mina den Jungen ab. »Hallo, mein Kleiner…«, gurrte sie. »Willkommen in Amerika.«

Imran legte den Kopf auf Mutters Schulter und schlief wieder ein.

Lächelnd trocknete sich Mina die Augen. »Er mag dich, *Bhaj*!«

»Alle mögen mich.«

»Bilde dir bloß nicht zu viel darauf ein!«

Sie lachten. Mina wandte sich an mich und rief entzückt aus: »Das ist also Hayat! Wie hübsch er ist. Wie ein Filmstar!«

Mutter rollte mit den Augen. »Und genauso verzogen…«

»Du wirst den Mädchen die Herzen brechen, was, *Behta*?« Sie sah mich unverwandt an. Und wieder war ich überrascht von der Intensität, der Lebhaftigkeit in ihrem Blick, die auf dem Foto nur andeutungsweise zu erkennen gewesen war. Es war überwältigend.

»Was ist los, *Behta*?«, fragte sie belustigt und strich mir durch die Haare. »Hat es dir die Sprache verschlagen?«

Ich grinste dämlich und nickte nur. Mir hatte es in der Tat die Sprache verschlagen.

Im Garten vor unserem Haus gab es drei große knorrige Bäume, alte, wunderschöne Eichen. Sie standen in einer Reihe, wobei die beiden äußeren sich mit ihren Wipfeln dem Baum in der Mitte zuneigten, als wären sie drei alte Weiber – so sagte Mutter immer –, die die Köpfe zusammensteckten, um ihre Geheimnisse auszutauschen. Man hatte Mutter gesagt, dass sie zu nah am Haus stünden und das Dach Schaden nehmen könnte, falls bei einem Sturm Äste herunterkrachten. Man hatte ihr deshalb geraten, sie zu fällen. Aber Mutter liebte die Bäume. Sie und Mina blieben vor einem der Stämme stehen, während Vater Minas Gepäck ins Haus trug. Auch ich hatte eine Tasche in der Hand und blieb stehen, um umzugreifen.

Mina hatte Imran auf den Armen – er tat so, als würde er schlafen, musterte mich in Wirklichkeit aber mit einem offenen Auge – und sah in die Krone hinauf. »Weißeichen«, sagte sie.

»So was in der Art«, erwiderte Mutter. »Ulmen oder Eichen oder *so was*.«

»Es sind Eichen, *Bhaj*. Weißeichen. Das sieht man an den Blättern.« Mina deutete darauf. »Im Frühling sind sie so rosa wie jetzt. So eine stand mitten im Hof der Bahnhofsschule, erinnerst du dich noch?« Mutters Blick schweifte in die Ferne. »Die Blätter waren genauso rosa wie hier, erinnerst du dich?«, fragte Mina.

Mutter nickte. »Ich wusste doch, dass es einen Grund geben muss, warum ich sie nicht fällen lassen will.«

Mina strich über den Stamm. »Muss hundert Jahre alt sein.«

»Das hat der Baummensch auch gesagt.«

An der Haustür rief Vater: »Ins grüne Zimmer, oder?«

»Ja, Naveed«, rief Mutter zurück. Sie wandte sich an Mina, als er drinnen verschwunden war. »Wie oft habe ich ihm gesagt, wo wir dich unterbringen! Und trotzdem muss er nachfragen! Außerdem gibt es sowieso nur ein freies Zimmer.«

Mina gluckste.

»Los, *Kurban*«, sagte Mutter zu mir. »Bring deiner Tante die Tasche ins grüne Zimmer.«

»In Ordnung, Mom.«

Ich schleppte die Tasche ins Haus und die Treppe hinauf zum ersten Zimmer im Flur, das wir wegen des leuchtend gelb-grünen Teppichs das grüne Zimmer nannten. Wir hätten es auch das Zeichentrick-Zimmer nennen können, denn die Wände waren mit vier lebensgroßen Comicfiguren geschmückt – mit Goofy, Daffy Duck, Bugs Bunny und Schneewittchen –, die bereits da gewesen waren, als wir das Haus gekauft hatten. Wochen vor Minas Ankunft hatte Mutter davon gesprochen, einen neuen Teppich verlegen und die Wände neu tapezieren zu lassen. Vater hatte gesagt, er werde sich darum kümmern, aber nie etwas unternommen.

Als nun Mina ihre Sachen aufs Bett legte, entschuldigte sich Mutter. »Ich wollte einen neuen Teppich reinlegen lassen. Naveed hat es mir versprochen.«

»Aber warum?«

»Die Farbe? Bekommst du keine Kopfschmerzen davon?«

»Die ist wunderbar. Ich will nicht, dass du dir so viele Umstände machst.«

»Es macht gar keine Umstände. Aber jetzt bist du hier, da können wir es zusammen machen. Du kannst dir eine Farbe aussuchen. Und wir überstreichen diese blöden Zeichentrickfiguren …«

Mina sah zu mir. Ich stand mit ihren Sachen vor dem Schrank. »Was meinst du dazu, *Behta*?«

Um die Wahrheit zu sagen, mir hatten die Farbe des Teppichs und auch die Zeichentrickfiguren immer gefallen. Sie brachten etwas Leben in unser ansonsten unerbittlich düsteres Haus. Aber ich bekam keine Möglichkeit, darauf zu antworten. Mutter schaltete sich dazwischen. »Es ist nicht wichtig, was er dazu meint. Wichtig ist, was *du* denkst.«

In diesem Augenblick tapste Imran, Minas vierjähriger Sohn, schlaftrunken von der Toilette ins Zimmer. Seine Füße waren unerklärlicherweise nass, mit seinen kurzen, schlurfenden Schritten hinterließ er dunkle Tapper auf dem knallgrünen Teppich. Mit weit geöffneten Augen sah er auf, und plötzlich lächelte er. Er trat an die Wand, streckte die Arme aus und drückte sich gegen Daffy Duck.

Mutter und Mina tauschten einen Blick.

»Oder wir lassen es einfach so, wie es ist«, sagte Mina.

Mutter nickte. »Na, vielleicht ist das *wirklich* das Beste.«

Mina und Imran litten an Jetlag. Am Nachmittag legten sie sich hin und schliefen die nächsten zwei Tage mehr oder weniger durch. Erst Mitte der Woche aßen wir zum ersten Mal zusammen. Ich kam am Nachmittag von der Schule heim, und im Haus hing der Duft von Lamm nach Lahori-Art, von selbstgemachtem Nan und Bhindi bhuna. Bei den Hausaufgaben am Küchentisch sah ich Mina und Mutter zu, die bis in den Abend hinein kochten, lachten und sich Geschichten auf Panjabi erzählten – das ich verstand, aber selbst nicht sprechen konnte. Mutter war so glücklich. Und neben ihr Mina, die tatsächlich und sehr lebendig um eben den Kühlschrank herumschwebte, an dem ihr Foto hing, das ich zwei Jahre lang angestarrt hatte. Es hatte wirklich etwas Erstaunliches, Wunderbares an sich.

Das herrliche Essen an diesem Abend versetzte sogar Vater in eine sentimentale Stimmung. Am Ende der Mahlzeit lehnte er sich auf dem Stuhl zurück, in seinem Blick ein weiches, zufriedenes Schimmern, und mit dem Lassi-Glas prostete er Mina und ihrem Sohn zu und sagte: »Es ist schön, dich hier zu haben.«

Mina sah ihn an, auf den Lippen dieses verführerische Lächeln, das ich vom Foto her kannte. »Danke, Naveed«, sagte sie. »Du bist sehr großzügig.«

Vater gab sich empört. »Unsinn«, widersprach er. »Außerdem solltest du nicht mir danken. Sondern Muneer. Sie hätte mir beide Beine gebrochen, wenn ich mich nicht einverstanden erklärt hätte … Aber ich muss sagen, ich bin froh darüber.«

»So, dann wissen wir jetzt also«, flachste Mutter, »dass der Weg zu deinem Herzen über den Magen geht.«

Er schenkte ihr ein maliziöses Lächeln. »Unter anderem.«

Mutter wurde rot und sah weg.

Auch Mina wandte den Blick ab und sah zu ihrem Sohn. »Sag danke zu deiner Tante Muneer und deinem Onkel Naveed.«

»Danke, Tante. Danke, Onkel«, murmelte Imran.

»Es ist uns eine Freude«, jubilierte Mutter.

Vater betrachtete liebevoll den Jungen. »Keine Ursache, *Kurban*«, sagte er.

Verwirrt sah ich zu Vater. Es schmerzte – wie ein Insektenstich am Herzen –, dass er Imran so genannt hatte.

»Was?«, fragte er.

»›*Kurban*‹?«, platzte ich heraus. »So nennst du sonst nur mich!«

»Was heißt das?«, kam es von Imran.

»Damit bezeichnen wir das Wichtigste, das wir verschenken können«, sagte Mina und wandte sich mit einem Lächeln an mich. »Das Opfer unseres Herzen.« Sie strich mir die Haarsträhnen aus den Augen. »Du bist auch mein *Kurban*«, sagte sie liebevoll.

Einige Wochen nach ihrer Ankunft erlebte ich zum ersten Mal, welch tieferes Verständnis Mina allem und jedem entgegenbrachte. Andere hielten dies für einen Ausdruck ihrer Intelligenz, meiner Ansicht nach handelte es sich dabei eher um eine spirituelle Gabe.

Sie saß am Esstisch, war in ein Buch vertieft, während ein Streifen der Nachmittagssonne wie ein glänzender Schal über sie drapiert war. Ich konnte sie klar und deutlich aus dem angrenzenden Wohnzimmer sehen, wo ich saß und wegen des

Eiscreme-Festes schmollte, das wieder einmal ohne mich stattfinden sollte.

In der letzten Woche des Schuljahrs, jeweils am Donnerstag, baute die Lutherische Kirche auf der Rasenfläche neben der Mason Elementary – wo ich die fünfte Klasse besuchte – einen Mini-Rummel auf und veranstaltete dort jedes Jahr das sogenannte Eiscreme-Fest. Es gab Buden, ein Karussell und mehr als nur ein paar Eisstände. Man bekam Banana-Split und Turtle Sundaes und das bei allen besonders beliebte Softeis in der Waffel. Dazu stellte die Schule die Turnhalle zur Verfügung, und während die Mütter und Schwestern und Freundinnen in Sandalen und pastellfarbenen Kleidern ihr Eis aßen, traten die Jungs und Väter zu einem Basketballspiel an, das schon Monate vorher in aller Munde war. Seit der zweiten Klasse versuchte ich meine Mutter dazu zu bringen, mich dorthin zu lassen.

»Wir gehen nicht in die Kirche, Hayat. Wir sind keine Christen. Irgendwo müssen wir eine Grenze ziehen.«

»Es geht nicht um die Kirche, Mom. Sondern ums Spielen und ums Eisessen.«

»In einer Kirche.«

»Davor. Und in der Schule.«

»Auf dem Schild vor der Kirche steht ›Eiscreme-Fest der Lutherischen Gemeinde‹.«

»Bitte, Mom.«

»Hayat, mach keine Schwierigkeiten.«

»Biiitte.«

»Nein. Und das ist mein letztes Wort.«

Sie ließ sich nicht erweichen. In einem Jahr allerdings – am Ende der vierten Klasse – fuhr sie absichtlich am Fest vorbei; vielleicht kamen ihr Zweifel, ob sie in dieser Angelegenheit nicht doch zu streng gewesen war. Als sie am Nachmittag nach Hause kam, bebte sie vor Zorn. »So, Hayat, das hat also nichts mit der Kirche zu tun, was? Und warum sind dann überall Priester und Nonnen? Die alle Eis essen, als wäre es ihr heiliges Brot. Und das alles vor dem Kreuz mit dem leidenden Jesus dran. Was denken die sich nur?«

Das war es dann. Ich würde nie auf das Eiscreme-Fest kommen.

Daher saß ich am letzten Donnerstagnachmittag der fünften Klasse im Wohnzimmer, trug noch die Sachen, die ich am Morgen in der Schule anhatte, und starrte Trübsal blasend zu Mina. Irgendwann sah sie auf.

»Hayat?«

»Hallo, Tante.«

»Hallo, *Behta*. Was ist los?«

»Nichts.«

Sie runzelte die Stirn.

»Komm her, mein Lieber.«

Ich hievte mich hoch und trottete hinüber zum Esstisch.

»Was ist los?«, fragte sie erneut.

Ich wusste nicht, was ich sagen sollte. Wenn ich ihr von dem Fest erzählte, würde es nichts daran ändern. Wozu also?

»Du bist doch nicht krank, oder?«, fragte Mina und legte mir die Hand auf die Stirn.

»Nein«, sagte ich und bemerkte ihr Buch. *Wendekreis des Krebses*. Der Umschlag zeigte einen großen, grauen, bedrohlich wirkenden Krebs. *Warum liest sie über Krebs?* »Du bist doch kein Doktor, oder, Tante?«, fragte ich.

In diesem Augenblick erschien Mutter in der Tür, die zum Flur und zur Treppe dahinter führte. »Was ist los? Hmm? Er quengelt doch nicht schon wieder wegen diesem gottverdammten Eiscreme-Fest, oder?«

»Gottverdammten Eiscreme-was?«, fragte Mina.

»Eiscreme-*Fest*. So eine christliche Albernheit.«

»Es ist nicht christlich«, warf ich ein.

»Ich sagte Nein!«, blaffte Mutter.

»Was ist das Eiscreme-Fest?«, fragte Mina.

»Sie verkaufen Eis, um Geld für die Kirche zu sammeln«, spottete Mutter.

»Das stimmt nicht. Es kostet nichts«, sagte ich.

Mutter warf mir einen warnenden Blick zu. »Nichts in diesem Land ist *kostenlos*. Das Schild vor der Kirche sagt, die Einnahmen kommen der Gemeinde zugute. Einnahmen wovon? Vom *kostenlosen* Eis?« Sie lachte höhnisch. »Wir haben es nicht nötig, den Christen Geld zu geben.«

Meiner Meinung nach gaben wir den Christen jeden Tag Geld. In der Mall, im Lebensmittelladen, auf der Post. Was war hier so anders?

Ich wollte bereits zu einer Erwiderung ansetzen, als Mutter mir ihren erhobenen Zeigefinger entgegenreckte. »Hayat, ich will von diesem verdammten Fest kein Wort mehr hören.«

Damit drehte sie sich um und ging hinaus.

Nachdem sie fort war, nahm Mina meine Hand. »Du willst da unbedingt hin, oder?«

Ich nickte. Bei ihren Worten musste ich schlucken.

»Hayat, lass es heraus.«

»Was herauslassen?«, fragte ich mit einem Kloß im Hals.

»Das, was du fühlst. Wenn du es drinbehältst, bleibt es dort. Du musst es herauslassen, das ist die einzige Möglichkeit, um es loszuwerden.«

Ich wusste nicht, was sie meinte. Mina beugte sich zu mir, hielt mich an den Schultern fest und sah mich eindringlich an. »Lass es zu, dass es wehtut, Hayat. Wehr dich nicht dagegen.«

»Es soll wehtun?«

»Wehr dich nicht gegen deinen Schmerz. Lass ihn einfach zu. Lass ihn da. Öffne dich ihm, öffne dein Inneres für ihn …«

»Okay«, sagte ich und erwiderte ihren Blick.

Ich spürte den Schmerz in meinem Herzen. Ich wehrte

mich nicht mehr dagegen. Nahezu im gleichen Moment zerbrach etwas in mir. Mein Hals schwoll an, mein Gesicht zog sich zusammen. Tränen schossen mir in die Augen.

Mina nahm mich in den Arm und hielt mich fest. Ich ließ los und weinte in ihre Schulter, und der Trost, den ich in ihrer Umarmung fand, war mit nichts vergleichbar, was ich bis dahin erlebt hatte.

Als die Tränen versiegten, wischte sie mir mit dem Ärmel das Gesicht trocken.

»Besser?«

Ich nickte. Es ging mir besser.

»Wenn du es drinbehältst, *bleibt* es drin. Und dann kann alles mögliche Schlimme passieren.«

»Was?«

»Das Schlimmste, was passieren kann? Wenn du zu lange an deinem Schmerz festhältst, meinst du irgendwann, du wärst dieser Schmerz.« Mina musterte mich. »Verstehst du, *Behta*?«

Ich nickte. Was sie sagte, klang für mich einleuchtend.

»Und wenn du meinst, du wärst dieser Schmerz, dann glaubst du irgendwann auch, dass du den Schmerz verdient hättest. Der Koran sagt, Allah ist *al-Rahim*. Weißt du, was *al-Rahim* bedeutet?«

Ich schüttelte den Kopf. Ich hatte diese Worte zahllose Male aus dem Mund meiner Mutter gehört, aber sie hatte mir nie erklärt, was sie bedeuteten.

»Es bedeutet, dass Allah verzeiht. Er vergibt uns. Und es bedeutet, dass wir den Schmerz, den wir in uns behalten, nicht verdient haben. Allah liebt uns. Er will, dass wir loslassen …«

Ich kam nicht mehr mit; sie bemerkte es. Wieder wischte sie mir mit dem Ärmel über das Gesicht und sagte dann mit plötzlich freudiger Stimme: »Hast du auf irgendetwas Lust … außer mir beim Lesen zuzusehen?«

»Ich weiß nicht.«

»Denk nach.«

»Worüber?«

»Gibt es etwas, was du jetzt und auf der Stelle tun möchtest …«

»Weiß nicht.«

»Wenn du es nicht weißt, gibt es eine ganz einfache Möglichkeit, es herauszufinden.«

»Wie?«

»Lass die leise Stimme in dir sprechen.«

Ich war verdutzt.

»Ich zeige es dir. Mach die Augen zu …«

Ich schloss die Augen.

»Was hörst du jetzt?«

»Deine Stimme.«

»Was noch?«

Ich lauschte. Gedämpft war ein Auto zu hören, das draußen vorbeifuhr. »Ein Auto auf der Straße«, sagte ich.

»Was noch?«

Ich drehte den Kopf zur Seite und lauschte noch mehr.

»Hörst du noch etwas?«

»Nein.«

»Deinen eigenen Atem, *Behta*? Hörst du ihn?«

Ich lauschte. Ich konnte ihn hören. Sacht, gleichmäßig. Ein, aus. Ich nickte.

»Hör auf deinen Atem«, sagte sie leise.

Ich konzentrierte mich, lauschte, glaubte einen Hohlraum in mir zu hören, der sich leise füllte und leerte.

»Hörst du die Stille, *Behta*?«

»Stille?«

»Am Ende vom Ein- und Ausatmen.«

Ich atmete ein und lauschte. Sie hatte recht. Am Ende jedes Ein- und Ausatmens herrschte Stille. Ich nickte.

»Wenn du diese Stille hörst, *Behta*, dann bleibe dort. Und

dann stell dir die Frage: ›Was will ich?‹ Sag dir in diese Stille hinein: ›Was will ich jetzt tun?‹«

Ich atmete ein, atmete aus und wartete auf die Stille danach. Die schimmernde, hell pulsierende, lebendige Ruhe.

Was will ich tun?, flüsterte ich mir zu.

Und dann sah ich etwas vor mir: mein rotes Schwinn-Typhoon-Eingangrad. Der Rahmen glänzte, es war so sauber wie an dem Tag, an dem meine Eltern es nach Hause gebracht hatten.

Ich riss die Augen auf. »Ich möchte mein Rad putzen!«, rief ich aus.

»Gut, *Behta*. Geh und putz dein Rad. Und dann dreh eine Runde. Hab deinen Spaß.«

Ich stürmte durch die Tür hinaus in die Garage, schob mein Fahrrad auf die Einfahrt und füllte einen Eimer mit Wasser und Putzmittel. Ich schäumte den Rahmen und die Räder ein und spritzte alles mit dem Gartenschlauch ab. Danach war mein Rad genau so, wie ich es vor mir gesehen hatte: rot, leuchtend, funkelnd.

Ich sprang auf und radelte davon. Ich war in Hochstimmung. Das Eiscreme-Fest hatte ich völlig vergessen. Die anschließende Fahrt durchs Viertel war alles andere als alltäglich, aber das lag nicht an irgendeiner bemerkenswerten Begegnung unterwegs, sondern an der Zufriedenheit, die sich während der Fahrt einstellte. Ich ergötzte mich an den einfachsten Dingen: dem gefleckten Teer, der unter meinen Rädern dahinsauste, dem Fahrtwind in meinem Gesicht, dem Druck der Pedale gegen meine Sohlen. Mehr bedurfte es nicht, als diese Dinge wahrzunehmen. Ich fühlte mich eins mit mir und konnte mich nicht erinnern, jemals so empfunden zu haben.

3

DIE ERÖFFNUNG

Imran war ein merkwürdiges Kind. Für einen Vierjährigen war er ungewöhnlich in sich gekehrt und hielt sich manchmal stundenlang in seinem Zimmer auf, wo er still vor sich hin spielte, umgeben von Zeichen- und Buntstiften, die anscheinend das Einzige waren, woran er seine Freude hatte. Ich konnte mir nur schwer vorstellen, dass er Minas Sohn war, und das lag nicht nur daran, dass er nichts von ihrer Ausgelassenheit oder Anziehungskraft hatte. Mit seinen dunklen Haaren, der dunklen Hautfarbe, den eng zusammenstehenden Äuglein und seinen scharfgeschnittenen Gesichtszügen sah er ihr überhaupt nicht ähnlich. Mutter wollte, dass ich ihn »unter meine Fittiche« nahm und ihn wie den kleinen Bruder behandelte, den ich nicht hatte. Ich bemühte mich nach Kräften. Ich spielte mit ihm. Ich lieh ihm meinen besonderen Baseballhandschuh, den ich sonst niemandem lieh. Ich ertrug seine Wutanfälle, wenn er bei unseren Dame- oder Schachpartien verlor. Ich las ihm in den Burgen, die wir im Fernsehzimmer aus Bettlaken bauten, Geschichten vor, auch wenn ich keine Lust dazu hatte. Aber egal, was wir machten, er schien mir nie seine ganze Aufmerksamkeit zu schenken. Früher oder später wurde ihm langweilig, und er verzog sich in sein Zimmer. Mehr als einmal folgte ich ihm, er lag dann auf dem Bett, hatte ein Malbuch auf dem Schoß und murmelte dem

Schwarz-Weiß-Foto zu, das gegen die Nachttischlampe gelehnt war.

Wenn er mich in der Tür bemerkte, drehte er sich zu mir um und sagte stolz:

»Das ist Hamed, mein Dad.«

Imrans Bild seines Vaters zeigte einen gepflegten Mann mit weißem Oxford-Hemd, der den Betrachter sonderbar ansah; sein Gesichtsausdruck hätte mich erstaunt, hätte ich ihn nicht zahllose Male bei Imran selbst bemerkt: zwei kleine, scheinbar vor Angst weit aufgerissene Augen, darüber wölbte sich allerdings eine glatte, vollkommen sorglose Stirn; ebenso paradox erschien mir der Mund, der unbekümmert leicht offen stand, die Zungenspitze aber drängte sich nervös gegen die oberen Schneidezähne, als wollte sie sich durch die kleine Lücke zwischen ihnen schieben.

Imran hatte kaum mit dem Reden begonnen, als er schon nach seinem Vater fragte. Da er spürte, dass mehr dahintersteckte als die vage, beunruhigende Geschichte, die seine Mutter ihm erzählte – es hatte einmal einen Mann gegeben, der sein Vater gewesen war, doch der war fortgegangen, und daher hatte er jetzt keinen Vater mehr –, wandte er sich für Antworten an andere. Es dauerte nicht lange, bis jeder männliche Besucher im Haus von dem kleinen Jungen belagert wurde; Imran kletterte ihm auf den Schoß, ließ sich von ihm in den Arm nehmen und fragte: »Bist du mein Vater?«

Als Imran drei wurde, beschloss Mina, ihm das einzige Foto ihres Exmannes zu zeigen. Wie befürchtet, bestärkte ihn das Bild noch in seiner Besessenheit. Abend für Abend wollte er nur noch einschlafen, wenn seine Mutter das Foto holte und es gegen die Nachttischlampe lehnte. Er sprach mit dem Foto und stellte die Fragen, die seine Mutter ihm nie beantworten konnte: Wo war er? Wann würde er zurückkommen? Es brach Mina das Herz, ihren Sohn mit einem Foto reden zu sehen, und wenn sie ihn zudeckte, geschah es daher immer mit einem Versprechen: Eines Tages würde sie für Imran einen Mann finden, der sein Vater werden würde.

Nach einigen Wochen bemerkte ich, dass Imran sich angewöhnt hatte, abends auf der untersten Stufe der Treppe im Flur zu sitzen und auf Vater zu warten. Und wenn er Vaters Wagen in der Einfahrt und das Quietschen des Garagentors hörte, war er bereits auf den Beinen, sprang vor der Tür herum und konnte es kaum erwarten, dass sie geöffnet wurde. Dann erschien Vater, ließ seinen Aktenkoffer zu Boden fallen, hob den Jungen hoch und gab ihm einen Kuss auf die Wange. »Du bist wieder da!«, piepste Imran voller Freude. Damit begann ihre abendliche Tour durchs Haus. Sie sahen in der Küche bei Mutter nach, die das Abendessen zubereitete, spähten in die dampfenden Töpfe und in den Herd, wo ordentlich aufgereihte Nans aufgewärmt wurden. Sie warfen einen Blick in die einzelnen Zimmer – in meines, in das von Mina –, wo sie kurz verweilten und sich erkundigten, wie der Tag verlaufen war und was wir unternommen hatten, während Imran in den Armen meines Vaters auf und ab hopste. Dann verschwanden sie im Schlafzimmer meiner Eltern, wo Vater Imran auf dem Bett absetzte, während er in Jeans und Sweatshirt schlüpfte und sie beide lachten und herumalberten und bis zur Essenszeit spielten.

Vater sah viel von sich selbst in dem Jungen und war nicht der Einzige, der meinte, selbst im zarten Alter von vier weise Imran mehr Ähnlichkeiten mit ihm auf als ich, sein leiblicher Sohn. Mutter bekräftigte ständig, wie ähnlich ihre Hände und Füße seien, ihre kurzen Finger und Zehen mit den stummeligen Nägeln, die niemals recht wachsen wollten, und wie eng ihre ungewöhnlich hellen Augen zusammenstünden. Mutter meinte, in ihrem Blick liege eine Intensität, die von hoher Intelligenz zeuge und von der Imran eines Tages hoffentlich besseren Gebrauch mache als Vater.

Es war befremdend, wie herzlich Vater mit dem Jungen umging. Es hatte mir einen Stich versetzt, als er Imran zum ersten Mal mit dem Kosewort »*Kurban*« angesprochen hatte, und es sollte nicht das letzte Mal sein. Aber wenn ich damit meinen Frieden schloss und sich meine Eifersucht auf Imran und die Aufmerksamkeit, die Vater ihm entgegenbrachte, in Grenzen hielt, dann, weil ich für mich eine Art Entschädigung gefunden hatte, die meinen Kummer linderte:

Sollte der kleine Junge ihn meinetwegen haben, solange ich Mina hatte …

Jeden Abend eine halbe Stunde vor dem Zubettgehen kam Mina zu mir. Sie führte mich in ihr Zimmer, setzte sich aufs Bett, stellte für jeden von uns ein Kopfkissen hochkant – manchmal auch ein drittes, wenn Imran noch wach war –, und wir machten es uns bequem. Sie hatte bereits die Nachttischlampe heruntergedimmt, damit wir in die richtige Stimmung kamen, wir kuschelten uns aneinander, und dann begann sie:

»Es war einmal …«

Ich liebte ihre Stimme. Und ich mochte es, ihr so nahe zu sein. Von nun an freute ich mich den ganzen Tag auf diese Abendstunde, in der ich neben ihr lag, ihren schwachen, süßlichen, an Jasmin erinnernden Duft einsog und mit geschlossenen Augen ihrer leisen Stimme lauschte, mit der sie uns Gutenachtgeschichten erzählte.

War Imran noch wach, begann Mina mit einer Geschichte über Dschinns. Dschinns waren Wesen, die laut dem Koran nicht wie wir Menschen aus Lehm geschaffen waren, sondern aus Feuer, und die nach Belieben ihre Gestalt ändern konnten. Mina erzählte uns von Dschinns, die groß waren wie Bäume, und von anderen, die schwarze Gewänder trugen und Glocken als Hände hatten, und von wieder anderen, die so schnell wie der Wind waren und im Morgengrauen Bauern aus dem Punjab von ihren Feldern jagten. Sie erzählte uns von einem – im ganzen Punjab berühmten – Dschinn namens Pichulpari, der in Gestalt einer Frau mit scharlachrotem Salwar über die Waldwege um Islamabad streifte. Pichulpari winkte Autofahrern zu, als würde er sich in Not befinden, und lockte hilfsbereite Seelen an den Straßenrand, wo er sie angriff. Manche der Opfer, sagte Mina, starben bei diesen Begegnungen. Mina kannte sogar einen Mann, der Pichulpari mit eigenen Augen gesehen hatte: Er hatte ihn als Frau beschrieben, die überhaupt nicht wie ein Mensch ausgesehen habe, ein Wesen mit langem Wolfsgesicht und mit Händen und Füßen, die seltsamerweise verkehrt herum an den Gliedmaßen saßen. Imran liebte diese Geschichten ebenso wie ich.

Aber ihre Geschichten vom Propheten gefielen mir besser.

Die meisten muslimischen Kinder meines Alters hätten die Geschichten aus Mohammeds Leben, die sie mir erzählte, bereits gekannt. Aber weder meine Mutter noch mein Vater waren besonders religiös, und wenn ich überhaupt Geschichten erzählt bekam, dann von meiner Mutter über die Geliebten meines Vaters. Insgeheim war meine Mutter ein gläubiger Mensch, aber das Leben mit Vater, für den Religion nur etwas für Dummköpfe war, hatte sie gelehrt, ihre religiösen Regungen für sich zu behalten. Laut meiner Mutter stammte Vaters Abneigung gegen den Glauben von seiner Mutter, deren Frömmigkeit Vorwand gewesen war, um ihre Kinder zu misshandeln: Sie hatte sie zum Morgengebet aus den Betten geprügelt und ihnen nichts zu essen gegeben, wenn sie ihre täglichen religiösen Studien nicht absolviert hatten. »Aber das heißt nicht, dass er nicht trotzdem an Allahmia glaubt«, versicherte mir Mutter. Als Mina herausfand, wie wenig ich über den Islam wusste, übernahm sie es freudig, diese Wissenslücke zu schließen.

Die Kindheitsgeschichte unseres Propheten trieb ihr die

Tränen in die Augen, egal, wie oft sie sie erzählte: ein kleiner arabischer Junge, der alles verloren hatte, was ein Junge nur verlieren konnte, dessen Vater schon tot war, als er zur Welt kam, und dessen Mutter starb, als er sechs Jahre alt wurde. Trotz dieser Schicksalsschläge war der kleine Mohammed niemals trübsinnig. Wo immer er auftauchte, konnten die Menschen nicht umhin, seine Gutmütigkeit zu rühmen, seine ungewöhnliche Ruhe und Gefasstheit und das besondere Licht, das in seinen Augen leuchtete. Dieses Licht, sagte Mina, empfing er kurz nach dem Tod seiner Mutter von Gott. Eines Nachmittags, als er mit Freunden spielte, erschienen drei rätselhafte, in Lichtschleier gehüllte Wesen – es waren Engel – und trugen ihn fort zu einem fernen Berg. Dort fasste der erste Engel Mohammed in die Brust und schnitt ihm den Bauch auf. Der junge Mohammed spürte keinen Schmerz, als die Hand des Engels in seinem Körper verschwand und schließlich mit dem klebrigen Knäuel seines Gedärms wieder zum Vorschein kam. Der Engel säuberte die Gedärme mit dem frischen Schnee aus einer magischen grünen Vase. Nun trat der zweite Engel an ihn heran und steckte die Hand in die noch immer offene Brust des Jungen. Er nahm Mohammeds Herz heraus, suchte darin herum und entnahm ihm einen kleinen schwarzen Klumpen. Dieser Klumpen, erklärte Mina, war der Same des Bösen, der in allen menschlichen Herzen liegt, aber nicht mehr in dem von Mohammed. Der dritte Engel trat heran und setzte alles wieder zusammen, legte die Organe an ihren Platz und verschloss die Brust. Der Engel erklärte, dass ihre Aufgabe damit beendet sei, und Mohammed wurde zu seinen Spielgefährten zurückgebracht, von denen keiner bemerkt hatte, dass er überhaupt verschwunden gewesen war. Das ganze Wunder hatte nur so lange wie ein Lidschlag gedauert.

Zwei Jahre später, als Mohammed acht war, starb auch der Mann, den er Vater genannt hatte, nämlich sein Großvater.

Mina sagte immer, Gott liebte Mohammed mehr als jeden anderen Menschen, aber das wollte mir nicht recht einleuchten. Warum raubte ihm Allah dann jeden Menschen, den er liebte?

»Um ihn zu lehren, sich nur auf Allah zu verlassen«, erklärte Mina.

»Aber warum?«, fragte ich.

»Weil es die Wahrheit ist, *Behta*. Eine Wahrheit, die die meisten nicht ertragen können, aber trotzdem eine Wahrheit: Gott ist der Einzige, auf den wir uns wirklich verlassen können.«

Ich zweifelte damals nicht an ihren Worten, aber, erinnere ich mich, ich wollte auch nicht meine Eltern – oder Mina – verlieren, nur damit ich etwas Wahres erfahre. Egal, wie wahr es sein mochte.

Meine Lieblingsgeschichte aus Mohammeds Leben spielte in einer Höhle. Es war die Geschichte, die davon berichtete, wie er zum Propheten des Islam wurde. Er war bereits vierzig Jahre alt, verheiratet, Händler von Beruf, von seinem Wesen her aber ein »Wahrheitssucher«, wie Mina ihn nannte. Und während seiner Reisen auf den Handelsrouten nach Syrien traf Mohammed heilige Männer des Christen- und des Judentums, von denen er von Abraham und dessen Lehren vom einen und einzig wahren Gott erfuhr. Diese Christen und Juden, behauptete Mina, hatten Mohammed zu beten gelehrt. Und während eines dieser stillen Gebete, nachts in einer dunklen Höhle im Berg Hira, nicht weit von seinem Haus, hörte Mohammed eine Stimme.

»Trage vor!«, sagte diese Stimme.

Mohammed schlug die Augen auf. Vor ihm schwebte im blendenden Licht eine männliche Gestalt. Es war der Erzengel Gabriel. Mohammed öffnete den Mund und wollte etwas sagen, aber kein Laut kam über seine Lippen.

»Trage vor!«, wiederholte der Engel. Das Echo hallte drohend durch die Höhle.

Wieder versuchte Mohammed etwas zu sagen, konnte es aber nicht.

Nun kam Gabriel näher, sein Lichthof wurde noch heller, noch unerträglicher. Mohammed meinte, sein Herz müsse jeden Moment zerspringen.

»Trage vor!«, befahl der Erzengel erneut.

»Ich weiß nicht, was ich vortragen soll!«, rief Mohammed schließlich zitternd.

Jetzt nahm Gabriel den Sterblichen in seine Arme aus Licht. Und als Mohammed vor Angst ohnmächtig zu werden drohte, geschah es. Worte erblühten auf seiner Zunge, Worte, von denen er nicht gewusst hatte, dass er sie in sich trug. Und was er an jenem Abend sprach, erzählte Mina mit Stolz, waren die ersten Worte unserer großen Offenbarung.

Der Koran.

Es war Ende August, der Abend meines elften Geburtstags. Mina kam mich früher als sonst aus dem Fernsehzimmer holen. »Ich habe etwas für dich, *Betha*«, sagte sie. Als wir in ihrem Zimmer waren, schloss sie die Tür, zog sich den Schal über die Schultern und bedeckte den Kopf. Sie trat ans Bücherregal und griff nach dem grünen Buch, das ganz allein auf dem obersten Brett lag. Sie legte es an die Lippen, küsste den Einband, dann reichte sie es mir. »Es ist an der Zeit, dass du einen eigenen Koran besitzt. Aber bevor ich ihn dir gebe, möchte ich, dass du dir die Hände wäschst. Respekt vor unserem heiligen Buch beginnt mit Reinlichkeit.«

Ich ging ins Bad und schrubbte mir die Hände mit Seife und brühheißem Wasser. Als ich ins Zimmer zurückkehrte, stand Mina hinter einem Stuhl mit Blick zum Fenster, die Richtung, in die sie fünfmal am Tag betete, in den Händen hielt sie einen langen, weißen Musselin.

»Setz dich, *Betha*«, sagte sie.

Ich tat es, und Mina wickelte mir das Tuch um den Kopf. Ihre Berührung war warm; ein Schauer durchlief mich. »Wir bedecken unseren Kopf aus Respekt vor dem Wort Gottes.« Nachdem sie damit fertig war, reichte sie mir den Koran.

»Küss ihn«, flüsterte sie.

Ich hob das Buch an meine Lippen. Der weiche, grüne Ledereinband fühlte sich kalt an.

»Schlag die erste Sure auf«, sagte sie.

»Die erste was?«

»Sure. So nennen wir die Kapitel im Koran. *Suren*.«

Die noch frische Bindung knisterte, als ich das Buch aufschlug. Jede Seite war ein kleines Kunstwerk. Links fand sich jeweils, golden eingerahmt, der arabische Text, rechts gegenüber die englische Übersetzung. Ich blätterte um, und die Seiten – schwer wie Pergament – verströmten den frischen, angenehmen Geruch neuen Papiers.

Ich fand die erste Sure, eine halbe Seite mit Versen, die mit »Eröffnung« überschrieben waren.

»Genau«, sagte Mina. »Lies sie mir vor.«

Ich räusperte mich und begann zu lesen:

Im Namen Gottes, des Barmherzigen, Gnädigen.
Lob und Preis sei Gott, dem Herrn aller Weltenbewohner,
Dem Barmherzigen, Gnädigen,
Dem Herrscher am Tag des Gerichts.
Dir allein wollen wir dienen, zu dir allein flehen wir um Beistand.
Führe uns den rechten Weg,
Den Weg derer, die sich deiner Gnade freuen,
Und nicht den Pfad jener, über die du zürnst
Oder die in die Irre gehen.

Ich haspelte durch den Text, blieb am Wort »Barmherzigen« hängen, und als ich mich schließlich bis zum Ende durchgekämpft hatte, stellte ich überrascht fest, dass Mina mich anlächelte. »Weißt du noch, als der Erzengel Gabriel in die Höhle gekommen ist und dem Propheten befohlen hat, vorzutragen?«

Ich wusste es noch.

»Nun, *Behta*«, erklärte sie und deutete auf die Seite, »das sind die Worte, die an jenem Abend aus dem Mund des Propheten kamen … *Friede sei mit ihm.*«

Da fiel mir wieder eine Frage ein, die ich ihr schon seit geraumer Zeit hatte stellen wollen. »Tante, warum sagst du immer *Friede sei mit ihm*?«

»Aus Respekt, Hayat. Der Prophet hat uns allen so viel gegeben, also sollten wir ihm etwas zurückgeben, indem wir um den Frieden seiner Seele beten.«

»Muss man das immer sagen?«

Mina lachte. »Nein, *Behta*. Wie bei allem im Leben, Hayat, kommt es auf die innere Einstellung an. Wichtig ist nur, dass du das Andenken des Propheten achtest.« Sie beugte sich zu mir und blätterte die Seite um. Ihr Arm strich über meinen und hinterließ ein prickelndes Gefühl, das sich über den Arm bis hinauf zum Nacken zog.

Mina blätterte um, erklärte, dass es 114 Suren gab, von denen jede das Ergebnis eines Treffens zwischen Gabriel und Mohammed war. Manchmal fanden diese in der Höhle im Berg Hira statt, manchmal zu Hause im Beisein seiner Frauen, manchmal, wenn er träumend auf dem steinharten Bett lag, auf dem er sein Leben lang und auch dann noch geschlafen hatte, als er zu so etwas wie einem König geworden war und sich vieles hätte leisten können.

Mina erklärte, dass daneben der Koran in dreißig Abschnitte von gleicher Länge gegliedert wurde, die man Dschuz nennt.

So unterteilten ihn die Hafiz, die das heilige Buch auswendig konnten. Mina sagte, ein Hafiz zu werden sei das Größte, was man in seinem Leben erreichen könne. Damit sichere man nicht nur für sich selbst einen Platz in der Dschanna, sondern auch für seine Eltern. Dschanna, unser Wort für »Paradies«: der himmlische Garten und höchstes Ziel all unserer Mühen. Ich wusste zwar wenig über unseren Glauben, aber ich wusste, wie wichtig das Paradies war. Für uns Muslime hat das Leben auf der Erde keinen Wert, wenn es nicht zu dieser Heimstatt endlosen Friedens und endloser Freuden führt, wo Flüsse aus Milch und Honig fließen und die berühmten Jungfrauenscharen auf unsere Ankunft warten.

Mir war zwar nicht ganz klar, was »Jungfrau« eigentlich bedeutete, ich wusste aber, dass es mit der kribbeligen Faszination und dem Schamgefühl zu tun hatte, das sich bei mir einstellte, wenn zum Beispiel Bo Derek in den Trailern für *10 – Die Traumfrau* über unseren Fernsehbildschirm schwebte oder ich die endlose Parade bikinitragender Frauen in Highheels zu sehen bekam, die bei Schönheitswettbewerben für die Kameras posierten – und die Mutter trotz ihrer scheinbar grenzenlosen Verachtung weißer Frauen unerklärlicherweise mit religiöser Inbrunst schaute. Ich wusste, das Wort »Jungfrau« hatte etwas mit den Reizen eines unbekleideten Frauenkörpers zu tun, was für mich alles noch sehr mysteriös war, da ich über die *Facts of Life* nicht mehr wusste, außer dass so eine Fernsehserie über vier Mädchen in einem Pensionat hieß. Meine Verwirrung wurde durch einen scheinbar paradoxen Umstand noch gesteigert: Warum waren uns diese Körper jetzt verboten, wenn sie uns doch später in der Dschanna ausdrücklich versprochen wurden?

»Bist du ein Hafiz, Tante?«, fragte ich.

Sie lachte. »Dafür bin ich zu faul, *Behta*. Den Koran auswendig zu lernen ist harte Arbeit. Man braucht dazu viele

Jahre, und man muss dafür ein ganz besonderer Mensch sein. Ein Hafiz gibt nie auf.«

Nichts erschien mir damals so faszinierend wie diese rätselhaften Hafiz, wer immer sie sein mochten.

Mina schlug erneut die Seite mit der Eröffnung auf. »Lesen wir sie noch mal«, sagte sie.

»Zusammen?«

»Nein, *Betha*. Du liest sie mir vor.«

Ich begann zu lesen. Geschmeidig ratterte ich den Text herunter. Erst als Mina mich unterbrach und fragte, ob ich auch verstanden hätte, was ich vorlas, wurde mir bewusst, dass ich dem Inhalt keinerlei Aufmerksamkeit geschenkt hatte – nur dem Vergnügen, meine eigene Stimme zu hören.

Also las ich die Verse noch einmal.

»Ich verstehe die Wörter, Hayat«, unterbrach sie mich. »Ich will wissen, was sie *bedeuten*.«

Mein Blick war auf ihren Mund gerichtet, auf ihre rosafarbenen, vollen Lippen. Eine ihrer Gesichtshälften wurde von der Nachttischlampe erhellt, die andere war halb in den Schatten getaucht. Sie war wunderschön.

»Hayat? Hayat?«

»Ja, Tante?«

»Ich will, dass du dich konzentrierst, okay?«

»Tut mir leid.«

»Schauen wir uns noch einmal diese Zeilen an. Drei Wörter werden wiederholt … Welche sind es?«

Ich betrachtete die Seite. Im Lampenlicht pulsierten die schwarzen Buchstaben vor dem gelb-weißen Papier. Minas Finger mit ihren roten Nägeln wanderten die Zeilen entlang. Ich versuchte mich zu konzentrieren und suchte die wiederholten Wörter.

Im Namen Gottes, des Barmherzigen, Gnädigen.
Lob und Preis sei Gott, dem Herrn aller Weltenbewohner,
Dem Barmherzigen, Gnädigen.

»›Gott‹, ›Barmherzigen‹, ›Gnädigen‹«, sagte ich.

»Gut. Also, was ›Gott‹ bedeutet, weißt du. Aber wie steht es mit den anderen beiden Wörtern? Fangen wir mit ›gnädig‹ an. Was bedeutet ›gnädig‹?«

»Wenn jemand nett ist?«

»Nicht nur. Man kann es genauer sagen.«

Das Wort weckte bei mir ein warmes Gefühl, Freundlichkeit, etwas Befreites, Befreiendes. Aber ich wusste nicht, wie ich es erklären sollte.

»Ich weiß es nicht«, erwiderte ich genervt.

»Ich will dir helfen, Hayat ... Wenn dich jemand schlägt, was tust du dann?«

»Zurückschlagen?«

»Oder?«

Ich dachte darüber nach. »Es jemandem sagen?«

Sie lächelte. »Oder?«

Ich hatte keine Ahnung.

»Du kannst ihm verzeihen«, sagte sie. »Wenn du ihm verzeihst, erweist du dich als gnädig.« Ihre Definition war für mich von bestechender Klarheit. »Und ›barmherzig‹?«, fuhr sie fort. »Weißt du, was das bedeutet?«

Ich zuckte mit den Schultern. Ich wusste es nicht.

»Es bedeutet, Gutes zu tun«, sagte sie. »Wenn du Gutes tust, bist du barmherzig.« Sie berührte meine Wange. »Was also sagt uns der Koran bereits ganz am Anfang?«

»Dass Gott vergibt? Und Gutes tut?«

Sie lächelte mich an. »Ganz genau, Hayat. Und ich möchte dir noch etwas sagen, etwas ganz Besonderes ...« Sie beugte sich zu mir vor, senkte die Stimme, und ihr leichter britischer

Akzent schien ausgeprägter als sonst: »Etwas, was mir niemand erzählt hat und ich erst erfahren habe, als ich schon älter war als du jetzt … und ich will, dass du es niemals vergisst. Einverstanden?«

Ich nickte.

»Allah wird dir immer vergeben, egal, was du tust. *Egal, was du tust*. Du musst ihn nur *bitten*, dass er dir vergibt. Das bedeutet, dass er *gnädig* ist. Und Allah ist auch *barmherzig*. Und das bedeutet, er wird immer dafür sorgen, dass es zum Guten geschieht, egal, was dir zustößt.«

»Du meinst, auch die schlechten Dinge, die manchmal passieren? Auch die geschehen zum Guten?«

»Genau, mein Lieber.« Ihre Augen funkelten jetzt. »Diese Sure erzählt uns vom Wesen Allahs, *Behta*. Es liegt in seinem Wesen, uns zu verzeihen. Und es liegt in seinem Wesen, das zu tun, was zum Guten ist. Was das bedeutet, ist nicht schwer zu verstehen: Du musst dir niemals Sorgen machen. Niemals. Du bist immer in Sicherheit. So sicher, als würde Allah selbst dich in seiner Hand tragen.« Sie streckte ihre Handfläche aus, ihre schmale Hand mit den dunklen, sich kreuzenden Linien. Wie die Seite in dem Buch – und ihre Finger, die darauf ruhten – kam mir jetzt auch ihre Hand als etwas ganz und gar Besonderes vor. Erneut küsste sie mich auf die Stirn. »Allah wird mit dir sein, *Behta*.«

In jener Nacht kribbelte und prickelte mein ganzer Körper. Ich erinnere mich noch gut an meinen Baumwollpyjama und wie er sich angefühlt hatte, den Stoff, der sich hier und dort gegen die Haut gedrückt, mich berührt hatte, als wäre er lebendig. Aber das war nur die Oberfläche. Auch tief in mir war alles in Aufruhr. Selbst meine Knochen schienen zu atmen. Mein Körper fühlte sich an, als wäre er zu sich selbst gekommen, als wäre er mit Luft gefüllt und als dehnte er sich mit dem Licht aus.

Ich schlief und träumte die ganze Nacht von Minas Händen, die die gelb-weißen Seiten meines neuen Korans umblätterten.

Am nächsten Abend, eine halbe Stunde vor dem Zubettgehen, wusch ich mich, band mir den Musselin, den Mina mir geschenkt hatte, um den Kopf und ging mit meinem neuen Koran zu ihr. Nachdem ich in der Schulpause die Verse, die wir am Abend zuvor gelesen hatten, auswendig gelernt hatte, sagte ich sie aus dem Gedächtnis auf.

»Wie wunderbar, *Behta*!« Sie war ganz überrascht. Sie nahm mich in die Arme, und plötzlich war wieder dieses Gefühl da: dieser köstlicher Schauer, der mir durch und durch ging. »Ich habe das Gefühl«, flüsterte sie mir ins Ohr, »ich habe das Gefühl, dass du eines Tages noch ein Hafiz wirst.«

4

EINE NEUE WELT

In den folgenden Monaten machte ich eine Reihe von spirituellen Erfahrungen, die einzigartig in meinem Leben bleiben sollten und die alle mit dem Koran und meinen abendlichen Studien mit Mina zu tun hatten. Wenn ich ihr Zimmer verließ, durchströmte mich ein warmes Gefühl, meine Wahrnehmung war intensiver, und manchmal war ich so hellwach, dass ich mich unmöglich ins Bett legen konnte. Dann setzte ich mich an meinen Schreibtisch – das weiße Tuch noch um den Kopf – und lernte Verse auswendig. Die Morgen nach diesen langen Abenden waren nicht so schlimm, wie Mutter gewarnt hatte, als sie mich einmal nach zehn Uhr am Schreibtisch erwischt hatte. Wenn, dann waren diese Morgen noch angenehmer: die Bäume, ihre laubgetüpfelten Silhouetten waren in ein prächtiges Licht getaucht, das so viel mehr war als nur der Schein der Sonne; die weißen Wolken türmten sich vor dem blauen Himmel, majestätische Skulpturen zur unermesslichen Ehre des Allmächtigen. Doch nicht nur die Schönheit der Natur bewegte mich in diesem erhabenen Zustand. Selbst die ölverschmierte Radachse des gelben Schulbusses, der jeden Morgen am Ende unserer Auffahrt zum Halt kam, fesselte mich – die drehende Nabe, das große, quietschende Rad, alles schien auf unergründliche Weise von einer eigentümlichen, großartigen, heiligen Macht zu künden.

In der Schule – ich war eben erst in die sechste Klasse gekommen – fand ich mich manchmal in einem Zustand unheimlicher Ruhe und Wachheit wieder. Etwas so Schlichtes wie das Spiel des Sonnenlichts auf der grünen Schultafel im Klassenzimmer konnte mich stundenlang fesseln. Ganz zu schweigen vom Essen in der Cafeteria. Einmal, erinnere ich mich, war ich regelrecht geschockt, als ich beim Mittagessen aus meinem Milchkarton trank – der volle, sahnige, so tröstliche Geschmack konnte nichts anderes als ein Wunder sein. Einerseits fragte ich mich, warum ich bis dahin noch nie wirklich Milch gekostet hatte, andererseits wusste ich sehr wohl, dass solche Erfahrungen von meiner Beschäftigung mit unserem heiligen Koran herrührten.

In diesem Oktober, bei einer Partie Touch Football, das wir in der Nachmittagspause spielten, blickte ich über die Schulter hinauf in den Himmel, wo ich den Ball erwartete, der, wie unser Quarterback Andy im Huddle gesagt hatte, in meine Richtung kommen würde. Statt des Balls entdeckte ich hinter einer Wolkenschicht etwas Rundes, Vollkommenes, einen leuchtenden, weißen Kreis. Und in den wenigen Sekunden, die der Ball brauchte, um Andys Hände zu verlassen und auf mich zuzufliegen – und in denen mir klar wurde, dass ich die Sonne sah –, war ich so tief in meine Betrachtung versunken, dass mir der Ball durch die Hände rutschte. Meine Mannschaftskameraden machten sich über mich lustig. Ich lächelte belämmert und entschuldigte mich. Meine Reue aber war nur gespielt, denn insgeheim sagte ich mir die Verse vor, die ich in dieser Woche für Mina auswendig gelernt hatte:

Bei der Sonne und ihrem Glanz …
Und bei dem Tag, an dem er sie erstrahlen lässt,
Und bei der Nacht, die sie umhüllt,
Und bei dem Himmel und dem, der ihn errichtete,
Und bei der Erde und dem, der sie ausbreitete …

Auf dem Weg zurück zum Scrimmage sah ich hinüber zum Schulgebäude, dem eingeschossigen, beigefarbenen Backsteinbau, der sich unter den hohen, dahinter gelegenen Baumreihen erstreckte; und hinter diesen Bäumen lag der Worth Park und hinter ihm das Shopping-Center und das Kino und die Apotheke; und dahinter Wälder und Felder und wer weiß was noch. Ich sah zur Straße mit den Einfamilienhäusern. Hinter ihnen gab es weitere Häuser, dann einen Highway, dann wieder Häuser. Ich sah hinauf in den Himmel, zu der dünnen Wolkenschicht vor dem blauen Dach, das das dunkle All verdeckte, den weiten Raum, der, wie ich wusste, von glühenden Sternen und rotierenden Planeten bevölkert war und – laut unserem Naturkunde-Lehrbuch – zu einem sich immer weiter ausdehnenden Universum gehörte.

Plötzlich war ich von Ehrfurcht ergriffen, als ich an diese Unendlichkeit dachte. Und nicht nur an die Unendlichkeit des Universums, das ich hinter den Wolken nicht sehen konnte, sondern auch die der Welt um mich herum: die zahllosen Schulen und Bäume und Häuser und die Menschen, die zahllosen Kinder auf den Spielplätzen. Wie viele von ihnen dachten in diesem Moment – genau wie ich – an die endlosen Schulen und Häuser und Bäume und die unendlichen Sterne, die sich immer wieder aufs Neue auftaten …

Es war wahrscheinlich nicht das erste Mal, dass mir solche Gedanken Ehrfurcht einflößten, aber es war das erste Mal, dass ich ein Wort hatte, mit dem ich meine Gefühle beschreiben konnte, ein Wort, das ich aus dem Koran gelernt hatte:

Herrlichkeit.

Es ist alles die Herrlichkeit Gottes, dachte ich, als ich zurücktrabte und meinen Platz im Huddle einnahm.

»Ich rauche nicht, ich trinke nicht. Mein einziges Laster ist der Tee!«

Das hörte ich Mina oft sagen, aber immer mit einem verschmitzten Lächeln, so dass man ihr ihre Gewissensbisse nicht so recht abnahm. Tatsache war: Ihr Tee war phänomenal – kraftvoll, aber unaufdringlich, mit einem klaren, prägnanten Aroma, bei dem man sich sofort etwas gerader hinsetzte, und voller komplexer, subtiler Geschmacksnuancen, die sich erst im Mund entfalteten und, sobald sie verblassten, den Wunsch nach dem nächsten Schluck weckten. Es war das Ergebnis einer Zubereitung, die keinerlei Ähnlichkeit mit dem Eintunken eines Teebeutels in heißes Wasser aufwies, so wie es meine Eltern machten. Was Mina zubereitete, glich eher einem Eintopf: lose Teeblätter (Darjeeling oder Assam, dazu eine Prise Earl Grey oder Lady Grey, je nach Laune), eine zerriebene Kapsel Kardamom, eine oder zwei Gewürznelken, jeweils eine Messerspitze Zimt und gemahlenen Ingwer, eineinhalb Teelöffel Zucker, das alles in einem Topf mit halb Vollmilch, halb Wasser auf niedriger Hitze zum Kochen gebracht. Sie stand über ihrem Gebräu, rührte mit einem Holzlöffel und nahm jedes Mal den Topf von der Herdplatte, wenn es zu kochen begann. Sie wartete, bis der Tee eine ganz bestimmte Farbe aufwies – ein cremiges Dunkelbraun –, bevor sie die Herdplatte ausschaltete und die Flüssigkeit direkt in die bereits aufgereihten Tassen goss. Die ganze Küche war erfüllt von dem süßen Aroma, dem Duft nach Milch und Tee und Zucker und Gewürzen. Mir lief jedes Mal das Wasser im Mund zusammen.

Vater schmeckte ihr Tee so sehr, dass er von ihr lernen wollte, wie man ihn zubereitete. An einem Nachmittag stand er neben Mina am Herd, und sie leitete ihn durch die einzelnen Schritte. Als sie fertig waren, setzten sich Vater, Mutter und Mina an den Küchentisch und kosteten das Resultat.

»Hmmm. Er ist gut, Naveed«, sagte Mina.

»Nicht so gut wie der, den *du* machst«, beeilte sich Mutter anzufügen.

»Es war sein erstes Mal, Muneer.«

»Ob erstes oder letztes Mal, es interessiert mich nicht. Er ist einfach nicht so gut.«

Vater ging auf sie nicht ein.

»Zu viel Zimt«, sagte Mutter.

Prüfend nahm Mina einen Schluck. »Ich glaube nicht. Ich finde, es könnte sich alles ein wenig harmonischer verbinden. Vielleicht sollte man ihn in einen Topf umfüllen, damit er noch etwas ruhen kann, bevor man ihn trinkt.«

»Aber das machst du auch nicht«, warf Vater ein.

»Aber ich bin sehr achtsam beim Umrühren. Ich mache es ganz langsam.«

»Man muss *achtsamer* sein, ganz genau«, kam es von Mutter. Vater beachtete sie immer noch nicht und nahm einen weiteren Schluck. Mina wandte sich zu mir und bot mir ihre Tasse an.

»Willst du den Tee deines Vaters probieren, *Behta*?«

Mutter hob die Hand. »Für ihn nicht.«

»Warum nicht?«, fragte ich.

»Du bist zu jung. Wenn du achtzehn bist, kannst du Tee und Kaffee trinken. Jetzt nicht.«

»Aber ich habe schon Tee getrunken.«

»Wann?«, fragte Mutter überrascht.

»Ich habe ihm welchen gegeben«, sagte Mina, bevor ich antworten konnte.

»Hmmm«, kam es missbilligend von Mutter.

Ich sah zu Imran hinüber. Er malte in seinem Malbuch und hatte ein Glas Milch vor sich stehen. Genau wie ich. »Ich bin alt genug«, sagte ich.

»Wer sagt das?«, fragte Mutter.

»Mach daraus doch keine so große Sache, Muneer«, sagte Vater. »Es geht doch nur um eine Tasse Tee.«

»Er ist alt genug zum Beten. Warum nicht auch für eine Tasse Tee?«, erwiderte Mina und warf mir einen Blick zu, der mir zu verstehen gab, worauf sie abzielte. Seit Wochen flehte ich sie an, mir das Beten beizubringen.

»Alt genug zum Beten? Na, dazu müsste unser *unachtsamer* Herr es ihm aber erst beibringen«, erwiderte Mutter ungerührt. Im Islam gehörte es zu den Pflichten des Vaters, seinem Sohn das Beten beizubringen.

»Muneer, ständig widersprichst du dir«, entgegnete Vater. »Sonst beschwerst du dich immer über die muslimischen Männer, und jetzt kritisierst du mich, weil ich nicht muslimisch genug bin.«

»Das ist kein Widerspruch«, sagte Mutter und tippte mit dem Zeigefinger nervös gegen ihre Teetasse. »Was es an muslimischen Männern auszusetzen gibt, hat nichts mit dem *Beten* zu tun. Sondern damit, wie sie ihre Frauen behandeln.«

Vater rollte mit den Augen und nahm einen weiteren Schluck.

»Ich unterweise ihn gern, wenn du nichts dagegen hast«, sagte Mina zu Vater.

Freudestrahlend drehte ich mich zu Vater hin. Doch der schien alles andere als begeistert. »Du hast ihm doch eh schon den Kopf verdreht mit diesem *Buch*.«

Vaters mangelnde Begeisterung brachte natürlich unweigerlich Mutter auf den Plan. »Na, ich halte es für eine hervorragende Idee!«, trällerte sie.

Mina beäugte Vater und wartete, wie er auf Mutters unvermitteltes Entzücken reagierte. »Aber ich will mich wirklich nicht dazwischendrängen …«

»Das tust du nicht«, sagte er. »Wenn Muneer es so toll findet, dann nur zu. Unterweise ihn.« Er wandte sich an mich. »Aber ich will nicht, dass du am Ende ein Maulvi wirst, Hayat.«

Maulvi war ein anderes Wort für Imam.

Mina lachte. »Es geht nur ums Namaz, Naveed. Ich glaube kaum, dass er gleich ein Maulvi wird, nur weil man ihm das Beten beibringt. Und für wen sollte er denn ein Maulvi werden? Wir sind hier nicht in Pakistan.«

»Glaub mir«, erwiderte Vater. »Es gibt hier genügend Idioten, die nur darauf warten, dass sie einer anführt. Du hast sie nur noch nicht kennengelernt. Chatha und seine Speichellecker in ihrer Masdschid in der South Side. Sei froh, dass du von denen noch keinem begegnet bist.« Er wandte sich wieder an mich. »Ich sage dir nur: Werde kein Maulvi.«

Ich brauchte nicht lange, um das Beten und die diversen Kniffe zu lernen: welche Worte zu sprechen waren und welche Bewegungen damit einhergingen; wie oft jeder Abschnitt zu wiederholen war; wie man sich hinzusetzen hatte (den rechten Fuß untergeschlagen, den linken angewinkelt zur Seite gestreckt); die sieben Körperstellen, die den Boden berühren mussten (beide Knie, beide Hände, das Kinn, die Nase, die Stirn); die Bedeutung des nach oben gestreckten Zeigefingers im letzten Teil des Gebets (dadurch wurde man daran erinnert, dass es keinen Gott gab außer Allah).

Das alles lernte ich schnell, aber Mina bestand immer darauf, dass die äußere Form nicht zählte. Bevor ich nicht verstand, was sie als den »inneren Aspekt« des Gebets bezeichnete, ließ sie mich nicht richtig beten; ich konnte nur üben. Ich musste mich hinsetzen und meinem Atem lauschen, so wie sie es mir an jenem Nachmittag des Eiscreme-Festes beigebracht hatte. In der Stille, beschwor sie mich, solle ich mich auf Gott konzentrieren. »Stell dir beim Beten immer vor, dass er ganz nah ist«, erklärte sie. »Wenn du ihn dir in deiner Nähe vorstellst, wirst du ihn dort auch finden. Wenn du ihn dir in weiter Ferne vorstellst, wird er dir auch immer fern bleiben.«

Eines Tages beschloss Mina, dass ich so weit sei. Zu meiner großen Überraschung schlug Vater – der tatsächlich stolz auf mich zu sein schien – einen Ausflug zu eben jener Masdschid in der South Side vor, über die er sonst immer herzog. So, sagte er, könnte ich mein erstes Gebet mit der Gemeinde sprechen, so wie er es auch als Kind getan hatte. Als wir an jenem Sonntag zur Moschee kamen, hing an der Tür allerdings ein Schild, wonach der im Untergeschoss untergebrachte Gebetsraum mit Wasser vollgelaufen sei und der Gottesdienst an diesem Tag ausfalle. Wir fuhren nach Hause, wo Vater mit einer weiteren, für ihn höchst ungewöhnlichen Vorschlag aufwartete: Wir sollten doch als Familie und damit als unsere eigene kleine Gemeinde die Gebete sprechen. Mutter und Mina hielten es in ihrer Verblüffung für eine wunderbare Idee. Also banden Vater und ich uns Musselintücher um die Stirn – Imran wollte ebenfalls mitmachen, daher bekam auch er ein Tuch um den Kopf gewickelt – und legten im Wohnzimmer unsere Gebetsteppiche aus. Vater und ich standen Seite an Seite, hinter uns beteten, ebenfalls Seite an Seite, Mutter und Mina. Imran hielt sich am Rand auf und ahmte freudig unsere Bewegungen nach.

Danach war Mutter ganz gerührt. Vater zückte seine Brieftasche und gab mir einen Zwanzig-Dollar-Schein.

»Wofür ist der?«, fragte ich.

»Du bist jetzt ein Mann. Und ein Mann muss Geld in der Tasche haben«, sagte er und klopfte mir auf die Schulter.

»Nur weil du es hast, heißt das noch lange nicht, dass du es auch ausgeben musst«, schaltete sich Mutter ein.

»Lass den Jungen doch«, gab Vater zurück, freundlicher als sonst.

Mina nahm mich in die Arme und beglückwünschte mich. »*Behta*, ich bin so stolz auf mich!«

»Danke, Tante«, sagte ich.

»Hast du auch gemacht, was ich dir gesagt habe? Hast du dir beim Gebet vorgestellt, dass Allah ganz nahe ist?«

Ich hatte es total vergessen. Mina interpretierte meinen konsternierten Gesichtsausdruck ganz richtig.

»Hayat, das ist der einzige Grund, warum man betet«, sagte sie. »Um Allah nahe zu sein. Wenn du nur so tust, als ob, ist alles nutzlos. Selbst wenn du im Schulbus sitzt und dich an deinen Vorsatz erinnerst, Gott nahe zu sein – sogar das ist hundertmal besser, als wenn du nur so tust, als ob.«

»Okay, Tante«, sagte ich. »Ich werde es nicht mehr vergessen. Versprochen.«

Der Glaube hatte für Mina nichts mit Äußerlichkeiten zu tun. Sie trug kein Kopftuch. Und wegen ihrer Essstörungen, die sie schon als Mädchen hatte – wenn es ihr nicht gut ging, aß sie nichts, weshalb sie mehr als einmal ins Krankenhaus eingeliefert wurde –, fastete sie auch nicht. Trotzdem fand sie eine Möglichkeit, dem Sinn des Ramadan, wie sie ihn verstand, zu entsprechen. Sie entsagte jenen Dingen, die sie besonders gern tat, dem Lesen zum Beispiel, um somit den Willen zu stärken und ein höheres Maß an Dankbarkeit zu empfinden – das, sagte sie, sei der Grund, warum Muslime fasteten. Mina war eine Verfechterin dessen, was wir Muslime Idschtihad nennen, die persönliche Auslegung. Das Problem dabei war nur: Die sogenannten »Tore des Idschtihad« waren im zehnten Jahrhundert geschlossen worden, eine Tatsache, auf die ich durch eine Fußnote in meinem Koran aufmerksam gemacht worden war. Darin wurde erklärt, dass die persönliche Auslegung zu Neuerungen führte, und diese Neuerungen schufen nur Chaos, wenn es darum ging, Gottes Willen zu erkennen und ihn zu befolgen. Eines Tages sprach ich Mina darauf an, und sie erklärte mir beim Tee – Mutter saß mit am Tisch –, dass diese Tore ihrer Meinung nach nie geschlossen werden konnten, da es die Tore waren, die zum Herrn führten.

»Jemand hat einfach gesagt, sie wären geschlossen. Aber ich gehe jeden Tag hindurch, so wie es mir gefällt.«

»Seit wann hast *du* das zu entscheiden?«, fragte Mutter überrascht.

(Ich selbst war überrascht, dass Mutter überhaupt wusste, was Idschtihad bedeutete.)

»Wer kann es denn sonst entscheiden, Muneer?«, entgegnete Mina leidenschaftlich. »Irgendein Mullah, der vor tausend Jahren gelebt hat? Stimmt es denn, wenn man uns sagt, dass wir laut dem Koran nicht gleichberechtigt mit den Männern wären? Die Gesetze des Koran waren fortschrittlicher als das, was die Araber vor dem Islam hatten. Das war doch die Absicht, die dahinterstand. Die Dinge voranzutreiben, größere Freiheit zu gewinnen. Wie kann ein Gesetz, das nicht diesen Grundsätzen entspricht, überhaupt maßgeblich sein?«

»Also sollte ihnen nicht erlaubt sein, vier Frauen zu heiraten?«

Mina überlegte, schließlich erschien ein Lächeln auf ihren Lippen. »Oder uns sollte erlaubt werden, vier Männer zu heiraten …«

»Gott bewahre!«, rief Mutter lachend aus. »Einer reicht mir!«

Vielleicht war es das Vertrauen in die Reinheit ihrer inneren Einstellung, warum Mina glaubte, sie könnte eine Ausbildung in einem Schönheitssalon beginnen, ohne auf die kosmetische »List und Tücke« der weißen Frauen hereinzufallen. Wie sollte man sonst erklären, warum sie beschloss, ihren Lebensunterhalt in Amerika damit zu verdienen, dass sie lernte, die äußeren Reize zur Geltung zu bringen, die so sehr im Widerspruch zur weiblichen Sittsamkeit standen, die im islamischen Glauben einen derart hohen Stellenwert einnahm? Aber vielleicht ging eben von diesem Widerspruch eine Faszination aus, der sie sich nicht entziehen konnte. Schließlich lebte Mina jetzt in einer Welt, in der das Leben einer Frau wahrlich nicht mit dem Leben zu vergleichen war, wie sie es gekannt hatte. Aber was bedeutete das für sie? Wie war es, als Frau in Amerika zu leben? Was ging diesen grobknochigen, blonden, blauäugigen Amazonen durch den Kopf, die ihre Kinder zum Tennisunterricht und dem Fußballtraining fuhren; die mit Tüten beladen durch die Malls wanderten, durch die Supermarktgänge marschierten und überquellende Einkaufswägen vor sich herschoben? Diese Fragen musste Mina sich gestellt haben. Und vielleicht war es im örtlichen Lebensmittelladen gewesen, den sie und Mutter einmal in der Woche aufsuchten und wo sie in der Schlange standen und die weißen Frauen musterten mit ihren faszinierenden Tiefkühlgerichten, den Käsespezialitäten, abgepackten Fertigkuchen und verbotenen Wein- und Bierflaschen in unterschiedlichen Grün- und Brauntönen (und natürlich dem unerhörten Schweinefleisch, das so rosa schimmerte wie das Fleisch von Menschen) – vielleicht war es hier gewesen, dass Mina zum ersten Mal die Zeitschriften mit den amerikanischen Schönheiten auffielen und sie deren unmöglich breites Lächeln und die vom Wind der Freiheit, der über sämtliche Hochglanzcover zu wehen schien, perfekt zerzausten Frisuren bemerkte. Denn von diesen Modejournalen – *Vogue* und *Harper's Bazaar* und *Cosmopolitan* – hatte Mina die Idee, Kosmetikerin in einem Schönheitssalon zu werden.

Falls es wirklich ihre Absicht gewesen war, die Geheimnisse der Schönheit zu ergründen, ohne sie an sich selbst anzuwenden, dann versagte sie auf ganzer Linie. Nur wenige Wochen nach Beginn der Ausbildung wurde ihre übliche pakistanische Kleidung – der Salwar, die locker sitzende Hose, der Kamiz, das Hemd, und die Dupatta, die Kopfbedeckung – von nicht so locker sitzenden Blusen und Jeans abgelöst. Sie müsse sich für die Schule entsprechend kleiden, erklärte sie Mutter, eine Entschuldigung, die lediglich weitere Neuerungen in ihrem Aussehen vorwegnahm. Jetzt ließ sie sich von ihren neuen Freundinnen am Institute for Women & Beauty – einer Ausbildungseinrichtung, die in einem Laden der örtlichen Mall untergebracht war – nicht nur mit Lippenstift und Rouge schminken, sondern auch mit Mascara, Grundierung und Lidschatten. Meistens wischte sie sich die »Gesichtsbemalung« weg, bevor sie nach Hause kam, wir durften dann nur die kümmerlichen Spuren sehen, manchmal aber ließ sie es darauf ankommen, trat mit herausforderndem Blick in die Küche und stellte die gesamte Maskerade zur Schau. Rückblickend kann ich mir nur vorstellen, dass Mina sich in solchen Momenten als die trotzige Teenagerin sah und meine Mutter als ihre Erziehungsberechtigte. Falls sie Widerstand von Mutter erwartete, wurde sie enttäuscht. Mutter gefiel es, dass Mina alles ausprobierte, und das Einverständnis, das Mina von Mutter bekam, hatte sie wahrscheinlich ihr Leben lang gesucht.

Keine zwei Monate nach Beginn der Ausbildung ließ sie sich einen komplett neuen Haarschnitt verpassen und kam am Abend mit Sue Ellens neuester Frisur nach Hause – die üppige Haarpracht war verschwunden, übrig geblieben waren mit Haargel hindrapierte Stacheln. (Wie Mutter, Vater und ich war Mina eine begeisterte Zuschauerin von *Dallas* und bewunderte die liebenswerte, ewig leidende und von Linda Gray gespielte Ehefrau von J. R.) Wir mussten sie wie vom Donner gerührt angestarrt haben, denn Mina wurde rot und beeilte sich zu erklären, dass ihre Mitschülerinnen jemanden zum Üben gebraucht hätten und sich sonst niemand freiwillig gemeldet habe. Aber Mina musste keine Angst haben. Unsere Erschütterung beruhte lediglich auf unserem Erstaunen. Tatsache war:

Sie sah unglaublich aus. Mina war, sofern überhaupt möglich, noch schöner als vorher. Oder sollte ich sagen, sie war auf eine ganz neue Art schön? Ihr modischer Haarschnitt machte aus ihr eine moderne Frau, eine amerikanische Frau, was eine ganz erstaunliche Erkenntnis für Leute wie uns war, die wir immer geglaubt hatten, *wir* könnten *so* niemals aussehen.

Das gesamte Abendessen über kommentierte Mutter, wie sich die Frisur auf das Gesicht ihrer besten Freundin auswirkte: wie ihre Wangenknochen besser zur Geltung kamen, ihre mandelförmigen Augen noch mehr betont wurden, Raum geschaffen wurde, um die Feinheiten der Gesichtszüge zu unterstreichen. Auch Vater war beeindruckt. Irgendwann deutete er auf Mina und sagte zu seiner Frau:

»Vielleicht solltest du so was auch mal ausprobieren.«

Aber Mutter war nicht scharf darauf. Jedenfalls noch nicht. Es sollte noch Jahre dauern, bis sie sich auch nur entfernt an etwas heranwagte, was der modernen Umgestaltung Minas gleichkam. Ihre Haare würden vorerst bleiben, wie sie immer gewesen waren: glatt, lang, halb über den Rücken hinabreichend, nur hin und wieder mit Henna gefärbt oder mit einem Festiger behandelt, um ihnen mehr Volumen zu verleihen. Mutter war mehr als zufrieden, stellvertretend durch Mina zu leben. So kaufte sie Mina zu ihrem ersten Geburtstag in Amerika einen Kosmetikkoffer oder fuhr sie zur Mall, um die Zeitschriftenregale nach den neuesten Moden zu durchforsten. Mutter genoss diese Ausflüge enorm, legte aber Wert darauf zu betonen, dass sie immer nur »mitgeschleift« würde.

Selbstverständlich tat sie das alles nur Mina zuliebe.

Unser häusliches Leben fiel in einen friedlichen Rhythmus, den keiner von uns gewohnt war. Ich glaube nicht, dass wir darauf vorbereitet waren, glücklich zu sein. Schließlich waren wir geprägt und beseelt von einem asiatischen Mythos, der mit der amerikanischen Vorstellung immerwährenden Glücks rein gar nichts zu tun hatte. Wir sehnten uns zwar nach dem Glück, erwarteten aber nicht, es jemals zu erfahren. Das war unser kultureller Kontext, die Botschaft, die sogar die Videos in sich trugen, die meine Eltern beim indisch-pakistanischen Lebensmittelhändler ausliehen (der einzige Ort in der Stadt, an dem man indische Filme bekam): zuckersüße Kitschgeschichten von unerfüllter Liebe oder einer Liebe, die nur zum Preis des Todes ihre Erfüllung finden konnte. Diese Filme strotzten so sehr vor unwahrscheinlichen Begebenheiten, dass ein zahlendes amerikanisches Publikum sie niemals ernst genommen hätte, schon gar nicht als etwas, das einem die Realität des Lebens vermitteln konnte. Amerikaner hätten darüber nur ungläubig gelacht.

Genau diese Ungläubigkeit aber brachten Mina und meine Eltern ironischerweise den rigoros hoffnungsfrohen Erzählungen in den örtlichen Multiplex-Kinos entgegen, die Anfang der Achtziger ihre Tore öffneten. Hollywoods rosarote Bilder von den Möglichkeiten, die das Leben einem bot, waren für sie im besten Fall nichts anderes als Wunschdenken, im schlimmsten Fall kindischer Kurzweil. Als Lebensziel konnten sie das ebenso wenig ernst nehmen, wie das Popcorn im Kino für sie eine Mahlzeit war. Wollten sie also Pathos und Buntheit erleben, die für sie das reale Leben ausmachten, sahen sie sich die indischen Schmachtfetzen an. Das waren die Kinobilder, die ihre Seele geformt hatten, Geschichten, die auf einem dunkleren Grundton beruhten, die betörende Lieder und Bilder von schwermütiger Schönheit überlieferten und die immer gleiche Botschaft vermittelten:

Erwarte nichts außer Schmerz, Leid, Verlust.

Wie der Masala-Geruch, der in unserem Flur hing, schwebte in der Luft, die wir atmeten, immer die Erwartung drohenden

Unglücks. Minas Anwesenheit hatte uns ein Fenster geöffnet und unser Leben erhellt, trotzdem stammte sie aus derselben Welt wie meine Eltern. Und so sehr sie auch Allah und seinem Wohlwollen gegenüber der Menschheit vertraute, so sehr, glaube ich, ging sie auch davon aus, dass sich letztlich alles gegen sie wenden würde.

Es war Ende Dezember. Nach meinem Unterricht mit Mina saß ich eines Abends noch einige Stunden mit dem Koran an meinem Schreibtisch. Um Mitternacht lag ich im Bett. Aber ich schlief nicht. Ich starrte in die Dunkelheit und sprach mir leise die neuen Verse vor.

Haben wir nicht deine Brust geweitet
Und dir deine Last abgenommen,
Die dir den Rücken niederdrückte?
Und haben wir nicht deinen Namen erhöht?
Wahrlich, mit Drangsal geht Erleichterung einher,
Mit Drangsal geht Erleichterung einher!

Ich hörte etwas im Flur. Ich unterbrach mein Rezitieren und horchte. Eine Stimme. Ich stand auf, ging an die Tür und öffnete sie leise. Ein dünner Lichtstrahl drang aus der Badezimmertür, die einen Spalt breit offen stand.

Jemand hat das Licht brennen lassen, dachte ich.

Ich ging zur Tür, und als ich nach dem Türknauf griff, hörte ich von drinnen ein Seufzen. Ich hielt inne und presste ein Auge an den Spalt. Im Spiegel sah ich Mina, nackt. Glatt und üppig und rund standen ihre Brüste vor mir, an der Spitze große, dunkle Brustwarzen. Ihre straffe, blassbraune Haut schimmerte. Ich hatte noch nie etwas so Vollkommenes wie ihren nackten Körper mit seinen Rundungen an Brust und

Hüfte gesehen. Mein Herz sirrte. Etwas in mir stand in Flammen.

Sie hatte die Augen geschlossen und die linke Hand zwischen ihren Beinen. Leise, in sich versunken, stöhnte sie; ihre rechte Hand berührte die rechte Brustwarze. Erneut stöhnte sie, rieb sich zwischen den Beinen, fester jetzt, während sich ihre Lippen öffneten und sie sich völlig in sich zurückzuziehen schien. Und plötzlich spannte sich ihr Körper. Sie nahm die Hand weg und offenbarte das schwarze Dreieck zwischen ihren Beinen. Ich war entsetzt. Und dann wurde mir bewusst:

Sie sah mich an.

Abrupt schlug sie den rechten Arm vor die Brüste und legte die linke Hand über die Schwärze zwischen den Beinen. Dann stieß sie die Tür zu.

Ich kehrte in mein Zimmer zurück und lauschte. Eine Tür wurde geöffnet. Eine andere, weiter unten im Flur, geschlossen. Ich war erschüttert. Ich versuchte einzuschlafen, was mir endlich auch gelang. Die ganze Nacht warf ich mich herum, die auswendig gelernten Verse hallten mir durch den Kopf, Minas vollkommener, nackter Körper, die schockierende Schwärze zwischen den Beinen, verfolgten mich in den Träumen.

Wäre es am folgenden Morgen nicht so peinlich gewesen, hätte ich mir einbilden können, ich hätte alles nur geträumt. Doch als ich sie am Tisch sitzen und betont kühl über ihr Frühstück gebeugt sah, ohne dass sie auch nur in meine Richtung geschaut hätte, brach mein Schamgefühl hervor, zähfließend, zermürbend. Und ihre frostige Antwort auf meinen einzigen Versuch, den Abgrund zu überbrücken, der sich so plötzlich zwischen uns aufgetan hatte – ich bat sie, mir das Salz für die Eier zu reichen –, ließ mich vor Gewissensbissen erschauern.

Nach dem Frühstück verschwand sie in ihrem Zimmer. Ich

folgte ihr nach oben, aber sie ließ mich nicht hinein. Ich war verzweifelt. »Es tut mir leid, Tante«, sagte ich mit Tränen in den Augen. Sie öffnete die Tür nur so weit, dass ich von ihr ein Auge und ein Stück ihres Mundes sehen konnte, während sie mir zuzischelte: »Hayat, wir dürfen nicht darüber reden. Erwähne es nie wieder. Weder mir noch anderen gegenüber.« Sie verstummte, öffnete die Tür etwas weiter und sah mich mit traurigem Blick an.

Dann warf sie die Tür zu.

II

NATHAN

5

LIEBE AUF DEN ERSTEN BLICK

Auf den Vorfall mit Mina im Badezimmer folgte ein schweigsamer, verzweifelter Winter. Ihre distanzierte Haltung währte Wochen, dann Monate; ihre Müdigkeit nach den langen Arbeitsstunden diente ihr als Ausrede, unsere Koranstunde ausfallen zu lassen. Wenn wir Zeit gemeinsam verbrachten, war es nicht wie früher; zwischen uns stand ein Unbehagen, dessen Ursprung wir nur allzu gut kannten. Ich wünschte mir, es wäre nie geschehen. Ich betete zu Gott, uns beiden die Erinnerung daran aus dem Gedächtnis zu streichen. Und das Gebet war nicht die einzige Form magischen Denkens, zu dem ich Zuflucht nahm. Nachdem ich in einer von Minas Zeitschriften einen Artikel gelesen hatte, der erklärte, wie das, was uns im Leben widerfährt, durch unser Denken beeinflusst und oft erst hervorgebracht wird – vor allem, weil wir uns aussuchen, woran wir uns erinnern wollen –, beschloss ich, meine Erinnerung an jene Nacht zu verändern. Wenn ich im Bett lag, stellte ich mir alles wieder aufs Neue vor: die Geräusche im Flur, die meine Aufmerksamkeit erregt hatten, aber diesmal stand ich nicht auf und ging nicht nachsehen; oder wenn ich es tat, dann fand ich Mina im Badezimmer vor, aber sie trug ihren Pyjama, putzte sich die Zähne und sah mich lächelnd im Spiegel an. Wie der Artikel erklärte: Wenn ich mir nur ein anderes Ende vorstellte, könnte ich vielleicht vergessen, was wirklich geschehen war.

Aber es funktionierte nicht. Das Bild ihres vollkommenen Körpers war nie fern und waberte in mein Bewusstsein wie der Rauch eines Feuers, das nie erlosch.

Also probierte ich etwas anderes. Wenn es so falsch gewesen war, ihre Geschlechtsteile zu sehen, überlegte ich, dann wollte ich jetzt auch meine nicht mehr sehen. Diese Schlussfolgerung beruhte auf einem Syllogismus, der sich mir wie von selbst aufdrängte und mir merkwürdigerweise einigen Trost bereitete:

1. Es war falsch, sie nackt zu sehen.
2. Nacktheit war also etwas Falsches.
3. Meine eigene Nacktheit war daher ebenfalls falsch.

Wenn ich von nun an ins Badezimmer ging, achtete ich darauf, nicht mehr nach unten zu blicken, wenn ich meinen Geschäften nachging. Ich lernte, meine rituellen Waschungen zu vollziehen, ohne hinzugucken. Und selbst unter der Dusche tat ich alles, um nicht zu sehen, was zwischen meinen Beinen hing.

Ich verstärkte meine Koranstudien und bemühte mich nun ernsthaft, ein Hafiz zu werden. Es erschien mir als die einzige sichere Möglichkeit, ihre Liebe und Aufmerksamkeit wiederzugewinnen. Damit lag ich nicht falsch. Der Fleiß, mit dem ich Koranverse auswendig lernte, brach ganz allmählich ihren Widerstand, und im Frühling – sieben Suren und an die hundert Verse später – nahmen wir wieder unsere übliche Koranstunde auf. Sie nannte mich wieder *Kurban*. Endlich schien sie vergessen zu haben, was sich in jener Dezembernacht ereignet hatte. Aber ich hatte es nicht vergessen. Ich wusste jetzt, dass ich ihre Liebe verlieren konnte. Und war darauf vorbereitet, alles zu tun, damit es nie wieder geschah.

Ende dieses Frühjahrs, knapp ein Jahr nach Minas und Imrans Ankunft bei uns, saßen wir an einem Donnerstagabend alle um den Küchentisch. Vater, Mutter und Mina tranken Tee und lasen und tauschten Teile der Abendzeitung aus. Imran und ich saßen vor einer Ansammlung zerbrochener Buntstifte und malten die Bilder in einem Malbuch aus. Irgendwann sah Mutter von der Zeitung auf.

»Hier steht, am Wochenende soll die Sonne scheinen, und es soll vierundzwanzig Grad haben«, sagte sie munter. »Ein erster Sonnentag. Hier steht, es wäre der ideale Tag für ein Barbecue.«

»So, das steht da also«, murmelte Vater und versteckte sich noch mehr hinter dem Wirtschaftsteil.

Mutter wandte sich an Mina. »Wir sollten Schami Kebab machen mit Lahori-Ingwer-Marinade für die Hühnchen. Und *Unmengen* davon. Und *viele, viele* Leute einladen! Um den Wechsel der Jahreszeiten zu feiern ... Was meinst du dazu, Naveed? Hmm? Am Samstag?«

Die Frage blieb unbeantwortet im Raum hängen.

Vater senkte die Zeitung nur so weit, um mit düsterer Miene über den Rand zu spähen. »Du musst das Essen vorbereiten. Ich lege es nur auf den Grill. Du willst ein großes Barbecue? Von mir aus.«

»Aber dann musst du auch Gäste einladen.«

»In Ordnung«, sagte er und wandte sich wieder seiner Zeitung zu.

Mutter ließ sich damit nicht abspeisen. »Naveed, sieh mich an, wenn ich mit dir rede.«

»Was, Muneer?«, fragte Vater genervt. »Was willst du von mir? Sag? Kannst du zur Abwechslung nicht einfach mal nur deinen Tee trinken und Ruhe geben?«

»Sei nicht so herablassend!«

»Bin ich nicht.«

»Ich habe dir eine Frage gestellt. Ich will, dass du auch Gäste einlädst.«

»Ich sagte, in Ordnung.«

»Wen?«

»Ich werde Nathan einladen.« Nathan Wolfsohn war Vaters Partner und Forschungskollege an der medizinischen Fakultät der Universität und in vielem sein bester Freund.

»Gut. Wen noch?«

»Wen soll ich deiner Meinung nach noch einladen?«

»Die Naqvis, die Khans, die Buledis … und warum nicht die Chathas?«

Mutter zählte pakistanische Familien aus dem Großraum Milwaukee auf, Leute, die wir nur selten trafen, weil Vater sie nicht leiden konnte. Für ihn waren sie wie Schafe, weil sie sich wie Herdentiere zusammendrängten, um sich nicht der Tatsache stellen zu müssen, dass sie nicht mehr in Pakistan lebten. Besonders ermüdend fand er ihr endloses Genörgel über die Gottlosigkeit des amerikanischen Lebens. Er konnte nicht verstehen, was sie hier noch hielt, wenn sie alles so scheußlich fanden.

»Chatha?«, fragte Vater entgeistert.

»Warum nicht?«

»*Warum nicht?*«

»Ja, warum nicht, Naveed?«

Mutter reizte ihn. Sie wusste ganz genau, dass Vater Ghaleb Chatha hasste, den in Pakistan geborenen Apotheker, Unternehmer und Besitzer einer stetig wachsenden Apothekenkette seines Namens und – aufgrund seines enormen Reichtums – unbestrittenen Mittelpunkt der örtlichen muslimischen Gemeinde. Auf Mutters Betreiben hatten wir ein paar Jahre zuvor einige Zeit mit den Chathas verbracht. Wir waren bei einigen religiösen Festen bei ihnen zum Essen, einmal waren sie sogar bei uns eingeladen, aber Freundschaft war daraus nicht entstanden. Vater konnte Chathas Religiosität nicht ausstehen, die nicht nur in seinem Äußeren Ausdruck fand – Gebetskappe, kantiger islamischer Vollbart und knielanger Nehru-Mantel, den er nie auszuziehen schien –, sondern auch in seiner Konversation. Chatha sprach liebend gern davon, was Gott am Tag des Gerichts mit den amerikanischen Ungläubigen alles anstellen würde: »Allah wird sie von allen Seiten schön bräunen«, witzelte er und drehte dabei seine flache Hand hin und her, als würde er Frikadellen in der Pfanne wenden. »Er wird sie braten, wie sie ihre Fische braten bei ihren freitäglichen Fischessen, die ihre Kirche immer organisiert!« Und wenn Chathas Abscheu vor den Ungläubigen nicht ausreichte, um Vater gegen sich aufzubringen, dann gab es noch die Tatsache, dass Chatha seine Frau Najat – die an der Universität studiert hatte – zwang, in der Öffentlichkeit eine Burka zu tragen und ihr Gesicht vollständig zu verhüllen.

»Ich weiß, du magst ihn nicht«, sagte Mutter, die nun etwas zurückruderte, als Vater sie finster anstarrte. »Aber du sagst doch immer, dass man sich auf die ›politischen Spielchen‹ einlassen muss, wenn man Erfolg haben will … Vielleicht solltest du deinen eigenen Rat beherzigen und mal über deinen Schatten springen. Über ihn kannst du ja sagen, was du willst, aber Najat ist eine ganz *wunderbare* Frau.«

»Wunderbar? Woher willst du das wissen? Weißt du überhaupt, wie sie aussieht?«

»Natürlich weiß ich, wie sie aussieht.«

»Dann bist du eine der wenigen«, erwiderte Vater. »Wie barbarisch«, murmelte er und wandte sich wieder seiner Lektüre zu.

»Wer ist Chatha?«, fragte Mina.

»Der Apotheker, von dem ich dir erzählt habe«, sagte Mutter. »Der mit dem geschiedenen Vetter. Du erinnerst dich?«

Mina schien sich nicht zu erinnern.

»Der, dessen Frau mit einem Amerikaner durchgebrannt ist.«

»Oh«, sagte Mina.

»Ein Scheinheiliger, das ist er«, sagte Vater.

»Was immer er ist oder nicht ist, Chatha hat jedenfalls das Sagen in der Gemeinde«, sagte Mutter. »Kein Wunder, dass wir keine Freunde aus der Heimat haben. Wir haben uns nie um sie gekümmert.«

»Mach, was du willst. Lade sie selber ein. Dazu brauchst du mich nicht.«

Mutter sah zu Mina, dann zu mir. Sie wirkte überrascht und zufrieden: Vater hatte unerwartet nachgegeben. Nach einer Pause aber begann sie erneut, diesmal mit zuckersüßer Stimme: »Aber wenn *du* anrufst, Naveed … dann werden sie die Welt nicht mehr verstehen. *Dr. Shah lädt uns zum Barbecue ein? Das dürfen wir uns nicht entgehen lassen!*«

»Auf keinen Fall, Muneer. Diese Leute mögen mich nicht. Und *dich auch nicht*, wenn wir schon dabei sind …«

»Mag ja sein, dass sie dich nicht *mögen*, aber sie *bewundern* dich. Jeder. Sogar Chatha. Du bist der Intelligenteste hier. Und das wissen sie.« Es klang seltsam, wenn Mutter Vater schmeichelte, aber sie musste gewusst haben, was sie tat. Vater wurde sichtlich versöhnlicher.

»Gut«, gab er schließlich nach. »Ich werde sie anrufen.«

Strahlend wandte sich Mutter an Mina. »Und du auch. Lade deine Freundinnen aus dem Salon ein.« Mutter meinte damit den Salon, in dem Mina mittlerweile vier Tage in der Woche arbeitete und damit bereits genügend Geld verdient hatte, um sich einen gebrauchten Dodge zu kaufen.

»Ich werde Adrienne einladen.«

»Ist das die Dicke?«

»Bhaj«, rügte Mina. »Sie ist ein netter Mensch. Sie sagt nur Nettes über dich.«

Mutter grinste. Hätte sie gewusst, dass Adrienne nur Nettes über sie sagte, hätte sie sich ihren Kommentar vielleicht verkniffen und ihn sich nur gedacht – das schien ihre sorglose Miene jedenfalls anzudeuten. »Gut, frag auch deine anderen Freundinnen … nicht nur Adrienne.« Mutter wandte sich wieder an Vater. »Und lade auf jeden Fall Nathan ein.«

Vater grummelte Unverständliches.

»Hast du mich gehört, Naveed?«

»Wie hätte ich dich nicht hören sollen?«, brummte Vater. »Ich habe doch schon gesagt, dass ich ihn einladen werde.«

»Du machst das auch?«

»Wenn ich dran denke.«

»Er ist so ein sanfter, kluger Mensch! Warum schneidest du dir nicht mal eine Scheibe von ihm ab, Naveed?«

»Muneer …«, kam es scharf von Vater.

»Ich geh ja schon, ich geh ja schon«, sagte Mutter begütigend, erhob sich vom Tisch und sah zur Uhr über dem Herd. »Halb acht«, murmelte sie. »Da kann man noch ein paar Anrufe machen.«

Und damit ging sie.

An Nathan Wolfsohn verblüffte mich immer am meisten, dass er niemals so klein erschien, wie er in Wirklichkeit war. Neben meinem Vater – der groß war, breitschultrig und muskulös, Eigenschaften, zu denen sich Mutter nach eigenem Bekunden immer hingezogen gefühlt hatte – hätte Nathan mit seinen knapp über einen Meter fünfundsechzig, seinen schmalen Schultern, dem kleinen Kopf und den wuscheligen, rötlichblonden Haaren wie ein Zwerg anmuten müssen. Aber so war es nicht. Von Natur aus freundlich und aufgeschlossen, wovon schon das fröhliche Funkeln in seinen Augen zeugte, gehörte er zu den Menschen, deren Großherzigkeit und Freigebigkeit sie größer aussehen ließen, als sie waren.

Er war erst achtundzwanzig und galt in Fachkreisen als eine Art Wunderkind, als Spezialist einer neuen Technologie namens MRT. Es war Vaters Idee gewesen, an Nathan heranzutreten, um Aufnahmen des Gehirns von Patienten zu erstellen, die mit Antidepressiva behandelt wurden. Ihre Arbeit katapultierte sie nach wenigen Jahren an die Spitze der neurologischen Forschung. Vater sprach von ihnen beiden gern als von »Pionieren«, eine Bezeichnung, die Nathan gar nicht gefiel. Eines Abends, erinnere ich mich, in einer Innenstadt-Pizzeria ganz in der Nähe von ihrem Labor – ich war sieben oder acht Jahre alt; Mutter und ich hatten sich mit ihnen nach der Arbeit zum Essen getroffen –, sprach Vater wieder davon und wurde von Nathan prompt zurechtgewiesen.

»Wir waren nicht die Ersten, die so was gemacht haben, Naveed.«

»Spitzfindigkeiten, Nate. Reine Spitzfindigkeiten.«

»Das sagst du ständig, aber wir sind es nicht. Es hat andere gegeben, lange vor uns. Das weißt du.«

»Okay, Nate. Vielleicht waren wir nicht die *Ersten*« – Vaters Mund stand offen, während seine unvollendete Erwiderung im Raum schwebte, eine Pause, die er lediglich der Wirkung wegen einlegte – »aber du kannst nicht abstreiten, dass wir die *Besten* sind, oder?«

»Ich wusste nicht, dass es sich hier um einen Konkurrenzkampf handelt.«

»Alles ist ein Konkurrenzkampf, Nate. Alles.«

»Wie deprimierend. Wie kommst du mit einer solchen Einstellung morgens überhaupt aus dem Bett?«

Vater antwortete nicht, hatte aber plötzlich ein boshaftes Lächeln im Gesicht.

»O nein.«

»Was?«

»Dein Blick.«

»Mir ist gerade ein Witz eingefallen.«

»Erzähl.«

»Ich weiß nicht, ob er dir gefällt.«

»Wieder ein Witz über Juden?«

»Möglich.«

»Dann will ich ihn nicht hören.«

»Du hast recht, du hast ja recht.«

»Gut, erzähl schon!«

»Dachte, du wolltest ihn nicht hören?«

»Mach schon, Naveed.«

»Also, warum haben Juden so große Nasen?«

Nathan stöhnte. »Ach Gott, Naveed, der hat *sooo* einen Bart.«

»Okay. Wie lautet die Antwort?«

»Weil die Luft nichts kostet.«

Vaters Miene hellte sich auf, sein Kopf, sein ganzer Körper vibrierte, während er ein pfeifendes Geräusch ausstieß – seine Lache war ebenso seltsam wie ansteckend. Kurz darauf bogen wir uns alle. Sogar Nathan.

Die beiden waren in so vielem so unterschiedlich: Nathan stammte aus Boston, war Jude, urban und kontaktfreudig; Vater stammte aus einem Dritte-Welt-Dorf, war Muslim, grobschlächtig und bissig. Ihre Kollegen im Krankenhaus nannten sie nur das Seltsame Paar. Aus gutem Grund. Die zahllosen Stunden, die Vater und Nathan zusammen im Radiologielabor verbrachten, boten ihnen mehr als genügend Gelegenheit, ihre »Show« einzustudieren, wie ihre Mitarbeiter es nannten; sie bestand vor allem darin, dass Nathan den Vernünftigen gab, während sich mein Vater in bedenklicher Albernheit verlor. Vater zog Nathan ständig auf: Er machte sich über sein Aussehen lustig, über seinen Neuengland-Akzent, über die Tatsache, dass er unser scharfes Essen nicht vertrug, und, ja, dass er Jude war. Meistens aber zielten Vaters Sticheleien auf Nathans

Liebe zur Kultur: zum Theater, zur Musik, zur bildenden Kunst und vor allem zur Literatur.

»Wie geht es Dr. Wolfsohn?«, fragte Mutter einmal beim Abendessen, worauf mein Vater sofort hochging.

»Dieser Volltrottel! Hat beim Mittagessen eine Stunde lang einen Roman gelesen, nicht zu fassen! Welche Vergeudung von Hirnressourcen!«

Vater machte aus seiner Abscheu vor Büchern keinen Hehl. Er war fest davon überzeugt, dass sein Erfolg, der angesichts seiner bescheidenen pakistanischen Herkunft mit Fug und Recht als ungewöhnlich bezeichnet werden konnte, hart erkämpft war, so hart, dass er von allen als leuchtendes Vorbild angesehen werden sollte. Dieser Erfolg, behauptete er, war nicht das Ergebnis von »Bücherwissen«, sondern von »Lebenserfahrung«. Er rühmte sich, kein einziges Buch gelesen zu haben, noch nicht einmal zu seinem Fachgebiet – ein seltsamer Kommentar, der in vielfacher Hinsicht interpretiert werden konnte: als Bekenntnis zum amerikanischen Mythos, wonach sich der Einzelne durch seine Taten, nicht durch seine Gedanken definierte; als Ausdruck seiner eigenen unwiderstehlichen Großartigkeit; als Maß für seine wahrhafte Missachtung von Büchern im Allgemeinen und von Romanen im Besonderen. Aber egal, wie man die Behauptung auch auffassen wollte, eines erklärte sie nicht: Wie schaffte man es, kein einziges Buch gelesen, aber insgesamt fünfzehn davon herausgegeben oder zu ihnen beigetragen zu haben?

Wie immer wusste Nathan sehr genau, wie er mit solchem Klamauk umzugehen hatte. Jedesmal, wenn Vater damit anfing, gab Nathan zurück:

»Blödsinn, Naveed. Dein Büro ist voller Bücher. Das kauf ich dir nie und nimmer ab.«

Früher oder später knickte Vater ein, aber immer mit einem hintersinnigen Lächeln; es machte ihm einfach zu großen

Spaß, die Wahrheit zu verbiegen. »Ich habe einzelne Artikel gelesen, Nate. Und Kapitel. Ich habe gelesen, was ich lesen musste« – und jetzt lachte er wie ein kleiner Junge – »aber ich war nie so blöd, ein ganzes Buch von *der ersten bis zur letzten Seite* durchzulesen!«

Vater tätigte wie versprochen die Anrufe, nur um zu erfahren, dass Ghaleb Chatha an ebendiesem Samstag eine Wohltätigkeitsveranstaltung angesetzt hatte, deren Erlös dem Islamischen Zentrum in der South Side zugute kommen sollte. Was hieß, dass die meisten anderen, von Mutter erwähnten pakistanischen Familien ebenfalls nicht zu unserem Barbecue kommen würden. Vater war über diese Entwicklung überaus erfreut.

So blieb nur eine pakistanische oder zumindest halb pakistanische Familie übrig. Die Buledis waren von Chatha nicht eingeladen worden. Sonny Buledi, ein in Karatschi geborener Psychiater, wurde von der hiesigen pakistanischen Gemeinschaft geschnitten. Seine österreichische Frau Katharina hatte sich mehr als ein paar Feinde gemacht, als sie bei offiziellen Veranstaltungen in ärmellosen Blusen und knielangen Röcken auftauchte und auch kein Geheimnis daraus machte, dass sie ihren Kindern Schweinefleisch zu essen gab.

Einige unserer Nachbarn kamen vorbei, außerdem Adrienne, Minas Freundin aus dem Schönheitssalon. Adrienne trug einen weinroten Salwar-Kamiz aus Seide, worin sie, wie sie erfreut berichtete, eher »vollschlank aussah, aber nicht dick« – einen Eindruck, den ich eigentlich nicht bestätigen konnte. Ich hatte sie davor nur kurz gesehen – wenn sie Mina abholte, weil sie ins Red Lobster ausgehen wollten, ihr Lieblingslokal –, und man konnte es einfach nicht anders sagen: Sie war gewaltig. In der wallenden Kurta und mit dem Schal mochte sie vielleicht weniger einer Kugel mit Extremitäten gleichen – daran musste man unweigerlich denken, wenn sie sich in eng anliegende westliche Kleidung zwängte –, aber wenn, dann waren diese Veränderungen zum Positiven nur minimal. Am (zumindest für mich) ausgeprägtesten Merkmal ihrer Körpermasse, ihrem wulstigen Hals und Nacken, den übereinandergepackten feisten Fleischwülsten, auf denen ein runder, roter Kopf saß, der um so vieles kleiner war als der Rest von ihr, konnte aber auch die pakistanischen Kleidung nichts ändern.

Und Nathan war da.

Ich stand mit Vater und Sonny am Grill mitten im Garten, als er seinen denkwürdigen Auftritt hatte. Mina und Adrienne saßen auf der hinteren Terrasse, die Hände in einer Schüssel mit Kebab-Hackfleisch. Die Terrassentür wurde mit einem lauten Knall zugeschlagen, ich sah auf und erblickte Nathan auf der Terrasse, drei große Sodaflaschen an den Körper gepresst, im Gesicht einen verwirrten Ausdruck. Auch Vater bemerkte ihn und winkte ihm zu. Nathan antwortete mit einer Geste, die ein Nicken zu sein schien, ging dann an den beiden Frauen vorbei, zögerte und geriet, als er von der Terrasse trat, ins Stolpern. Im nächsten Moment lag er auf dem Boden, die Flaschen kullerten über den Rasen. Nathan rappelte sich hoch und sah kurz zur Terrasse. Adrienne kicherte. »Entschuldigung«, erwiderte Nathan betreten. Er erhob sich, sammelte die Flaschen ein und kam in seiner beigen Hose, die nun mit frischen grünen Flecken an den Knien versehen war, auf uns zu.

»Alles in Ordnung, Chief?«, stichelte Vater.

»Ja … alles in Ordnung.« Nathan stellte die Flaschen auf den Tisch neben dem Grill und klopfte sich ab. »Vielleicht solltet ihr lieber noch etwas warten, bevor ihr die Flaschen aufmacht.«

»Keine Sorge, wir schaffen das schon, Chief.«

Nathan nickte. »Hallo, Hayat«, sagte er und schielte ein weiteres Mal verstohlen zur Terrasse.

»Hallo, Dr. Wolfsohn.«

»Nenn mich ruhig Nathan, Hayat.« Er lachte. »Das hab ich dir doch schon mal gesagt.«

»Okay.«

»Nathan. Das ist Sonny Buledi. Sonny Buledi, Nathan Wolfsohn. Sonny ist Psychiater an der medizinischen Fakultät«, sagte Vater. »Nathan und ich arbeiten am Krankenhaus zusammen.«

»Freut mich, Sie kennenzulernen«, sagte Sonny und streckte die Hand aus.

»Ebenfalls.«

»Sonny hat mir gerade eine Horrorgeschichte über einige Pakistanis in der Stadt erzählt«, sagte Vater und drehte mit seiner Zange einige Hühnchenteile auf dem Grill um. »Sie mögen Mr. Buledi nicht besonders …«

»Ich könnte damit leben«, sagte Sonny, »wenn sie meine Kinder nicht so behandeln würden. Vor ein paar Wochen waren wir zu einem Essen eingeladen, für die medizinische Fakultät … die Naqvis waren da …«

»Anil Naqvi, der Anästhesist«, merkte Vater für Nathan an. »Du kennst ihn, oder?«

»Vom Sehen.«

»Und die Kinder der Naqvis haben Satya und Otto ›Zebras‹ genannt. Weil ihre Mutter weiß und ich ein Pakistani bin. Ist das zu glauben?«

»Natürlich ist das zu glauben«, sagte Vater. »Den ganzen Tag beten. Und sich nicht daran halten. Allesamt Scheinheilige.«

Das letzte Wort ließ er sich auf der Zunge zergehen und stach dabei in das Fleisch auf dem Grill.

»Was heißt das, Dad?«, fragte ich.

»Was? Scheinheiliger?«

Ich nickte. Ich hatte es so oft aus seinem Mund gehört.

Vater deutete mit der Zange auf mich. »Wenn jemand tut, als wäre er jemand ganz anderes, das ist ein Scheinheiliger. Wie Chatha – tut so, als wäre er ein guter Muslim, aber in Wirklichkeit hat er für andere nur Gehässigkeit übrig.«

Sonny nickte. »Apropos Gehässigkeit, weißt du, was Otto mir erzählt hat? Eines von den Naqvi-Kindern hat herumgetönt, wie man eine Kirche in die Luft sprengen könnte, wenn man sie mit Benzin füllt und ein Streichholz dranhält.«

»*Was?*« Diesmal war Vater wirklich fassungslos.

»So lautet die Botschaft, die die Naqvis ihren Kindern mit auf den Weg geben. Kirchen sollen zerstört werden, weil Christen Kafir sind. Ich bin fuchsteufelswild geworden, als ich das Wort aus Ottos Mund gehört habe.«

»Abstoßend«, murmelte Vater.

»Was heißt Kafir?«, fragte Nathan und sah erneut zur Terrasse.

»Ungläubige«, antwortete Vater.

»Da bleibt einem doch gar nichts anderes übrig, als ihnen zu sagen, dass man Atheist ist«, sagte Sonny. »Um zu verhindern, dass sie einem zu nahe kommen. Man muss sie sich so weit wie möglich vom Leib halten.«

Es war nicht das erste Mal, dass ich Sonny sagen hörte, er sei Atheist. Aber an diesem Nachmittag glaubte ich zum ersten Mal zu verstehen, was es wirklich bedeutete. Nicht nur, dass er nicht an Gott glaubte, sondern auch – und das war fast ebenso wichtig –, dass das Leben nicht mehr beinhaltete als das, was im Hier und Jetzt erfahren werden konnte. Denn wenn es keinen Gott gab, dann gab es auch kein Leben nach dem Tod. Und wenn ich aus meinen Koranstudien eines gelernt hatte, dann, dass die Strafe für den, der nicht an das Leben nach dem Tod glaubte, grässlich war:

Wenn die Posaune erschallt,
Wird dieser Tag für den Ungläubigen ein Tag des Kummers sein …
Ich will ihn mit schwerer Not heimsuchen,
Weil er Lügen erdichtet und vorbereitet hat!
Verflucht sei er …
Denn hochmutsvoll spricht er: »Dies, der Koran, ist nichts anderes als Betrug,
Nichts anderes als Worte eines Menschen!«
Aber ich will ihn in das Höllenfeuer hinabstoßen, damit er verbrenne.
Und was lehrt dich begreifen, was die Hölle ist?
Sie lässt nichts übrig und unverzehrt.
Sie verbrennt das Fleisch des Menschen.

Zutiefst aufgewühlt betrachtete ich Sonny. Nichts in seinem runden, freundlichen Gesicht – oder in seinen warmen, intelligenten Augen hinter seiner Drahtgestellbrille – konnte erklären, wie ein so liebenswerter Mensch zu einer so außergewöhnlichen und unglückseligen Schlussfolgerung gelangt sein konnte.

»Wie lange lässt du die Schenkel drauf?«, fragte Sonny meinen Vater.

»Na, endlich ein Thema, über das sich zu reden lohnt … Hängt von der Hitze ab. In dem Fall so an die vier Minuten pro Seite. Auf keinen Fall zu lang. Sonst werden sie trocken.« Vater griff sich mit der Zange eines der Hühnerteile. »Ist noch rosa am Knochen. Zwei Minuten noch.« Er sah zu Nathan. »Was ist denn dort drüben los, Chief? Du machst ja einen ganz verstörten Eindruck.«

»Verstört?«, fragte Nathan und riss sich abrupt von der Terrasse los. »Nein … ich genieße nur den Nachmittag.«

»Du genießt den Nachmittag?«, wiederholte Vater verdutzt.

Daraufhin sah er selbst zur Terrasse, auf der sich die gickelnde Adrienne mit Mina unterhielt, die verstohlen in unsere Richtung sah.

Vater grinste. »Na, mich beschleicht da so ein Gefühl.«

»Wovon sprichst du, Naveed?«

»Kein Grund, gleich so empfindlich zu reagieren. Ist doch nichts dabei.«

»Wobei? Ich habe nicht die geringste Ahnung, wovon du sprichst.«

»Nate, ich bin nicht von gestern. Ich mach dir keinen Vorwurf … sie ist eine Perle.«

»Wer?«

»Na, wen meine ich wohl?«, kam es sarkastisch und kopfschüttelnd von Vater. »Sie heißt Mina. Seit Kindertagen Muneers beste Freundin. Ich habe dir doch von ihr erzählt. Die, die bei uns wohnt.«

»Oh«, erwiderte Nathan, als hätte er noch nie von ihr gehört.

»Sie ist eine Schönheit, keine Frage«, fügte Sonny hinzu.

»Ja, das ist sie«, erwiderte Vater mit einer für ihn ganz und gar untypischen Milde. »Manchmal erinnert sie mich an meine Schwester«, sagte er leise.

»Huma?«, fragte Nathan, plötzlich bedrückt.

Vater nickte. Es überraschte mich, dass Nathan den Namen von Vaters Schwester kannte, die im späten Teenageralter an einer Lungenentzündung gestorben war. Er hatte mit mir erst einmal darüber geredet. Ihr Verlust, sagte Mutter immer, sei wahrscheinlich das Einzige, was er niemals überwunden hatte und vielleicht auch nie überwinden würde.

Vater fuchtelte mit der Zange vor Nathan herum. »Die Frau vergeudet fast so viel Zeit wie du mit diesem Aufs-Papier-Starren. Ihr beide würdet … wie sagt man? Wunderbar miteinander auskommen.«

»Aufs-Papier-Starren?«, fragte Sonny.

»Naveed hat so eine Macke mit dem Lesen«, antwortete Nathan. »Aufs Papier starren … so nennt er das Lesen. Ich weiß nicht, wie er damit durchgekommen ist. Ich meine, der Mann war Jahrgangsbester an der Uni …«

»Aber nicht, weil ich gelesen haben.«

»Wie dann?«

»Chief, wenn du was erreichen willst, dann musst du dir was einfallen lassen.«

Nathans Augen blitzten. »Du hast geschummelt?«

»*Nie und nimmer.*«

»Wie dann?«

»Sagen wir mal so … Ich habe andere für mich *lesen lassen …*«

Nathan und Sonny lachten.

»Aufs Papier starren«, murmelte Sonny kopfschüttelnd.

»Stimmt's? Oder habe ich recht? Sonny?« Vater grinste bis über beide Ohren.

»Nur um es mal festzuhalten: Ich glaube nicht, dass du recht hast. Aber darum geht es dir ja auch gar nicht, oder?«

»Genau! Kluger Mann!«, sagte Vater und deutete mit der Zange auf Sonny, bevor er sich an mich wandte. »Kannst du mir den Teller geben, *Betha*?«

Ich reichte ihm die lange Servierschale auf dem Tisch neben mir. Er legte die Hühnchenteile vom Grill darauf.

»Worum es jedenfalls geht, Nate, du und Mina hättet wahrscheinlich großen Spaß dabei, eure Zeit *miteinander* zu vergeuden.«

»Was meiner Meinung nach genau das Rezept für häusliches Glück ist«, warf Sonny ein.

»Da kann ich nicht mitreden«, witzelte Vater. Er sah zur Terrasse. »Sie schauen herüber. Geh zu ihr, rede mit ihr. Das ist deine Chance.«

»Später vielleicht«, sagte Nathan. »Sie sieht aus, als wäre sie beschäftigt.«

»Sie *ist* beschäftigt. Mit dem Kebab, das du jetzt von ihr holen sollst. Sag ihr, dass ich dich geschickt habe. Das ist deine Ausrede.«

Nathan sah Vater lange an.

»Na, geh schon! Geh!«

»Du bist mir einer, Naveed«, sagte Nathan kopfschüttelnd. Dann machte er sich in Minas Richtung auf. Ich sah ihn die Terrasse betreten und ihr die Hand hinstrecken. Mit einem Schulterzucken hob sie ihre beiden Hände, die voller Hackfleisch waren, aus dem sie und Adrienne die Kebab-Bällchen geformt hatten. Dann stand Adrienne auf und brachte das Kebab, um das Nathan eigentlich Mina hätte bitten sollen. Nachdem Adrienne fort war, stellte er ihr eine weitere Frage. Sie lachte. Nathan zog sich einen Klappstuhl heran und ließ sich neben ihr nieder.

Mein Herz pochte.

»He, Hayat!«, hörte ich jemanden rufen. Es war Otto, Sonnys pummeliger, sommersprossiger Sohn, der zum Grill geschnauft kam. »Satya nimmt uns zum Ninja-Erkunden mit. Willst du mitkommen?«

»Na, los, *Kurban*, spiel mit deinen Freunden«, sagte Vater. »Und nimm Imran mit!«

Ich sah zur Terrasse. Mina warf den Kopf herum. Nathan redete. Ich wandte ihnen den Rücken zu und folgte dem davonwatschelnden Otto.

Satya Buledi war nur ein Jahr älter als ich, sah aber aus, als ginge er schon auf die High School. Er war groß für sein Alter, hoch aufgeschossen, breitschultrig und hatte strohblonde Haare, die sich schimmernd von seiner dunkleren, karamelfarbenen Haut abhoben. Die Mädchen standen ganz offensichtlich auf ihn.

Satya fuhr auf Comics ab, vor allem auf *Daredevil*, und hatte vor Kurzem die Ninjas entdeckt. Ninjas, erklärte er, waren keine Samurais. Sie waren Spione und Attentäter, die im Verborgenen kämpften und sich keineswegs an die Regeln des Krieges hielten. Das Wichtigste war, sagte er und zog eine Serviette aus der Hosentasche, dass die Ninjas ihre Gesichter verhüllten. So erfuhr keiner, wer sie wirklich waren. Satya band sich die Serviette vors Gesicht. So, nun würden wir alle Ninjas werden, sagte er, aber Ninjas, die für das Gute kämpften. Er fragte mich, ob es in der Gegend ein Unrecht gab, das es zu beheben galt. Ich hatte nicht die geringste Ahnung, erzählte ihm aber von dem leer stehenden Haus am Ende des Straßenzugs, in dem es laut den Kindern in der Nachbarschaft spukte. Also banden wir uns ebenfalls Servietten vors Gesicht und schlichen durch mehrere Gärten zu dem fraglichen Haus. Dort angekommen, musste Satya enttäuscht feststellen, dass hinter den Fenstern nur verstaubte Räume voller Gerümpel zu erkennen waren.

»Du hast gesagt, es würde spuken.«

»Ich habe gesagt, das hätten die Nachbarskinder gesagt.«

»Warum wohnt hier keiner mehr?«

Ich zuckte mit den Schultern. Ich wusste es nicht.

»Na, egal, was passiert ist … und irgendwas ist hier passiert, jetzt ist es jedenfalls zu spät, um da noch was zu machen.«

Satya führte uns durch Büsche und weitere Gärten und ließ uns zu den Fenstern der Häuser schleichen. Viele Hausfrauen bereiteten in den Küchen Essen oder Limonade zu, einige Männer sahen sich mit ihren Söhnen im Wohnzimmer Baseball an. Aber das war es dann schon.

Auf dem Weg zurück zur Straße verschwand Satya hinter dem Haus der Kuhlmanns, einem grün-weißen Split-level-

Haus auf der anderen Straßenseite. Er kletterte einen Baum hoch, spähte in eines der Fenster und schien endlich etwas Lohnenswertes gefunden zu haben.

»Hayat, das musst du dir ansehen.«

»Was ist los?«

»Nichts ist los …«

»Was ist es?«

»Ein Mädchen und ein Typ. Sie machen rum.«

»Das ist Gina. Und ihr Freund.«

»Im Ernst, das musst du dir ansehen.«

»Ich will auch was sehen«, quengelte Otto.

»Iss nicht so viele Doritos«, blaffte Satya, »dann nimmst du vielleicht ab, und dann kommst du auch den Baum hoch.«

»Ich bin nicht zu dick …«

Satya fiel ihm ins Wort: »Bleib unten und pass auf den Kleinen auf, Otto. Hayat, komm rauf …«

Achselzuckend sah ich zu Otto, griff nach einem Ast und stieg an den Verdickungen nach oben.

»Pass auf, dass dir deine Ninja-Maske nicht runterrutscht«, sagte Satya.

Imran nörgelte, dass er auch hochklettern wollte.

»Du kannst nicht allein auf einen Baum klettern«, sagte Otto. »Du bist noch zu klein.«

Ich zog mich an einer Astgabel hoch, fand festen Stand und hangelte mich zu dem Ast, auf dem Satya kauerte. Direkt vor uns lag das Fenster. Gina saß mit ihrem Freund auf dem Bett. Sie küssten sich.

»Sie sieht süß aus.«

»Das ist sie«, sagte ich.

Ich kannte Gina kaum – sie war drei Jahre älter als ich und wohnte seit fast zwei Jahren uns gegenüber auf der anderen Straßenseite. Nahezu von Anfang an war sie mit dem stämmigen Lockenkopf zusammen, der jetzt auf ihrem Bett saß. Ich wusste nicht, wie er hieß – Gina redete weder mit mir noch mit den anderen Jungs in der Gegend, die jünger waren als sie –, aber ich wusste, dass sie zusammen waren, weil sie immer von der Schule gemeinsam nach Hause gingen. In meiner Schule, der Madson Elementary, war der Unterricht früher aus als in der Junior High School, und mehr als einmal hielt ich mich in unserem Garten auf und sah sie am Ende der Straße auftauchen, Gina, die Bücher an die Brust gepresst, und der Junge an ihrer Seite, der langsam sein Rad neben sich her schob. Und einige Male, wenn ich in unserem Wohnzimmer stand, von dem man einen wunderbaren Blick in ihre Garage hatte, konnte ich die beiden dort drinnen sich küssen sehen.

Eines Nachmittags, als ich sie vom Wohnzimmerfenster aus wieder einmal beobachtete, näherte sich Mutter von hinten. »Sieh dir das an«, sagte sie verächtlich. »So werden weiße Frauen also abgerichtet … Wie alt ist sie?«

»Keine Ahnung … Vierzehn?«

»*Vierzehn?*«

»Glaube ich.«

»*Vierzehn*«, wiederholte sie. »Und sieh sie dir an.«

Ginas Freund streichelte ihre Haare, während sie sich tief in die Augen schauten, versunken in einer träumerischen Selbstvergessenheit, die etwas Vollkommenes an sich hatte.

»Und schon lässt sie sich *ausnutzen*«, fuhr Mutter in ihrem scharfen Tonfall fort. »*Setzt ihren Körper ein*, um sich Männer zu angeln. Wie schamlos! Sie sind wie Tiere … Nein … *Schlimmer* als Tiere. Tiere haben wenigstens ein Quäntchen Selbstachtung.« Abrupt wandte sie sich mir zu. »Geh auf dein Zimmer. Du musst keine Prostituierte anstarren. Sonst endest du noch wie dein Vater. Los … geh schon!«

Satya war auf dem Ast noch weiter hinausgerückt, um einen besseren Blick zu erhaschen. Ginas Freund fasste ihr unter den rosafarbenen Sweater. Noch immer küssten sie sich.

»Schau«, sagte Satya. »Er hat sich auf den Weg zur zweiten Base gemacht.«

»Zweite Base?«

»Erste Base ist Küssen. Zweite ist, ihr unters Shirt zu greifen. Dritte ist das Höschen. Und ein Homerun ist, na ja, die ganze Sache.«

Ich hatte nicht die geringste Vorstellung, wovon er redete. »Die ganze Sache?«, fragte ich.

»Sex? Du weißt doch, was Sex ist, oder?«

Ich starrte Satya an und wusste nicht, was ich sagen sollte. Ich wusste nur, dass ich das Wort schon mal gehört hatte.

Er grinste mich an. »Sag mir nicht, dass du nicht weißt, was Sex ist!«

Ginas Freund hatte ihr mittlerweile den Sweater hochgeschoben, worauf ihr glatter, flacher Bauch und ein weißer BH zum Vorschein gekommen waren.

»Was ist da?«, quengelte Otto wieder.

»Halt den Mund«, zischte Satya, der mit weit aufgerissenen Augen – Mund und Nase waren nach wie vor mit der Serviette bedeckt – das Treiben hinter dem Fenster beobachtete. Ich fragte mich, ob ich genauso ausgesehen hatte, als Mutter mich am Wohnzimmerfenster ertappt hatte. *Prostituierte anstarren* hatte sie es genannt.

Satya bemerkte, dass ich ihn ansah. »Was ist?«, fragte er.

»Nichts«, sagte ich.

»Warum siehst du dann *mich* an? Die *richtige Sache* entgeht dir doch.«

»Mich interessiert die *richtige* Sache nicht.«

»Tickst du nicht ganz sauber?«

Ich riss die Serviette vom Gesicht und kletterte den Baum hinunter.

»Wo willst du hin?«

»Nach Hause«, sagte ich angewidert.

Zu Hause saßen Mina und Nathan immer noch auf der Terrasse. Selbst aus zwanzig Metern Entfernung zog sie mich in ihren Bann. Sie sah anders aus. Lebendiger. Noch anziehender als sonst. Sie sah mich an, und ich spürte einen Stich, ein Ziehen im Magen und das Verlangen, die Kluft zwischen uns zu schließen und Mina irgendwie zu fassen zu bekommen. Sie sollte mir gehören.

Ich verstand es nicht.

Auf dem Weg in die Küche trat ich auf die Terrasse, aber als ich an ihnen beiden vorbeiging, streckte Mina den Arm aus und zog mich zu sich heran. Ich spürte ihre Beine, die mich umfingen und festhielten. Sie gab mir einen Kuss auf die Wange. »Er ist mir wie ein zweiter Sohn …«, sagte sie sanft und strahlte dabei. Ihre Dupatta war locker um ihren Kopf drapiert, die halb durchscheinende Seide schimmerte im Spätnachmittagslicht. »Und wenn es nach mir ginge, wird aus ihm genau so ein Büchernarr wie aus uns beiden.«

»Er ist schon auf dem besten Weg dahin, nicht wahr, Hayat?«, fragte Nathan. Sein träges Lächeln, seinen rammdösigen, vertrottelten Blick fand ich fast ebenso verstörend wie Minas neue, hinreißende Schönheit. »Mit einigem Glück setzt du die Tradition fort und wirst deinem Vater ein ziemlicher Dorn im Auge sein«, sagte Nathan lachend. Auch Mina lachte.

»Wäre nicht das Schlimmste, oder?«, fuhr Nathan fort. »Wenn ihn irgendwann mal jemand dazu bringen könnte, ein Buch zu lesen, dann sein eigener Sohn. Meinst du nicht auch?«

»Das bezweifle ich«, antwortete Mina mit funkelnden Augen.

Etwas lief hier ab, aber ich konnte nicht sagen, was es war. Die Luft war aufgeladen, als würde sich zwischen ihnen eine Wolke wirbelnder Mücken befinden.

Mina redete weiter: wie klug ich sei; dass ich begonnen

habe, den Koran auswendig zu lernen; welch guter Ersatzbruder ich für Imran sei. Sie redete nicht nur über mich, sondern hielt mich noch immer zwischen ihren Beinen fest, die Arme um meine Taille geschlungen … und dennoch erschien sie mir ferner als jemals zuvor. »Ich muss aufs Klo, Tante«, sagte ich schließlich und löste mich.

»Okay, *Kurban*«, sagte sie.

Ich ging durch die Terrassentür und ließ sie absichtlich laut hinter mir zufallen. Doch als ich durch das Fenster zurücksah, schienen sie es nicht bemerkt zu haben.

Sie lachten bereits wieder über irgendetwas anderes.

6

DER DERWISCH

In jener Woche klingelte jeden Abend etwa eine halbe Stunde nach dem Essen das Telefon. Mutter kam in die Küche gestürmt und schnappte sich den Hörer. »Hallo, Dr. Wolfsohn …«, säuselte sie, »tut mir leid, ich meinte … *Nathan* … mir geht es gut, *Nathan*. Und Ihnen? … *Natürlich*. Ich hole sie …« Dann legte sie die Hand über den Hörer und rief: »Mina! Für dich! Dr. Wolfsohn!« Und sofort schwebte Mina auf Zehenspitzen herein, nahm das Telefon in Empfang und zirpte in den Hörer: »Hallo, Nathan.« Aber bevor das Gespräch überhaupt in Gang kam, drehte sie sich zu mir um – ich war meistens noch mit dem Abwasch beschäftigt – und fragte ganz freundlich: »*Behta*, macht es dir was aus, wenn ich das Telefon eine Weile lang … für mich allein haben kann?«

Ich nickte und verzog mich in mein Zimmer.

Mehr als einmal in der Woche tauchte ich dann eine Stunde später – nach den Hausaufgaben und einigen Koranversen – wieder auf und hoffte auf dem Weg hinunter ins Fernsehzimmer dem eventuell noch verbliebenen Abwasch zu entgehen. Und immer kauerte Mutter auf der Treppe und versperrte mir den Weg. Und über ihrer Schulter sah ich Mina, die es sich auf dem Sofa hinten im Fernsehzimmer bequem gemacht hatte und liebevoll den Hörer ans Ohr drückte.

»Sei nicht so neugierig«, schalt Mutter mich.

»Bin ich nicht.«

»Mach den Abwasch fertig.«

»Gut«, sagte ich.

Es gab keinen Grund, neugierig zu sein. Minas ausgelassenes Lachen, das selbst den laufenden Wasserhahn übertönte, während ich das restliche Geschirr im Ausguss spülte, und ihr verträumtes Dahinschreiten, wenn sie nach Beendigung des Telefonats die Treppe hochkam, ließen kaum einen Zweifel, was hier vor sich ging.

Sie war verknallt.

Am Donnerstagabend, als ich an meinem Schreibtisch saß, hörte ich Mina unten jemanden anbrüllen. Ich ging an die Tür meines Zimmers und bekam mit, wie sie weinend in ihr Zimmer stürzte und die Tür hinter sich zuknallte. Später erzählte mir Mutter, dass Minas Eltern angerufen hätten. Sie hatten von einem geschiedenen Pakistani erfahren, einem Zahnarzt in South Carolina, der eine Frau suchte. Ohne es mit ihrer Tochter zu besprechen, hatten die Alis dem Mann Minas Foto geschickt. Jetzt wollte er sie kennenlernen.

Mina war völlig aufgelöst. Sie hatte ihren Eltern gesagt, dass sie nicht nur nicht interessiert sei, sondern sich nach allem, was mit Hamed geschehen war, auch nie und nimmer auf eine weitere arrangierte Ehe einlassen würde.

Daraufhin hatte ihr Vater sie angebrüllt, sie hatte zurückgebrüllt, und er hatte einfach aufgelegt.

Am nächsten Morgen, als ich mich für die Schule fertigmachte, war Mina noch im Bett. Das war ungewöhnlich. Meistens stand sie früh auf, half Mutter beim Frühstück und bereitete Imran für den Kindergarten vor. Als ich an diesem Morgen zum Bus ging, war die Tür zu ihrem Zimmer immer noch geschlossen, und als ich am Nachmittag nach Hause kam, klagte Mutter, dass sich Mina den ganzen Tag nicht hatte blicken lassen. Erst zum Tee tauchte sie schließlich auf, kam durch den Flur und in die Küche geschlurft, wo Mutter Tee einschenkte. Mina sah ausgezehrt, niedergeschlagen aus, ihre Augen lagen in dunklen Höhlen.

»Hallo, Tante«, versuchte ich sie aufzumuntern.

»Hallo, *Behta*«, murmelte sie.

»Kann ich heute Abend zu dir kommen?« Seit dem Wochenende – und den folgenden abendlichen Anrufen von Nathan – hatten wir uns nicht mehr mit dem Koran beschäftigt.

»Mach deiner Tante das Leben nicht noch schwerer, Hayat«, sagte Mutter.

»Schon gut, *Bhaj*«, sagte Mina mit einem schwachen Lächeln.

»Gehen wir«, sagte Mutter brüsk zu ihrer Freundin, während sie Mina ihre Teetasse reichte und sie an der Hand nahm.

Erneut lächelte Mina mir zu. »Komm später, *Behta*«, sagte sie, während Mutter sie hinausführte.

Vor dem Zubettgehen kam ich mit dem Koran in der Hand zu ihr.

»Ist es in Ordnung, wenn wir uns statt der Diniyaat mit einer Geschichte beschäftigen?«, flüsterte sie und zeigte auf Imran, der bereits in seinem Bett schlief.

»Klar, Tante«, antwortete ich ebenfalls leise.

Mina schlug das Laken zurück, lud mich zu sich ein und fragte, welche Geschichte ich hören wollte. Eine neue, sagte ich. Sie überlegte kurz, dann hellte sich ihr Blick auf.

»Ich werde dir von einem Derwisch erzählen. Das ist jemand, der für Allah alles aufgibt.«

»Gerwisch?«

»Derwisch. Mit einem *d*, keinem *g*.«

»Derwisch«, wiederholte ich. Aber nach dem missverstandenen Wort hatte sich bereits ein Bild bei mir festgesetzt: Mr. Gervitz, der alte Hausmeister meiner Schule, ein glatzköpfiger, hagerer Mann, der durch die Flure wackelte und seine mit Rädern versehene Mülltonne hinter sich her zog.

»Ich will dir von einem Derwisch erzählen, der zu Fuß durch die Welt gezogen ist. Und unterwegs hat er nur an Allah gedacht, den ganzen Tag. Auf der Suche nach Gott hat er alles aufgegeben, *Betha*. Er hat so viel aufgegeben, dass er auf die Güte der Fremden angewiesen ist, die ihm zu essen geben, und nachts schläft er auf der Straße, unter freiem Himmel ...«

»Er ist ein Obdachloser«, sagte ich.

»Er ist nicht nur obdachlos, Hayat. Ich rede von einem Sufi. Einem Sufi-Derwisch. Der sein Leben einzig und allein Allah gewidmet hat. Es war seine Entscheidung, alles aufzugeben.«

Ihre Worte ergaben für mich keinen Sinn. »Tante, warum sollte sich jemand dafür entscheiden, obdachlos zu sein?«

»Wenn man alles aufgibt, seine Heimat, seine Familie, seine Arbeit, dann steht nichts mehr im Weg, dann liegt nichts mehr zwischen dir und Gott.«

Mina bemerkte, dass ich ihr nicht folgen konnte.

»Gibt es für dich irgendetwas Besonderes? Gibt es etwas, das du nie verlieren möchtest?«

»Dich, Tante.«

Sie lächelte. »Das ist sehr nett, Hayat.« Sie strich mir über die Stirn. »Du bist gern bei mir ... in diesem Augenblick ...«

»Ja, sehr gern, Tante. Sehr gern.«

»Du willst nicht, dass es aufhört, richtig?«

»Nie.«

»Genau so ist es auch bei dem Derwisch. Er spürt diese Liebe zu Allah. Er will nicht, dass sie jemals aufhört. So wie bei dir und mir. Aber alles andere, das Fernsehen, die Schule, alles, was im Leben sonst so ansteht, würde dich von mir trennen, richtig?«

Ich nickte.

»Und deswegen lässt der Derwisch das alles los, das Fernsehen, die Schule, seine alltäglichen Pflichten. Alles, was ihn von der Liebe zu Allah abhält.«

»Ich verstehe, Tante.«

»In dieser Geschichte gibt der Derwisch alles auf, und trotzdem ist er traurig und verwirrt. Denn er hat immer noch das Gefühl, dass er sich an etwas klammert, was ihn von der Liebe zu Gott trennt.«

»Was?«

»Das weiß er nicht. Und er stellt sich diese Frage immer und immer wieder. Jahrelang zieht er herum und sucht und betet um eine Antwort. Aber er kommt nicht drauf, was es sein könnte …

Dann, eines Tages, verliert er alle Hoffnung. Nach seiner langen Suche ist er müde. Erschöpft setzt er sich an den Straßenrand und weiß nicht, was er jetzt noch tun soll …«

Noch immer sah ich Gervitz vor mir, wie er sich geschlagen gab und in abgerissener Kleidung am Rand der verlassenen Straße saß.

»Und während er dort sitzt, kommen zwei Männer die Straße entlang. Sie essen Orangen. Sie kommen näher und sehen den alten Derwisch, und einer von ihnen sagt: ›Was für ein schmutziger Alter.‹ Und der andere sagt: ›Schau, wie er unsere Orangen anstarrt. So gierig!‹ Sie lachen. Und als sie am Derwisch vorbeikommen, werfen sie ihm die Orangenschalen hin: ›Hier, Alter, iss die Schalen, wenn du Hunger hast!‹

Nun, *Behta*, wenn das dir oder mir widerfahren würde, würden wir wütend werden. Wir würden aufspringen, ihnen etwas hinterherrufen oder ihnen die Orangenschalen nachwerfen. Aber nicht dieser Derwisch. Er wird nicht wütend. Stattdessen erhebt er sich und umarmt die beiden Männer.

›Danke, Brüder! Danke, dass ihr mir die Antwort gegeben habt!‹ Die Männer sind verwirrt. ›Welche Antwort?‹, fragen sie. ›Die Antwort, auf die ich schon mein ganzes Leben warte!‹, sagt der Derwisch.«

Mina hielt inne.

»Ich weiß, *Behta*, das ist eine schwierige Geschichte. Aber ich denke, du kannst sie verstehen …

Was der Derwisch dort auf der Straße gefunden hat, ist wahre Demut. Ihm ist bewusst geworden, dass er weder besser noch schlechter ist als der Boden … der Boden, der alle weggeworfenen Orangenschalen der Welt auffängt. Im Grunde ist ihm klar geworden, dass er nichts anderes ist als dieser Boden, nichts anderes als die Orangenschalen, als die Männer oder alles andere, das von Allah erschaffen wurde.

Was hat ihm davor im Weg gestanden? Er hat geglaubt, er wäre anders, etwas Besonderes. Aber jetzt erkennt er, dass er *nicht* anders ist. Er und Allah und alles, was Allah erschaffen hat, das alles ist eins.«

Ich verstand damals nicht, was sie mir zu sagen versuchte. Aber ich habe es nie vergessen.

Am Samstagabend, eine Stunde vor dem Abendessen, klingelte es an der Tür. Mutter kam aus der Küche geeilt. »Geh an die Tür, Hayat«, sagte sie, löste ihre Kochschürze und eilte zur Treppe. Ich war im Wohnzimmer und spielte mit Imran Schach oder versuchte es zumindest.

»Lass dir Zeit und denk nach«, sagte ich zu Imran und erhob mich. »Du bist fast schachmatt.«

Imran starrte kurz auf das Brett, dann fegte er mit einer Armbewegung alle Figuren um. »Ich gewinne!«, schrie er.

»Du hast nicht gewonnen«, gab ich zurück. »Du kennst die Regeln nicht, daher weißt du gar nicht, was es heißt, zu gewinnen. Und nach dem, was du jetzt gemacht hast, wirst du auch nie gewinnen, weil ich nie mehr mit dir spiele!«

Imran heulte auf, schleuderte das Brett in die Luft, warf sich auf den Rücken, plärrte lauthals und strampelte mit den Beinen.

Es klingelte wieder.

»Was ist dort unten los?«, rief meine Mutter herunter und spähte aus dem Badezimmer. Mina spähte über ihre Schulter.

»Was ist passiert?«, rief Mina auf Urdu ihrem Sohn zu.

»Nichts!«, rief ich zurück.

»Mach keinen Unfug, Hayat«, kam es scharf von Mutter. »Und sieh endlich nach, wer an der Tür ist!«

»Na, wer schon!«, maulte ich vor mich hin. Den gesamten Nachmittag waren Mina und Mutter in heller Aufregung gewesen, weil Nathan zum Abendessen kommen sollte. Ich öffnete die Haustür.

»Hallo, Hayat!«, begrüßte mich Nathan freudig. Er trug ein braunes Sportjackett, ein gelbes Oxford-Hemd und eine khakifarbene Hose. Alles war perfekt gebügelt, und er selbst sah aus, als käme er frisch vom Friseur. Er betupfte sich die Stirn mit einem Taschentuch.

»Hallo, Dr. Wolfsohn«, murmelte ich. Nathan hob einen Karton auf, der vor seinen Füßen stand.

»Na, meint das Leben es gut mit dir, Hayat?«, fragte er, als er eintrat.

»Ja.«

Hinter uns raste Imran vorbei und stapfte die Treppe hinauf. Er weinte.

»Alles in Ordnung?«, fragte Nathan.

»Fragen Sie mich nicht«, antwortete ich achselzuckend. »Der flennt immer wegen irgendwas.«

Nathan nickte. »Na ja, ist wahrscheinlich nicht leicht für ihn in einem neuen Land …«

»So neu ist es nicht mehr. Er ist schon eine Weile hier.«

»Hmm … da hast du wahrscheinlich recht. Wo ist dein Dad? Er hat mich die ganze Woche wegen dem hier genervt.« Nathan zeigte auf den Karton, den er in der Hand hielt.

»Hinten im Garten.«

»Was dagegen, wenn ich ihn irgendwo abstelle?« Nathan trat ins Wohnzimmer, sah sich um und zeigte mit einem Kopfnicken auf den Armsessel. »Meinst du, hier ist es okay?«

»Klar«, sagte ich.

Auf dem Weg zum Sessel blieb er mit dem Fuß an der Kante des roten und rosafarbenen Persers hängen, der den Großteil des Wohnzimmerbodens bedeckte. Er geriet ins Stolpern, und die Fotos im Karton verstreuten sich über den Boden. Genau wie beim Barbecue, als er die Sodaflaschen hatte fallen lassen, dachte ich.

»Scheiße!«, rief er und sah mich besorgt an. »Entschuldige die Ausdrucksweise. Ich hab es nicht so gemeint …«

»Schon gut«, sagte ich.

Nathan und ich machten uns daran, die Aufnahmen aufzusammeln. Auf allen waren vier ovale Bilder des menschlichen Gehirns zu sehen, die, obwohl unterschiedlich eingefärbt, allesamt ziemlich gleich aussahen. Es waren buchstäblich Tausende. Mir war ein Rätsel, wie er und Vater so viel Zeit damit verbringen konnten, sie sich alle anzusehen.

Nathan stopfte die Fotos in den Karton und erhob sich. »Danke für die Hilfe«, sagte er, zog sein Taschentuch heraus und wischte sich übers Gesicht. Er war schweißnass. »Wo sind denn alle?«

»Oben.«

Er setzte sich auf die Couch. Wieder betupfte er sich das Gesicht, dann hob er den Arm und roch an der Achsel. Als er merkte, dass ich ihn beobachtete, ließ er den Arm sinken und lächelte schwach. »Es ist heiß hier, oder liegt das nur an mir?«

»Ich denke, es ist heiß«, sagte ich.
»Ja, ist wohl so.« Zerstreut sah er sich um. Plötzlich rief er aus: »Ach! Da fällt mir ein … ich hab ja was für dich!« Er wühlte in seiner Jacketttasche und zog ein schmales, goldfarbenes Päckchen heraus. »Hier. Mach es auf!«
Ich nahm es entgegen und riss das goldene Geschenkpapier weg. Es war ein Buch. *Der Ruf der Wildnis*.
»Jack London«, sagte er. »Eines meiner Lieblingsbücher, als ich in deinem Alter war.«
Ich blätterte es durch und hielt bei einer Illustration inne, die einen Hund in einer öden Landschaft zeigte.
»Es ist eine Sonderausgabe. Wahrscheinlich ist dir noch nicht klar, was das ist, aber wenn du auf sie gut aufpasst, wird sie eines Tages mal viel wert sein … Aber das heißt nicht, dass du es nicht lesen sollst. Ich meine, darum geht es doch, oder? Dass man das Buch liest.«
»Danke, Dr. Wolfsohn.«
»Ist mir eine Freude, Hayat … Und vergiss nicht, ich hab dir gesagt, du kannst mich Nathan nennen.«
»Entschuldigung … Nathan.«
»Schon gut«, sagte er. »Hoffentlich gefällt es dir.«
»Was hast du da, *Behta*?« Es war Mutter. Ich drehte mich um. Sie stand in der Wohnzimmertür und war völlig verwandelt. Minuten zuvor war sie aus der Küche gestürmt, hatte Bluse und Freizeithosen getragen, darüber eine mit Curryflecken verschmierte Kochschürze, das Haar zu einem unordentlichen Knoten gebunden; und jetzt erschien sie in einem babyblauen, mit Ziermünzen bedeckten Salwar-Kamiz, hatte einen türkisblau-silbernen Schal um die Schultern gelegt, die braunschwarzen Haare fielen ihr geschmeidig über die Schultern. Sie sah wunderbar aus.
»Das habe ich im Buchladen in der Nähe meiner Wohnung entdeckt. Ich weiß doch, wie sehr er Bücher liebt.«

»Das wäre doch nicht nötig gewesen«, sagte Mutter und trat näher. Mit ihr schwebte süßer Sandelholzduft ins Zimmer. Mutter nahm mir das Buch ab, blätterte es schnell durch, schien es ansonsten aber kaum zu beachten. Anscheinend war es ihr wichtiger, dass sowohl Nathan als auch ich sie ansahen. »Ach, wie *wunderschön!*«, flötete sie.

»Nicht der Rede wert«, erwiderte Nathan. »Ich hoffe, es gefällt ihm.«

»Und Sie sind ja auch so bescheiden!«, fügte Mutter mit übertriebenem Nicken hinzu. Sie wandte sich an mich. »Hast du dich bei Dr. Wolfsohn auch bedankt, *Behta*?«

»Ja, natürlich«, warf Nathan an. »Und… Muneer, nennen Sie mich bitte Nathan.«

Mutter lächelte.

Nathan griff in seine andere Jacketttasche und zog ein kleineres Päckchen heraus, ebenfalls in goldenes Geschenkpapier eingeschlagen.

»Und was ist *das*?«, fragte Mutter.

»Für Imran«, sagte er.

»Wie *aufmerksam*«, sagte sie, und dabei ging – eine typisch indisch-pakistanische Geste – ihr Kopf leicht von der einen zur anderen Seite. »Sooo aufmerksam. Sooo aufmerksam…« Unvermittelt drehte sie sich zum Flur um und rief hinaus: »Imran, *Behta*! Komm runter, Liebling! Dr. Wolfsohn hat ein Geschenk für dich!«

Schluchzend erschien der Junge oben auf der Treppe. »Schau, was Dr. Wolfsohn für dich hat, *Kurban*«, sagte Mutter und hielt ihm das Päckchen hin. Imran rührte sich nicht. »Komm schon, Kleiner«, redete sie ihm gut zu.

»Hayat ist da«, wimmerte er.

Mutter sah zu mir. »Was hast du mit ihm angestellt?«

»Nichts.«

Mina tauchte aus dem Badezimmer auf und stellte sich hinter ihren Sohn. Sie war gelb und golden gekleidet, ein cremefarbener Schal war locker um ihren Kopf geschlungen. Sie legte Imran die Hand auf die Schulter und kam mit ihm die Treppe herunter. Ich sah zu Nathan. Er war wie verzaubert.

»Imran, *Betha*, was hat Hayat wieder angestellt?«, fragte Mutter.

»Ich habe gar nichts getan«, blaffte ich. »Er will die Regeln nicht lernen und führt sich dann auf.«

»Hayat, er ist noch ein Kind«, sagte Mina. »Lass ihn spielen, wie er will.«

»Aber dann ist es kein *Schach*«, entgegnete ich. »Wenn er so spielen will, kann er es allein tun. Dann braucht er mich nicht dazu.«

Mutter fuhr herum. »Was hast du gesagt?«

»Ich habe gesagt, es ist dann kein *Schach*. Ich will nicht mit ihm spielen, wenn er sich nicht an die Regeln hält.«

Imran und Mina standen mittlerweile in der Tür, und Imran grinste zufrieden. Mutter starrte mich finster an und kaute auf ihrer Lippe. »Widersprich den Erwachsenen nicht! Und mach dich nützlich! Geh raus und sag deinem Vater, dass Dr. Wolfsohn hier ist!« Sie wandte sich an Nathan, wobei ihr Tonfall merklich freundlicher wurde: »Ich meine natürlich *Nathan* …«

Über den Rasen streckten sich bereits lange Schatten. Die Sonne ging gerade unter. Ich sah zum Himmel hinauf. Rote und orangefarbene Wolken flammten, eigenartig und wunderbar zugleich, vor dem Dunkelblau der heraufziehenden Nacht.

Ich hatte den Garten zur Hälfte durchquert, als ich hinter mir plötzlich die sich überschlagende Stimme meiner Mutter hörte: »Naveed! Naveed!« Sie stand in der Terrassentür. »Komm schnell, schnell!«

Hinter einer Reihe hüfthoher Tomatenstauden tauchte Vater auf. Seine Hände steckten in gelben Gartenhandschuhen.

»Schnell! Komm!«, rief sie wieder, bevor sie im Haus verschwand.

Vater trat über die Stauden, streifte die Handschuhe ab und machte sich ohne allzu große Eile in Richtung Haus auf den Weg. »Weiß Gott, was sie jetzt wieder will«, grummelte er, als er an mir vorbeiging. »Kommst du auch?«

Im Wohnzimmer lag Nathan im Armsessel ausgestreckt und hielt sich eine Hand über ein Auge. Mina war über ihn gebeugt, ihr Gesicht glühte fast so rot wie der leuchtend scharlachrote Fleck am Saum ihres cremefarbenen Schals.

»Was zum Teufel ist denn mit dir passiert?«, fragte Vater.

»Dr. Wolfsohn hat Imran ein Spielzeugauto geschenkt …«

»Muneer, bitte …«, kam es von Nathan.

»Tut mir leid, *Nathan* … und Imran hat es ihm ins Gesicht geschleudert.«

»Er hat mich am Auge getroffen«, sagte Nathan ganz ruhig. »Aber ich glaube, es ist nichts passiert.«

»Warum hängst du dann zum Teufel noch mal so rum? Als würdest du im Sterben liegen …«

»Ich liege nicht im *Sterben*, Naveed.«

»Wo ist das Spielzeugauto?«, fragte Vater Mina.

Sie reichte Vater einen kleinen roten Matchbox-Rennwagen. »Nate hat es ihm als Geschenk mitgebracht.«

Vater ließ sich auf der Armlehne nieder und beugte sich über Nathan. »Lass mal sehen«, sagte er und schob Nathans Hand weg. Er hatte das Auge geschlossen, aus dem Augenwinkel tröpfelte ein stetes Blutrinnsal.

»Aufmachen!« Vater stocherte etwas herum. Nathan riss das Auge weit auf. »Kannst du sehen?«

»Kein Problem.«

»Kannst du das Auge bewegen?«

Nathan ließ den Augapfel kreisen. Er zwinkerte einige Male. »Ja, kein Problem«, sagte er.

Vater packte Nathans Kopf, drehte ihn zu sich heran und musterte den Schnitt. »Glück gehabt«, sagte er. »Das war haarscharf. Ein schlimmer Schnitt, das Auge ist aber in Ordnung.«

»Gott sei Dank«, sagte Mutter und seufzte erleichtert. »Seinem Auge ist also nichts passiert?«

»Nein. Säubere die Wunde und mach ein Heftpflaster drauf.« Vater erhob sich. »Wo ist der Junge?«, fragte er Mina.

»Oben.«

»Ich werde ein Wörtchen mit ihm reden«, sagte Vater und ging.

Mutter starrte mich böse an. »Wenn du den Jungen noch mal so reizt, wirst du von mir was zu hören bekommen!«

Ich verzog mich ohne weiteren Kommentar.

Oben in meinem Zimmer griff ich mir den Koran und schlug schmollend die Sure auf, die ich angefangen hatte zu lernen:

Der Anbeginn der letzten Stunde!
Was ist der Anbeginn der letzten Stunde?
Und wer lehrt dich begreifen, was der Anbeginn
der letzten Stunde ist?
Es ist der Tag, an dem die Menschen wie verstreute
Motten sind,
Und die Berge wie bunte gekämmte Wolle.
Der nun, dessen Waagschale mit guten Werken
schwer beladen ist,
Der wird ein gutes Leben führen.
Während jener, dessen Waagschale für zu leicht befunden,
Vom Abgrund der Hölle verschlungen wird.
Und was lehrt dich begreifen, was der Abgrund
der Hölle ist?
Er ist das glühendste Feuer.

Immer wieder las ich mir die Zeilen vor. Die Worte beruhigten mich. Das, was sich unten abspielte, verblasste. Wie banal das alles im Licht von Gottes Feuer war. Ich musste an den Himmel draußen denken, den ich gesehen hatte, an dessen glühende, majestätische Farben. Angst und Ehrfurcht ließen mich erschauern. Und es tat gut, daran erinnert worden zu sein, was einzig und allein zählte:

Wenn andere es nicht wissen wollen, mögen sie brennen. Du aber vergiss niemals.

7

DIE JUDEN UND WIR

Das Abendessen an jenem Tag gestaltete sich schwierig. Die Stimmung am Tisch war gedrückt. Mina war in sich gekehrt, und Nathan tat alles, um sie aufzuheitern und ins Gespräch einzubinden. Er sah ziemlich albern aus, so wie er da saß: An seinem linken Auge klebte ein glänzendes Heftpflaster, das beim Reden und Kauen ständig zuckte. Mina war sichtlich bemüht, sich für die ihr entgegengebrachte Aufmerksamkeit erkenntlich zu zeigen, in Gedanken aber war sie ganz woanders. Irgendwann legte Vater seine übliche Platte auf, machte sich über Nathan lustig und versuchte uns aufzuheitern, aber selbst seine Ausgelassenheit – er war immer der Erste, der (schallend) über die eigenen Witze lachte – schien in der bleiernen Stimmung zu versickern.

Nach dem Essen zogen sich Mina und Nathan ins Wohnzimmer zurück. Kaum hatten sie sich niedergelassen, bekam Imran einen seiner Anfälle. Er schrie sich die Lunge aus dem Leib und plärrte nach seiner Mutter. Mina hielt es nicht lange aus, bevor sie nach oben ging, um ihn zu beruhigen. Eine halbe Stunde später kam sie zurück und sagte allen Gute Nacht. Sie begleitete Nathan nach draußen. Ich verzog mich in mein Zimmer und beobachtete von dort, wie sie über die Einfahrt gingen und dann im Mondlicht neben seinem Wagen standen. Nathan beugte sich zu ihr hin, sie umarmte ihn, und ihre Hand fand seinen Nacken. Lange hielten sie sich fest.

Es tat weh, sie so zu sehen.

Dieser Abend war ein Vorgeschmack auf das, was folgen sollte: Nathan machte Mina den Hof und geriet dabei unweigerlich an Imran, der ebenso unweigerlich für Probleme sorgte. Da die Sommerferien begonnen hatten, trug mir Mutter auf, den Jungen aus dem Haus zu schaffen, wenn Nathan zu Besuch kam. Ich tat mein Bestes. Beim ersten Mal hatte ich Glück. Auf dem Weg zum Baseballfeld hinter dem Haus der Fahls' – dort hielt ich mich an den Sommernachmittagen am liebsten auf, weil dort immer ein Spiel zugange war – lief ich Denise und Mandy Robinson über den Weg, eineiigen Zwillingen mit braunen Locken und eng zusammenstehenden Augen. Sie hielten den Kleinen für »unheimlich süß« und waren unterwegs zum Gartner-Baumhaus, einem ganzen Komplex verschachtelter, mit Leitern und Stricken verbundener Holzhäuschen, von denen ich Imran schon oft erzählt hatte. Er wollte es unbedingt sehen, und ich wollte ihn unbedingt loswerden. Der Nachmittag verlief großartig – Imran spielte gern mit den Mädchen. Und danach, als sich die Robinson-Zwillinge an ihm sattgespielt hatten, brachten sie ihn zum Baseballfeld. Leider wiederholte sich dieser Glücksfall nicht, so dass ich ihn in den nächsten beiden Wochen zum Baseball mitnehmen musste. So sehr ich ihm auch zuredete, sich einfach nur hinzusetzen und uns beim Spielen zuzuschauen, Imran wollte sich nicht darauf einlassen. Er lenkte uns ab und fiel uns so lange auf die Nerven, bis sich jemand erbarmte, ihm einen Handschuh gab und er sich mitten ins Outfield stellen durfte, wo er natürlich keinen einzigen Ball erwischte. Auch wenn er ihm aus einem Meter Entfernung zugeworfen wurde.

Außerdem waren meine nachmittäglichen Ausflüge sowieso nicht die Lösung des Problems. Oft genug war Nathan noch da, wenn ich mit dem Jungen nach Hause kam; Imrans Wutanfälle machten dem Besuch dann regelmäßig ein schnelles Ende. Dann hatte Vater eine Idee: die Sonntage. Sonntag war sein freier Tag, und er meinte, wenn er mit dem Jungen etwas unternahm – in den Zoo ging oder zum Angeln (in diesem Fall kam ich auch mit) –, hätten Mina und Nathan wenigstens einen entspannten Nachmittag in der Woche. Es funktionierte prächtig.

Mitte Juni, am vierten Sonntag, ließ Nathan es zum ersten Mal wieder darauf ankommen und blieb bis zum Abend. Zusammen mit Mina und Mutter begrüßte er uns, als wir vom See zurückkehrten. Vater holte das Glanzstück unseres Fangs aus der Kühltasche, einen einpfündigen Barsch, er hielt ihn hoch und verkündete, dass Imran ihn gefangen habe. (Er hatte ihn nicht gefangen, sondern Vater.) Nathan lobte Imran überschwänglich und aufrichtig und überreichte ihm einen Überraschungskorb voller neuer Spielsachen. Nach dem Abendessen spielten sie eine Stunde lang, und Imran zeigte sich von seiner besten Seite. Er schleuderte Nathan kein einziges der neuen Spielsachen ins Gesicht, er weinte oder heulte nicht, als Mina ihn ins Bett brachte und daraufhin wieder nach unten kam, um noch etwas Zeit mit Nathan zu verbringen.

Davon ermutigt, kam Nathan am Mittwoch nach der Arbeit erneut vorbei. Doch das war zu früh. Imran reagierte mit einem sagenhaften Wutanfall, er schrie so laut und so lange, dass ich mich ehrlich fragte, wie überhaupt ein Wesen – ob Mensch oder wildes Tier – so einen gewaltigen Lärm veranstalten konnte. Zwei Tage darauf, am Freitag, nahm mich Mutter zur Seite und bat mich, wieder auf den Jungen aufzupassen. Denn am Abend würde Nathan zu Besuch kommen.

»Mom? Warum treffen sich die beiden nicht irgendwo anders? Warum muss er immer zu uns kommen?«

»Hör auf, dich zu beklagen.«

»Ich beklage mich nicht.«

»Sondern?«

»Ich frage nur.«

»Was fragst du?«

»Warum sie sich nicht irgendwo anders treffen. Damit Imran davon nichts mitbekommt…«

Mutter tat meinen Einwand ab, als meinte sie, ich müsste die Antwort bereits kennen: »Weil deine Tante Mina eine muslimische Frau ist, und muslimische Frauen haben kein Rendezvous mit Männern.«

»Aber genau das hat sie doch.«

Mutter seufzte.

»Oder?«, fragte ich.

Mutter schüttelte den Kopf, hielt kurz inne, nickte und schüttelte dann wieder den Kopf. »Nicht unbedingt«, sagte sie schließlich. Daraufhin erklärte sie mir, dass sie Minas Eltern versprochen habe, die Ehre ihrer Tochter zu schützen; sie *befürworte* zwar die Beziehung zu Nathan, habe der Sache aber auch strikte Grenzen gesetzt: Sie würde die beiden keine Sekunde allein lassen; sie würde immer in ihrer Nähe bleiben. Laut Mutter bedeutete dies, dass es also kein *richtiges* Rendezvous war.

»Wenn sie in Minas Zimmer gehen, lassen sie die Tür offen. Ich schaue alle zehn Minuten nach. Wenn sie fernsehen, sitze ich in der Küche und lausche. Letzten Sonntag… wollten sie in den Red Lobster ausgehen. Meinst du, ich hätte sie allein dorthin gelassen? Meinst du das wirklich?«

»Ich weiß nicht.«

»Ich habe sie *nicht* allein dorthin gelassen. Ich habe sie begleitet. Sie saßen in einem Abteil. Mina wollte nicht, dass ich höre, was sie sich zu sagen hatten, also setzte ich mich auf die gegenüberliegende Seite, damit ich jederzeit sehen konnte, was sie machten. Niemand, der noch recht bei Trost ist, würde das als *Rendezvous* bezeichnen. Oder?«

Damit lag sie wahrscheinlich nicht so falsch.

Es war Ende Juni.

Eines Abends kam Mutter in mein Zimmer, um nach mir zu sehen, bevor sie ins Bett ging. Als sie zur Tür hereinspähte, drehte ich mich im Bett um und hoffte, sie würde bemerken, dass ich noch wach lag.

Sie kam herein. »Was ist los, *Meri-Jaan*?«, flüsterte sie.

»Keine Ahnung.«

»Hast du noch gelesen?«

»Nein.«

»Was also?«

»Bin nicht müde.«

»Willst du, dass dir deine *Ammi* etwas Aufmerksamkeit schenkt?«

Ich nickte.

»Ah«, kam es von ihr, während sie sich neben mich setzte. Sie strich mir über die Stirn. Eine ganze Weile sahen wir uns nur schweigend an.

»Ist mit Tante Mina alles in Ordnung?«, fragte ich schließlich.

»Es geht ihr gut, *Behta*. Sie ist ein wenig durcheinander, aber es geht ihr gut …«

»Warum ist sie durcheinander?«

»Die Sache wird allmählich ernst.«

»Sache?«

»Dein Vater hat ausnahmsweise mal etwas sehr Ehrenvolles getan. Er hat Nathan gesagt, er soll sich seiner Absichten klar werden. So kann es nicht weitergehen. Schließlich stammt Mina aus Pakistan ...« Mutter schüttelte unmerklich den Kopf; ein versonnener Glanz schlich sich in ihre Augen. »Und weißt du, was dieser nette Mann gesagt hat?«

»Nein.«

»Dass er sich sehr glücklich schätzt, dass sie so aufgeschlossen ist. Er hätte nicht erwartet, dass sie sich so sehr auf ihn einlässt. Dafür ist er ihr dankbar. Er ist ja so sensibel. Und so *intelligent*. Mir will partout nicht in den Kopf, wie er deinem Vater so nahestehen kann. Wie sagt man? Gegensätze ziehen sich an? Wie bei Dr. Jekyll und Mr. Hyde ...«

»Die beiden sind ein und dieselbe Person.«

»Was?«

»Dr. Jekyll und Mr. Hyde sind ein und dieselbe Person ... glaube ich.«

»Spar dir deine vorlauten Bemerkungen. Was ich sagen möchte: Nathan ist ein guter Mann. Und das allein zählt. Das sage ich ihr auch immer. Gute Männer sind schwer zu finden. Ich meine, das muss man Mina nicht sagen. Sie hat es am eigenen Leib erfahren. Und sie sieht es hier in diesem Haus, Tag für Tag.« Noch immer strich mir Mutter über die Stirn. »Sie macht sich bloß Sorgen, weil er *Jude* ist. Und dann ist da natürlich noch Imran. Er sagt ihr ständig, dass er keinen weißen Vater will. Aber das ist Unsinn. Sie kann ihre Entscheidung nicht von der Meinung eines Fünfjährigen abhängig machen.« Mutter zog ihre Hand weg, ihr Blick ging in die Ferne. »Aber sie ist ganz besessen davon, dass er Jude ist, und was die Leute zu Hause darüber sagen, und ob ihre Kinder einmal muslimisch oder jüdisch werden. Ich sage ihr, dass sie sich darum keine Sorgen zu machen braucht. Aber sie ist ja so starrköpfig. Richtig *fixiert* darauf.« Glucksend fügte sie, mehr zu sich selbst als zu mir, hinzu: »Was hätte Dr. Freud für eine Fallstudie über deine Tante Mina geschrieben.« Sie sah mich wieder an, plötzlich lag ein Glanz in ihren Augen. »Die ganze Zeit sage ich ihr, dass ihr nichts Besseres passieren konnte, als dass Nathan Jude ist. Juden wissen nämlich, wie man einer Frau Respekt entgegenbringt, *Behta*. Sie wissen, wie man eine Frau eine Frau sein lässt, damit sie ihren Mann umsorgen kann. Sie wissen, wie man einer Frau Aufmerksamkeit schenkt. Ich habe Tante Mina gesagt, dass er ihr ein Leben bereiten wird, von dem sie mit einem muslimischen Mann nur träumen kann. Muslimische Männer haben nämlich Angst vor Frauen … allesamt.« Sie beugte sich zu mir herunter und küsste mich auf die Nase, ihr Gesicht war nur wenige Zentimeter von mir entfernt, in ihrem Blick lag grenzenlose Liebe. »Deshalb erziehe ich dich auch anders, damit du lernst, einer Frau gegenüber respektvoll zu sein. Es stimmt schon, *Kurban*: Ich erziehe dich wie einen kleinen Juden.«

Was Mutter in dieser Nacht über die Juden sagte, war für mich nichts Neues. Sie redete oft genug über *die da* – so bezeichnete sie häufig jene jüdischen Glaubens: wie klug sie waren, wie gut sie das Wesen des Geldes verstanden, dass sie sich gegenseitig niemals im Stich ließen, das Haus der Mutter ehrten, wie sehr sie Bücher liebten, wie sensibel ihre Männer, welch starke Seelen, überhaupt, welch besonderes Volk sie waren, weshalb sie von anderen immer beneidet wurden etc. etc. Ohne Ausnahme wiederholte sie die Litanei der gängigen Klischees, die sie aber nicht als solche kennengelernt hatte, sondern als Lob aus dem Mund ihres Vaters. Er hatte seinen Kindern die Überzeugung eingebläut, Juden seien das besondere Volk, das vor allen anderen von Gott gesegnet und zuweilen – wie ein verzogenes Kind – nur schwer zu ertragen war, von dem man aber vieles lernen könne.

Da er kurz vor meiner Geburt gestorben war, hatte ich meinen Großvater nie kennengelernt, aber ich hörte viel über seinen Respekt vor den Juden, Respekt, der von seiner Zeit in England stammte, wo er nach dem Zweiten Weltkrieg gemeinsam mit Juden studiert hatte. Laut Mutters Erzählungen beeindruckte ihn besonders die jüdische Hochachtung vor *wahrer* Gelehrsamkeit, die so rein gar nichts mit dem mechanischen Auswendiglernen und gedankenlosen Herunterleiern tradierter Inhalte zu tun hatte, wie er es bei Muslimen so oft erlebte. Unter den vor Hitlers Endlösung geflohenen jüdischen Familien in London lernte mein Großvater Menschen kennen, die im wahrsten Sinne des Wortes über Gott und die Welt diskutierten – und das, obwohl sie um des Überlebens willen jeden Grund gehabt hätten, sich selbst keinesfalls zu hinterfragen und sich sämtlichen Selbstzweifeln zu verschließen. Besonders mit einer Familie verbrachte er viel Zeit, den Goldenbergs. Sie wohnten nebenan und hatten sich mit dem jungen Jurastudenten aus Pakistan angefreundet. Jahre später würde er seine Kinder mit Geschichten von den Goldenbergs unterhalten, die und deren Gäste Bücher küssten, sogar solche, die nicht heilig waren, die vor und nach dem Essen ihre rituellen Gesänge anstimmten und ohne Tabu alles erörterten, von der Bedeutung ihrer Gebräuche bis hin zu den neuesten Entwicklungen in den Wissenschaften und deren Auswirkungen auf die Lehren der Tora. Ihre intellektuelle Neugier wurde von vielen Juden geteilt, die mein Großvater in den Londoner Elendsvierteln kennenlernte, ein Wissensdurst, der weder die Goldenbergs noch ihre Freunde davon abhielt, zu ihrem Gott zu beten oder ihn bei ihren Mahlzeiten anzurufen. Durch sie lernte mein Großvater, dass der Gebrauch der Vernunft die Verbundenheit mit den Traditionen keineswegs schwächen musste, sondern sie sogar stärken konnte. Das widersprach allem, was er in seiner religiösen Erziehung in den Moscheen des Punjab erfahren hatte – dort war ihn wie vielen anderen

Sunniten gelehrt worden, dass die Suche nach Erkenntnis um ihrer selbst willen das erste Anzeichen dafür war, dass man vom rechten Weg zu Gott abgekommen war.

Während sich die Hochachtung meines Großvaters gegenüber der jüdischen Kultur auf bestimmte intellektuelle Qualitäten stützte, die er als Bereicherung des Lebens betrachtete, war die Bewunderung, die meine Mutter ihr entgegenbrachte, erheblich schrulliger. Ein Beispiel: Irgendwann entdeckte meine Mutter den einzigen koscheren Metzger der Stadt. Er befand sich auf der North Side, eine halbstündige Autofahrt entfernt, falls wenig Verkehr herrschte. Eines Tages fuhren wir zufällig daran vorbei. Sie hielt an und spähte durch das Schaufenster, fasziniert – ja, regelrecht verzaubert – vom Anblick der Juden, Jungen wie Alten, sowohl vor als auch hinter der Verkaufstheke.

Am nächsten Tag kehrte sie zurück und erwarb Lammkoteletts, die sie am Abend zubereitete. Vater und mir verkündete sie, das Fleisch wäre »nicht nur heiliger, sondern auch *besser*«. (Heiliger, konnte sie behaupten, weil Juden wie wir Muslime die Tiere schlachteten, indem sie sie ausbluten ließen, während ein Imam oder Rabbi über dem Tier den Namen Gottes sprach.) Trotz der beträchtlich längeren Anfahrt zogen wir von da an Yakov's Kosher Meats dem örtlichen Lebensmittelladen mit seinem abgepackten Fleisch vor, und es war nicht nur die Heiligkeit (oder Qualität) des Fleisches, die die damit verbundenen Unannehmlichkeiten ausglich. Bei Yakov's gefiel es Mutter, wie es wohl selten einem Kunden in einer Metzgerei gefallen haben dürfte. Sie verweilte oft im Laden und unterhielt sich mit Yakov Brustein und seinen beiden Söhnen über alles Mögliche, vom Wetter bis zur Bedeutung des Jom-Kippur-Festes.

An die letztere Unterhaltung erinnere ich mich noch lebhaft, denn sie dauerte über eine halbe Stunde, und als Folge davon kam Mutter zu dem Schluss, dass der jüdische Versöhnungstag ein so herrlicher Feiertag sei, dass ihn jeder begehen sollte, ob er nun Jude war oder nicht. Was natürlich hieß, dass *wir* ihn begehen sollten. In jenem Herbst behielt Mutter mich am entsprechenden Tag zu Hause. Ich musste nicht in die Schule, allerdings taten wir kaum Buße für unsere Sünden, es sei denn, man wollte es als Buße bezeichnen, dass wir in die Mall gingen und dort unbelegte Pizzastreifen aßen. Nach der Pizzeria suchten wir einen Laden auf, um mir eine neue Cordhose zu kaufen, die Cordhose, die ich auch am nächsten Tag trug und in deren Gesäßtasche ein gefalteter Zettel steckte, auf dem Mutter erklärte, ich wäre am Vortag wegen eines religiösen Festes zu Hause geblieben. Mrs. Ike, meine Lehrerin in der dritten Klasse – eine Frau, deren nordische Physiognomie so abschreckend und herb war wie ihre Seele sanft und frohgemut –, fragte mich mit unschuldiger Neugier, welchen Feiertag wir denn begangen hätten.

»Jom Kippur«, erwiderte ich mit seltsamem Behagen.

Mrs. Ike war verwirrt. »Aber ihr seid doch Moslems, oder?«

Ich zögerte. Irgendwie hatte es mir wohl noch nicht richtig gedämmert – was sich in den folgenden Monaten drastisch ändern sollte –, dass man nicht Jude und Muslim zugleich sein konnte.

»Ja, wir sind Muslime«, sagte ich.

»Dachte ich's mir doch, dass deine Mutter mir so was erzählt hat«, sagte Mrs. Ike, immer noch verwirrt. Und dann fuhr sie fort, heiter und mit einem plötzlichen Lächeln, mit dem sie wohl klarstellen wollte, dass sie in keiner Weise jemanden oder etwas aburteilen wollte, sondern lediglich interessiert war: »Mir war gar nicht bewusst, dass Juden und Moslems die gleichen Feiertage haben. Wie hübsch. Man lernt doch nie aus, was?«

Mutters eher drollige Vorliebe für alles Jüdische war nur die eine Seite unserer Beziehung zu den Juden. Während meine Familie ihnen positiver begegnete als viele mir bekannte Muslime, so bekam ich trotzdem auch die dunklere Seite des muslimischen Antisemitismus zu spüren, und das mit denkwürdiger – und folgenschwerer – Eindringlichkeit an einem Dezemberabend, als ich neun Jahre alt war.

Meine Eltern waren zum Abendessen bei den Chathas eingeladen (Ghaleb Chatha, der wohlhabende Apothekenbesitzer, mit dem sich Vater auf Mutters Wunsch immer anfreunden sollte). Es hatte an jenem Abend heftig geschneit, und ich erinnere mich, im Erkerfenster des palastgroßen Wohnzimmers der Chathas gesessen und in das Gestöber hinausgestarrt zu haben.

»Schneit es noch, *Behta*?«, fragte mich Chatha, als er aus dem Flur zurückkam. Er war ein großer, hagerer, blassbrauner Mann, dessen mit Aknenarben übersätes Gesicht von einem weißen Bartvorhang gerahmt wurde, einem dichten, säuberlich gestutzten Vollbart. Er hatte lange Arme und ebensolche dünnen Runzelfinger. Ich nickte, während er mir den Kopf tätschelte, und war etwas verdutzt wegen seiner Frage, deren Antwort doch direkt vor seinen Augen lag – er hätte nur aus dem Fenster sehen müssen. Lächelnd kehrte er zu seinem Armsessel in der Mitte des Zimmers zurück, wo die Männer versammelt waren. Neben Chatha war noch Vater anwesend; Sonny Buledi, der Psychiater mit der österreichischen Frau (das war noch, bevor Sonny sich als Atheist bezeichnet und sich damit in der örtlichen pakistanischen Gemeinde zur Persona non grata gemacht hatte); dazu zwei weitere, die ich nicht kannte: ein wohlgenährter Ingenieur namens Majid und ein glatzköpfiger, dürrer, nervöser Mann namens Dawood. Die Männer saßen getrennt von den Frauen, die sich in der Küche aufhielten. Ich war der einzige Junge an diesem Abend. Satya und Otto Buledi waren bei ihrer Mutter, die nicht mitgekommen war.

»Wo ist denn die Familie?«, fragte Dawood Sonny. »Warum haben Sie sie nicht mitgebracht?«

»Sie sind in Österreich«, antwortete Sonny. »Bei der Familie meiner Frau.«

»Und warum sind Sie nicht bei ihnen?«, fragte Dawood.

»Die Arbeit. Ich fliege nächste Woche.«

»Wegen Weihnachten?«

Sonny zögerte.

Chatha sah herüber. »Buledi-*Sahib*, sagen Sie mir nicht, dass Sie jetzt *Weihnachten* feiern?«, fragte er spitz in seinem merkwürdigen, breiten, manieriert britischen Akzent, der seinen Punjabi-Singsang zwar überlagerte, aber keineswegs verbergen konnte.

»Ich *feiere* Weihnachten nicht«, rechtfertigte sich Sonny.

»Aber Sie lassen Ihre Kinder es feiern.«

»Es ist ein kulturelles Fest, meiner Meinung nach. Und gibt den Kindern die Möglichkeit, die Familie ihrer Mutter zu besuchen.«

»Ein kulturelles Fest«, sagte Dawood und nickte. »Das gefällt mir. Genau. Es ist kein religiöser Feiertag mehr. Sie haben es zu etwas ganz anderem gemacht. Ein Fest des Kommerz, des Kapitalismus.« Dawood sah zu Chatha. »Das ist jetzt der eigentliche Sinn von Weihnachten.«

Chatha nickte. »Sie denken dabei gar nicht mehr an ihren Propheten. Nur noch ans Kaufen und Verkaufen. Ans *Geschäft* …«

»Das erinnert mich an ein Buch, das ich gelesen habe«, sagte Dawood. »Von einem Typen namens Max Weber. Sie sollten mal einen Blick reinwerfen, Dr. Buledi.«

»Sie meinen nicht zufällig *Die protestantische Ethik und der Geist des Kapitalismus*?«, fragte Sonny überrascht.

»Genau!«, rief Dawood erfreut. Aber plötzlich runzelte er die Stirn. »Sie meinen *Die christliche Ethik* … oder?«

»Es heißt *Die protestantische Ethik* …«

Majid – er saß gegenüber von Sonny und Vater, die beide auf der Couch Platz genommen hatten – schaltete sich dazwischen: »Ist doch das Gleiche. Protestantisch heißt nichts anderes als christlich.«

»Nicht ganz«, erwiderte Sonny. »Es gibt verschiedene Arten von Christen. Protestanten sind nur eine Art davon.«

»Sie sind alle von der *falschen* Art«, sagte Chatha kategorisch.

Sonny sah ihn an, als wollte er ihm widersprechen, hielt dann aber den Mund.

Dawood platzte voller Begeisterung in die Pause hinein: »Sie kennen diesen Max Weber, Dr. Buledi! Ein beeindruckender Mensch. Er sagt nämlich, wie es ist!« Dawood wandte sich an die anderen. »Einen Muslim wie ihn wird man nicht finden, jemanden, der sich gegen die eigenen Leute stellt und die Wahrheit sagt … die Wahrheit, die sonst hinter Lügen verborgen ist.« Dawood gestikulierte voller Enthusiasmus. »Weber stellt dar, wie die Christen den Kapitalismus erfunden haben! Er zeigt, dass der Kapitalismus ihre *wahre* Religion ist! Das sagt er sogar ganz unverblümt! Dass alles eine Verschwörung ist! Alles nur eine Ausrede, um Geld zu verdienen!«

»Das ist etwas überinterpretiert, Dawood«, korrigierte Sonny. »Das sagt er so nicht.«

»Das ist das, was ich gelesen habe. Und glauben Sie mir: Ich habe es aufmerksam gelesen.«

»Das mag schon sein«, erwiderte Sonny kopfschüttelnd. Bis dahin hatte er wie alle anderen Anwesenden das übliche Englisch-Urdu-Kauderwelsch gesprochen, das die meisten in unserer Gemeinschaft sprachen – jetzt wechselte er ins Englische, und sein Tonfall wurde kalt, akademisch, dazu schwang ein Hauch von Geringschätzung mit: »Weber spricht von einer gewissen Geisteshaltung, einer gewissen protestantischen Denk- und Wesensart, die dazu führte, dass die Menschen ihr Geld nicht mehr ausgaben, sondern investierten.« Er sprach langsam, als wollte er sicherstellen, dass ihn auch alle verstanden. »Einer der Unterschiede zwischen Protestanten und Katholiken ist laut Weber der, dass Protestanten ihr Geld nicht einfach der Kirche geben, wie es bei Katholiken üblich ist. Sie wollen es aber auch nicht für sich selbst ausgeben. Daher kam es, dass die Protestanten ihr erwirtschaftetes Geld immer weiter ansparten. Im Lauf der Zeit bauten sie daher immer größere Geldmengen auf. *Kapital*. Das sie dann irgendwohin schaffen mussten. Daher investierten sie es. Und so begann laut Weber der Kapitalismus.«

Dawood starrte beunruhigt vor sich hin, als versuchte er Sonnys Erläuterungen mit seinem Verständnis dessen in Einklang zu bringen, was er offensichtlich doch nicht so aufmerksam gelesen hatte. Dawood wollte schon etwas erwidern, als er von Chatha unterbrochen wurde.

»Dieser Mr. Vebb hat unrecht.«

»Nicht Vebb. Weber«, korrigierte Sonny und wiederholte zur Betonung den Namen: *»We-ber.«*

»Wie auch immer. Es interessiert mich nicht, wie viele Bücher er schreibt. Er kann die Wahrheit trotzdem nicht ändern: Der Kapitalismus hat nichts mit dem Christentum zu tun. Aufbau großer Geldmengen, sagen Sie? Woher, meinen Sie, stammen die denn?«

»Ich habe nur referiert, was Weber denkt«, sagte Sonny. »Ich sage nicht, ob ich mit ihm übereinstimme oder nicht. Ich wollte nur diesen Punkt klarstellen.«

»Er interessiert mich nicht, Doktor-*Sahib*. Sie interessieren mich: Was meinen *Sie*, woher diese Geldmengen ursprünglich stammen?«

»Ich weiß nicht, worauf Sie hinauswollen, Ghaleb. Anscheinend wissen Sie, was Sie sagen wollen, also sagen Sie es doch einfach.«

Chatha nickte. »Vom Zins. Daher kommt das Geld.«

Sonny zuckte mit den Achseln. »Okay. Und?«

»Wer hat den Zins erfunden?«

»Keine Ahnung.«

»Jeder weiß – außer Ihnen und Ihrem werten Mr. Vebb –, dass der Zins eine *jüdische* Erfindung ist. Sie sind diejenigen, die mit dieser Sünde angefangen haben.« Chathas Ton war gebieterisch, als erwartete er, dass seine Äußerung jegliche weitere Diskussion unnötig machte. Dawood musterte Chatha und schien über das Gesagte nachzudenken. Vater, ganz offensichtlich verärgert, rutschte auf der Couch hin und her.

»Also, Ghaleb …«, begann Vater. »Als du die Apotheke in Birch Grove gekauft hast, hast du da bar gezahlt?«

»Natürlich nicht«, antwortete Chatha.

»Du hast ein Darlehen aufgenommen?«

»Was glaubst du denn, Naveed?«

»Ein *verzinstes* Darlehen …?«

»Ein anderes bekommt man in diesem Land nicht, Bruder.«

»Also, zur Verdeutlichung«, fuhr Vater fort, »du profitierst von der *Sünde* des Zinses. Wirst du damit nicht zu einem ebensolchen Sünder wie die von dir erwähnten Juden?«

»Du stellst mir diese Frage, als glaubtest du, ich hätte sie mir noch nie selbst gestellt.«

»Und wie lautet deine Antwort?«

»Diejenigen unter uns, die hier unter den Dschahils leben, müssen sich an ihre Gesetze halten …«

»Dschahils?«, murmelte Sonny leise. Trotz meiner wenigen Kenntnisse, die ich zur damaligen Zeit über den Islam hatte, wusste ich, dass sich das Wort auf die Ungläubigen bezog.

»Da machst du es dir ein wenig einfach …«, fuhr Vater fort.

»Ist das nicht scheinheilig?« Er ließ sich das Wort regelrecht auf der Zunge zergehen.

»Du musst nicht gleich gehässig werden, Naveed-*Bhai*.«

»Ich stelle dir nur eine Frage, Maulvi-*Sahib*.«

Chatha kicherte. »Wir hier, wir müssen uns an die Gesetze halten … Wenn es keine andere Möglichkeit gibt, um den Lebensunterhalt zu verdienen, dann tut man, was man tun muss. Die Familie steht in unserem Glauben an erster Stelle. Du musst deine Familie versorgen. Das sagt der Koran. Unsere Tradition lässt eine gewisse Flexibilität zu.«

»Die Familie steht für jeden vernunftbegabten Menschen an erster Stelle, Ghaleb«, erwiderte Vater scharf. »Glauben hin oder her … und außerdem geht es darum nicht. Für deine Familie ist gesorgt. Worum es hier geht, ist Reichtum. Darauf bist du aus. Du hast es nicht nötig, das verzinste Darlehen aufzunehmen, um deine Familie zu versorgen. Das könntest du wunderbar auch ohne das Darlehen. Oder ohne die neuen Apotheken. Du könntest dein Geld sparen und warten, bis du genügend auf der Bank hast, um dir eine neue Filiale zu kaufen.« Vater hielt kurz inne. »Aber das würde bedeuten, dass du weniger aggressiv agierst, als du eigentlich willst.«

»Oder dass ich auf die Steuervorteile verzichte«, fügte Chatha hinzu. »Der Wettbewerb ist hart. Es wird uns nie gelingen, das System zu ändern, wenn wir nicht daran teilhaben. Aber wenn wir uns etabliert haben, und dieser Tag wird kommen, *Inschallah*, dann können wir über Banken reden, die zinslos Geld verleihen.«

Es folgte eine lange, angespannte Pause.

Majid, der bislang nicht viel gesagt hatte, verkündete daraufhin sichtlich bewegt seine nicht unbedingt logische Schlussfolgerung: »Ich bete zu Allah, dass dieser verdammte Carter die Wahl verliert!« Nach einem weiteren kurzen Schweigen fuhr er fort: »Diese Juden haben mit ihm doch gemacht, was sie wollen. Und wir? Wir haben den Preis dafür zu zahlen! Dieser *Idiot*! Verspricht uns ein paar hundert Millionen, und die Juden haben ihn unter Druck gesetzt, damit er Milliarden in ihre Verteidigung steckt. General Zia hat recht, wenn er das Angebot für lächerlich hält. Genau das ist es! Lächerlich!«

»Ich weiß nicht, warum es unter Reagan anders sein sollte«, erwiderte Dawood.

»Es *muss* anders werden«, sagte Majid. »Er ist Republikaner. Nixon war ein Freund Pakistans.«

»Vielleicht ist Reagan ein Freund Pakistans, vielleicht auch nicht«, sagte Dawood und sah erneut zu Chatha.

»Pakistan ist das eine, Israel das andere«, beschied Chatha.

»Aber sie brauchen Pakistan!«, kam es von Majid in fast flehentlichem Ton. »Ohne Pakistan verlieren sie Afghanistan an die Russen. Und dann verlieren sie auch Pakistan! Und den Iran!« Er gestikulierte aufgeregt. »Und es dürfte ihnen nicht gefallen, wie die Landkarte dann aussieht!«

»Offen gesagt«, begann Sonny, »wäre es ihnen wahrscheinlich lieber, wenn der Iran von den Russen beherrscht wird und nicht von den Ayatollahs.«

»Der Iran ist mir egal! Aber *unser* Volk, das ist mir nicht egal!«, rief Majid aus. »Wir müssen uns zuerst um unsere eigenen Angelegenheiten kümmern! Dann erst um die der anderen. Pakistan wird zerbrechen, wenn uns die Amerikaner nicht helfen. Aber die gottverdammten Juden wollen nicht, dass sie uns helfen!«

Verwirrt sah Sonny ihn an. »Warum sind Ihrer Meinung nach die Juden daran schuld, dass Pakistan nicht genügend unterstützt wird?«

Entgeistert starrte Majid ihn an. »Weil sie uns hassen! Deshalb! Wir sind doch wie sie. Das einzige andere religiöse Land der Welt. Unseres wurde für die Muslime geschaffen, so wie ihr Land für die Juden geschaffen wurde. Aber sie wollen die *Einzigen* sein!«

»Pakistan geht es gut und wird es gut gehen«, sagte Chatha überzeugt. »Um Pakistan geht es nicht. Das eigentliche Problem ist Israel. Wir werden keinen Frieden auf der Welt haben, solange sie dort leben. Egal, wo sie sich niederlassen, sie bereiten anderen immer Probleme – das ist ihr Fluch. Und dafür gibt es nur eine Lösung. Wir werden wieder hundert Jahre warten müssen, bis jemand den Mut hat, es noch mal zu probieren.«

»*Was* noch mal zu probieren?«, fragte Sonny argwöhnisch.

»Sie alle umzubringen«, erwiderte Chatha und fügte nach einer kurzen Pause im gleichen nüchtern-sachlichen Ton hinzu: »Wie Hitler.«

»Hitler?«, fragte Sonny. Entsetzt sah er zu Vater.

Vater schien weniger entsetzt als aufgebracht.

In diesem Augenblick – wie auf ein Stichwort hin – ertönte aus der Küche, wo sich die Frauen versammelt hatten, fröhlich schnatterndes Gelächter.

»Wenn Sie Ihr heiliges Buch etwas besser kennen würden, Dr. Buledi«, begann Chatha, »dann würden Sie wissen, dass Hitler nur getan hat, was der Koran den Juden vorhergesagt und wovor Allah sie gewarnt hat.«

»Wovon sprechen Sie?«

»Tun Sie nicht so verärgert.«

»Nicht verärgert tun? Ich *bin* verärgert.«

»Nun …«, sagte Chatha sehr blasiert und erhob sich aus seinem Armsessel, »das liegt an Ihren politischen Ansichten. Die haben nichts mit der Wahrheit zu tun.« Chatha trat ans Bücherregal an der gegenüberliegenden Wand und griff sich den Koran, der auf dem höchsten Regalbrett untergebracht war. »*Davon* spreche ich«, sagte er, küsste den Einband und hielt das Buch hoch. »Von der *Wahrheit*.« Unter Anrufung Allahs schlug er das Buch auf und blätterte durch die Seiten. »Hier ist es«, sagte er, trat zur Couch und reichte Sonny das Buch, während er mit dem Zeigefinger auf eine Textpassage deutete. »Lesen Sie die unterstrichenen Verse. Hier« – er blätterte um – »und hier …«

Mit skeptischer Miene nahm Sonny das Buch entgegen. Im Zimmer herrschte betretenes Schweigen, als er still für sich zu lesen begann und Chatha wieder auf seinem Armsessel Platz nahm. Aus der Küche ergoss sich ein weiterer Schwall Frauengelächter. Und plötzlich stand eine Frau in der Tür.

Chatha sah hinüber. »Ja, Najat?«, fragte er.

Najat war seine Frau. Die Frau, die ich bislang nur mit Gesichtsschleier kannte, den sie jetzt allerdings abgenommen hatte.

»Können wir euch Männer für einen Kawa interessieren?«, fragte sie ausgelassen.

Sie hatte ein freundliches, rundes Gesicht mit einem breiten, attraktiven Lächeln. Aber ihr Anblick löste bei mir ein seltsames Gefühl aus, als wäre das unerlaubte und jetzt offen gezeigte Gesicht etwas Unwirkliches, als wäre der grauschwarze, alles verhüllende Gesichtsschleier ihr wahres Antlitz.

Alle Männer wollten den im Kaschmir Kawa genannten und mit Gewürzen aufgegossenen grünen Tee, manche mit Milch, andere auch noch mit Zucker; nur Vater bat darum, ihn so zu bekommen, wie ihn Kaschmiri servierten: mit einer Prise Salz.

Nachdem die Bestellungen aufgegeben waren, verschwand Mrs. Chatha wieder in der Küche.

Sonny auf der Couch blätterte die Seite um. Er schüttelte den Kopf. »Sie lesen da etwas hinein, was nicht drin steht«, sagte er, sah auf und gab Chatha das Buch zurück.

Chatha ging darauf nicht ein, sondern wandte sich an Dawood. »Lies es uns vor, Bruder.«

Dawood zögerte. Es war ihm sichtlich unangenehm.

»Nur zu«, ermunterte ihn Chatha. »Tu uns den Gefallen. Lies vor.«

Dawood nahm das Buch in Empfang. »Welche Zeilen?«, fragte er.

»Die unterstrichenen«, antwortete Chatha.

Dawood streckte den Rücken durch, räusperte sich und begann zu lesen:

Schande und Elend kam über die Kinder Israels,
Und Gottes Zorn traf sie,
Weil sie seine Zeichen leugneten
Und seine Propheten töteten. Weil sie sich immer wieder auflehnten
Und ungehorsam waren.

Dawood blätterte um. Chatha musterte Sonny. Sonny sah weg, er wollte – oder konnte – Chatha nicht in die grauen, stieren Augen schauen. Dawood las weiter:

Schändlich der falsche Stolz, dessentwegen
sie ihre Seelen verkauft haben,
Und leugneten, was Gott ihnen offenbarte,
Aus Missgunst gegenüber jenen, denen Gott
seine Huld gewährt.
So haben sie Gottes Zorn auf sich gezogen,
immer und immer wieder.

Als er diese Worte hörte, hob Chatha erregt die Hand und unterbrach Dawood. »›So haben sie Gottes Zorn auf sich gezogen, immer und immer wieder.‹ So steht es geschrieben. *Das* ist die Wahrheit!« Chatha zeigte auf Sonny, während er fortfuhr. »*Das* ist der *Fluch*, der ihnen seitdem auferlegt ist. *Deshalb* hat man sie in Gettos gesteckt. *Deshalb* hat es den Holocaust gegeben. Und *deshalb* werden sie ihr kostbares Israel verlieren.«

Majid grunzte wie ein Ochse, der spürte, dass die Fütterung anstand. Dawood nickte.

»Es ist ihr Schicksal, zu leiden«, fügte Chatha nachdrücklich hinzu.

Ich musste an den einzigen jüdischen Freund denken, den ich bis dahin gehabt hatte, Jason Blum.

»Warum nur diese Verse, Ghaleb?«, sagte Sonny, nahm verächtlich die Brille ab und begann mit einem Tuch, das er aus der Hemdtasche gezogen hatte, die Gläser zu putzen. »Warum lassen Sie ihn nicht auch Vers zweiundsechzig lesen?«

»Zweiundsechzig?«, fragte Chatha verwirrt.

»Vielleicht sollten *Sie* Ihr heiliges Buch etwas besser kennen«, sagte Sonny und setzte die Brille wieder auf. »Dawood, bitte tun Sie uns den Gefallen und lesen Vers zweiundsechzig vor.«

Beeindruckt sah Vater zu Sonny.

»Dawood. Bitte. Vers zweiundsechzig. Der, den Chatha-*Sahib nicht* unterstrichen hat.« Sonny warf Chatha einen eisigen Blick zu. Dawood sah zu Chatha. »Sie brauchen seine Erlaubnis nicht, Dawood«, sagte Sonny plötzlich. »Sie sind ein erwachsener Mensch. Lesen Sie es einfach vor.«

»Los, machen Sie schon, Dawood«, sagte Vater. »Was steht da?«

Dawood blätterte zurück und räusperte sich erneut.

Wahrlich, alle Gläubigen, seien es Juden, Christen oder Sabäer, wenn sie nur an Gott und den Jüngsten Tag glauben und das Rechte tun, erhalten ihren Lohn von ihrem Herrn. Sie haben nichts zu befürchten, sie werden nicht traurig sein.

Schweigen. Sonny sah zu Chatha. »Erklären Sie mir das«, sagte er. »Lösen Sie diesen *Widerspruch* auf, mein lieber Maulvi-*Sahib.*«

»Widerspruch auflösen?«, fragte Chatha.

»Kommen Sie schon, Mann!«, ging Sonny hoch. »Gott verdammt sie in Vers einundsechzig, den Sie unterstrichen haben, und im nächsten nimmt er sie dann wieder an! Das ist ein glasklarer Widerspruch, und solange Sie ihn nicht erklären können, sind beide Verse völlig sinnleer ...«

Dawood und Majid tauschten aufgeschreckte Blicke aus und sahen erwartungsvoll zu Chatha. Chatha hingegen wirkte keineswegs beunruhigt. »Die Antwort ist ganz einfach«, begann er. »Und wenn Sie Ihren Koran kennen würden, hätten Sie auch eine Antwort parat. Sie würden nicht den einen Vers gegen den anderen ausspielen, als wäre alles ein Rätsel, das man lösen müsste! Es gibt keinen Widerspruch. Der Koran ist vollkommen.«

»Wie lautet die Antwort, Ghaleb?«, beharrte Sonny.

»Doktor-*Sahib*«, sagte Chahib verächtlich, »Allah würde sie gern aufnehmen, jeden Einzelnen von ihnen, wenn sie sich nur benehmen würden. Aber das tun sie nicht. Sie gehorchen nicht. Und solange sie das nicht tun, werden sie den Preis dafür zahlen. Würden sie den rechten Weg beschreiten, würden sie mit offenen Armen empfangen werden. Aber das ist die Tragödie der Juden: Sie werden es nie lernen. Erst wenn sie im Höllenfeuer schmoren!«

Wieder musste ich an Jason Blum denken ...

Jason war mein bester Freund gewesen, bis seine Eltern ihn nach zwei Monaten in der vierten Klasse von der Schule genommen hatten. Mit seinem offenen, freundlichen Gesicht – seine weit auseinanderliegenden Augen und sein breites Zahnlückenlächeln weckten Vertrauen – strahlte er für einen Viertklässler ein ungewöhnliches Maß an Zuversicht aus. Er war der beste Schüler in der Klasse und der bestangezogene. Zu seinen Polo- oder Lacoste-Shirts trug er farblich passende Cordhosen und dazu stets matt glänzende Stan-Smith-Tennisschuhe.

Jasons Country-Club-Klamotten zeugten weniger vom Lebensstil seiner Familie – als Juden wären sie in den Indian Hills, dem örtlichen Country-Club, nie und nimmer aufgenommen worden –, sondern mehr von seiner Leidenschaft für Tennis. Er war in der Altersklasse bis zehn Jahre die Nummer eins im US-Tennisverband. Einmal, nachdem wir einen ganzen Nachmittag mit einer Atari-Konsole vor dem Fernseher verbracht hatten und uns alles vor den Augen verschwamm, zog er in seinem Zimmer die Broschüre mit der Tennis-Rangliste für den Bundesstaat aus seinem Bücherregal.

»Sieh nach«, sagte er und schlug sie auf.

Und dort, auf einer grobkörnigen Schwarz-Weiß-Aufnahme, war er zu sehen, mit ernstem Gesicht, aber unverkennbar: die momentane Nummer eins. Unter seinem Bild stand ein mir unbekannter Name: Yitzhak Blum.

»Ist das dein Name?«, fragte ich.

»Ja. So hat mein Großvater geheißen. Er ist im Holocaust umgekommen«, sagte er. »Aber alle nennen mich Jason. Jason gefällt mir besser.«

»Wie spricht man deinen richtigen Namen aus?«

Er tat es. Die Gutturallaute klangen so ähnlich wie das, was meine eigenen Eltern sprachen, wenn sie sich zu Hause auf Punjabi unterhielten. Ich wiederholte den Namen. »Genau. Du kannst das richtig gut, Hayat«, sagte er beeindruckt. »Aber Jason ist mir lieber.«

Er konnte nicht halb so beeindruckt gewesen sein wie ich. Ich hatte noch nie jemanden gekannt, dessen Bild in einem Buch abgedruckt war. Er klappte die Broschüre zu, legte sie ins Regal zurück und sagte nüchtern: »Ich bin Jude. Deswegen ist mein Großvater im Holocaust getötet worden. Du weißt, was der Holocaust war, oder?«

Ich nickte. »Als Hitler alle umgebracht hat?«

»Als er die Juden umgebracht hat. Er hat uns gehasst.«

»Oh«, erwiderte ich. Ich verstummte. Mutter, fiel mir ein, hatte es mir erklärt, als sie mir die Fernsehserie verboten hatte, die im Jahr davor für so viel Wirbel gesorgt hatte. *Er muss mich für völlig verblödet halten*, dachte ich.

»Was bist du?«, fragte er.

»Muslim«, antwortete ich.

Er nickte und nahm den Tennisschläger in der Zimmerecke zur Hand. Meine Ehrfurcht vor ihm nahm noch zu, als er den Schläger schwang. Hier vor mir stand mein erster jüdischer Freund, Tennis-Champion und Mathe-Genie der Klasse, ein Musterbeispiel dessen, warum Juden laut meiner Mutter so etwas Besonderes waren. Wenn ich jemals Zweifel an Mutters Behauptungen gehabt hatte, machte Jason sie allesamt zunichte. »Meine Mom sagt, ihr seid was Besonderes«, sagte ich bewundernd.

»Wer?«

»Die Juden.«

»Oh.« Er zuckte mit den Achseln. »Sind wir wahrscheinlich auch«, sagte er. Und dann deutete er auf mich. »Muslim … das heißt also, du gehst nicht in die Kirche, sondern in eine Moschee, richtig?«

Ich nickte. »Aber wir gehen nicht oft hin. Nur an Feiertagen und so.«

Jason nickte. »Dann sind wir beide also die Einzigen an der Schule, die nicht in die Kirche gehen?«

»Du gehst nicht in die Kirche?«, fragte ich.

»Nie im Leben. Du wirst mich in keine Kirche bringen, für kein Geld der Welt. Die Christen glauben, wir hätten Jesus getötet. Mein Dad sagt, sie sind verrückt. Er sagt, sie selbst haben Jesus umgebracht und uns dann die Schuld in die Schuhe geschoben.«

Ich kannte in Grundzügen die Geschichte von Jesus, wie Muslime sie erzählten und die mir Mina einige Jahre später sehr ausführlich nahebringen sollte: dass Jesus niemals gestorben, sondern in letzter Minute von Gott gerettet worden war. Und ich wusste, dass Jesus von Muslimen als Prophet angesehen wurde, nicht aber als Sohn Gottes. Beides erwähnte ich Jason gegenüber.

»Davon weiß ich nichts … Ich weiß nur, mein Dad sagt, dass der Typ ein Durchgeknallter war. Wenn er heute leben würde, würde man ihn in die Klapsmühle stecken. Mein Dad sagt, der Typ hat es darauf angelegt, umgebracht zu werden. Er hätte sich den Tod herbeigesehnt.«

Ich nickte. Im Grund hatte ich von der ganzen Sache wenig Ahnung. Jason jedenfalls kam mir vor, als wüsste er, wovon er sprach.

Eine Woche nachdem er mir das alles erzählt hatte, wiederholte er es anscheinend in der Schule. Ich war nicht da, bekam es also nicht mit, aber das alles hatte ein Nachspiel.

In der Pause am Vormittag konnte ich ihn nicht finden. Nachdem ich die Sportfelder abgesucht hatte – die Kickballplätze und Tetherball-Pfosten –, fiel mir am Rand des Schulgeländes eine Gruppe von Jungen auf, die johlend um einen Baum standen. Zwischen ihren Rücken erkannte ich Jason. Er lehnte am Baum.

»Jason!«, schrie ich. Er hörte mich nicht.

Ich lief auf sie zu. Einer der Jungen trat vom Baum weg und zog den Reißverschluss seiner Hose hoch, ein anderer trat an den Baum, ließ die Hose bis zu den Knien hinunter und begann zu pinkeln. Jemand bewegte sich und gab den Blick auf Jason frei. Seine Hände waren an den Baum gebunden. Der Junge pinkelte ihn an.

»Jude! Jude! Jude! Jude!«, riefen sie.

»Du bist der, der sich nach dem Tod sehnt!«, schrie einer von ihnen.

»Hört auf!«, rief ich. Ich lief auf sie zu und warf mich auf sie. »Hört auf! Hört auf!«

Hände zerrten an meiner Windjacke, sie wurde mir über den Kopf gezogen. Die Jungen stießen mich zwischen sich hin und her, leichte Schläge landeten auf meinem Rücken. Dann hörte ich die Trillerpfeife der Pausenaufsicht, und alle stoben auseinander. Ich zog mir die Jacke vom Kopf und sah zu Jason. Schlaff und uringetränkt hing er am Baum und weinte.

Ich band ihn los. »Alles in Ordnung?«, fragte ich.

Er schüttelte den Kopf und wollte mich noch nicht einmal ansehen.

Am Nachmittag wurde ich ins Büro des Direktors zitiert und gebeten, die Namen der Beteiligten zu nennen. Die Jungen wurden vom Unterricht ausgeschlossen, und ich war in den kommenden Wochen der Paria, nachdem ich einem Juden zuliebe die anderen verpfiffen hatte.

Jasons Eltern nahmen ihn schließlich von der Schule. Ich sah ihn nie wieder.

Der Kawa kam, er wurde von Najat und zwei anderen Frauen auf einem Servierwagen hereingerollt. Als die Frauen den Tee auftrugen, erhob sich Sonny, entschuldigte sich bei Najat, gab meinem Vater die Hand und ging – ohne ein Wort zu Chatha. Während des folgenden (unbehaglichen) Geklimpers der Löffel und den schlürfenden Schlucken kam das Gespräch der Männer wieder auf Carter und Reagan zurück. Chatha versuchte Vater zu provozieren, indem er erneut das Thema Juden ansprach. Aber Vater war nicht mehr interessiert. Er schwieg.

Auf dem Weg zum Wagen, vor der Heimfahrt, gerieten meine Eltern in Streit. Vater war sauer, dass Mutter ihn genötigt hatte, mitzukommen. Er setzte sich ans Steuer und knallte die Tür zu, und Mutter, die nicht neben ihm sitzen wollte, ließ mich vorne einsteigen. Auf der Rückfahrt durch die dichten Schneeflocken, die im Licht der Scheinwerfer herumwirbelten, brütete Vater vor sich hin. Er sagte nichts über den Streit zwischen den Männern, weder zu Mutter noch zu mir. Und ich saß neben ihm und machte mir Sorgen.

Ich machte mir Sorgen um Jason. Denn wenn Chatha mit seinen Aussagen über die Juden recht hatte, dann hatten Jasons Probleme erst angefangen …

8

UNABHÄNGIGKEITSTAG

Wann fängt das Feuerwerk an?«, fragte Nathan Mutter.

Wir saßen auf Klappstühlen am Rand des Football-Feldes der örtlichen High School, eine der wenigen Erhebungen in der näheren Umgebung und damit bevorzugter Aussichtspunkt, um sich das städtische Feuerwerk anzusehen. Wir kamen jedes Jahr mit unseren Tupperware-Behältern hierher, die mit pakistanischem Essen und Lassi gefüllt waren. Dieses Jahr war Nathan mit dabei.

»Wenn es dunkel wird«, erwiderte Vater und biss von einer Samosa ab. »Hast du noch nie das Feuerwerk gesehen?«

»Doch, Naveed. Ich habe mich nur gewundert. Ich meine, die Sonne geht doch schon unter.«

»Sie fangen an, wenn sie eben anfangen, Nate.«

»Da hast du recht.« Nathan sah in Richtung des Torpfostens, wo Imran mit einer neuen Actionfigur spielte, die Nathan ihm an diesem Abend geschenkt hatte. »Ich glaube, ihm gefällt die Figur«, sagte er zu Mina.

»Sieht so aus«, erwiderte sie in einem hohen Singsang. Sie reichte ihm einen Plastikteller mit einem Berg weißen Reis und Rindercurry. »Willst du ein Lassi, Nate?«, fragte sie.

»Aber immer doch.«

Mina strahlte ihn an.

Mehr und mehr fiel mir auf, dass Mina sich anders benahm,

wenn Nathan in der Nähe war, dass ihr Verhalten etwas Gestelztes, Aufgesetztes bekam. Etwas Falsches. Ich konnte nicht nachvollziehen, was sie dazu bewegte.

Mina hielt Mutter einen Becher hin. Mutter schenkte vom Joghurtgetränk ein und summte dabei vor sich hin.

»Was summst du da?«, fragte Mina.

»Das Lied, das den ganzen Tag schon im Radio läuft.«

»›America the Beautiful‹«, sagte Nathan.

»Was?«, kam es von Mutter.

»Das Lied heißt ›America the Beautiful‹. Das, was du summst.«

»Es gefällt mir«, sagte Mutter. Mina reichte Nathan das Lassi, füllte daraufhin einen kleinen Teller mit Essen und stand auf.

»Wo willst du hin?«, fragte Nathan.

»Ich bringe Imran was zu essen.« Sie ging zu ihrem Sohn hinüber und setzte sich neben ihn. Sobald Imran das Essen erblickte, begann er zu kreischen.

Mutter hörte auf zu summen. »Das gefällt mir nicht«, murmelte sie, während sie Mina mit ihrem Sohn beobachtete. Imran hieb auf den Arm seiner Mutter ein und versuchte ihr den Teller aus der Hand zu schlagen, was ihm schließlich auch gelang. Das Essen fiel ins Gras. Mina stand auf und kam mit leerem Teller zurück.

»*Bhaj*? Kannst du mir zwei Gulab Jamuns geben?«

»Die sind für den Nachtisch.«

»Er hat gesagt, die würde er essen. Ich will, dass er irgendwas isst.«

»Du solltest strenger mit ihm sein. Er tanzt dir doch auf der Nase herum.«

Mina zuckte zusammen. »Was willst du damit sagen?«, fragte sie.

»*Zwing* ihn zu essen.« Mutter machte keinerlei Anstalten, den Nachspeisenbehälter zu öffnen.

»Das versuche ich doch«, erwiderte Mina gereizt. »Gib mir bitte nur ein paar Gulab Jamuns.«

»Du weißt, wo sie sind. Nimm sie dir selbst.«

Ungläubig starrte Mina Mutter an.

»Ich gebe sie dir, Meen«, bot Nathan an und setzte bereits seinen Teller auf der Decke ab. Aber Mina beachtete ihn gar nicht, kniete sich hin, löste den Plastikdeckel des länglichen Behälters und nahm zwei der goldenen, mit Zuckersirup überzogenen Bällchen heraus.

Sie erhob sich und ging wieder zu ihrem Sohn.

»Immer musst du für Wirbel sorgen, Muneer«, sagte Vater. »Lass sie ihr Kind doch erziehen, wie sie will.«

Mutter zog die Augenbrauen hoch. »Siehst du die Blondinen dort drüben?« Sie deutete auf eine Gruppe von Mädchen in Shorts, die weiter draußen auf dem Feld Frisbee spielten. »Wie wär's, wenn du bei denen mit deinen klugen Ratschlägen aufwartest? Vielleicht füllen sie dich mit Alkohol ab. Und wer weiß, am Ende landest du noch einen Glückstreffen bei ihnen. Das würde dir doch gefallen, oder?«

»Es reicht, Muneer«, sagte Vater.

Mutter spitzte die Lippen und wandte sich an Nathan. »Sie zieht sich ein Ungeheuer heran …«

Nathan erwiderte nichts darauf, lächelte nur schwach und sah auf seinen Teller.

Dann kam Mina zurück und nahm sich sich selbst eine kleine Portion Reis und Fleisch auf einen Teller. Keiner sprach, als sie aß.

Die Aluminiumgelenke des Klappstuhls ächzten, als Vater aufstand. »Hervorragendes Essen, Ladys. Wie immer«, sagte er und marschierte davon.

Ich sah ihm nach. Aber er ging nicht zu den Blondinen, sondern zum Parkplatz, wo er den Kofferraum unseres Wagens öffnete.

Mutter beobachtete Mina beim Essen. Mina ignorierte sie.

Als Mina mit dem Essen fertig war, legte sie ihren Teller ab. Mutter griff nach dem Nachspeisenbehälter, öffnete ihn und holte ein klebriges Gulab-Jamun-Bällchen heraus, das sie auf Minas Teller legte. Mina sah auf, ihr Blick traf den von Mutter. Einen Moment lang starrten sie sich nur reglos an …

Und dann brachen sie in schallendes Gelächter aus.

»Was kannst du für eine Nervensäge sein, *Bhaj*, weißt du das?«

»Du bist nicht die Erste, die mir das sagt«, erwiderte Mutter lächelnd.

»Ich halte dich nicht für eine Nervensäge, Muneer«, fügte Nathan unüberhörbar erleichtert an.

»Du kennst mich noch nicht, Nathan. Warte, bis du mich richtig kennenlernst.«

Er lachte, dann sah er zu Imran. »Ich gehe mal nachsehen«, sagte er und erhob sich mit seinem nicht leer gegessenen Teller.

Er ging zum Torpfosten und ließ sich neben Imran nieder, der bald darauf seine Actionfigur über Nathans Essen marschieren ließ. Nathan sah anscheinend amüsiert zu, bald darauf spielten sie zusammen und ließen abwechselnd die Figur über den Teller wandern.

Erneut sah ich zum Parkplatz. Vater stand immer noch vor dem geöffneten Kofferraum und starrte hinein. Ich hatte keine Ahnung, was er dort trieb. Mit einem Mal warf er den Kofferraumdeckel zu.

»Hat Spaß gemacht«, sagte Nathan, als er sich wieder auf seinen Stuhl niederließ. »Ich hab ihn sogar dazu gebracht, etwas zu essen.«

»Er hat was gegessen?«, kam es erstaunt von Mina. Liebevoll sah sie zu Nathan. »Ihr habt mit dem Essen gespielt.«

»Na, das wollte er anscheinend, bevor er es gegessen hat.«

Es stimmte. Imran saß neben dem Pfosten und aß mit den Fingern vom Teller, den Nathan ihm dagelassen hatte.

Vater kehrte über den Rasen zurück und wurde von Mutter argwöhnisch beäugt, als er wieder Platz nahm. »Muneer, kann ich ein Gulab Jamun haben?«

Sie reichte ihm den Tupperware-Behälter.

»Er ist doch noch ein Kind, das vergessen manche immer«, sagte Nathan, ohne jemanden direkt anzusprechen. »Er hat viel durchgemacht. Alles in allem benimmt er sich dafür doch ziemlich gut.«

Mina warf ihm einen Blick zu, auf der Stirn eine tiefe Falte, und sah dabei aus, als würde sie gleich in Tränen ausbrechen.

»Alles in Ordnung, Meen?«, fragte Nathan leise.

Sie senkte den Kopf und nickte, schniefte einmal und rieb sich die Nase. Aber plötzlich lächelte sie. Es war merkwürdig. »Ich musste nur daran denken, was du mir gestern erzählt hast, Nate…«, sagte sie und gluckste. Wieder war ihr aufgesetzter Ton, ihr falscher Singsang zu hören.

Ich sah zu Nathan. Sein Halblächeln erschien mir ebenso aufgesetzt.

»Was meinst du?«, fragte er.

»Das von Emerson. Mit den Kopfschmerzen. Du weißt doch.«

»Das?«

»Das war gut«, sagte sie, während sie sich auf ihrem Klappstuhl aufrichtete und erneut schniefte. »Erzähl es noch mal. Es wird Naveed gefallen.«

»Was?«, fragte nun Vater.

»Nathans Witz.«

»Nathan kennt einen Witz?« Vater nahm einen Bissen von der Nachspeise. Sein Blick war glasig, und er verschliff die Worte – leicht, aber unüberhörbar.

Er spürte meinen Blick und sah zu mir.

»Na ja«, fuhr Nathan fort, »ich habe Mina gestern von diesem Schriftsteller erzählt, von Emerson …«

»*Schriftsteller?*«, unterbrach ihn Vater, noch immer kauend. »Das nennst du einen Witz?«

»Du lässt mich ja nicht ausreden.«

»Ich halte dich nicht auf … Aber nach so einem Anfang hege ich keine großen Hoffnungen.«

»Gut«, begann Nathan von Neuem. »Es gab da also diesen Schriftsteller, der einmal gesagt hat: ›Warum kann sich in diesem Land keiner zum Nachdenken hinsetzen, ohne dass er gefragt wird, ob er Kopfschmerzen hat?‹«

Schweigen, während wir alle auf den Rest warteten.

Mina lachte. Nathan sagte nichts weiter. Ich war verwirrt.

»Und?«, fragte Vater.

»Das war's. ›Warum kann sich in diesem Land keiner zum Nachdenken hinsetzen, ohne dass er gefragt wird, ob er Kopfschmerzen hat?‹ Das ist der ganze Witz.«

Mutter lächelte und atmete aus, als versuchte sie sich ein Lachen abzuringen.

Vater stierte nur vor sich hin. »Das nennst du einen Witz?«

»Na ja, ich würde es nicht unbedingt per se als Witz bezeichnen«, sagte Nathan und wandte sich an Mina, »aber ich verstehe, warum du ihn als solchen aufgefasst hast.«

»Nate«, sagte Vater. »Das ist kein Witz. Punkt.«

»Naveed«, unterbrach Mutter in aller Schärfe.

»Was?«, quengelte Vater wie ein Junge, der sich gegen die Zurechtweisung seiner Mutter sträubte. »Sie hat gesagt, Nate würde einen Witz kennen, der mir gefällt. Ich wollte etwas Witziges hören! Ich wollte lachen. Ist das verboten?«

Mutter sah weg. »Wie immer betrunken«, murmelte sie.

Vater wandte sich an Nathan. »Ich dachte, du hättest zumindest einen guten Polacken-Witz oder so was auf Lager. Jeder kennt einen von denen …«

»Du kennst Polacken-Witze, Naveed?«, fragte Nathan zweifelnd.

»Ich kenne Sikh-Witze. Ist so ziemlich dasselbe.«

»Im Ernst?«

Mutter erklärte es ihm. »Für Punjabis sind Sikhs das, was die Polen hier sind. Alle machen sich über sie lustig.«

»Na ja«, sagte Nathan, »ich kenne zufällig einen guten Polen-Witz.«

»Wirklich?«, fragte Mina. Sie klang wenig erfreut.

»Ob er *gut* ist, wird sich noch zeigen«, warf Vater aufgekratzt ein. »Aber nach dem letzten bin ich derjenige, der das beurteilen wird.«

Nathan nickte. »Also, schon mal von dem Polacken gehört, der fünf Tage studiert hat?«

Todernst starrte Vater starrte seinen Kollegen an. Nathan sah zu Mina – die eindeutig verärgert war – und dann wieder zu Vater. »Er sollte sich einem Urintest unterziehen.«

»Na, *das* ist doch ein Witz!«, röhrte Vater. Er lachte und lachte, Tränen standen ihm in den Augen.

Mina schüttelte den Kopf.

»Was ist, Meen?«, fragte Nathan.

Bevor Mina darauf antworten konnte, mischte sich Vater ein. »Hier, ein guter über Sikhs. Zu einem Bewerbungsgespräch bei der Polizei tauchen drei Typen auf. Ein Jude, ein Römer und ein Sikh. Der Polizeichef beschließt, jedem Kandidaten eine Frage zu stellen, immer die gleiche Frage, damit er nach den jeweiligen Antworten eine Entscheidung treffen kann. Sie kommen also, einer nach dem anderen, in sein Büro. Als Erstes der Jude. Der Polizeichef bittet ihn, Platz zu nehmen. ›Wer hat Jesus Christus umgebracht?‹ Der Jude antwortet: ›Die Römer haben ihn getötet.‹ Der Polizeichef dankt ihm, und nach dem Juden kommt der Römer. Der Polizeichef stellt ihm die gleiche Frage: ›Wer hat Jesus Christus umgebracht?‹

Der Römer antwortet: ›Die Juden.‹ ›Danke‹, sagt der Polizeichef. Schließlich kommt der Sikh, und der Polizeichef stellt auch ihm die Frage. Statt darauf zu antworten, fragt der Sikh: ›Meinen Sie, ich könnte über die Frage erst etwas nachdenken?‹ Der Polizeichef sagt, kein Problem, er solle am nächsten Tag mit der Antwort wiederkommen. Als der Sikh am Abend nach Hause kommt, fragt ihn seine Frau, wie das Bewerbungsgespräch gelaufen ist. ›Großartig, Liebling‹, sagt er zu ihr. ›Ich habe die Stelle, und ich ermittle auch schon in einem Mordfall!‹«

»Haaaah!«, wieherte Nathan und stieß ein herzhaftes Lachen aus. Auch Mutter lachte. Vater kicherte und genoss seinen Erfolg zumindest bei diesen beiden. Ich lachte nicht – ich hatte ihn nicht verstanden –, und auch Mina lachte nicht. Sie wirkte mürrisch, ihre Stimmung hatte sich völlig verändert. Sie sah Nathan an, als würde sie ihn nicht mehr kennen.

»Die Juden haben Christus nicht umgebracht, Naveed«, sagte sie ernst.

»Es ist ein Witz«, erwiderte Vater.

Mina tat es mit einem Schulterzucken ab. Nathans Wangen waren vom Lachen gerötet. »Da bin ich mir nicht so sicher, Meen«, sagte er. »Anscheinend hatten wir die Möglichkeit, ihn zu retten, haben es aber nicht getan und uns stattdessen für Barabbas entschieden. Ob das aber gleich darauf hinausläuft, dass wir ihn umgebracht haben, da bin ich mir nicht sicher.«

»Barabbas?«, fragte Mina leicht gereizt. »Den kenne ich nicht.«

»Der andere Gefangene. Pontius Pilatus hat die Juden gefragt, welcher Gefangene freigelassen werden soll. Und sie haben sich für Barabbas entschieden. Was hieß, dass Jesus gekreuzigt wurde.«

Mina hatte ganz offensichtlich nicht die geringste Ahnung, wovon er sprach.

»Will noch jemand etwas essen?«, fragte Mutter. Niemand reagierte darauf.

Nathan wandte sich an Vater. »Aber was die polizeilichen Ermittlungen anbelangt, Naveed, da hatte mein Glaubensgenosse schon recht. Es waren die Römer, die ganz eindeutig die Tat begangen haben.«

»Nur um es mal klarzustellen«, unterbrach Mina entschieden, »Hazrat Isa ist niemals gestorben. Das Ganze ist ein Missverständnis.«

»Isa?«, fragte Nathan.

»So nennen wir Jesus. Ich dachte, das wüsstest du mittlerweile!«

»Er ist niemals gestorben? Was soll das heißen?« Ich hatte den Eindruck, Nathan glaubte, dass jetzt sie einen Witz machte.

Ich spürte, wie mein Gesicht vor Zorn rot wurde.

»Als Hazrat Isa in der Gefängniszelle saß«, fuhr Mina fort, »bevor er gekreuzigt werden sollte, hat er zu Allah gebetet und darum gefleht, verschont zu werden. Dann kam der Gefängniswärter und wollte ihn holen, aber es war niemand mehr in der Zelle. Denn Isa war fort. Er ist von Allah errettet worden.«

Verdutzt sah Nathan zu Vater.

Vater zuckte mit den Schultern und sah zum Spielfeld, wo Imran nun in der Nähe der Tribüne Glühwürmchen hinterherjagte.

Mina starrte beide finster an. »Allah hat Isas Gebet erhört und ihn direkt in den Himmel aufgenommen. Und als der Gefängniswärter den anderen mitteilen wollte, dass Isa verschwunden sei, wurde stattdessen er ergriffen. Denn der Wärter sah genauso aus wie Isa: Allah hat nämlich das Gesicht des Wärters verwandelt, so dass die anderen ihn für Isa hielten.«

Sie hatte mir in einer unserer gemeinsamen Abendstunden eine wesentlich längere Version dieser Geschichte erzählt, mitsamt dem Dialog zwischen Isa und Allah, als er in der Gefängniszelle den Herrn angefleht hatte, ihm die Qualen des Todes zu ersparen.

»Deshalb muss er wiederkommen«, sagte Mina entschieden.

»*Wer* muss wiederkommen?«, fragte Nathan ungläubig.

»Wer wohl?«, entgegnete Mina entrüstet. Ihre Heftigkeit verblüffte mich. »Isa … oder Jesus, wie du ihn nennst. Er muss wiederkommen, weil er nicht gestorben ist. Er muss ein normales Menschenleben leben, er muss sein Leben vollenden und wie ein gewöhnlicher Mensch sterben. Und wenn er zurückkommt, wird er ein Muslim sein. Und sein Tod markiert den Anfang vom Ende der Welt.«

Sprachlos starrte Nathan sie an. »Und das *glaubst* du*?«*

»Nicht mehr als du glaubst, dass Jesus am Kreuz gestorben ist«, blaffte sie ihn an.

»Ich war mir nicht bewusst, dass ich das glaube.«

»Was glaubst du dann? Glaubst du überhaupt an *irgendetwas?*«

Die Leute um uns drehten die Köpfe zu uns herum. Nathan stand die Fassungslosigkeit ins Gesicht geschrieben.

»Wann fangen sie denn nun endlich an?«, sagte Mutter und sah zum schwarz-blauen Himmel auf. Keiner antwortete. Sie schlug einen Müllbeutel auf und warf den Abfall hinein.

»Die Religion, meine Freunde«, sagte Vater, während er aufstand und sich zwei Plastikbecher sicherte, bevor Mutter sie wegwerfen konnte, »ist nur etwas für Dummköpfe. Dieses Gespräch ist der beste Beweis dafür.«

Daraufhin marschierte er zur Tribüne und zu Imran hinüber.

»Ich verstehe nicht, warum du dich darüber so aufregst, Meen«, sagte Nathan schließlich.

Ich starrte ihn an und bemerkte, wie blass sein leicht sommersprossiges Gesicht geworden war.

»Ich kenne mich damit nicht aus«, murmelte sie.

»Womit?«, fragte Nathan. Mina zögerte. »Womit?« Nathan wurde ungeduldig.

»Nichts«, erwiderte Mina leise.

»Nein, sag schon ... Womit?«

Mina stockte, und als sie etwas sagte, war es keine Antwort auf die Frage: »Wenn du am Islam interessiert bist ...«

»Das bin ich. Das weißt du.«

Mina sah ihn an. Plötzlich wirkte sie müde und resigniert.

Nathan bemerkte schließlich, dass ich ihn anstarrte. Ich trotzte seinem Blick, bis ich irgendwann doch wegsah.

Draußen auf dem Spielfeld krochen Vater und Imran auf dem Rasen herum und versuchten mit den Plastikbechern Glühwürmchen zu fangen. In diesem Moment explodierte am Himmel die erste Lichtkaskade. Die nicht sehr große Menge begrüßte die goldenen, funkelnden Lichtbahnen mit vielen »Ohs« und »Ahs«.

»Wie schön«, rief Mutter und warf über die Schulter einen Blick zu Nathan und Mina. Sie hielten Händchen, beziehungsweise Nathan hatte seine Hand auf die von Mina gelegt, und deren Hand lag regungslos auf der Armlehne des Klappstuhls. Die gleiche Reglosigkeit zeigte sich in ihrem Gesicht. Und erneut fiel mir auf, wie blass Nathan war. Er hatte etwas Krankes an sich. Mir war nicht wohl dabei. Aber dann wurde mir klar, dass es gar keinen Grund dafür gab: Ich hatte ja nicht diese blasse Haut. Er hatte sie.

Während des Feuerwerks bemühte sich Nathan, Mina aufzuheitern, aber alles prallte an ihr ab. Als die letzten Feuerwerkskörper, Sterne und Päonien, niedergingen und die römischen Lichter abgeschossen wurden, war Mina bereits aufgestanden und auf dem Weg zum Parkplatz. Wir packten die Sachen zusammen und gingen zum Wagen, wo sie wartete, schweigsam und mit gesenktem Blick, damit sie uns nicht in die Augen sehen musste.

»Meen …«, flehte Nathan sie an. »Rede mit mir.« Das aber wollte sie nicht. Auf der gesamten Heimfahrt sprach Mina kein Wort.

Zu Hause verschwand sie, ohne den anderen eine gute Nacht zu wünschen. Nathan war völlig aufgelöst. »Ich verstehe das nicht«, sagte er zu Vater. Ich lud die Sachen aus dem Kofferraum. Er und Vater standen neben seinem Auto in der Einfahrt.

»Wahrscheinlich hat sie nur ihre Tage, Nate«, sagte Vater lachend.

»Das ist nicht witzig, Naveed. Ich mach mir Sorgen. Ich glaube, ich habe sie wirklich verletzt.«

»Mit dem Zeug über Jesus?«

»Wahrscheinlich.«

»Das kann nicht dein Ernst sein! Wir reden von *Jesus*! Wer weiß schon, ob es den Typen überhaupt gegeben hat? Dämlicher geht es nicht mehr! Sich über solchen Unsinn zu streiten!« Vater drehte sich um und sah mich an.

Ich sah weg.

Kann denn irgendetwas wichtiger sein?, ging mir durch den Kopf. Mina hatte es mir haarklein erklärt: Isa war nie gestorben. Deswegen muss er wiederkommen, und dann als Muslim. Und seine Rückkehr auf Erden, hatte sie gesagt, würde das Ende aller Zeiten markieren und den Beginn des Jüngsten Gerichts. Des wunderbaren Tags, an dem jede Seele aus dem Grab auferstehen und sich für ihre Taten verantworten würde.

»Naveed, bitte. Offensichtlich ist es für sie sehr wichtig … und durch irgendetwas, das ich gesagt habe, fühlt sie sich verletzt.«

»Wenn Sie sich von so was verletzen lässt, dann hat sie es nicht anders verdient. Du weißt, was man sagt? Über Religion und Politik kann man nicht reden, schon gar nicht mit einem Muslim.«

»Ich weiß nicht, warum sie mir nicht glaubt, dass ich am Islam interessiert bin. Ich lese jeden Tag im Koran.«

Vater lachte.

»Naveed, hör auf damit.«

»Okay, okay, Nate …«

Sie gingen zu Nathans Wagen, und ich holte die letzten Klappstühle aus dem Kofferraum. Als sich eines der Aluminiumbeine in der Abdeckung über dem Reservereifen verhakte, zerrte ich daran, bis sich das Stuhlbein löste, aber damit riss ich auch die Abdeckung fort.

In der Reifennabe lag eine zur Hälfte mit einer weizenfarbenen Flüssigkeit gefüllte Flasche mit goldenem Etikett. Ich legte die Stühle ab, griff nach der Flasche und hielt sie an die kleine Lampe in der Ecke.

Mir wurde elend. Auf dem Etikett stand »Whiskey«.

Ich sah zu Vater. Er und Nathan gaben sich die Hand. Ich beugte mich in den Kofferraum und legte die Abdeckung wieder über den Reservereifen. Ich verbarg die Flasche unter dem Hemd und rannte mit rasendem Herzen in die Garage. In der Ecke lagen Plastiksäcke, in die Vater im Herbst das Laub stopfte.

Ich drehte mich um. Nathan fuhr los, und Vater kam über die Einfahrt zurück.

Ich stopfte die Flasche unter die Säcke und trat mehrmals gegen die verdächtige Ausbauchung.

»Ist das alles?«, fragte Vater. Er hatte die restlichen Klappstühle unter dem Arm.

»Ja«, erwiderte ich und eilte zum Wagen.

Vater trat zur Seite. Ich knallte den Kofferraum zu, folgte

ihm in die Garage und sah zu, wie er die Stühle an die hintere Wand lehnte. Er wirkte zerstreut, orientierungslos, als hätte er Probleme mit dem Gleichgewicht.

Mutter hat recht, dachte ich mir. *Er ist ein Säufer.*

Doch als er zu mir an die Garageneinfahrt trat, machte selbst meine Wut mich nicht blind für die ruhige Gelassenheit in seinem Blick, für sein warmherziges Lächeln. Voller Zärtlichkeit legte er mir die Hand auf die Schulter.

»Schau dir das an … so viele Glühwürmchen«, sagte er und deutete zum Rasen. Überall pulsierten und wogten gelb-weiße Lichtpünktchen, torkelten an den Sträuchern entlang und verschwanden im Gras. Schweigend sah Vater ihnen zu. Dann drehte er sich zu mir um. In der Dunkelheit schimmerten seine Augenwinkel feucht vor Rührung. »Wie in meiner Kindheit. Genau so. Die Felder voll mit Glühwürmchen, über und über. Im Dorf haben wir sie immer gefangen. Ich hab dir nie gezeigt, wie man das macht, oder?«

»Nein«, murmelte ich.

»Dann zeig ich's dir jetzt«, sagte er voller Freude. Er ging in die Garage zurück und ließ den Blick über die Regale schweifen. »Ich brauche dazu nur ein paar Becher.« Angespannt sah ich ihm zu. Als er sich dem Haufen weggeworfener Plastiksäcke näherte, rief ich:

»Dad, ich hab keine Lust darauf.«

Er drehte sich um. »Ach, komm schon, *Kurban*.«

»Ich bin müde, Dad.«

»Aber es macht doch Spaß.«

Ich blieb standhaft. »Ich will nicht«, sagte ich.

Er wirkte gekränkt. »Gut«, sagte er und stand noch kurz unschlüssig herum. »Gut, meinetwegen«, wiederholte er schroff. »Vergiss nicht, die Garage abzusperren«, sagte er noch und ging hinaus.

9

DIE SCHEINHEILIGEN

Für das, was ich als Nächstes tat, habe ich keine Erklärung. Nachdem Vater fort war, ging ich zu den Plastiksäcken und zog die Flasche heraus, nahm mir aus dem Regal mit den Gartenwerkzeugen einen Handspaten und ging damit nach hinten in den Garten. Rechts am Ende der Rasenfläche lag Vaters Gemüsegarten, links davon standen einige Birken. Dort wollte ich hin.

Die Luft unter dem schweren Nachthimmel war erfüllt vom Zirpen der Grillen. Als ich mich den Bäumen näherte, schnellte ein Zweig hoch, etwas streifte über meinen Kopf hinweg. Ich schreckte hoch. Lautlos schwebten zwei große weiße Schwingen über mich und anschließend über das Dach unseres Hauses zu den Eichen auf der anderen Seite. Ich kniete mich hin und begann im weichen Boden zu graben. Kurz darauf hatte ich ein Loch ausgehoben, gerade groß genug für die Flasche.

Ich schraubte den Verschluss auf und roch am Flaschenhals. Ein unangenehmer, rauchiger Geruch stieg auf. Es war mir schleierhaft, wie jemand so etwas trinken wollte. Ich goss die Flüssigkeit in das Loch und legte die Flasche hinein, richtete mich auf und sprang mit voller Wucht auf das Glas. Erst beim dritten Mal brach es, nach einem weiteren Sprung zerbarst die Flasche vollends in Scherben. Kniend füllte ich daraufhin das Loch, und als ich fertig war, stand ich auf, hob die Arme, drehte die Handflächen nach oben, wie wir Muslime es tun, wenn wir Allah im Gebet anrufen, und sah zum Himmel auf.

Vergib ihm, flüsterte ich.

In dem Koran, den Mina mir geschenkt hatte, wurde in einer Fußnote erwähnt, dass seit alters her jeder, der beim Trinken von Alkohol erwischt wurde, mit vierzig Peitschenhieben zu bestrafen sei; und jene, die nicht ertappt wurden – und somit der irdischen Bestrafung entgingen –, sehr viel Schlimmeres im Jenseits zu erwarten hatten: siebzig Jahre im Höllenfeuer. Nur für einen einzigen Schluck.

Siebzig Jahre!

Was das Höllenfeuer betraf, überließ der Koran wenig der Fantasie seiner Leser. Es wurde von Gruben und Abgründen voller Feuer erzählt, von Häusern aus Feuer, von Feuersäulen und Feuerdächern, feurigen Zimmern, ausgestattet mit flackernden Sofas und glühenden Betten; von brennenden Kleidern, die den Sündern um die Körper geschlungen wurden, von Schuhen und Kopfbedeckungen, so heiß, dass den Übeltätern die Füße brieten und das Gehirn schmorte. Es gab Speisen aus Feuer und kochende Getränke, die die Eingeweide versengten; kochendes Wasser, das aus in Flammen stehenden Kübeln gegossen wurde, und Augäpfel, die in den Augenhöhlen der Ungläubigen glimmten; Gesichter, denen flammende Sägen die Lippen abtrennten; feuergeschwärzte Haut, die sich endlos schälte, damit die darunter freigelegte, frische Haut von neuem brennen konnte. Und schließlich gab es das Feuer selbst, ein Feuer, das nicht mit dem Feuer zu vergleichen war, wie wir es kannten, sondern siebzig Mal heißer, und nicht mit Holz oder Kohle geschürt wurde, sondern mit der endlosen Reihe von Sündern …

Zwei Tage konnte ich an nichts anderes denken als an das, was Vater bevorstand. Der Whiskey, den er allein aus dieser Flasche getrunken hatte, versprach mehr als zweihundert Jahre Folterqualen. Zweihundert Jahre! Und das war nur die Flasche, von der ich wusste. Wie viele gab es, die er bis dahin getrunken hatte? Und wie viele würde es noch in Zukunft geben? Und für wic viele andere Missetaten – nehmen wir nur seine Geliebten – würde er darüberhinaus bestraft werden?

Drei Tage nachdem ich die Flasche vergraben hatte, kehrte ich zu den Birken zurück. Mit geschlossenen Augen kniete ich vor dem niedrigen aufgeworfenen Erdhügel. Kauernd sah ich meinen Vater vor mir, der mir durch die endlosen Flammen zuwinkte. Ich flehte Gott an, ihm zu vergeben, ihn abzubringen von seinem sündhaften Tun. Ich hörte Vaters Schmerzensschreie, als er in den Feuern verbrannte. Ich stellte mir vor, wie ich mich zu ihm hinabbeugte, um ihn loszureißen. Aber das schaffte ich noch nicht einmal in meiner Fantasie. Die Feuer waren zu heiß. Ich war machtlos.

Aber man muss doch etwas tun können, ging mir durch den Kopf. *Es muss doch etwas geben …*

Aber natürlich, es gab doch etwas!

Und ich tat es bereits!

Ich beugte mich mit dem Kopf zur Erde und dankte Gott, stand auf und trocknete mir die Augen. Ich ging ins Haus zurück, hinauf in mein Zimmer und schloss hinter mir die Tür. An meinem Schreibtisch schlug ich den Koran auf und machte an der Stelle, an der ich mit dem Auswendiglernen aufgehört hatte, weiter. Denn das war mir unter den Birken eingefallen: Ich musste nur ein Hafiz werden. Wenn ich das schaffte, wären meine Eltern gerettet. Das hatte Mina gesagt. Jeder Hafiz verdiente nicht nur für sich einen Platz im Paradies, sondern auch für seine Eltern.

Egal, wie viel er trank, egal, wie viele Geliebte er hatte, Vater wäre gerettet.

In der folgenden Woche vollbrachte ich eine herausragende Leistung: Ich ackerte mich durch eine ganze Dschuz unseres heiligen Buches, über zweihundert Verse. Ich erzählte Mina von meinen erstaunlichen Fortschritten. Wir saßen im Esszimmer – dort hatte ich sie beim Lesen entdeckt –, und sie las im Koran mit, achtete auf Fehler, während ich die neuen Verse vortrug. Ich ließ nur eine einzige Zeile aus. Sie war erstaunt.

»Mein Gott, *Behta*«, sagte sie. »Wie lang hast du dafür gebraucht?«

»Drei Tage.«

»Drei Tage?«, fragte sie kopfschüttelnd.

»Ja, Tante.«

»Mein Gott«, wiederholte sie. »Du bist begabt, *Behta* … Also, welche Sure kommt als Nächstes?«

»Das weiß ich noch nicht.«

»Kennst du schon die Sure Ya-Sin?«, fragte sie.

Ich schüttelte den Kopf.

»Nimm sie als Nächstes dran. Sie ist das Herzstück des Koran. Wir lesen sie, wenn jemand stirbt … um ihm den Übergang in das nächste Leben zu erleichtern.« Mina blätterte durch den Koran. »Hier ist sie«, sagte sie und schob mir das Buch über den Tisch zu.

»Was soll das, Tante?«

»Was meinst du, *Behta?*«

»Das ist nicht respektvoll. Du solltest das Buch in die Hand nehmen und mir reichen.«

Kurz schien Mina irritiert, als hätte ich sie durch meinen Kommentar gekränkt. Dann nickte sie.

»Du hast recht«, sagte sie. Sie nahm den Koran und küsste den Einband. »Hier …«, sagte sie und reichte mir das Buch, das bereits bei der Sure Ya-Sin aufgeschlagen war.

Ich lehnte mich auf dem Stuhl zurück und murmelte die Verse vor mich hin.

Mina unterbrach mich. »Was tust du?«

»Auswendig lernen.«

»Aber fang nicht mit dem Auswendiglernen an. *Lies* es zuerst. Mach dir klar, was es bedeutet.«

»Okay.«

»Du sollst nicht nur Wörter auswendig lernen. Wörter sind nicht wichtig, wenn du nicht weißt, was sie bedeuten.«

»Okay, Tante.«

»Und sag nicht immer *okay*, Hayat. Ich will, dass du verstehst, was ich sage.«

»Was zählt, ist die innere Einstellung, Tante.«

»Das stimmt, *Behta*. Das sage ich immer …«

Sie widmete sich wieder ihrer Lektüre, ich meinem Koran. Nach einer Weile fiel mir auf, dass Mina mich ansah.

»*Behta?* Was würdest du sagen, wenn Dr. Wolfsohn dein Onkel würde?«

Ich verstand sie nicht. »Wie soll er mein Onkel werden?«, fragte ich.

»Wir überlegen, ob wir heiraten sollen.«

»Heiraten?«

Mein Herz stürzte in ein dunkles Loch. »Aber er ist doch kein Muslim«, sagte ich.

»Er wird konvertieren, Hayat. Er wird einer von uns.« Sie strahlte.

»Warum?«, fragte ich kühl.

Ihr Lächeln schwand. »Ich verstehe nicht, warum du das fragst, Hayat.«

Plötzlich wirkte sie verunsichert. Ich sah auf die Buchseite, markierte die Stelle, an der ich war, und klappte den Koran zu. »Warum will er ein Muslim werden?«, fragte ich erneut.

»Warum meinst du wohl?«, fragte sie. »Weil er es für eine wunderbare Lebensweise hält. Gibt es irgendeinen anderen Grund?«

Ich starrte sie an, ohne darauf zu antworten.

In diesem Moment klingelte das Telefon.

Noch immer starrte ich sie an. Sie rührte sich nicht. Dann hörte das Klingeln auf.

Sie wandte den Blick ab.

Und dann klingelte es erneut. »Ich gehe mal ran«, sagte sie und ging in die Küche.

Es war Nathan. Sie nannte seinen Namen nicht, aber ich hörte es an ihrer Stimme. »Ich rufe zurück«, sagte sie liebevoll.

Ich sah ihr nach, als sie über die Stufen nach unten ins Fernsehzimmer verschwand. Sie hatte ihr Buch liegen lassen, ein dünnes, altes gebundenes Buch, nicht unähnlich dem, das Nathan mir geschenkt hatte. Ich fragte mich, ob ebenfalls etwas hineingeschrieben war, so wie er es bei meinem getan hatte.

Ich nahm es zur Hand und schlug die Titelseite auf. »Herz der Finsternis«, stand dort. Eine Widmung fand ich nicht, nur eine Adresse oben in der Ecke einer der leeren Seiten:

Mina Suhail
Dawes Lines Rd 14
Karatschi, Pakistan

Ich klappte es zu und legte es wieder hin.

An diesem Abend erklärte mir Mutter, mit der ich im Fernsehzimmer saß, was geschehen war. Sie und Mina waren zu dem Schluss gekommen, dass Minas Eltern Nathan nie und nimmer akzeptieren würden, solange er kein Muslim wurde.

Ich war wie vor den Kopf gestoßen. Es war noch nicht einmal auf seinem eigenen Mist gewachsen!

»Glaubt er denn wirklich?«, fragte ich.

»Er glaubt an seine Liebe zu Tante Mina«, erwiderte Mutter, die doch tatsächlich vor Rührung feuchte Augen bekam.

»Aber *glaubt* er?«, beharrte ich.

Mutter schien verwirrt. »Was ist los mit dir, Hayat? Hast du Hunger oder was?«

»Ich will wissen, ob er wirklich glaubt.«

»Was glaubt?«

In meinem wachsenden religiösen Eifer war ich mir über die Beziehung meiner Mutter zu unserem Glauben nicht richtig im Klaren gewesen und hatte mich vielleicht sogar absichtlich blind gestellt, damit ich die äußeren Anzeichen ihres mangelnden Interesses oder ihrer mangelnden Hingabe nicht sehen musste. Aber diese Frage machte nun mehr als deutlich, wie lächerlich es war, dass sie sich selbst als Muslimin bezeichnete. »An den Propheten! An das Jüngste Gericht! An Allah!«

»Woher soll ich das wissen?«, antwortete sie und tat meinen hitzigen Ton mit einem Schulterzucken ab. »Was spielt es für eine Rolle, was der Mann *tut* … Er bringt ein wunderbares *Opfer*. Um Gottes willen, er sagt sich von seinem eigenen Volk los, weil er deine Tante liebt. Weißt du, dass sein Vater ein Holocaust-Überlebender ist? Was meinst du, was *der* sagen wird? Aber nein, es ist ihm nicht wichtig, was sein Vater sagt. Er liebt deine Tante.« Mutter hielt inne, eine kurze Pause, mit der sie die wahre Bedeutung von Nathans Opfer unterstrich. »Und was hat dein Vater mir zuliebe geopfert? Sag es mir! Noch nicht einmal eine Nacht mit einer seinen weißen *Prostituierten* …«

Mir war klar, in welche Richtung es ging. Ich wollte es nicht hören.

»Hayat, hörst du mir zu?«

Ich sah auf. »Ich dachte, Tante Minas Nachname lautet Ali«, sagte ich unvermittelt.

Nicht nur die Frage, sondern auch der Zeitpunkt schien Mutter zu irritieren. »Es ist ihr Nachname.«

»Und was ist mit Suhail?«

»So hat Hamed geheißen. Ihr erster Mann.« Wieder hielt sie inne. »Ihr erster Mann«, wiederholte sie lächelnd und mehr zu sich selbst. »Wie schön!«, sagte sie, nun wieder an mich gerichtet. »Und jetzt hat sie dann einen zweiten!«

Sie sind alle so scheinheilig, dachte ich. *Allesamt scheinheilig.*

Seit dem Entschluss, meine Genitalien nicht mehr zu betrachten, waren Monate vergangen. Am folgenden Sonntag aber war ich gezwungen, mein Gebot zu brechen.

Bei Sonnenaufgang wachte ich auf, durch die Vorhänge am Fenster fiel noch kaum Licht. Etwas stimmte nicht. Zwischen meinen Beinen spürte ich einen brennenden Schmerz. Ich stand auf und zog die Pyjamahose herunter. Mein weicher Penis war mit einer trockenen, abblätternden Haut bedeckt. Die Hose selbst fühlte sich hart und verkrustet an, und an der Innenseite klebte ein weißlicher Film.

Ich eilte ins Bad, wo ich an der seltsamen Haut auf meinem Penis zupfte. Sie ließ sich ganz leicht lösen. Ich verstand nicht, woher die Schmerzen herrührten. *Vielleicht bin ich krank*, dachte ich. Aber irgendwie wusste ich, dass es daran nicht lag.

Wieder in meinem Zimmer, zog ich eine andere Pyjamahose an und versteckte die alte unter dem Bett. Ich ging zu meinem Gebetsteppich in der Ecke, wandte mich nach Osten, hob die Hände …

»*Allahu Akbar …*«

… und begann mit dem Morgengebet.

Es fiel mir schwer zu beten, zumindest so, wie Mina es mich gelehrt hatte. Ich konnte Gott nicht in meiner Nähe behalten, nicht, wenn mein Unterleib schmerzte und das Gefühl an mir nagte, etwas stimme nicht.

Nach dem Gebet legte ich mich wieder hin, konnte aber nicht mehr schlafen. Irgendwann bemerkte ich Mutter in der Tür. Sie sah mich an. »Bist du wach, *Kurban*?«, fragte sie und kam an mein Bett.

Ich überlegte, ob ich ihr von meinen Schmerzen erzählen sollte. »Ich habe mein Fajr-Gebet verrichtet«, sagte ich stattdessen.

Sie schüttelte den Kopf. »Du beschämst mich, Hayat. Oder du schaffst es am Ende noch, mich zu einer besseren Muslimin zu machen.« Etwas verloren stand sie vor mir.

»Ich werde mal ein Hafiz, Mom. Du musst dir keine Sorgen machen. Dann kommst du auch in den Himmel.«

»Oh, *Behta.* Du hast ein so großes Herz«, sagte sie gerührt. »Ich liebe dich so sehr.«

»Ich liebe dich auch, Mom.«

Als sie das hörte, setzte sich Mutter neben mich und barg das Gesicht in den Händen. Sie begann zu weinen.

Ich berührte sie am Rücken, worauf sie auf meinem Bett zusammenbrach und in meinen Armen schluchzte. Als die Tränen versiegt waren, riss sie sich los und sah mich an.

»Du wirst ein guter Muslim werden. Aber du wirst deine Frau auch gut behandeln, das wirst du doch, *Behta*? Du wirst die eine Ausnahme sein … ein guter Muslim, der seine Frau achtet, nicht wahr?«

»Ja, Mom.«

»Und du wirst ihr die Möglichkeit geben, eine Frau zu sein. Du wirst ihr die Möglichkeit geben, dich zu umsorgen, dich zu lieben …«

Ich verstand nicht, was sie mir damit sagen wollte, aber ich nickte eifrig. »Ja, Mom. Das werde ich, versprochen.«

Sie wirkte erleichtert. »Was soll man zu einem Mann sagen, der einem keine Aufmerksamkeit schenkt? Oder deine Gefühle nicht achtet? Was kann man so einem Mann sagen?«

Etwas Drängendes, ja Flehendes lag in ihrer Stimme. Aber ich wusste nicht, was ich antworten sollte. Stockend fuhr sie fort:

»Diesen Morgen waren wir zusammen, *Behta* … Und er wollte nicht mit mir reden. Kein *einziges* Wort. Ich wollte, dass er von sich spricht, dass er mir sagt, was ihm durch den Kopf geht, was er fühlt … irgendwas. Aber er wollte nicht.« Ihr unsteter, fahriger Blick kam zur Ruhe. »Es ist seine Mutter, weißt du. Eine schreckliche Frau. Du kannst von großem Glück reden, dass du nicht mit einem solchen Ungeheuer geschlagen bist. Über so etwas, *Kurban*, über eine solche schreckliche Mutter kommst du nie hinweg. Und nach dem Tod seiner Schwester ist es mit seiner Mutter nur noch schlimmer geworden. Morgens, mittags, abends, immer hat sie auf dem Gebetsteppich gekniet. Sie war eigentlich gar keine Mutter, wenn man es recht bedenkt. Das hat ihn kaputtgemacht. Es gab so vieles, was ihm gefehlt hat. *So vieles*. Deshalb strenge ich mich so an, damit du alles bekommst, was ihm gefehlt hat. Damit du einmal eine wunderbare Beziehung zu einer wunderbaren Frau aufbauen kannst. Einen guten Gefährten zu haben ist der größte Segen im Leben. Das hat schon der Prophet gesagt! Und Freud! Dein Vater hat eine wunderbare Gefährtin, aber er weiß es nicht!«

Sie starrte an die Decke. »Was er wirklich will … werde ich nie erfahren. Ich meine, heute Morgen hatten wir einen *so schönen* gemeinsamen Augenblick.« Sie sah mich an, ihre Augen glänzten plötzlich. »Wenn du mal erwachsen bist, *Kurban*, wirst du verstehen, was ein Mann und eine Frau alles miteinander teilen können. Schöne Momente. Wir hatten einen solchen schönen Augenblick. Und ich wollte doch bloß wissen, was er dabei empfand! Das war alles! Und wenn er mir nichts erzählen wollte, hätte er das doch einfach sagen können. Aber nein! Stattdessen muss er mich verletzen. Er ist ein grausamer

Mensch. Er hätte doch bloß den Mund halten können, statt zu sagen, was er gesagt hat …«

Ich war verwirrt. Ich dachte, sie wäre so aufgelöst, weil er nichts gesagt hatte, als er hätte reden sollen. Jetzt beschwerte sie sich, dass er etwas gesagt hatte, als er besser nichts gesagt hätte.

»Wenn du erwachsen bist, mein Lieber, und du bist mit einer Frau zusammen, einer guten Frau, dann denk immer daran: Erzähle ihr nie von *anderen* Frauen. Sie soll für dich immer die einzige Frau sein. Selbst wenn du aus irgendeinem Grund an eine andere Frau denken solltest, erzähle ihr nichts davon. Behalte es für dich. Alles andere ist grausam und feige.«

Mit zusammengekniffenen Augen musterte sie mich eindringlich.

»Ihm gefällt mein Mund nicht, hat er gesagt. Er ist nicht so wie der Mund seiner weißen Prostituierten. Freie Herzen, freie Geister, freie Münder, hat er gesagt. Nicht wie die Frauen aus Pakistan, die dick sind und dunkel und *geistig eingeengt*«, sagte sie und äffte seinen Tonfall nach. »Was der verkommene Mann damit meint, ist, dass sie ihren Mund überall hinstecken, wie die Tiere. Damit er seinen Mund auch überall hinstecken kann. Wie ein Tier. Das wollen sie, und das gefällt ihnen. Es ist *ekelhaft*.« Sie verzog den Mund, dann: »Wenn er das will, dann soll es so sein. Aber das wird er von mir nicht bekommen.«

Ich verstand nichts. Wo wollte Vater seinen Mund hinstecken?

»Hör mir zu, Hayat«, fuhr sie fort. »Hör mir zu und vergiss niemals, was ich dir sage. Wenn du dich im Dreck und Abfall suhlst, wirst du selbst zu Dreck und Abfall. Du wirst zu dem, was du begehrst. Deine Begehren machen dich zu dem, der du bist.« Ich versuchte mir immer noch vorzustellen, wohin Vater seinen Mund stecken wollte, und als ich sie »Dreck und Abfall« sagen hörte, stand plötzlich ein Bild vor meinem geistigen Auge: Vater und eine weiße Frau, die Seite an Seite über einem Abfallhaufen gebeugt sind und mit den Zähnen einzelnen Unrat herauszerren.

»Versprich mir, *Behta*. Versprich mir, dass du nicht wie er enden wirst. Dass du dein Leben nicht wie er führen wirst. Dass du nicht Dinge tust, von denen du weißt, dass du sie nicht tun sollst. Versprich mir das, *Kurban*. Versprich es mir.«

»Ich verspreche es«, sagte ich.

Mutter begann wieder zu weinen und barg ihr Gesicht in meinem Kopfkissen. Unter ihrem Schluchzen vibrierte die Matratze. Ich hielt sie fest. Als sie schließlich verstummte – mein Hals und Arm waren nass von ihren Tränen –, schliefen wir in unserer gegenseitigen Umarmung ein.

An diesem Nachmittag erschien Nathan, als hätte er mitbekommen, wie ich auf seinen Entschluss, zu unserem Glauben überzutreten, reagiert hatte: Er trug eine weiße gestrickte Gebetskappe, er hatte sich nicht rasiert, und als er mich begrüßte, legte er die Hand aufs Herz und sagte leise: *»Salaam alaikum.«* Irgendwie kam er mir anders vor als am Abend des vierten Juli. Mit der Gebetskappe und den rötlichen Stoppeln an Kinn und Wangen sah er dunkler aus. Gesünder. Mehr wie einer von uns.

Mutter ging mit Imran zum Lebensmittelladen und ließ mich mit Mina und Nathan zurück. Mina machte drei Tassen Tee und sagte, ich könne meine unter der Bedingung haben, dass ich Mutter nichts davon erzähle.

Ich hatte keinerlei Einwände.

»Willst du Zucker im Tee, Hayat?«, fragte Nathan.

»Klar.«

Nathan gab einen Löffel voll in meine Tasse. Dann wandte er sich an Mina. »Meen?«

»Ja, bitte, Nate. Aber gib erst dir.«

»Nein. Sag mir, wie viel du willst.« Er hatte seinen kleinen Teelöffel noch nicht einmal zur Hälfte mit Zucker gefüllt.

»Das reicht.«

»Etwas mehr vielleicht?«, fragte er lächelnd. Mina sah ihm in die Augen und lächelte ebenfalls.

»Ein kleines Bisschen«, erwiderte sie geziert. Nathan tauchte seinen Löffel erneut in die Zuckerdose und gab ihn anschließend in Minas Tasse.

»Hier, bitte sehr«, sagte Nathan mit schwungvoller Geste.

»Danke, Nate.«

»Du musst mir nicht danken ... Erweise mir nur ebenfalls den Gefallen«, sagte er und schob ihr die Zuckerdose hin. Er spielte Theater. Genau wie sie. Aber ich wusste nicht, für wen.

»Wie viel?«, fragte sie.

»Ein Löffel, das reicht.«

Mina sah ihm in die Augen, während sie den Löffel in seine Tasse fallen ließ und umrührte.

Ohne den Augenkontakt abreißen zu lassen, führte Nathan die Tasse an die Lippen und nahm einen Schluck.

»Mmm. Perfekt. Meen, du bist ja so *süß*. Weißt du das?«

Mina lachte. »Nate, das war ein ganz und gar fürchterliches Wortspiel.«

»Es ist kein Wortspiel. Es ist die Wahrheit. Du bist süß. Das süßeste Ding, das ich kenne.«

Nun nahm Mina einen Schluck, auch sie ließ den Augenkontakt nicht abreißen. »Du bist doch der Süße von uns beiden.«

»Nein, das bist du.«

»Nein, *du*.«

»Nein, *du*.«

»Gut. Wir sind beide süß.«

Kaum zu glauben, dass sie so lange brauchten, bis sie meinen entgeisterten Blick bemerkten. Aber als es so weit war, rutschten sie auf ihren Stühlen herum. Nathan räusperte sich.

»Wie schmeckt dir der Tee, Hayat?«, fragte er.

»Gut.«

»Also, Hayat, hör zu. Ich glaube, es gibt eine Geschichte, die ich dir erzählen möchte.

»Welche?«

»Eine über Abraham.«

»Hazrat Ibrahim, *Behta*«, fügte Mina hinzu. Nathan sah zu ihr.

»Richtig, Ibrahim, wie er im Koran genannt wird. Ich möchte dir von dem Mann erzählen, dem der Prophet, *Friede sei mit ihm*, so große Achtung entgegenbringt. Er hat Ibrahim den wahren Vater des Islam genannt.«

Als er das sagte, wandte ich mich an Mina. Sie nickte.

Nathan erzählte also seine Geschichte von Ibrahim, dem Mann, vom dem geschrieben stand, dass es sein Schicksal war, die Wahrheit des einen und einzigen Gottes unter den Menschen zu verbreiten. Er erzählte die Geschichte, die ich später im Koran lesen würde: Ibrahim, dessen Vater Götzenbilder schuf, hielt schon als kleiner Junge die Statuen seines Vaters für lächerliche Gebilde. Er konnte nicht verstehen, wie die Menschen allen Ernstes glaubten, dass diese Holz- oder Steinfiguren ihnen helfen oder schaden konnten. Die Statuen aßen niemals die Gaben, die ihnen dargereicht wurden; sie konnten sich weder bewegen noch reden. Warum glaubten die Menschen, diese Götzen hätten irgendeine Macht über sie?

Eines Tages ging der junge Ibrahim in die Berge. Und dort offenbarte Allah ihm die Wahrheit. Während er in den Himmel hinaufsah, erkannte Ibrahim, dass manche Menschen die Sterne anbeteten und andere den Mond und wieder andere die Sonne; aber es gab nur Einen, der all diese Dinge erschaffen hatte. Und dieser Eine, erkannte Ibrahim, war Gott, der eine und einzige Herrscher des Universums. In diesem Augenblick hörte Ibrahim den Himmel seinen Namen rufen.

»O Ibrahim!«

Und er wusste, der Herr sprach zu ihm.

Ibrahim warf sich zu Boden und rief: »Ich unterwerfe mich, Herr der Welt!«

Ibrahim kehrte zu seinem Volk zurück, um ihm die Wahrheit zu verkünden. Er sprach mit den Menschen und berichtete von dem Wunder, das er erlebt hatte, aber keiner hörte auf ihn. Sein wütender Vater drohte damit, ihn zu steinigen, falls er die Götzen nicht verehrte. Aber Ibrahim gab nicht nach. Er ging zu den Altären am Fluss, wo die Götzenbilder zu einem religiösen Fest aufgestellt waren und Opfergaben vor ihnen ausgebreitet lagen. »Könnt ihr diese Speisen essen?«, schrie Ibrahim zu den Statuen. Sie schwiegen. »Was ist los mit euch, dass ihr nicht redet?«, spottete er.

Und dann hob er die Axt und zerstörte die falschen Götter.

Ibrahim wurde gefangen genommen. Die Menschen beschlossen, ihn für den von ihm begangenen Frevel bei lebendigem Leib zu verbrennen. Sie hoben eine tiefe Grube aus und füllten sie mit Feuer, dann warfen sie Ibrahim hinein. Aber die Flammen verschlangen ihn nicht, denn Allah hatte verfügt, dass die Flammen ihm nur Kühle und Sicherheit waren. So saß Ibrahim inmitten der Flammen und verbrannte nicht, und als er aus der Grube stieg, waren die Menschen erstaunt. Er erzählte dem König die Wahrheit des Herrn, und schließlich folgten ihm die Menschen. Und so kam es, dass Ibrahim zum ersten Propheten des Islam wurde.

Immer wieder sah ich zu Mina, als Nathan diese Geschichte erzählte. Immer nickte sie. Als er mit seiner Geschichte fertig war, sagte er noch Folgendes: »Ibrahim hatte zwei Söhne. Wusstest du das, Hayat? Einer von ihnen hieß Isaak…«

»Und der andere Ismail«, vervollständigte ich den Satz.

»Richtig, Ishmael … Und von Isaaks Söhnen stammen die Juden ab, und von Ishmaels Söhnen die Muslime. Das heißt, wir alle, die wir hier um diesen Tisch sitzen, sind Kinder Abrahams.«

Mina beobachtete ihn voller Stolz, griff nach seiner Hand und drückte sie.

Er lächelte erst sie an, dann mich.

Ich wusste nicht, was ich davon halten sollte, aber ich erwiderte das Lächeln.

Nathan blieb zum Essen. Das hieß, dass es nun an mir lag, den Babysitter für Imran zu spielen, nachdem Mutter vom Einkaufen zurückgekehrt war und beinahe ebenso elend aussah wie am Morgen, als sie sich bei mir am Bett ausgeheult hatte. Ich schaffte Imran runter ins Fernsehzimmer, wo wir aus zusammengeklammerten Bettlaken ein Zelt errichteten, das mit mehreren, aus der Besenkammer geklauten Wischmop- und Besenstielen aufgerichtet wurde. Diese wacklige Konstruktion bezeichnete ich als unsere Burg. Wir schafften so viele Sachen hinein – Spielzeug (für ihn), einen Koran (für mich) sowie Kissen und ein Schachbrett (für uns beide) –, dass es keinen ersichtlichen Grund gab, es jemals wieder verlassen zu müssen.

Wir begannen mit einer Partie Schach. Ich hatte mich erweichen lassen, entgegen meinem Entschluss doch wieder mit ihm Schach zu spielen, und er mühte sich nach Kräften, die Regeln einzuhalten, die, das musste man ihm zugestehen, für einen Fünfjährigen nicht unbedingt einfach waren. Aber er strengte sich an. Wie seine Mutter war Imran intelligent und spielte mittlerweile besser Schach, als man von jemandem in seinem Alter überhaupt erwarten konnte.

Imran hatte meine drei Grundregeln der Schachstrategie zur Genüge gehört, die drei Regeln, die ich in der dritten Klasse in Mr. Marshaks Schachclub gelernt hatte: Bring deine Figuren aufs Feld; schütze deine Figuren, wenn sie im Spiel sind; kontrolliere das Zentrum des Felds. An diesem Nachmittag gingen wir sie erneut durch, bevor wir mit einem neuen Spiel anfingen, und einige Minuten später fragte ich, ob er sich noch an sie erinnern könne. Er wiederholte die ersten beiden Regeln, die dritte aber hatte er vergessen. Also ging ich sie erneut durch. Als ich ihn nach dem nächsten Zug bat, zu wiederholen, was ich ihn gelehrt hatte, konnte er sich wieder nicht an die dritte Regel erinnern.

»Du hast kein besonders gutes Gedächtnis, was?«, giftete ich.

Er war verwirrt. Ich beugte mich vor und packte ihn an den Armen. »Kontrolliere … die … Mitte … des … Feldes.«

»Kontrolliere die Mitte des Feldes.«

»Wiederhole es«, sagte ich.

Er tat es. Aber das reichte mir noch nicht. »Vergiss es nicht«, sagte ich, während ich ihn immer noch an den Armen gepackt hielt.

»Werde ich nicht, *Bhaiya*«, erwiderte er und fing an zu wimmern. Ich ging nicht darauf ein, dass er mich seit einiger Zeit »Bruder« nannte; Tatsache aber war, dass ich allmählich wirklich das Gefühl hatte, er wäre mein kleiner Bruder.

»Du willst doch, dass ich mit dir spiele, oder?«

»Ja«, antwortete er weinerlich.

»Dann jammere nicht, *Bhai*.«

Er nickte, sein Blick hellte sich auf, als er das Wort hörte.

Ich hielt ihn noch fester.

»Ich will, dass du noch etwas nicht vergisst«, sagte ich ernst. »Schau dich um. Siehst du das alles? Siehst du die Laken? Die Burg? Siehst du das alles?«

Er nickte erschreckt.

»Wir sind in unserer Burg. Wir sind hier. Das alles ist um uns herum. Ich will, dass du diesen Augenblick, *jetzt*, nie vergisst. Dass du dich immer daran erinnerst und es dein ganzes Leben lang nicht vergisst.« Ich wiederholte es ein weiteres Mal und noch ein Mal. Jedesmal sagte er, er würde es nie vergessen. Endlich zufriedengestellt, ließ ich ihn los.

Mina tauchte am Eingang auf. »Ach, wie schön«, sagte sie. »Kann ich zu euch kommen?«

»Hast du was dagegen?«, fragte ich Imran. Er dachte eine Sekunde darüber nach, dann schüttelte er den Kopf, und Mina kam auf allen vieren hereingekrochen.

»Wo ist Nathan?«, fragte ich.

»Er ist nach Hause gefahren, *Behta*«, sagte sie, nahm eine von Imrans *Star-Wars*-Figuren und spielte mit ihrem Sohn. Imran nahm ihr die Figur aus der Hand und zeigte ihr, wie sie sie zu halten hatte. »So«, erklärte er, »und nicht so.« Achselzuckend sah Mina zu mir. Sie konnte keinen Unterschied erkennen.

Aus der Küche waberte ein nicht sehr angenehmer, entfernt an Ammoniak erinnernder Geruch.

»Was stinkt da so?«, fragte ich.

»Deine Mom macht Niere auf Lahori-Art«, sagte Mina.

»Riecht wie Gummi.«

»Kann sein. Schmeckt aber nicht so.«

»Hab ich noch nie gegessen.«

Mina sah mich ungläubig an. »Das nehme ich dir nicht ab, *Behta*. Du musst es schon mal gegessen haben. Es ist das Lieblingsgericht deines Vaters.«

»Warum macht sie es?«

»Was meinst du wohl, *Behta*?«

»Wenn es Dads Lieblingsessen ist, warum macht sie es dann?«

»Sie will deinem Vater eine Freude machen.«

»Aber warum?«, fragte ich sehr scharf.

»Warum?« Mina sah mich nur verwundert an.

»Vergiss es«, sagte ich und kroch aus dem Zelt.

Wenn es meine Mutter darauf angelegt hatte, ihrem Mann eine Freude zu machen, dann war es ihr gelungen. Er seufzte vor Behagen, schaufelte sich Nierchen und Chapatti in den Mund und sah zwischen den einzelnen Bissen immer wieder zu seiner Frau. »Genau wie in Lahore, Muneer. Genau wie zu Hause.« Sie strahlte. Er nahm einen weiteren Bissen und schüttelte den Kopf. »Vorzüglich … einfach vorzüglich.«

»Es freut mich, wenn es dir schmeckt, Naveed«, sagte Mutter.

Vater schluckte einen weiteren Bissen hinunter. »Was würde ich bloß ohne dich tun?«

Mutter zuckte mit den Schultern und schien von der Offenheit dieser Frage ebenso erfreut wie peinlich berührt. Vater genoss die Situation in vollen Zügen.

»Ich werde es dir sagen«, begann er gut gelaunt. »Ich würde verloren gehen. Das würde passieren.« Vater wandte sich an Mina. »Diese Frau sorgt dafür, dass ich ein ehrlicher Mensch bin.«

»Das ist gut«, sagte Mina.

»Und mehr als das …«, sagte er, und in seinen Augen funkelte es schelmisch, als er die Hand ausstreckte und Mutter am Arm berührte.

Sie wurde rot und kicherte dabei wie ein Schulmädchen.

Träumte ich hier? Am Morgen noch hatte sie in meinen Armen geschluchzt und sich bitterlich über Vater und seinen Mund beschwert – ein Rätsel, das sich mir immer noch nicht erschloss –, und jetzt wurde sie rot und grinste und giggelte, als wäre nie etwas gewesen.

Kauend sah Vater zu mir. »Schmeckt es dir?«

»Es riecht wie Gummi. Und es schmeckt auch so.«

»Umso besser für mich. Dann habe ich auch noch was zum Frühstück«, sagte er mit seltsam hoher Stimme, als ahme er eine Comicfigur nach. In meinen Ohren klang er nur albern.

»Nimm es«, sagte ich und schob meinen Teller weg.

Mutter griff zum Brotkorb und nahm ein Chapatti. »Hier«, sagte sie. »Iss das zu deinem Joghurt, dann kannst du gehen.«

»Ich mag auch keine Nieren«, kam es von Imran.

Aber Mina gab ausnahmsweise einmal nicht nach. »Du isst dein Essen auf, Imran. Alles auf deinem Teller. Keine Widerrede.«

Imran starrte sie an, dann sah er zu Vater, der sich über seinen Teller beugte und schmatzende Geräusche von sich gab. »Mmm, so lecker«, summte er und fuhr sich mit der Zunge über die Lippen. Imran begann zu lachen, als sich Vater einen weiteren Bissen in den Mund schob und übertrieben eifrig kaute. »Mmm«, sagte und deutete auf alle Teller. »Den hier werde ich aufessen und den … und den da drüben auch. Ich werde *alle* aufessen!«, knurrte er und stieß dazu das Grollen eines Ungeheuers aus. Und als er nach Imrans Teller greifen wollte, beugte sich der Junge vor, schob sich einen Bissen in den Mund und kaute breit grinsend.

Mutter kicherte noch mehr. Und auch Mina lachte.

Ich dachte, ich müsste mich kneifen.

Als sie das Geschirr abräumten, sagte Mina zu meinen Eltern, dass sie sich um den Abwasch kümmern würde. Mutter und Vater standen daher auf und taten etwas, was sie sonst nie taten:

Sie gingen spazieren.

Nachdem Mina den Geschirrspüler beladen und den Tisch abgewischt hatte, scheuchte sie mich in ihr Zimmer, wo sie Imran und mich mit der Geschichte von der nächtlichen Reise des Propheten ins Paradies beglückte. Sie erzählte von dem Ausflug auf dem Rücken des Zauberpferdes Buraq, eines Wesens mit den Schwingen eines Adlers und dem Kopf eines Löwen, das den Propheten mit einem einzigen Satz von Arabien in den Sinai getragen hatte, damit der Prophet sehen konnte, wo Moses mit Gott gesprochen hatte, und mit einem weiteren Satz landete es in Bethlehem an der Stelle, wo Jesus geboren worden war, und schließlich in Jerusalem, wo eine glitzernde Leiter aus dem Himmel herabragte.

Der Buraq mit dem Propheten auf dem Rücken stieg die hundert Sprossen hinauf und gelangte so ins Paradies.

Nachdem er die Smaragd- und Perltore durchquert hatte, ritt der Prophet auf dem Buraq durch den Himmel und erblickte dessen ganze Pracht, die goldenen Paläste in den Wolken, die Brunnen und Flüsse aus Milch und Honig und Wein, der anregend wirkte, aber nicht berauschte, die Scharen der Jungfrauen und lobpreisenden Engel und jeden einzelnen Propheten des Allmächtigen. Mohammed grüßte sie alle, und sie alle beteten zusammen in einer diamantenen Moschee. Dann stieg er wieder auf den Buraq, und sie flogen weiter und immer weiter hinauf, durch Lichtschleier auf Lichtschleier bis an die Grenzen der Schöpfung. Und schließlich kamen sie an den Ort, wo der Buraq nicht mehr weiter konnte.

Hier blickte der Prophet nach oben und sah einen Baum, der so groß war wie das Universum. Das war der Sidrat al-Muntaha, der äußerste Baum an der äußersten Grenze. Nun ließ der Buraq ihn allein. Niemand, noch nicht einmal der Erzengel Gabriel, war jemals so weit gekommen. Hier wohnte Allah.

Der Prophet trat vor und begab sich in die Gegenwart des Herrn.

»Allmächtiger Gott«, sagte Mohammed, »lass mich dich sehen.«

Und mit einem Mal sah er nichts außer den Herrn. Er sah nach rechts und sah nichts als den Herrn, er sah nach links und sah nichts als den Herrn, und er sah nach vorn, nach hinten und nach oben … und überall, wohin sein Blick schweifte, sah er nichts als den Herrn. Wie der Herr aussah, wollte Mohammed nie sagen, außer dass seine Schönheit so groß war, dass er am liebsten verweilt hätte, um ihn für immer anzusehen. Doch der Herr sagte ihm: »Du bist mein Bote, und wenn du hierbleibst, wirst du meine Botschaft nicht überbringen. Kehre zurück auf die Welt. Und wenn du mich sehen willst, so wie du mich jetzt siehst, dann sprich deine Gebete, und ich werde vor dir erscheinen.«

»Deshalb beten wir, *Behta*«, erklärte Mina. »Damit wir Allah genau so erkennen, wie Mohammed ihn auf seiner nächtlichen Reise erkannt hat.«

Ich fragte sie, wie Mohammed ausgesehen hatte.

Mina ließ sich lange Zeit, bis sie darauf antwortete. »Ich habe ihn nie gesehen, *Behta*. Aber ich hatte einen Lehrer in der High School, einen großartigen Mann, Dr. Khan. Er ist dem Propheten, *Friede sei mit ihm*, in einem Traum begegnet. Er hat ihn als attraktiven Mann mit langen Wimpern und dichten, schwarzen Haaren beschrieben. Er sagte, er hatte einen Vollbart und ein wunderbares Lächeln, das eine kleine Lücke zwischen den beiden Schneidezähnen zeigte.«

»Aber woher willst du wissen, dass er wirklich so ausgesehen hat? Es war doch nur ein Traum …«

»Träume sind sehr wichtig, *Behta*. Im Islam glauben wir, dass sie dir Dinge zeigen können, die wirklicher sind als das, was wir im Wachen sehen. Und wenn der Prophet einen im Traum besucht, ist das ein sehr wichtiges Zeichen.«

»Ein Zeichen von was, Tante?«

»Ein Zeichen von großer Heiligkeit. Es bedeutet, dass der Prophet über dich wacht.«

Die Geschichtenstunde hatte mich nicht beruhigen können. Aufgewühlt verließ ich Minas Zimmer und fragte mich, warum Gott so unmöglich weit von uns entfernt lebte. Statt in mein Zimmer ging ich nach unten in die Küche, wo Mutter mit dem Abfall beschäftigt war. Sie sah auf. »Hier«, sagte sie und reichte mir den Müllbeutel. »Bring ihn raus.«

Ich nahm ihn entgegen und blieb an der Küchentheke stehen. Sie stand an der Spüle, wusch sich die Hände und summte vor sich hin. Ich wollte, dass sie wieder zu mir hersah. Endlich tat sie es. »Was ist, Hayat? Verschon mich mit deinen Launen. Nun geh schon!«

Es war eine schwülwarme Julinacht. Der Rasen war übersät mit Insekten, mit flackernden Glühwürmchen, lärmenden Grillen. Etwas in mir schmerzte, fühlte sich wund an. Ich trottete zu den Mülltonnen am Ende der Einfahrt.

Was ist bloß mit mir los?, fragte ich mich.

Vor den Tonnen blieb ich stehen. Beharrlich pochend tat etwas in mir weh. Mir war, als müsste ich etwas tun, wusste aber nicht, was.

Dann erinnerte ich mich daran, was Mina mir beigebracht hatte. Ich schloss die Augen und atmete.

Ein und aus. Ein und aus.

Inmitten des Zirpens der Grillen, des Windes in den Bäumen, des Müllgestanks.

Ich lauschte der Stille. Und dann hörte ich etwas. Eine Stimme, fest, kalt, überzeugend:

Du kannst noch nicht mal den Müll rausschaffen. Du bist zu nichts nütze.

Ich schloss die Augen. Zwei winzige Lichter am Ende der Straße wurden langsam größer. Die schwarze Silhouette eines Autos zeichnete sich ab, ferne Motorengeräusche, die zu einem rauen, tiefen Dröhnen anschwollen. Der Wagen bewegte sich mit ungewöhnlicher Geschwindigkeit, sein Lärm tat in den Ohren weh. Lärm, vor dem man sich in Acht nehmen musste.

Ich trat auf die Straße und starrte in die Scheinwerfer.

Die Hupe ertönte. Der Müllbeutel fiel mir aus der Hand. Hinter der Windschutzscheibe wurden Augen aufgerissen, der Motor heulte auf, Reifen quietschten, der Wagen schlitterte zur Seite und verpasste mich um knapp einen Meter.

Plötzlich schoss mir das Blut durch die Adern.

Immer noch hupend verschwand der Wagen hinter der nächsten Kurve. Mein Herz pochte, meine Knie fühlten sich an, als wollten sie unter mir nachgeben. Ich hob den Müllbeutel auf und stolperte zu den Tonnen, öffnete einen Deckel und warf den Beutel hinein. Dann setzte ich mich auf den Bürgersteig und sah zum Haus. Oben, hinter Minas geschlossenen Rollläden, brannte Licht.

Die Weißeichen über mir schwankten, ihre Äste ächzten unter dem Gewisper der Blätter, durch die der Wind fuhr. Ich dachte an den Sidrat al-Muntaha, den Baum, der den Ort kennzeichnete, an dem Gott wohnte.

Warum so weit weg?, fragte ich mich. *Warum?*

Ich starrte zu den Bäumen hinauf, den Ästen, die sich vor dem dichten Nachthimmel abzeichneten. Weit oben, hinter dem trüben Schleier der dichten Wolken, lag ein heller Fleck: der verborgene Mond, der seinen Himmelsabschnitt erhellte und dessen Schein stark genug war, um die dahinziehenden Wolken zu beleuchten. *Trödel hier nicht rum*, dachte ich mir. *Geh rein und lies den Koran.* Ich stand auf und ging über die Einfahrt. In Wahrheit aber wollte ich nicht ins Haus. Ich wollte nicht rein, ich wollte nicht den Koran lesen oder irgendetwas anderes tun.

Ich wollte nicht nach Hause.

III

PORTRÄT EINES ANTISEMITEN ALS KLEINER JUNGE

10

DIE MOSCHEE AUF DEM MOLASKEY HILL

Ich wurde immer schwermütiger, je weiter der Sommer voranschritt. Nichts verschaffte mir Trost, weder die Zeit mit Mina noch die Lektüre des Koran. Vorbei waren die Tage, als ich mich der Anblick des Himmels mit Ehrfurcht erfüllte. Gottes Pracht bedeutete mir nichts, und an ihre Stelle war eine neue Qual getreten, die immer stärker wurde: meine Erinnerung an Minas nackten Körper. Das Bild, von dem ich dachte, ich hätte es mir aberzogen – ihre Brüste, das dunkle Dreieck zwischen ihren Beinen –, kehrte ungebeten zurück und sorgte für Verwirrung und Unruhe, stundenlang. Von Neuem bemühte ich mich, das Bild zu verdrängen. Vergebens. Je mehr ich mich dagegen wehrte, umso beharrlicher erwies es sich. Daneben ließ dieses Bild meinen kurzen, weichen Penis mittlerweile groß und hart werden. Ich hatte keine Ahnung, was hier vor sich ging. Und ich wusste nicht, mit wem ich darüber reden sollte.

Eines Nachmittags Anfang August nahm ich Minas Foto vom Kühlschrank. Ich weiß nicht, woher der Gedanke kam, aber ich bildete mir ein, es würde mich ablenken, wenn ich das Foto betrachten könnte, falls ich wieder an Minas nackten Körper denken musste. Einige Tage ging es gut. Dann geschah etwas Seltsames. Ich musste jetzt nur noch das Foto ansehen, und sofort stellten sich die erregenden Gefühle ein, die mich sonst nur bei dem Gedanken an ihre Nacktheit überfielen.

Mehr als einmal verspürte ich den Drang, mich zu berühren, wenn ich ihr Bild betrachtete. Ich legte die Hände zwischen die Beine, berührte mich aber nie direkt, sondern immer nur durch den Stoff meiner Shorts oder Jeans oder meines Pyjamas. Aber auch so war die Lust immens und ließ mich jedesmal gewaltig anschwellen.

Eines Abends vergaß ich mich. Minas Bild vor mir, die Hände zwischen den Beinen, überließ ich mich meiner Lust, und bevor ich mich versah, zuckte und erzitterte mein Unterleib und gab etwas Zähflüssiges, Feuchtes in die Unterhose ab. Entsetzt knöpfte ich die Hose auf und sah meinen harten, aufrechten Penis, der mit milchigem Schleim verklebt war. Er sonderte einen starken, ätzenden Geruch ab wie von einem Bleichmittel.

Du weißt, dass das nicht richtig war, hörte ich eine innere Stimme.

Sofort überkam mich brennende Scham. *Ich werde es nie wieder tun*, dachte ich.

In der zweiten Augustwoche fuhr Nathan zu seinen Eltern, um mit ihnen über seine Konversion zu reden. Sein Vater, der einen großen Teil der Familie im Holocaust verloren hatte, war zwar Atheist, definierte sich aber trotzdem stark über seine jüdische Kultur. Nathan erwartete, dass sein Vater geschockt sein würde, dass er sogar ausfällig werden könnte. Deshalb hielt er es für das Beste, erst mit seinen Eltern zu reden, bevor er ihnen bei einem weiteren Besuch Mina vorstellte.

Mitte der Woche fuhr er los und wollte am Wochenende wieder zurückkommen. Mina verbrachte diese Tage fast ausnahmslos am Telefon mit ihm. Sie machte sich Sorgen, grundlos, wie sich herausstellen sollte. Das Gespräch mit den Eltern lief prächtig, Nathans Vater hatte keinerlei Einwände, gab seinem Sohn aber eine Warnung mit auf dem Weg:

Niemand wird in dir jemals etwas anderes sehen als einen Juden, sagte er.

»Da irrt er sich«, sagte mir Mutter an einem Morgen, als sie mir voller Enthusiasmus alles haarklein erzählte. »Genau darin sind wir so anders. Wenn du erst Muslim bist, dann bist du *nichts anderes* mehr. Dann spielt es keine Rolle mehr, was du warst oder woher du stammst – das ist die *wahre* Demokratie, in der jeder abstimmen darf.«

»Es gibt da nichts abzustimmen, Mom. Das hat nichts mit einer Wahl zu tun. Er wird einfach nur Muslim.«

Mutters Enthusiasmus bröckelte. »Sei nicht so ein Besserwisser, Hayat. Du weißt ganz genau, was ich meine.«

Sie hatte recht. Ich wusste es. Ich war mir nur nicht sicher, ob sie auch wusste, was sie eigentlich sagte. Denn wenn es in der Politik – so wie bei der jährlichen Wahl der Klassensprecher – darum ging, andere Leute dazu zu bringen, dass sie einen mochten, dann hatte Nathans Interesse am Islam jedenfalls wesentlich mehr mit Politik als mit Religion zu tun. Jedenfalls mehr, als sich Mina oder Mutter eingestehen wollten.

Während Nathans Abwesenheit verhätschelte Mina Imran noch mehr als sonst. Ihr Ziel war klar: Sie versuchte ihren Sohn an den Gedanken zu gewöhnen, dass Nathan sein Vater werden würde. Mutter bezeichnete die ganze Situation mit Imran als »absurd«. Ihrer Meinung nach musste Mina den Mann nur heiraten und Imran zwingen, sich mit der Sache anzufreunden.

»›Er will keinen weißen Vater …‹, spottete Mutter. »Was in Gottes Namen hat *er* zu melden? ›*Warum kann ich keinen Vater wie Onkel Naveed haben?* Der Junge sieht deinen Vater und glaubt, so müsste ein Vater aussehen. Aber er versteht nicht, dass es nicht darum geht, welche Farbe er *außen* hat, sondern wie es in seinem *Innern* bestellt ist … Und *innen* ist dein Vater, wie wir alle wissen, schwarz. Schwarz wie die

Nacht!« Mutter musste sich sammeln. Die glückseligen Tage, ausgelöst durch ihre Nieren auf Lahori-Art, hatten anscheinend nicht lange angehalten. »Ständig sage ich ihr, er ist ein *Kind.* Beachte ihn nicht. Aber sie hört nicht auf mich. Und dann denkt sie sich: *Wenn er das sagt, was wird dann erst meine Familie sagen …* Wen kümmert es schon? Was haben die denn jemals getan, um sie glücklich zu machen? Nichts! Haben sie geschlagen, weil sie Bücher gelesen hat, großer Gott! Das haben sie getan! Für jemanden, der so kultiviert, so intelligent ist, macht sich deine Tante viel zu viele Sorgen über das, was sich andere denken …« Mutter seufzte, dann huschte ein leises Lächeln über ihr Gesicht. »*Kurban*, wenn ich das hinkriege, dann sollte *mir* der Nobelpreis verliehen werden, nicht Sadat …«

Am Sonntag kam Nathan zurück. Vater hatte sich bereiterklärt, ihn an diesem Tag zum Islamischen Zentrum in der South Side zu begleiten, damit sich Nathan dem Imam vorstellen konnte. Vater fragte mich, ob ich ebenfalls mitkommen wollte. Ich war ganz aufgeregt. Er hatte mich so gut wie nie zur Moschee mitgenommen. Natürlich wollte ich mitkommen.

Spät am Morgen erschien Nathan bei uns und trug dieselbe Gebetskappe wie an dem Tag, an dem er die Geschichte von Ibrahim erzählt hatte. Vater, der ihn bislang nicht mit Topi-Gebetskappe gesehen hatte, machte keinen Hehl aus seiner Überraschung, als wir alle im Flur standen.

»Was zum Teufel ist in dich gefahren, Nate? Warum hast du dieses Ding auf dem Kopf?«

»Wir gehen in die Moschee, Naveed.«

»Und?«

»Ich möchte respektvoll erscheinen.«

»Er sieht gut aus«, sagte Mina stolz. »Meinst du nicht auch, *Bhaj*?«

»Ich finde die Topi *großartig*«, sagte Mutter. Sie hatte Imran an der Hand. »Und den Bart auch. Damit sieht er so würdevoll aus.«

Vater rollte mit den Augen. »Was ich von dem Gestoppel in seinem Gesicht halte, weiß er bereits. Aber mit der Topi ist alles noch schlimmer. Er sieht wie ein verdammter Imam aus. Du bist ein Doktor, Nate. Kein Maulvi.«

»Noch nicht«, erwiderte Mina lächelnd.

»Gott behüte«, stöhnte Vater.

Nathan zeigte auf mich. »Er trägt auch eine«, sagte er.

Vater schüttelte den Kopf. »Er ist ein Kind, Nate. Er weiß es nicht besser …«

Nathan sah zu mir; als sich unsere Blick trafen, lächelte er.

Ich sah weg.

»Brechen wir auf«, sagte Vater und zog die Schlüssel aus seiner Tasche. »Es ist einfach nicht zu glauben, dass ich mich dazu habe überreden lassen. Wirklich nicht zu glauben.«

»Du machst es, weil du mich liebst, Naveed«, sagte Nathan zum Spaß.

»Das stimmt«, antwortete Vater, plötzlich ganz ernst. »Da hast du recht.«

Jahrelang hatten die Muslime an religiösen Feiertagen mit provisorischen Gebetsräumen auskommen müssen, die in den Bankettsälen der örtlichen Hotels hastig eingerichtet wurden. Adnan Souhef – ein schwergewichtiger Chemiker aus Jordanien mit ausreichend religiöser Bildung, um als Imam durchgehen zu können – kam den Bedürfnissen der Gemeinde nach, indem er die Räumlichkeiten mietete und am Abend vor den halbjährlichen Eid-Festen alles vorbereitete: Er bedeckte die von Kaffeeflecken verunzierten Teppiche mit gebügelten weißen Laken, auf denen die Gläubigen beten konnten; er errichtete eine Mihrab (Gebetsnische), die die Richtung nach Mekka anzeigte; baute einen Vorhang auf, um die Geschlechter zu trennen, und installierte schließlich eine Lautsprecheranlage, damit die Frauen auf der anderen Seite des Vorhangs die Chutbah (Predigt) hörten, die Souhef vor dem Gebet hielt. Zehn Jahre ging das so. Zehn Jahre, denn so lange dauerte es, bis Souhef genügend Geld gesammelt hatte, um nicht mehr auf solche Provisorien angewiesen zu sein.

1980 hatten Souhef und sein Konsortium aus muslimisch-amerikanischen Geschäftsleuten genügend Mittel angespart, um eine feste Bleibe zu erwerben. Und so wurde, zum Preis von einer Viertel Millionen Dollar, das Molaskey-Schulhaus – ein leer stehender Prachtbau inmitten des polnischen Viertels auf der South Side – zu unserem ersten Islamischen Zentrum.

Das Molaskey-Schulhaus, benannt nach dem Hügel, auf dem es stand, war ein solider, viergeschossiger Ziegelbau mit runden Türmen und konischen Dächern. Es glich eher einer Burg als einer Moschee. Da es direkt am Highway nach Süden stand, war die neuromanische Fassade (mit gotischen Giebeln) von den Abgasen der vorbeirauschenden Autos schwarz verfärbt. Und da es keine Kinder mehr gab, die wie früher die Flure bevölkerten und auf den Freiflächen spielten – und deren Anwesenheit dem strengen, finsteren Bau etwas Fröhliches verliehen hätte –, verströmte das Islamische Zentrum eine düstere, ja gespenstische Atmosphäre.

»Hier ist es«, sagte Vater, als er vom Highway abbog und in den Verkehr der steil bergauf führenden Molaskey Street einfädelte.

»Witzig«, sagte Nathan. »Ich habe sie tausendmal vom Highway aus gesehen. Ich dachte immer, das Gebäude würde leer stehen.«

»Wäre für uns allemal besser, wenn es so wäre«, sagte Vater. Nach weiteren zwanzig Metern bog er in einen Parkplatz ein, auf dem bereits zahlreiche Autos standen. »Da ist er«, sagte Vater in seinem stichelnden Tonfall.

»Wer?«, fragte Nathan.

Vater deutete auf die Eingangsstufen, während er den Wagen in eine freie Parklücke setzte. »Der Oberclown höchstpersönlich … oder Ober*schurke*, sollte ich sagen.« Er zeigte auf Imam Souhef, der auf den Stufen stand und eine Zigarette rauchte.

»Wer ist das?«

»Imaaam Souheeef.« Vater zog spöttisch die Vokale lang.

»Warum ist er ein Schurke?«

»Hast du jemals einen Mann Gottes kennengelernt, der Gott mehr liebt als das Geld?«

Neugierig starrte Nathan aus dem Fenster.

»Hast du mich gehört, Nate?«

»Ich habe dich gehört … Um ehrlich zu sein … ja, Naveed. Ich habe mal einen Mann Gottes gekannt, der Gott mehr geliebt hat als das Geld.«

»In einem deiner Romane«, höhnte Vater.

»Nein. Als ich noch klein war. Ein enger Freund meines Vaters. Er war Rabbi. Ein guter Mensch. Wirklich. Ein *wirklich* guter Mensch. Die Menschen in seiner Synagoge haben ihn verehrt.«

»Na, dann geh dorthin zurück, Nate!«, sagte Vater und verpasste Nathan einen spielerischen Klaps. »Ich weiß beim besten Willen nicht, was du hier verloren hast …«

Nathan schüttelte den Kopf und öffnete die Beifahrertür, zögerte aber, bevor er ausstieg. »Naveed, ich muss bei diesen Leuten einen guten Eindruck hinterlassen. Wahrscheinlich werde ich diesen Typen noch brauchen …«

Vater winkte nur ab. »Keine Sorge. Ich werde mich von meiner besten Seite zeigen …«

»Danke.«

»Nur beschwer dich hinterher nicht, wenn er dir mit seinen Beratungshonoraren und Gebühren das Fell über die Ohren zieht.«

»Gebühren? Wofür?«

»Für deinen Übertritt. Für dieses, für jenes. Und weiß Gott wofür noch alles.«

Souhef auf den Eingangsstufen beobachtete uns, als wir uns näherten. Er bot einen wahrlich beeindruckenden Anblick: Das schimmernde Seidengewand, das seine mächtige Leibesfülle umwallte und umflatterte, füllte er voll und ganz aus; sein ungewöhnlich langer, grau-schwarzer und spitz zulaufender Vollbart wiegte sich in der sengenden Augustbrise, und in der Mittagssonne schimmerte auf seinem Schädel die weiße Gebetskappe wie ein Solarpanel. Vater kannte Souhef seit Langem – die beiden hatten zu den Ersten von uns gehört, die in die Gegend gezogen waren –, und im Lauf der Jahre hatte ich so einiges über den Mann zu hören bekommen. Mutter ihrerseits nahm nichts ernst, was Vater über Souhef erzählte. Es war ihr schleierhaft, wie Vater überhaupt auf die Idee kommen konnte, sich ein Urteil über einen Imam zu erlauben. Schließlich war es bei jemandem, der trank und seine Frau betrog, mit der *Glaubwürdigkeit* nicht weit her, wie sie gern sagte. Und was meine Gefühle gegenüber Souhef anbelangte: Bei den seltenen Gelegenheiten, bei denen ich ihm begegnet war, hatte ich mich immer zu ihm hingezogen gefühlt. Er hatte etwas Gebieterisches an sich, und obwohl einem bei seinen von religiöser Leidenschaft getragenen Predigten angst und bange werden konnte, strahlte er auch immer eine herzliche Wärme aus. Viele Muslime in unserer Gemeinde betrachteten Souhef als ihren guten Engel. Er wachte über Geburten, Eheschließungen und Beerdigungen, kam in geistig-moralischen Krisensituationen oder bei Ehekonflikten zu mitternächtlichen Hausbesuchen und setzte sich sogar bei den örtlichen Behörden ein, wenn es um Nichtigkeiten wie den muslimischen Jungen ging, der vom Sportunterricht ausgeschlossen wurde, weil er sich geweigert hatte, in der Umkleide und im Beisein seiner Klassenkameraden zu duschen.

Obwohl sich Souhef also hingebungsvoll für unsere Gemeinde einsetzte, mochte Vater ihn nicht. Er räumte ein, dass sich Souhef durchaus verpflichtet fühlte, aber nur seinem Geldbeutel gegenüber, wie Vater gern sagte. Als Beweis dafür erzählte er, wie er zehn Jahre zuvor – das Islamische Zentrum war damals nichts weiter als eine auf einem Zettel hingekritzelte Idee – zum ersten Mal von Souhef darauf angesprochen worden war. Souhef bat Vater um eine Spende. Vater weigerte sich. Einige Monate später bat Souhef erneut um Geld, diesmal sagte er aber, es wäre für einen palästinensischen Immigranten bestimmt, der sich in einer Notlage befand. Souhef erzählte von einem Mann, der der Folter durch die Israelis entkommen sei und nun um seine Aufenthaltsgenehmigung in den USA kämpfen müsse. Vater war aufrichtig berührt und zückte sein Scheckbuch.

»Auf welchen Namen soll ich den Scheck ausstellen?«

»Auf meinen«, erwiderte Souhef.

»Ihren?«

»Bruder Shah, zweifeln Sie nicht an mir. Er ist ein armer Mann. Er kennt sich mit Schecks und solchen Dingen nicht aus. Er wird das Geld bekommen. Allah ist mein Zeuge.«

Trotz seiner Skepsis schrieb Vater einen Scheck über tausend Dollar aus.

In den folgenden Wochen und Monaten erkundigte sich Vater bei Souhef nach Neuigkeiten über den Palästinenser. Es erstaunte ihn, von ihm nichts gehört zu haben, kein Anruf, um sich bei ihm zu bedanken, kein Schreiben. Souhef antwortete jedesmal ausweichend. Eines Tages aber erzählte er Vater, dass der Palästinenser von der Einwanderungsbehörde aufgegriffen und ausgewiesen worden sei. Für Vater war das Bestätigung genug: Er hatte längst gemutmaßt, dass der Palästinenser nur Souhefs Vorwand gewesen war, um an Vaters Geld zu kommen. Von diesen Tag an wollte Vater mit ihm nichts mehr zu tun zu haben.

»Wie geht es den Gehirnen, Doktor?«, fragte Souhef, als wir uns den Stufen der Moschee näherten. Er stand über uns, die Zigarette zwischen den Lippen, und sein Blick wanderte zu Nathan und dann wieder zu meinem Vater.

»Gut, Adnan«, erwiderte Vater abweisend.

»Mashallah«, sagte darauf Souhef und legte die rechte Hand, die in einem Verband steckte, ans Herz. Die Herzlichkeit seiner Geste verblüffte mich; ich fragte mich, ob er Vaters Kälte überhaupt wahrgenommen hatte oder einfach nur ignorierte. »Also, Naveed, schon weitergekommen im Bemühen, das Geheimnis des Lebens zu entdecken?«

»Ich wusste nicht, dass es überhaupt eins gibt.«

»Es gibt eins, Bruder, es gibt eins«, antwortete Souhef mit einem dünnen Lächeln und sog an seiner Zigarette.

»Ich schätze, da werden wir warten müssen, bis wir dich aufbahren und herausfinden können, was in deinem Hirn vor sich geht, Adnan.«

»Das wird der Mühe kaum wert sein. Dort oben ist nichts außer Luft. Luft und Heimweh«, sagte Souhef. Aus seinem Mund kam Rauch. Lächelnd sah er zu mir.

Ich erwiderte sein Lächeln.

In diesem Moment kamen drei Männer an uns vorbei, stiegen die Stufen hinauf und legten zur Begrüßung die rechte Hand ans Herz. *»As-salamu alaikum, Imam.«*

»Wa-alaikumu salam«, erwiderte Souhef mit einem knappen Nicken.

Als die Männer die oberste Treppenstufe erreicht hatten, blieben sie stehen und sahen zu Nathan. Nathan nickte. »*As-salamu alaikum*«, sagte er.

Sie lächelten ihn überrascht an. »*Wa-alaikumu salam*«, antworteten sie. Einer unter ihnen nickte erneut und wiederholte die Begrüßung. Nathan wiederholte die übliche Erwiderung. Ein weiteres Mal nickten die Männer und traten schließlich ein.

Souhef musterte Nathan eindringlich.

Vater räusperte sich. »Adnan … ich möchte dir meinen Kollegen im Labor vorstellen, Nathan Wolfsohn. Nathan … Adnan Souhef, der Imam des hiesigen Islamischen Zentrums.«

»Erfreut, Sie kennenzulernen, Sir«, erwiderte Nathan und streckte ihm nervös die Hand hin. Der Imam hielt seine bandagierte Hand hoch. »Entschuldigen Sie, Bruder«, sagte er und legte sie stattdessen ans Herz.

»Was ist mit deiner Hand passiert, Adnan?«, fragte Vater.

»Ich habe die Spüle repariert und mich dabei verletzt.«

»Alles in Ordnung?«

»Ein böser Schnitt, Naveed. Sonst nichts. Er diente mir sogar als Inspiration. Für die heutige Chutbah …«

Es folgte betretenes Schweigen, als Vater nichts darauf erwiderte.

Souhef wandte sich an Nathan. »Was führt Sie also zu uns, Bruder?«

»Ich bin am Islam interessiert«, begann Nathan steif, als wiederholte er etwas, was er einstudiert hatte. »Ich interessiere mich für … für seine Form der Ergebenheit, Sir, so wie ich es verstehe.«

Peinlich berührt ließ Vater den Blick über den Parkplatz schweifen. Mein Blick folgte seinem. Die Reihen der geparkten Autos schimmerten in den vom heißen Asphalt aufsteigenden Hitzeschwaden. In der Luft lag der bittere Geruch weichen Teers. »Jedesmal kommen mehr, Adnan«, sagte Vater und drehte sich wieder zu Souhef um. »Der Laden brummt anscheinend …«

»Laden?«

»Du weißt schon … die Geschäfte gehen gut.«

Souhef starrte Vater nur an. Vater starrte zurück. Die Spannung zwischen den beiden war mit Händen zu greifen.

»Wenn Allah Wohlgefallen daran hat, Bruder, dann haben wir es auch«, antwortete Souhef reserviert; seine Lippen schlossen sich um den Filter der Zigarette, wieder sog er den Rauch ein. Mir fiel auf, dass im Gegensatz zu mir – und zu Nathan und Vater –, die wir alle schweißgebadet waren, am Iman nicht der kleinste Schweißtropfen zu sehen war, weder im Gesicht noch auf den Händen.

Mit einem Seufzer wandte sich Souhef schließlich von meinem Vater ab. »Bruder Nathan, ist Ihr Interesse an unserer Religion nur der Neugier geschuldet, oder steckt mehr dahinter? Ich hoffe, Sie haben nichts dagegen, wenn ich das frage …«

»Nein, keineswegs, Imam«, erwiderte der noch immer nervöse Nathan. »Hmm … wenn ich ehrlich bin, es hat mit Neugier begonnen. Aber je mehr ich über den Islam erfahren habe … umso persönlicher ist mein Interesse geworden.«

»Verstehe.«

»Ich hoffe, es ist in Ordnung, dass ich hier bin«, sagte Nathan.

Souhef lächelte. »Natürlich, Sie sind hier immer willkommen, Bruder. Achtet Sie nur darauf, unten an der Treppe die Schuhe auszuziehen. Naveed wird Ihnen alles zeigen … Und nehmen Sie beim Gebet bitte ganz hinten im Raum Platz.« Souhef zog ein letztes Mal an seiner Zigarette und rauchte sie bis zum Filter hinunter. »In welchem Glauben sind Sie geboren, Bruder?«

»Nun … ich bin Jude.«

Ein verstohlenes Funkeln zeigte sich kurz in Souhefs Blick. »Ein Volk aus der Schrift«, sagte er.

»Danke, Imam«, antwortete Nathan.

»Wir alle stammen von Ibrahim ab«, fuhr Souhef fort. »Unsere jüdischen Brüder von Isaak, Muslime von Ismail ...«

Nathan sah zu mir.

»Sie kennen den Koran, Bruder, oder?«, fragte Souhef.

»Ja, Imam. Ich beschäftige mich damit.«

»Allahs größtes Wunder.«

»In der Tat.«

»Die Wirklichkeit, wie man sie wahrer nicht beschreiben kann«, fügte Souhef in reichlich imposantem Ton hinzu. »Das große Lied der Atome und Moleküle, die Allahs Lobgesänge verkünden.«

»Sphärenmusik«, beeilte sich Nathan anzufügen.

Vater rollte mit den Augen.

Lächelnd nickte Souhef und warf die Zigarettenkippe auf die Treppe. Es schien, als wollte er bereits hineingehen, aber dann zögerte er. Ein hagerer Mann im aschgrauen Anzug kam von den geparkten Autos auf uns zu. Es war Ghaleb Chatha. Ich hatte ihn seit dem Dezemberabend zwei Jahre zuvor, als er den Fluch der Juden erläutert hatte, nicht mehr gesehen. Er hatte sich verändert: Sein Bart war jetzt dicht und voll und bedeckte den größten Teil seines pockennarbigen Gesichts, und die grauen, leblosen Augen waren größer, als ich sie in Erinnerung hatte.

»Bruder Chatha«, begrüßte Souhef ihn wohlwollend. Chatha blieb neben Vater stehen, schloss die Augen und neigte vor dem Imam bedächtig den Kopf. Dann wandte er sich Vater zu und wiederholte die Geste, allerdings mit erkennbar weniger Herzlichkeit.

»Naveed, schön, dich hier zu sehen.«

»Ebenfalls, Ghaleb«, erwiderte Vater wenig überzeugend.

»Wem haben wir diese Ehre zu verdanken?«, fragte Chatha. Ein Anflug von Spott lag in seinem Ton.

»Meinem Freund«, antwortete Vater und drehte sich zu Nathan hin.

»Ich bin Nathan. Nathan Wolfsohn, ein Kollege und Freund von Naveed.«

»Ghaleb Chatha, schön, Sie kennenzulernen.« Chatha begrüßte Nathan, wie er auch die anderen begrüßt hatte, indem er eine Hand ans Herz legte und leicht die Augen schloss.

»Bruder Chatha«, begann Souhef, »Nathan ist heute hier bei uns, weil er sich mit dem Gedanken trägt, zu unserem Glauben überzutreten.«

Ein überraschtes Lächeln erhellte Chathas ausdruckslose Miene. Er wandte sich an Vater. »Gute Arbeit, Naveed«, sagte er beeindruckt.

»Ich hatte damit nichts zu tun. Wenn es nach mir ginge …«

Nathan ließ Vater einen scharfen Blick zukommen. Vater verstummte.

»Ich höre«, sagte Chatha. »Wenn es nach dir ginge …«

»Na … dann wären wir jetzt irgendwo beim Angeln …«

Chatha hatte seine Überraschung bereits überwunden und wieder seine ausdruckslose Miene aufgesetzt. »Dann war es Allahs Wille, dass es heute nicht nach dir gegangen ist. Und dafür hast du deinem Freund zu danken …« Chatha sah zu Nathan und lächelte. »Willkommen«, sagte er.

Wie Chatha legte nun auch Nathan die Hand ans Herz und schloss die Augen.

Chatha bemerkte, dass ich ihn anstarrte, er sah zu mir, lächelte und entblößte dabei seine kleinen Zähne. »Es freut mich, den Jungen hier zu sehen«, sagte er zu Vater.

Diesmal erwiderte Vater nichts darauf.

»Egal, was du glaubst«, fuhr Chatha fort, »es ist ja so wichtig, dem Jungen unsere Lebensart nahezubringen.«

Erneut ging mein Vater nicht darauf ein. Weitere Männer, etwa ein halbes Dutzend, kamen auf uns zu, murmelten ihr *Salam*, als sie die Treppe hinaufstiegen, und sahen neugierig zu Nathan.

»Wenn ihr mich nun entschuldigen wollt, Brüder«, sagte Souhef. »Ich muss mich noch um die Lautsprecheranlage kümmern, damit sie für die Chutbah auch funktioniert.«

Nathan verbeugte sich unsicher.

»Ich komme mit, Imam«, sagte Chatha. »Ich muss noch meine Wudu vollziehen.«

Die beiden Männer gingen die Stufen hinauf, wobei Souhef mit einer Anmut ausschritt, die seinem Körperumfang Lügen strafte. Oben öffnete ihm Chatha die Tür. Souhef verschwand im Gebäude, Chatha folgte. Nachdem sie fort waren, drehte sich ein lächelnder Nathan zu Vater um.

»Ich weiß nicht, worüber du so glücklich ist«, grummelte Vater.

»Der Imam. Er ist so souverän. Und so freundlich. Nicht wie der andere.«

»Der eine ist keinen Deut besser als der andere«, erwiderte Vater. »Und dass Souhef freundlich ist…«

»Er war freundlich zu mir…«

»Sagen wir mal, er ist clever. Du hast ja keine Ahnung, was es für ihn heißt, wenn er es schaffen sollte, dich zum Übertritt zu bewegen. Dieser Chatha wird ihm dann eine Unmenge Geld in den Rachen schieben.«

Nathan wischte sich über die schweißnasse Stirn. »Was bist du nur für ein Zyniker, Naveed. Daran solltest du wirklich etwas arbeiten.«

»Mach dir um mich mal keine Sorgen. Und wappne dich, jetzt geht es direkt ins Mittelalter.« Mit einem Nicken wies Vater auf eine Gruppe Frauen mit Kopftuch, die sich am anderen Ende des Schulgebäudes vor dem mit »Frauen« überschriebenen Eingang versammelt hatten. In den Hitzeschwaden waberten ihre verhüllten Körper, als wären sie Trugbilder einer Luftspiegelung. Es waren etwa ein halbes Dutzend, und alle sahen zu uns.

»Wen starren sie bloß so an?«, fragte Nathan.

»Na, wen meinst du wohl, Nate?«, gab Vater zurück.

»Mich?«

Vater nickte.

Nathan lächelte und winkte ihnen zu. Erschreckt drehten sich die Frauen um, eilten zum Eingang und verschwanden im Gebäude.

Vater klopfte Nathan auf den Rücken. »Ich hab's dir doch gesagt, Nate. Wie im Mittelalter.«

Unten hatte der Sprechgesang eingesetzt.

Allahu akbar, Allahu akbar, Allahu akbar …
la ilaha ilallah …

Wir waren in der Schuhkammer, einer mit Schuhregalen vollgestellten Nische vor dem Gebetsraum, und durch die Doppeltüren des Gebetsraums drang das anschwellende Murmeln der Männerstimmen.

Allahu akbar, Allahu akbar, Allahu akbar …
la ilaha ilallah …

Nathan starrte auf die geschlossenen Türen und lauschte, während er seine Docksides auszog. Hinter uns eilten zwei junge Männer die Treppe herab, schlüpften hastig aus ihren Schuhen und drückten die Doppeltüren auf. Der Gesang wurde lauter, klarer, eindringlicher.

Allahu akbar, Allahu akbar, Allahu akbar …
la ilaha ilallah …

»Was machen sie da?«, fragte Nathan meinen Vater.

»Das ist das Dhikr. Man spricht es vor dem Gebet.«

»Das ist schön«, sagte Nathan.

Vater nickte und spähte in den Raum; seine Augenwinkel schimmerten feucht. »Ja, das ist es«, sagte er.

Das Dhikr – oder »das Gedenken« – war das, woran ich mich von meinen wenigen Moscheebesuchen am meisten erinnerte. Vor dem Gottesdienst versammelten sich die Gläubigen im Gebetsraum, und wenn sechs von ihnen beisammen waren, begann der Sprechgesang, eine einfache, hypnotische Melodie, die zwischen zwei tiefen Tönen hin und her wechselte …

Allahu akbar, Allahu akbar, Allahu akbar …

… bis die abschließenden Silben sich zu einem Arpeggio aus höheren Tönen aufschwangen …

… la ilaha ilallah …

… um am Ende wieder zur ersten Note des Sprechgesangs zurückzukehren, so dass sich der Kreis schloss und von Neuem beginnen konnte.

Der Gesang gewann an Tiefe und Volumen, je mehr Gläubige mit einstimmten. Und mit ihrer Zahl, die von einer Handvoll bis zu einigen Dutzend, an religiösen Feiertagen manchmal auch bis zu Hunderten reichen konnte, bildete sich ein ausgedehnter Klangkörper, der über uns schwebte – rund, kreisend, magisch –, genau wie die Engel, die laut dem Koran über das Treiben der Menschen wachten. Von den Lobpreisungen des einen und einzigen Gottes ging eine sinnliche, regelrecht körperlich erfahrbare Schönheit aus, die selbst hartgesottenen Skeptikern wie meinem Vater die Tränen in die Augen treiben konnte.

Der Gebetsraum war mit hundert Männern gefüllt, deren Rücken im Gleichklang mit ihrem Gesang hin und her wiegten. Der Raum selbst, dunkel und groß, höhlenartig – es handelte sich um die einstige, im Keller untergebrachte und umgebaute Schulcafeteria –, schien unter dem heiligen Gesang zu vibrieren. Nathan sah zu mir und schüttelte ungläubig den Kopf. »Es ist so schön«, sagte er erneut. Ich nickte. Dass Nathan von dem Dhikr so bewegt war, rührte mich.

Ich lächelte. Freundlich erwiderte er das Lächeln.

Vater holte tief Luft und murmelte leise vor sich hin, als er Nathan zu einem Platz ganz hinten im Raum führte. Ich ging zum Regal hinüber, in dem Exemplare des Koran auslagen. Nur eines war noch übrig. Ich nahm das Buch, ging darauf zu einem leeren Platz in der Mitte des Raums, setzte mich, drückte mir den Koran an die Brust und stimmte mit ein:

Allahu akbar, Allahu akbar, Allahu akbar …
la ilaha ilallah …

Wie die anderen wiegte ich sacht mit dem Oberkörper hin und her. Aber das Dhikr an diesem Nachmittag näherte sich seinem Ende. Als sich Vater neben mir niederließ, hatte Imam Souhef bereits seinen Platz im Mihrab eingenommen. Vater legte mir die Hand auf das Knie, und erst da bemerkte ich, dass ich der Einzige war, der noch sang.

Souhef wuchtete sich auf die erhöhte Plattform, auf der er seine Predigten verkündete. Er ließ sich im Schneidersitz nieder und löste den Verband an seiner rechten Hand.

Er fummelte am Mikrofon vor sich herum. »Test, Test. Könnt ihr mich hören?«, hallte seine blecherne Stimme aus den Standlautsprechern. Zustimmendes Gemurmel erfüllte den Raum. Jemand hustete. Souhef steckte das Mikro wieder auf, was eine markerschütternde Rückkoppelung verursachte. »Entschuldigt, meine Brüder«, sagte er und spielte mit dem Mikrokabel herum, bevor er glucksend hinzufügte: »Und auch meine Schwestern.« (Die Frauen zwei Treppenabsätze höher, die sich in einen beträchtlich kleineren Gebetsraum drängten und seiner Stimmc per Lautsprecher lauschten, hatten die Rückkoppelung zweifellos ebenfalls gehört.)

Mit erhobenen Armen und nach oben gekehrten Handflächen sprach er die kurze Anrufung, dann sah er in den Koran, der aufgeschlagen in seinem Schoß lag, und sagte:

»Brüder und Schwestern, wer einen Koran vor sich hat, möge bitte die Sure Al-Baqara aufschlagen, ›Die Kuh‹. Verse vierzig und einundvierzig.«

Papierrascheln war zu hören. Souhef wartete, den Blick in die Ferne gerichtet oder vielleicht, wie ich mir vorstellte, auf den Neuankömmling, auf Nathan, der ruhig hinten an der Wand saß. Schließlich kehrte wieder Stille ein. Souhef sah auf die Seite, seine zusammengekniffenen Augen glänzten wie geschliffene Klingen. Und dann begann er mit lauter, stolzer Stimme zu lesen:

O Kinder Israels,
Gedenkt des Guten, das ich euch getan,
Und haltet in Treue fest an dem Bündnis mit mir, dann will auch ich daran festhalten.
Mir allein sollt ihr Ehrfurcht erweisen!
Glaubt, was ich offenbart habe zur Bestätigung der Wahrheit. Seid nicht die Ersten, die nicht daran glauben.
Und verkauft nicht meine Offenbarungen gegen einen nichtigen Preis.
Und mir allein sollt ihr Ehrfurcht erweisen!

Unter den Anwesenden machte sich Unruhe breit. »Kinder Israels«, so bezeichnete der Koran die Juden. Vater runzelte die Stirn, sah zu mir und dann zu Nathan. Ich drehte mich ebenfalls um und musste überrascht feststellen, dass direkt hinter mir Ghaleb Chatha saß, an dem mein Blick abprallte.

Souhef fuhr fort, zwangloser, als freute es ihn, dass sein temperamentvoller Vortrag unsere Aufmerksamkeit erregt hatte.

»Gestern, meine muslimischen Mitbrüder, habe ich mich selbst verletzt. Bei der Reparatur der Spüle in der Küche wollte ich mit einer Zange ein Rohr abschrauben. Ich rutschte mit der Zange ab und schlug mit dem Handgelenk an die Kante des Küchenschranks. Ich blutete. Es war sehr schmerzhaft …« Souhef hielt den rechten Handrücken hoch, auf dem ein langer, hässlicher, mit dunklem Blut verkrusteter Schnitt zu sehen war. »Der erste Gedanke, der mit durch den Kopf ging, als ich die Schmerzen spürte, galt meinem Sohn. Er hielt sich nämlich im Zimmer nebenan auf, veranstaltete mit irgendeinem Spielzeug Lärm und sang dazu. Mein erster Gedanke war, es war *sein* Fehler, dass ich mich verletzt habe. Durch sein Singen hatte ich mich nicht konzentrieren können … und deswegen litt ich jetzt Schmerzen … Also schrie ich ihn an und befahl ihm, den Mund zu halten!«

Souhef zeigte erst auf uns und dann auf sich selbst.

»Natürlich lag ich damit falsch. Meine Verletzung hatte nichts mit meinem Sohn zu tun. Er hatte nur gespielt, er hatte gesungen und war glücklich. Wie konnte es seine Schuld gewesen sein, wenn mir die Zange abrutschte und ich mich an der Kante stieß? Es war nicht seine Schuld gewesen. Aber *mein Gefühl* sagte mir, dass dem so wäre. Und ich zweifle nicht, dass jeder hier so etwas schon mal erlebt hat …«

Eifriges Nicken und zustimmendes Gemurmel.

»Den ganzen Tag dachte ich darüber nach. Über meine Schmerzen. Und über die Ungerechtigkeit, die ich meinem

Sohn zugefügt hatte. Ich möchte euch nicht vorenthalten, was mir durch den Kopf ging.« Erneut hielt Souhef inne und veränderte seine Position. »Ich möchte noch einmal beschreiben, was mir widerfahren war, damit wir es besser verstehen: Brüder und Schwestern, die Schmerzen, die ich hatte, als ich mit der Zange abrutschte, diese Schmerzen erschienen mir ungerecht. Ich fühlte mich in diesem Augenblick als Opfer, Opfer von etwas, das ich nicht verdient hatte. Und dieses Gefühl, mir wäre ein Unrecht widerfahren, veranlasste mich, nach einem Schuldigen zu suchen. Der Einzige, den ich finden konnte, war mein Sohn … denn sonst war niemand da. Er hatte gesungen und auf sein Kissen eingetrommelt. Und das habe ich gehört, als mir der Schmerz in die Hand fuhr. Daher dachte ich, der Lärm, den er veranstaltete, wäre der Grund für meine Schmerzen gewesen. Also gab ich ihm die Schuld, schrie ihn an und befahl ihm, still zu sein.«

Souhef sah zu seinem Sohn in der ersten Reihe und lächelte ihn an. »Ihr fragt euch sicherlich: Warum reitet unser Imam so sehr darauf herum? Gut, er hat einen Fehler begangen, er hat seinen Sohn angeschrien. Aber wir alle machen Fehler. Es war falsch. Wir wissen, dass es falsch war. Das muss der Imam uns doch nicht sagen … Aber, meine Brüder und Schwestern, habt bitte Geduld, denn wir wollen uns mit diesem Moment noch etwas beschäftigen und ihn näher betrachten.

Als ich mich mit der Zange verletzt habe, hatte ich das Gefühl, die dabei erlittenen Schmerzen wären ungerecht. Ich wollte dieser Ungerechtigkeit auf den Grund gehen und die Ursache erkennen. Aber damit stellte ich mir die völlig falsche Frage. Die eigentliche Frage lautet nämlich: Warum hatte ich überhaupt das Gefühl, die Schmerzen wären ungerecht? Schließlich ist mir die Zange einfach nur abgerutscht. Es war ein Unfall. Die Frage nach der Gerechtigkeit stellt sich dadurch doch gar nicht!

Die Seele, meine Brüder und Schwestern, folgt aber ihrer eigenen Logik. Und ihr müssen wir lauschen, wenn wir verstehen wollen, was Allah von uns will.

Weil dieser Augenblick für mich so schmerzhaft war, beschlich mich das Gefühl, alles wäre ungerecht. Es entspricht der Natur – der menschlichen Natur –, dass man Schmerzen vermeiden möchte. Aber dabei bleibt es nicht. Nicht nur möchte ich keine Schmerzen erleiden … ich habe sogar das Gefühl, dass ich es nicht *verdient* hätte, Schmerzen zu erleiden. Ich habe das Gefühl, ich hätte Besseres verdient als Schmerzen, schöne Dinge, Glück, Wohlstand, Frieden, Freude … aber keine Schmerzen …

Die eigentliche Frage, meine Brüder und Schwestern, lautet also: Warum hatte ich dieses Gefühl überhaupt? Warum hatte ich das Gefühl, ich hätte die Schmerzen nicht verdient gehabt? Ist das nicht die eigentliche Frage? Habe ich *deshalb* nach einem Schuldigen gesucht? Weil ich das Gefühl hatte, ich wäre zu gut für Schmerzen? Nein? Oder vielleicht doch? Oder vielleicht aus einem ganz anderen Grund?«

Mit jeder Frage wurde seine Stimme lauter. Dazu kam die beharrliche Betonung bestimmter Wörter, die einen Themenwechsel andeuteten, den jeder, der seine Chutbahs schon mal gehört hatte, bereits erwartete.

»War es nicht meine *Liebe*, die mich zu dieser Frage verleitete?«, brüllte er. Seine elektronisch verstärkte Stimme dröhnte durch den Raum und forderte uns zu einer Antwort auf.

»War es nicht meine Liebe?«

Etwas in meinem Magen zog sich zusammen, ich spürte ein nagendes, irritierende Gefühl. Angst.

»Ist es nicht die *Liebe*? Die Liebe zu uns … zu uns selbst … die uns veranlasst zu denken, wir hätten Schmerz und Leid nicht verdient? Ist es nicht diese Selbstliebe, die uns veranlasst zu denken, wir hätten Besseres verdient?«

Wieder hielt er inne. Verstohlen sah ich zur Männerreihe rechts von mir. Einer hatte mit dem Schlaf zu kämpfen. Ein anderer spielte mit einem losen Faden am Teppich. Ich sah nach links, zu meinem Vater. Sein sorgenvoller Gesichtsausdruck, als Souhef die Kinder Israels erwähnt hatte, war verschwunden. Gelangweilt gähnte er.

Souhef beugte sich jetzt zum Mikrofon vor, berührte es sogar mit den Lippen und sprach nun sanfter, inniger zu uns.

»Meine lieben Brüder und Schwestern, haben wir Geduld. Denken wir eingehender über unsere Frage nach. Ihr leidet Schmerzen … und ihr glaubt, ihr hättet sie nicht verdient. Jetzt denkt an eure Kinder. Denkt daran, wie sehr ihr jedes einzelne davon liebt, wie sehr ihr wollt, dass sie glücklich sind. Denkt daran, wenn *sie* Schmerzen leiden. Wie geht es euch dann? Ist das nicht das gleiche Gefühl? Glaubt ihr dann nicht auch, dass sie Besseres verdient hätten? Und liegt das eben daran, weil ihr sie liebt?

Ihr seht also, meine Brüder und Schwestern, es ist die *Liebe*. Die Liebe zu sich selbst, sie ist der Grund für dieses Gefühl der Ungerechtigkeit, das uns ereilt, wenn wir Schmerzen erleiden …

Ihr mögt euch jetzt fragen: Warum liest uns der Imam Verse aus Al-Baqara vor und erklärt uns die Verletzung, die er sich an der Hand zugefügt hat? Ihr mögt sagen: Was, guter Imam, hat das eine mit dem anderen zu tun?

Vertraut mir … das alles hat sehr viel mit Al-Baqara zu tun. Sehr viel!

Ich will die Verse noch einmal vortragen.« Der Imam senkte den Blick auf das Buch in seinem Schoß.

O Kinder Israels,
Gedenkt des Guten, das ich euch getan,
Und haltet in Treue fest an dem Bündnis mit mir,
dann will auch ich daran festhalten.

Mir allein sollt ihr Ehrfurcht erweisen!
Glaubt, was ich offenbart habe zur Bestätigung der Wahrheit. Seid nicht die Ersten, die nicht daran glauben.
Und verkauft nicht meine Offenbarungen gegen einen nichtigen Preis.
Und mir allein sollt ihr Ehrfurcht erweisen!

Souhef sah vom Koran auf. »Was der Allmächtige den Kindern Israels sagt, ist Folgendes: *Denkt an die Wohltaten, die ich euch zuteil werden ließ. Aber setzt diese Wohltaten nicht an die erste Stelle. Setzt mich an die erste Stelle.* Von unserem Herrn kommen die Wohltaten, aber wir dürfen nicht die Wohltaten ehren, bevor wir nicht ihren Urheber geehrt haben.

Mir allein sollt ihr Ehrfurcht erweisen!
Und mir allein sollt ihr Ehrfurcht erweisen!

Warum, meine Brüder und Schwestern, ist Allah so erpicht darauf, dass die Kinder Israels das verstehen? Warum sagt er es nur den Juden? Warum sagt unser Herr ›O Kinder Israels‹? Warum sagt er nicht ›O Menschheit‹?«

Vater neben mir verlagerte das Gewicht und sah wieder zur Rückwand. Ich beugte mich vor, weil ich mich nicht von ihm ablenken lassen wollte, und versuchte konzentriert zuzuhören. Der Imam fuhr fort:

»Aus einem ganz einfachen Grund, meine Brüder und Schwestern: Wir alle wissen, dass die Kinder Israels Gottes auserwähltes Volk waren. Sie waren das Volk, das er lange Zeit mehr *liebte* als jedes andere« – kurz hielt Souhef inne, bevor er voller Zorn weitersprach – »bis er *es leid war, von ihnen immer wieder hintergangen zu werden!*«

Alle riss es bei Souhefs Wutausbruch. In der Reihe neben mir ruckten die Köpfe, Blicke wurden wieder klar, man lauschte gespannt. »Ich muss euch, meine lieben Brüder und Schwestern, nicht von Hazrat Musa erzählen, dem, den sie Moses nennen und der auf den Berg Sinai stieg und dort vierzig Tage und vierzig Nächte blieb, um den Menschen die Gesetze des Allmächtigen zu bringen! Ich muss euch nicht erzählen, was die Kinder Israels taten, als er fort war! Ihr wisst, was sie taten! Sie versammelten sich um das Goldene Kalb! Sie sangen und tanzten und erniedrigten sich vor dem *Gold*!«

Plötzlich brüllte Souhef: »Und selbst *dann*, als der Allmächtige dafür sorgte, dass sie ihr Tun *bereuten*, und er ihnen *vergab*! Waren Sie *glücklich*? Statt dankbar zu sein, sagten sie: ›*Zeige uns deinen Gott, Moses! Zeige ihn uns, damit wir an ihn glauben können! Denn wir können nicht an einen Gott glauben, den wir nicht von Angesicht zu Angesicht sehen!* Und was hat Allah getan? Er hat ihnen ein Bild geschickt, bei dessen Anblick sie *erblindeten*! Ein Licht, so hell, dass sie sich zu Boden warfen und *wie die Kinder weinten*!

›*Bitte vergib uns!*‹, flehten sie. ›*Bitte vergib uns*‹«, höhnte Souhef und schnitt dabei eine Grimasse. »Und was hat der Allgnädige getan? Natürlich hat er ihnen vergeben. Waren sie dankbar?« Souhef schüttelte den Kopf. »Natürlich waren sie es *nicht*. Denn sie beleidigten auch weiterhin unseren Herrn und seine reine Liebe.« Kopfschüttelnd ließ Souhef seinen Blick über die Menge schweifen. »Brüder und Schwestern, hört mir zu: Als sie hungrig in der Wüste waren, schickte ihnen der Allmächtige Brot vom Himmel und Wachteln, aber sie weigerten sich, wie befohlen in Jerusalem einzuziehen. Und dann, als der Allmächtige Moses dazu veranlasste, seinen Stab an den Fels zu schlagen, und Wasser hervorquoll und sie alle tranken, alle zwölf Stämme. Selbst da waren sie nicht zufrieden. Sie beschwerten sich, dass ihr Leben unter dem Pharao besser gewesen sei. ›*Bring uns nach Ägypten zurück!*‹, sagten sie. ›*Bring uns zum Pharao zurück.*‹ Das wagten sie zu sagen!

Nach allem, was Allah getan hatte, um sie aus der Gefangenschaft zu befreien! ›*Bring uns nach Ägypten zurück … Dort ging es uns besser. Wir hatten zu essen und ein Zuhause, und wir mussten nicht darauf warten, dass es Brot vom Himmel regnet.*‹

Ist es zu glauben, meine Brüder und Schwestern? Was würde dieses Volk nicht alles tun für sein Wohlergehen! Es würde selbst den Herrn verraten, der dieses Volk doch so sehr liebt … ihn immer und immer wieder verraten … und warum?« Souhef hielt inne. Dann beugte er sich vor, seine Zähne stießen fast gegen das Mikro, und er zischte: »Weil es sich *selbst* liebt! Weil dieses Volk sich selbst mehr liebt als den Allmächtigen! Sie halten sich selbst für etwas Besseres! Sie glauben, sie hätten Besseres verdient als die anderen! Besseres als das, was man ihnen schenkt! Sie glauben, Sie hätten alles verdient, was sie wollen! Das haben sie immer wieder gezeigt, wie wir aus zahlreichen Beispielen im Koran wissen … und wie wir es natürlich noch immer tagtäglich in Palästina sehen …«

Mürrisches Gemurmel brach sich Bahn: Es wurde gestöhnt und geflüstert, sich geräuspert, Gelenke knackten, Hemdsärmel und Hosen raschelten, die Gemeinde wurde unruhig. Nichts brachte muslimisches Blut mehr in Wallung als der Gedanke an die palästinensischen Brüder, die von den Juden aus ihrer Heimat vertrieben worden waren. Und obwohl das Thema zu Hause weder von meinen Eltern noch von Mina häufig angesprochen wurde, spürte sogar ich, wie auch mich der Zorn packte.

Vater warf einen weiteren nervösen Blick zur Rückwand, wo Nathan saß. Er wandte sich zu mir, aber bevor er etwas sagen konnte, brüllte Souhef, beflügelt vom heftigen Unmut seiner Gemeinde:

»Wir wissen alle, dass die Kinder Israels glauben, Ihnen stehe das Beste zu! Niemals sind sie zufrieden! Immer nehmen sie! Das war immer schon ihr Verderben, und wird auch immer ihr Verderben sein!«

Vater packte mich an der Hand und erhob sich. Ich sträubte mich. Der Imam bemerkte Vater und sah ihn unumwunden an. »Versteht mich nicht falsch, Brüder: So verhasst der Jude euch und mir und dem großen Allmächtigen auch ist, so dürft ihr meine Botschaft nicht missverstehen: Ich möchte nicht sagen, dass *ihr* nicht ebenso enden könnt wie die Kinder Israels. Denn darum geht es. Sich selbst an die erste Stelle zu rücken, zu glauben, wir hätten Besseres verdient, als Allah uns zukommen lässt.« Souhef starrte immer noch auf Vater, sein Blick schien ihn an seinen Platz festzunageln. »Wenn es so weit kommt, laufen auch wir Gefahr, das Wohlwollen des Herrn zu verlieren. So wie sich der Allmächtige von den Kindern Israels abgewandt hat, die einst seine Lieblinge, sein auserwähltes Volk waren, so kann sich Allah auch von *euch* abwenden … Und wenn ihr seine Liebe verliert und seinen Zorn auf euch zieht, dann nur aus einem einzigen Grund, dem Grund, warum ich meinen Sohn angebrüllt habe: aus Selbstliebe!«

Hinter uns kam es zu einem Tumult. Ich drehte mich um, sah aber nur in Chathas graue, stiere Augen.

»Selbstliebe«, fuhr Souhef fort, »die gleiche Selbstliebe, die mich gestern denken ließ, ich wäre zu gut für den Schmerz. Als ich glaubte, ich hätte die Schmerzen in meiner Hand nicht verdient. Als ich meinem Sohn die Schuld dafür gab und ihn anschrie … in diesem Augenblick war auch ich ein *Jude*!«

Der Tumult hinter uns nahm zu. Vater hatte mich mittlerweile auf die Füße gezerrt.

Nathan hatte sich erhoben, sein Gesicht war rot vor Zorn. »Das ist abscheulich!«, rief er. Seine zitternde Stimme hallte durch den Gebetsraum. »Abscheulich! Das hat nichts mit dem Islam zu tun!« Er deutete auf den Imam. »Das hat nichts mit dem Islam zu tun! Das ist purer Hass.«

Mit einem Mal waren alle auf den Beinen, alle drängten nach hinten. Vater eilte voran, schob sich durch die Versammelten, schleifte mich hinter sich her, während wir uns durch die Menge drängten. Als wir die Doppeltüren erreichten, wurde Nathan aus dem Raum geschoben.

»Nathan!«, schrie Vater, während die Tür hinter Nathan zufiel.

Ich sah zu Souhef. Er saß entspannt auf seiner Plattform und beobachtete das Gerangel vor sich wie ein Pascha eine Enthauptung.

»Hayat! Was machst du? Los, komm!«, rief Vater. Meine Schulter schmerzte, als er mich mit einem Ruck durch die Tür und zur Schuhkammer zog. Dort in der Ecke und mit dem Rücken gegen die Schuhregale gedrängt stand Nathan auf einem Haufen Schuhe. Drei Männer rempelten ihn immer wieder gegen die Wand. »Magst du die Juden?«, keifte einer der jüngeren Männer und stieß Nathan den Finger gegen die Brust. »Ist das so? Magst du die Juden? Bist du selber ein Jude? Du bist ein Jude? Oder? Ein Jude?«

»Lasst mich in Ruhe!«, schrie Nathan, schlug die Hand des Jüngeren weg und stolperte über die Schuhe unter sich.

»Er sieht aus wie ein Jude«, sagte einer der anderen. »Schaut euch seine Nase an.«

Vater stürmte voran und schob sich zwischen Nathan und die Männer. »Was zum Teufel ist mit euch los?«, schrie er und drängte die Männer weg. »Das ist ein besserer Mensch, als ihr jemals sein werdet!«

Vater drehte sich um und schob Nathan mit aller Gewalt in Richtung Treppe. Dann hob er seine Schuhe auf.

Die Doppeltür hinter uns stand mittlerweile offen. Männer hatten sich in der breiten Öffnung versammelt und beobachteten, was sich in der Schuhkammer abspielte. Ganz vorne stand Chatha und genoss mit strahlender Miene das Chaos, das sich vor ihm abspielte. Und hinter der Wand der Gaffer dröhnte Souhefs Stimme:

Den Ungläubigen aber ist es gleich, ob du sie mahnend warnst oder nicht:
Sie bleiben ungläubig.
Allah hat ihnen Herz und Ohr verschlossen und ihre Augen verhüllt.
Harte Strafe wartet ihrer.

Mühsam stieg Nathan die Stufen hinauf, eine nach der anderen, er strauchelte mehr, als er ging. Einmal sah er zurück; sein starres Gesicht war blass, seine Augen waren weit aufgerissen vor Angst.

»Hayat! Hayat!«, schrie mein Vater. »Nimm deine Schuhe!« Ich hob meine Sneakers auf. Er griff wieder nach meiner Hand, und ich stolperte hinter ihm die Treppe hoch. Hinter uns drängten die Männer zur Treppe vor. Chatha sah uns grinsend nach. Am ersten Treppenabsatz blickte ich nach oben. Etwa ein Dutzend Frauen standen auf der Treppe, ihre verhüllten Gesichter ragten über das Geländer, das sich spiralförmig zum obersten Stockwerk hinaufzog. Nathan hatte bereits die Moschee verlassen und ging barfuß über den schwarzen Asphalt.

»Drecksjude«, hörte ich eine Frau sagen, als wir nach draußen eilten.

11

DIE WENDUNG

Vater bog auf den Highway ein, worauf das Armaturenbrett plötzlich im grellen Gegenlicht der Sonne aufblitzte. Blinzelnd drehte sich Nathan zur Seite und kurbelte das Beifahrerfenster hinunter. Der Verkehrslärm zerschnitt die angespannte Stille.

»Willst du es offen lassen?«, fragte Vater. »Ich kann auch die Klimaanlage ausstellen?«

Nathan antwortete nicht. Er schien noch nicht einmal wahrgenommen zu haben, dass er angesprochen worden war, sondern starrte nur aus dem Fenster und trotzte dem heftigen Fahrtwind.

Vater warf einen schnellen Blick über die Schulter, überprüfte den toten Winkel, wechselte die Fahrspur und sah verstohlen zu Nathan.

Kommentarlos kurbelte Nathan das Fenster hoch.

Wieder sah Vater zu seinem Freund. »Ich verstehe nicht, was in seinem Kopf vorgeht«, sagte er. »Wirklich nicht.«

Wieder antwortete Nathan nicht. Er saß nur mit versteinerter Miene da und hielt gegen das grelle Sonnenlicht die Augen fest geschlossen.

Zögernd fuhr Vater fort: »Wie muss jemand drauf sein, wenn er den ganzen Tag herumsitzen und darüber sinnieren kann, dass er sich mit einer Zange verletzt hat? Und für welche Idioten hält er uns eigentlich? Glaubt er allen Ernstes, wir würden diesen Mist ernst nehmen?«

Nathan rührte sich nicht. Aber er hörte zu. Genau wie ich.

»Nate«, sagte Vater und sah wieder zu seinem Freund, »ich kenne diesen Typen mittlerweile seit zehn Jahren, und ich sage dir … ich habe noch nie gehört, dass irgendwas Vernünftiges aus seinem Mund gekommen wäre.«

Eine lange Pause.

»Kann ich dich was fragen?«, sagte Nathan schließlich.

»Natürlich.«

»Was hättest du getan, wenn ich nicht da gewesen wäre?«

»Wenn du nicht da gewesen wärst?«, wiederholte Vater verblüfft.

»Hättest du dir die Predigt bis zum Ende angehört? Wärst du zum Gebet geblieben, nachdem die Predigt zu Ende war … wenn ich nicht da gewesen wäre?«

»Wenn du nicht da gewesen wärst? Wenn *du* nicht da gewesen wärst, wäre ich auch nicht da gewesen, Nate«, sagte Vater lachend.

»Ich meine es ernst.«

»Ich auch«, sagte Vater. »Vergiss nicht, ich habe dir gesagt, dass es keine gute Idee ist. Ich habe es dir oft genug gesagt. Aber du wolltest ja unbedingt hin.«

»Und warum hast du es für keine gute Idee gehalten?«, fragte Nathan in plötzlich scharfem Ton. »Weil du gewusst hast, dass so was passieren kann?«

»Ich wollte nicht, dass du hingehst, weil diese Leute Idioten sind! Schlicht und einfach! Sie wissen mit ihrer Zeit nichts Besseres anzufangen, als unsere Intelligenz zu beleidigen. Als ich das letzte Mal eine von Souhefs dämlichen Chutbahs ertragen musste, hat dieser Einfaltspinsel erzählt, wie viele Jahre wir in der Hölle schmoren würden, wenn wir eine Lüge erzählen, und wie viele Jahre, wenn wir unsere Eltern nicht achten, und wie viele Jahre, wenn wir unsere afghanischen Brüder nicht unterstützen, die gegen die Sowjets kämpfen. Er hatte sich alles zurechtgelegt. Siebzig Jahre für dieses. Siebenhundert für jenes. Eine Ewigkeit für irgendwas anderes. Dümmer geht es nicht mehr! Aber du hättest ihre Gesichter sehen sollen! Saßen vor ihm, als wäre er die Sonne, die morgens aufgeht. Haben seinen Blödsinn geschluckt und gedacht, es wäre so was wie Erkenntnis!«

Ich wand mich. Vater hatte meiner Meinung nach nicht das geringste Recht, sich so herablassend über das Höllenfeuer zu äußern.

»Schön und gut, Naveed«, sagte Nathan. »Aber danach habe ich dich nicht gefragt. Ich habe dich gefragt, ob du gewusst hast, dass so was passieren könnte.«

Dieses Mal reagierte Vater nicht.

»Antworte mir, Naveed!«

Vater sah zu Nathan, dann wieder auf die Straße. »Ich habe nicht gewusst, dass *so etwas* passieren würde … aber ich bin zusammengezuckt, als du ihm gesagt hast, du seist Jude. Ich dachte …«

Nathan schnitt ihm das Wort ab: »Die Predigt war nicht für mich bestimmt. Er hätte sie sowieso gehalten, ob ich da gewesen wäre oder nicht. Gib mir einfach eine klare Antwort. Es ist mir wichtig. Wenn du ohne mich da gewesen wärst, wärst du dann wie die anderen auch geblieben?«

»Du vergisst eines: Ich bin dir zu Hilfe geeilt.« Vater klang gekränkt und trotzig zugleich.

Nathan sah Vater lange an, bevor er sich mit einem Kopfnicken abwandte. Er seufzte, und mit einem Mal bröckelte seine harte Miene. Er wirkte erschöpft. »Das leugne ich nicht. Ich sage bloß, dass es wahrscheinlich nicht das erste Mal ist, dass du solche Dinge hörst, oder?«

»Nein«, antwortete Vater.

»Was bin ich bloß für ein Trottel. Mein Vater hat mich davor gewarnt. Sein Leben lang hat er gesagt, egal, wie sehr wir uns bemühen, so zu sein wie die anderen, wir werden immer Juden bleiben.« Nathans Stimme zitterte. Mit schmerzerfülltem, fragendem Blick drehte er sich zu mir um. Ich zwang mich zu einem Lächeln. Enttäuschung lag in seinen Augen. Er sah weg.

»Was er gemacht hat, war falsch, Nate … Aber du hättest nicht aufstehen und ihn anbrüllen müssen.«

»Ich verstehe nicht, wie du das sagen kannst, Naveed.«

»Du verstehst es nicht?«

»Vielleicht«, räumte Nathan ein, »vielleicht verstehe ich es. Aber vielleicht geht es genau darum.«

»Wovon sprichst du?«

»Jemand muss etwas sagen!«, blaffte Nathan. »Wenn niemand dagegen protestiert, glauben die Leute, solche Sachen wären hinnehmbar. Man muss seine Meinung sagen. Wenn ich nicht aufgestanden wäre und etwas gesagt hätte … hättest *du* es getan?«

»Alles zu seiner Zeit und an seinem Ort.«

»Es gibt nie den passenden Zeitpunkt und den passenden Ort. Es gibt ihn einfach nicht. Wenn man nicht gleich aufsteht und Einspruch erhebt, hat man die Gelegenheit verpasst. Und wenn du nichts sagst, bist du keinen Deut besser als die anderen. Das Gleiche gilt für mich. Was wird *er* sich denken?« Nate wies mit einem Kopfnicken auf mich. »Was wird er sich denken, wenn er seinen Vater nicht aufstehen sieht?«

Nach einer Weile antwortete Vater: »Nate, ich vertraue dir wie sonst niemandem. Ich habe dir Dinge erzählt, die sonst keiner weiß. Warum? Weil du der Einzige bist, den ich kenne, der wirklich zuhören kann. Der zuhört, ohne vorschnell zu urteilen …«

Lange sah Nathan zu Vater, stützte sich auf das gleißende Armaturenbrett und musterte ihn eindringlich.

»Also, hör mir jetzt auch zu«, fuhr Vater fort. »Ich verstehe deine Empörung. Aber ich möchte dich daran erinnern, dass *ich* derjenige war, der dich vor Souhef gewarnt hat. Ich habe dich die ganze Zeit vor dieser Islam-Sache gewarnt …«

»Mich gewarnt?«, ging Nathan hoch. »Du hast mir gesagt, er wäre hinter meinem Geld her! Du hast mir nicht gesagt, dass er ein antisemitischer Hassprediger ist!«

Vater sagte nichts.

Angewidert lehnte sich Nathan zurück. »Wie er diese Leute dazu bringt, sich ihm gegenüber verpflichtet zu fühlen. Das ist abstoßend und unmoralisch. Und hat nichts mit dem wahren Islam zu tun. Überhaupt nichts.«

Was glaubt er eigentlich, wer er ist?, ging mir durch den Kopf. *Er ist ja noch nicht einmal Muslim.*

Ich lehnte mich zurück und hielt mir die Ohren zu, sah aus dem Fenster, summte vor mich hin und wollte ihre Diskussion nicht mehr hören. Ich wollte nicht mehr hören, was sie zu sagen hatten.

Zu Hause stieg ich als Erster aus dem Wagen und ging ins Haus. Mina war in der Küche, in ihrem braunen Salwar-Kamiz und einer karmesinroten Dupatta sah sie wundervoll aus. Sie strahlte und konnte es kaum erwarten, von unserem Besuch in der Moschee zu hören. »Wie war es, *Behta*?«, fragte sie.

»Schön«, sagte ich.

»Hat Nathan mit dem Imam geredet?«

Ich nickte.

»Gut«, sagte sie zufrieden. »Und wie war das Gebet?«

Ich zögerte kurz; ich wollte ihr nicht sagen, dass wir gar nicht gebetet hatten. »Gut«, sagte ich lächelnd.

»Das ist schön, *Behta*.« Ihr Blick ging zur Haustür. »Wo ist er?«

Ich zuckte mit den Schultern. Plötzlich war ich in Hochstimmung, beugte mich vor und drückte Mina einen Kuss auf die Wange.

»Wie nett von dir, *Behta*.«

»Ich liebe dich, Tante.«

»Ich liebe dich auch, Hayat.«

Und damit ließ ich sie, die noch immer lächelte und strahlte, allein und ging auf mein Zimmer.

Oben setzte ich mich mit dem Koran an meinen Schreibtisch und schlug Al-Baqara auf, die Sure, aus der Souhef uns vorgelesen hatte. Sie begann mit einer Reihe von Warnungen an jene, die die Wahrheit der Botschaft des Propheten leugnen, an jene, die er Ungläubige und Heuchler nennt. In den Fußnoten wurde die Geschichte von Mohammeds Flucht aus Mekka im Jahr 622 und seine Umsiedlung nach Medina erzählt, wo es eine große und wohlhabende jüdische Gemeinde gab. Diesen Juden galten die Warnungen am Anfang von Al-Baqara. Obwohl der Prophet ihnen gleiche Rechte zugestand, waren sie damit nicht zufrieden. Die Juden stritten nicht nur die Lehren des Propheten ab, sondern verschworen sich auch gegen ihn, gingen Bündnisse mit seinen Feinden ein, manche von ihnen trachteten ihm sogar nach dem Leben. Aus diesem Grund, so stand es in den Fußnoten, wandte sich Mohammed schließlich gegen die Juden von Medina.

Die von Souhef in seiner Predigt zitierten Verse aus Al-Baqara waren also ursprünglich an diese Juden in Medina gerichtet, die sich gegen den Koran stellten und glaubten, sie – und nicht die Muslime – würden über die Wahrheit des Herrn verfügen. Die Verse lieferten zahlreiche Belege für Souhefs Behauptungen und schilderten Moses' Probleme mit seinen eigenen Anhängern, einem Volk, das von Allah auserwählt war, aber aufgrund seiner Selbstsucht seine Liebe verlor. Und in Al-Baqara fand ich auch den Fluch, den Chatha zwei Jahre zuvor an jenem Dezemberabend zitiert hatte.

Stimmen drangen durch mein geöffnetes Fenster. Dann Geschniefe. Ich stand auf und sah nach. Nathans Schuhspitzen ragten unter dem Dach der vorderen Veranda hervor. Mina redete mit ihm, aber ich verstand nicht, was sie sagte. Und dann hörte ich, klar und deutlich, dass er weinte.

Ich ging nach unten ins Wohnzimmer. Am Fenster konnte ich sie sehen. Nathan hatte den Kopf in Minas Schoß vergraben und umklammerte weinend ihre Hüfte. Ich spürte, dass ich das nicht sehen sollte, konnte den Blick aber auch nicht abwenden. Außer im Fernsehen hatte ich noch nie einen erwachsenen Mann weinen sehen. Und als Mina ihm über den Kopf streichelte und er sie noch fester umklammerte – seine dünnen Finger wurden weiß, als er sie an sich drückte und festhielt –, fragte ich mich, worüber er eigentlich weinen musste. Wenn überhaupt, dann hatte er doch allen Grund, glücklich zu sein. Er würde Muslim werden. Souhef hatte ihm doch nur Gründe genannt – bessere als die, die er selbst hatte –, um einer von uns zu werden. Schließlich war er dann nicht mehr ein von Allah verachteter Jude. Was hieß, dass er nicht mehr unter Allahs Fluch zu leiden hatte. Das waren doch tolle Neuigkeiten. Aber freute er sich darüber? Natürlich nicht. Er war undankbar. Genau wie Souhef gesagt hatte. So waren die Juden. So undankbar, dass Nathan blind war für die Wahrheit, die er an diesem Nachmittag gehört hatte und die ihn hätte retten können. Genau aus diesem Grund hatte sich Allah von den Kindern Israels abgewandt.

Der Koran hat recht, dachte ich. *Sie werden sich niemals ändern.*

Vater, Mutter, Imran und ich waren in der Küche zum Essen versammelt, als Mina endlich von der Veranda hereinkam. Obwohl ihr die Enttäuschung anzusehen war – sie bewegte sich schlurfend und mit gesenktem Blick und antwortete nur einsilbig auf Mutters Frage, ob sie etwas essen wolle –, hatte sie auch etwas seltsam Zufriedenes an sich. Sie war umgeben vom selben verlockenden Glanz wie an jenem Nachmittag, als sie Nathan kennengelernt hatte. Murmelnd entschuldigte sie sich und vermied es, uns und vor allem Imran in die Augen zu sehen. Als sie zur Treppe ging, fragte Mutter, ob sie für Nathan decken solle.

Mina blieb kurz stehen, schüttelte den Kopf und verschwand.

Mutter verharrte kurz an der Küchentheke, dann sah sie zu Vater.

»Geh schon«, sagte er. »Ich kümmere mich ums Essen.«

Mutter nickte und folgte Mina.

Nach dem Essen überließ Mutter mir das Geschirr. Sie und Vater standen draußen auf der Veranda und unterhielten sich. Ich wischte die Küchentheke, als sie nach drinnen kamen. Vater ging nach unten, um mit Imran zu fernsehen. Mutter blieb bei mir in der Küche. Sie sagte, Vater habe ihr erzählt, was am Nachmittag vorgefallen war. Jetzt wollte sie meine Version hören.

Ich sagte ihr, Souhef habe uns aus Al-Baqara vorgelesen.

Sie bat mich, den Koran zu holen und ihr die Stellen zu zeigen. Ich tat es.

Sie setzte sich an den Esstisch und überflog die Verse, auf die ich zeigte. Kopfschüttelnd las sie. Schließlich sah sie zu mir auf. »Was hat er in seiner Chutbah gesagt? Was genau hat Souhef über die Kinder Israels gesagt?«

»Er hat gesagt, sie lieben sich selbst und nicht Allah. Er hat gesagt, sie sind selbstsüchtig, und wir sollen nie so werden wie sie.« Das hatte wenig mit dem zu tun, was Mutter sonst immer über die Juden erzählte. Es tat gut, sie korrigieren zu können.

Mit finsterer Miene sah sie mich an. Dann wandte sie ihren Blick ab. Vom Wohnzimmer ertönte die Titelmelodie von *CHiPs*. »Der Mann überlegt, ob er konvertieren soll«, sagte sie leise. »Er hat die arme Frau schon gefragt, ob sie ihn trotzdem haben will, wenn er *kein* Muslim wird.« Sie strich sich über die tiefen Falten auf der Stirn. »Ich habe mich so angestrengt … und wenn es nicht klappt …« Sie verstummte und wirkte völlig hilflos. »Warum heute, Hayat?«, fragte sie flehentlich. »Warum ausgerechnet heute?«

Ich wartete. »Es war Allahs Wille«, sagte ich leise.

Die Antwort überraschte sie. Lange sah sie mir in die Augen, dann nickte sie, zögerlich und widerstrebend.

Vater saß unten auf der Couch, Imran rittlings auf seinem Knie. Er sah zu mir und klopfte auf den Platz neben sich. »Komm, *Behta*. Es hat gerade angefangen.«

Ich rührte mich nicht.

»Willst du es nicht sehen?«

»Nein.«

»Ich dachte, dir gefällt *ChiPs*?«

»Ich liebe *CHiPs*, Dad!«, platzte Imran dazwischen. Ich hatte nie gehört, dass er meinen Vater so genannt hatte. Es versetzte mir einen Stich.

»Ich baue eine Burg«, erwiderte ich. »Oben in meinem Zimmer.« Ich wusste, dass ich damit Imrans Aufmerksamkeit hatte.

»Kann ich mitkommen?«, fragte er.

»Warum schauen wir nicht ein wenig *CHiPs*?«, sagte Vater und rieb ihm zärtlich den Rücken. »Und danach gehst du hoch und spielst mit Hayat, okay?«

Imran nickte eifrig und kuschelte sich an Vaters Brust, als die Werbepause zu Ende war und die Sendung wieder losging.

Auf dem Weg in mein Zimmer verlangsamte ich meine Schritte, als ich mich Minas Tür näherte. Mutters Stimme war deutlich zu verstehen: »Was spielt es schon für eine Rolle? Es spielt keine Rolle! Lass ihn, wie er ist … und du bleibst, wie du bist! Das ist doch alles nicht so wichtig!« Auf Mutters leidenschaftliches Plädoyer folgte ein langes Schweigen.

Ich ging weiter.

Am Ende des Flurs nahm ich Laken aus dem Wäscheschrank, ging dann in mein Zimmer, breitete sie über meinen Schreibtisch und den Schreibtischstuhl und beschwerte die Ecken mit Bücherstapeln. Ich schaltete alle Lichter aus und schlüpfte hinein. Es war nicht viel Platz im Zelt, aber ich fühlte mich wohl darin. Wie in den Gräbern der Hafiz, dachte ich, die, wie Mina mir einmal erklärt hatte, über viele Jahrhunderte warmgehalten wurden, bis am letzten Tag der Schöpfung jeder von den Toten aufersteht und dem Jüngsten Gericht gegenüberzutreten hat.

»Kann ich reinkommen?«, hörte ich.

Es war Imran. Er hielt die Enden des Lakens hoch und spähte herein. Ich war eingeschlafen.

»Klar«, murmelte ich und drehte mich um.

Er kroch neben mich. Wir lagen nebeneinander und starrten hinauf zum Zeltdach, das von dem durchs Fenster fallenden Mondlicht erhellt wurde. Nach langem Schweigen sagte ich: »Mein Dad ist *mein* Dad, Imran. Nicht deiner.«

Er sagte nichts.

»Hast du mich gehört?«, fragte ich.

Imran drehte sich auf die Seite und sah mich an. »Er ist auch mein Dad …«, sagte er leise.

»Nein, ist er nicht. Er ist vielleicht für dich *wie* ein Dad. Aber er ist nicht dein *richtiger* Dad. Er ist *mein* Dad.«

»Er hat es aber gesagt.«

»*Was* hat er gesagt?«

»Dass er auch mein Dad ist.«

»Nein, hat er nicht. Vielleicht hat er gesagt, dass er dich liebt, als wäre er dein Dad …« Ich brach ab. »Und das ist sehr schön für dich. Aber er hat nicht gesagt, dass er dein Dad *ist.* Das tut er nicht, weil es nicht stimmt. Und er lügt nicht.«

Imrans Blick war voller Sorge. »Teile ihn mit mir«, flüsterte er.

»Ich teile ihn ja schon mit dir. Aber er ist nicht dein richtiger Dad.«

»Warum nicht?«

»Weil er nicht mit deiner Mutter verheiratet ist.«

»Sie kann ihn heiraten.«

»Nein, kann sie nicht. Mein Dad ist schon verheiratet. Mit *meiner* Mutter.«

»Er kann sie aber auch heiraten.«

»Wen?«

»Meine Mom.«

»Nein. Ich sagte, er ist schon mit meiner Mutter verheiratet. Also kann er nicht deine heiraten.«

»Meine Mom kann ihn heiraten«, sagte er, »und deine auch. Und dann ist er mein Dad und dein Dad. Er ist ein Muslim.«

Ich war ziemlich perplex. Er war wirklich nicht auf den Kopf gefallen.

»In Amerika geht das nicht. Und wir leben in Amerika. *Hier* ist deine Heimat. Wenn du in Amerika mehr als eine Frau hast, kommst du ins Gefängnis.«

»Warum?«

»Wegen Polygamie.«

»Was ist das?«

»Wenn du mehr als eine Frau heiratest. Das geht hier nicht, außer in Utah.«

»Was ist das?«

»Ein Bundesstaat.«

Er war verwirrt.

»Ein Ort in Amerika«, erklärte ich. »Nur nicht hier.«

»Juu-taa?«, wiederholte er.

»Ja. In Utah ist Polygamie erlaubt, weil dort die Mormonen leben.«

»Was sind Mormonen?«

»Leute mit vielen Frauen. Und es gibt dort einen großen See voller Salz und Würmer.«

Verwirrt sah Imran mich an. »Können wir dort zum Angeln gehen?«

»Nein«, sagte ich. »Wir sind in unserer Burg.«

Diese Antwort klang selbst in meinen Ohren äußerst merkwürdig.

Imran erwiderte nichts darauf. »Ich schlafe jetzt«, sagte ich schließlich und drehte mich weg.

»Bitte, Hayat. Teile ihn mit mir«, flehte Imran und drückte sich an mich. Seine kleinen Hände krallten sich in meine Seite. »Bitte lass ihn auch mein Dad sein. Bitte lass uns nach *Juu-taa* gehen.«

»Hör auf, Imran! Sei nicht blöd. Außerdem kann ich da sowieso nichts machen. Oder du. Wir sind bloß Kinder. Keiner geht nach Utah, nur weil du oder ich es so wollen.«

»Warum nicht?«

»Weil wir hier ein Haus haben.«

»Wir können ein neues besorgen.«

»Mein Dad hat einen Job. Und ich muss zur Schule. Wir können nicht einfach so weg.«

»Bitte«, weinte Imran und klammerte sich weiter an mich. Ich drehte mich um und schob ihn von mir weg. Seine kleinen, klugen Augen sahen mich sehnsüchtig an.

»Nein«, sagte ich. »Außerdem wirst du bald einen Dad haben. Nathan wird dein Dad sein.«

»Das geht nicht«, sagte Imran und drehte sich abrupt weg.

»Wird er aber. Deine Mom muss ihn nur heiraten.«

»Nein!«

»Warum nicht?«

»Er ist *weiß*. Er ist nicht mein richtiger Dad.«

»Ich habe nicht gesagt, dass er dein richtiger Dad ist.« Imran sagte nichts darauf. »Mein Dad wäre auch nicht dein richtiger Dad.«

Schweigen.

»Wie auch immer«, sagte ich, »spielt auch keine Rolle, ob er weiß ist oder Jude oder was auch immer. Es spielt keine Rolle, was du denkst. Sie wird tun, was sie will ...«

»*Juu-De?*«, fragte er.

»Was?«

»Was ist ein *Juu-De?*«

»*Jude*«, korrigierte ich ihn.

»Was ist das?«

»Juden sind die Menschen, die Allah am meisten auf der Welt hasst«, sagte ich.

Imran war starr vor Entsetzen. Seine Angst stachelte mich weiter an. »Juden sind Menschen, die einmal vor langer Zeit in Ägypten gelebt haben. Vor den Pyramiden ... Du weißt, was Pyramiden sind, oder?«

Imran schüttelte den Kopf.

»Ist auch egal. Jedenfalls, vor langer Zeit waren die Juden etwas ganz Besonderes. Allah hat sie sehr geliebt. Er hat sie mehr geliebt als alle anderen Menschen. Aber dann ist etwas passiert.«

»Was?«

»Sie haben sich nicht gut benommen. Sie haben nicht getan, was man ihnen gesagt hat.« Eindringlich starrte ich ihn an. »Als Allah ihnen gesagt hat, was sie tun sollen, haben sie nicht auf ihn gehört. Statt das zu tun, was Allah wollte, haben sie das getan, was *sie* wollten. Und sie haben sich sogar hinter Allahs Rücken über ihn lustig gemacht ...«

»Warum?«

»Weil sie selbstsüchtig sind. Und Allah hat es gemerkt. Und deswegen hat er sie dann gehasst. Bald hat Allah sie mehr gehasst als alle anderen Menschen, die er geschaffen hat. Mehr noch als die Tiere. Mehr noch als die Schweine.«

Imran riss die Augen auf. »Schweine?«

Ich wusste, was diese Worte bewirken würden. Mehr noch als Alkohol, als nackte weiße Frauen, als Glücksspiele waren Schweine das ultimative Tabu im Islam, Sinnbild für alles, was unheilig war.

»Imran«, fuhr ich ernst fort, »wenn ich sage, Juden sind die, die Allah am meisten hasst, dann meine ich das so. Beim Jüngsten Gericht, am Ende aller Zeiten, wird die Sonne aufgehen, und sie wird *sooo* groß sein ...« Ich zeigte auf das Zeltdach über uns. »An diesem Tag wird Allah mit jedem einzelnen Menschen reden und ihn fragen, was er in seinem Leben Gutes und was er in seinem Leben Schlechtes getan hat ... und die Menschen, die mehr Schlechtes getan haben, werden links von Allah stehen, und« – ich streckte meine Zunge heraus – »es wird eine *riesige Zunge* kommen und diese bösen Menschen in die Hölle hinunterziehen. Und weißt du, wer die Ersten sein werden, die in die Hölle hinuntergezogen werden?«

Imran schüttelte den Kopf.

»Die Juden«, sagte ich bestimmt. »Die Juden sind die Ersten, die ins Feuer gehen. Du weißt doch noch, als deine Mom uns von der Hölle erzählt hat, oder? Vom Feuer … in dem die schlechten Menschen ewig brennen …?«

Imran nickte. Tränen traten ihm in die Augen.

»Du musst nicht weinen«, sagte ich. »Es gibt keinen Grund zum Weinen. *Du* hast nichts zu befürchten. Du bist ein Muslim, und wenn du dein Namaz lernst und dein heiliges Buch, kommst du nie in die Hölle. Hörst du? Du wirst von dieser Zunge nicht in die Hölle gezogen. Wenn du ein Muslim bist, passiert dir nichts.«

Tränen kullerten ihm über die Wangen. »Aber ich will Nathan nicht zum Dad«, jammerte er.

»Wenn du brav bist und zu Allah betest, erhört er dich vielleicht …«

»Wirklich?«

»Vielleicht«, sagte ich ungerührt, »vielleicht auch nicht.«

Am nächsten Morgen, als ich auf dem Boden aufwachte, taten mir alle Knochen weh. Es roch nach Ghee, ich hörte Geräusche in der Küche. Es dauerte eine Weile, bis ich mich wieder daran erinnerte, dass ich beim Einschlafen den weinenden Imran in den Armen gehalten hatte. Jetzt war er fort.

Unten stand Mutter am Herd. Überrascht stellte sie fest, dass ich noch die Sachen vom Vortag trug. »Hast du dich nicht umgezogen?«, fragte sie. Ich erzählte von der Burg, die ich gebaut und in der ich mit Imran eingeschlafen war. »Was bin ich nur für eine schlechte Mutter«, sagte sie. »Ich habe noch nicht mal mehr nachgesehen. Schämen sollte ich mich.«

Ich setzte mich an den Küchentisch und machte mich über einen Teller mit frischem Paratha her. Mutter stand neben mir und sah mir beim Essen zu. Sie schien wütend zu sein.

»Mom? Alles in Ordnung?«, fragte ich kauend.

Sie zuckte mit den Achseln. »Man sollte doch meinen, dass

gestern Abend ein Abend gewesen ist, an dem er zu Hause bleiben würde. Nach allem, was geschehen ist. Das sollte man doch meinen, oder? Dass seine *Anwesenheit* vonnöten wäre? Seine *Unterstützung*?« Sie drehte sich weg und schien mit den Tränen zu ringen. »Aber wer das meint, der liegt falsch! Er bekommt einen Anruf, und schon ist er auf und davon. Jagt *weißem Fleisch* hinterher. Man könnte doch meinen, einen Abend könnte er mal *verzichten*? Zu Hause ist eine Krise ausgebrochen? Also bleibt man bei seiner Familie? Nein! Natürlich nicht! Nein, als Erstes muss er sich mit einer Prostituierten davonmachen! Ist das normal?«

Ich hatte den Kopf gesenkt und vermied es, ihr in die Augen zu sehen.

»Hayat!«, blaffte sie.

»Hmm?«

»Ist es so verkehrt, wenn ich das *nicht* für normal halte?«

Ich schüttelte den Kopf. »Nein«, sagte ich. Und dann fügte ich noch hinzu: »Er ist krank.«

»*Kurban*, du weißt ja noch nicht einmal die Hälfte von allem, was geschehen ist«, sagte sie und glitt auf den Stuhl neben mir. »Als ich heute Morgen aufgewacht bin, war er immer noch verschwunden. Er ist *noch nicht mal nach Hause gekommen*. Wer weiß, was ihm zugestoßen ist? Vielleicht ist er tot, wer weiß? Also habe ich im Krankenhaus angerufen. Ich habe ihnen nicht gesagt, dass ich es bin. Ich habe ihn anpiepen lassen. Nach zehn Minuten kommt er endlich ans Telefon. Als er merkt, dass ich es bin, brüllt er mich an! Vor sein eigenen Mitarbeitern! Das ist doch der *Gipfel* der Unanständigkeit. Nicht nur zieht er mit Frauen herum, wenn ihn seine Familie am nötigsten hat – nein, er brüllt seiner Frau vor allen Kollegen auch noch Unanständigkeiten ins Ohr, wenn sie ihn anruft, weil sie wissen möchte, ob er noch am Leben ist! Du hättest hören sollen, was er alles gesagt hat! Was für ein Barbar!«

In diesem Augenblick klingelte das Telefon.

Ängstlich sah Mutter zum roten Hörer. »Das ist er wahrscheinlich. Weiß Gott, woher er jetzt anruft.« Sie sah zu mir. »Geh du ran! Wenn er es ist, sagst du, dass ich nicht hier bin.«

»Wo bist du?«

»Was soll das heißen?«

»Wenn er fragt, wo du bist …«

»Keine Ahnung. Lass dir was einfallen … auf der Post.«

Ich stand auf und ging ran. »Hallo?«, sagte ich.

»Hallo«, hörte ich eine freudige Frauenstimme. »Kann ich mit … äh … Mun … Mau … Maureen sprechen?«

»Sie meinen Muneer?«

»Ja, wahrscheinlich. Ist das deine Mutter, junger Mann?«

Von oben hörte ich plötzlich gedämpfte Schreie und ein lautstarkes Weinen. Die Frau am anderen Ende der Leitung redete weiter, aber ich hörte kaum noch hin. Denn Mina brüllte jetzt, dann war ein Knall zu hören, weiteres Chaos, dann ein dumpfer Laut.

Ich trat mit dem Hörer am Ohr von der Küche in den Flur.

»Hallo? Entschuldigung, mein Junge … bist du noch da?«

»Was ist los?«, fragte Mutter und sah zu mir. Ich stand unten an der Treppe.

»Ist sie das? Ich würde gern mit ihr reden, über die Hausversicherung …«

Die Tür zu Minas Zimmer flog auf und knallte gegen die Wand. Imran plärrte aus Leibeskräften, so laut, dass sein Geheul Mina regelrecht aus dem Zimmer zu fegen schien. Sie wirkte so groß, größer als sonst. Und dann fiel ihr stechender, furchterregender Blick auf mich.

Als Nächstes wusste ich nur, dass sie die Treppe herunterstürmte, der scharlachrote Schal um ihren Hals bauschte sich hinter ihr wie ein Umhang. »Du boshafter Kerl!«, kreischte sie und ging auf mich los. Ich bekam es wirklich mit der Angst, als sie mir das Telefon aus der Hand riss. Und schon explodierte in meinem Gesicht der Schmerz. »Wie konntest du nur solche Sachen sagen? Wie konntest du nur?«, schrie sie und schlug mit dem Hörer auf mich ein. Ich wich zurück und versuchte mit beiden Händen mein Gesicht zu schützen. Wieder schlug sie zu, so fest, dass das Plastikgehäuse des Telefons zerbrach.

»Hör auf! Hör auf!«, schrie Mutter und versuchte Mina wegzuzerren.

Mina hatte mich zu den Stufen hinunter ins Fernsehzimmer gedrängt.

»Hör auf! Hör auf!«, schrie Mutter.

Sie packte Mina an den Haaren. Mina wurde der Kopf nach hinten gerissen, ihr Mund klappte auf, und ein gellender Schrei entfuhr ihr. Und während sie nach hinten fiel, sauste ihr Ellbogen nach vorn und fegte quer über mein Gesicht. Plötzlich hatte ich keinen Boden mehr unter den Füßen. Ich merkte erst, dass ich fiel, als meine Schulter gegen etwas Hartes knallte. Ich purzelte seitwärts, überschlug mich, noch einmal, bis ich die Hand ausstreckte, um mich abzufangen. Etwas knackte.

Mutter kam die Treppe heruntergestürzt und fiel vor mir auf die Knie. Sie strich mir übers Gesicht, ihre Finger waren voller Blut. »Hayat! Alles in Ordnung?«, rief sie. »Alles in Ordnung?«

Ich war benommen. Mir tat der Kopf weh, ansonsten aber fühlte ich mich ganz okay. »Alles in Ordnung«, sagte ich.

Oben auf der Treppe stand Mina, daneben Imran. Entsetzt sah sie zu mir herab.

Mutter drehte sich zu ihr um: »*Was zum Teufel nimmst du dir heraus?*«, brüllte sie.

Kopfschüttelnd wich Mina zurück, während Mutter die Stufen hinaufjagte.

»*Bhaj* …«

Mutter ließ sie gar nicht zu Wort kommen. »Wenn du ihn *noch einmal* anrührst. Wenn du *auch nur* die Stimme gegen *meinen Sohn* erhebst … *bringe ich dich um!*« Mina wich zurück, stolperte, während sich ihr Sohn hinter ihr verstecken wollte.

»*Bhaj* … es tut mir leid!«, wimmerte Mina. »Er hat Imran Sachen erzählt … schreckliche Sachen …«

Mutter hörte gar nicht zu. Sie packte Mina am Kragen und verpasste ihr eine Ohrfeige. »Fass ihn *nie wieder* an« – ein weiterer Schlag, diesmal mit dem Handrücken – »meinen Sohn!«

Und wieder schlug sie auf Mina ein, immer wieder.

Ich betrachtete meinen rechten Arm. Er sah komisch aus. Er war am Handgelenk verbogen, so dass die Hand seltsam weghing wie ein Blatt an einem abgebrochenen Zweig. Ohne nachzudenken rückte ich sie mit der anderen Hand wieder gerade.

Und in diesem Moment kamen die Schmerzen. Nichts als Schmerzen. Überall. Schmerzen, wie ich sie noch nie erlebt hatte.

Ich schrie und schrie.

Mutter oben erstarrte und drehte sich um.

Hinter ihr sank Mina unter ihrem scharlachroten Schal auf dem Küchenfußboden zusammen.

Mittlerweile erfasste ich, dass die Schmerzen in meinem Arm saßen, nicht im ganzen Körper. Mir wurde schwindlig. Ich war wie betäubt von den höllischen Schmerzen, die mir aus irgendeinem Grund als ungerecht erschienen. Wieder schrie ich, aber es half nichts. Ich wollte nicht verstehen, warum ich solche Schmerzen hatte. Ich musste an Souhef denken und hörte seine Stimme:

Wer bist du, dass du diese Schmerzen nicht verdient hättest?

»Haaayyyaaaat!«, brüllte meine Mutter oben auf der Treppe.

Das war das Letzte, woran ich mich erinnern konnte, bevor ich ohnmächtig wurde.

12

FIEBERTRÄUME

Es war ein schlimmer Bruch. Die Knochensplitter meines zertrümmerten Handgelenks mussten chirurgisch entfernt werden, und da der Orthopäde gerade ein Zeitfenster zur Verfügung hatte, beschlossen Vater und Nathan – den Vater angerufen hatte, als wir im Krankenhaus eintrafen –, dass es das Beste wäre, sofort zu operieren.

Die Stunden vor der Operation verbrachte ich in einem Dämmerzustand. Vor allem erinnere ich mich an die Schmerzen: ein durch und durch gehendes Stechen, das sich beim Einsetzen der Schmerzmittel zu einem brennenden Pochen abmilderte. Trotz der Medikamente waren die Schmerzen unerträglich. Ihr pulsierender Rhythmus schwoll an und flaute ab und schwoll wieder an. Niemals zuvor war mir das Vergehen der Zeit eindringlicher bewusst geworden als jetzt, da dieses fließende An- und Abschwellen jeden einzelnen Augenblick als etwas Gesondertes markierte – einmal als Schmerz, dann wieder als Erleichterung. Und während der ganzen Zeit fühlte ich mich ungerecht behandelt. Es war wie ein fauliger Geruch, den ich mühsam auszublenden versuchte. Also dachte ich an Souhef.

Wer bist du, dass du meinst, du hättest Besseres verdient?, hörte ich ihn sagen. *Diese Schmerzen hat Allah für dich gewollt.*

Die Worte waren mir Trost und verliehen mir Kraft. Als ich

Nathan sah – er war sofort nach Vaters Anruf erschienen, beriet sich mit den Ärzten und tröstete Mutter –, redete ich mir ein: *Ich kann meine Schmerzen annehmen. Ich bin nicht wie du.*

In einem dunklen Krankenhauszimmer wachte ich auf, die Wände flackerten blau und weiß im Rhythmus der wechselnden Bilder eines Fernsehers, der leise in einer Ecke vor sich hin summte. Mutter saß in einem Lehnstuhl neben mir. Ich brauchte einen Moment, bis ich wusste, wo ich war. Dann erinnerte ich mich:

Der Sturz. Mein Handgelenk. Die Notaufnahme.

Ich sah auf meinen Arm, der nun vom Ellbogen abwärts in einem Gipsverband steckte. Er sah aus, als gehörte er nicht zu mir. Ich versuchte ihn zu bewegen. Sofort kamen sengende Schmerzen.

Mutter erhob sich, als sie mich stöhnen hörte, drückte sich an mich und hielt mich fest, was die Schmerzen nur verschlimmerte.

»Nicht, Mom. Es tut weh …«

»Gut, *Kurban*«, sagte Mutter und fing an zu weinen.

Ich schloss die Augen. Die Schmerzen klangen ab und gingen in ein dumpfes Pochen über. Ich fühlte mich erschöpft. Erschöpft von den flackernden Wänden, dem schmerzenden Arm, Mutters tränenüberströmtem Gesicht.

»Ich bin müde«, stöhnte ich.

»Schlaf wieder. Ruh dich aus«, sagte sie. »Ich liebe dich, Hayat. Ich liebe dich mehr als mein Leben.«

Ich schloss die Augen und spürte ihre Lippen auf meiner Stirn. Dann entfernte sie sich, ich drehte mich um und wartete darauf, dass ich wieder einschlief.

Als ich das nächste Mal aufwachte, schien sich das Zimmer in Licht aufzulösen. Vor mir war ein Tablett mit Essen, rechts von mir standen Vater und Mutter. Am Fußende des Bettes ein großer, glatzköpfiger, kugelbäuchiger Mann mit einem Stethoskop um den Hals. Seltsamerweise kam es mir so vor, als wäre er in ein weiches, weißes Licht getaucht.

»Wie geht es unserem Patienten?«, fragte der Mann vergnügt.

»Gut.«

»Hayat, du erinnerst dich an Dr. Gold?«, fragte Vater streng. Ich erinnerte mich an ihn vom Tag zuvor, wusste aber nicht mehr genau, wer er war. Mein Zögern irritierte Vater. »Er ist dein Chirurg. Er hat dein Handgelenk gerichtet.«

»Du bist ein tapferer junger Mann«, sagte Dr. Gold. »Ein vorbildlicher Patient. Deine Eltern sind sicherlich sehr stolz auf dich.«

»Oh, das sind wir«, beeilte sich Mutter hinzuzufügen.

»Also, wie geht's dem Sportsfreund?«, fragte Gold.

Ich war verwirrt.

»Der Arm?«, erklärte er. »Wie benimmt er sich?«

Ich sah zum Gips. Der Arm tat weh, aber ich gewöhnte mich an die Schmerzen. Neu war nur das heftige Jucken unter dem Gips.

»Es juckt«, sagte ich und kratzte am Rand des Gipsverbands.

»Na, daran wirst du dich gewöhnen müssen«, sagte Gold. »Es kann darunter höllisch jucken. Vor allem unter dem neuen Zeug, das wir dir verpasst haben … Aber du bist ein harter Junge. Habe ich gleich gesehen, so, wie du mit den Leuten umgegangen bist, als die sich gestern Abend an deinem Arm zu schaffen gemacht haben. Du packst das schon … Aber jetzt sag mir: Hast du noch Schmerzen?«

»Ein bisschen.«

Gold nickte und dachte über meine Antwort nach. Dann sah er auf das Klemmbrett in der Hand und notierte sich etwas. »Wir werden die Schmerzmittel etwas hochsetzen. Es gibt keinen Grund, warum er überhaupt Schmerzen haben muss …«

»Wie lange wollen Sie ihn noch hierbehalten?«, fragte Mutter.

»Höchstens zwei Tage. Vielleicht auch nur bis morgen. Mal sehen, was die Röntgenaufnahmen zeigen.«

Ich sah zum Seitentisch, auf dem ein großer Strauß gelber Rosen stand. Sie gaben das gleiche weiche Licht von sich wie der Arzt. Verblüfft starrte ich sie an, und je länger ich es tat, umso weiter schienen sich die Rosen zurückzuziehen, bis sie in einem durchscheinenden Glühen verschwanden.

»Die sind von deiner Tante. Sie macht sich solche Sorgen um dich …«, sagte Mutter und beendete den Satz nicht. Verstohlen warf sie einen beinah ängstlichen Blick zu Vater, dann trat sie vor und legte mir die Hand auf die Stirn. »Er ist immer noch ein wenig heiß«, sagte sie.

»Das Schlimmste ist überstanden«, sagte Gold. »Das Fieber geht schon zurück. Das ist normal nach einer OP.«

»Dann geht es ihm gut?«

»Es könnte ihm nicht besser gehen … unter den Umständen, natürlich.« Gold lachte, dann wandte er sich an mich. »Also, hör mir zu. Wir werden noch mal röntgen … vielleicht heute noch. Wir werden es so vorsichtig wie möglich machen, aber ich wollte es nur mal gesagt haben, damit du Bescheid weißt, okay?«

Ich nickte. Dr. Gold drehte sich zu meinen Eltern um. »Kein Grund zur Sorge. Ich werde ihn mir heute noch mal ansehen.«

»Hayat. Bedanke dich bei Dr. Gold«, sagte Mutter.

»Danke, Dr. Gold.«

»Keine Ursache, junger Mann. Ruh dich aus«, sagte er und

tätschelte mir das Bein. Dann gab er Vater die Hand und verließ das Zimmer.

Alles, worauf ich meinen Blick richtete, schien sich in einem transparenten Nebel aufzulösen. Sogar Vater und Mutter schienen in diesem sonderbaren und angenehmen Licht zu verschwinden.

Vater räusperte sich. »Hayat …«

»Naveed, bitte«, unterbrach Mutter.

»Was?«, blaffte er. »Du weißt doch gar nicht, was ich sagen will …«

»Ach nein?«, blaffte Mutter zurück. »Als hättest du mich nicht schon die ganze Zeit damit gequält. Du kannst es ja kaum erwarten. Und trotzdem bin ich der Meinung: Jetzt ist nicht der richtige Zeitpunkt dafür.«

Vater beachtete sie nicht. »Der Mann, der dich operiert hat, Hayat … Dr. Gold. Du weißt, dass er Jude ist?« Er deutete mit dem Zeigefinger auf mich, als er fortfuhr. »Wenn du also das nächste Mal wieder meinst, du müsstest über Juden herziehen, dann vergiss nicht zu erwähnen, dass ein Jude deinen Arm gerichtet hat. Wenn nicht, würdest du mit dieser Hand nämlich nie wieder einen Ball werfen oder schreiben können!«

»Naveed, was soll das?«, schaltete sich Mutter dazwischen. »Bist du betrunken?«

Vater sah sie finster an, bevor er den Blick wieder auf mich richtete. »Noch etwas, worüber du und deine Mutter einmal nachdenken könnt …«, sagte er mit zitternder Stimme. »Wenn ich dich *noch einmal* mit diesem Buch erwische, dann kannst du was erleben. Glaub mir.«

Ich wollte ihn schon fragen, welches Buch er meinte, aber Mutter ging auf ihn los. »Raus!«, schrie sie. »Raus mit dir!« Schließlich schob sie ihn aus dem Zimmer.

Ich drehte mich von der Tür weg, mein Blick blieb an dem Lehnstuhl hängen, auf dem in der Nacht zuvor Mutter gesessen hatte. Er war braun und beige, der Bezug war abgewetzt. Auch er war in dieses durchscheinende Licht getaucht. Egal, wohin ich sah, alles verlor sich in diesem hauchdünnen, zarten Licht, einem Licht, das nichts mit der harten Helligkeit der Morgensonne zu tun hatte, die durch die halb zugezogenen Vorhänge sickerte, und auch nichts mit dem bläulich-weißen Schimmer der fluoreszierenden Deckenröhren. Es kam mir noch nicht mal wie ein Licht vor, das etwas erhellte, sondern wie etwas ganz Eigenes. Ich sah mich um: die Laken auf meinem Bett, die nackten grau-weißen Wände, die Blumen und die dunkelbraune Oberfläche des Tisches, auf der sie standen. Die Wirkung beschränkte sich nicht nur auf das, was zu sehen war, denn in dem Licht lag auch eine Stille. Und in dieser glühenden, erhellenden Stille erschien jedes Ding genau als das, was es war. Als Stuhl. Als Tisch. Als Blume. Als Laken. Und jedes Ding verlangte meine volle Aufmerksamkeit. Ich musste an das denken, was Mina mir einmal erzählt hatte: dass Gottes Licht überall sei; man müsse nur lernen, es zu sehen. Sie hatte mir einen Vers im Koran gezeigt, der erklärte, was sie damit meinte:

Allah ist das Licht der Himmel und der Erde.
Sein Licht gleicht dem Licht einer Lampe in der Nische einer Mauer, deren Glas erstrahlt wie ein leuchtender Stern,
Erhellt vom Öl eines gesegneten Baums, eines Olivenbaums, der weder im Osten noch im Westen wächst,
Und dessen Öl auch ohne Feuer brennt und glüht.
Licht über Licht!
Allah leitet zu seinem Licht, wen er will …

Das, dachte ich und sah mich um, *ist Allahs Licht. Und er leitet mich, um es zu sehen.*

In dieser Nacht hatte ich einen Traum. Ich floh vor einer Frau in einer zerrissenen Burka, die mir wehklagend und heulend nachjagte. Und dann hörte ich eine tiefe Stimme: »Komm mit mir«, sagte sie. Ich drehte mich um und erkannte den Propheten. Er war genau so, wie Mina ihn beschrieben hatte: freundlich, mit großen Augen und dichten Wimpern, einem Vollbart und einer Lücke zwischen den beiden vorderen Zähnen, die sichtbar wurde, als er mich anlächelte.

»Komm«, sagte er und nahm mich an der Hand.

Mohammed führte mich zu einer weißen Moschee in den Bergen. In der Moschee standen Gestalten. Ich vermochte nicht zu sagen, ob es Statuen waren oder auf wundersame Weise erstarrte Menschen. Der Prophet führte mich ganz nach vorn in den Gebetsraum und sagte mir, ich solle das Gebet anführen. Ich sang den Aufruf zum Gebet, und alle Gestalten erwachten aus ihrer Starre und setzten sich in Bewegung. Verblüfft fragte ich den Propheten: »Wie sind sie zum Leben erwacht?«

»Wer?«, fragte er. Ich deutete auf die Gestalten, die nun, Seite an Seite, ihre Plätze für das Gebet einnahmen. Es waren ausschließlich Männer.

»Das ist deine Umma«, sagte er. Vom Koran wusste ich, dass das Wort die Gemeinschaft der Muslime bezeichnete. Aber das war keine Antwort auf meine Frage. Der Prophet wandte sich von mir ab und schloss zur Vorbereitung auf das Gebet die Augen.

Stille senkte sich über die Moschee, und dann begannen wir zu beten. Ich vollzog die rituellen Bewegungen; der Prophet tat es; die Gestalten taten es mit uns. Das Gebet ging weiter und weiter. Irgendwann erkannte ich, dass es niemals aufhören würde.

Ich ging aus der Moschee und ließ sie beten.

Draußen schien die Sonne, hell und warm. Ich sah an mir

hinab und bemerkte, dass mein Arm in einem goldenen Gips steckte. Darauf war ein Name geschrieben: Yitzhak.

Ich wachte auf.

Im Zimmer war es dunkel. Kalte Luft strömte aus der Lüftung an der Decke. Irgendetwas störte mich, etwas in mir kribbelte, juckte – es war nicht mit dem Jucken unter dem Gips vergleichbar –, aber ich bekam es nicht zu fassen. Mina hatte gesagt, es sei ein großer Segen, wenn einem der Prophet im Traum erschien, meinem Traum aber schien alles Segensreiche zu fehlen. Statt zu bleiben und mit ihm zu beten, war ich gegangen.

Auch die Gestalten beunruhigten mich. Ich musste an Nathans Geschichte von Ibrahim und den Götzenbildern denken, die nicht sprechen und sich nicht bewegen konnten. Ich wälzte mich hin und her und versuchte wieder einzuschlafen. Dann fiel mir Dr. Gold ein. Und der goldene Gips in meinem Traum, auf dem »Yitzhak« gekritzelt war. Jason Blums Name.

Warum hasst Allah sie so sehr?, überlegte ich. Es ergab für mich keinen Sinn.

Ruhelos lag ich so, es konnten Minuten, es konnten aber auch Stunden gewesen sein. Irgendwann, halb im Schlaf, hörte ich die Tür knarren. Ich schlug die Augen auf. Eine Frau in Weiß stand im Rahmen. Ich schloss die Augen. Leise kam sie näher, süßer Fliederduft folgte ihren federnden Schritten. Lange stand sie neben mir, bis erneut knarrend die Tür aufging.

»Was machst du denn hier?«, flüsterte ein Mann. Verstohlen sah ich zu ihm. Es war Vater.

»Ich wollte ihn bloß sehen«, antwortete die Schwester flüsternd. »Er ist so schön.«

»Julie«, sagte Vater.

»Ich wollte bloß sehen, wie er aussieht. Ist das zu viel verlangt?«

»Gut«, sagte er nach einer Weile. »Wecke ihn aber nicht.«

»Keine Sorge.«

Die Tür schloss sich. Julie setzte sich in den Lehnstuhl am Bett. Ich tat so, als wäre ich vom Ächzen des Stuhlpolsters, auf dem sie sich niedergelassen hatte, aufgewacht. Blinzelnd gab ich vor, überrascht zu sein. »Wer sind Sie?«, fragte ich.

Sie antwortete nicht. Sie sah mich nur mit ihren großen hellbraunen Augen an. Sie hatte blonde Haare unter ihrer Schwesternhaube, ihre dünnen Lippen waren knallrot geschminkt. Irgendwie kam sie mir bekannt vor, warum, wusste ich nicht.

Sie fuhr sich über die Augenbrauen. Ihre Fingernägel waren ebenso rot wie ihre Lippen.

»Du hast schöne Wimpern«, sagte sie schließlich.

»Danke.«

»Ich bin Julie«, sagte sie. Sie erhob sich und stand über mir. Sie hob die Hand. Ich schloss die Augen. Dann spürte ich ihre Finger auf der Stirn.

»Dein Vater liebt dich, weißt du das?«, sagte sie. »Du weißt, wie sehr er dich liebt, nicht wahr, Hayat?«

Ich schlug die Augen auf und schüttelte den Kopf.

»Er liebt dich mehr als alles andere auf der Welt«, sagte sie leise. Sie beugte sich zu mir herab und gab mir einen Kuss auf die Stirn.

»Sag deinem Dad nicht, dass wir uns gesehen haben. Okay?«

»Warum nicht?«, fragte ich.

Sie sah weg und dachte nach. »Ich bin nicht die diensthabende Schwester. Ich will keine Schwierigkeiten bekommen.«

»Okay«, sagte ich.

»Schau ihn dir an«, sagte Mutter, als wir in die Einfahrt einbogen. Imran hüpfte vor Freude auf dem Rasen vor dem Haus auf und ab. Mina stand hinter ihm auf dem Weg. »Er freut sich so, seinen *Bhai-Jaan* wiederzusehen.« Als der Wagen angehalten hatte, riss Imran die hintere Tür auf und versuchte mich zu umarmen. »Vorsichtig, Lieber«, sagte Mutter. »Sein Arm ist immer noch gebrochen.«

»Gebrochen«, wiederholte er stirnrunzelnd. »Deswegen war er doch im Krankenhaus.« Imran nickte und lächelte zaghaft. Ich stieg aus und legte meinen freien Arm um ihn.

»Ich hab dich lieb, *Bhai-Jaan*«, sagte er und umarmte mich fest.

»Er hat dich vermisst, *Behta*«, sagte Mina. »So sehr. Ständig hat er nach dir gefragt.« Mina sah sonderbar aus. Ihr Gesicht war dick mit einer hautfarbenen Paste bedeckt. Es sah aus, als würde sie eine Maske tragen.

»Wie geht es dir, *Behta*?«, fragte sie.

»Gut«, sagte ich.

»Ich habe dir dein Lieblingsessen gemacht.«

»Parathas?«

Sie sah mich eindringlich an, und mit einem Mal begann sie zu weinen. Plötzlich war mir ebenfalls zum Weinen zumute. »Parathas waren das Mindeste, was ich für dich tun konnte«, sagte sie und nahm mich in den Arm. »Es tut mir leid, *Behta*. Ich wollte dir nicht wehtun.«

»Tante«, flüsterte ich ihr zu. »Ich habe vom Propheten geträumt, Friede sei mit ihm.«

Überrascht ließ sie mich los. »Wirklich? Wann?«

»Im Krankenhaus. Er hat genauso ausgesehen, wie du gesagt hast. Er hatte sogar die Zahnlücke …«

»Mein Gott, Hayat, was für ein Segen …«, sagte sie und legte mir die Hand auf den Kopf.

»Okay, okay … das ist genug«, kam es von Vater hinter dem Kofferraum. »Wir haben alle Hunger. Auf zum Essen.«

Ich lächelte ihr zu. Sie lächelte zurück.

»Los, los«, trieb Vater uns zur Haustür. »Worauf warten wir noch? Nun macht schon.«

»Du erzählst es mir später«, sagte Mina leise zu mir, als wir im Haus waren. »Dein Vater hört es nicht gern, wenn wir uns darüber unterhalten … Also erzähl es mir einfach später, okay?«

Beim Essen kam es zum Streit. Das Telefon klingelte. Mina, die dem Apparat am nächsten saß, wollte nicht rangehen. Schließlich hob Vater ab. Es war Nathan.

»Nein, nein, Nate … du störst nicht. Wir sind gerade beim Mittagessen. Ja, sie ist da. Ich gebe sie dir.«

Vater hielt Mina den Hörer hin.

Sie schüttelte den Kopf.

Vater lief rot an und legte die Hand über die Sprechmuschel. »Was soll das, Mina?«, fragte er aufgebracht, aber kein bisschen überrascht.

»Naveed«, flehte Mina. »Bitte!«

»Bitte? Was … Du willst nicht mit ihm reden?«

»Naveed, bitte!«, beharrte Mina. Sie sah weg.

»Unglaublich, einfach unglaublich«, murmelte Vater, als er sich den Hörer wieder ans Ohr hielt. »Sie isst gerade, Nate, aber ich sorge dafür, dass sie zurückruft. Okay? … Werde ich tun, keine Sorge … bis dann.«

Vater knallte den Hörer in die Halterung an der Wand.

»Er versteht es nicht«, sagte Vater nach einer langen Pause.

»Nicht jetzt, Naveed«, sagte Mutter im Befehlston.

Abrupt drehte sich Vater zu ihr hin, er kochte vor Wut: »Ich sage es jetzt, und ich sage es nur einmal. Schreibe mir *nie, nie* vor, was ich zu tun habe und wann ich es zu tun habe. Hast du mich verstanden?«

Mutter fuhr merklich zusammen.

»*Bhaj*«, warf Mina ein. »Schon gut … lass mich das machen.« Mina wandte sich an Vater. »Nathan versteht es. Er will es nur nicht akzeptieren.«

»Gut, dann tu was, damit er es akzeptiert.«

»Und wie soll ich das deiner Meinung nach anstellen?«

»Indem du mit ihm redest.«

»Das halte ich für zwecklos. Wir haben genug geredet.« Ihr Ton war kalt, abweisend.

»Zwecklos? Vor zwei Tagen wolltest du ihn noch heiraten. Und jetzt hältst du es für zwecklos, überhaupt mit ihm zu reden? Womit hat er das verdient? Was hat er getan?«

»Nichts.«

»Dann sag ihm das.«

»Das habe ich. Ich habe ihm gesagt, dass es nichts mit ihm zu tun hat. Sondern mit mir. Aber das will er nicht akzeptieren.«

»Wer würde es schon akzeptieren?«, rief Vater aus und warf frustriert die Hände in die Höhe. »Ergibt ja alles keinen Sinn.«

Sie würde ihn nicht heiraten? Es war das erste Mal, dass ich davon hörte. Ich spürte ein freudiges Prickeln.

»Es würde nicht gut gehen«, sagte Mina. »Es *kann* nicht gut gehen.«

Vater biss sich auf die Lippen und nickte bedächtig. »Weil er Jude ist?«

»Nicht nur.«

»Nicht nur?«

»Ich sagte, nicht nur.«

»Was noch?«, fragte Vater und zerknüllte wütend seine Serviette. »Was noch?« An seiner Unterlippe glänzte Speichel.

Mina sah ihm in die Augen, bevor sie den Blick ganz ruhig auf ihren Teller richtete, sich ein Stück Brot abbrach und sich damit einen Fleischhappen in den Mund schob.

»Was noch, frage ich!«, schrie Vater. Er starrte mich finster an. Mit meiner Freude war es vorbei.

»Warum brüllst du so?«, platzte Mutter heraus. »Alle machen sich Sorgen! Du bist nicht der Einzige. Man könnte glatt glauben, *du* wärst derjenige, der die Hochzeit abgesagt hat!«

Vater wandte sich Mutter zu, und eine Sekunde lang glaubte ich, er würde auf sie losgehen. »Das wäre eine Möglichkeit, die ich vielleicht ernsthafter hätte in Betracht ziehen sollen.« Abrupt stand er auf und sagte zu Mina: »Um meinetwillen und der Gastfreundschaft willen, die ich dir habe zuteil werden lassen … könntest du wenigstens so viel Anstand haben und dem Mann sagen, dass du mit ihm nicht reden willst, weil er *Jude* ist. Sag ihm bitte, dass du ihn lieber vom Angesicht der Erde tilgen würdest, wie es jeder andere hirnlose Muslim will, als mit ihm auch nur ein Wort zu reden!«

Vater sah ihr fest in die Augen. Und seine Beharrlichkeit forderte Mina zu einer widerwilligen Reaktion heraus. »Er wird nie einer von uns sein«, sagte sie leise. »Und ich bin die Einzige, der das egal ist. Aber das spielt keine Rolle mehr. Es spielt keine Rolle mehr, dass es mir egal ist. Ich spiele keine Rolle mehr.«

»Wer spielt dann überhaupt noch eine Rolle?«, fragte Vater und sah erneut zu mir.

»Alle anderen«, erwiderte Mina. Vater sah weg. Nach langem Schweigen fuhr Mina fort: »Das Beste ist wohl, wenn ich gehe.«

Vater explodierte. »Habe ich das verlangt? Habe ich das je verlangt? Du bist seit mehr als einem Jahr hier! Ich habe dich willkommen geheißen. Du gehörst zu meiner Familie! Muneer war nie so glücklich wie in dieser Zeit. Ich war nie so glücklich. Und der Junge auch nicht. Dieses Haus ist auch dein Haus. Ich habe dir meinen Bruder gegeben …«

Es folgte eine Pause.

»Wenn er nur dein Bruder wäre«, murmelte Mina vor sich hin, aber so laut, dass es alle hören konnten.

Vater erstarrte, plötzlich wirkte er traurig und verletzlich.

Mina sah ihn an. »Es tut mir leid, Naveed«, sagte sie schließlich.

Den ganzen Nachmittag und Abend klingelte das Telefon. Keiner ging ran. Schließlich hängte Mutter es aus.

Vater war zum Abendessen nicht zu Hause. Mutter stellte für mich und Imran zwei Teller mit Resten vom Mittag zusammen und setzte uns vor den Fernseher, bevor sie im Esszimmer verschwand, um weiter mit Mina zu reden, was sie fast den gesamten Tag getan hatte. Ich sah Mina erst wieder am Abend, als sie in mein Zimmer kam, um mich zuzudecken. Sie sah erschöpft aus. »Erzähl mir von deinem Traum, *Behta*«, sagte sie mit einem müden Lächeln, während sie sich auf die Bettkante setzte.

Ich erzählte ihr von der Frau mit dem Schleier, die mir nachjagte, und vom Propheten, der mich rettete, indem er mich in eine Moschee in den Bergen brachte, wo er mir sagte, ich solle das Gebet anführen. Dann wusste ich nicht mehr, was ich sagen sollte. Ich wollte ihr nicht von den Gestalten erzählen, die zum Leben erwachten, oder davon, dass ich mich langweilte und schließlich ging.

»Was ist noch passiert?«, fragte sie.

»Nichts, eigentlich nichts«, sagte ich.

»Das ist ein Zeichen, *Behta*«, sagte sie nach einer Weile. »Du bist erst der zweite Mensch, den ich kenne, dem der Prophet im Traum erschienen ist.«

»Ein Zeichen?«

»Du bist auserwählt. Du wirst einmal ein Führer sein. Ein Führer unseres Volkes«, sagte sie tonlos. Ich nickte. Ich wusste, sie hätte es nicht gesagt, wenn ich ihr auch den Rest erzählt hätte.

Mina berührte meinen Gips. Sie hatte dunkle Ringe unter den Augen, die Paste auf ihrem Gesicht bröckelte, die Haut um ihr linkes Auge, wo Mutters Schläge auf sie niedergegangen waren, hatte sich blau schwarz verfärbt und war geschwollen. Sie sah so traurig aus. »Ich kann dir gar nicht sagen, wie leid es mir tut.«

»Du hast schon gesagt, dass es dir leid tut, Tante.«

»Ich weiß. Es ist wirklich so.« Sie zögerte. »Wie geht es deinem Arm?«

»Gut.«

»Hast du noch Schmerzen?«

Ich nickte. Das dumpfe Pochen entlang des Knochen war immer da.

»Ich fühle mich ganz schrecklich.« Wieder zögerte sie. »Tut mir leid, dass ich dich im Krankenhaus nicht besucht habe.«

»Du hast mir die Blumen geschickt.«

Mina lächelte. »Haben sie dir gefallen?«

»Sie waren schön«, sagte ich.

Ich musste daran denken, wie sie in diesem besonderen Licht aussahen, das ich nach der Operation gesehen hatte. Ich wollte ihr von diesem Licht erzählen. Aber bevor ich es konnte, begann sie zu reden:

»Ich will dir etwas sagen, Hayat… Was du Imran erzählt hast, das ist falsch. Es war falsch, was ich getan habe. Es war falsch, dass ich dich geschlagen habe. Aber es war auch falsch, was du gesagt hast. Es steht nicht im Koran.«

»Doch, Tante… es steht in…«

Sie schnitt mir das Wort ab. »Du bist noch zu jung, um manche Dinge zu verstehen. Es war mein Fehler, ich hätte achtsamer sein müssen.« Ihr Ton war schroff und ungeduldig. »Der Koran sagt eine Menge. Und manches davon wirst du erst verstehen, wenn du älter bist.«

Ich sah weg.

»Sieh mich an, wenn ich mit dir rede, Hayat.« Mit einem Finger drehte sie mein Kinn wieder in ihre Richtung. Das, wurde mir jetzt klar, war der ganze Grund gewesen, warum sie mit mir reden wollte – nicht mein Traum vom Propheten. »Nathan hat dir nie etwas getan. Er war immer gut zu dir … zu dir, zu mir und zu Imran. Zu dieser Familie. Er hat ein gutes Herz, anders hast du ihn nie erlebt. Er hat es immer gut gemeint. Er hat es nicht verdient, so behandelt zu werden. Er hat es nicht verdient, dass du solche Dinge über ihn sagst.«

Ich wusste nicht, wie ich darauf reagieren sollte. Ich war beschämt und trotzig zugleich. Wenn ich jetzt wegsah, würde sie glauben, dass sie recht hätte.

»Ich möchte, dass du darüber nachdenkst«, sagte sie. »Okay, *Behta?*«

Ich sagte nichts.

»Hast du mich gehört, *Behta*?«

Sie kann mich nicht zwingen, dass ich etwas sage, dachte ich und starrte ihr nur ins Gesicht.

13

GLAUBENSAKTE

Was ich als Nächstes tat, sollte ich später am meisten bereuen.

Minas Entschluss, mit Nathan nicht mehr zu reden, hielt nicht lange an. Ich hörte zufällig, wie sie zu Mutter sagte, dass sie sich mit ihm treffen wolle. Einen Tag darauf sah ich sie am Telefon, das Kabel zog sich von der Küche durch das Fenster hinaus auf die Veranda, wo sie in einem Sessel saß und liebevoll in den Hörer sprach. Ich wusste, sie hatte Nathan in der Leitung. Und als ich sie so durch das Küchenfenster beobachtete, ergriff etwas Dunkles, Finsteres von mir Besitz, als würde schwarzes Blut durch meine Adern rauschen. Ich lief nach oben in mein Zimmer, nahm das Buch aus dem Regal, das Nathan mir geschenkt hatte, ging hinaus in die Garage und warf es in die Mülltonne. Aber als ich das Buch auf dem stinkenden Haufen weißer, zusammengeschnürter Müllbeutel liegen sah, wollte sich nicht das Gefühl einstellen, das ich mir erhofft hatte. Wenn ich überhaupt etwas fühlte, dann Hilflosigkeit.

Aber plötzlich hatte ich eine Idee.

Ich kehrte ins Haus zurück und ging in Minas Zimmer. Mein Blick huschte über die Buchreihen, bis ich ihn sah – den dünnen gebundenen Band. Ich schlug die Seite auf, auf der ich Minas Namen entdeckt hatte, den sie als verheiratete Frau getragen hatte.

Dort stand er.

Ich nahm das Buch mit in mein Zimmer, setzte mich an den Schreibtisch und schrieb mit der linken Hand – mein rechter Arm war noch eingegipst – die Adresse ab. Es dauerte seine Zeit. Und als ich wieder in Minas Zimmer war, um das Buch zurückzustellen, kam die Schwärze in meinem Blut richtig in Fluss; mein Plan nahm Gestalt an. Ein Brief würde nicht genügen. Man könnte viel zu leicht herausfinden, dass er von mir stammte. Plötzlich erinnerte ich mich an den Tag, an dem Mina uns über ihren Flug informiert hatte.

Ein Telegramm.

Ich kehrte in mein Zimmer zurück. *Zehn Wörter oder weniger*, ging mir durch den Kopf.

In meiner Schreibtischschublade kramte ich nach dem Rest der zwanzig Dollar, die Vater mir ein Jahr zuvor geschenkt hatte. Neun Dollar hatte ich ausgegeben, alles für Süßigkeiten, also besaß ich noch elf Dollar. Ich zog meine Sneakers an und ging hinaus in die Garage. Es war nicht einfach, mich mit dem Gipsverband aufs Fahrrad zu schwingen und das Gleichgewicht zu halten, aber irgendwie klappte es, und ich radelte davon.

In den knapp zwanzig Minuten, die ich für die Fahrt zur Mall brauchte, reifte in mir ein Entschluss. Ich konnte ihn nicht als Juden bezeichnen. Sonst wäre man zu schnell dahintergekommen, dass ich die Nachricht abgeschickt hatte. Also würde ich ihn einen Kafir nennen. Das Wort, das im Koran so häufig vorkam: einen »Ungläubigen«.

Ich lehnte mein Fahrrad an die Sträucher vor dem Eingang zur Mall. Der Western-Union-Laden war leer. Ich trat an den Schalter. Vor mir saß der Mann mit den strahlend blauen Augen und dem violetten Fleck im Gesicht, der uns Minas Telegramm gebracht hatte. Er schälte eine Orange, schließlich sah er auf.

»Kann ich behilflich sein?«, fragte er verdutzt. Ich hatte keine Ahnung, ob er sich an mich erinnerte.

»Ich muss ein Telegramm verschicken.«

»Nach Übersee?«

»Ja.«

»Hier«, sagte er, wischte sich die Hände am Ärmel ab und schob mir ein Formular durch die schmale Öffnung unten am Schalterfenster. »Füll es aus und gib es mir dann. Sechs Dollar für zehn Wörter oder weniger. Jedes Wort darüber kostet weitere siebzig Cents. Satzzeichen zählen mit.«

Ich trat zur Seite und füllte das Formular aus, schrieb sorgfältig die Buchstaben, ließ mir Zeit und achtete darauf, dass alles lesbar war:

> MINA HEIRATET EINEN KAFIR STOPP SEIN NAME LAUTET NATHAN

Als ich damit fertig war, zog ich den Zettel mit der Adresse in Karatschi heraus und trug sie im dafür vorgesehenen Feld ein:

> Hamed Suhail
> Dawes Lines Rd 14
> Karatschi, Pakistan

Darunter befand sich ein weiteres Feld für die Angaben zum Absender. Daran hatte ich nicht gedacht. Ich überlegte, ob ich einen Namen und eine Adresse erfinden sollte, bis mir bewusst wurde, dass ich keine Adressen kannte außer die in dem Stadtteil, in dem wir wohnten.

Eine leise Stimme flüsterte mir zu, dass das nicht funktionieren würde.

Ich sah zum Schalterfenster und bemerkte, dass der Mann mich anstarrte. »Brauchst du Hilfe?«, fragte er kauend.

»Nein.«

»Wo hakt es?«

»Nirgends. Denk nur nach.«

Er nickte, drehte sich weg und verschwand. Ein Radio war zu hören, ein Rauschen, dann leises Geplauder.

Ich sah mich um. Der Linoleumboden war mit zerrissenen und zerknüllten Formularen übersät, in den Ecken sammelten sich Staubflocken. Neben dem Schalter, an der gegenüberliegenden Wand, lagen die Gelben Seiten aus.

Adressen, dachte ich.

Ich ging zum Telefonbuch, schlug es willkürlich auf und überflog die Seite. Die rot-blaue Anzeige eines Chevrolet-Händlers fiel mir ins Auge:

Seastrom Chevrolet
2710 Nebraska Avenue
Milwaukee WI 53215

Ich übertrug die Adresse auf mein Formular, brauchte aber immer noch einen Namen. Ich las noch mal die von mir verfasste Botschaft.

Kafir.

Plötzlich stand mir Sonny Buledi vor Augen. Der einzige wahre Kafir, den ich kannte.

Ich trug seinen Namen ein. »Sonny Buledi.« Dann ging ich an den Schalter.

Der Mann mit dem Mal im Gesicht stand in der offenen Tür zum hinteren Raum und lauschte. Aus dem Radio tönte eine schneidende Stimme, die vom Herrn und von Jesus Christus sprach. Er bemerkte mich. »Fertig?«, fragte er und kam nach vorn.

Als er nach dem Formular griff, verspürte ich einen ersten Anflug von Reue. Das öde Büro, die gellende Radiostimme, das Mal im Gesicht des Mannes … Plötzlich wollte ich mit alldem nichts mehr zu tun haben. Der Mann fasste nach dem Blatt, an das ich mich jetzt regelrecht klammerte. Er zog an. Kurz glaubte ich, es könnte zerreißen. Dann ließ ich los.

Er schien nicht zu bemerken, dass etwas nicht stimmte.

»Sechs Dollar«, sagte er, nachdem er den Text überflogen hatte. »Mit Steuern sechs-einunddreißig.« Ich zählte sieben Dollar ab und schob die Scheine durch die Öffnung. »Was bedeutet das?«, fragt er und deutete auf die Nachricht.

»Was?«

»Kafir?«

»Es bedeutet … äh …« Ich wusste nicht recht, ob ich es ihm sagen sollte.

»Ja?«

»Jemand, der nicht an Gott glaubt.«

Angewidert gluckste er vor sich hin. Er sah mich an, seine blauen Augen funkelten kalt, und kurz war ich erleichtert, weil ich hoffte, er würde mir sagen, dass er es nicht wegschicken könnte.

»Leute wie die«, sagte er schließlich, »die finden das noch früh genug heraus. Wenn das Höllenfeuer über sie hereinbricht und sie nicht wissen, was sie verschlungen hat.« Er sah mich an, hielt mein Formular hoch und lächelte. »Ich schick es gleich weg. Sofort.«

Die Folgen ließen nicht lange auf sich warten.

Dunkel erinnerte ich mich an einen nächtlichen Tumult, durch den ich kurz wach geworden war. Am folgenden Morgen saß Mutter mit bitterernster Miene am Küchentisch.

»Du wirst es nicht glauben, *Behta*«, sagte sie, »aber Hamed weiß von Nathan. Er droht damit, das Kind zurückzuholen.« Mutter schüttelte den Kopf. »Ich meine, ich glaube nicht, dass er das machen kann ... zumindest nicht, solange sie hier im Land ist ...« Sie sah weg. »O Gott«, seufzte sie.

Ich war schockiert. Das alles hatte ich so nicht beabsichtigt.

»Er hat ihre Eltern angerufen und ihnen alles erzählt. Und dann haben sie mitten in der Nacht *hier* angerufen. ›Wer ist Nathan? Was geht hier vor sich?‹ Natürlich hat sie ihnen nichts erzählt. Natürlich hat sie gelogen. Sie hat gesagt, es gibt niemanden, der Nathan heißt ... Weißt du, was ihr Vater gesagt hat? Sollte sie jemals einen Kafir heiraten, wollten sie nichts mehr mit ihr zu tun haben.« Mutter hielt inne. »In Wahrheit hat er noch mehr gesagt. Er hat gesagt, er würde kommen und ihr jeden Knochen im Leib brechen. Er hat ihr schon mal ein paar Knochen gebrochen.« Sie stand auf. »Na, jetzt ist es jedenfalls endgültig vorbei. Das war's dann. Ich weiß nicht, was ich mir dabei gedacht habe. Was bin ich bloß für eine Idiotin! Eine Idiotin, die irgendwelchen Fantasien nachhängt, Hirngespinsten. Das bin ich, *Behta*. Und war ich schon immer.« Plötzlich deutete sie auf mich. »Und du hast das auch in dir. Sei dir darüber im Klaren. Fantasien sind nur was für Idioten, Hayat! Für *Idioten*! Sei kein Idiot!« Sie wandte sich ab, auf ihrem Gesicht ein verdutzter Ausdruck, als sie vor sich hin murmelte: »Sonny Buledi? Ausgerechnet er? Warum? Woher hat er überhaupt gewusst, wohin er es schicken muss?«

Mutter sah mich nicht an. Hätte sie es getan, hätte sie bemerken können, dass mir alles andere als wohl in meiner Haut war.

»Wo ist Tante Mina jetzt?«, fragte ich nach einer langen Pause.

»Dein Vater ist mit ihr zu einem Anwalt gefahren. Sie ist völlig durch den Wind ... verständlich. Dieser verdammte Kerl droht damit, ihr den Sohn wegzunehmen!« Erneut, immer noch fassungslos, schüttelte sie den Kopf. »Sonny Buledi … Was hat der sich bloß gedacht?«

Mutter trat an den Herd, um mit der Zubereitung des Frühstücks zu beginnen. Und während sie mir Spiegeleier briet, wiederholte sie das Wenige, das sie wusste, erging sich abwechselnd in Selbstanklagen und Wutausbrüchen und ihrer Fassungslosigkeit, wie das alles überhaupt hatte passieren können. Mir wurde schwindlig, als ich alles noch einmal hörte – dass Mina Imran verlieren, dass ihr Vater ihr alle Knochen im Leib brechen könnte.

Was hatte ich getan?

Mutter stellte einen Teller mit Ei und einer Scheibe Toast vor mich hin. Ich rührte es nicht an. Sie aß ebenfalls nichts. »Das ist alles schon schlimm genug. Mach es mir nicht noch schwerer, Hayat.«

Ich zwang mich zu ein paar Bissen. Ich ließ das Eigelb zerplatzen und schob das Essen auf dem Teller hin und her, bis alles eine einzige Sauerei war. Schließlich ließ sie mich gehen.

Oben in meinem Zimmer fiel ich auf die Knie.

»Bitte, lass es nicht zu, dass ihr jemand Imran wegnimmt. Allahmia. Bitte. Ich mache alles für dich. Alles. Ich lerne den Koran noch schneller auswendig. Ich werde ein Maulvi. Was du willst. Egal was. Irgendwas. Alles. Nur lass nicht zu, dass sie Imran verliert. Bitte lass nicht zu, dass ihr Vater ihr alle Knochen im Leib bricht. Bitte, bitte, bitte …«

Dabei sah ich den Mann mit dem Mal im Gesicht vor mir, der kauend im Schalterraum mit den zerrissenen und zerknüllten Formularen auf dem Boden stand. Immer wieder durchlebte ich den Moment, in dem ich das Formular festgehalten hatte, nur stellte ich mir jetzt vor, dass ich es nicht losließ. Was hätte ich darum gegeben, wenn es gerissen wäre.

Schließlich, erschöpft von meinen verzweifelten Bitten, setzte ich mich aufs Bett. Ich nahm den Koran zur Hand. Das, dachte ich mir, war das Einzige, was Allah jetzt von mir wollen konnte: dort weiterzumachen, wo ich stehen geblieben war.

Wie von Mutter vorhergesagt, hatte der Anwalt, den Mina am Morgen konsultiert hatte, erzählt, dass sie nichts zu befürchten habe. Zumindest solange sie im Land war. Mutter versprach ihr, sie könne bei uns bleiben, solange sie wollte oder es nötig war.

Mina bekam ich erst am Abend zu Gesicht. Ich schaffte es kaum, ihr in die Augen zu schauen. Ich wollte ihr erzählen, was ich getan hatte, aber sie gab sich unnahbar. Sie hatte etwas Verbittertes, Distanziertes an sich, wie ich es noch nie an ihr gesehen hatte. Ihre mandelförmigen Augen waren nur noch schmale Schlitze, die Falten auf ihrer Stirn – und an ihrer Nase und um die Augenwinkel – waren tiefer, dunkler. Sie bewegte sich sogar anders, resolut, zackig, nicht mehr so schlurfend wie früher, wenn sie Kummer gehabt hatte. Ihr Blick hatte alles Verträumte verloren, sie vermittelte nicht mehr den Eindruck, als wäre sie in Gedanken an einem anderen, besseren Ort. Mir gegenüber benahm sie sich kühl. Auch die nächsten Tage war es so. Zunächst glaubte ich, sie wüsste alles. Aber dann erkannte ich, dass sie sich gegenüber allen so benahm. Etwas in ihr war anders geworden.

Die ganze Woche über träumte ich des nachts vom Schalterraum der Western Union und dem Mann mit dem Mal im Gesicht. Der Gedanke an das, was ich getan hatte – und das damit geschaffene Leid –, verfolgte mich unentwegt. Es ging mir schrecklich an die Nieren, was Mina und Imran zustoßen könnte. Ich fühlte mich hilflos. Und da ich diese Hilflosigkeit mir selbst zuzuschreiben hatte, verspürte ich eine neue

Art von Scham. Ich sah jetzt deutlich, wie sehr ich mich von Imran distanziert hatte. Ich verstand nicht, warum ich es getan hatte. Ich hätte dankbar sein sollen, ihn zu haben, dachte ich. Also nannte ich ihn von jetzt an Bruder, wie er es schon lange bei mir gemacht hatte. Wir spielten mehr als je zuvor miteinander. Ich ließ ihm seine Launen durchgehen. Ich schenkte ihm meine Sachen. Und obwohl ich jede Gelegenheit ergriff, um den von mir angerichteten Schaden wiedergutzumachen, konnte ich das Telegramm nicht verdrängen. Es war wie ein Zahnbelag, den keine Zahnbürste wegscheuern konnte.

Am Ende der Woche, am Freitag, zogen Mutter und Mina ihre traditionelle pakistanische Kleidung an. Sie waren zu einem Fest bei den Chathas eingeladen. Vater war überzeugt, dass es sich bei der Einladung aufgrund der Ereignisse im Islamischen Zentrum nur um eine Provokation handeln könne. Schlimmer noch. Denn nachdem er mit Sonny Buledi gesprochen hatte – der vehement abstritt, mit der Sache irgendetwas zu tun zu haben –, schlussfolgerte Vater, dass das Telegramm von einem dieser »Wölfe im Schafspelz«, wie er sie jetzt nannte, stammen musste. Ihm wollte nicht in den Kopf, warum Mutter auch nur in Betracht ziehen konnte, dorthin zu gehen.

»Wir müssen hier raus«, sagte sie. »*Sie* muss hier raus. Wir müssen wieder unter Leute, unter unseresgleichen. Und du solltest uns begleiten.«

»Auf keinen Fall«, sagte Vater.

»Gut«, erwiderte Mutter kühl. »Dann gehen wir ohne dich.«

Vater bestellte für mich und Imran aus der örtlichen Pizzeria Käsepizza und Mozzarella-Sticks. Er stand immer wieder auf, verließ das Zimmer und kam nach einiger Zeit zurück, während Imran und ich die Pizzen verdrückten und dabei die Wiederholung einer Folge von *Herzbube mit zwei Damen* anschauten.

Nach der Sendung schlief Imran auf der Couch ein. Vater schien verschwunden zu sein.

Ich ging hinauf in mein Zimmer und zog die Schreibtischschublade auf. Unter Papieren vergraben war Minas Foto. Ich holte es heraus. Ihr Gesicht war die Vollkommenheit selbst, Ausdruck eines namenlosen Gefühls in mir, das alles zu beinhalten schien, was ich jemals begehren konnte; ein Gefühl, auf das jetzt der Schatten meiner Reue fiel.

Ich legte das Bild zurück und nahm meinen Koran zur Hand. Aber ich konnte mich nicht auf die Verse konzentrieren.

Ich schloss die Augen und betete.

»Bitte, lieber Allahmia. Rette Imran vor diesem Mann. Rette Mina vor ihrem Vater. Ich werde alles tun, was du willst. Ich werde alles aufgeben, was du willst …«

Ich hörte etwas. Ich drehte mich um. Die Tür zu meinem Zimmer stand weit offen. Auf der Schwelle mein Vater.

Seine stämmige Silhouette zeichnete sich vor dem dunklen Flur ab, der Schein meiner Schreibtischlampe, das einzige Licht im Zimmer, erreichte kaum sein Gesicht. Trotz der tiefen Schatten sah ich seine Augen. Sie glitzerten gefährlich.

»Was machst du da?«, fragte er und klang angestrengt. Er verschliff die Worte.

»Den Koran lesen«, erwiderte ich.

»Hast du vergessen, was ich dir im Krankenhaus gesagt habe?«

Erst jetzt dämmerte mir, dass er mit dem Buch, von dem er im Krankenhauszimmer gesprochen hatte, den Koran gemeint hatte.

»Gib ihn mir«, sagte er und trat näher.

Ich zuckte zurück und drückte das Buch an mich. Mein Herz raste.

»Ich sagte, gib ihn mir!«, befahl er. Er ragte jetzt über mir auf und streckte mir die Hand hin.

»Warum?«, platzte es schließlich aus mir heraus. Meine Stimme – laut, herausfordernd – überraschte mich.

Zähneknirschend starrte er mich an. Plötzlich kam seine Faust auf mich zugeflogen. Ich duckte mich. Er traf mich am Nacken. Und dann schlug er erneut zu. Ich taumelte vom Stuhl.

Er hatte jetzt den Koran in den Händen, hielt mit der rechten Hand den Einband fest und zerrte mit der anderen an den zerknüllten Buchseiten. »Dieses gottverdammte Ding …«, fauchte er, und seine Arme und Schultern spannten sich, während er mit aller Kraft am Buch zog, bis er die Seiten aus dem Einband riss.

Mit einem Knurren schleuderte er den Umschlag zu Boden und zerrte an den gebundenen Seiten, riss so lange, bis einzelne Seiten und Papierschnipsel im Zimmer herumflatterten und sich über den ganzen Teppich verteilten. Und dann trampelte und stampfte er mit wildem Blick auf unserem heiligen Buch herum. »Du willst deinen Koran?«, schrie er. »Hier hast du deinen *beschissenen* Koran!« Ich hatte ihn noch nie dieses Wort sagen hören. Es klang unbeholfen aus seinem Mund, als wüsste er nicht recht, wie es auszusprechen war. »Was du machst, wenn du achtzehn bist, ist deine Sache! Aber wenn ich dich bis dahin noch einmal mit dem Koran erwische, mache ich mit dir das, was in diesem *beschissenen* Buch über Diebe steht! Ich werde dir deine *beschissenen* Hände abhacken! Alle beide!« Er deutete auf mich. »Hast du mich verstanden?«

Ich weinte. Mein Atem gehorchte mir nicht mehr, meine Kehle war wie zugeschnürt, und meine Brust wurde von Krämpfen geschüttelt.

»Hast du mich verstanden?«, brüllte er.

Ich versuchte zu nicken, aber selbst das war mir unmöglich.

»*Ich sagte, hast du mich verstanden?*«

»Ja … a … a …«, schluchzte ich schließlich.

»Gut«, sagte er schwer schnaufend. Ich sah zur Tür. Imran stand dort und starrte mich an.

»Wir sind noch nicht fertig«, sagte er und eilte an mein Bett, riss die Decke weg, zerrte das Laken heraus, warf es auf den Boden und begann, mit dem Fuß die einzelnen Blätter auf das Laken zu schieben. Fasziniert sah Imran zu, wie sich Vater erneut in seine Raserei hineinsteigerte, abwechselnd mit dem einen und anderen Fuß ausholte, heftig schwankte und immer wieder aufs Neue erstaunt schien, dass es nur Papier war, wonach er trat.

Als sich schließlich die herausgerissenen Seiten auf dem Laken türmten, zog er die Ecken zusammen und warf sich das Bündel über die Schulter. »Gehen wir, Hayat!«, schrie er. »Auf der Stelle!«

Ich stand auf. Meine Atmung gehorchte mir immer noch nicht.

»*Wo…wohin… ge…hen… wir?*«, brachte ich schließlich heraus.

»Komm!«

Imran folgte uns, während Vater mich die Treppe hinunter und in die Küche führte. Aus einer Schublade am Telefon zog er ein Feuerzeug, dann zeigte er zur Verandatür. »Raus, Hayat! Sofort!«

Es war eine trockene Nacht. Eine erste Herbstkühle lag in der Luft. Am Ende des leicht abfallenden Rasens, oberhalb der Bäume, deren Silhouetten vor dem schwarzen Himmel kaum zu sehen waren, hing eine papierdünne Mondsichel über dem Horizont. Noch immer keuchte ich. Ich blickte zum Haus zurück. Imran sah uns durch die Verandatür nach.

Vater steuerte die Stelle hinter dem Gemüsegarten an. Dort warf er das Bündel auf die Aschefläche im Gras, wo er im Frühjahr und Sommer Reisig verbrannte und im Herbst das Laub. »*Nein!*«, rief ich, als mir dämmerte, was er vorhatte.

Vater zog das Feuerzeug aus der Hosentasche und griff sich eine Handvoll zerrissener Koranseiten. Sein Daumen drückte auf den Zünder. Grausam lächelte er mich an, als er die dünne Flamme an das Papier hielt und wartete. Erst als die Seiten tatsächlich Feuer fingen, wurde mir meine Überraschung bewusst. Ich hatte allen Ernstes erwartet, sie würden nicht brennen.

»Nichts weiter als Papier«, sagte Vater, als würde er meine Gedanken lesen. »Hat meine Schwester nicht retten können. Und kann sich selbst auch nicht retten.« Er ließ das brennende Papier auf den Haufen am Boden fallen.

Langsam fraß sich das Feuer voran, die Flammen wurden höher. Tränen schossen mir in die Augen. Das Feuer tanzte und verschwamm vor meinem Blick.

Vater schwieg.

»*Du … wirst … in … die … Hölle … kommen …*«, schluchzte ich.

»Gut«, sagte er.

»Gu…gut?«

Er antwortete nicht.

Die herausgerissenen Seiten krümmten sich im Feuer, die verkohlten Stellen brachen, zerkrümelten und wurden von der aufsteigenden Hitze in die Höhe getragen. Wie schwarze Schneeflocken, die in die falsche Richtung fielen, so verschwanden sie im Nachthimmel. »Wenn du irgendwas davon deiner Mutter erzählst«, warnte mich Vater, »dann, das schwöre ich, breche ich dir auch noch den anderen Arm.«

Ich sah zu, wie die Seiten verbrannten. *Ich habe ihn nicht aufgehalten*, dachte ich mir. Und dann fiel mir ein, was Mina immer sagte: dass es auf die innere Einstellung ankam.

Ich wandte den Blick vom Feuer ab. Ich hatte ihn nicht aufgehalten. Aber ich musste es mir auch nicht mit ansehen.

IV

MINA, DER DERWISCH

14

SUNIL, DER LÄCHERLICHE

Der Abend, an dem Vater meinen Koran verbrannte, war der Abend, an dem Mina Chathas Vetter Sunil kennenlernte. Er saß in der Ecke des Zimmers, wo sich die Männer aufhielten und wo er Mina auffiel: Er war klein, von dunkler Hautfarbe, nicht besonders attraktiv, und es war ihm anzusehen, dass er litt. Aber die Art und Weise, wie er sein Leid trug – mit Würde, ja mit Größe (so ihre Worte) –, das beeindruckte sie.

Sunil hatte allen Grund zu leiden. Seine Frau hatte ihn wegen eines weißen Amerikaners verlassen, sie hatte ihren einzigen Sohn mitgenommen und war durch das halbe Land nach Florida umgesiedelt. (Sunil lebte in Kansas City.) Seitdem war er in eine lähmende Depression verfallen, was seine Augenarztpraxis in Mitleidenschaft gezogen hatte, so dass er gezwungen gewesen war, sie zu verkaufen. Und nun war er, in der Mitte seines Lebens, hier und wohnte im Gästezimmer seines Vetters.

Er war Mina sofort aufgefallen, geweckt wurde ihr Interesse aber erst, als er beim Essen zum Gesprächsthema der Frauen wurde. Najat, Chathas Frau, erwähnte Sunils Scheidung und seine Probleme und beklagte sich über ihn: Seit Monaten wohne er jetzt bei ihnen, und vielleicht, sagte sie, sei es endlich an der Zeit, dass er sein Leben wieder selbst in die Hand nehme. Mina, überrascht über Najats harsche Worte, gab manches zu bedenken. Eine Scheidung, sagte sie, könne nur verstehen, wer sie selbst durchgemacht habe. Da aber niemand am Tisch davon ausging, einmal geschieden zu werden, war auch niemand daran interessiert, darüber zu reden. Najat wechselte unvermittelt das Thema. Und so schmorte Mina plötzlich am Ende des Tischs vor sich hin, während ihre Gefühle entflammt waren für den Mann, dessen nicht zu übersehenden Kummer sie nur allzu gut zu verstehen glaubte.

Später an diesem Abend sprach sie ihn an. Sie sah ihn auf die Veranda gehen, wo er eine Zigarette rauchte, und folgte ihm kurzerhand. Sie unterhielten sich fast eine halbe Stunde über ihre jeweiligen Scheidungen. Als Mina in die Küche zurückkehrte, tat sie etwas, von dem sie wusste, dass sie damit etwas in Gang setzte. Najat bereitete die Nachspeisen zu. Mina nahm sich eine Schale und füllte sie mit einer großen Portion Kheer, ging damit ins Wohnzimmer, wo die Männer versammelt waren, und reichte Sunil die Schale.

Vor allen anderen.

Sunil setzte sich auf und nahm linkisch die Schale und den Löffel entgegen. »Danke«, sagte er.

»Bitte«, erwiderte Mina lächelnd.

»Dein Vater ist nicht sehr glücklich über deine Islamstudien«, sagte mir Mutter ganze fünf Tage nach Vaters Wutanfall am Freitagabend. »Lass es etwas ruhiger angehen … nur für die nächste Zeit.«

Fassungslos starrte ich sie an. Ich wusste, dass Vater ihr am Wochenende etwas gesagt hatte. Ich hatte gehört, wie sie sich am Samstag im Schlafzimmer gestritten hatten und Vater meinen Namen gebrüllt hatte. Und nun – am Mittwoch – sagte sie mir mit zerknirschter Miene, ich solle es *etwas ruhiger angehen* lassen, und machte dabei eine beschwichtigende Handbewegung, als würde sie mich bitten, die Lautstärke der Stereoanlage runterzudrehen. »Ich meine, keiner verlangt von dir, dass du ganz aufhörst. Aber *mach einfach mal halblang…*«

»Gut«, sagte ich.

Sie interpretierte meine Zurückhaltung als Ausdruck meines Unwillens. »Ich weiß, wie wichtig es dir ist«, sagte sie verstimmt. »Aber manchmal kann man eben nicht so, wie man will. Und wenn einer nun mal die Rechnungen bezahlt, haben sich die anderen zu fügen. So funktioniert die Welt. Wenn du erwachsen bist, *Inschallah*, wird das für dich nicht mehr gelten. Im Moment aber sind uns die Hände gebunden. Also pack den Koran in den Schrank, wenn er hier ist. In Ordnung?«

Natürlich wusste sie nicht, dass es keinen Koran mehr gab, den ich in den Schrank hätte packen können. Und nach Vaters Drohung, mir auch noch den anderen Arm zu brechen, wollte ich es ihr auch nicht auf die Nase binden.

»Okay«, sagte ich.

»Guter Junge«, antwortete sie. »Und noch eins: Nichts mehr über Nathan. Erwähne seinen Namen nicht mehr. *Auf keinen Fall…* okay?«

Nur wenige Wochen früher wäre ich überglücklich gewesen, wenn sie mich darum gebeten hätte. Jetzt verspürte ich nur Scham und Reue.

»Okay, Hayat?«, wiederholte sie.

»Okay«, antwortete ich.

Mina fand mich an diesem Nachmittag in ihrem Zimmer, als ich vor ihrem Bücherregal stand und ihren Koran durchging. »Was machst du da, *Behta*?«, fragte sie.

»Etwas in deinem Koran nachschlagen, Tante.«

»Aber du hast doch selbst einen.«

Ich zögerte. »Ich wollte es in deinem sehen.«

»Aber du hast den gleichen.«

Ich verstummte. Ich wollte ihr sagen, was vorgefallen war. Damit, dachte ich mir, könnte ich vielleicht die schreckliche Distanz überwinden, die zwischen uns herrschte.

»Dad hat ihn verbrannt.«

»Er hat *was*?«

»Er wollte nicht, dass ich darin lese. Aber dann hat er mich dabei erwischt. Und er hat ihn verbrannt.«

Mina schlug die Hand vor den Mund. »Mein Gott …«, sagte sie und wandte den Blick ab. Ich hatte erwartet, dass sie wahnsinnig wütend werden würde. Aber sie wirkte nur besorgt. »Komm her, Hayat«, sagte sie und setzte sich aufs Bett. »Komm her zu mir.«

Ich setzte mich neben sie.

»*Behta*«, begann sie. »Dein Vater hat mich gebeten, mich nicht mehr um deine religiösen Studien zu kümmern. Ich musste es ihm versprechen … und dieses Versprechen muss ich halten. Schließlich bin ich sein Gast.«

Ich sagte nichts. Mein Blick fiel auf den Koran in meinen Händen, und ich musste an den ersten Koranunterricht denken, hier in diesem Zimmer und an jenem Abend, als in ihrer Gegenwart und in Gegenwart der heiligen Worte, die zu verstehen sie mir beigebracht hatte, etwas in mir geweckt worden war. An diesem Abend hatte mir Mina zum ersten Mal von den Hafiz erzählt, hoffnungsfroh hatte ich mich an diesem Abend schlafen gelegt und von Glückseligkeit geträumt. Traurig dachte ich jetzt daran. Wie lange das her war. Jetzt war alles anders. Mina liebte mich nicht mehr so, wie sie mich damals geliebt hatte. Und das war, wie ich wusste, allein meinem Tun zuzuschreiben.

»Denke nicht, dass ich ihm in dieser Sache zustimmen würde, mein Lieber«, fuhr Mina fort und wischte meine Tränen weg. »Aber ich muss seinen Willen achten. Es ist sein Haus. Das verstehst du doch, oder? *Behta?*«

Ich wusste nicht, was ich verstand, aber ich nickte.

Vater hatte zunehmend schlechte Laune. Irgendwann Mitte September, nachdem klar war, dass es mit Mina wirklich aus war, nahm Nathan Urlaub und fuhr nach Boston, um seine Eltern zu besuchen. Zwei Wochen darauf war er immer noch nicht zurück. Und dann, ohne vorherigen Anruf oder Vorwarnung, erhielt Vater von ihm einen Brief. Nathan war eine Stelle am Massachusetts General Hospital angeboten worden, die er angenommen hatte. Er wollte an der Ostküste bleiben.

Vater war der Verzweiflung nahe. Er verlor nicht nur seinen besten Freund, sondern auch den wissenschaftlichen Mitarbeiter, durch den der gemeinsame Erfolg überhaupt erst möglich geworden war. Er wusste nicht, ob er seine Arbeit ohne Nathan fortsetzen konnte, und tat alles in seiner Macht Stehende, um seinen Kollegen umzustimmen. Er spielte sogar mit dem Gedanken, nach Boston zu ziehen, damit sie dort ihre Forschungsarbeiten fortführten. Aber, erzählte Nathan Vater, der alleinige Grund für diesen Schritt sei es doch eben gewesen, sämtliche Verbindungen zu kappen. Ihm sei noch nie so das Herz gebrochen worden – ja, bislang habe er noch nicht einmal gewusst, was es bedeute, wenn einem das Herz gebrochen würde –, und daher müsse er weg. Vater grollte und grämte sich. Mir fiel auf, dass er nun jeden Abend nach dem Essen in der Garage verschwand. Wenn er zurückkam, roch er nach Whiskey. Seine Stimmung, mit der es vorher schon nicht zum Besten bestellt war, verschlimmerte sich noch. Ohne Vorwarnung ging er hoch. Meine Eltern stritten sich so heftig wie nie zuvor. Sie fluchten und ließen Türen knallen und drohten, einander zu verlassen. Mehr als einmal marschierte Vater mit dem Autoschlüssel in der Hand davon und kam erst am nächsten Tag zurück. Oder noch später.

Eines Abends nach dem Essen unterhielten sich Mutter und Mina bei einer Tasse Tee. Ich saß am Kopfende des Tisches. Vater war den gesamten Tag und den Abend über weg gewesen, worüber Mutter sich beklagte. Nachdem Mina ihr eine Weile zugehört hatte, unterbrach sie sie: »Ich bin das Problem, *Bhaj*. Ich muss hier weg.«

Mutter sagte nichts.

Ich sah zu Mutter, überrascht, dass sie darauf nichts erwiderte.

»Aber du kannst nicht weg, Tante«, platzte ich schließlich heraus.

Mina wandte sich an mich. »*Behta*, deine Tante muss jetzt ihr eigenes Leben leben.« Ihr kühler Tonfall erlaubte keine Widerrede.

»Er hat noch nicht angerufen, oder?«, fragte Mutter nach einer langen Pause.

Mina schüttelte den Kopf. »Aber sie haben ihn darum gebeten.«

Plötzlich befürchtete ich, dass sie von Hamed sprachen. »Wer?«, fragte ich.

Mutter fuhr mich an. »Kümmere dich um deinen eigenen Kram, Hayat … Nimm deine Milch und troll dich.«

Zwei Tage später klingelte das Telefon. Ich ging ran. Noch bevor ich etwas sagen konnte, hörte ich Mutters Stimme in der Leitung. (Sie war oben rangegangen.) Ghaleb Chatha war am Apparat. Ich blieb dran und lauschte. Nach einer frostigen Begrüßung kam Chatha auf den Punkt: Er bitte für Sunil um die Erlaubnis, Kontakt zu Mina aufzunehmen. Es gehe natürlich um die Heirat, erklärte er.

Mutter antwortete ihm knapp, es gehe in Ordnung.

Ebenso knapp fiel Chathas Erwiderung aus: »Muneer, ich weiß es zu schätzen, dass du zustimmst. Ich würde aber lieber mit dem Mann des Hauses reden.«

Es folgte eine Pause.

»Der hat in dieser Angelegenheit nichts zu sagen. In der Sache musst du mit mir reden.« Mutter klang ziemlich verbittert.

»Trotzdem … Ist Naveed-*Sahib* da?«

»Nein.«

»Kann er mich zurückrufen?«

»Das ist sehr unwahrscheinlich, Ghaleb«, erwiderte Mutter. »Naveed hat für dich nicht sehr viel übrig.«

»Dann sollte ich direkt mit ihren Eltern sprechen.«

»Nur zu.«

Eine weitere Pause.

»Hast du ihre Nummer, Muneer?«

»Da musst du mit Mina reden.«

»Ich würde es vorziehen, wenn sich das vermeiden ließe. Wenn du die Nummer besorgen und dann Najat anrufen könntest …«

»Gut«, sagte Mutter. Es klickte. Sie hatte aufgelegt.

Mutter hatte nicht die geringste Absicht, Chathas Bitte zu entsprechen – »ich lasse mich von dieser Vogelscheuche doch nicht herumkommandieren«, beschwerte sie sich eines Abends –, aber Mina zwang sie dazu.

Zwei Tage später, irgendwann vor Sonnenaufgang, wurde die Nachtruhe im Haus vom hohlen Schrillen unseres Telefons zerrissen. Es klingelte und klingelte. Irgendwann ging jemand ran. Kurz war es still, dann flog die Schlafzimmertür auf, und Mutter eilte durch den Gang zu Minas Zimmer.

»Ein Anruf aus Pakistan!«, flüsterte Mutter. »Deine Eltern!«

»Alles in Ordnung?«, fragte Mina erschreckt.

»Ich glaube, Chatha hat angerufen«, hörte ich Mutter durch die Tür.

Mutter hatte recht. Chatha hatte ihre Eltern in Pakistan angerufen und sich deren Zustimmung gesichert, indem er einige Versprechen gemacht hatte: Er werde nicht nur für die Mitgift aufkommen, sondern auch die Ausgaben für die gesamte Hochzeit übernehmen, inklusive der Flugtickets für die Alis, damit sie nach Amerika kommen konnten. Rafiq, Minas Vater, war überglücklich. Und jetzt rief er an, um seine Tochter davon zu überzeugen, diese zweite Chance auf ein »normales Leben« nicht leichtfertig zu verspielen. Er musste freudig überrascht gewesen sein, als er feststellte, dass er seine Tochter kaum davon überzeugen musste.

Meine erste Begegnung mit Sunil fand am Telefon statt. Er und Mina hatten sich bereits eine Woche lang ziemlich regelmäßig ausgetauscht, als ich an einem Nachmittag ans Telefon ging. Am anderen Ende der Leitung hörte ich eine hohe, eigenartig gedehnte Stimme:

»Haaallo?«

»Hallo?«

»Hier ist Sunil? Ist Mina Aaali zu sprechen?«

»Wer?«

»Miiina?«

»Mina?«

»Jaaa?«

Es war eine seltsame Stimme, die alles mit dem immer gleichen, singenden Tonfall belegte und aus keinem ersichtlichen Grund die Silben langzog, so dass jeder Satz wie eine Frage klang.

»Wer ist am Apparat?«

»Sunil?« Er zögerte. »Bist du Haaayat?«

»Mhh-hmm.«

»Ich hab schon von dir gehöört? Ich freu mich schoon, dich keeennenzulernen?«

Mir wollte einfach nicht in den Schädel, warum er so redete.

»Ich würde geern mit deiner Tante Miiina reeeden?«

»Gut. Ich hole sie.«

»Daanke, *Behta?*«

Ich sah ins Fernsehzimmer, wo Mina auf der Couch saß, die Hand bereits auf dem Hörer.

»Es ist für dich, Tante.«

»Sunil?«

»Ja.«

»Gut, mein Lieber«, sagte sie.

Ich dankte Allah, dass sich scheinbar alles zum Besten wandte. Mutter erklärte, wenn Sunil und Mina heirateten, hätte Mina keinerlei Schwierigkeiten, in Amerika zu bleiben, und Imran wäre in Sicherheit. Dankbar und mit wiedererwachter Hingabe begann ich daher regelmäßig zu beten und achtete darauf, kein einziges der fünf täglichen Gebete auszulassen. Und da ich mich dabei zu Hause nicht erwischen lassen durfte, dachte ich mir meinen ganz eigenen Ritus aus. Ich berief mich auf Minas Ausspruch, wonach allein die innere Einstellung zählt, sah von den traditionellen Worten und Gebärden des Namaz ab, setzte mich zu den üblichen Gebetszeiten stattdessen nur still hin, schloss die Augen und stellte mir vor, ich sei in Allahs Nähe. Manchmal stellte ich ihn mir als Wolke am Himmel vor, manchmal während er auf einem goldenen Thron saß, manchmal nur als großes weißes Licht. Immer aber bildete ich mir ein, er wäre ganz nah bei mir. Und dann wartete ich, lauschte auf meinen Atem, bis Stille eintrat. Dann murmelte ich:

»Ich gebe mich dir hin.«

Das war alles. Ich weiß nicht, woher ich es hatte, aber es fühlte sich irgendwie richtig an. Als müsste ich es Gott sagen.

So machte ich das überall. Im Schulbus. In der Pause. Im Klassenzimmer. Im Garten. In meinem Zimmer. In der Mall. Ich setzte mich irgendwo ruhig hin, schloss die Augen und murmelte: »Ich gebe mich dir hin.« Manchmal spürte ich nach einem solchen Gebet etwas – eine Wärme, ein Leuchten –, das auch andere in meinem Blick wahrnehmen konnten. Mir gefiel die Vorstellung, dass sie nicht die geringste Ahnung hatten, was der Grund dafür war. Keiner wusste, was ich machte.

Und was mein Ziel betraf, ein Hafiz zu werden: Ich machte nicht nur weiter, sondern strengte mich noch mehr an als jemals zuvor. Minas unausweichlicher Abschied schürte in mir einen Eifer und ließ mich im Glauben das suchen, was ich mit ihr verlieren würde. In der Schulbibliothek gab es eine Koranausgabe, einen kleinen roten Band, der von einem Ronald McGhee übersetzt worden war. Die Ausgabe besaß ein Vorwort, das mich hätte aufschrecken lassen sollen. Darin wurde von der Notwendigkeit einer »unvoreingenommenen Fassung der Bibel der Moslems« gesprochen, damit die westliche Leserschaft ein für alle Mal verstünde, wie »wahrhaft barbarisch, ja tierisch« diese »Moslems« wären und warum sich »das Christentum auf einen neuen Kreuzzug vorzubereiten« habe. In der Not aber, redete ich mir ein, frisst der Teufel Fliegen, und da die McGhee-Übertragung der mir bereits bekannten Verse erkennbar genug war, scherte ich mich nicht um seine Meinung. Ich brauchte nur die Worte. Ich lieh mir das Buch aus, bewahrte es in meinem Pult in der Schule auf und verlängerte alle drei Wochen die Ausleihfrist – die auf eine Karte gestempelt wurde, die wiederum in einer Lasche hinten im Buchdeckel steckte (und die anzeigte, dass es zwanzig Jahre her war, dass sich jemand vor mir das Buch ausgeliehen hatte).

Oft saß ich in den Pausen in einer Ecke des Schulhofs und arbeitete mich durch neue Suren. Meine Klassenkameraden hänselten mich zunächst, aber nach ein paar Wochen, in denen sie sich an meine halbstündigen Koranstudien gewöhnten, war ich für sie ebenso interessant wie die neu gepflanzten Ahorne im Schulhof. Natürlich gab es Zeiten, in denen ich nicht mehr weitermachen wollte, in denen ich lieber beim Kickball oder Football mitgemacht hätte. Aber ich redete mir ein, was ich tat, wäre wichtiger als jedes Spiel. Wenn der Koran eines klarstellte, dann, dass das Leben auf Erden vergänglich war; wer sich etwas anderes einredete, beging einen gravierenden Fehler. Und daher sah ich die Sache so: Das Leben war wie eine Fernsehsendung, die man sehr mochte. Man wollte nicht, dass sie aufhörte. Aber irgendwann, früher oder später, *würde* sie aufhören; so war es nun mal. Und wenn sie vorbei war, musste man mit dem Alltag weitermachen. Je eher man sich auf das vorbereitete, was danach kam, umso besser.

Es war ein früher Sonntagmorgen Mitte Oktober. Nachdem ich bei Sonnenaufgang aufgewacht war und auf der Bettkante nach meiner Art gebetet hatte, ging ich mit einer Schale Frühstücksflocken nach unten ins Fernsehzimmer. Irgendwann hörte ich Vater oben auf der Treppe eine Begrüßung murmeln, bevor er in der Küche verschwand, um sich einen Tee zu machen. Kurz klapperten Tassen, es wurde eingeschenkt, dann kam Mutter. Es dauerte nicht lange, bis Vater brüllte:

»Es interessiert mich nicht! Ich will nicht dabei sein! Und ich werde auch nicht dabei sein! Ich habe in meinem Leben Besseres zu tun! Wenn sie bei diesem Trottel schon nicht auf mich hören will, dann muss ich wenigstens nicht auch noch mitmachen!«

»Beruhige dich, Naveed!«

Etwas schepperte. Ich sah zur Treppe, die zur Küche hinaufführte. Vater stand an dem Schränkchen, in dem er und Mutter ihre Schlüssel aufbewahrten.

»Wo willst du hin?«, fragte Mutter in scharfem Ton.

»Zum Angeln. Was glaubst du denn?«

Vater sah zu mir, unsere Blicke trafen sich. Einen Moment glaubte ich, er würde mich fragen, ob ich mitkommen wolle. Aber er tat es nicht.

Worum es bei dem Gespräch gegangen war, erfuhr ich später, als ich mich in der Küche herumtrieb, während Mina und Mutter frühstückten: Sunil sollte zu Besuch kommen. Es war nicht das erste Mal, dass sich Mina und Imran mit ihm getroffen hatten; sie waren in den vergangenen Wochen einige Male mit Mutter bei Chatha zu Besuch gewesen. Aber jetzt sollte Sunil zum ersten Mal zu uns kommen. Eigentlich hätte Sunil dabei Vater kennenlernen sollen, wovon dieser aber nichts wissen wollte. Er war immer noch wütend wegen der Geschichte zwischen Nathan und Mina, und die neuesten Entwicklungen mit »diesem Chatha-Vetter« – so nannte er Sunil – hielt er schlichtweg für einen schlechten Scherz.

Mutter war es egal, wenn er nicht da war, nur Mina zeigte sich besorgt.

»Das ist nicht gut, *Bhaj*«, sagte Mina.

»Es spielt doch keine Rolle.«

»Es spielt eine Rolle«, widersprach Mina, legte ihre Toastscheibe ab und schob den Teller weg.

»Du bist doch nicht schon fertig, oder?«

»Ich hab keinen Hunger.«

»Du isst überhaupt nichts mehr. Ich mach mir Sorgen. Du siehst auch nicht gut aus… Nicht wahr, Hayat?«, fragte mich Mutter. Es stimmte. Mina sah aus, als hätte sie abgenommen, obwohl an ihr nie viel gewesen war, was sie hätte abnehmen können. Die Haut in ihrem Gesicht war so straff gespannt, dass es unnatürlich wirkte. Aber das wollte ich ihr nicht sagen, um sie nicht zu kränken.

»Der Tee reicht«, erwiderte Mina.

»Hayat, bring ihr ein Glas Milch.«

»*Bhaj*…«

»Und iss deinen Toast auf«, sagte Mutter streng.

»Gut«, murmelte Mina und nahm einen Bissen von ihrer halb verzehrten Toastscheibe. Ich schenkte ein Glas Milch ein und brachte es ihr. Sie nippte daran.

»So schlecht ging es dir nicht mehr, seitdem wir Kinder waren«, sagte Mutter.

»Es ist nichts. Es geht vorbei. Mein Teller ist doch voll.«

Mutter sah auf Minas Teller. »Nicht so voll, wie er sein sollte.«

Mina lachte. Mutter fiel mit ein. Dann verstummte Mutter schlagartig. Ernst sah sie ihrer Freundin in die Augen. »Tun wir wirklich das Richtige?«, fragte sie.

»Das Richtige?«

»Willst du das alles wirklich?«

»Muneer. Wir ziehen es durch.«

Mutter nickte und senkte den Blick. Es folgte eine lange Pause.

»Also, was machen wir mit den Chathas?«, fragte Mina schließlich.

»Was meinst du?«

»Zwei Frauen, die einen merkwürdigen Mann bei sich zu Hause empfangen? Ohne dass der Hausherr anwesend ist? Wenn Najat davon erfährt…«

Mutter wirkte verwirrt. »Was meinst du?«

»Was werde ich wohl meinen?«

Mutter kniff die Augen zusammen. Sie hatte keine Ahnung.

Mina drehte mir den Rücken zu und fuhr leiser fort: »Sie werden uns für sittenlos halten.«

»Weil Naveed nicht hier ist?«, erwiderte Mutter ebenso leise.

»Muss ich es dir wirklich erklären? Das kann doch nicht dein Ernst sein, *Bhaj*?«

Mutter rollte mit den Augen. »Es ist doch nicht möglich, dass sie so etwas denkt. Du warst, wie oft, ein halbes Dutzend Mal mit Imran bei ihnen …«

»Aber es war immer Najat anwesend …«

»Und?«

»Und? Sie wird es überall herumerzählen. Mir würde nicht im Traum einfallen, dort aufzutauchen, wenn sie nicht da wäre. Sie hat sowieso schon ihre Zweifel.« Mina stockte. »Sie hat mich gefragt, wie ich so lange mit einem Mann wie Naveed unter einem Dach leben konnte.«

»Eine berechtigte Frage«, sagte Mutter.

»Es ist mein Ernst, Muneer. Er genießt nicht den besten Ruf bei ihnen …«

»Hmm …«

»Also habe ich gelogen. Ich habe gesagt, ich trage zu Hause den Schleier und bleibe für mich. Und er spricht mich nie an, wenn du nicht zugegen bist.«

Mutter zuckte merklich zusammen. Stirnrunzelnd sah sie Mina lange an. »Worauf lässt du dich da bloß ein?«

Im ersten Moment schien Mina nicht zu wissen, was sie darauf antworten sollte, dann sagte sie: »Er liebt Imran, *Bhaj*. Er ist ein bescheidener Mensch. Er hat Versprechungen gemacht. Mit allem anderen kann ich leben. Es ist nicht das Ende der Welt.«

Sunil störte es anscheinend nicht, dass Vater nicht da war. Er wollte nur nicht, dass Mina es gegenüber Ghaleb oder Najat erwähnte. Und so begegnete ich ihm zum ersten Mal.

Auch wenn ich deswegen ein schlechtes Gewissen hatte, aber in meinen Augen sah er aus wie eine Ratte. Er hatte ein schmales Gesicht, eine kleine runde Nase und breite Wangenknochen mit feinen schwarzen Haaren, die wie Schnurrhaare aussahen. Dazu seine Haltung: Sunil schien in seinem weiten, beigefarbenen Anzug geradewegs zu versinken, als er an diesem Nachmittag in unserem Wohnzimmer saß – auf eben jenem Armsessel, auf dem vier Monate zuvor Nathan niedergestreckt gelegen hatte, nachdem ihm Imran ein Matchbox-Auto ins Gesicht geschleudert und ihn am Auge verletzt hatte. Dazu hob sich Sunils beigefarbener Anzugstoff kaum vom Beige des Armsessels ab, so dass es aussah, als würde der spindeldürre Mann mit seiner Umgebung einfach verschmelzen – nur ein dunkelbrauner Kopf ragte aus dem sich auftürmenden beigen Stoffgebirge, nicht unähnlich einem Präriehund, der seinen Kopf aus dem Bau steckte.

»Hayat«, sagte er. Ich stand ihm gegenüber in der Wohnzimmertür und war von seinem Anblick ebenso verblüfft wie von Minas Aufmachung. Sie trug nämlich einen eng sitzenden Schleier wie die Frauen aus dem Iran, die wir immer in den Abendnachrichten sahen. Ich hatte sie noch nie in dieser Aufmachung gesehen. Wenn sie den Kopf bedeckte, dann mit einer indischen Dupatta, die im Grunde gar nicht so viel verbarg, sondern im Gegenteil ihre Weiblichkeit noch mehr betonte, sie hübscher aussehen ließ als ohne jede Kopfbedeckung. Der strenge, das Gesicht umrahmende marineblaue Hidschab aber hatte wenig Verlockendes an sich. Für mich sah sie aus wie eine Nonne.

»Das ist Sunil, mein Lieber.«

»*Beeehta?*«, gurrte Sunil. Ich starrte ihn regungslos an und musste an unser kurzes Gespräch am Telefon denken. Seine eintönige Sprechweise mit den lang gezogenen Silben erschien mir ebenso sinnlos wie damals, als ich sein Gesicht nicht vor mir hatte. Dazu zwinkerte er mir ständig zu, als hätte er etwas im Auge. »Wie geeeht es diiir?«

»Gut.«

»Miin hat mir von deinen Stuuudien erzählt? Es macht mich stooolz, einen angehenden Hafiz zu keeennen …«

»Danke, Onkel.«

»Wie weit biiist du schooon, *Behta*?«

»Zehn Dschuz.«

»Zehn!«, rief Mina aus.

»Ein Driiittel?«, sagte Sunil zwinkernd. Beeindruckt sah er zu Mina.

»Wie hast du überhaupt die zehn geschafft?«, fragte Mina und schüttelte den Kopf.

»In der Schule. Ich lerne in der Pause auswendig.«

»In der Pause?« Mina sah zu Sunil, dann wieder zu mir. »Dein Fleiß ist lobenswert, *Behta*.« Wieder wandte sie sich an Sunil. »Du weißt noch, was ich dir über Naveed erzählt habe?«

Sunil nickte, dabei ruckte sein Kopf hin und her, währenddessen er unablässig zwinkerte. »Beeindruckend, beeiiindruckend. Und ganz allein? Unter solch schwiiierigen Umständen.« Sunil beugte sich vor und streckte mir die Hand entgegen. »Komm zu deinem Onkel …« Ich trat näher und blieb stehen. Imran saß zu seinen Füßen und hatte seine Spielsachen um sich herum verstreut. Sunil streckte sich noch mehr und reckte mir über Imrans Kopf die Hände entgegen. Ich wusste nicht, was er von mir wollte.

»Gib mir deine Häände«, sagte er.

Ich tat es.

Er ergriff sie und bohrte mir seine Fingernägel in die Handinnenfläche. Es war unheimlich.

»Du eriiinnerst mich an meinen Neeeffen«, sagte er und knetete noch immer meine Hände. »Erst *füüünfzehn* und schon ein riichtiger Haaafiz.«

»Wie heißt er?«, fragte ich.

»Farhaz… Vielleicht wirst du ihn bald keeennenlernen«, sagte er und drehte sich lächelnd zu Mina hin.

Ich sah zu ihr. Sie schob sich eine Haarsträhne, die sich auf der Stirn gelöst hatte, unter den Schleier. In diesem Moment fiel mir der riesige funkelnde Diamant auf, den sie am Ringfinger der linken Hand trug. Sie bemerkte meinen Blick. »Ah… Onkel Sunil hat ihn mir geschenkt.« Sie hielt mir die Hand hin. »Ein Verlobungsring.«

»Er ist groß«, sagte ich.

Erneut drückte mir Sunil seine Fingernägel in die Hand. »Na, vielleicht wirst du Farhaz früher keeennenlernen, als du denkst…«

Imran greinte; er fühlte sich ausgeschlossen. Sunil ließ meine Hände los und hob sich den Jungen auf den Schoß. Worauf Imran kreischte, weil er damit – obwohl er selbst um die Aufmerksamkeit gebettelt hatte – nicht mehr an seine Spielsachen konnte. Sunil strich ihm liebevoll übers Haar und küsste ihn auf die Wange, und mit einem Mal versank Imran in Sunils Umarmung, als gäbe es nichts auf der Welt, wo er jetzt lieber gewesen wäre.

»Ich hab dich lieb, Dad«, sagte Imran leise.

»Ich hab dich aaauch lieb, *Behta*«, sagte Sunil und streichelte ihn.

Mina war sichtlich bewegt.

Sunil sah zu mir. »Das heißt, ich werde dein richtiger Onkel sein. Und ich wiiill, dass wir für dich die zweiten Eltern sind. Wenn du iiirgendwas brauchst?«

Ich sah ihm in die zwinkernden Augen und wusste nicht recht, wie ich darauf reagieren sollte. Mutter tauchte in der Tür auf und klatschte in die Hände. »Okay, Kinder. Es ist an der Zeit, dass die Erwachsenen miteinander reden. Holt eure Jacken und geht raus zum Spielen.«

Imran kreischte und quengelte wieder, aber Mutter wusste ganz genau, was sie zu sagen hatte. »Du magst doch das Baumhaus so sehr, oder?« Imran biss sich auf die Lippen und nickte. Mutter lächelte und sah zu mir. »Hayat«, befahl sie. »Nimm ihn mit ins Baumhaus.« Imran hüpfte von Sunils Schoß und rannte hinaus.

Als ich ihm in den Flur folgte, packte mich Mutter am Ellbogen meines noch immer eingegipsten Arms. »Und halt dem Jungen gegenüber deine Zunge im Zaum«, murmelte sie mir zu. »Wir brauchen nicht noch mehr Probleme.«

Es war ein nasser, grauer Tag. Der Himmel war aufgewühlt. Genau wie ich. Ich wusste, ich hätte glücklich und zufrieden sein sollen darüber, wie sich alles fügte, aber ich war es nicht. Was Mutter zu mir gesagt hatte, tat weh. Dazu kam der schmerzliche Neid, den ich verspürte, als Sunil von seinem Neffen erzählt hatte, Farhaz, den *richtigen Hafiz*, wie er ihn genannt hatte. Und da war noch etwas, was ich nicht richtig zu fassen bekam, was mich aber auch nicht loslassen wollte.

Ich folgte Imran, trottete mit gesenktem Kopf über die Rasenflächen mit dem durchweichten Laub. Er nahm den üblichen Weg und trällerte vor sich hin. Wir gingen den Hügel hoch in Richtung der Gartners, deren eingeschossiges Haus hinter der Hecke auftauchte. Imran raste voraus, lief die leere Einfahrt hinauf, vorbei an den hohen Trauerweiden, die den Garten säumten und deren hängende Äste im kalten Wind zitterten.

Ich blieb stehen und sah zu den Bäumen. *Warum haben sie heute so gar nichts Tröstliches an sich wie sonst?*, kam mir in den Sinn.

Ich ging zur Eingangstür. Imran drückte bereits auf die Klingel. Im vorderen Fenster waren die Vorhänge weggezogen, drinnen brannte kein Licht. Wir spähten durch das Küchenfenster. Auch dort war es finster. Die Katze der Gartners – eine Perserkatze mit gesprenkelten lapislazuliblauen Augen – stand auf der Küchentheke und starrte uns ruhig und unergründlich an.

Wir gingen nach hinten zu den Bäumen, deren dicke Stämme von den ineinander verschachtelten Wänden des gut fünf Meter über uns liegenden, kunstvollen Baumhauses überbrückt und gekrönt wurden. Imran drehte sich zu mir um und ersuchte um meine Erlaubnis. Ich nickte. Er schoss davon, packte mit seinen kleinen Händen die Leiter und begann hinaufzuklettern. Ich rührte mich nicht und sah ihm zu. Seine kleinen Schuhe quietschten auf den nassen Sprossen.

Warum haben sie ein Baumhaus gebaut?, fragte ich mich. *Wofür brauchen sie das?*

Imran verschwand im Eingang, der in den Boden des Baumhauses gesägt war, kurz darauf erschien sein Kopf in einem der Fenster.

»Komm schon, Hayat«, sagte er und winkte mir zu.

Ich hob meinen Arm und zeigte ihm den Gips.

»Wann kommt er weg?«, quengelte er.

»Übermorgen«, antwortete ich.

Er zuckte mit den Schultern und verschwand im Inneren.

Ich sah mich um. Die Bäume in den umliegenden Gärten sahen überhaupt nicht wie Bäume aus. Die nackten, nassen, schwarzen Stämme vermittelten im schiefergrauen Licht den Eindruck, als wären sie aus Stein. Es war eine kalte, glatte Welt, und ich war dabei, das Einzige zu verlieren, das ich jemals geliebt hatte.

15

DER ABSCHIED BEGINNT

Die Hochzeit wurde auf den Tag nach Thanksgiving angesetzt. Mina hatte auf einer kleinen, schlichten Zeremonie bestanden, Chatha hingegen scheute keinerlei Kosten bei der Vermählung seines Vetters: Er und Najat luden mehr als zweihundertfünfzig Gäste ein; er buchte den opulenten, mit Kronleuchtern ausgestatteten Ballsaal des todschicken Atwater Hotel in der Innenstadt; er ließ sogar einen Koch aus seinem Dorf in Pakistan einfliegen, der das Menü zubereitete. Als Mina von dem Koch erfuhr, hatte sie mit Sunil ihren ersten Streit.

Eines Abends beschwerte sie sich bei Mutter über das viele Geld, das Ghaleb ausgab, und war sichtlich verblüfft über Mutters Antwort.

»Ghaleb und Najat wissen, was er durchgemacht hat … Du bist ein Glücksgriff. Schau dich an. Sie wollen mit dir angeben. Damit sein verletzter Stolz heilen kann, nach allem, was ihm seine erste Frau angetan hat … Vielleicht steckt da mehr Scharfsinn dahinter, als dir bewusst ist. Wo ist das Problem, wenn er für sein Selbstwertgefühl eine große Hochzeit braucht? Sie kommen doch für die Rechnung auf! Genieß es also!«

»Ich will nicht, dass sie denken, ich wäre hinter seinem Geld her.«

»Aber das bist du.« Mutter lachte.

»*Bhaj*. Bitte. Es ist noch nicht mal *sein* Geld …«

Mutter verzog das Gesicht. »Hast du überhaupt keinen Sinn mehr für Humor?«

Mina zuckte mit den Achseln. »Du weißt, warum ich das mache. Für Imran.«

»Dann musst du in den sauren Apfel beißen.« Nach einer Pause fügte Mutter an: »Könnte schlimmer kommen. Du könntest ja auch eine *von vieren* sein.«

Mina gluckste. »Du weißt ja gar nicht, wie unerträglich Najat wirklich ist …«

»Schwiegerleute sind immer unerträglich.«

»Sunil behandeln sie noch schlimmer. Er beschwert sich ständig, wie er von Ghaleb herumkommandiert wird.«

»Ghaleb zahlt die Rechnungen.«

»Aber kein Vergleich zu dem, was sie von Naveed und dir denken.«

»Was sagen sie über mich?«

»Dass du einen Schuss hast.«

»Ich habe einen Schuss?«, wiederholte Mutter. »Was soll das heißen?«

»Nichts. Es heißt gar nichts.«

»Einen Schuss? Von schießen?«

»Ich glaube schon.«

»Najat wäre zum Schießen, wenn sie nicht so eine Duckmäuserin wäre. Nicht ich.«

»Sie lässt mich wegen meiner Haut nicht in Ruhe.«

»Na ja, irgendwas stimmt mit deiner Haut auch nicht. Du isst nicht richtig.«

Mina seufzte. »Ich will das alles bloß hinter mich bringen.«

»Einen Schuss?«, wiederholte Mutter.

»Vergiss es, *Bhaj*. Für eine Frau wie dich fehlt ihnen jegliches Verständnis.«

»Für Frauen *wie uns*. Du bist genauso. Wenn nicht sogar noch schlimmer.«

Es folgte eine lange Pause. »Da hast du recht«, erwiderte Mina schließlich.

An diesem Abend kam ich zu Mina ins Zimmer und hoffte, sie würde mir eine Geschichte erzählen. Sie saß auf dem Bett und hatte ein Buch auf dem Schoß, und ihre Augen waren gerötet und geschwollen.

»Alles in Ordnung, Tante?«

»Ja, *Behta*«, erwiderte sie und schüttelte müde den Kopf. »Kannst du deiner Tante ein Glas Wasser holen?«

»Mmm-hmm.«

Ich ging nach unten in die Küche, füllte ein Glas mit Leitungswasser und brachte es ihr ins Zimmer. Sie schnäuzte sich die Nase und warf das Tissue auf den Boden. Ich reichte ihr das Glas.

»Danke«, sagte sie leise. Imran schlief in seinem Bett.

»Bitte. Alles in Ordnung, Tante?«

Sofort traten ihr Tränen in die Augen. Sie griff nach einem weiteren Tissue und trocknete sich die Augen. »Es ist nichts«, sagte sie. »Nur etwas, was ich gelesen haben.«

»Was?«, fragte ich und sah auf das aufgeschlagene Buch. Der Text war nicht in Englisch – die Schrift sah für mich wie Arabisch aus –, aber es war auch nicht der Koran.

»Es ist Dschamis *Nafahat*.«

»Was ist das?«

»Es handelt vom Leben der großen Sufis. Ich habe über Kharaqani gelesen, und …« Plötzlich blieben ihr wieder die Worte im Hals stecken.

»Schon gut, Tante. Du musst es mir nicht erzählen.«

»Nein«, sagte sie kopfschüttelnd. »Ich will es dir erzählen … Hier. Setz dich.« Ich nahm neben ihr Platz. »Ich werde es dir übersetzen.«

»Welche Sprache ist das, Tante?«

»Persisch.«

»Persisch? Ich wusste nicht, dass du das kannst.«

»Es gibt vieles, was du nicht über mich weißt, mein Lieber.«

Ich verstummte. Nie war mir der Gedanke gekommen, dass es Dinge gab, die ich über meine geliebte Mina nicht wusste – und vielleicht auch nie erfahren würde.

»Das ist eine Geschichte über Ansari«, sagte sie und deutete auf die Seite. Mir fiel auf, dass sie nicht den Ring trug, den ich bei Sunils Besuch an ihrem Finger gesehen hatte. »Ansari war einer der großen Sufi-Dichter, Hayat. Als junger Mann hatte er einen Lehrer, einen alten Weisen namens Kharaqani. Und von Kharaqani lernte er alles, was es heißt, ein Sufi zu sein.« Langsam begann sie den Text zu übersetzen. »›Hätte ich Kharaqani nicht kennengelernt‹, sagt er, ›hätte ich Gott nie kennengelernt. Von Kharaqani lernte ich, dass man einen Sufi nicht nach seiner Kleidung beurteilen kann. Man ist nicht deshalb ein Sufi, weil man zerrissene Kleidung trägt oder einen Bart hat oder einen Gebetsteppich.

Ein Sufi zu sein‹«, fuhr sie fort, »›bedeutet, die Welt und alles in ihr aufzugeben. Ein Sufi zu sein bedeutet, von nichts abhängig zu sein, nichts zu wollen, nichts zu sein. Ein Sufi ist ein Tag, der keine Sonne braucht, eine Nacht, die keinen Mond, keine Sterne braucht. Ein Sufi ist wie der Staub auf dem Boden, nicht die Steine, die den Menschen Schmerzen zufügen, wenn sie darauf treten, sondern der Staub, von dem niemand weiß, dass er überhaupt da ist.‹«

Mina begann zu weinen, und dieses Mal versuchte sie nicht mehr, die Tränen zurückzuhalten. Ich umarmte sie. Ich spürte ihre harten Knochen, auf denen kein Fleisch mehr war, das man hätte tätscheln können. »Das, *Behta*, ist das, was uns das Leben antut. Es zermalmt uns. Es zermalmt uns zu Staub. Ein Sufi ist jemand, der sich dagegen nicht wehrt. Er weiß, dass es nicht schlecht ist, wenn man zu einem Nichts zermalmt wird. Es ist der Weg zu Gott.«

Ich verstand nicht recht, was sie mir sagte. Aber wie bei der Geschichte des Derwisch und seiner Orangenschalen würde ich so schnell nicht die seltsamen Bilder – Tag ohne Sonne, Nacht ohne Mond, Gott und Staub – vergessen und natürlich auch nicht die erschreckende Vorstellung, dass der wahre Weg zu unserem Herrn darin bestand, zu einem Nichts zermalmt zu werden.

Mina aß nichts. Wochenlang schien sie fast ausschließlich von Tee zu leben. Mutter tat, was sie konnte, häufig zwang sie Mina, länger am Esstisch zu bleiben, während alle anderen schon fertig waren, damit sie noch einen kleinen Happen von ihrer kaum angerührten Mahlzeit zu sich nahm. Ich sah Mutter neben ihr sitzen und ihrer besten Freundin eine Gabel mit Reis und Curry in den Mund schieben. Aber selbst wenn Mina Nahrung zu sich nahm, widersetzte sich ihr Körper. Mehr als einmal hörte ich, wie sie sich nach dem Essen im Badezimmer übergab. Meine Eltern machten sich furchtbare Sorgen. Vater brachte Glukosepulver aus dem Labor mit nach Hause, das wir ihr in den Tee mischten; Mutter ging mit ihr zu einer Reihe von Spezialisten. Alle Ärzte glaubten, Minas Problem sei psychischer Natur, und sie brauche eine Therapie. Mina lehnte ab.

»Therapie ist nicht die Lösung, *Bhaj*«, teilte sie Mutter mit. »Ich muss die Heirat hinter mich bringen. Wenn die erst mal vorbei ist, geht es mir wieder gut.«

»Wenn du es bis dahin noch schaffst«, entgegnete Mutter.

Es stimmte, man musste sich Sorgen machen, ob sie noch solange durchhalten würde. Mitte November, etwa zehn Tage vor der Hochzeit, sah Mina ziemlich seltsam aus. Ihre Gesichtshaut war nur noch eine mattgelbe, straff über den Schädelknochen gespannte Membran. Selbst ihre einst so strahlenden Augen hatten etwas Gelbsüchtiges an sich. Sie sah immer unwirklicher aus. Die Verwandlung ihres Körpers verlieh ihrem Gesicht etwas Unheimliches, das mich jetzt ebenso faszinierte wie früher ihre lebhafte, umwerfende Schönheit. Vielleicht war ich auch nur bestürzt über diese Auszehrung, die sich vor meinen Augen vollzog – Mina hatte sich so sehr verändert, dass noch nicht mal ihre Eltern sie erkannten, als sie von ihr am Flughafen abgeholt wurden. Vielleicht hatte sie aber auch etwas Neues, Verzauberndes an sich, etwas zugleich Verzweifeltes und Lebendiges; eine Frau, die den nahenden Niedergang ahnte, deren Glanz in der Erwartung dessen eher noch zunahm und deren Leuchten kurzzeitig zu einem strahlenden Höhepunkt aufflackerte, der aber nur das Vorspiel war zum darauffolgenden Verfall, den sie in sich gespürt haben musste.

Am Samstag vor der Hochzeit trafen Minas Eltern ein. Gebannt stand ich am Wohnzimmerfenster und beobachtete zwei hagere Männlein, die Taschen aus dem Kofferraum luden – beide hatten schmale Schultern und große Köpfe mit buschigschwarzen Haaren. Einer von ihnen war Sunil, der andere musste Minas Vater Rafiq sein, im ersten Moment aber konnte ich sie nicht auseinanderhalten. Die Ähnlichkeiten hörten damit nicht auf. Beim Tee am Küchentisch stellte ich überrascht fest, dass beide die lästige Angewohnheit hatten, ständig zu zwinkern. Ein bedeutungsloser Zufall, keine Frage, aber er hinterließ bei mir einen verstörenden Eindruck: Mir schien, als wären die wichtigsten Männer in Minas Leben immer ein bisschen neben der Spur.

Der Tee an diesem Samstagnachmittag war eine lebhafte

Angelegenheit. Rafiq ereiferte sich über die Reise, die er und Rabia soeben hinter sich gebracht hatten und die bei einer angesetzten Flugzeit von etwas mehr als zwanzig Stunden anstrengend genug gewesen wäre, durch einen achtstündigen Aufenthalt in Rom – aufgrund technischer Probleme der Maschine – allerdings vollends unerträglich geworden war. Noch immer schäumte er vor Wut über die Mahlzeit in der Flughafencafeteria, die die Fluggesellschaft den zum größten Teil muslimischen Passagieren serviert hatte. »Es ist mitten in der Nacht. Alles hat zu. Sie müssen uns *irgendwas* geben … Also rühren sie eine Suppe mit grünen Erbsen und etwas Fleisch zusammen.« Rafiq war der geborene Unterhalter, seine Stimme, seine Mimik waren so lebhaft wie seine Hände, die niemals zur Ruhe kamen: »*Also* … zu dem Zeitpunkt ist jeder am *Verhungern*. Seit fünf Stunden sitzen wir dort rum. Fünf Stunden! Die Leute haben Hunger. Also essen sie. Die Kinder essen. Die Eltern essen. Die Alten essen … Aber *was* essen sie? Ich bin der Einzige, der so viel Grips hat, eine Frau zu fragen: ›*Was servieren Sie hier?*‹ Sie spricht kein Englisch. Nicht ein Wort. Sie gibt mir die Suppe, und ich sehe darin etwas schwimmen. ›*Was ist das?*‹, frage ich sie. ›Lardo‹, sagt sie. ›Lardo.‹« Rafiq wiederholte das Wort einige Male mit ausdrucksloser Miene und ahmte dabei den Gesichtsausdruck der Kellnerin nach. Als er mein amüsiertes Gesicht bemerkte, wandte er sich an mich: »Lardo? Was ist Lardo? Und weil ich misstrauisch bin, frage ich sie: ›Ist es Schwein?‹ Sie versteht nichts, sie hat keine Ahnung und sieht mich an, als wollte sie mir sagen: *Beschwer dich nicht und iss, was man dir gibt, du Hund.*« Es fiel mir schwer, das Bild, das ich von Minas Vater hatte, der seiner Tochter alle Knochen brechen würde, mit diesem amüsanten, geselligen Menschen in Übereinstimmung zu bringen. Immer wieder blickte ich zu Mina, weil ich sehen wollte, wie sie sich fühlte. So weit ich es mitbekam, genoss sie Rafiqs Anwesenheit ebenso sehr wie ich. Er fuhr mit seiner Geschichte fort und deutete auf seine Frau, eine dicklichere, ältere, weniger attraktivere Ausgabe ihrer Tochter: »Aber dann hat *sie* die brillante Idee, einen *Muhlaut* von sich zu geben. Die Kellnerin schüttelt den Kopf und gibt einen anderen Laut von sich. ›Oink, oink‹, macht sie. ›Was ist oink, oink?‹, frage ich. Und daraufhin sagt ein Kind, das dabei steht und in den USA geboren wurde: ›So macht ein Schwein.‹ Ist das zu glauben? Sie servieren einer Maschine voller Pakistani Erbsen mit Schwein? Als die Leute das hören, ist die Hölle los. Sie laufen auf die Toiletten, um sich den Mund auszuspülen. Andere versuchen, das Essen zu erbrechen. Es geht drunter und drüber!« Er lachte. Das taten wir alle, außer Vater, der aussah, als würde er sich am liebsten verkriechen. »Als die Flughafenangestellten den aufgescheuchten Haufen sehen, bekommen sie es mit der Angst zu tun. Also sperren sie uns im Gate ein. Wollen uns nicht mehr rauslassen. Und werfen uns Brot und Käse zu, als wären wir Gefängnisinsassen. So geht das *zwei Stunden*! Dreihundert Leute, die rülpsen und furzen. Ich bin sechzig Jahre alt. Sie ist sechzig Jahre alt. Der reinste Albtraum!«

Rafiq lehnte sich zurück und sah zu Mina. Die Stimmung am Tisch änderte sich. Mit zusammengekniffenen Augen musterte er seine Tochter. »Und nach all dem steigen wir aus dem Flugzeug, und was müssen wir sehen …«

»Bitte, Rafiq«, unterbrach ihn Rabia. »Fang nicht damit an.«

»Nicht damit anfangen? Unsere Tochter ist ein wandelndes Gerippe!«

»*Abu*«, sagte Mina. »Es geht mir gut.«

»Es geht dir *nicht* gut. Du bist nur noch Haut und Knochen.«

Mina nahm sich einen Keks vom Teller in der Mitte des Tisches und biss davon ab. »Siehst du, ich esse.«

Rafiq schüttelte den Kopf und zwinkerte dabei – wenn das überhaupt möglich war – noch mehr als sonst. Er sah zu Sunil, dann zu meinen Eltern. »Ich muss euch danken, Naveed und Muneer, für alles, was ihr getan habt. Gott weiß, dass sie nicht einfach ist... aber, ehrlich gesagt, ihr hättet euch ein wenig besser um sie kümmern können...«

Vater reagierte nicht darauf. Er nickte noch nicht einmal. Er hatte sich an diesem Nachmittag vollständig zurückgezogen und den Tisch dem älteren Rafiq überlassen.

»*Abu*, das hat nichts mit ihnen zu tun«, sagte Mina. »Sondern nur mit mir. Es ging mir nicht besonders.«

»Und warum ist das so?«, fragte Rafiq.

»Onkel Rafiq«, schaltete sich Mutter ein, »sie hat viel durchgemacht.«

»Ach ja?«, erwiderte Rafiq. Sein Kommentar troff nur so vor Sarkasmus. »Und was, wenn ich fragen darf? Sie lernt einen netten Mann kennen...«, und dabei tauschte er ein Lächeln mit Sunil aus, »der sie so nimmt, wie sie ist, und ihr ein neues Leben anbietet? Was ist daran so schwierig?«

»Schluss!«, kam es von Mina.

Aufgeschreckt drehte sich Rafiq zu ihr hin.

Und auch Sunil meldete sich zu Wort. Streng sagte er zu Mina: »Er macht sich Sorgen um dich. Und ich auch.«

Minas Blick ging zwischen den beiden hin und her. »Gut«, sagte sie und nahm einen Schluck Tee.

Rafiq allerdings sah sie nach wie vor unverwandt an.

»Ich sagte gut, *Abu*«, wiederholte Mina.

Rafiq schien sich damit zufriedenzugeben. Energisch zwinkernd wandte er sich an Sunil. »Ich erwarte von dir, dass du sie herausfütterst, *Behta*.«

Lächelnd zwinkerte Sunil zurück.

»Erste Klasse, *Abujee*. Erste Klasse«, erwiderte er mit plötzlicher und unerklärlicher Ausgelassenheit. »Mach dir darüber keine Sorgen.« Sunil griff zum Tablett, nahm sich einen Keks und legte ihn auf Minas Teller. »Iss noch einen«, sagte er.

Rafiq lächelte breit und zeigte dabei die obere, gelblich verfärbte Zahnreihe. Er sah zu Mina und wartete, was seine Tochter tun würde.

Mina starrte ihren Vater an. Es knisterte förmlich vor Spannung.

»Tu, wie dein angehender Mann dir sagt«, sagte Rafiq leise. »Iss ihn.«

Mutter sah verstohlen zu mir. Vater starrte auf den Tisch.

Schließlich senkte Mina den Blick, nahm sich den Keks und schob ihn sich in den Mund.

»Was für ein Tyrann«, zeterte Mutter nach dem Tee, nachdem Minas Eltern nach oben in mein Zimmer gegangen waren, um sich auszuruhen. (Während ihres zweiwöchigen Aufenthalts sollte ich im Fernsehzimmer schlafen.) »Zwingt sie, diesen Keks zu essen! So hat er es schon immer mit ihr gemacht. Mit seinen Söhnen nie, immer nur mit ihr. Und hast du Sunil gesehen, wie er dort gesessen hat? Hat sich gar nicht mehr eingekriegt! Am liebsten hätte ich ihm eine gescheuert!«

Wir standen am Spülbecken. Ich trocknete das Porzellan, sie schrubbte die Innenseite der Teekanne. Durch das Küchenfenster sah ich Sunil und Vater im Garten hinter dem Haus. Sunil hielt Imran an der Hand, während er sich mit Vater unterhielt.

»Rafiq hat einen Napoleon-Komplex«, sagte Mutter. »Du weißt, wer Napoleon war, oder?«

Ich wusste nur so viel über ihn, um einen General aus einem anderen Jahrhundert vor mir zu sehen, der eine Hand in seinen Mantel geschoben hatte. Das war dann auch schon alles.

»Ein Winzling. Nur so groß«, sagte Mutter und deutete mit der Hand an, dass er nur ein wenig größer war als ich.

»Und dieser *Zwerg* erobert ganz Europa. Er hätte die Welt beherrschen können. Und weißt du, warum? Weil ein solcher Mann, der glaubt, dass die ganze Welt auf ihn herabschaut – und wenn man ehrlich ist, tut sie das doch auch –, weil ein solcher Mann vor nichts haltmacht, damit die Welt ihm Respekt entgegenbringt. Und wenn er sie erobern muss, damit er sich selbst beweisen kann! Du siehst also, nimm dich vor kleinen Männern in acht! Sie wollen immer etwas erobern!« Sie gab mir die Teekanne zum Abtrocknen. »Das nennt man Napoleon-Komplex, *Kurban*. Und wenn ein muslimischer Mann einen solchen Komplex hat, ist die *Katastrophe* vorprogrammiert! Ich hoffe bei *Gott*, dass Sunil wenigstens dem Jungen ein guter Vater ist … noch gibt es keinen Grund, daran zu zweifeln. Er geht sehr liebevoll mit ihm um.«

Sie sah aus dem Fenster. Sunil und Vater schienen eine hitzige Diskussion zu führen. Vater machte einen alles andere als erfreuten Eindruck.

»Worüber reden die beiden bloß?«, murmelte Mutter. »Hoffentlich sagt dein Vater nichts, was wir alle bereuen werden.« Plötzlich war sie beunruhigt. »Erwähne unter keinen Umständen Nathan. Unter *keinen* Umständen. Sein Name darf nicht erwähnt werden. Ihre Eltern wissen nichts über ihn. Und Sunil auch nicht …«

»Das hast du mir schon mal gesagt«, sagte ich.

In diesem Augenblick flog die Terrassentür auf. Es war Vater.

»Was für eine Null!«, schäumte er.

»Naveed! Ich habe dich gebeten, nachsichtig mit ihm zu sein. *Bitte*.«

»Nachsicht zu zeigen ist eine Sache. Von ihm *beschimpft* zu werden eine andere.«

»Beschimpft zu werden?«, sagte Mutter lächelnd. »Wie soll *das* möglich sein?«

Vater warf ihr einen eindringlichen Blick zu. »Wenn du auf Streit aus bist, Muneer … dann glaub mir, den kannst du haben.«

»Ich habe dich nur danach gefragt, was er dir gesagt hat.«

»Wenn du wüsstest, was er wirklich von dir hält, würdest du nicht mehr so freundlich zu diesem Idioten sein.«

»Was hat er über mich gesagt?«

»Dass ich dich nicht in Zaum halte. Dass ich ein schlechtes Beispiel abgebe. Dass er Mina den Umgang mit dir untersagt, wenn du ihr weiterhin solche Flausen in den Kopf setzt.«

»Was?«

»Willst du immer noch, dass ich diesem Idioten gegenüber *nachsichtig* bin?«

Mutter sah zum Fenster. Sunil näherte sich dem Haus.

»Er kommt«, sagte sie.

»Dann gehe ich«, sagte Vater und verschwand.

Die Terrassentür wurde geöffnet, diesmal sehr viel sanfter, und Sunil trat mit Imran an der Hand ein. »Wo ist Naveed?«, fragte er in seinem gewohnt salbungsvollen Tonfall. Angesichts Vaters Laune überraschte es mich, dass Sunil so ruhig war.

»Er ist fort …«, erwiderte Mutter und zögerte, bevor sie hinzufügte: »Zum Einkaufen.«

Sunil lächelte. Mutter erwiderte schwach das Lächeln und kaute auf der Innenseite der Wange.

»Gibt es etwas, was du mit mir besprechen möchtest, *Bhai-Jaan*?«, fragte sie.

»Besprechen? Waaas denn, *Bhaaji*?«

»Was dir auf der Seele liegt? Über mich vielleicht?«

»Nein, nein«, antwortete er lächelnd. »Aber wenn *du* irgendetwas mit miiir besprechen willst, dann lass es mich biiitte wissen. Du bist ihr wiiie eine Schwester. Also bist du auch miiir wie eine Schwester. Ich habe sonst keeeine Geschwister.«

Mutter schien nicht im Geringsten beschwichtigt. »Ich *bin*

ihr eine Schwester, Sunil«, verkündete sie. »Eine Schwester *im Geiste*. Das ist stärker als Blut.«

»Sicher, sicher«, stimmte er ihr mit wackelndem Kopf zu.

Mutter stierte ihn an. »Vergiss das nicht«, sagte sie warnend.

»Vergessen?«, fragte Sunil zwinkernd. »Wie sollte ich das jeeemals *vergessen?*«

Minas Vater war hellauf begeistert, in Amerika zu sein. Jeden Morgen machte er sich zu langen Spaziergängen auf. Er besuchte die Post, den Lebensmittelladen, das Rathaus, die Bibliothek, die High School in unserem Viertel. Zum Frühstück aß er im örtlichen Diner Pfannkuchen – amerikanische Parathas, wie er sie nannte –, überquerte dann die Straße zur Mall, um stundenlang durch die Geschäfte zu bummeln. »Alles ist so *groß*«, bemerkte er immer wieder. »Die Straßen, die Autos, die Bäume, die Häuser, die Menschen. Sogar die Kinder sind riesig. Mir sind ein paar Jungs begegnet, deren Arme waren dicker als meine Beine. Aus der Ferne habe ich gedacht, es wären Männer. Aber aus der Nähe habe ich gesehen, dass sie richtige Milchgesichter waren. Ich habe einen gefragt, wie alt er ist. ›Sechzehn‹, hat er gesagt. Sechzehn! Und schon so groß wie ein Ungeheuer!« Amerikas Größe beeindruckte ihn, ebenso die Sauberkeit. Eines Abends beim Essen sagte er: »Nirgends liegt Müll herum. Kein Staub. Die Straßen sind so sauber, dass man von ihnen essen könnte. Wie machen sie das bloß?«

»Sie kümmern sich eben darum«, erwiderte Vater schroff. Er ließ sich noch seltener als sonst zu Hause blicken. Es war klar, dass er Rafiq nicht mochte; ein Gefühl, das auf Gegenseitigkeit beruhte. »Anders als wir Pakistanis«, fügte Vater hinzu, »wissen die Amerikaner, wie man die Welt besser macht.«

Rafiq ging auf Vaters Provokation nicht ein. Auch nicht am

folgenden Abend, als er lebhaft davon berichtete, wie er am Nachmittag ein Beerdigungsinstitut aufgesucht und sich plötzlich in einem leeren Raum mit einem geöffneten Sarg wiedergefunden hatte. Er beschrieb sein Entsetzen, als er an den Sarg trat und feststellen musste, dass darin eine tote junge Frau in einem enganliegenden Kleid lag, das Gesicht über und über mit Make-up bedeckt und in Parfüm gebadet, was den unangenehmen Geruch, den ihr Körper verströmte, aber nicht ganz überdecken konnte.

»Als würde sie sich zum Ausgehen herrichten!«, mokierte sich Rafiq. »Mit wem will sie sich denn treffen? Sie ist tot!«

»Das ist für die Familie und die Freunde«, erklärte Mutter. »Es gibt für alle eine Party, damit sie den Leichnam ein letztes Mal sehen können, bevor er beerdigt wird. Das ist hier so Brauch.«

»Party?«

»Es ist keine Party«, korrigierte Vater. »Man nennt es Totenwache.«

Rafiq runzelte die Stirn. »Nun, Naveed-*Behta*. Wie du gesagt hat, weiß man hier, wie man sich um die Dinge *kümmern* muss – aber haben es die Toten wirklich nötig, dass man sich *so* um sie kümmert?« Rafiqs Ton war herausfordernd. Aber Vater schwieg. Schließlich zuckte er mit den Achseln und sah weg.

Rafiq schien zufrieden. Er wandte sich an Mina. »Sie hat ein bisschen so ausgesehen wie du, *Behti*. Dunkle Haare … aber lang nicht so abgemagert, nicht so klapperdürr wie du.«

Überrascht sah Rabia auf. »Wie kannst du so was nur sagen, Rafiq!«

Rafiq zuckte mit den Schultern.

»Und sieh doch!« Rabia deutete auf ihre Tochter. »Sie isst!«

Es stimmte. Mina mühte sich durch ihre Mahlzeit und hatte schon die Hälfte davon verspeist.

»*Totenwache*«, sagte Rafiq dann nach einer Weile wie zu sich selbst. »Was für ein sonderbarer Ausdruck. Die Tote ist doch nicht *wach*. Sie ist tot. Und trotzdem tun sie so, als wäre sie *wach*.«

»Es heißt nicht *wach*, sondern Wache, *Sahib*«, sagte Vater. »Es ist ein Substantiv, kein Adjektiv.«

Rafiq sah ihn verständnislos an.

»Nicht die Tote ist wach, sondern die Lebenden halten eine Wache.«

Rafiq winkte nur ab. »Substantiv, Adjektiv, spielt doch keine Rolle. So oder so, die arme Frau wird ziemlich überrascht sein, wenn sie bemerkt, wo sie sich befindet, wenn die Party vorbei ist.«

Mutter war deprimiert. Mina war ihr wie ein Rettungsanker gewesen. Durch ihre Anwesenheit wurde Mutter nicht nur von Vaters Affären abgelenkt – ein ständiger Stein des Anstoßes –, sondern sie empfand auch ihr Leben in Amerika weit weniger einsam. Sie redete nicht viel darüber, aber sie litt schrecklich an Heimweh – was mir erst bewusst wurde, nachdem Mina schon lange fort war und Mutter ihr Leben mit Erinnerungen an ihre Heimat vollstopfte: Regale und Wände quollen über mit pakistanischem Kunsthandwerk, den lieben langen Tag liefen auf der Stereoanlage Ghasele, dazu kamen die indischen Filme, in denen sie sich scheinbar tagelang verlieren konnte.

Mutters Stimmung in jenem Herbst wurde noch trübseliger, als sie von den Hochzeitsvorbereitungen völlig ausgeschlossen wurde. Bis zu einem gewissen Grad traf das auch auf Mina zu. Obwohl Mutter ihrer besten Freundin geraten hatte, sich den Chathas in allem zu fügen, fiel es Mutter schwer, sich selbst an ihren eigenen Rat zu halten, als Ghaleb und Sunil aus ihrer eklatanten Missachtung unserer Familie keinen Hehl mehr machten. Zu spät wurde ihr bewusst, dass der Schuss nach hinten losgegangen war, als sie versucht hatte, gegenüber Sunil ganz klar die Grenze zu ziehen. Ihren Anspruch, in Minas Leben eine zentrale Rolle zu spielen, konterte Sunil genau mit dem Verbot, das Mutter befürchtet hatte: Er machte seiner Verlobten klar, dass er Mutters Namen in seiner Gegenwart nicht mehr hören wollte. Als Mutter davon erfuhr, gab sie klein bei. Sie rief Sunil an und entschuldigte sich bei ihm. Seine Antwort war alles andere als entgegenkommend: Er sagte Mutter, er würde zwar ihrer Freundschaft zu Mina nicht im Weg stehen, sehe aber nicht den geringsten Grund, warum er darüberhinaus mit Mutter irgendetwas zu schaffen haben sollte.

Mutters Auseinandersetzung mit Sunil führte schließlich dazu, dass sich auch Najat gegen sie wandte. Nach allem, was geschehen war, wollte sich Mina mit den Buledis aussöhnen. Vater hatte sie davon überzeugt, dass Sonny mit dem Telegramm nichts zu tun haben konnte – schließlich war er angeblich selbst ein Kafir –, und Mina kam zu dem Schluss, dass es angemessen wäre, die Buledis als Geste ihres guten Willens zur Hochzeit einzuladen. Das einzige Problem war nur: Sie wollte die Sache nicht mit ihren Schwiegerleuten besprechen. Also bat sie Mutter darum.

Mutter rief die Chathas an und hinterließ eine entsprechende Nachricht auf dem Anrufbeantworter. Aber Najat rief nicht zurück. Einen Tag darauf brachte Mina die Angelegenheit gegenüber Najat zur Sprache, was für diese die Gelegenheit war, ein Zeichen zu setzen: Ungläubige wie die Buledis hätten bei der Hochzeit nichts verloren (es war schon schlimm genug, dass Naveed anwesend sein würde), und wenn Minas »Freundin« – damit meinte sie Mutter – es nicht gefiel, würde »niemand sie zum Kommen zwingen«. Mina war entsetzt. Es kostete sie ihre ganze Willenskraft, Najat nicht offen ihre Meinung zu sagen.

Auch Mutter war aufrichtig entsetzt, als sie erfuhr, was Najat gesagt hatte. Trotzdem riet sie Mina weiterhin, den Mund zu halten. Es wäre zwecklos, wiederholte sie, Schlachten zu schlagen, die man nur verlieren konnte. Daher und um das, was sie so eifrig predigte, auch in die Tat umzusetzen, beschloss Mutter, an Thanksgiving zu Hause zu bleiben und nicht zum Fest bei den Chathas zu gehen – der für den ganzen Tag angesetzten Feier, bei der Mina und ihre Mutter die Kleider und den Schmuck anprobieren konnten, die Najat für die Nikah hatte anfertigen lassen. Minas Hände würden mit Mustern aus Henna versehen, und die Alis sollten zum ersten Mal den weitverzweigten Chatha-Clan kennenlernen, der von außerhalb für die Zeremonie angereist kam. Mina wollte nicht, dass Mutter zu Hause blieb, aber Mutter hatte es für sich so entschieden.

»Es wird das Beste sein«, beteuerte sie. »Es geht mir gut damit.«

Beim Frühstück an Thanksgiving aber ging es Mutter gar nicht gut. Sie sah völlig abgekämpft aus. Und während wir uns alle an Rabias wunderbaren und unnachahmlichen Parathas gütlich taten – die von Mutter waren gut, aber Rabias waren einfach sagenhaft –, kam Mina abermals auf das Thema zu sprechen.

»Überleg es dir noch mal, *Bhaj*. Ich weiß, wie gern du dabei sein würdest. Ich hätte dich auch gern dabei. Solange keiner mit irgendwelchen Diskussionen anfängt – und du musst dir noch nicht mal wegen Sunil Sorgen machen. Er wird nicht da sein. Er ist mit Ghaleb im Hotel, um sich noch um ein paar Dinge zu kümmern …«

»Warum nicht, Muneer?«, sagte Rabia, als sie mit einem neuen Teller dampfenden, gebutterten Brots vom Herd zurückkehrte. »Es wäre nur recht so. Du solltest dabei sein.«

»Meiner Meinung nach ist das keine gute Idee«, verkündete Rafiq, griff über den Tisch und nahm sich ein frisches Paratha. »Überhaupt keine gute Idee.«

»Warum nicht?«, fragte Mina.

»Ja. Warum nicht?«, schloss sich Rabia an.

»Er hat recht«, murmelte Mutter, bevor Rafiq etwas darauf erwidern konnte.

Rafiq wandte sich an Mutter. »*Bethi*«, begann er mit sanfter Stimme. »Ich weiß, wie sehr es dich quält. Es quält mich auch. Meine eigenen Söhne sind nicht hier. Wie, glaubst du, geht es mir damit? Aber so ist es nun mal im Leben. Solche Dinge geschehen eben. Dabei ist es aber nicht unbedingt so wichtig, was das für Dinge sind, sondern wie wir mit ihnen umgehen.« Freundlich betrachtete er Mutter. »Du weißt, Rabia und ich lieben dich wie unsere eigene Tochter. Du bist mir wie eine eigene Tochter. Du gehörst zur Familie. Das weißt du.« Mutter bekam feuchte Augen. »Ich muss dir nicht sagen, wie kompliziert diese Dinge sind. Das weißt du aus eigener Erfahrung. Tun wir also, was am besten ist. Sorgen wir dafür, dass unser liebes Kind endlich zur Ruhe kommt und glücklich ist. Und wenn wir das erreicht haben, wenden wir uns diesen anderen Dingen zu. Nicht wahr?«

Mutter nickte und hatte immer noch mit ihrer Rührseligkeit zu kämpfen. Mina ihr gegenüber am Tisch weinte. »*Bhaj*«, entfuhr es ihr, sie streckte die Arme aus und drückte Mutters Hände.

Als sie sich in die Augen sahen, war bei Mutter kein Halten mehr.

»Meine Damen, bitte«, sagte Rafiq. »Wir sollten feiern und lachen, aber nicht weinen.«

Sein Kommentar verhallte ungehört, da nun auch seine Frau in Tränen ausbrach.

Mina stand auf und umarmte Mutter. Rabia tat das Gleiche.

Und in der Umarmung der beiden Frauen ließ Mutter nun ihrem ganzen Kummer freien Lauf, sie schluchzte und heulte und wehklagte.

Imran, aufgeschreckt, fing ebenfalls zu weinen an. Rafiq tröstete daraufhin seinen Enkelsohn. »Deine Tante Muneer ist doch nur ein bisschen traurig«, sagte er und klang dabei, als hätte er selbst einen Kloß im Hals.

Ich sah mir das alles an und war dabei der Einzige im ganzen Haus, der trockene Augen hatte.

Ich weinte nicht, aber vielleicht hätte ich es tun sollen.

An diesem Nachmittag erfuhr ich zum ersten Mal, wie es sein würde, wenn Mina fort war. Mutter hatte sich ins Schlafzimmer eingesperrt und im Bett verkrochen. Vater war heimgekommen – er hatte am Morgen im Krankenhaus gearbeitet –, aber es hielt ihn nicht lange im Haus. Er ging in den Garten und rechte im Regen Laub. Ich versuchte ihm Gesellschaft zu leisten, aber er wollte mich nicht bei sich haben. »Sonst wirst du noch krank, und ich muss mir von deiner Mutter wieder Vorhaltungen anhören. Hast du keine Hausaufgaben auf?«, fragte er mit vertrautem Lispeln und verschleiertem Blick, was darauf hindeutete, dass er wieder getrunken hatte.

Ich hatte Hausaufgaben auf. Ich setzte mich an den Küchentisch, zog mein Mathebuch heraus und machte mich an die Arbeit. Aber ich konnte mich nicht konzentrieren. Im Haus herrschte eine erdrückende Stille, die sich mehr und mehr in den Vordergrund schob. Ich mühte mich mit meinen Aufgaben, aber selbst das Kratzen des Bleistifts empfand ich als Zumutung.

Ich legte den Stift weg und lauschte.

Ich hörte das Knarren der Sockelleiste. Ich hörte das Ticken einer Uhr im angrenzenden Zimmer. Ich hörte draußen einen

Wagen vorbeifahren. Und als plötzlich das Summen des Kühlschranks verstummte und ich bemerkte, dass der Regen nicht mehr gegen die Fenster schlug, hörte ich die Stille selbst. Eine kalte, tote, reglose Stille.

So würde es klingen, wenn Mina fort war.

16

DIE NIKAH

Am Nachmittag der Hochzeit standen Vater und ich in der prächtigen Lobby des Atwater Hotel. Ein kleiner Mann im roten Anzug und mit gewellten, grau melierten Haaren kam durch die Drehtür, an seiner Seite ein Junge, der so groß war wie er. Der Mann kam auf uns zu. »Sie sind auch wegen der Hochzeit hier?«, fragte er mit starkem pakistanischem Akzent.

Vater nickte. Der Mann streckte ihm die Hand entgegen. »Mirza. Mirza Hassan.«

»Naveed Shah«, sagte Vater und gab ihm die Hand. »Schön, Sie kennenzulernen.«

»Das ist mein Sohn, Farhaz …«

Der Junge streckte Vater die Hand hin. Dann mir.

»Farhaz?«, fragte ich überrascht. »Der Hafiz?«

»Jep«, erwiderte er kühl. Ich hatte ihn mir ganz anders vorgestellt und jemanden vor mir gesehen, der groß war, sehr viel größer als ich, mit kräftigen, markanten Gesichtszügen und durchdringenden Augen, mit denen er auf mich herabsah, zuweilen mitfühlend, zuweilen verächtlich, aber immer funkelnd in ihrem ganz eigenen Glanz. Ich hatte ihn mir sogar wie den Propheten in meinem Traum vorgestellt, mit einer Lücke zwischen den Schneidezähnen. Und jetzt stand jemand vor mir, der kaum größer war als ich, mit kleinen, trüben Augen und einer silbernen Zahnspange. Und ihm gingen die Haare aus:

Unter den spärlichen, fettigen Strähnen zeichnete sich deutlich die Kopfhaut ab. Wären nicht die Zahnspange und die roten Flecken seiner blühenden Gesichtsakne gewesen, hätte ich ihn mindestens fünf Jahre älter als mich geschätzt.

»Wie heißt ihr Sohn?«, fragte Mirza Vater.

»Hayat«, erwiderte Vater. »Sei nicht unhöflich.«

Ich streckte erst Mirza, dann Farhaz die Hand hin.

»Du bist also ein Hafiz?«, fragte ich erneut.

»Sagte ich doch schon.«

»In der Tat.« Stolz wandte sich Mirza an Vater. »Der erste in der Familie.«

Vater ging darauf nicht ein.

»Und was machen Sie, Naveed?«

»Ich bin Arzt.«

»Fantastisch! Ich bin Pharmavertreter!«, sagte Mirza und zückte seine Brieftasche. »Welches Fachgebiet?«

»Neurologie.«

»Ah! Tolle Sache, tolle Sache.« Mirza nahm eine Visitenkarte heraus und reichte sie Vater. »Meistens kardiologische Geräte. Aber man weiß ja nie, Dr. Shah …«

Vater starrte ausdruckslos auf die Karte, dann schob er sie in die Hosentasche.

»Was für ein Gebäude!«, bemerkte Mirza, als er sich in der Lobby umsah. Sie erstreckte sich über drei Stockwerke und verfügte über zwei dunkle Mahagonibalkone, die von mit Schnitzereien verzierten Säulen gestützt wurden. An den Wänden hing säuberlich ein Gemälde neben dem anderen. Mirza zeigte auf die Malereien. »Jemand hat mir gesagt, es wären alles *echte* viktorianische Kunstwerke. Die hunderttausende Dollar wert wären.«

Vater täuschte Interesse vor, sein Blick schweifte zum Oberlicht, hinter dem ein grau-weißer, bewölkter Novemberhimmel zu erkennen war.

In der Drehtür erschien Sunil, der eine neue Zigarettenschachtel auspackte.

»Ah, der Mann des Tages!«, rief Mirza aus. »Bereit für das große Ereignis?«

»Jetzt schon«, scherzte Sunil und hielt eine Zigarette hoch. »Naveed? Auch eine gefäääällig?«

Vater schüttelte den Kopf.

Sunil nickte und zündete sich die Zigarette an. »Naveed Shah, Mirza Hassan.«

»Wir haben uns schon vorgestellt«, sagte Mirza.

Sunil sah zur Rezeption und stieß Rauch aus. Imam Souhef und Ghaleb Chatha standen dort und sahen zu uns herüber. Souhefs beachtliche Leibesfülle war in eine prächtige Galabiya gehüllt, Chatha trug eine maßgeschneiderte Nehru-Jacke.

Sunil hob den Finger, um anzuzeigen, dass er gleich zu ihnen kommen würde. »Alsooo … die jungen Gelehrten haben sich schon keeennengelernt?«, sagte er und sah zu Farhaz und mir.

Farhaz starrte ihn nur verständnislos an.

Unter den Rauchwölkchen, die er ausatmete, erklärte Sunil: »Ich habe dir doch von Hayat erzählt, *Behta*. Er studiert, um wie du zu einem Haaafiz zu werden.«

Ich konnte spüren, wie es Vater riss. Verstohlen sah ich zu ihm. Er betrachtete Sunil mit unverhohlener Verachtung.

»Bessere Muslime, als wir jemals sein werden«, scherzte Mirza.

»Falsch«, sagte Vater plötzlich. »Der Junge hat seine Studien aufgegeben.« Er drehte sich zu mir hin. Ich zuckte zusammen, als rechnete ich mit einem Schlag von ihm. Sunil blieb das nicht verborgen.

»In der Tat, bessere Muslime, als wir jemals sein werden«, sagte Sunil leise und sah Vater dabei fest in die Augen. »Sie warten auf mich«, sagte er schließlich und blies Rauch aus. »Wir müssen noch das Zimmer für die Nikah herrichten.«

»Ah! Viel Glück!«, sagte Mirza ganz aufgeregt.

»Wenn wir uns das nächste Mal sehen, werde ich *verheeeeiratet* sein«, sagte Sunil, drehte sich um und ging an die Rezeption zu Ghaleb und Souhef.

»Es wird einem ganz warm ums Herz, wenn man nur daran denkt, dass so was überhaupt möglich ist«, sagte Mirza, während er Sunil nachblickte. »Ein Wunder, nach allem, was er durchgemacht hat … einfach ein Wunder. *Mashallah! Mashallah!*«

Vater konnte nur mit Mühe an sich halten. Er wandte den Blick ab.

»Und in welcher Beziehung stehen Sie zur Familie?«, fragte Mirza.

Vater machte keinerlei Anstalten, seinen Widerwillen zu verbergen. »Freunde der Braut.«

»Verstehe.« Ich konnte nicht sagen, ob Mirza beflissentlich bemüht war, Vaters Verhalten auszublenden, oder ob er es gar nicht bemerkte. Aber so oder so, er schien ein freundlicher Mensch zu sein. »Ist das nicht eine wunderbare Geschichte! Nach allem, was sie durchgemacht hat. Und der Junge hat jetzt einen tollen Vater!«

Vater zuckte nur mit den Achseln und grunzte Unverständliches.

»Entschuldigen Sie, meine Herren«, hörten wir von einem jungen blonden Mann in Smoking und weißen Handschuhen. »Wir erwarten eine ganze Menge von euch Leuten, wir hätten es gern, wenn die Lobby frei bleibt. Zum Empfangssaal geht es hier entlang.«

Vater rührte sich nicht, sondern starrte dem jungen Mann nur in die Augen. »Eine ganze Menge von *uns Leuten*? Was wollen Sie damit sagen, wenn Sie die Frage erlauben?«

»Sir, verbessern Sie mich, wenn ich mich irre … aber Sie gehören zur Chatha-Ali-Hochzeitsgesellschaft, oder?«

»Das stimmt.«

»Zum Empfangssaal geht es hier entlang, Sir«, sagte der junge Mann nur. Der Trotz in seiner Stimme war nicht zu überhören. »Erlauben Sie mir, Ihnen den Weg zu zeigen.«

»Nur zu, junger Mann«, schaltete sich Mirza fröhlich dazwischen und trat vor, um sich zwischen Vater und dem Hotelangestellten im Smoking zu schieben.

»Können Sie Hayat mitnehmen?«, fragte Vater Mirza. »Ich muss nach draußen.«

»Kein Problem, Doktor-*Sahib*.«

»Wenn deine Mutter fragt, wo ich stecke«, sagte Vater zu mir, »dann sag ihr, dass ich ein paar Telefonate führen muss.«

»Okay«, antwortete ich.

Ich sah zu Farhaz. Er starrte mich an. Ich versuchte, genauso zurückzustarren, aber es gelang mir nicht.

»Los, gehen wir, Jungs«, sagte Mirza und klopfte mir auf die Schulter.

Der Kronleuchter-Ballsaal des Atwater Hotel war ziemlich beeindruckend. Betrat man den Raum durch die sechs Meter hohen Mahagoni-Doppeltüren, hing er einem direkt vor der Nase: der riesige Kronleuchter, der wie ein sonnendurchfluteter Diamant funkelte und den Saal mit seinem Licht erfüllte.

Wie die Türen und der Großteil der Schnitzereien im Hotel bestanden die Wandpaneele im Raum aus dunklem Mahagoni, der Boden war ein helleres Ulmenparkett. Zwei Reihen mit jeweils einem Dutzend Tische waren aufgebaut – eine Seite für die Männer, die andere für die Frauen –, jeder Tisch war mit einem grünen Tischtuch bedeckt, darauf stand jeweils eine hellblaue Vase mit frischen weißen Päonien. Entlang der Fensterfront war ein Podium errichtet, darauf drei Tische und ein Stuhl, allesamt mit goldenem Stoff bezogen. Wir waren nicht die Ersten, die eingetroffen waren: die Caterer bauten an der gegenüberliegenden Wand Geschirr und Besteck auf; hinter dem Podium fummelte ein junger Mann an einem Mischpult herum und testete die Lautsprecher; und eine breitschultrige Frau mit Kopftuch – im Schlepp ein Mädchen, vermutlich ihre Tochter, ebenfalls mit Kopftuch – ging an den Tischen entlang und stellte die Platzkarten auf.

Mirza führte uns an einen Tisch, wirkte aber unsicher. Er wandte sich an seinen Sohn. »Geh zu deiner Tante Neema und frag sie, wo wir sitzen sollen.«

Farhaz trottete zu der Frau und ihrer Tochter.

»Woher stammst du, *Behta*?«, fragte mich Mirza.

»Wir wohnen hier.«

»Das ist schön. Wir sind aus Michigan angereist. Sieben Stunden Autofahrt, und die Landschaft eine einzige eintönige Ödnis. Sieben Stunden! Mein Rücken bringt mich noch um.« Mirza blickte zu seinem Sohn, der auf ein Blatt Papier sah, das die große Frau ihm hinhielt. »Was für ein Aufwand für nichts und wieder nichts. Ich setze mich einfach … Wie heißt du wieder, *Behta*?«

»Hayat.«

»Hayat. Ein schöner Name. Und du bist auch ein Hafiz, *Behta*?«

»Noch nicht.«

»Aber du bist auf dem Weg dahin, oder?«

Ich nickte.

Mirza sah erneut zu seinem Sohn, der jetzt wieder in unsere Richtung kam. »Er hat drei Jahre dafür gebraucht. Er hatte einen sehr guten Lehrer … Aber täusch dich nicht. Ich habe dem Mann jede Minute *bezahlt*. Hat mich ein *Vermögen* gekostet.« Mirza überlegte. »Aber das ist es wert. Der Himmel ist jeden Cent wert und hundert Millionen obendrauf.«

»Dad, wir sind an Tisch fünfzehn«, sagte Farhaz.

»Wo ist der?«

»Beim Blumengesteck, hat sie gesagt. Hier ist Tisch zwölf. Fünfzehn ist dort drüben«, sagte Farhaz und zeigte darauf.

»Was für ein Aufwand«, beschwerte sich Mirza wieder und erhob sich.

»Ich weiß aber nicht, an welchem Tisch du sitzt«, sagte Farhaz zu mir.

»Ich setz mich einfach zu euch.«

Er zuckte mit den Achseln. Ich folgte ihnen zu ihrem Tisch, wo wir uns alle niederließen.

»Na, Farhaz«, sagte Mirza. »Unser junger Freund hier strengt sich auch an, um ein Hafiz zu werden.«

»Ich weiß, Dad. Das hat Onkel Sunil schon gesagt. Ich bin nicht taub.« Er klang unerwartet abschätzig. Sein Vater schien darüber wenig erfreut. Aber statt etwas zu sagen, sah er nur weg.

Weitere Gäste strömten durch die Doppeltür. »Da ist Salman!«, rief Mirza aus, erhob sich und umarmte einen Mann mit dickem Schnauzer und einem beigen Pakul.

»Und, wie weit bist du?«, fragte Farhaz. Seine Miene war so ausdruckslos wie seine Stimme.

»Was?«

»Wie viele Dschuz hast du schon?«

»Elf.«

»Nur noch neunzehn, was? Ziemlich cool.«

Ich nickte.

»Junge, Junge, was bin ich froh, dass der Scheiß vorbei ist. Was für ein Albtraum!«

»Was?«

Er sah mich verdutzt an. »Das ganze Zeug auswendig zu lernen. Als würde man sich drei Jahre lang jeden Tag Rizinusöl reinschütten. *Verdammte Hacke!*«

Im ersten Augenblick brachte ich das alles nicht auf die

Reihe. Und als mir dann klar wurde, dass er vom Koran redete, wusste ich nicht, was ich sagen sollte.

»Was meinst du, sollen wir den Scheißkasten hier mal checken?«

»Was sollen wir?«

»Du lebst wohl hinterm Mond, oder was? Ich hab gesagt: Sehen wir uns mal um, was hier im Hotel so los ist.«

»Oh … okay«, sagte ich.

Wir standen auf, aber bevor wir den Saal verließen, ging Farhaz zu dem Mädchen, das die Platzkarten aufstellte, sagte ihr etwas und wies auf die Doppeltüren. Sie nickte.

Sichtlich zufrieden kehrte Farhaz zu mir zurück. »Sie kommt nach, wenn sie fertig ist«, sagte er. »Ich hab ihr gesagt, dass wir hier mal die Lage peilen. Gehen wir.«

Die lange, spiegelverkleidete Eingangshalle füllte sich mit Gästen, Männern in Salwars oder Anzügen, Frauen in langen, weiten Gewändern, alle trugen Kopftuch und scheuchten kleine Kinder vor sich her. Wir kamen an einem Jugendlichen mit weißer Gebetskappe vorbei. »Hey, Hamza!«, rief Farhaz.

Der Junge blickte zu uns herüber. »Farhaz!«, rief er freudestrahlend.

Die beiden klatschten sich ab. Für mich sah der Junge ein wenig wie Farhaz aus, er hatte genauso einen kantigen Kiefer und genauso kleine Augen. Aber ihm fielen nicht die Haare aus.

Farhaz drehte sich zu mir um. »Das ist Hamza, mein Cousin. Hamza, das ist Hayat.«

»Hey, Hayat, alles klar?«

»Ja«, erwiderte ich.

»Also, was treibt ihr beide?«, fragte Hamza.

»Wir checken dieses Loch hier«, sagte Farhaz. »Kommst du mit?«

Hamza sah zu seinem Vater, ebenfalls jemand mit kantigem

Kiefer und winzigen Augen. Er unterhielt sich gerade mit einem älteren Mann in grauer Nehru-Jacke. »Ich bin mit Farhaz unterwegs, *Abu*.«

»Farhaz, *Behta*«, sagte Hamzas Vater. »Schön, dich zu sehen. Wie geht es dir?«

»Gut, Onkel Imtiaz. Und dir?«

»Gut, gut. Also, wo wollt ihr hin?«

»Wir wollen uns hier nur mal umsehen.«

»Gut … aber macht mir keinen Unfug.«

»Keine Sorge. Machen wir nicht.«

Hamzas Vater nickte und wandte sich wieder seinem Gesprächspartner zu.

Farhaz führte uns zu einer großen geschwungenen Marmortreppe am Ende der Eingangshalle. Auf den Stufen der ersten Windung, von der aus wir einen Blick über die eintreffenden Gäste hatten, ließen wir uns nieder.

»Wir warten auf Zakiya«, sagte Farhaz. »Sie hat gesagt, dass sie nachkommt.«

»Zakiya, was?«

»Ich hab sie seit zwei Jahren nicht mehr gesehen. Muss mittlerweile ziemliche Möpse haben!«

»Sie hat Titten, so viel ist klar. Aber sie ist unsere Cousine.«

»Und? Im Islam können wir Cousinen heiraten.«

Hamza zuckte mit den Achseln. »Aber was will man mit der schon? Sie geht einem doch nur auf die Nerven. Und ihr Gesicht gefällt mir auch nicht.«

»Hamza, ich sag's dir nur ungern. Aber das Gesicht fickt man nicht.«

»Da hast du auch wieder recht.«

Hamza sah zu mir. »Du weißt, was Ficken ist, oder?«

»Hä?«

»Ficken. Du weißt, was das ist?«

»Klar«, sagte ich. Ich hatte nicht den leisesten Schimmer.

Hamza schüttelte den Kopf. »Er weiß es nicht«, sagte er zu Farhaz. »Sollen wir's ihm erzählen?«

»Tun wir ihm den Gefallen.«

»Aber vielleicht ist er dann sauer auf uns wie damals dieser … wie hieß er noch?«

»Der war echt ein Blindgänger.«

»Ja, aber wie hieß er noch?«

»Mir doch scheißegal.« Farhaz wandte sich an mich. »Du spielst nicht den Blindgänger, wenn wir dir sagen, was Ficken ist, richtig?«

»Was meinst du?«

»Du läufst nicht zu Mami und Papi und petzt ihnen, dass die Jungs, die du getroffen hast, dir schmutzige Sachen erzählt haben, oder?«

»Nein.«

Ich hatte kaum geantwortet, als Farhaz auch schon anfing. »Also, durchs *Ficken* bist *du* entstanden. Das ist das, wenn dein Dad seinen Pimmel in deine Mom steckt.«

Ich wusste nicht, wovon er sprach.

»Du weißt, was ein Pimmel ist, oder?«

»Ja?«

»Und du weißt, dass Mädchen keinen Pimmel haben?«

»Ja, natürlich.«

Farhaz musterte mich. Wenn meine Antwort nicht sehr überzeugend ausfiel, dann nicht, weil mir nicht bewusst gewesen wäre, dass Mädchen keine Pimmel hatten, sondern ich mir nicht sicher war, was sie stattdessen besaßen. Abgesehen von dem Abend mehr als ein Jahr zuvor, als ich im Badezimmer das dunkle Dreieck zwischen Minas Beinen erspäht hatte, hatte ich nie eine nackte Frau gesehen.

Farhaz sah mich eindringlich an. »Du weißt, dass sie deswegen Mädchen sind, oder? Weil sie keinen Pimmel haben. Das weißt du, oder?«

»Ja, natürlich.«

Farhaz starrte mich weiter an, bevor er sich genervt an Hamza wandte. »Er weiß nicht, dass sie keine Pimmel haben. Was ist bloß los mit dem?«

Hamza erklärte es mir nachsichtiger. »Mädchen haben einen Schlitz. So, als hätte ihnen jemand den Pimmel ab- und sie zwischen den Beinen aufgeschnitten. Das ist alles, was sie haben. Einen Schlitz. Und da steckst du ihn rein.«

Was er sagte, passte nicht zu dem, woran ich mich bei Mina erinnerte. Ich sah keinen Schlitz vor mir. Nur diesen dunklen, dreieckigen Fleck. Ich war verwirrt.

»Richtig«, fuhr Farhaz fort. »Wenn dein Pimmel also hart wird, steckst du ihn in den Schlitz von dem Mädchen, das ist dann *Sex*. Und das ist dann der Wahnsinn.«

Sex. Ich hatte das Wort so oft gehört. Sie nickten beide, als wüssten sie, wovon sie sprachen. Aber was sie beschrieben, klang für mich so unwahrscheinlich, so nutzlos, dass es überhaupt keinen Sinn ergab.

»Warum sollte man das tun?«, fragte ich.

»Du musst. So werden die Babys gemacht. Du steckst deinen Pimmel in den Schlitz des Mädchens und presst dein *Sperma* raus. Das ist Ficken.« Farhaz wandte sich an Hamza. »Das heißt übrigens Nikah auf Arabisch.«

»Was?«, fragte Hamza.

»Ficken. Hat mir ein Kumpel erzählt. Ein Araber. Ich hab ihm gesagt, ich würde auf eine Nikah gehen, da hat er gesagt, das heißt ›Ficken‹.«

Sie lachten.

Ich hörte ihnen nur noch mit halbem Ohr zu. Denn plötzlich kam mir ein erschreckender Gedanke.

»Sperma?«, fragte ich. »Wie sieht das aus?«

»Weiß und klebrig«, antwortete Farhaz. »Wie Holzleim.«

»Aber es riecht eher nach Bleichmittel«, sagte Hamza.

Wieder lachten sie.

Plötzlich war mir klar, dass die weiße ausgeflockte Flüssigkeit, die an jenem Nachmittag aus meinem Penis gekommen war, als ich mich selbst berührt hatte, Sperma gewesen sein musste. Er log nicht. Und mir dämmerte, dass ich dem allen nicht entgehen konnte, egal, wie widerlich ich das alles fand.

»Das klingt alles ekelhaft«, erwiderte ich wütend.

Farhaz sah mich lange an, dann schüttelte er den Kopf. »Was ist mit dem Typen bloß los?«, sagte er zu Hamza.

»Er meint, das wäre ekelhaft. Warte, wenn er erst von Blowjobs hört.«

Farhaz sah mich an und lachte. »So nennt man das, wenn du deinen Pimmel einem Mädchen in den Mund schiebst und sie daran saugt.«

Jetzt war ich überzeugt, dass sie sich über mich lustig machten.

»Hast du jemals vom Propheten geträumt, Farhaz?«, fragte ich trotzig.

»Hab ich was?«

»Hast du jemals vom Propheten geträumt, Friede sei mit ihm?«

Farhaz runzelte die Stirn. Er wirkte verdutzt, aber nicht im Geringsten sauer. »Nein. Was willst du damit sagen?«

Ich zuckte die Achseln. »Ich hab schon mal vom Propheten geträumt.«

»Und?«, fragte Farhaz.

Erneut zuckte ich die Achseln. Innerlich triumphierte ich.

Farhaz kicherte und sah weg. »Da ist sie ja«, sagte er und stand auf. Zakiya stand unten an der Treppe.

»Hey, Leute«, begrüßte Zakiya uns und kam die Stufen herauf. Sensibilisiert für das Thema, musste ich mir eingestehen, dass sie wirklich üppig gebaut war. Sehr üppig. »Und, was treibt ihr?«

Farhaz lächelte. »Haben uns ein bisschen unterhalten. Hayat, unser Kleiner, hat noch nicht so recht Bescheid gewusst über die Bienen und die Blumen und so …«

Zakiya lächelte. »Aber jetzt kennt er sich damit aus?«

»Wir haben unser Bestes versucht. Jetzt können wir nur noch hoffen … Was haltet ihr davon, wenn wir uns aufteilen und uns umsehen?«

Zakiya nickte eifrig.

Farhaz wandte sich an Hamza. »Du nimmst den Kleinen und erkundest unten, Zakiya und ich nehmen uns das Obergeschoss vor. Wir treffen uns wieder hier« – er sah auf seine Uhr – »in einer halben Stunde.«

»Aber die Walima fängt gleich an«, warf Zakiya ein.

»Die können sich ihre Walima sonst wohin schieben.«

Zakiya kicherte.

(Auf die offizielle Zeremonie, Nikah genannt, die nicht öffentlich, sondern nur unter Anwesenheit des Imam und zweier Zeugen stattfindet, folgt die Walima, der Empfang. Es ist die erste Gelegenheit für die Gäste, Braut und Bräutigam zu sehen.)

»Also, was meinst du dazu, Hamza?«, fragte Farhaz.

»Einverstanden«, sagte Hamza.

»Gehen wir«, sagte Farhaz zu Zakiya, stieg die Treppe hinauf und winkte sie zu sich. Kichernd hüpfte sie hinter ihm die Stufen hinauf.

»Warst du schon unten am See?«, fragte mich Hamza.

Ich nickte. Es fiel mir schwer, ihm in die Augen zu sehen. Ich war ganz durcheinander und wusste nicht, wie ich das Unbehagen wieder loswerden sollte, das Farhaz bei mir geweckt hatte.

»Hey, Hayat?«, fragte Hamza unvermittelt. »Was ist los?«

»Nichts.«

»Mach dir wegen Farhaz mal keine Sorgen«, sagte Hamza

und klopfte mir auf den Rücken. »Meine Mom sagt, er ist so, weil seine Mom gestorben ist.«

»Seine Mom ist gestorben?«

»Ja. Als er so neun war.«

»Das ist traurig.«

»Ja, das ist es ... Wie wär's, wenn wir zum See runtergehen? Sieht ziemlich cool aus.«

»Okay.«

Die Empfangshalle sowie die Lobby waren voll mit Leuten wie uns, mit Menschen unterschiedlich dunkler Hautfarbe in weiter Kleidung, mit Gebetskappen, Vollbärten, Schals und Kopftüchern. Wären die Angestellten hinter der Rezeption und die Portiers nicht allesamt Weiße gewesen, hätte man sich in Kairo oder Delhi oder in Bagdad wähnen können: in einem architektonischen Überbleibsel aus kolonialen Zeiten, das aus unerfindlichen Gründen von den Einheimischen in Besitz genommen wurde. Der junge Mann in seinem Smoking wirkte alles andere als glücklich. »Gehen ... Sie ... weiter!«, rief er, als spreche er zu einer Menge, bei der er sich nicht sicher war, ob sie ihn verstand. »Nach ... hinten ... durchgehen!«, brüllte er verzweifelt. Aber die Leute achteten nicht auf ihn. Sie bildeten eine stetig wachsende Menge, die sich schnatternd scheinbar ziellos hin und her schob. Schließlich gab der junge Mann es auf und kehrte zu seinem Platz neben dem Podium des Empfangschefs zurück, wo er den Kopf in den Händen vergrub.

Hamza und ich gingen auf dem Bürgersteig und vorbei an den Geschäften und Bars und Restaurants hinunter zum Seeufer. Die Abenddämmerung brach herein, und über uns erstreckte sich ein wolkengepeitschter, dunkler Himmel, aber die warmen gelben Lichter in den Fenstern und die gedämpften Klänge der beim Essen sitzenden Gäste vermittelten ein einladendes Bild. Eine blonde Frau fiel mir auf, die es sehr eilig hatte und Hamza und mich überholte. Sie trug einen dünnen, schwarzen Mantel, den sie mit einer Hand – sie hatte leuchtend rote Fingernägel – am Revers zusammenhielt. Und sie verströmte einen schwachen Fliederduft, der mir irgendwie bekannt vorkam. Vor einem der Restaurants blieb sie stehen, und als sie sich umdrehte und die Tür öffnete, sah ich, dass ich ihr Gesicht kannte. Ich wusste nur nicht, woher.

Sie verschwand im Restaurant.

»Ist dir kalt?«, fragte Hamza.

Es war kühl, aber ich trug einen dicken Sweater. Ich schüttelte den Kopf. Wir gingen weiter, kamen dann am Fenster des Restaurants vorbei, in dem die Frau verschwunden war. Ich spähte hinein, konnte sie aber nicht finden.

»Also, was hat es mit diesem Traum auf sich? Hast du wirklich den Propheten gesehen?«

»Friede sei mit ihm«, fügte ich hinzu.

»Genau. Friede sei mit ihm.«

»Ich habe geträumt, dass er mich vor einer Verrückten rettet, die mir nachgejagt ist. Er hat mich in eine Moschee gebracht, und dort haben wir gemeinsam das Gebet angeführt.«

»Du hast mit dem Propheten das Gebet angeführt? Wow, das ist cool… Ich habe gehört, wenn einem der Prophet im Traum erscheint, kommt man in den Himmel.«

Das Gespräch steigerte mein Unbehagen nur noch. Mehr als jemals zuvor wollte ich, dass der Traum genau das bedeutete, was Hamza sagte. Aber ich wusste, dass dem nicht so war.

Wir gingen weiter und näherten uns dem Ufergeländer. »Also, wie sieht er aus?«

»Wer?«

»Wer schon? Der Prophet.«

Ich wartete.

»Tut mir leid«, sagte Hamza. *»Friede sei mit ihm.«*

»Ich weiß nicht. Irgendwie gut.« Dann fügte ich hinzu. »Er hat eine Lücke zwischen den Schneidezähnen.«

»Ich wette, er war *richtig hart drauf*«, sagte Hamza und nickte. »Das sagt mein Dad immer. Wenn der Prophet noch da wäre, würden *wir* das Sagen haben. Wie Bo Svenson in *Walking Tall*. Die Serie schon mal gesehen?«

Ich schüttelte den Kopf.

»Er ist der Sheriff, und er muss nur einen Holzprügel in die Hand nehmen, und alle hören auf ihn. Mein Dad sagt, würde der Prophet heute noch leben – tut mir leid, Friede sei mit ihm –, dann hätten wir mit Israel keine Probleme. Er sagt, Palästinenser sind wie Babys, sie brauchen immer jemanden, der sich um sie kümmert. Der Prophet würde es niemals – tut mir leid, Friede sei mit ihm –, der Prophet würde es *niemals* zulassen, dass ihn irgendjemand so behandelt. Er hätte Israel schon längst erobert, wenn er noch hier wäre.«

Ich bekam mit, was er sagte, aber ich hörte ihm nicht richtig zu. Wir sahen jetzt auf den See hinaus. Die Wasseroberfläche hob und senkte sich sacht wie ein langsamer, gleichmäßiger Atem. Es war schön.

»Ziemlich cool«, sagte Hamza. »Dieser See. Sieht für mich aus wie das Meer.«

»Ja.«

»Ist dir kalt?«, fragte er.

»Ein bisschen.«

»Wir sollten zurück. Mein Dad wird ziemlich stinkig, wenn ich zu lange weg bin.«

»Einen Moment«, sagte ich, als ich mich vom Geländer löste. »Stimmt es, was er gesagt hat? Dass man seinen Pimmel einem Mädchen in den Mund stecken kann?«

Hamza nickte. »Klingt abgefahren, was? Aber noch abgefahrener ist, dass manche Typen ihren Mund in den Schlitz des Mädchens stecken. Sie stecken ihre Zunge rein.«

»Sie machen *was?*«

»Hab ich in einer Zeitschrift gesehen.«

Ich schüttelte den Kopf. Ich wollte davon nichts mehr hören.

Wir gingen zurück, und als wir uns wieder dem Restaurant näherten, in dem die blonde Frau mit dem Mantel verschwunden war, blieb ich vor dem Fenster stehen und sah hinein. Und jetzt entdeckte ich sie. Sie stand an der Bar, und hinter ihr saß ein Mann auf einem Hocker und hatte ihr den Arm um die Taille gelegt.

Ich brauchte eine Weile, bis ich meinen Vater erkannte.

Er hörte ihr zu, während sie etwas erzählte. Er schien nur noch Augen für sie zu haben. Dann nippte er an einem Drink und nickte. Er sah glücklich aus. Sie beide sahen glücklich aus.

Und dann küsste er sie.

Als hätte er etwas gespürt, stutzte mein Vater und sah zum Fenster. Unsere Blicke trafen sich. Er erstarrte. Dann drehte sich auch die Frau um. Jetzt erkannte ich sie. Es war die Schwester aus dem Krankenhaus. Julie.

»Was machst du da, Hayat?«, fragte Hamza. »Was stehst du da rum?«

»Gehen wir«, rief ich und rannte in Richtung Hotel.

»Was ist los? Alles in Ordnung?«, keuchte Hamza, während er mir hinterhereilte.

Ich rannte voraus, mein Blut pochte in den Ohren. Wir waren fast beim Atwater, als ich hinter mir die Stimme meines Vaters hörte. »Hayat!«

Hamza verlangsamte seine Schritte und drehte sich um.

»Los, gehen wir«, sagte ich.

»Wer ist das?«

»Wen interessiert das?«, rief ich ihm zu und stapfte weiter.

»Hayat! Komm zurück!«, hörte ich meinen Vater wieder.

Ich blieb nicht stehen. »Fahr zur Hölle«, murmelte ich und trat durch die Drehtür des Hotels.

Während sich das alles zutrug, wurde Mina in einem Hotelzimmer im neunten Stock getraut. Die Geschichte des dramatischen Hochzeitsnachmittags wurde Teil ihrer Legende, eine Episode, die Mutter in den Folgejahren immer wieder erzählen sollte.

Es begann mit Kopfschmerzen.

Kurz nach Ankunft in ihrer Hotelsuite am Nachmittag beklagte sich Mina, dass sie sich nicht wohl fühle. Ihr tue der Kopf weh, ihr sei schwindlig. Später bat sie Mutter, ein Fenster zu öffnen. Mutter kam dem Wunsch nach. Dann bat Mina sie um ein Glas Wasser. »Aber kalt, *Bhaj*. Sehr kalt.«

Mutter nahm den Eiskübel aus dem Badezimmer und eilte hinaus in den Flur zur Eismaschine. Dabei ging plötzlich die Tür zu Najats Zimmer auf, und Najat erschien, völlig verhüllt in ihrer schwarzen Burka.

Mutter erschrak kurz.

»Welche Zimmernummer, Muneer?«, fragte Najat. In der Hand hielt sie die Tasche mit Minas Brautschmuck.

»Tausendvierzehn«, sagte Mutter. »Auf halber Länge des Gangs.«

Mutter sah Najat hinterher, die mit sich bauschendem Tschador über den Flur schwebte. Najat blieb vor der Tür sehen, klopfte und trat ein.

Als Mutter mit dem Eiskübel zurückkam, war Mina mitten in einer heftigen Panikattacke. Sie saß auf der Couch, versuchte sich schwer keuchend aufzurichten, während sie von Rabia, ihrer Mutter, niedergedrückt wurde.

»Aber wo willst du denn hin, *Behti*?«

»Ich muss raus«, wiederholte sie ständig. »Ich muss raus.«

»Wo willst du denn hin?«

»Irgendwohin ... *Bhaj*!«, kreischte sie plötzlich, als sie Mutter erblickte.

»Was ist denn los?«

»Ich muss raus hier.«

»Rabia, lass sie los«, sagte Mutter scharf.

Rabia sah zu Najat – die ihre Burka ausgezogen hatte –, und Najat nickte. Rabia ließ ihre Tochter los.

Mina stürzte zum Fenster, lehnte sich gegen des Fensterbrett und atmete tief und hastig ein. Dann riss sie das Fenster noch weiter auf.

»Was tust du da?«, schrie Rabia.

»Luft schnappen!«, schrie Mina zurück. »Ich brauche frische Luft.«

Erst als Mina ein Bein auf die Klimaanlage stellte, wurde Mutter klar, was sie vorhatte. »Nicht!«, rief Mutter, eilte ans Fenster und zog ihre Freundin zurück.

Najat und Mutter hielten Mina fest.

»Ich muss raus, ich muss raus«, japste Mina.

Aber lange wehrte sie sich nicht mehr. Najat führte sie zur Couch, und Mutter ging ins Badezimmer, um ihr ein Glas Wasser zu besorgen. Als sie zurückkam, streckte Najat ihr auf der offenen Handfläche ein kleine, hellblaue Tablette entgegen.

»Was ist das?«, fragte Mutter.

»Valium.«

Mutter gab Mina das Wasser; Najat schob ihr die Tablette hin.

»Nimm sie. Dann geht es dir besser.«

Rabia, die sich neben ihrer Tochter niedergelassen hatte, nahm die Tablette und hielt sie Mina an den Mund.

Mina sah zu ihrer Mutter, ihr Brustkorb hob und senkte sich, dann schloss sie die Augen und öffnete die Lippen. Rabia schob ihrer Tochter die Tablette in den Mund. Mutter hielt ihr das Glas an die Lippen.

Mina trank und schluckte.

»Warte zehn Minuten«, sagte Najat. »Und es wird dir gut gehen. Du wirst schon sehen.«

»Woher hast du die?«, fragte Mutter Najat.

»Ich hab sie immer dabei«, sagte Najat leise. »Ich leide seit Jahren unter Panikattacken. Ich weiß nicht, was ich ohne die Tabletten machen würde.«

Najat hatte recht. Nach zehn Minuten entspannte sich Mina, ihre Atmung normalisierte sich, und es ging ihr besser. Lächelnd ließ sie sich von den Frauen ankleiden, und lächelnd wartete sie mit den anderen, als es an der Tür klopfte und Najat meine Mutter bat, die Tür erst zu öffnen, wenn sie wieder unter ihrer Burka verschwunden war. Vor der Tür stand der hagere, ganz in Grau gekleidete Ghaleb Chatha mit seinen Kadaveraugen.

»Ist sie schon fertig?«, fragte er.

»Sie braucht noch ein paar Minuten«, erwiderte Mutter.

»Nein, *Bhaj*«, sagte Mina mit träger Stimme von der Couch. »Ich bin fertig.«

»Lass dir Zeit«, sagte Chatha. »Ich wollte nur Bescheid geben, dass Adnan bereit ist für die Nikah. Wir brauchen ja auch noch die Zeugen.«

»Danke, *Bhai-Jaan*«, erwiderte Mina in leierndem Tonfall.

Chatha starrte sie an, als wittere er etwas. »Alles in Ordnung?«, fragte er.

»Alles bestens, Ghaleb«, sagte Najat. »Wir kommen gleich.«

Eine Viertelstunde später fand im Zimmer 1058 die kurze, formlose Nikah statt. Die Beteiligten versammelten sich auf der Couch und den beiden Lehnstühlen, dazwischen stand ein niedriger Tisch mit weißer Decke, auf dem der Vertrag, zwei Stifte sowie der Koran lagen. Imam Souhef saß auf einem Stuhl vor dem Tisch, auf der Couch daneben Sunil, der Imran auf den Knien hatte. Mina saß ihnen gegenüber auf dem zweiten Lehnstuhl. Statt eines Hidschab trug sie einen weißen Seidentschador, der den ganzen Körper bedeckte und nur Gesicht und Hände freiließ. Vorgeschrieben waren zwei Zeugen, da aber Ghaleb der einzige männliche Zeuge war, bedurfte es laut islamischem Recht zweier weiblicher Zeugen, um den fehlenden männlichen Zeugen auszugleichen. Daher drängten sich Mutter und Najat hinter die Couch. Hinter Souhef stand Rafiq, der alles nervös beobachtete, und neben ihm weinte Rabia leise in ein Taschentuch.

Imam Souhef leitete die Trauung ein, indem er die geöffneten Handflächen vor sich hielt und den kurzen arabischen Text rezitierte, die Nikah Chutbah, die traditionelle islamische Ansprache, die er in diesem Fall einer Gruppe von Pakistani vortrug, die zwar mit gesenkten Köpfen lauschten, von denen aber keiner den arabischen Text verstand. Daraufhin wandte sich Souhef an Rafiq.

»Da es die zweite Heirat deiner Tochter ist, bin ich nach der Scharia nicht verpflichtet, dich um deine Erlaubnis zu fragen, deine Tochter Amina Ali mit diesem Mann, Sunil Chatha, zu verheiraten.«

Rafiq nickte. Souhef wandte sich an Sunil.

»Hast du den Mahr mitgebracht?«

»Ja, Imam.«

Sunil zog einen dicken, ziegelförmigen Umschlag aus der Tasche und legte ihn auf den Tisch, wo ihn alle sehen konnten. Der Umschlag war nicht verschlossen, durch die offene Lasche war zu erkennen, dass er mit Hundert-Dollar-Scheinen gefüllt war.

Souhef wandte sich an Mina. »Bist du zufrieden mit deiner Wahl?« Das war das Stichwort für Mina, Sunil mit der arabischen Formel anzusprechen, die sie schon sechs Jahre zuvor bei ihrem ersten Ehemann Hamed gebraucht hatte.

»*An Kah'tu nafsaka a'lal mah'ril ma'loom*«, sagte sie und verschliff dabei leicht die Worte.

Souhef sah zu Sunil, was diesen dazu veranlasste, die Formel des Bräutigams und dessen Antwort auf die Braut zu sprechen:

»*Qabiltun nakaha.*«

Souhef nickte. Er griff sich die beiden Stifte und hielt sie Sunil und Mina hin. »In Anwesenheit der Zeugen hat sich die Braut der Ehe übergeben und den Mahr angenommen, und der Bräutigam hat die Braut angenommen. Unterzeichnet bitte den Vertrag.«

Sunil kritzelte seinen Namen unten auf das Papier, das er daraufhin über den Tisch Mina zuschob. Sie ließ sich etwas Zeit, bevor sie ihren Namen – in geschwungener Schrift – unter seinen setzte.

»Ihr seid jetzt Mann und Frau«, sagte Souhef und erhob sich. »Wir werden dem frisch verheirateten Paar nun einen kurzen Augenblick des Alleinseins gestatten.«

Damit stellte Sunil Imran ab und erhob sich. Er streckte Mina die Hand entgegen, worauf sie aufstand und sich von ihm ins Schlafzimmer führen ließ.

Imran quengelte, als sie fortgingen. Sunil blieb an der Tür stehen und ermahnte seinen neuen Sohn in aller Strenge: »Lass deine Mutter und deinen Vater kurz allein sein, *Behta.*«

»Okay, Dad«, erwiderte Imran leise.

Nachdem sie fort waren, nahm Rafiq neben seinem Enkelsohn auf der Couch Platz. Der Umschlag mit dem Geld – insgesamt fünfundzwanzigtausend Dollar – lag immer noch auf dem Tisch. Er stopfte ihn sich in seine Manteltasche, sah dann zu Ghaleb, der ihn keine Sekunde aus den Augen gelassen hatte, und nickte ihm dankend zu.

Bei unserer Rückkehr ging es im Ballsaal hoch her. Sunil und Mina saßen nebeneinander auf dem Podium, beide waren sie mit einem glänzenden weißen Salwar bekleidet, Sunil trug dazu eine hohe goldene, dreieckige Kopfbedeckung, Mina einen vergoldeten Schleier sowie goldene Arm- und Fußreifen. Neben den beiden saß Imran, ebenfalls in schimmernder weißer Kleidung und mit einem eigenen kleinen goldenen Topi ausgestattet. Mit großen Augen beobachtete er die Hochzeitsgäste, die sich Braut und Bräutigam näherten, Geldscheine zwischen den Fingern rollen ließen, das Ehepaar umkreisten, ihre Segenswünsche äußerten und schließlich dem Bräutigam das Geld reichten. Lächelnd nahm Sunil die Gaben entgegen. Mina verfolgte alles mit seltsam mattem Blick.

»Da bist du ja!«

Es war Mutter. Sie trug einen blassgelben Salwar-Kamiz und einen braunen Schal um die Schultern. Sie wirkte erschöpft. »Wo hast du gesteckt?«

Ich zögerte kurz. »War mit Hamza unterwegs«, sagte ich schließlich.

»Hamza?«

Ich sah mich um. Hamza hatte sich davongemacht und stand nun neben seinem Vater an einem der Tische. Ich zeigte hinüber. »Dort drüben.«

Mutter runzelte die Stirn. »Wo ist dein Vater?«

Ich antwortete nicht.

»Warst du bei ihm?«

»Er ist gegangen. Er hat gesagt, er muss noch telefonieren.«

»*Telefonieren?* Mit wem?«

»Keine Ahnung.«

»Wir haben in der letzten Stunde weiß Gott was durchgemacht, und er muss *telefonieren*? Mit wem? Hayat, wo ist er?«

»Ich weiß es nicht.«

»Du weißt es nicht? Gut, dann finde ihn! Und schaff ihn hierher!«

Keinesfalls würde ich zurückgehen und ihn holen. Und ich wollte Mutter auch nicht erzählen, wo er steckte. Also rührte ich mich nicht von der Stelle und sah mit an, wie die Gäste das vor uns auf dem Podium sitzende Brautpaar mit Geldscheinen überhäuften.

»Los! Geh schon! Worauf wartest du noch? Such ihn«, sagte sie und schob mich weg. »Telefonieren …«, murmelte sie, als sie zur Frauenseite des Raums zurückkehrte.

Ich ging hinaus in die Empfangshalle, überlegte, ob ich mich auf die Couch in der Lobby setzen sollte, aber dann fiel mir der junge Mann im Smoking wieder ein. Also ging ich zur rückwärtigen Seite, zur Marmortreppe, wo ich mit Farhaz und Hamza gesessen hatte.

Nach ein paar Minuten hörte ich etwas hinter mir. Ich drehte mich um. Farhaz und Zakiya kamen händchenhaltend die Stufen herab. Das Lächeln auf Zakiyas Gesicht erlosch, als sie mich sah, im gleichen Augenblick zog sie ihre Hand zurück.

»Wo ist Hamza?«, fragte Farhaz.

»Drinnen«, erwiderte ich knapp.

»Ich muss auch rein«, sagte Zakiya. »Meine Eltern killen mich sonst.«

»Nur zu«, sagte Farhaz.

»Also, was geht ab?«, fragte Farhaz und kam betont langsam und lässig die Treppe herunter.

»Äh?«

»Was ist los?«

»Nichts.«

Achselzuckend ging er an mir vorbei.

Durch den Saal zog der Geruch von Biryani und Currys. Caterer standen an der rückwärtigen Wand und warteten darauf, das Essen zu servieren. Auf der gegenüberliegenden Seite, oben auf dem Podium, stand der schwergewichtige Souhef, hielt sich ein Mikro an den Mund und las von einem Blatt ab.

»Der Prophet, Friede sei mit ihm, sagte, die vollkommensten Gläubigen sind jene, die immer freundlich und voll Güte gegenüber ihren Frauen sind.« Mit einem feinen Lächeln blickte Souhef auf. Aus der Menge erhob sich leises Gelächter. Spielerisch hob er den Finger. »Doch, doch, meine Brüder, es stimmt schon. Wer seiner Frau auch nur einen Bissen an den Mund führt, wird dafür im Jenseits belohnt. Gemäß dem Propheten, Friede sei mit ihm, ergießt sich die himmlische Gnade Allah Ta'alas über jeden Ehemann, der seiner Frau mit Liebe und Wonne begegnet.«

Ich drängte mich durch den Saal auf die Frauenseite, dorthin, wo die Frauen in ihren Tschadors, Kopftüchern oder Dupattas saßen, gemeinsam mit ihren Kindern, die sie neben sich oder auf dem Schoß hatten. Mutter war die Einzige, die weder eine Kopfbedeckung trug noch ein Lächeln zeigte.

Souhef wandte sich nun direkt an Sunil.

»Ergreift der Ehemann die Hand seiner Frau mit Liebe …«

Souhef hielt inne und wartete. Dann wiederholte er:

»Ich sagte, ergreift der Ehemann die Hand seiner Frau mit Liebe …«

Diesmal kapierte Sunil. Weiteres Gelächter – nun vor allem von der Frauenseite –, als Sunil die Hand seiner Frau ergriff.

»Ergreift der Ehemann die Hand seiner Frau mit Liebe …«, sagte Souhef zum dritten Mal und fuhr mit seiner Ansprache fort, »fallen die Sünden des Paares durch den Zwischenraum zwischen ihren Fingern. Die Liebe zwischen Ehemann und Ehefrau ist eine große Läuterung.«

Mutter sah mich, als ich mich ihrem Tisch näherte. Souhefs Rede schenkte sie nicht die geringste Beachtung. »Wo ist dein Vater?«, fragte sie.

»Ich weiß es nicht. Ich habe überall gesucht.«

»Der Mistkerl«, murmelte sie. »Dieser Mistkerl … Gut. Setz dich zu deinen Onkel Rafiq«, sagte sie und scheuchte mich fort.

Souhef auf dem Podium sprach weiter: »Unser Prophet, Friede sei mit ihm, sagte einst, kommt ein Mann *mit Freude* nach Hause, nimmt Allah seine Glückseligkeit zum Anlass, einen Engel zu erschaffen, welcher bis zum Tag des Gerichts zugunsten des Mannes Gebete der Vergebung sprechen wird. Das ist die Wahrheit, Brüder! Mögen wir unsere Frauen lieben. Und möge Liebe sein zwischen unserer glücklichen Braut und ihrem Bräutigam.«

Es gab herzlichen Applaus.

Auf dem Weg zurück zur Männerseite bemerkte ich, dass Sunil mich beobachtete. Er beugte sich zu Souhef und flüsterte ihm etwas ins Ohr. Daraufhin sah auch Souhef zu mir. Erneut trat er auf dem Podium nach vorn.

»Bruder Sunil hat mich daran erinnert, dass wir heute mit der Anwesenheit zweier sehr besonderer junger Männer beehrt werden: Farhaz Hassan und Hayat Shah.«

Als ich meinen Namen hörte, blieb ich stehen.

»Beide sind sehr pflichtbewusste junge Muslime, und ich denke mir, wir sollten ihre Hingabe an unseren Din ehren, indem wir sie kurz auf die Bühne bitten. Farhaz? Hayat?«

»Du auch, Hayat«, ermutigte mich Souhef und winkte mich zu sich heran. »Komm schon.«

Ich folgte Farhaz und stolperte hinter ihm die Stufen zum Podium hinauf. Ich sah zu Mutter, die in die Ferne starrte und vor sich hin murmelte, dann zu Mina. Mit unbewegtem Gesichtsausdruck sah sie mich an. Ich lächelte ihr zu, aber ihre Miene änderte sich keinen Deut.

Farhaz stellte sich neben Souhef, und ich stellte mich neben Farhaz. »Diese beiden jungen Männer sind wahrhaftig besser als wir. Farhaz ist erst fünfzehn Jahre alt, trotzdem ist er schon ein richtiger Hafiz. Und Hayat… Wie alt bist du, Hayat?«

»Zwölf«, sagte ich mit zittriger Stimme.

»Zwölf. Und wie weit bist du im heiligen Koran?«

»Elf Dschuz.«

»*Mashallah*«, erwiderte Souhef.

Donnernder Applaus erschallte.

»In der Nikah Chutbah findet sich eine Passage aus der Sure An-Nisa, und unser Bräutigam hatte den wunderbaren Vorschlag, dass unsere jungen Männer uns ein wenig daraus vortragen könnten. Wie klingt das, Jungs?«

»Wunderbar«, erwiderte Farhaz mit einem Achselzucken.

Nervös wandte ich mich an Farhaz. »An-Nisa? Welche ist das?«

»Fängt am Ende der vierten Dschuz an.«

Ich kannte die offizielle Einteilung der einzelnen Dschuz nicht. Um meine Fortschritte einzuschätzen, hatte ich ein eigenes System entwickelt, um die Zahl der von mir auswendig gelernten Seiten durch dreißig zu teilen.

»Wie lautet die Nummer der Sure?«, flüsterte ich.

Farhaz sah mich genervt an. »Es ist die vierte. Kennst du sie oder kennst du sie nicht?«

Ich nickte erleichtert. Ich kannte sie. Aber nur nach ihrem übersetzten Titel: »Die Frauen«.

Souhef reichte Farhaz das Mikrofon. Er räusperte sich und schloss die Augen. Und nach einem kurzem Schweigen brachte er das Mikro an die Lippen:

Ya 'ayyuha an-nasu attaqu rabbakuma al-ladhi
khalaqakum…

Ich war wie vom Donner gerührt. Ich hatte keine Ahnung, dass er den Koran auf Arabisch konnte. Die Laute – der

Rhythmus der Sätze, die langen Vokale, die abrupten Pausen und verschluckten Konsonanten – kamen mit gebieterischer Wucht aus den Lautsprechern.

… min nafsin wa idatin wa khalaqa minh zawjah wa baththa minhum rijl an kathr an wa nis'an wa attaq …

Ich schrumpfte immer weiter in mich zusammen. *Du hast dich in ihm getäuscht*, dachte ich, während ich ihm ehrfürchtig zuhörte. *Das ist besser als dein lächerlicher Traum mit dem Propheten.* Ich sah zu Imam Souhef. Er lächelte. Sunil hinter ihm strahlte vor Stolz. Auch Mina sah zu, aber mit unbestimmter Miene. Farhaz hielt inne. Ich sah weg, und mein Blick schweifte zum Eingang.

Und dort, gegen die Doppeltür gelehnt, stand Vater. Er hatte die Arme verschränkt und starrte mich unumwunden an.

Souhef trat vor und nahm Farhaz das Mikrofon ab. »Wunderbar«, sagte er. Lauter Applaus folgte. Farhaz strahlte.

Souhef wandte sich nun an mich. »Hayat? Kennst du An-Nisa?«

Ich spürte meinen Herzschlag im ganzen Körper, bis hinein in die Zehen und Fingerspitzen. Ich nickte. Der Imam lächelte und reichte mir das Mikro, das mir aus den Fingern glitt und mit einem durchdringenden Kreischen zu Boden fiel. Ich wischte mir die schweißnassen Hände an der Hose ab und hob es auf. Alle Blicke waren auf mich gerichtet. Erneut sah ich zu Vater. Seine Miene überraschte mich. Er wirkte nicht wütend, nur hilflos.

»Die Sure An-Nisa. ›Die Frauen‹«, begann ich.

Im Namen Gottes, des Barmherzigen, Gnädigen.
O ihr Menschen, fürchtet den Herrn, der euch aus einem einzigen Wesen geschaffen hat.

Und aus diesem dessen Frau,
Und aus beiden viele Männer und Frauen.

Der Klang meiner Stimme gab mir Selbstvertrauen. Ich schloss die Augen, versuchte, den Gedanken an Vater zu verdrängen, und fuhr fort:

Fürchtet Gott, in dessen Namen ihr Bitten
zueinander sprecht.
Pflegt die Bande der Verwandtschaft.
Wahrlich, Gott wacht über euch!

Sacht berührte mich jemand an der Schulter. Ich sah auf. Es war Souhef. »Auf Arabisch, mein Junge«, sagte er leise.

»Auf Arabisch kann ich es nicht. Ich kann es nur auf Englisch«, antwortete ich. Mein Mund war so nah am Mikro, dass es alle hörten.

»Du kannst es nur auf Englisch?« Souhef schien verwirrt. »Wer unterrichtet dich?«

»Ich unterrichte mich selbst«, erwiderte ich.

»Wirklich?«, fragte Souhef überrascht.

Ich nickte. Farhaz neben mir kicherte.

»Mashallah«, sagte Souhef und tätschelte mir den Kopf. Er nahm mir das Mikrofon ab. »Wir haben hier einen sehr originellen jungen Mann unter uns«, sprach er zur versammelten Menge. »Der den Koran auf Englisch auswendig lernt. Brüder und Schwestern, er wird unser erster englischer Hafiz sein.«

Er hielt inne. Leises Getuschel erfüllte den Saal.

»Lassen wir diesen heiligen Jungen noch mal einen herzlichen Applaus zuteil werden.«

Ich sah zu Vater. Er stand nach wie vor an der Tür und sah zu.

»Du bist so ein Blindgänger«, sagte Farhaz zu mir, als wir

zur Treppe gingen. »Hat dir denn keiner gesagt, dass es nicht zählt, wenn man es nicht auf Arabisch kann?«

»Das stimmt nicht.«

»Du glaubst mir nicht? Dann frag ihn doch.« Farhaz drehte sich um und deutete auf Souhef.

Ich wandte mit an den Imam.

»Was gibt es, mein Junge?«

»Farhaz sagt, es zählt nicht, wenn man den Koran nicht auf Arabisch kann.«

»Arabisch ist unsere heilige Sprache, junger Mann.«

»Zählt es auch auf Englisch?«

»Zählen? Wofür?«

»Damit ich und meine Eltern in den Himmel kommen.«

Souhef sah mich an, in seinem Blick ein sanftes Leuchten. Er lächelte und schüttelte den Kopf. »Nein. Dazu musst du das heilige Buch in unserer *heiligen* Sprache auswendig lernen. Aber lass dich nicht entmutigen. Du hast dafür alle Zeit der Welt.«

Ich trat hinunter und ging mit gesenktem Kopf zur Männerseite hinüber. Was ich nicht sehen konnte, hörte ich: Überall glaubte ich Gelächter wahrzunehmen. Aus dem Geplapper, dem Hin- und Herrutschen auf den Stühlen, dem Lärm der Caterer, die sich auf das Servieren der Mahlzeiten vorbereiteten, selbst dem schrillen Pfeifen der Lautsprecher schien ich herauszuhören, dass sich alle über mich lustig machten. Ich verbrannte innerlich.

Ich kam an dem Tisch vorbei, an dem Rafiq und Ghaleb saßen. Rafiq hielt mich auf, ergriff meine Hand und lächelte mich freundlich an.

»Gut gemacht, *Behta*«, sagte er ermutigend. »Sehr eindrucksvoll.«

Ich glaubte ihm nicht. Ich meinte aus seiner Stimme mehr Mitleid als Lob herauszuhören. Ghaleb neben ihm machte keinerlei Anstalten, mich anzusprechen, sondern starrte mich nur mit seinen stummen, grauen Augen an. Rafiq deutete auf die beiden leeren Stühle an ihrem Tisch. Kopfschüttelnd ging ich weiter, vorbei an Hamza und Farhaz. Hamza hielt den Arm für einen High-five hoch. Ich ignorierte ihn. Ich wagte nicht, zu Farhaz zu sehen, aber ich hörte seinen Spott: »Was für ein Idiot! Er glaubt wirklich an den ganzen Mist!«

Ganz hinten fand ich einen leeren Tisch. Ich hörte Souhef übers Mikro verkünden, dass es nun Zeit für das Essen sei und die Männer anfangen sollten, sich etwas zu holen. Es kam Bewegung in die eine Hälfte des Saals; Stühle wurden gerückt, Männer erhoben sich. Auch Mutter war auf den Beinen, bemerkte ich, und eilte durch den Saal zu der Doppeltür, an der Vater gelehnt hatte. Aber er war fort.

17

DAS LANGSAME VERGEHEN

Vater hatte die Walima verlassen und war nirgends mehr zu finden. Mutter, ich, Rafiq, Rabia und Imran mussten zusehen, wie wir nach Hause kamen. Sowohl im Taxi als auch den gesamten Abend über kochte Mutter vor Wut. Kein einziges Mal erwähnte sie die Koran-Rezitation. Als hätte sie gar nicht stattgefunden.

Nachdem alle im Bett waren, rollte ich mich im Fernsehzimmer auf der Couch zusammen, wo ich seit Tagen schlief. Ich versuchte nicht an meine Demütigung auf der Walima zu denken, aber die ganze Zeit hatte ich Farhaz im Ohr:

Was für ein Idiot! Er glaubt wirklich an den ganzen Mist!

Irgendwann musste ich eingeschlafen sein. Als ich aufwachte, saß Vater neben mir in der Dunkelheit. Seine Hand lag auf meiner Schulter.

»*Behta*, wach auf«, flüsterte er. Er sah erschöpft aus, seine Augen waren gerötet. »Alles in Ordnung?«

»Mmm-hmm.« Ich nickte.

Lange starrte er mich nur an. »Ich will, dass dir eines klar ist. Ich bin gegangen, weil mich das alles nur angewidert hat. Es hat mich angewidert, was sie deiner Tante und was sie dir angetan haben. Diese Leute sind Idioten. *Idioten.* Und sie lässt es zu, dass sie genauso wird wie sie.« Er sprach sehr langsam, bemühte sich, die Worte deutlich auszusprechen, verschliff sie aber trotzdem. »Ich weiß, es geht um *Glaubwürdigkeit.* Ich weiß, dass es mit meiner Glaubwürdigkeit nicht weit her ist. Ich weiß es.«

Ich war verwirrt und wusste nicht, wovon er sprach.

Nach einer Pause fuhr er fort. »Ich weiß, was du und deine Mutter von mir haltet. Aber ich will, dass du eines verstehst. Ich bin ein erfolgreicher Mann. So etwas wird man nicht so einfach. Es gibt keine Garantie auf Erfolg. Und das heißt, egal, was du von mir hältst, dass ich über ein paar Dinge Bescheid weiß. Und egal, was *sie* von mir hält, die Wahrheit lautet: Ich kann nicht so töricht sein, wie die Leute behaupten ... Wenn das, was ich sage, für dich irgendeine Bedeutung hat, dann musst du mir vertrauen. Ich bin nicht töricht. Sie sind es. Diese Leute, sie sind töricht. Nicht ich. Und du auch nicht. Hayat, ich will, dass du das verstehst – egal, was sie dir heute weismachen wollten, du bist kein Dummkopf. Diese Leute sind wie Schafe, immer laufen sie den anderen hinterher, immer warten sie auf jemanden, der ihnen sagt, wo es langgeht. Alle. Sie sind alle gleich. Sogar Souhef.«

Wieder hielt er inne. Er wurde zunehmend aufgewühlter. Als er sich zu mir vorbeugte, konnte ich den Alkohol in seinem Atem riechen.

»Ich habe gesehen, wie du mit ihm nach der Rezitation gesprochen hast«, sagte er. »Was hat er gesagt?«

»Er hat gesagt, dass es nicht zählt, wenn man den Koran auf Englisch kann.«

»Genau deswegen verabscheue ich diese Leute, Hayat«, sagte Vater wütend. Er blinzelte mich an. »Ich weiß, du wirst nicht verstehen, was ich dir jetzt sage ... Aber du gehörst nicht zu ihnen. Du bist keiner von denen. Das ist die Wahrheit. Ich weiß, du verstehst nicht, warum ich deinen Koran verbrannt habe. Ich habe es getan, weil du anders bist. Du kannst nicht nach den Regeln leben, die andere dir vorgeben. In dieser

Hinsicht sind wir uns gleich. Du wirst deine eigenen Regeln finden müssen. Mein ganzes Leben lang bin ich vor ihren Regeln davongelaufen, Hayat. Mein ganzes Leben. Bei dir wird es genauso sein. Frag mich nicht, woher ich das weiß, aber ich weiß es.«

Ich musste an meinen Traum mit dem Propheten denken, in dem ich davongelaufen war und Mohammed in der Moschee zurückgelassen hatte. Eine Sekunde lang glaubte ich, nicht nur Vater, sondern auch den Traum zu verstehen. Aber diese Klarheit verflüchtigte sich so schnell, wie sie gekommen war.

»Deshalb verabscheue ich diese Leute, Hayat«, wiederholte er. »Sie begreifen nicht, warum sie hierher gekommen sind oder wozu sie hier sind. Sie wissen nicht, *wer* sie sind oder was das Leben ist. Sie sind solche Narren.« Er spie das Wort verächtlich heraus. »Hör nicht auf sie. Auf ihre Geistlosigkeit, ihre Dummheit. Verstehst du jetzt, warum ich sie so hasse? Verstehst du das?« Er hielt mich fest und blinzelte, als fiel es ihm schwer, mich zu sehen, obwohl ich doch nur wenige Zentimeter vor seinem Gesicht war. »Verstehst du das?«, sagt er noch einmal, und seine Stimme brach. Er klang wie ein Kind. »Siehst du nicht, was sie ihr antun?«

Und dann begann er zu weinen.

Ich hielt ihn an mich gedrückt, so fest, wie ich nur konnte. Er zitterte, stöhnte in meinen Armen und klammerte sich noch fester an mich. Ich versuchte das Gleiche, auch ich versuchte den Graben zwischen uns zu überbrücken. Bald darauf spürte ich seine Tränen an meinem Hals.

»Siehst du es nicht?«, weinte er. »Siehst du es nicht? Siehst du es nicht?«

Ich antwortete nicht darauf, sondern hielt ihn nur fest. Mehr schien er nicht zu brauchen.

Mina und Sunil erschienen am Morgen nach der Hochzeit, um die Sachen in ihrem Zimmer für die Möbelleute zusammenzupacken. Sie wirkte unglücklich. Ein eng anliegender Hidschab umrahmte ihr Gesicht, sie hatte den Blick gesenkt, als wollte sie nichts sehen und nicht gesehen werden. Wir tranken alle zusammen Tee, daraufhin verschwanden Sunil und Mina im Zimmer oben und verschlossen hinter sich die Tür.

Auch Rabia und Rafiq packten in meinem Zimmer ihre Sachen. Sie wollten für die Dauer ihres restlichen Amerikaaufenthalts bei ihrer Tochter und ihrem neuen Schwiegersohn im Haus der Chathas wohnen. Ich ging mit Imran ins Fernsehzimmer. Wir saßen auf der Couch, Imran kuschelte sich an mich, während wir uns *Familie Feuerstein* und *Scooby-Doo* ansahen. Irgendwann kam Mina herein.

»Imran, gefällt es dir bei deinem großen *Bhaiya*?«

Imran nickte eifrig, drückte sich an mich und umarmte mich.

Ich hielt ihn ganz fest. Dann fing ich an zu weinen.

»Warum weinst du, *Bhai-Jaan*?«, fragte er.

»Ich war dir kein besonders guter großer Bruder«, sagte ich.

»Doch, das bist du. Du bist mein großer Bruder«, sagte er fröhlich und drückte sich noch fester an mich.

Mina umarmte mich. »Schon gut, Hayat. Wir machen alle Fehler.«

»Ich will nicht, dass du gehst«, flehte ich.

»Ich weiß, *Behta*«, sagte sie leise. »Sei gut zu deiner Mutter«, flüsterte sie mir zu. »Du bist alles, was sie hat. Kümmere dich um sie.«

»Okay«, sagte ich unter Tränen. Lange hielten wir uns daraufhin fest.

Dann ließ sie los, auch ihre Augen schimmerten feucht. »Ich war gestern so stolz auf dich.«

»Weswegen?«

»Wegen deines Vortrags.«

Ich sah weg. Mina nahm mich am Kinn und drehte mein Gesicht zu ihr.

»Was ist, *Behta*?«

»Warum hast du mir nicht gesagt, dass ich ihn auf Arabisch lernen muss?«

Sie war verwirrt. »Aber das musst du doch nicht …«

»Das hat der Imam gesagt.«

Mina schüttelte den Kopf. »Was habe ich dir immer gesagt? Die *innere Einstellung*. Auf die kommt es Allah an. Nicht auf die Sprache, die du sprichst.«

»Aber der Imam sagt, wenn ich ihn nicht auf Arabisch kann, bin ich kein Hafiz.«

Sie lächelte. »Es ist nicht wichtig, ob du ein Hafiz bist. Wichtig ist, wie wahrhaftig du glaubst. Nicht, welchen Namen du dem gibst.«

Ich wusste nicht, was ich damit anfangen sollte. Schließlich hatte sie mir gesagt, dass es nichts Größeres gebe, als ein Hafiz zu werden. Bestürzt sah ich weg.

Erneut drehte sie meinen Kopf zu sich. »Komm, verabschiede dich von deinem Onkel«, sagte sie mit einem Lächeln.

Mina führte Imran und mich ins Wohnzimmer, wo Rafiq und Rabia sich von meinen Eltern verabschiedeten. Imran sprang Vater in die Arme. Sunil lächelte, als er mich sah. »Ich bin stolz auf dich, *Beehbta*. Mach weiter so.«

Mina ging zu Mutter, und als sie sich umarmten, herrschte mit einem Mal zähes Schweigen im Raum. Wir standen um sie herum, während sie sich in den Armen lagen und schnieften und sich gegenseitig flüsternd um Verzeihung baten. Sie mussten sich gut ein Dutzend Mal geküsst haben. Rabia war tief bewegt. Genau wie Vater.

Sunil wirkte ungehalten.

»Kommt schon, Mädels. Wird nicht das letzte Mal sein, dass

ihr euch seht«, sagte Rafiq, nachdem er einen Blick mit Sunil getauscht hatte. »Gehen wir.«

»Lass sie, Rafiq«, blaffte Rabia.

Rafiq wandte sich an mich. »Okay, *Behta*!«, sagte er und streckte mir die Hand hin. »Du bist ein vernünftiger junger Mann. Ich freue mich schon darauf, von dir mal Großes zu hören.«

Ich war mir nicht ganz sicher, wovon er sprach. »Gut«, sagte ich und schüttelte ihm die Hand.

Endlich ließen Mina und Mutter einander los, und Mina wandte sich an Vater – der immer noch Imran auf dem Arm hatte –, um sich von ihm zu verabschieden. Sie wagte es nicht, Vater zu berühren; nicht in Sunils Gegenwart. Sie legte die Hand ans Herz und beugte leicht den Kopf.

»Danke für alles, Naveed-*Bhai*.«

Sunil trat vor und streckte die Arme nach Imran aus. Während der Übergabe schmatzte Imran Vater einen Kuss auf die Wange. »Ich hab dich lieb, Onkel«, sagte er. Die Frauen hätten fast wieder zu weinen begonnen, als sie das hörten. Mutter biss sich auf die Lippen. Mit dem Jungen auf dem Arm trat Sunil vor Mutter.

»Sag auf Wiedersehen zu deiner Tante«, sagte Sunil.

»Auf Wiedersehen, Tante.«

»Auf Wiedersehen, *Kurban*«, erwiderte Mutter gepresst. »Sei ein guter Junge.«

»Bin ich.« Sie gab ihm einen Kuss.

Und dann brachte Sunil Imran zu mir.

»Auf Wiedersehen, Hayat.«

»Auf Wiedersehen, Imran.«

Plötzlich funkelten Imrans Augen. »*Bhai-Jaan?* Weißt du noch, als wir in unserem Zelt Schach gespielt haben? Weißt du noch, als du mir gesagt hast, ich soll es nicht vergessen? Weißt du noch?«

Ich brauchte einen Augenblick, um mich wieder daran zu erinnern. Ich nickte.

»Ich werde es nie vergessen«, sagte er.

»Versprochen?«, fragte ich.

Er legte mir den Arm um den Hals. »Versprochen!«

Ein weiteres Mal sah Mina zu mir. Es versetzte mir einen Stich. »Ich liebe dich, Hayat«, sagte sie.

»Ich liebe dich auch«, erwiderte ich.

Als ich am Montagmorgen in die Schule ging und meinen Tisch öffnete, entdeckte ich auf meinen übrigen Büchern die rote Bibliotheksausgabe des Koran. Sofort war wieder das Schamgefühl da, das ich bei der Walima empfunden hatte, aber dann hörte ich Vaters beruhigende Stimme:

Du bist keiner von denen. Du läufst ihnen nicht hinterher.

Statt in der Pause wie üblich die heiligen Verse auswendig zu lernen, nahm ich den Koran und ging durch den leeren Flur zur Bibliothek. Dabei kam ich am alten, glatzköpfigen Hausmeister Gervitz vorbei, der seine Abfalltonne vor sich her schob. Er nickte mir zu. Ich nickte zurück. »Wie geht's?«, fragte er.

»Gut«, antwortete ich überrascht. Es war das erste Mal, das er mich angesprochen hatte.

»Na, ich sehe dich doch immer, und ich hab das Gefühl, du bist ein guter Junge.«

»Danke«, sagte ich.

»Bild dir bloß nicht zu viel drauf ein«, erwiderte er schroff und wackelte davon.

Der Behälter in der Bibliothek für die Rückgaben war voller Bücher. Ich dachte nicht lange darüber nach, ich küsste auch nicht den Einband, wie ich es sonst tat. Ich legte den Koran einfach auf die anderen Bücher und sah zu, wie er zur Seite glitt und außer Sichtweite fiel. Es war der letzte Koran, den ich in den nächsten zehn Jahren anrühren sollte.

In den folgenden drei Wochen telefonierten Mutter und Mina täglich. Dann, eines Tages, rief Mutter an, und Mina rief nicht zurück. Mutter dachte sich nicht viel dabei. Es vergingen zwei Tage. Dann ein dritter. Und als Mutter daraufhin bei den Chathas anrief, ging niemand ran.

Am Morgen des vierten Tages – es war ein Samstag – stieg Mutter in den Wagen und fuhr zu den Chathas, um herauszufinden, was vor sich ging. Sie war zehn Stunden fort. Als sie abends zurückkam, war sie außer sich. »Er ist ein Unmensch!«, schrie sie und warf die Schlüssel ins Schränkchen. »Ich habe gewusst, dass mit ihm was nicht stimmt. Ich habe es gewusst.« Gefragt, was geschehen sei, ging sie erneut hoch: »Hayat! Ihr Gesicht ist geschwollen. Schwarz und blau, überall. Seit drei Tagen liegt sie in ihrem Zimmer. Und weißt du, warum ihr der Scheißkerl das angetan hat? Weißt du, warum?«

Ich schüttelte den Kopf. Plötzlich war mir heiß.

»Weil sie ihn *angezweifelt* hat. Er wollte Ghaleb sagen, dass er für ihn nicht einfach nur arbeiten, sondern ein gleichberechtigter Partner sein will. Ghaleb hat wer weiß wie viele Jahre gebraucht, um seine Apotheken aufzubauen, und dann kommt dieser *Schwachkopf* und meint, er könnte gleichberechtigter Partner sein! Nur weil er einen Doktortitel hat und glaubt, damit wäre er was Besseres als sein Vetter, der nur Apotheker ist! Kannst du dir das vorstellen? Napoleon-Komplex, *Behta.* Genau, wie ich dir gesagt habe. Genau wie ihr Vater. Aber Sunil ist ein *Unmensch.*«

Mutter setzte sich. Sie zitterte. Ich dachte schon, sie würde anfangen zu weinen, aber dann ergriff sie wieder das Wort, und mir wurde klar, dass sie vor Wut bebte.

»Hayat! Alles, was sie ihm gesagt hatte, war: *Hältst du es wirklich für eine so gute Idee, deinem Vetter das zu sagen?* Das war alles! Sie hat versucht, dem *Schwachkopf* einen Ratschlag zu geben! Und was macht er? Du hättest ihr Gesicht sehen sollen, Hayat! Gott sei Dank war er nicht zu Hause, als ich da war. Gott sei Dank! Sonst hätte ich ihm den Schädel gespalten! Ich hasse muslimische Männer. Ich hasse sie … Und Najat ist keinen Deut besser. Weißt du, was sie zu deiner Tante Mina gesagt hat?«

Wieder schüttelte ich den Kopf.

»Sie wollte Tante Mina und mir weismachen, dass es nach dem Koran richtig ist, wenn Männer ihre Frauen schlagen. *So ein verfluchter Scheißdreck!*, habe ich gesagt.« Solche Ausdrücke aus Mutters Mund überraschten mich. Ihre Wut verlieh ihr Stärke. »Und weißt du, was Najat daraufhin tut? Sie holt den Koran, schlägt ihn auf und zeigt mir Verse aus der vierten Sure. Über das Züchtigen von Frauen …«

Ich nickte. Aus der vierten Sure hatte ich auf der Walima vorgetragen. Ich sprach die Verse:

Die Männer haben das Sagen über die Frauen,
denn Gott hat sie mit größeren Gaben gesegnet.
Rechtschaffene Frauen sind gehorsam, treu und
verschwiegen, damit auch Allah sie beschütze.
Diejenigen Frauen aber, deren Widerspenstigkeit ihr
fürchtet: ermahnt sie, meidet sie im Ehebett und schlagt sie.
Wenn sie euch gehorchen, dann fügt ihnen keinen Schaden zu.

Mutter starrte mich lange und verdutzt an, als hätte sie an mir etwas wahrgenommen, was sie noch nie zuvor gesehen hatte.

»Genau die«, sagte sie schließlich. »Ich kannte sie nicht, aber da hatte ich es vor mir, schwarz auf weiß. Sie wurde doch nur verfasst, um muslimische Männer auf dumme Ideen zu bringen … Und dann sagt Najat etwas, was du nie glauben wirst: ›Ghaleb schlägt mich auch‹, sagte sie, fast, als wäre sie noch stolz darauf! Kannst du dir das vorstellen?«

Ich wusste nicht, was ich sagen sollte. Aber Mutter wartete auch gar nicht auf eine Erwiderung von mir.

»Was mache ich also? Ich frage sie, wie es jeder normale Mensch auf der Welt tun würde: ›Warum, Najat, schlägt dich dein Mann? Sag!‹ Und was antwortet sie? ›Weil wir es brauchen‹, sagt sie. ›Weil etwas in unserem Wesen ist. Etwas, dem Grenzen gesetzt werden müssen.‹ Ich war sprachlos, Hayat. Ich sah sie an und dachte mir, das ist ein Irrenhaus …«

Sie stockte. Dann reckte sie leicht das Kinn und fügte mit gedämpfter Stimme und einer gewissen philosophischen Einsicht hinzu: »Zum ersten Mal ist mir klar geworden, dass ich es mit deinem Vater vielleicht doch nicht so schlecht getroffen habe. Vielleicht hatte ich es in all den Jahren doch nicht so schlecht …«

In den folgenden zwei Tagen versuchte ich nicht daran zu denken, dass Sunil Mina schlug, aber es gelang mir nicht. Vor meinem geistigen Auge sah ich diesen Mann, der mich so sehr an eine Ratte erinnerte, wie er mit geballten Fäusten auf sie einschlug. Nachts verkroch ich mich unter der Bettdecke und versuchte Minas geschwollenes Gesicht zu vergessen, von dem Mutter erzählt hatte, aber auch das gelang mir nicht. Es machte mich wütend. Und nicht nur wütend. Ich fühlte mich verantwortlich. Seitdem Sunil auf der Bildfläche erschienen war, hatte es für mich keinen Grund mehr gegeben, mich wegen meiner Tat zu grämen. Es sollte sich doch alles zum Besten wenden. Aber das war jetzt nicht mehr der Fall. Ohne mich und diesen Nachmittag am Western-Union-Schalter wäre sie nie bei diesem Mann gelandet.

Was konnte ich jetzt noch tun?

Alles, was mir einfiel, war, die Chathas mit Telefonterror zu überziehen – das tat ich mehr als ein Dutzend Mal – oder zu beten. Also betete ich. Ich betete darum, dass ihr Mann sie nicht schlug. Ich betete, dass sie nicht zu leiden hatte. Aber meine Gebete stellten sich im Lauf der Zeit als genauso nutzlos heraus wie mein Telefonterror. Je mehr schlechte Neuigkeiten wir über Minas neuen Ehemann erfuhren, umso größer wurden meine Zweifel über die Macht meiner Gebete.

Einen Monat darauf hatte Mutter eine alarmierende Neuigkeit mitzuteilen: Sie hatte Mina zu überreden versucht, Sunil zu verlassen und wieder zu uns zu ziehen. Aber Mina wollte nicht. Lieber würde sie sterben, als an eine weitere Scheidung auch nur zu denken. Sie hatte ihre Wahl getroffen, und jetzt stand sie dazu: Sie hatte damit zu leben. Egal, wie die Folgen aussahen. Was hieß (und das waren die schlechten Neuigkeiten), dass sie nach Kansas City zog.

Sunil hatte sich in seiner Unbesonnenheit nichts sagen lassen und von seinem Vetter eine gleichberechtigte geschäftliche Partnerschaft eingefordert, und jetzt redete Ghaleb nicht mehr mit ihm. Sunil hatte also beschlossen, mit der Familie zurück in das Haus in Kansas City zu ziehen, das ihm immer noch gehörte, um dort wieder als Augenarzt zu praktizieren.

Mutter gefiel die Sache nicht. »Sie meint, es würde dort besser werden. Er muss nur von seinem Vetter fort, und wenn er wieder zu Hause ist, würde er sich wieder mehr als Mann fühlen. Als jemand, der *das Sagen* hat. Warum meinen muslimische Männer immer, sie müssten den großen Macker spielen? Warum bloß? Mein Gott!« Ihr Blick ging zur Decke, als hoffte sie, von dort eine Antwort des Allmächtigen zu erhalten. Kopfschüttelnd fuhr sie fort: »Deine Tante sagt immer, wie gut er zu Imran ist. Dass er ihn wie einen eigenen Sohn angenommen hat. Aber wie glücklich kann der Junge sein, wenn er mitbekommt, wie seine Mutter vom Vater geschlagen wird? Wie glücklich kann er denn sein? *Behta*, ich habe bei diesem Umzug nach Kansas ein ganz schreckliches Gefühl. Dort ist er schon mal von einer Frau verlassen worden. Gott allein weiß, warum. Ich meine, wer weiß schon, ob er sie nicht auch verprügelt hat? Muslimische Frauen sind schließlich nicht mit weißen Frauen zu vergleichen. Die laufen nicht einfach so weg.«

Mutters Intuition bei Sunils erster Frau hatte sie nicht getrogen.

Nach ihrer Ankunft in Kansas City erhielt Mina an einem Nachmittag Besuch von einer Freundin von Sunils erster Ehefrau. Die Frau – eine Pakistani – kam vorbei, als sie wusste, dass Sunil nicht zu Hause war, und erzählte der neuen Ehefrau davon, was geschehen war. Die erste Frau hatte ihn tatsächlich wegen seiner Gewalttätigkeit verlassen. Sunils häusliche Gewalt war darüberhinaus so gut dokumentiert, dass das Gericht ihm das Sorgerecht für seinen Sohn entzogen hatte. Das war natürlich nicht die Geschichte, die Sunil Mina aufgetischt hatte. Laut seiner Aussage hatte der amerikanische Lebensstil aus seiner Frau eine sexbesessene Irre gemacht, und ihr Gewissen kam nicht mehr mit einem gottesfürchtigen Mann wie ihm zurecht. Als Mutter davon erfuhr, schlug es ihr auf die Magenschleimhaut. Monatelang klagte sie sowohl über Sunil als auch über Magenschmerzen. Als dann schließlich bei ihr ein Magengeschwür diagnostiziert wurde, sagte sie bloß: »Dagegen kann ich wenigstens Medikamente nehmen. Aber welche Medikamente kann Mina gegen einen Mann nehmen, der ihr das Leben zur Hölle macht?«

In der ersten Zeit telefonierte Mutter noch täglich mit Mina und erfuhr bestürzende Einzelheiten über Sunils beängstigendes Verhalten. Wie von Mutter befürchtet, hatte die Rückkehr in die frühere Umgebung Sunil keineswegs gutgetan, sondern bei ihm die paranoide Angst geweckt, Mina könnte ihn ebenso verlassen wie seine erste Frau. Also ergriff er Vorsichtsmaßnahmen. Er zwang Mina dazu, statt des Hidschab einen den gesamten Körper verhüllenden Tschador zu tragen. Es war ihr untersagt, Männer anzusprechen, was sogar für die örtliche Moschee galt, die die Familie regelmäßig am Wochenende besuchte. Mina wehrte sich nicht, doch trotz ihrer Willfährigkeit wurde es mit Sunils Eifersucht immer schlimmer: Er verlor nun schon die Beherrschung, wenn Minas Blick nur zufällig auf den Autofahrer fiel, der neben ihnen an der Ampel angehalten hatte. Bei einer Gelegenheit eskalierte der Streit im Wagen so sehr, dass Sunil in seiner Raserei lauthals losbrüllte und ihr sagte – während er am Lenkrad riss und den Wagen kurzzeitig auf den betonierten Mittelstreifen des Highways zusteuerte –, bevor er sie an einen anderen Mann verliere, würde er sie alle drei umbringen.

Unentwegt bot Mutter Mina ihre Hilfe an, ebenso unentwegt äußerte Mina ihre Entschlossenheit, alles durchzustehen. Sie behauptete, Sunil schlage sie nicht mehr, und hatte immer eine Entschuldigung für ihn parat: Es laufe für ihn beruflich nicht gut. Es gestaltete sich schwieriger als erwartet, die Praxis in Kansas City wieder aufzubauen. Da er noch nie mit Finanzen hatte umgehen können, war das Anfangskapital schnell aufgezehrt, und er steuerte konsequent auf die Insolvenz zu.

Dann wurde Mina schwanger. Sie und Mutter hofften, die guten Neuigkeiten würden ihn milder stimmen. Das war nicht der Fall. Wenn überhaupt, wurde er durch Minas Schwangerschaft noch paranoider. Mina musste nun eine auch das Gesicht verhüllende Burka tragen. Sie durfte nicht mehr allein das Haus verlassen, noch nicht einmal mehr zum Einkaufen. Und er wollte, dass sie nicht mehr an die Tür kam, eine Verfügung, deren Einhaltung er überprüfte, indem er Freunde vorbeischickte, um zu sehen, ob sie auf deren Klingeln reagierte. »Er hat sie unter Hausarrest gestellt«, stöhnte Mutter, wenn sie nach dem Telefonat mit ihrer besten Freundin aufgelegt hatte. »Er macht sie kaputt.«

Mutter, vergiftet durch die irrsinnigen Wendungen in Minas Leben, wurde noch kranker. Sie hatte jetzt unablässig Magenschmerzen. Stundenlang hielt sie sich schmerzgekrümmt den Bauch. Vater mutmaßte ein weiteres Geschwür. Er hatte recht. Aber es war nicht nur das. Denn auch nach der notwendigen Ernährungsumstellung, worauf die Schmerzen abklangen, ging es Mutter nicht gut. Sie hatte noch nie viel unternommen, jetzt aber verließ sie das Haus gar nicht mehr. Wenn ich Mutters Kummer sah – der nur das Echo von Minas Kummer war –, fühlte ich mich in meiner Überzeugung bestärkt, dass ich die Schuld daran trug: Hätte ich an jenem verhängnisvollen Abend Imran nicht diese Dinge über die Juden erzählt, hätte ich das Telegramm nicht verschickt, hätte Mina wahrscheinlich Nathan geheiratet. Ich verstand nicht mehr, was daran so falsch gewesen wäre. Zumindest wären sie und Mutter jetzt glücklicher. Und selbst wenn ihr Vater ihr wegen dieser Hochzeit sämtliche Knochen gebrochen hätte, wäre das noch immer besser gewesen, als von Sunil regelmäßig an Leib und Seele verletzt zu werden.

Schweigend ertrug ich meine Schuld. Noch immer hatte ich niemandem von dem Telegramm erzählt. Aber mein Geheimnis hielt auch einigen Trost bereit, wie ich feststellte. Denn zumindest war es etwas, worüber ich die Kontrolle hatte. Mein Leid wurde dadurch zu etwas, was ganz und gar mir gehörte und was von nun an meine Entscheidungen zu beeinflussen begann. Im ersten Jahr in der Middle School hörte ich, wie jemand im Flur erwähnte, Simon Felsenthal, der schüchterne Junge mit den dicken Brillengläsern, der in Sozialkunde ganz hinten saß, sei ein Jude. Obwohl mir Simon bis dahin kaum aufgefallen war, setzte ich nun alles daran, ihn zu meinem besten Freund zu machen. Um dann festzustellen, dass ich mich mehr mit seinem Glauben beschäftigte als er selbst. Simon selbst interessierte sich vor allem für Videospiele. Er brachte mich von Atari ab und führte mich in die feinsinnigeren Genüsse der Intellivision ein. Er war der Erste, bei dem ich übernachtete, und ich erinnere mich, damals gedacht zu haben, dass sich seine Eltern – zwei lebhafte Leutchen, die sich ständig zankten – kaum von meinen unterschieden. Und ich musste an meinen Traum vom Propheten damals im Krankenhaus denken und wie sehr es mich verwirrt hatte, warum Allah die Juden so sehr hasste. Was für mich jetzt noch widersinniger war als jemals zuvor.

Minas Lage verschlechterte sich im Lauf der Jahre zusehends. Am Ende der High School – nachdem sie fünf Jahre mit Sunil verheiratet war – reichte es schon, wenn ihr Namen erwähnt wurde, und ich fiel in eine tagelange Depression. Dabei ging es auch gar nicht mehr nur um Mina. Meine Seele entwuchs dem kindlichen Gewand, mit dem meine islamische Kindheit mich ausgestattet hatte. Auf die Schrecken der Nacktheit aber war ich nicht vorbereitet. In einem Eisladen, den ich eines Abends mit Freunden aufsuchte, fiel mir auf, dass die Verkäuferin ihr Gesicht dick mit Make-up kaschiert hatte und ein Auge geschwollen war. Die Haut unter der Schminke war unverkennbar schwarz und blau. *Jemand schlägt sie*, schoss mir durch den Kopf. Mir wurde speiübel. Ich nahm mein Eis und ging zu meinen Freunden raus auf den Parkplatz. Aus der Übelkeit wurde Schwindel, dann Trauer. Kurz darauf machte ich mich aus dem Staub, marschierte los und setzte mich neben den Müllcontainer des Lebensmittelladens, wo ich hemmungslos losflennte. Und während ich so weinte, sah ich hinauf in den dunklen, stillen Himmel, der von winzigen, funkelnden Lichtern übersät war – wie von Glühwürmchen, über die mein Vater sich so gefreut hatte. Mein Herz sehnte sich danach zu beten. Ich hob die Hände, wie es Muslime tun, und versuchte, das innige Feuer heraufzubeschwören, an das ich mich noch so gut erinnern konnte, damals, als Mina bei uns gewohnt hatte. Aber meine Worte klangen hohl. Als würden sie zu Taubstummen gesprochen oder, noch schlimmer, zu überhaupt niemandem.

Wenn Mina jetzt anrief, verließ ich das Haus. Ich konnte ihre schwache Stimme, die stets zerbrechlicher klang, nicht mehr ertragen. Immer hörte ich nur meine Schuld heraus. Zahllose Male hatte ich mich bei ihr am Telefon für das, was ich über Nathan gesagt hatte, zu entschuldigen versucht – das Telegramm hatte ich nie erwähnt –, aber Mina blieb stur: Das alles liege nun hinter uns, sagte sie. Ich solle nach vorn schauen. Also versuchte ich es. Ich bat Mutter, mir nicht mehr zu erzählen, wie es ihrer besten Freundin ging. »Es tut so weh«, gestand ich. Mutter schien es zu verstehen. Und eine Zeit lang musste ich nicht an meine Tante Mina denken oder wurde nicht daran erinnert, was ich getan hatte. Ich konnte den unbeschwerten amerikanischen Jugendlichen spielen, der auf eine leuchtende Zukunft blickte – unbeeinträchtigt von meinen muslimischen Lehrjahren, in denen ich die Unumgänglichkeit von Schmerz beigebracht bekommen hatte. Ich sorgte mich um meinen Haarschnitt oder meine Jeansmarke. Ich hörte, wenn ich im Bus zur Schule fuhr, auf meinen Walkman die neuesten Alben von U2 und R.E.M. Aber der Schatten von Minas Unglück war nie weit. Ich mochte auf Begnadigung gehofft haben, allerdings musste ich nicht Emerson lesen, um zu wissen, dass ich solche Gnade nicht verdient hatte. Im Gegenteil: Was ich getan hatte, verband mich so sehr mit ihr, dass ich es nicht einfach hinter mir lassen konnte. Außerdem war Mutters Leben zu sehr mit dem von Mina verwoben. Wenn Mutter, niedergedrückt von den neuesten Horrorgeschichten aus dem Leben ihrer Freundin, zu Hause wieder einmal in Trübsal verfiel, konnte sie sich natürlich nicht an Vater wenden. Sie hatte nur mich. Mir blieb nichts anderes übrig, als ihr zuzuhören.

Nach einem zweiten Bankrott verkaufte Sunil seine Praxis, um die Schulden zu begleichen, und war daraufhin gezwungen, das einzige Angebot anzunehmen, das ihm unterbreitet wurde: eine untergeordnete Stelle in einer Arztpraxis. Unfähig, sich in die Hierarchie einzufinden und sich den damit einhergehenden Enttäuschungen zu stellen, wurde Sunil selbstmordgefährdet. Eines Abends schluckte er sämtliche Tabletten aus Minas Valiumflasche – seit ihrer Nikah bekämpfte sie damit ihre Ängste – und wäre daran unweigerlich gestorben, hätte er ihr vor dem Einschlafen nicht alles gebeichtet. Mina rief den Krankenwagen und mühte sich ausnahmsweise einmal nicht mit der Burka ab, als sie ihn ins Krankenhaus begleitete, wo ihm der Magen ausgepumpt wurde. Mina und Mutter konnten sich nicht darauf einigen, welche Bedeutung sie Sunils Selbstmordversuch zuschreiben wollten. Mina hielt ihn für einen Hilfeschrei. Mutter war der Ansicht, es wäre nur ein weiterer, boshafter Versuch gewesen, um ihr Angst einzujagen und sie noch gefügiger zu machen. Was Sunil als Nächstes tat, bestätigte, dass sie beide recht hatten.

Er besorgte sich eine Waffe, die – wie Mutter meinte – gegenüber Tabletten den Vorteil hatte, dass sie ihm ungeteilte Aufmerksamkeit verschaffte, ohne dass er dafür in die Notaufnahme eingeliefert werden musste. Jetzt musste er nur noch mit der Pistole herumfuchteln und sie sich an die Schläfe halten, damit Mina vor ihm auf die Knie fiel – was sie mehr als einmal tat – und ihm sagte, dass er ihr Herr und Meister sei.

Dann fing Sunil an, die Waffe mit an den Esstisch zu nehmen. Er legte sie neben seinen Teller. Das beruhige ihn, sagte er. Damit werde ihr »loses Mundwerk« in Zaum gehalten. Gefiel ihm nicht, was sie sagte, musste er nur die Pistole nehmen und sie sich an den Kopf halten oder – was immer häufiger vorkam – auf sie richten. Damit war das Schweigen seiner Frau beim Essen gewährleistet, aber er fand auch neue Anwendungsmöglichkeiten für die Waffe. Zu viel Kurkuma im Rindfleisch-Curry reichte bereits, um mit der Pistole auf sie zu zielen. Genau wie ein leerer Wasserkrug, der aufgefüllt gehörte. Die Pistole war von nun an immer im Spiel, wenn Sunil seine Befehle erteilte. Und mehr als einmal ballte dann auch Imran die Faust und streckte Daumen und Zeigefinger, um eine Pistole nachzumachen, die er auf seine Mutter richtete, wenn er etwas von ihr wollte oder sich beschwerte.

Als Mutter Vater von Sunils Machenschaften erzählte, packte ihn der blanke Zorn. Er griff zum Telefon, rief Ghaleb Chatha an und erzählte ihm, was vor sich ging. Ausnahmsweise waren sich die beiden einmal einig: Sunil war zu weit gegangen. Ghaleb versprach Vater, dort Druck auszuüben, wo es wehtat. Er rief seinen Vetter an und sagte ihm, er solle die Waffe loswerden. Falls nicht, würden die monatlichen Schecks, die mittlerweile einen bedeutenden Teil von Sunils bescheidenem Einkommen darstellten, ausbleiben. Sunil hatte keine andere Wahl. Er verkaufte die Pistole. Aber nicht, bevor er seiner Frau verbat, jemals wieder mit Mutter zu reden.

Mutter tat alles, um das Verbot zu umgeben, bald darauf aber gab es andere Gründe, warum die beiden nicht mehr miteinander sprachen. Sie stritten sich. Mutter forderte immer heftiger, dass sie Sunil verlassen sollte – schließlich war sie mittlerweile legale Bürgerin des Landes, niemand konnte ihr

Imran mehr wegnehmen –, und Mina schlug zurück, indem sie Mutter die gehässigen Dinge an den Kopf warf, zu der nur die beste Freundin imstande ist.

Eines Tages fand ich Mutter am Küchentisch vor, wo sie zur glitzernden Schneedecke im Garten hinaussah. Sie rührte sich nicht. Sie erweckte noch nicht einmal den Anschein, als würde sie atmen. Ich fragte, was los sei.

»Deine Tante und ich haben uns gestritten«, sagte sie leise.

»Schon wieder?«

»Ich habe ihr gesagt, sie soll ihn verlassen. Sie braucht den Dreckskerl nicht mehr. Sie hat ihre Green Card. Aber sie will davon nichts hören. Sie hat jetzt sein Kind, sagte sie, und will nicht gehen …«

»*Ammi*. Das ist doch nichts Neues.«

Mutter schwieg kurz, bevor sie fortfuhr. »Sie hat noch etwas gesagt. Sie hat gesagt, es wäre mir die meiste Zeit in meinem Leben schlecht gegangen.« Erneut stockte sie. »Und damit hätte ich dafür gesorgt, dass es auch allen in meiner Umgebung schlecht geht … Stimmt das?« Sie sah aus, als würde sie jeden Moment anfangen zu weinen.

»Mom. Natürlich stimmt das nicht.«

»Vielleicht ist es so.«

»Du hast sie glücklich gemacht, oder? Du hast ihr geholfen, als sie Hilfe nötig hatte, richtig?«

Sie nickte, wenig überzeugt. »Aber was ist mit dir?«, fragte sie. »Habe ich dich glücklich gemacht? Du weißt, was Freud sagt …«

»Es interessiert mich nicht, was Freud sagt«, unterbrach ich sie.

»Mache ich dich glücklich?« Ihre Stimme brach.

Plötzlich hatte ich einen Kloß im Hals. »Natürlich machst du mich glücklich, *Ammi*. Natürlich.«

»Oh, Hayat«, sagte sie und streckte die Hände nach mir aus.

Am nächsten Tag rief Mina an und entschuldigte sich. Aber gleich darauf gerieten die beiden in einen weiteren Streit, und das ausgerechnet zu dem Zeitpunkt, als Sunil überraschend früher als gewöhnlich von der Arbeit nach Hause kam. Als er bemerkte, dass Mina mit Mutter telefonierte, riss er vor Wut das Telefonkabel aus der Wand.

Und so verloren Mina und Mutter für drei Jahre jeglichen Kontakt …

Von den vielen Geschichten, die Mina mir erzählt hatte, blieben mir vor allem die über die Derwische im Gedächtnis: jene von dem Derwisch am Straßenrand, den Passanten mit Orangenschalen bewerfen und der in diesem Augenblick der Demütigung erkennt, dass das Selbst, das glaubt, es unterscheide sich von den Orangenschalen oder den Passanten oder Gott selbst, nur Fiktion sei; und jene Geschichte, in der behauptet wird, zu Staub zermalmt zu werden sei der Weg zu Gott.

Ob Mina wie ihre Derwische Gott gefunden hat, vermag ich nicht zu sagen, aber durch die Heirat mit Sunil hatte sie jedenfalls jemanden gefunden, der sie demütigte, misshandelte und schließlich zu Staub zermalmte.

Nach acht Jahren Ehe fanden ihr Stress und ihre Anspannung schließlich ein Ende, als bei ihr Gebärmutterkrebs im Endstadium diagnostiziert wurde, der bereits Metastasen in den Knochen gebildet hatte. Minas Krankheit veranlasste Sunil dazu, sein Tun zu bereuen. Er rief Mutter an, um persönlich die Nachricht zu übermitteln, und vertraute ihr an, dass er sich für die Krankheit seiner Frau verantwortlich fühle. Mutter stimmte ihm vorbehaltlos zu – sie sollte Sunil während Minas letzten Monaten eine Menge Kummer aufladen –, Mina selbst jedoch wollte davon nichts wissen. Sie wusste Sunils Sinneswandel sehr wohl zu schätzen – und hatte wahrscheinlich auch nichts dagegen, dass sich Mutters Zorn über ihm entlud –, doch für sie zeigte sich in ihrer Krankheit einzig und allein Allahs Wirken, sie war eine weitere »Station auf ihrem Weg«, wie sie es nannte.

In den letzten acht Monaten ihres Lebens sprachen Mina und ich mindestens ein Dutzend Mal am Telefon. Und ich sah sie zwei Monate vor ihrem Tod.

Mutter hatte sie bereits einmal besucht, und als sie mir von einem zweiten geplanten Besuch berichtete, sagte ich ihr, dass ich mitkommen würde. Es gab zu diesem Zeitpunkt kaum mehr Zweifel, dass Mina sterben würde, und ich wusste, ich musste sie sehen.

Mutter und ich flogen nach Kansas City, wo uns Sunil am Spätnachmittag vom Flughafen abholte. Es waren kaum acht Jahre vergangen, seit ich ihn zum letzten Mal gesehen hatte, aber mir schien er mindestens um zwanzig Jahre gealtert zu sein. Sein schmales Gesicht war von tiefen Falten zerfurcht, seine Haare waren schlohweiß, und ich hätte ihn kaum für ein und dieselbe Person gehalten, hätte er mir nicht die Fingernägel in die Handflächen gebohrt wie damals, als wir uns zum ersten Mal begegnet waren, und hätte er nicht noch immer so gedehnt gesprochen, was man kaum vergessen konnte, wenn man es einmal gehört hatte: »Deine Tante Mina wird sich seeehr freuen, wenn sie dich wiiiedersieht, *Behta*. Sie hat dich iiimmer so geliebt.«

Wir rasten über den Freeway zum Krankenhaus. Mutter saß vorn neben Sunil, ich betrachtete auf der Rückbank die Häuser und Geschäfte, die vor dem Fenster vorbeiflogen. Auf der Stereoanlage im Wagen lief eine Kassette mit Korantexten, während Sunil vor allem von Minas bevorstehendem Tod erzählte. Er schien sich in etwas hineinzusteigern, denn wiederholt sagte er, seine Frau sei der einzige Mensch, bei dem er sich hundertprozentig sicher sei, dass sie sofort ins Paradies komme. Und als er auf dem Krankenhausparkplatz den Wagen abstellte, brach er vollends zusammen. Mutter legte ihm die Hand auf die Schulter. »Was sie meinetwegen durchmachen musste, *Bhaji*«, schluchzte er. »Ich weiß nicht, wie sie mir verzeihen kann, nach allem, was ich ihr angetan habe…«

Minas Krankenzimmer lag im siebten Stock am Ende des Gangs. Sie war wach und hatte sich mit einem Kissen im Rücken aufgerichtet, leise summten die Geräte um sie herum. Ihre Haut war aschfahl, sie war abgemagert und so dünn, wie sie selbst in ihrer schlimmsten Phase nie gewesen war. Ihre Augen aber funkelten, als wir ins Zimmer traten. So krank sie auch aussehen mochte, sie wirkte so lebendig wie eh und je. Als sie mich sah, lächelte sie schmerzlich. »Mein Gott, Hayat.«

»Was?«

»Ein Herzensbrecher. Ich habe Fotos von dir gesehen… aber *in natura* bist du noch besser…«

Ich musste lachen. »Ich weiß nicht, ob du dich erinnerst… das war das Erste, was du mir damals gesagt hast, als wir uns zum ersten Mal begegnet sind.«

»Und vielleicht wird es auch das Letzte sein«, scherzte sie und krümmte sich vor Schmerzen, die ihr das Lachen verursachte.

»Hör auf damit«, sagte Mutter.

Mina ging überhaupt nicht darauf ein. »Mit solchen Wimpern?«, hustete sie, hob den Arm, von dem ein Infusionsschlauch baumelte, und zeigte auf mich. »Die reine Verschwendung bei einem Mann! Schau sie dir nur an!«

Mutter setzte sich neben sie und tätschelte ihr die andere Hand. »Mann? Das wäre mir neu.«

»Er ist ein Mann, *Bhaj*. Er ist ein Mann, keine Frage.«

Mina sah zu Sunil, der aus der Ecke alles beobachtete. Für mich wirkte er regelrecht eingeschüchtert. Wenn man die beiden zusammen sah – nach all der Zeit, nach all den Geschichten –, konnte man sich kaum vorstellen, dass dieser Mann jemals so viel Macht über sie besessen hatte.

Sunil ließ uns drei allein. Mina war ganz begierig, von meinem Leben am College zu hören: von meinen Seminaren, den Büchern, die ich las. Und dann, als Mutter zur Toilette ging, fragte sie nach Freundinnen.

»Noch nicht«, sagte ich.

»Macht nichts. Denn wenn das mal anfängt …« Wieder lachte sie, wieder krümmte sie sich. Als Mutter zurückkam, sagte sie, dass sie müde werde und schlafen müsse. Mutter gab ihr einen Kuss. Ich stand auf und küsste sie ebenfalls. Doch als wir gehen wollten, hielt Mina meine Hand fest. »Hayat. Du kannst bleiben. Wenn du willst. *Bhaj*, du hast doch nichts dagegen, wenn er noch bleibt, während ich schlafe? Ich will nicht, dass er schon geht …«

»Wenn er bleiben möchte, habe ich nichts dagegen«, sagte Mutter.

»Sehr gern«, sagte ich.

Schließlich blieb ich die ganze Nacht bei ihr, sah ihr die meiste Zeit beim Schlafen zu, während ich auf dem Lehnstuhl neben ihrem Bett saß und darüber nachdachte, was ich ihr sagen wollte. (Mutter war mit Sunil in deren Haus gefahren, wo sie übernachtete; sie hatte vor, am Morgen mit Imran und Imrans jüngerer Schwester Nasreen zu kommen.) Bei Tagesanbruch wachte Mina auf. Sie hatte sichtlich Schmerzen. »Du bist noch da?«, fragte sie.

»Ich wollte nicht gehen.«

Sie lächelte trotz der Schmerzen.

Als die Schwestern kamen, ging ich hinaus und besorgte mir unten in der Cafeteria einen Kaffee. Bei meiner Rückkehr saß sie aufrecht im Bett, vor sich einen kleinen Plastikbecher mit Apfelsaft. Sie sah besser aus und freute sich darauf, mit mir zu reden. Wir unterhielten uns wieder über Bücher. Sie zeigte mir ein Zitat aus dem Band, den sie gerade las, eine Sammlung von Fitzgeralds Briefen:

Eine Prüfung für außerordentliche Intelligenz ist
die Fähigkeit, zwei gegensätzliche Ideen gleichzeitig
zu verfolgen, ohne darüber verrückt zu werden.

Es schien ihre große Freude zu bereiten, sich mit mir darüber austauschen zu können, und sie war an allem interessiert, was ich mir dachte. Ich erinnere mich, ihr nicht gesagt zu haben, was mir wirklich durch den Kopf ging: dass sie selbst ein Paradox war, das ich nicht auflösen konnte; die gegensätzlichen Vorstellungen, die ich von ihr hatte – sie war aufgeklärt und gläubig, unerschrocken und passiv –, widersprachen sich grundsätzlich und wollten sich nie vereinbaren lassen, so dass es mir manchmal schwerfiel, darüber nicht verrückt zu werden.

Irgendwann sagte sie mir, sie sehe mir an, dass mir etwas auf dem Herzen liege. Ich bejahte und sprach von meinem Bedauern, an jenem Abend Imran diese Sachen über Nathan erzählt zu haben.

»Wie oft haben wir darüber geredet, Hayat? Es ist in Ordnung. Du hast es getan. Du hast etwas daraus gelernt. So ist das Leben.«

Ich schwieg.

Sie fuhr fort: »Ich habe es dir schon gesagt. Du bist nicht verantwortlich für das, was mir zugestoßen ist. Es war meine eigene Entscheidung. Und alles hatte seine Gründe, *Behta*. Das musst du akzeptieren.«

Weiteres Schweigen, dann sagte ich: »Es gibt noch etwas, was du nicht weißt, Tante. Etwas, was ich dir nie erzählt habe.«

»Was meinst du?«

»Das Telegramm. An Hamed. Das war ich. Ich habe es geschickt.«

»Was?« Sie riss die Augen auf, dann schwieg sie. Sie brauchte eine Weile, bis sie die Antwort auf diese so lange ungelöste Frage verarbeitet hatte. »Aber woher hast du …«

Ich beendete ihren Gedanken. »Du hattest ein Buch. Darin stand deine Adresse in Karatschi. Ich bin in die Mall gegangen und habe das Telegramm aufgegeben.«

»Wie unternehmungslustig«, sagte sie.

»Na ja.«

Wieder folgte Schweigen. Mina holte tief Luft. »Deshalb hast du also immer wieder davon angefangen.«

»Hätte ich es nicht weggeschickt, wärst du vielleicht immer noch …«

Sie hob die Hand. »Es ändert nichts daran, *Behta*. Es war meine Entscheidung. Ich habe sie getroffen. Und hätte ich mich anders entschieden, hätte ich es so oder so getan.«

»Aber warum?«

»Warum was?«

»Warum hast du dich nicht anders entschieden?«

»Du könntest sagen, so bin ich eben, Hayat. Ich hatte meine Erfahrungen im Leben, und sie haben mich zu dem Menschen gemacht, der ich bin. Du könntest auch sagen, es war Allahs Wille.« Sie hielt inne. »Und letztlich läuft es, egal, wie du es sehen willst, auf dasselbe hinaus …«

»Es ist nicht dasselbe«, begann ich. Ich wollte ihr erzählen, dass ich mich seit Jahren Schritt für Schritt vom Islam entfernt hatte, bis davon kaum noch etwas übrig war.

Aber irgendwie hatte ich das Gefühl, das musste jetzt nicht sein.

»Du sagst, Allahs Wille. Gut. Aber warum seinem Willen folgen? Damit du in den Himmel kommst? Ich meine, ist das nicht irgendwie dumm? Wäre es nicht moralischer, das Gute um seiner selbst willen zu tun? Wäre das nicht das wahre Zeichen des Guten?«

Sie lächelte. Ich meinte sogar zu sehen, dass sie stolz war auf mich. »Ganz genau«, sagte sie.

»Dann verstehe ich es nicht.«

»Der Glaube hatte für mich nie etwas mit dem Leben nach dem Tod zu tun, Hayat. Es geht immer nur darum, *jetzt* Gott zu finden. Im Alltag. Im Hier und Jetzt. Hier mit dir. Ob ich in einem Gefängnis sitze oder in einem Schloss lebe, ob ich krank oder gesund bin, es ist alles gleich. Das lehren die Sufis. Egal, was unseres Weges kommt, *alles* ist ein Vehikel. Jedes einzelne Leben, groß oder klein, glücklich oder traurig, kann der Weg zu ihm sein.«

Diese Sufi-Geschichten, dachte ich, *sind nichts anderes als Märchen, die sie benutzt, um ein versöhnlicheres Licht auf ihr Leben zu werfen, das von Kummer und Leid geprägt war, Kummer und Leid, die ich und Sunil ihr zugefügt haben und die sie nicht einfach hätte ertragen, sondern denen sie hätte entfliehen sollen.*

Sie sah mir an, dass ich ihr nicht zustimmte. Sie wollte, dass ich meine Meinung äußerte.

Also tat ich es. Ich vertrat meinen Standpunkt mit aller Entschiedenheit, die ich aufbringen konnte. Demütigung, sagte ich ihr, sei ein Vehikel, das zu nichts anderem als sinnlosen Verletzungen führe. Wer etwas anderes behaupte, würde nur zulassen, dass in dieser kummervollen, leidgeplagten Welt alles seinen üblichen Gang gehe, ohne Verbesserung, ohne Erlösung.

Ich wurde dabei das Gefühl nicht los, dass sie jeden Augenblick genoss: unsere Diskussion, meine Leidenschaft und Empörung und auch den Apfelsaft, den sie langsam trank.

Schließlich stellte ich ihr die Frage, so direkt, wie es mir möglich war:

Was hatte das Leid, das sie in den vergangenen acht Jahren durch ihren Ehemann erfahren hatte – und das sie auch jetzt noch, hier in ihrem Sterbebett, erfuhr –, was hatte das alles mit ihrer Suche nach Gott zu tun?

Ich hätte es mir denken können, dass sie mit einer weiteren Anekdote aus dem Leben eines Derwisch antwortete.

»Als Chishti im Sterben lag«, begann sie, »war sein ganzer Körper ein einziger Schmerz. Seine Anhänger verstanden nicht, wie jemandem, den Allah so sehr liebt, solche Schmerzen aufgebürdet wurden … Weißt du, was er ihnen sagte, als sie ihn fragten, warum Allah ihn so leiden ließ?«

»Was?«

»›So gefällt es dem Göttlichen, sich durch mich auszudrücken.‹« Ihre Augen glänzten, als sie mir dann mitteilte, was – wie ich später verstehen sollte – wohl die Quintessenz ihres Lebens war. »Was ich damit meine: Alles, *alles*, ist Ausdruck von Allahs Willen. Alles ist zu seiner Ehre. Auch das Leid …« Sie hielt inne. »Das ist die eigentliche Wahrheit des Lebens.«

EPILOG: 1995

Die Geschichte endet in Boston.

Ich war mit Rachel schließlich während der gesamten restlichen Studienzeit zusammen, und nach dem College zogen wir nach Boston in eine Wohnung am Kenmore Square. Unsere wunderbare und wegen unserer Religionszugehörigkeiten schwierige Liebesbeziehung ist eine andere Geschichte, zuvor aber gibt es noch einiges zu sagen, um diese hier abzuschließen: In Rachels Armen – und durch ihre Liebe – entdeckte ich letztlich, dass ich nicht nur ein Mann, sondern auch Amerikaner bin.

Sie arbeitete in einem Krankenhaus in Brookline; ich war als Praktikant für den *Atlantic* in der North Washington Street tätig. Am Samstag fuhr ich mit der grünen U-Bahn-Linie zur roten Linie und mit der roten zum Harvard Square, wo ich es mir zur Gewohnheit gemacht hatte, im Algiers Coffee House schreibend den Nachmittag und Abend zu verbringen. Das Lokal, seine orientalische Holzverkleidung, die verspiegelte Kuppel, der Minztee und die arabische Musik, das alles versetzte mich in eine Stimmung, die mich dazu inspirierte, Worte zu Papier zu bringen. Im ersten Stock des Algiers schrieb ich meine erste Kurzgeschichte. Und dort im ersten Stock lief ich auch Nathan über den Weg.

Ich saß in einem Eckabteil, als ein kleiner, auffälliger Mann –

einen Kaffee in der einen, einen Teller Baklava in der anderen Hand – die Treppe heraufkam. Ich erkannte ihn sofort, obwohl es mehr als zehn Jahre her war, dass ich ihn zum letzten Mal gesehen hatte. Er hatte sich kaum verändert, auch wenn er älter wirkte und seine früher gelockten Haare kurz geschnitten und großzügig grau meliert waren. Er stand auf der Treppe und sah sich im voll besetzten Raum nach einem freien Platz um, dann bemerkte er, dass ich ihn unumwunden ansah.

»Dr. Wolfsohn?«, fragte ich und stand auf. Er zog die Brauen hoch und kniff die Augen zusammen, ein Ausdruck des Erkennens huschte über sein Gesicht. »Ich bin Hayat Shah«, sagte ich.

»Hayat… mein Gott«, sagte er erstaunt, während er sich näherte. »Wie bist du gewachsen. Du bist jetzt ein Mann.«

»Nicht ganz«, scherzte ich. »Aber es ist lange her, dass wir uns gesehen haben.«

»Was machst du hier?«, fragte er.

»Ich bin oft am Wochenende hier. Ich bin Praktikant beim *Atlantic.*«

»Wie schön«, sagte er und strahlte übers ganze Gesicht. Wieder sah er mich aufmerksam an und schüttelte ungläubig den Kopf. Ich hatte weiche Knie, mein Herz raste. Er freute sich so sehr über unser Wiedersehen, dass es mich völlig entwaffnete. Und zum ersten Mal kam mir der Gedanke, dass die Entschuldigung, die ich all die Jahre Mina gegenüber hatte anbringen wollen, eigentlich für ihn bestimmt gewesen war.

»Hören Sie, Dr. Wolfsohn…«, begann ich zögerlich.

»Nenn mich Nathan, Hayat.«

»Richtig, Nathan. Wollen Sie… äh… willst du dich kurz zu mir setzen?«

»Gern«, sagte er und stellte seine Tasse und seinen Teller mit den Süßigkeiten auf dem Tisch ab. Er zog sich einen Stuhl zurecht und nahm Platz. Ich setzte mich ebenfalls.

»Ich weiß nicht recht, wie ich es sagen soll …«

»Schieß einfach los, Hayat«, sagte Nathan. Er sah mich direkt an; in seinem Blick lag etwas Ernstes, fast Strenges.

»Es hat sich nie die Möglichkeit zu einem Gespräch ergeben, nachdem es passiert ist … Ich meine, ich war noch ziemlich jung und …« Ich brach ab. Irgendwie kamen mir meine Worte falsch vor. Ich sah zu ihm. Er wartete.

»Was ich sagen will … Es tut mir leid, was passiert ist. Ich habe nicht verstanden, was ich da getan habe … und kann gar nicht glauben, dass ich all diese Sachen gesagt habe.«

Nathan sah mir in die Augen, dann nickte er, rutschte auf dem Stuhl herum und räusperte sich. »Weißt du … ich habe immer gewusst, dass du mir das mal sagen würdest. Irgendwann. Ich habe es immer gewusst … Danke.«

Es folgte ein langes Schweigen. Ich wollte bereits fortfahren – ihm von dem Telegramm erzählen –, als er mich nach meinen Eltern fragte.

»Meinem Dad geht es nicht besonders gut. Er hat es nie verwunden, dass er jetzt in einer Privatpraxis arbeitet. Er trinkt viel. Mehr als er sollte. Auch wenn er es nicht zugibt … Meine Mom leidet, nicht unbedingt still und leise, wie du dir vorstellen kannst.«

»Sie hat mit ihm alle Hände voll zu tun«, sagte er lächelnd. »Naveed ist ein Sturkopf.«

»Ja.«

»Aber ein guter Mensch. Ich bin ihm einen Anruf schuldig.«

»Ihr habt noch Kontakt?«

»Von Zeit zu Zeit.«

»Ein Anruf würde ihn wahrscheinlich freuen. Er spricht immer noch von dir …«

»Ja?« Ehrliche Freude schwang in seiner Stimme mit. »Was sagt er?«

»Ach … er erinnert sich an die guten Zeiten im Labor mit dir. Er lacht immer noch darüber, dass du keine Witze erzählen konntest … oder kein scharfes Essen vertragen hast.«

»Na, das hat sich geändert. Zumindest was scharfes Essen anbelangt. Er hat mich auf den Geschmack gebracht. Er … und Mina natürlich.«

»Sie ist gestorben«, sagte ich.

Nathan zeigte sich nicht überrascht. Er nickte nur.

Es folgte ein weiteres langes Schweigen.

Schließlich sagte er: »Du solltest etwas wissen, Hayat. Damit geht es dir vielleicht etwas besser.«

»Was?«

»Mina und ich hatten noch Kontakt.«

Ich war geschockt. »Wirklich?«

Nathan nickte. »Ein Jahr, nachdem das zwischen uns passiert war, bekam ich einen Brief von ihr. Er wurde an die Adresse meine Eltern geschickt. Die hatte sie noch von einem Brief, den ich ihr damals von dort geschrieben habe.« Er lächelte still in sich hinein. »Dieser Brief von ihr war wahrscheinlich die größte Überraschung in meinem Leben.«

»Was hat sie geschrieben, wenn ich fragen darf?«

»Im Grunde ihre Sicht auf die damaligen Ereignisse. Ihre Erklärung. Ich meine, im Grunde wollte sie mir wohl zu verstehen geben, dass sie ihre Entscheidung bedauert … aber das wollte sie nicht offen aussprechen … Auch wenn sie es später dann doch getan hat.«

»Das hat sie getan«, sagte ich. Es war als Frage gemeint, kam aber nicht als solche heraus. Und die Erleichterung, die unüberhörbar in meiner Antwort mitschwang, war für Nathan ebenso eine Überraschung wie für mich.

Er sah mich lange an und nickte. »Der Mann, den sie geheiratet hat, war verrückt«, sagte er voller Zorn.

»Er ist krank geworden, weißt du das?«

»Nein, das weiß ich nicht. Was ist passiert?«

»Etwas mit seiner Lunge. Er bekommt nicht genug Luft. Er muss immer eine Sauerstoffflasche bei sich haben. Es ist bald nach Minas Tod passiert. Imran kümmert sich um ihn.«

»Wie geht es Imran?«

»Gut. Ich habe ihn vor ein paar Jahren gesehen. Damals lag seine Mom im Sterben, er war also nicht besonders gesprächig. Aber ich glaube, es geht ihm ganz gut. Er ist an der High School. Er und seine Schwester gehen beide auf eine islamische Schule in Kansas City. Das Mädchen sieht genauso aus wie ihre Mutter. Sie heißt Nasreen.«

Ich hielt inne.

Nathan schüttelte den Kopf. »Du kannst dir nicht vorstellen, wie oft ich ihr gesagt habe, sie soll ihn verlassen, Hayat.«

»Warum hat sie es nicht getan?«

Nathan zuckte mit den Schultern. »Du verstehst das vielleicht besser als ich. Es muss etwas mit der Kultur zu tun haben… Ich glaube, sie wusste ganz genau, dass sie zu mir zurückgekommen wäre, wenn sie ihn verlassen hätte. Und sie wusste, dass sie bei mir immer willkommen war…« Er hielt inne. »Ich bin über deine Tante nie hinweggekommen. Sie war und wird immer die Liebe meines Lebens sein.«

Nathan sah mich lange an, bevor er den Blick abwandte. Plötzlich fühlte ich mich ihm sehr nah. Am liebsten hätte ich ihm erzählt, dass meine Freundin Rachel Jüdin war. Aber ich tat es nicht. Er schien in seinen Erinnerungen zu schwelgen. Ich wollte ihn nicht stören.

Er räusperte sich wieder. »Wir haben einfach Glück gehabt. Die Briefträgerin war eine Schwarze, sie hieß Sheniqua. Irgendwie freundete sich deine Tante mit ihr an, Mina machte ihr ihren berühmten Tee, und sie unterhielten sich. Deine Tante muss ihr alles über Sunil erzählt haben und irgendwann wohl auch von mir…«

Er überlegte.

»Als Sheniqua von mir hörte, bot sie an, sich um die Weiterleitung der Briefe zu kümmern. Ich schickte meine Briefe an sie, und Sheniqua schickte Minas Briefe an mich. Und sie lieferte sie nur ab, wenn Sunil und der Junge nicht im Haus waren. Mina las sie und gab sie Sheniqua gleich wieder mit. Sheniqua hat sie alle aufgehoben. Alle.«

»Das ist wirklich unglaublich.«

»Ich weiß nicht, wie sie es die ganze Zeit vor ihrem Mann geheimhalten konnte, aber irgendwie hat sie es geschafft …«

»Habt ihr euch noch mal gesehen?«, fragte ich, ohne mir bewusst zu sein, wie heikel die Frage sein konnte – das bemerkte ich erst, als Nathan nicht darauf antwortete.

Lange sah er mich nur an, still und eindringlich.

In diesem Moment setzte die arabische Musik aus den Lautsprechern aus, und die Alltagsgeräusche schoben sich in den Vordergrund: die klappernden Löffel in den Porzellantassen, die gedämpften Unterhaltungen der Gäste, das Piepen der Registrierkasse im Erdgeschoss. Nathan sah weg und nahm einen Schluck Kaffee. Ein Schimmern lag in seinen Augen, das für mich von Sehnsucht und Bedauern zeugte. Ich wollte meine Frage wiederholen, ließ es dann aber bleiben.

Und plötzlich setzte die Musik wieder ein.

»Ich muss los, Hayat«, sagte er und sah auf seine Uhr. »Ich bin froh, dass wir uns gesehen haben.«

»Ich auch.«

»Willst du sie?«, fragte er und zeigte auf die Baklava vor sich. »Sie sind sehr lecker. Sie machen sie hier mit Rosenwasser.«

»Du willst sie nicht mehr?«

»Mir ist irgendwie der Appetit vergangen.« Nathan stand auf und streckte mir die Hand hin. Ich erhob mich ebenfalls. »Viel Glück bei allem. Und wenn du mich mal erreichen möchtest, ich arbeite im Massachusetts General. In der Radiologie.«

»Okay. Danke … Ähm, Nathan, weißt du … es gibt da noch was, was ich dir sagen sollte …«

Er hob die Hand und sah mich freundlich und wissend an. »Hayat, egal, was es ist, mach dir keine Sorgen. Es ist gut.« Er lächelte. »Viel Glück beim *Atlantic*. Ich halte nach deinem Namen Ausschau.«

»Erhoffe dir nicht zu viel«, erwiderte ich.

Er drehte sich um und trat ans Geländer. Nach einem letzten langen Blick ging er die Treppe hinunter.

Ich blieb noch etwas im Café und aß die Baklava, die Nathan mir überlassen hatte. Es erstaunte mich, dass er und Mina in Kontakt geblieben waren, und ich sinnierte über sein bedeutungsschwangeres Schweigen auf meine Frage, ob er und Mina sich noch einmal gesehen hatten. Fast verzweifelt wünschte ich mir, sie hätten sich noch mal getroffen.

Ich packte meinen Block und den Stift ein und stand auf. Auf den Weg hinunter zur Straße fühlte ich mich hellwach. Draußen schlug mir die frische Märzbrise entgegen. Statt zur U-Bahn ging ich in Richtung Fluss, vorbei an den Campus-Gebäuden und den alten Häusern an der Brattle Street und der Mount Auburn. Mir war leicht und beschwingt zumute, sogar der Boden unter meinen Füßen fühlte sich anders an.

Und während ich so mit dem Wind vor mich hin schlenderte, kamen mir Verse aus dem Koran in den Sinn, an den ich seit mehr als zehn Jahre nicht mehr gedacht hatte:

Haben wir nicht deine Brust geweitet
Und dir deine Last abgenommen? …
Haben wir nicht deinen Ruf erhört?

Wahrlich, mit Drangsal geht Erleichterung einher,
Mit Drangsal geht Erleichterung einher!
Und wenn du also fertig bist, ruhe nicht,
Sondern wende dich mit Liebe an deinen Herrn …

Ich überquerte die Straße am Flussufer und fand eine Bank am Weg, der vor allem von Joggern genutzt wurde. Träge floss der Charles River dahin, das Wasser, braun nach den tagelangen Regenfällen, wurde vom Wind aufgewühlt. Auf der anderen Flussseite standen kahle Bäume. Um mich herum braunes Gras, das erst vor Kurzem vom Schnee befreit worden war. Jogger liefen in beiden Richtungen vorbei, im gleichmäßigen Rhythmus strichen ihre Turnschuhe über den nassen Teer. Ich setzte mich. Hinter mir erhob sich eine nackte Linde, ihre knospenden Äste bildeten über der Bank eine Kuppel, deren Schatten in wenigen Monaten vor der Sommersonne schützen würde. Im Moment aber war am grauen, bedeckten Himmel von der Sonne nichts zu sehen. Knapp über dem Horizont ballten sich dunkelblaue, regengesättigte Wolken, die sich nur langsam bewegten. Ein Bild von Kraft und Anmut, das mich mit stiller Ehrfurcht erfüllte.

Plötzlich verspürte ich Dankbarkeit.

Dankbarkeit wofür?, fragte ich mich.

Ich erinnerte mich an den Nachmittag des Eiscreme-Fests, an dem Mina mich gelehrt hatte, auf die verborgene, leise Stimme in mir zu lauschen.

Tief atmete ich ein und wieder aus. Und in der Stille am Ende meines Atems wiederholte ich stumm meine Frage:

Dankbarkeit wofür?

Ich lauschte der Antwort.

Ich hörte die Reifen der vorbeifahrenden Autos auf der nassen Straße. Dann die quietschenden Gummisohlen eines Joggers.

Erneut atmete ich ein und aus und lauschte, tiefer, vernehmlicher.

Die Äste schwankten und knarrten leise im Wind. Wellen schlugen weich ans Ufer.

Ich lauschte, atmete ein und aus. Noch einmal, und dann noch einmal.

Und schließlich hörte ich es:

Mein Herz, das leise seinen eigenen, gleichmäßigen Rhythmus schlug.

DANKSAGUNG

Ich möchte folgenden Personen danken: meiner außergewöhnlichen Lektorin Donna Bagdasarian, die sich immer für dieses Buch eingesetzt hat; der unvergleichlichen Judy Clain für ihr brillantes Lektorat; Arzu Tahsin bei Orion für ihre prägnanten Kommentare; Marc H. Glick für seine Unterstützung, die keine Grenzen zu kennen schien; Nathan Rostron und dem gesamten Team bei Little, Brown, für ihre Begeisterung und ihr Engagement; Don Shaw und Michael Pollard für mehr, als ich hier aufführen kann.

Ich hatte viele wichtige Leser: an erster Stelle meinen wunderbaren Bruder Shazad. Nicole Galland, die mir dabei half, aus frühen Entwürfen die Geschichte zu gestalten. Larry Levine, Jason Shulman und Seymour Bernstein, die mir mit klugen Kommentaren zur Seite standen. Marisol Page und Poorna Jagannathan, die jene Fragen stellten, aufgrund derer ich das Ende fand. Martha Harrell, Dan Hancock, Elise Joffe, Ami Dayan, Sean Sullivan, Brett Grabel, Shane Leprevost, Jeremy Xido und Nadia Malik, die allesamt bessere Freunde sind, als ich sie verdient habe. Stuart Rosenthal, Marcia Butler, Aja Nisenson, Barbara Stehle, Oren Moverman, Firdous Bamji, Alexa Fogel, Nicole Laliberte, Amina Chaudhury, Siddhartha Mitter, Andrew Dickson, Aisha Ghani, Kiran Khalid, Faraaz Siddiqi mitsamt Familie für ihre Zeit, Energie und Klugheit.

Die in diesem Roman zitierten Koranverse entstammen meiner persönlichen Interpretation, so wie sie von den von mir geschaffenen fiktionalen Charakteren wahrgenommen werden. Hinweisen möchte ich auf die Arbeiten von Marmaduke Pickthall, Muhammad Asad, Abdullah Yusuf Ali und Andre Chouraqui, deren Koran-Interpretationen mich in mancher Hinsicht inspiriert haben.

Schließlich möchte ich meinen bemerkenswerten Eltern danken für ihre endlose Liebe und ihre grenzenlose Unterstützung.

Le Carrousel d'Andréa

Marie Barbou Jouéo

Le Carrousel d'Andréa

ISBN numérique : 979-10-405-1828-0

EAN papier : 9791040518297

Librinova

Courriel : contact@librinova.com
Internet : www.librinova.com

À mes enfants Marion et Marcel,

Note de l'autrice

Les personnages et les situations de ce récit étant purement fictifs, toute ressemblance avec des personnes ou des situations existantes ne saurait être que fortuite.

« Et plus inexprimables que tout sont les œuvres d'art,
ces êtres secrets dont la vie ne finit pas
et que côtoie la nôtre qui passe. »

Rainer Maria Rilke

« La lecture est une amitié. »

Marcel Proust

1. Dans le tableau

Je flottais, les mains étendues le long du corps, en tentant de puiser un peu de chaleur des quelques rayons de soleil qui me parvenaient, à travers les feuillages d'une cathédrale végétale de tilleuls, de noisetiers et de chênes. L'eau me portait et me faisait très lentement avancer. Je sentais à peine les limites de ce lit de rivière sur ma peau tant l'air et l'eau se confondaient. On ne pouvait plus distinguer où commençait l'un et où s'arrêtait l'autre.

Les bords de ce petit cours d'eau s'étaient rapprochés, je percevais la mousse le long de chaque rive caresser mon corps. Quelques fleurs apparaissaient, une forme de beauté renaissait sous mes yeux à peine réveillés. Je les gardais à demi ouverts et me laissais bordée par cette nature devenue accueillante. Je ne bougeais pas, mon regard était posé sur le ciel de plus en plus tacheté de vert et je dérivais dans le silence de ce spectacle, comme s'il avait pour seul but de m'apaiser. Plus aucune force ne semblait vivre en moi. Je ne pouvais plus rien soutenir ni de mon corps ni de mon esprit, telle *Ophélia* dérivant vers un monde qui n'était plus le nôtre. Je me noyais.

– Qu'est ce qui se passe ? s'exclama Alex, le technicien médical chargé de surveiller mes constantes.

Tout le monde se regroupa autour de la capsule où j'avais pris place une heure avant pour traverser le premier temps de Carrousel, une expérience d'hypnose sensorielle et artistique qui me faisait voyager à travers un choix de tableaux, dont *Ophélia* de Millais. Le souffle du Dr Mayfield, qui supervisait cet essai, s'était

coupé devant le moniteur cardiaque. Mon cœur venait de s'arrêter.

Quelques semaines plus tôt à Paris...

Comme chaque jeudi, j'arrivais au musée d'Orsay en fin de journée, avec l'idée de profiter de ce lieu dans une sorte d'heureuse errance. Au final, je me surprenais à faire chaque fois le même parcours : la salle des Van Gogh, les sculptures de Camille Claudel et Rodin, et l'étage des impressionnistes. Cette visite distillait un peu de douceur, comme un crédit de paix que je nourrissais en cas de besoin dans la traversée toujours incertaine du quotidien. J'avançais vers l'un de mes tableaux préférés, légèrement excentré dans la partie gauche de l'allée centrale. Je l'observais à chaque fois comme si c'était la première. La nature endormie devant moi était recouverte de neige. Blottie sous cette couverture blanche magnifique, on percevait même quelque chose de chaleureux tant cette parure hivernale était immobile et que son apparente délicatesse enveloppait les sens. Le temps, depuis quelques secondes, s'était arrêté. Je restais là, devant cette parcelle de terre, à imaginer les habitants de la maison suggérée et celui d'entre eux qui capturait le spectacle offert à mes yeux. Un petit oiseau semblait sur le point de prendre vie, dans ces mouvements agités, saccadés, peut-être joyeux, propres à ces petits êtres. Mais rien ne bougeait, sauf en moi, mise en mouvement par cette contemplation. Une empreinte de la grâce de cette œuvre me parvenait. J'adorais ce tableau, *La Pie*, de Claude Monet. J'avais le sentiment d'être dans cette cour, qu'en me baissant je pourrais toucher cette neige. Les coups de pinceaux faisaient l'effet de monticules immaculés, les ombres bleutées du reflet de la barrière en bois étaient surprenantes, car si on s'éloignait d'un mètre seulement, on les voyait parfaitement grises.

Lorsque j'entrais dans un musée, particulièrement Orsay, cela me faisait toujours un effet singulier. Mon présent rencontrait soudain une part d'éternité et j'en ressortais plus ancrée, me racontant que je portais en moi une empreinte un peu magique, hors du temps, imprégnée de ces mondes offerts à la contemplation depuis des siècles. Il me revenait l'idée de Rainer Maria Rilke, je venais de relire ses *Lettres à un jeune poète.* Dans la première il disait quelque chose de cet ordre : notre vie passe, près de ces œuvres qui restent. Cette impression s'intensifiait lors des nocturnes quand je profitais du fait que la plupart des visiteurs venaient découvrir les expositions temporaires et que j'avais l'impression d'avoir le reste du musée pour moi, quand je choisissais les salles des collections permanentes. La permanence, c'est exactement ce que je venais chercher. C'était ce qui me touchait et m'aidait à façonner une réalité fiable en réponse à l'inconsistance du monde et des êtres.

Ma grand-mère était celle qui m'avait éveillée à l'art par des visites hebdomadaires des musées parisiens lorsque j'étais enfant. À mon tour aujourd'hui, j'éveillais ma fille à ce filtre précieux. Nous avions nous aussi nos petits rituels, nos librairies, bibliothèques et musées préférés. Ce fil de la transmission traversait le temps et tissait une étoffe enveloppante entre nos générations. Je chérissais les moments où je donnais à Camille ses premiers repères de contemplation, ceux qui venaient embrasser et rencontrer sa sensibilité, ses premières intuitions, où je la voyais se les approprier, comme pour éprouver cette transmission qui maintenant ne pourrait s'enrichir que par ce que nous choisirions d'en faire.

Souvent, j'imaginais pouvoir m'extraire du monde vers les œuvres que j'observais. Je rêvais de pouvoir me balader dans ces lieux mystérieux, créer une porte qui m'infiltrerait dans l'un de ces tableaux, avoir ces mondes à disposition. De la même façon, je

donnerais beaucoup pour voyager dans le temps et passer quelques minutes dans la vie de Claude Monet, de Vincent Van Gogh, mais aussi d'écrivains comme Émile Zola, Marcel Proust ou Marguerite Duras, comme un observateur extérieur qui tenterait d'échanger ne serait-ce qu'un regard avec eux. Quel amoureux de l'art n'a pas rêvé de cela ? Observer ces artistes dans leur décor quotidien, comprendre quelles étaient leurs ressources, de quoi était faite leur rencontre avec l'autre ou le silence, avec l'effervescence du monde, parfois au-delà des mots, même pour eux. Percevoir les paysages qui les contenaient. Ces paysages dont parle si bien Proust lorsqu'ils décrivent l'essence d'un être et tout ce dont l'ornent notre esprit et notre sensorialité : « Ce regard avec lequel, un jour de départ, on voudrait emporter un paysage qu'on va quitter pour toujours. »

Alors, comme on ajouterait un conservateur à une recette, je multipliais mes contacts avec les œuvres qui me parlaient le plus. Zola, par exemple, pour comprendre l'humain de tous les temps, le faire dialoguer avec ma propre perception de lui aujourd'hui, et mieux saisir « ces fils qui conduisent un homme à un autre [1] ».

C'est d'ailleurs surprenant cette façon dont les œuvres, littéraires ou picturales, s'inscrivent dans notre esprit. Elles ressurgissent parfois, et nous apprennent alors, par le moment qu'elles choisissent pour nous apparaître à nouveau, l'importance et la fonction de l'empreinte qu'elles avaient laissée en nous. Dans un musée, comme ce jour-là à Orsay, elles me semblaient toujours prêtes à surgir, à me laisser pénétrer leur beauté, comme un appel, une invitation destinée à entrer en relation avec le monde qui se déroulait devant elles. Et c'était vrai, quand l'heure de la fermeture approchait, j'apercevais la nuit noire de Paris à travers les fenêtres, tout semblait dormir, sauf les œuvres qui, plus le vide se faisait dans

1. Extrait de la préface d'Émile Zola, pour *La Fortune des Rougon*, premier volume des Rougon-Macquart.

les couloirs, plus elles jaillissaient de vie autour de moi. Je laissais toujours à regret cet entre-deux-mondes qui éblouissait mes sens et révélait autant mes tourments que ma vitalité.

En sortant, l'écrin parisien du musée d'Orsay dans lequel s'entrelaçaient les périodes historiques, culturelles et humaines, était lui aussi de toute beauté : le Louvre juste en face, les Tuileries, la Seine... Paris !

Après des études d'histoire de l'art et de psychologie, j'étais devenue professeure d'histoire de l'art. Je réservais toujours un semestre à la psychologie de l'art, domaine presque inconnu et pourtant, de mon point de vue, indispensable à la réception des œuvres.

Pour expliquer à mes étudiants ce qu'était cette discipline, je commençais toujours par cette citation de Monet : « Je veux peindre l'air dans lequel se trouve le pont, la maison, le bateau. La beauté de l'air où ils sont. » Pour les aider à éprouver cette réaction esthétique aux œuvres je leur suggérais d'imaginer devant chacune d'elles la possibilité d'y entrer, de créer cette fameuse porte : « Demandez-vous à quoi ressemblerait votre voyage dans ce tableau, ce qu'il pourrait vous dire, vous faire ressentir. Imprégnez-vous le plus possible de son univers... » et je leur transmettais la technique des cinq sens bien connue des hypnothérapeutes : « Imaginez que vous entrez dans ce tableau, quelles lumières et couleurs vous enveloppent ? Quelles senteurs vous parviennent ? Quels sons et quels silences vous saisissent ? Quels goûts s'invitent dans votre bouche ? Quelles textures percevez-vous sous vos doigts ? » C'était un exercice très efficace pour communiquer le plus intimement possible avec l'univers proposé par le peintre.

J'avais plusieurs fois été captivée, voire capturée par des peintures, elles m'avaient dérobé quelque chose de mon âme

comme pour mieux me le rendre. C'est cela je crois la réaction esthétique, l'expérience de ce « dialogue avec le visible » comme l'appelait Huyghe. Un tableau par exemple, qui provoque un mouvement intérieur et transforme notre rapport au monde dans le silence de notre être.

Chaque artiste est alors un alchimiste qui peut, si notre rencontre avec lui « réagit », changer le plomb de nos pensées en or de l'esprit, et convertir l'eau de notre langage en un vin savoureux de mots.

« La beauté de l'air » c'est ici l'espace de la création, le lieu symbolique où se rencontrent le réel, notre subjectivité et l'art. Pour Monet, c'était la capacité spectaculaire à reproduire le ciel, à peindre cette beauté de l'invisible qui dialogue avec nous, à en faire un air qui nous enveloppe et nous transforme par ce qui nous parvient de cette nature sublimée sur la toile. C'est cette ambiance qui surgit du tableau, qui parle avec nous, saisit notre dialogue intérieur et fait évoluer notre pensée, nous libère de la peur ou décuple notre plaisir.

La psychologie de l'art étudie l'écho du monde d'un artiste dans le nôtre, ce qui opère, par une sorte de contagion émotionnelle, invisible mais active. « L'art, c'est la contemplation. C'est le plaisir de l'esprit qui pénètre la nature et qui y devine l'esprit dont elle est elle-même animée. C'est la joie de l'intelligence qui voit clair dans l'univers et qui le recrée en l'illuminant de conscience. L'art c'est la plus sublime mission de l'homme, puisque c'est l'exercice de la pensée qui cherche à comprendre le monde et à le faire comprendre » disait Auguste Rodin.

Il s'agit d'accepter de se perdre dans les souterrains de l'artiste qui résonnent dans les nôtres. Que l'œuvre fasse intrusion, parfois effraction, et traverse les différentes épaisseurs de notre vécu, de nos souvenirs, pour en révéler, voire en exorciser, les parties que

il s'agit que

l'on croyait pourtant enfouies. Ce mouvement, par la vibration émotionnelle et artistique qu'il produit, initie un dialogue entre langage intérieur et art, au service de l'évolution de la pensée, qui peut alors trouver des résolutions à ses éventuels conflits. Ce qui nous touche face à une œuvre d'art c'est en effet l'apparition d'une soudaine clairvoyance lors de la confrontation à cette autre vision du monde proposée par l'artiste. Cela convoque peut-être alors chez nous quelque chose de non résolu, qui ne demande qu'à s'organiser et à s'apaiser, et qui trouverait une résonance dans le rapport au monde de l'artiste, et dans cette forme de beauté à la fois singulière et universelle. Dans *Le Temps retrouvé*, Proust écrit : « Par l'art seulement, nous pouvons sortir de nous, savoir ce que voit un autre de cet univers qui n'est pas le même que le nôtre et dont les paysages nous seraient restés aussi inconnus que ceux qu'il peut y avoir dans la lune. Grâce à l'art, au lieu de voir un seul monde, le nôtre, nous le voyons se multiplier, et autant qu'il y a d'artistes originaux, autant nous avons de mondes à notre disposition, plus différents les uns des autres que ceux qui roulent dans l'infini et, qui bien des siècles après qu'est éteint le foyer dont il émanait, qu'il s'appelât Rembrandt ou Vermeer, nous envoient leur rayon spécial. »

Ces transmissions, presque d'âme à âme, me fascinaient, et c'était bien elles que je venais chercher dans chaque musée et dans chaque livre.

2. Trouville

— Tu es dans le train ? me dit Mia, ma meilleure amie, qui venait de m'appeler.

— Non pas encore, je quitte juste l'appartement.

— Comment ça va ?

— Ça va. Hâte d'arriver, de retrouver ses affaires. Surtout d'en comprendre un peu plus sur cette histoire de carton. Mes parents m'ont dit qu'il y en avait un dans la bibliothèque qui portait mon nom. Je me demande vraiment ce qu'il peut contenir.

— Aucune idée ?

— Vraiment aucune. Je t'appelle en arrivant.

Mia et moi nous étions connues à l'école primaire. Elle était d'origine américaine et je crois qu'il y avait toujours eu entre nous deux cette fascination pour « l'amie de l'autre culture ». J'adorais son petit accent, légèrement plus prononcé après une période de vacances passée dans sa famille aux États-Unis. J'étais curieuse de nature et tout ce qui était autre attisait mon besoin et mon envie de découverte. Elle était historienne de l'art de formation et consultante pour les musées parisiens et new-yorkais. L'année où nous étions parties faire un cycle d'études à New York reste jusqu'à aujourd'hui l'une des plus belles de ma vie.

Je m'installai dans le train et fus obligée de me poser. Le temps semblait distordu, à la fois infini et rapide. Ma grand-mère était décédée quelques semaines auparavant et je retournais pour la première fois dans la maison familiale de Trouville depuis ce dernier adieu. « Dernier adieu », qu'est-ce que cela signifie

réellement ? Peut-on dire adieu à quelqu'un que l'on a aimé à ce point ? Et saurait-on seulement le faire ? Toutes les épaisseurs de notre lien s'effacent-elles de nous, ou s'inscrivent-elles comme les cercles concentriques d'un arbre, ces anneaux de croissance... ? Ne dialoguons-nous pas avec toutes nos rencontres, avec tous les âges de notre vie, tout ce qui nous a été offert et transmis, bien après l'existence concrète des liens ? J'ai dit adieu à son corps, même s'il m'en reste une empreinte sensorielle encore puissante, mais quelque chose de son âme restait en moi. Cette pensée rencontrait alors dans mon esprit ces mots de Cocteau : « Les plus beaux tombeaux pour nos disparus sont le cœur des vivants. » Je me fixais donc comme objectif de fleurir mon cœur de nos souvenirs, autant qu'il me serait possible de le faire.

Camille était chez mes parents dans leur petite maison qui se situait elle aussi à Trouville. Ils y avaient pris leur retraite et adoraient accueillir leur petite-fille pour lui faire découvrir la tranquillité de la vie hors de la capitale. Ils étaient des grands-parents comme on les imagine dans l'idéal : bienveillants et laxistes dans le bon sens du terme, souples, adaptables et aveugles par intermittence, surtout lorsqu'il s'agissait de remarquer les bêtises ou les traces de chocolat autour de la bouche avant le dîner ou sur les vêtements. Le paradis pour tout enfant de neuf ans. Ils avaient toujours été là pour moi, et l'étaient encore plus depuis ces dernières années.

Le mois d'août venait de commencer.

J'avais encore le réflexe de prendre mon téléphone pour appeler Viviane (ma grand-mère aimait qu'on l'appelle par son prénom) mais à chaque fois un vide s'imposait. Elle était psychiatre, une femme brillante, qui pouvait se montrer distante et autoritaire, mais avec moi elle avait toujours su être contenante, enveloppante même. J'entendais encore sa voix arrondie par le temps, celle de

la grand-mère accueillante qu'elle fut toujours malgré son emploi du temps constamment chargé. Elle n'avait d'ailleurs jamais pris sa retraite.

J'avais passé tant de vacances, de parenthèses enchantées à Trouville lorsque j'étais enfant. Depuis quelques années je transmettais ce paradis à ma fille, dans cette maison face à la mer, directement sur les planches.

Je venais d'avoir 40 ans, et avec les événements des dernières années et maintenant le départ de ma grand-mère, il fallait que je réorganise ma vie, mon rapport au quotidien, mes ressources, que je me réconcilie avec le monde.

Lors de récentes vacances dans notre petit paradis normand, j'avais relu *Du côté de chez Swann.* Lire les œuvres près des lieux qui ont inspiré leurs auteurs, en l'occurrence ici, l'ancien hôtel des Roches Noires, célèbre lieu de villégiature de Marcel Proust et Marguerite Duras, a toujours je trouve une saveur particulière. Comme si j'allais en percevoir davantage, grâce à ce que pourrait contenir l'air autour de moi, la vue, l'ambiance, et que l'auteur avait peut-être perçu et utilisé pour l'atmosphère de ses romans ou le ressenti d'un de ses personnages. *À la recherche du temps perdu*, dans la collection de la Pléiade de ma grand-mère, était toujours mon livre de chevet quand j'étais ici. Je puisais en fonction de mon humeur dans mes volumes préférés : *Du côté de chez Swann, Albertine disparue* ou *Le Temps retrouvé.* À chaque lecture je constatais un peu plus l'intemporalité et la pertinence universelle de cette œuvre. Un peu comme si notre mortalité rencontrait alors ce que le génie de Proust portait désormais d'éternité, nous le transmettait, le saupoudrait délicatement en nous. Lire Proust pour moi, c'était lire la vie, en lire ses félicités et ses tourments, comme un mode d'emploi pour nos pensées, notre vie intérieure et notre lien à l'autre et au monde. Chaque lecture, au fil de notre histoire

de vie, révélait un peu plus de beauté et de clairvoyance que la précédente. *La Recherche* fait partie de ces livres qui parlent à nos différents âges, avec la singularité propre à chacun d'eux, comme s'il nous suivait, nous éclairait et nous permettait de co-construire le sens de notre existence. J'en avais lu quelques pages à Camille et elle avait été fascinée par le passage où le narrateur décrit « ces chambres d'été où l'on aime être uni à la nuit tiède, où le clair de lune appuyé aux volets entrouverts, jette jusqu'au pied du lit son échelle enchantée, où on dort presque en plein air, comme la mésange balancée par la brise à la pointe d'un rayon. »

Par la fenêtre de mon compartiment j'observais le paysage défiler, en même temps que repassaient les souvenirs des dernières vacances dans mon esprit. J'aurais voulu les retenir, mais ils m'échappaient, comme ce paysage qui portait désormais l'empreinte de ce que je ne retrouverai plus en arrivant, cette couleur qui n'avait jamais été aussi essentielle qu'absente : celle de la joie de ma grand-mère m'attendant à la gare.

Camille s'était baignée là l'été dernier, entre un ciel et une mer où tout être se transforme en paillettes de lumière, où le corps devient ombre pour mieux contraster avec l'or de l'étoile solaire. Je l'avais observée étinceler. Ce moment faisait partie de ceux que j'aurais aimé figer. Ces moments où la vie semble à la fois filante et suspendue, où la conscience de notre mortalité se met respectueusement en retrait pour laisser place à un peu d'infini, à un moment de grâce.

La porte du train s'ouvrit et j'eus l'impression que mes sens reconnaissaient le lieu avant moi. Je fus tout de suite enveloppée par les senteurs, la densité de l'air si particulière ici, faite de fraîcheur marine et des effluves légèrement sucrés que le soleil filtrait. Je remontai le chemin menant à la maison et m'imprégnai de la vue autour de moi. Elle était la même que lors de ma

précédente venue, et pourtant cette fois, elle se présentait à moi avec cette nouvelle épaisseur, réactualisée en quelque sorte, par l'adieu à Viviane deux semaines avant.

Je tentais de retenir les souvenirs précédents, l'empreinte délicieuse des retrouvailles habituelles, chaleureuses et toujours stimulantes. Je savais que les jours partagés avec elle allaient à chaque fois donner lieu à des échanges intellectuels intenses, je les adorais. Il me fallait maintenant intégrer cette réorganisation de mon réseau affectif, sans l'un de ses interlocuteurs privilégiés.

Lorsqu'il faisait chaud pendant mes étés en Normandie, je demandais toujours à ma grand-mère un verre d'eau fraîche, les siens avaient à chaque fois une saveur particulière. Elle y ajoutait en effet un filet de sirop à l'orange. Depuis ce temps-là, une seule goutte d'huile essentielle d'orange sur l'intérieur de chaque poignet suffisait à m'apaiser à chaque fois que j'y avais recours. Elle me rappelait l'odeur et le goût de ce moment délicieux. Tout remontait alors, comme l'avait permis d'une autre façon, une fameuse madeleine un siècle avant. Pour moi, c'était la chaleur de la rue menant à la plage, les pins majestueux s'élançant vers le ciel éclatant et le soleil ordonnant de baisser le regard vers le sable… J'aimais cette symphonie de l'été, chantée par les vagues venant caresser la plage tiédie, et bercée par les brumes iodées du bord de mer miraculeux. Cette ode qui venait par sa force si délicate purifier ma condition de citadine, qui venait pour un temps, une parenthèse estivale enchantée, ralentir quelque chose du tourbillon de la ville, de celui de l'école et de celui de mon cœur d'enfant.

3. Une proposition

Une fois dans la maison, tout était paisible. Son parfum était là, quelques photos et toutes ses affaires. Je posai mon sac, ma petite valise, et partis dans la cuisine me préparer un thé. Tous les objets autour de moi me parlaient d'elle. Comme autant de notes de musique dans une symphonie, chacun d'eux trouvait sa place, dans cet album de souvenirs logé dans mon esprit, avec sa propre note, en écho à un souvenir d'elle. J'errais dans la maison un peu comme si mon corps me portait mais que mon esprit refusait encore de s'ouvrir, comme s'il lui fallait apprivoiser à nouveau le lieu, sans l'absente. Je passais dans chaque pièce, pour éprouver cette mise à jour, tout au moins tenter de la déclencher.

Je commençai par la bibliothèque qui lui servait aussi de bureau. Pour l'atteindre, je m'engouffrai dans un long couloir qui me terrifiait lorsque j'étais enfant. En y pénétrant, j'avais l'impression d'entrer dans un tunnel si sombre que je perdais tout repère, que l'espace et le temps disparaissaient. Arrivée dans le bureau, je trouvai immédiatement le carton dont ma mère m'avait parlé et non sans émotion reconnus l'écriture de ma grand-mère : « Pour Andréa ». Elle avait dû ramener tout son travail de Paris à Trouville quand elle avait souhaité vivre ses derniers mois dans cette maison, face à la mer. Elle partageait son temps entre les deux villes depuis déjà plusieurs années.

Mon mug de thé commençait à me brûler la main, je le posai sur la table basse avec quelques petits fruits secs et m'assis par terre pour ouvrir ce mystérieux héritage venu de l'au-delà. Une

multitude de carnets, livres et feuillets étaient dedans. Un gros dossier bleu recouvrait le tout, avec une petite enveloppe collée dessus : « Lis-moi ». J'avais les larmes aux yeux en trouvant cette référence à *Alice au pays des merveilles*, un des premiers livres qu'elle m'avait lus. J'ouvris l'enveloppe et lus la lettre qu'elle contenait.

« *Ma chère petite fille,*

Cette lettre te trouve à un moment singulier, je le sais bien et m'en excuse, même si je mesure à quel point cela peut paraître idiot de s'excuser de sa propre mort quand on ne l'a pas voulue. Malgré cela, je suis sincèrement désolée qu'un peu par ma faute quand même, tu éprouves du chagrin.

J'ai regroupé dans ce carton une grande partie des recherches que j'avais faites autour d'une idée d'expérience de soin construite à partir d'œuvres d'art. Nous avions parlé tant de fois d'allier nos expertises pour créer une expérience d'hypnose sensorielle et artistique. J'avais commencé à y réfléchir et l'accident que tu as vécu est venu précipiter concrètement mon intention de le finaliser, sans pour autant vouloir t'en encombrer tant que tu n'avais pas retrouvé un minimum d'équilibre. Et puis la maladie est arrivée et j'ai préféré tout arrêter. Pour être très franche, j'ai absolument besoin que tu termines ce travail. Il a représenté tant d'années de recherche. Le choix des œuvres était presque fait, j'allais te le soumettre. Nous aurions ensuite sélectionné un premier patient et commencé les phases d'essais avec mon collègue et ami le Dr John Mayfield, quand j'ai dû brutalement diminuer mon exercice. L'art fait partie intégrante de ta vie, et je sais que tu sauras avoir un regard très fin sur mes choix, les discuter avec John (ses coordonnées sont dans mon petit répertoire), pour que ce protocole puisse voir le jour.

Tu trouveras une autre lettre dans la pochette en carton bleue sur laquelle j'ai collé l'enveloppe. Lis-la bien, je t'y explique toute la

logique de mon programme en psychologie de l'art, cette discipline dont nous partagions l'intérêt.

Dès que j'ai su que j'étais malade j'ai voulu consigner le cheminement de mes réflexions que tu trouveras dans mes carnets noirs. Autorise-toi à en faire le tri lorsque tu travailleras sur la version finale.

Avec John tu vas pouvoir faire un travail très fidèle au mien, il est d'une extrême compétence et connaît le sujet parfaitement. Trouvez un premier patient pour tester le protocole et faites vivre cette thérapie si unique. Elle n'a pas pour but d'évaluer le fonctionnement du patient, en cela elle se distingue des tests projectifs classiques type Rorschach (tu sais ce test avec les taches d'encre).

Ce programme je l'ai nommé Carrousel. Ce nom s'est imposé à moi car ce travail cherche à agir comme un Carrousel d'œuvres d'art, empruntées les unes après les autres, à la façon d'un enfant qui se fond totalement à l'univers choisi sur le manège le temps d'un tour. Tu te souviens quand je t'emmenais au manège sur la place devant le casino ? J'adorais te voir passer de princesse à astronaute lorsque tu allais du carrosse à la fusée. Je te voyais t'imprégner avec tant de facilité de chacun de ces mondes. En quelques minutes tu naviguais de l'un à l'autre et en gardais un peu de magie tout le reste de la journée. Magie dont tu savais toujours nous faire parvenir quelques étincelles.

Je t'embrasse, ma petite fille. Merci infiniment par avance pour ton aide précieuse.

Et n'oublie pas, mon Andréa, Le Petit Prince a raison, les étoiles rient dans le ciel...

Ta grand-mère Viviane qui t'aime »

Je l'entendais, comme si elle murmurait cette lettre à mon oreille. J'aurais tant voulu poser ma main sur la sienne et sentir avec tendresse les aspérités de l'âge.

Les feuillets et carnets étaient gribouillés de notes, de dessins et de citations. Quelques planches cartonnées étaient regroupées sur le côté : *Ophélia* de Millais, *La Nuit étoilée sur le Rhône* de Van Gogh, *L'Angélus* de Millet et plusieurs autres de Monet ou de Munch. Je n'avais pour l'instant aucune indication ni intuition précise de ce à quoi elles allaient me servir et de ce que je devrais en faire, même si je ne manquais jamais d'inspiration lorsqu'il s'agissait de mes peintres préférés comme Monet et Van Gogh.

Mon téléphone sonna, c'était Mia :

— Andréa ?

— Oui, salut Mia.

— Tu es bien arrivée ?

— Oui. J'ai trouvé le carton.

— Alors ? Il y avait quoi dedans ?

— Toutes ses recherches sur la psychologie de l'art et une lettre qui parle d'une expérience d'hypnose sensorielle et artistique qu'elle avait baptisée Carrousel. En fait, elle me demande de terminer ce programme avec son confrère psychiatre et de trouver le patient-test de ce protocole. Ce que j'en ai compris, c'est que tout part, comme pour un test projectif, d'une réaction à une image, ici une œuvre d'art, et qu'il y a ensuite un cheminement à travers plusieurs tableaux. J'en ai d'ailleurs trouvé quelques-uns sous forme de planches dans le carton, mais je ne sais pas encore de quelle façon précise ce programme est construit.

— Un test projectif, c'est quoi exactement ? me dit-elle d'un ton sincèrement curieux mais teinté d'une évidente incompréhension qu'elle aurait aimé que je devine.

— Elle me l'avait expliqué une fois, je crois que c'est un test fait d'images que l'on montre au patient et dont la consigne est à peu près : « À partir de l'image que vous voyez, quelle histoire pouvez-vous raconter ? » Mais là j'ai le sentiment que ce

n'est pas que cela, il y a une dynamique très innovante dans la présentation des œuvres. Je vais appeler ce John Mayfield pour mieux comprendre.

– C'est vrai que vous aviez cette énergie commune et cette même sensibilité quand vous parliez de vos lectures et de l'art. Mais, tu dis qu'elle te demande de continuer ce protocole ?

– Oui... Je ne me rends pas compte de ce que cela représente en terme de travail, de temps et de recherches. Mais j'ai le sentiment que je lui dois, pour tout ce qu'elle m'a transmis.

J'étais prise par l'émotion mais je n'en dis rien, Mia le remarqua.

– Ça va aller ma douce, elle n'aurait pas pu le laisser à une meilleure personne. Ça me donnerait presque une idée d'expo !

– C'est-à-dire ?

Elle prit une voix qui se voulait grandiloquente :

– Carrousel : une expérience d'hypnose sensorielle et artistique !

Cette théâtralisation nous fit éclater de rire. Pourtant, sans nous le dire, nous sentions toutes les deux que nous tenions quelque chose.

Je repris plus sérieusement :

– Mia c'est fou, c'est à la fois une évidence et une telle pression. J'espère que je pourrai comprendre et réaliser tout ce qu'elle attendait de ce programme.

– Elle te donne forcément une marche à suivre, non ?

– Oui bien sûr, tous ses carnets, une lettre explicative et le contact de son confrère John Mayfield. Son nom me dit quelque chose mais je ne suis pas sûre de l'avoir déjà rencontré, sauf peut-être très rapidement lors des obsèques. C'est avec lui qu'elle avait mis au point Carrousel. Ils étaient collègues depuis longtemps, je crois même qu'ils avaient fait une partie de leurs études ensemble à Stanford quand elle y est partie quelques années. Après, il est venu travailler à Paris. Je vais commencer par là et

l'appeler dans la journée.

— Elle savait ce qu'elle faisait en te laissant tout cela, et elle attendait que tu y ajoutes ta signature. Vois ce que ce Mayfield te dit et autorise-toi à le faire avec lui. C'est un américain, tu peux lui faire confiance, dit-elle amusée par l'irruption inattendue de l'un de ses compatriotes.

— Merci Mia, tu as raison je pense. Tu as pu terminer la gestion de l'exposition ?

— Oui, ça a été très complexe mais j'ai pu joindre le commissaire principal et les interprètes, et nous avons réglé les derniers détails.

Mia terminait l'organisation d'une exposition sur le thème du rêve. De jeunes artistes venant des quatre coins du monde étaient mis à l'honneur dans cet événement et Mia gérait absolument tout, de la scénographie jusqu'à la réservation de leurs logements.

De temps en temps, il lui arrivait aussi de faire appel à moi dans l'élaboration de certains projets, et c'était toujours un plaisir, nous adorions travailler ensemble.

Après avoir raccroché, je pris le temps de réfléchir aux prochaines étapes. Je rangeai ensuite les carnets par ordre chronologique pour reprendre dès le lendemain matin tout le cheminement de pensée depuis le début. Je les posai sur le bureau de Viviane. Il fallait maintenant que cette journée s'arrête.

4. Les portes

Ma chambre était juste à côté du bureau et de celle de ma grand-mère. Passant devant la sienne, je m'arrêtai. *Flora* apparut... C'était une reproduction fidèle de la fresque de Pompéi qui était accrochée au mur depuis toujours. Ma grand-mère m'en parlait depuis aussi longtemps que je me souvienne. Elle était devenue avec le temps comme une figure religieuse devant laquelle on vient prier. Je la regardais comme un bout du passé rendu accessible et je sentais sa dimension divine, son immortalité irradier. Viviane m'avait raconté son histoire tant de fois (qu'elle avait d'ailleurs largement inventée pour mon plus grand plaisir) pour me transmettre à travers cette figure féminine fascinante les clés du printemps de la vie et de la renaissance grâce à l'art, car c'était bien grâce à lui que la beauté intemporelle de cette jeune femme, ensevelie sous les cendres du Vésuve, nous parvenait aujourd'hui.

Je me couchais souvent près d'elle le soir pour lire. C'est là et le long des planches lors de nos balades que nous avions eu nos plus beaux échanges. Elle me manquait. Son foulard était posé sur sa chaise, je le pris avec moi, le portai à mon visage pour sentir son parfum. Il ne me restait que cela de réel, son parfum, Coco de Chanel. Je le reposai pour ne pas trop user l'essence sacrée, que j'espérais retenir sur l'étoffe le plus longtemps possible.

J'eus beaucoup de mal à m'endormir, j'étais dans cette maison, toute seule, comme je l'avais rarement été, et je réalisai que je n'entendrais plus sa voix m'appeler : « Ma petite Andréa, viens

me voir », « Ma chérie tu viens marcher un peu, respirer le bon air avec ta petite grand-mère ? » Et pourtant, dès qu'il y avait du monde, elle demandait que je l'appelle Viviane.

J'étais sur le point de m'endormir mais je pensais à ma petite Camille. Lorsque j'éteignais les lumières de notre appartement avant d'aller me coucher, je passais toujours dans sa chambre pour la caresser du regard, pour embrasser sa vie, m'assurer qu'elle dormait sereinement.

Une angoisse étonnante me remplit le ventre. Bien sûr, j'étais triste d'être ici sans Viviane, sans ma fille, mais autre chose émergeait... Une tristesse que je reconnaissais pour l'avoir déjà ressentie quelques années en arrière. Les événements m'avaient à ce moment-là précipitée dans les abîmes de la conscience. Ce qui m'inquiétait, c'est que je percevais ce soir quelque chose de ce lent vertige, quand les couleurs changent, perdent leur éclat et que tout commence à se confondre. Comme un halo sombre et aveuglant qui progresse discrètement autour de soi. Un rien pour n'importe qui d'autre, tout pour qui l'a déjà connu. Cette chute se fait par à-coups, à tâtons certaines fois, d'une vitesse insoutenable à d'autres. L'élan de vie se dissout dans le doute et les jours laissent place à des nuits continues. Nous nous sentons comme décalés par rapport à ce que les autres peuvent vivre de ces jours. Comment font-ils d'ailleurs ces autres, pour échapper à tout ce que la vie amène de craintes et d'empêchements ? Comment font-ils pour continuer d'avancer ?

La nuit est parfois rassurante car quelque chose s'arrête, mais elle réapparaît vite comme le lieu symbolique du martyr, catalysé par l'obscurité, noyau de nos premières peurs. Il faut alors, comme un enfant qui se blottit sous sa couverture, fermer les yeux, murer l'esprit et attendre l'aube.

Ma grand-mère pensait que les âmes parties trop brutalement pouvaient rester autour des lieux où elles avaient vécu pour tenter

de s'incarner à nouveau. Cette idée me revint, non sans m'agiter, mais peu de temps après, et grâce à la fatigue extrême que je ressentais, je sombrai enfin dans le sommeil.

Je ne savais plus si c'était lors d'un rêve ou d'une rêverie... Ce dont je me souvenais c'était de l'impact de ces images : je me retrouvais dans un couloir assez sombre et deux portes s'y trouvaient l'une en face de l'autre. La première menait à une bibliothèque, un peu inspirée de celle de Borges. Une bibliothèque qui contenait tous les livres du monde, voire toutes les lectures de ces livres, pour que toutes les interprétations une fois réunies, forment la richesse de chacun d'eux. Tous les univers déployés par ce monde premier en quelque sorte : la proposition de l'auteur à travers son roman. Un petit recoin me donnait accès à mes livres préférés, ceux qui peuplent activement ma vie et font partie de mes références.

L'autre porte donnait accès à une sorte de « musée à soi » qui regroupait mes sculptures et mes tableaux favoris.

D'autres portes existaient peut-être mais elles ne m'apparaissaient pas immédiatement.

Tout cela formait un accès continu à des petits lopins d'éternité, à tout ce qui était là avant nous et le resterait après notre départ, nos conditions de mortels les frôlant à peine. Comment vivre d'ailleurs avec l'idée que tout cela nous survivrait ? Que tous les gens que nous aimons, auxquels nous tenons, un jour cesseront d'exister, que *je* cesserai d'exister et que nous serons simplement passés dans ce monde, en nous regardant nous agiter, vivre, aimer, rire et trembler.

5. La lettre

Au matin, je me levai sans attendre. Je devais agir pour m'empêcher de trop penser. Je me mis à ranger le bureau et je m'y installai pour commencer la lecture de quelques carnets. J'attendais avant de me lancer concrètement dans les lettres et dans le programme, je voulais d'abord comprendre la genèse de cette expérience. Je trouvai des notes où il était question des différentes théories sur la psychologie de l'art, pour la plupart celles que je connaissais déjà et enseignais à mes élèves, mais j'avais besoin d'éclairage sur leur mise en œuvre dans le fameux protocole. J'appelai Mayfield.

— Bonjour, docteur Mayfield ?

— Oui ! me répondit une voix autoritaire.

— Bonjour... Je suis Andréa, la petite-fille de Viviane. Je ne vous dérange pas ?

Il y eut un silence.

— Non, je vous en prie.

La voix s'était radoucie.

— Je viens de trouver sa lettre et le carton de carnets, j'aurais besoin de quelques explications et elle me dit de vous contacter.

— Oui, bien sûr, j'attendais votre appel.

(Il attendait mon appel ?)

— Je rentre demain sur Paris. Pourrions-nous nous rencontrer ?

— Avec plaisir. Si c'est possible pour vous, nous pouvons nous retrouver dès demain à 17 heures à mon cabinet.

— C'est parfait.

— Je vous envoie l'adresse par sms.

— Merci docteur.

— Merci à vous Andréa, et toutes mes plus chaleureuses pensées concernant le départ votre grand-mère, c'était une femme remarquable en tous points.

— ... À demain.

Cet homme me laissait un sentiment étrange. Je l'avais trouvé à la fois accueillant et inaccessible.

Le lendemain matin vers 9 heures, je pris place dans le train pour Paris. J'avais très peu dormi et mon esprit était encore engourdi par toutes les lectures et émotions des derniers jours. Arrivée à Paris, j'étais repassée chez moi et avais pris le temps de vider la petite valise dans laquelle j'avais emmené tout le travail de ma grand-mère. J'en sortis les carnets, les livres et les planches. En quelques secondes, je l'avais débarrassée entièrement.

J'observais tout ce qui était posé devant moi sur le sol en tentant de discriminer le dossier bleu que j'aperçus rapidement. Je l'ouvris : la fameuse lettre était là.

Je pris une gorgée du café que je venais de préparer, et commençai ma lecture. Il me restait une heure avant de partir pour mon rendez-vous avec Mayfield.

J'avais mis un fond de musique, *Summertime.* La chaleur des voix de Fitzgerald et Amstrong était venue caresser l'ambiance de ma lecture... La musique harmonisait tout mon être, comme non pas un lieu mais un air de sécurité, flottant au fond de moi.

« *Ma belle Andréa,*

Nous avons intensément partagé de mon vivant dans notre lien de grand-mère et petite-fille et je voudrais maintenant te proposer une expérience plus singulière, te transmettre ce que je n'ai pas eu le temps de te dire de façon ordonnée ni achevée, mais dont tu sauras quoi faire,

j'en suis persuadée.

La psychologie de l'art est un champ extraordinaire pour la thérapie, je te propose de superviser le fruit d'années de travail, de tests, que je n'ai pas pu conclure pour les raisons que tu connais. Comme je te l'ai déjà écrit dans ma note, John a été le co-créateur de cette recherche et sera disponible pour travailler avec toi sur cette expérience si déterminante, pour donner enfin vie au protocole Carrousel.

Je voulais dans un idéal de pratique avec mes patients leur faire "rencontrer" les artistes qui m'ont semblé comprendre quelque chose de plus, trouver des clés essentielles, et ont su les transmettre dans leurs œuvres. Bien sûr tout cela, toute cette collecte et ce que j'imaginais en faire, a été influencé par mon interprétation personnelle de ces œuvres, mais j'ai tenté de les regrouper et de les organiser le plus objectivement possible. Le patient va donc rencontrer quelques univers de peintres, ces humains avec lesquels j'ai eu le sentiment de dialoguer parfois, qui offrent une contemplation si fine et révélatrice, et ont pu transformer quelque chose de mes douleurs, de mes pertes, de mes émotions, de mes joies aussi, en un matériau plus adapté, mieux compris, et que j'ai pu ensuite remettre au monde pour vivre avec lui plus tranquillement.

La première phase est là pour tenter d'exorciser, même si j'en conviens le terme est fort, ce qui fait souffrance et est resté bloqué, qui, grâce à ces confrontations artistiques, sera mis en mouvement. Elle est celle de l'accueil de la perte, de la douleur d'aimer, qui traversent inévitablement nos vies. La deuxième est la phase de la renaissance, du printemps de l'âme. Et enfin la dernière est celle de l'accomplissement, de l'épanouissement, comme un été à explorer. Chaque phase comporte plusieurs tableaux que le patient traversera à la façon d'un visiteur invisible.

Au fil du temps, et de nos discussions, à chaque fois que je lisais un texte qui mettait en résonance quelque chose de ce que je vivais ou avais vécu, à chaque fois que je contemplais une œuvre d'art et en avais saisi un peu de beauté, une musique de l'âme, je me disais qu'il faudrait un jour collecter ces trésors, ces bouts de douceur, de réconfort, d'espoir, de compréhension, ces pistes d'élaboration de la pensée, pour les rendre accessibles à d'autres. Non pas que je croie avoir une quelconque recette magique qui ferait taire la douleur de tous les cœurs humains, mais peut-être comme pour moi, celle de quelques-uns. J'ai fait le choix de ne garder dans Carrousel que des peintures, même si tu trouveras peut-être dans mes carnets quelques notes de lecture, ressource toute aussi essentielle à mes yeux comme aux tiens. Lors des séances d'hypnose avec mes patients, j'intégrais quelquefois les éléments d'un tableau dont j'avais perçu la douceur, la profondeur, l'effet cathartique. Quand tu me parlais de ta participation occasionnelle aux conceptions de scénographies de Mia, je trouvais l'idée d'un cheminement artistique thérapeutique fascinante. »

Je poursuivis ma lecture.

« Après avoir contacté Mayfield, qui va t'expliquer à nouveau tout cela et répondre à toutes tes questions, tu vas choisir avec lui le patient-test dans une série de dossiers et lui faire vivre les trois séances de Carrousel, probablement dans notre laboratoire.

Mayfield le guidera dans les séances d'hypnose qui démarrent à chaque fois les différentes phases. Il lui présentera brièvement les œuvres d'art choisies s'il ne les connaît pas. Elles apparaîtront ensuite sur un écran devant le patient. Il devra bien prendre le temps de les contempler chacune à leur tour et Mayfield s'accordera à son rythme. Ils se mettront d'accord sur ce que l'on appelle en hypnose un signaling, c'est-à-dire un signe que le patient lui fera et qui lui permettra de savoir s'il est prêt pour le tableau suivant ou s'il

rencontre une difficulté.

Tu sais à quel point le temps de réaction à un événement, de la confrontation à l'intégration de celui-ci, est propre à chacun, le patient sera donc seul juge de la durée de cette passation. Surtout, si à tout moment il ressent le besoin de fermer les yeux et de se laisser aller à l'appel de la rêverie, laissez-le faire. C'est dans ces espaces juste à soi, dans cet écho intime, que se produira le plus précieux. Ses réactions seront observées par John et Alex, et toi bien sûr si tu le souhaites. Alex est notre technicien, il est interne en médecine et particulièrement brillant. Ce programme n'est pas exactement une thérapie en soi, mais plutôt un accélérateur, un révélateur, qui amorce une réinitialisation pour le patient. J'espère que ces œuvres agiront comme quelques lumières dans son cheminement, dans son discernement, et réchaufferont son lien à lui-même pour rétablir et stabiliser l'équilibre rompu.

Comme l'a dit Aristote : "Il n'est rien de notre intelligence qui ne soit passé par nos sens." Je le complèterais ainsi : rien de notre réflexion psychologique non plus.

Le premier moment de chaque phase sera une invitation au voyage, à emprunter quelque chose comme "le chemin de notre vie", à travers les quatre saisons naturelles et symboliques qui rythment inconditionnellement nos existences. »

Mon portable sonna et me fit sursauter comme si j'étais dans un état modifié de conscience. Heureusement que j'avais mis une alarme, je devais partir retrouver Mayfield.

6. La rencontre

Je me trouvais à 17 heures précises devant le cabinet de Mayfield. Un immeuble me faisait face, il semblait totalement vide. Je pris mon portable pour vérifier l'adresse et reçus au même moment un message de sa part m'invitant à entrer. Un bourdonnement dirigea mon regard vers une petite porte vitrée au milieu de cette façade bien curieuse. Le message continuait : « Deuxième droite ». Je trouvais la porte d'un escalier au fond du hall, montais assez rapidement les quelques marches qui séparaient le rez-de-chaussée du premier et atteignais le deuxième étage avec une légère appréhension, comme dans ces rêves que l'on raconte, et que tout le monde semble avoir fait sauf moi, où l'on se sent poursuivi. J'en découvrais enfin par moi-même une impression.

Les couloirs étaient nets, clairs et portaient une étrange empreinte du temps. Un temps qui se serait échappé, comme si ce qu'il avait laissé derrière lui n'avait pas bougé depuis des dizaines d'années mais que rien ne s'était réellement abîmé non plus. La vie des hommes en tout cas ne semblait pas y être revenue depuis longtemps.

La porte de la cage d'escalier se referma. Jamais ce mot de cage n'avait traversé mon esprit en s'y arrêtant aussi longtemps. Un peu comme s'il était resté suspendu, les sourcils relevés attendant que je le remarque. Le palier était désert, une porte s'ouvrit, un homme de grande taille et de très belle allure vint à ma rencontre, je ne pouvais être sûre que c'était Mayfield. Il ne se présenta pas tout de suite mais semblait savoir ce qu'il faisait en m'accueillant.

Il m'offrit un large sourire que je lui rendis volontiers, après ce qui avait ressemblé pour moi à la traversée d'une de ces maisons désaffectées, et encore trop heureuse de ne pas avoir croisé de silhouettes fantomatiques. Je ne me doutais pas que ce serait juste une question de temps.

— Bonjour Andréa, John Mayfield.

— Bonjour docteur Mayfield.

— Installez-vous je vous en prie.

Je venais d'entrer dans son bureau. En le découvrant, ce qui me surprit en premier fut le nombre de cartons posés au sol.

— Comment allez-vous Andréa ?

Je lui répondis d'un acquiescement de convenance, trop occupée à observer cette pièce.

Il reprit :

— Je suis ravi de vous rencontrer et vous remercie d'avoir accepté de discuter de Carrousel.

— Merci à vous, dis-je dans une retenue vigilante. (Je guettais encore cet environnement inconnu, et donc pour moi inquiétant). Vous venez d'emménager ici ? lui demandai-je, me retournant vers lui et montrant les cartons du regard.

— Non, répondit-il en souriant, je travaille ici depuis près de vingt ans. Les cartons que vous voyez sont toutes les archives de Carrousel qui étaient restées au labo après le départ de Viviane. Je sais qu'elle en avait gardé une grande partie chez elle, qu'elle a dû vous transmettre d'ailleurs, et dans lesquelles vous avez trouvé ses lettres et quelques dossiers. Tout le reste se trouve ici.

Il était au courant de tout. Autant au téléphone il m'avait paru étrange, autant ici, en quelques instants, un petit monde commun s'était activé entre nous. Le protocole allait s'achever, et j'allais le faire avec lui.

pas clair

— Dans la lettre qu'elle m'a laissée elle me propose de terminer Carrousel avec vous, en trouvant notamment le premier patient. Gr.

Il y eut un silence, il me regarda longuement. Lui aussi m'observait.

— Carrousel est un programme extraordinaire, Andréa, dans les deux sens du terme : à la fois très original, et sublime dans sa composition. Je ne doute pas de son efficacité et nous devons en effet trouver le moyen de « le mettre au monde » comme aimait dire Viviane, et à disposition des patients, dès que possible.

— Viviane me dit dans sa lettre que vous alliez commencer les tests lorsqu'elle a dû tout arrêter. De votre point de vue, le programme est aujourd'hui prêt à être testé ? Avez-vous des patients qui correspondraient au profil ? J'imagine que la sensibilité à l'art est un pré-requis indispensable. Y en a-t-il d'autres ?

Je posais trop de questions, ma vigilance frôlait l'agitation et devenait à mon avis bien trop visible. Je me mis à respirer consciemment, c'est-à-dire en observant le plus passivement possible mon ventre se gonfler légèrement à l'inspiration, et se baisser légèrement à chaque expiration. C'était une petite technique que Mia m'avait donnée lorsqu'elle avait surfé il y a quelques années sur la vague « soyons amour, lumière et énergies positives ». Cette petite astuce avait toujours admirablement fonctionné pour me recentrer.

— Pardon, je suis un peu stressée. Commencez peut-être par me dire si vous avez des souvenirs particuliers avec ma grand-mère, comment tout cela lui est venu de votre point de vue. Elle m'en donne quelques éléments dans ses lettres mais j'aimerais avoir les impressions de quelqu'un qui travaillait avec elle quotidiennement, si vous êtes d'accord bien sûr.

— Oui, évidemment ! Je me souviens même parfaitement du jour où elle a découvert qu'un champ existait dédié à l'étude des

phénomènes qui la passionnait. Elle avait toujours inclus l'art dans ses thérapies, la littérature et l'art pictural en particulier. Je crois même que l'on pourrait presque parler de bibliothérapie tant elle utilisait certaines citations, certains livres, pour travailler avec les patients. Elle était toujours ravie lorsque l'un d'eux arrivait et qu'il était un grand lecteur, pour elle c'était une voie d'élaboration incroyable. Mais elle ne l'a jamais formalisé clairement, alors que l'utilisation des œuvres d'art pour remplacer les tests classiques elle l'avait testé, et cela donnait bien souvent des envolées fascinantes avec les patients sensibles aux œuvres présentées. Beaucoup diraient que cela sortait du cadre thérapeutique, mais en fait elle savait utiliser tout ce que cela mettait en mouvement chez le patient, exactement comme un thérapeute le fait en écoutant attentivement un récit de Rorschach. Et c'est ainsi je crois, que lui est venue l'idée de ce protocole : construire un outil fait de contemplations, ou plutôt de réactions à des œuvres d'art. Malheureusement elle est tombée malade rapidement ensuite et a préféré se consacrer à terminer ses suivis le plus confortablement possible pour ses patients, et ne pas risquer de tester un protocole sans être sûre de pouvoir le mener à bien avec les patients qui y auraient participé. Elle a continué à collecter tout ce qu'elle a pu malgré ce contexte, presque jusqu'au dernier jour. Je sais qu'elle vous en avait un peu parlé aussi, étant donné votre profession et votre lien.

— En effet, mais c'est maintenant que je découvre véritablement l'ampleur de ses recherches.

C'était un homme très bienveillant, qui semblait sûr de lui, tranquille avec lui-même. Je pus comprendre son niveau d'expertise professionnelle lorsqu'il évoqua rapidement quelques cas de patients qu'il avait eus en commun avec ma grand-mère et qui étaient pressentis pour être d'éventuels patients-test. Je

comprenais qu'elle ait pris autant de plaisir à travailler avec lui. Ils semblaient singulièrement complémentaires.

— Ces patients sont toujours disponibles, vous pensez ?

— Non, malheureusement, et l'hôpital a saisi le départ de Viviane pour sceller l'arrêt des recherches sur ce programme qui semblait « farfelu » aux membres du comité de direction. Nous les avions presque convaincus, nous avions deux profils de patients, bref, c'est comme ça. Maintenant, pour les convaincre à nouveau cela risque de prendre du temps, il faudra obtenir l'autorisation des familles, des médecins référents, etc.

— Il n'y a pas moyen de faire autrement ?

— Non, les hôpitaux se protègent beaucoup, c'est normal.

— Et pourquoi n'avez-vous pas eu envie de poursuivre seul ?

— Tant que votre grand-mère était en vie, je ne réussissais pas à me l'autoriser, avec elle toujours dans ce monde, mais en même temps sans elle, j'ai eu un terrible conflit de loyauté que je n'ai pas su gérer. Continuer alors qu'elle avait fait le choix de terminer ses jours de psychiatre près de ses patients habitués, et en décidant de ne pas partir dans des expérimentations qu'elle ne pourrait peut-être pas achever, eh bien je crois que je voulais le respecter totalement, lui donner le plus de confort et de tranquillité possibles. Et un jour, le dernier où j'ai pu la voir, elle m'a parlé des lettres, celles écrites pour vous dans lesquelles elle vous propose de me contacter. Quelques jours après, elle est partie. Depuis j'ai attendu votre appel, je ne voulais pas vous forcer la main dans ce contexte de perte. Je savais de plus que ce n'était pas la première fois que vous perdiez un être cher, je ne voulais pas vous brusquer et que vous tombiez vous-même dans une loyauté encombrante.

Un silence paisible vint se poser entre nous.

— Merci… Quel risque est réellement pris à travers la passation de ce protocole ? Pourquoi les hôpitaux se protègent-ils ?

— Aucun risque dans l'absolu, mais on ne sait jamais, ces tests catalysent parfois des émotions très fortes et peuvent remuer le fonctionnement d'une façon surprenante. Ils ouvrent des portes.

— Plus précisément en ce qui concerne Carrousel, pourriez-vous m'éclairer un peu et me dire quelles sont les œuvres utilisées et de quoi sont constituées les trois phases ou étapes du programme ?

— Pour ce qui est du choix des œuvres, elle m'avait bien parlé de quelques-unes lors de nos discussions, mais sans me dire encore de quelle façon elle les utiliserait. Sa maladie ne lui a pas donné le temps de finir, mais elle a malgré cela pu construire les étapes principales : trois phases, trois tableaux à chaque fois. Je vais regarder les notes que j'ai pu trouver de plus près. Peut-être pourriez-vous, si vous êtes d'accord, amener celles que vous possédez aussi ? Si nous les regroupons et les travaillons ensemble, nous gagnerons du temps.

— Bien sûr.

Je réfléchissais à tout ce que nous venions de nous dire, ajouté à mes lectures des lettres et carnets. Elle s'était inspirée de *La Divine Comédie* pour la structure du fond : une alliance patient-thérapeute, comme celle de Dante et Virgile, et un cheminement symbolique avec enfer, purgatoire et paradis. La forme donnée était celle des saisons : l'automne et l'hiver associés, dans la symbolique de la perte et du dépouillement, de l'enfer et du purgatoire, le printemps pour la renaissance, et enfin l'été, pour l'équilibre retrouvé, l'épanouissement, le paradis de l'être dans la sérénité.

Ce programme visait donc à transformer le rapport au monde du patient. Lui suggérer grâce à l'hypnose d'imaginer une histoire, un contexte concernant chacune des œuvres, pour mettre en place un dialogue avec celles-ci qui allait réveiller certaines émotions et certains souvenirs. Tenter ensuite de les apaiser, après les avoir

exorcisés. C'était d'ailleurs son terme à elle, un exorcisme.

L'art pictural, y avait-il quelque chose de plus puissant pour nous transformer sans un bruit, sans un mouvement, si ce n'est celui initié par une contemplation ? Sans un effort, si ce n'est celui du regard, de l'esprit et du cœur qui se tournent vers le monde proposé par l'œuvre.

— C'est fascinant, cette dynamique de *La Divine Comédie*... Comment se déroulent concrètement les séances ? Ici, à votre cabinet, ou à l'hôpital ?

— Ici. Mais pas exactement ici... à un autre étage.

— Elle avait évoqué un laboratoire.

— Tout à fait, au premier étage de cet immeuble se trouve un laboratoire où nous avons construit une petite pièce dédiée à notre recherche, comme une chambre de développement de photos ou une capsule de réalité virtuelle. Le patient y sera installé, relié à quelques capteurs qui nous permettent de bien vérifier que son état reste stable. Puis, on lance des images, les tableaux en grandeur plus que nature, leurs couleurs imprègnent tout le Carrousel. C'est assez incroyable.

— Carrousel ?

— Oui, cette idée est restée jusque dans la forme donnée au lieu de passation, au contenant. Les murs arrondis tout autour du fauteuil du patient permettent que les images dansent sans s'abîmer ou se casser dans les angles des murs. Le tableau est devant lui et reste fixe, mais Alex le technicien a réussi à créer une reprise des couleurs de l'œuvre et à les projeter sur l'arrondi. L'enveloppement est parfait.

Il avait un regard fasciné, je buvais ses mots. Quelle expérience incroyable cela devait être ! Je repensais à l'idée de Mia pour une exposition. Notre conversation se poursuivit un long moment, je voulais « tout » comprendre, et je finis par lui demander :

— Je peux les voir ?

— Quoi donc ?

— Le laboratoire, le Carrousel ?

— ... Euh, oui bien sûr. J'avais prévu de vous faire faire une petite visite de toute façon. Mais... maintenant ?

— Vous auriez le temps ?

Il regarda sa montre.

— Oui, allons-y.

Nous sommes sortis de son bureau et sommes descendus au premier. J'entendis du bruit.

— Il y a quelqu'un ? demandai-je à Mayfield, sans masquer ma crainte.

— Oui, Alex est là, je lui ai demandé de faire quelques tests pour vérifier que le matériel fonctionne toujours et de faire un point général avant votre venue.

— Bonjour John, bonjour madame, dit Alex en venant vers nous.

— C'est Andréa, la petite-fille de Viviane, lui dit Mayfield d'un ton solennel.

Alex s'arrêta de bouger. Il me dévisagea quelques instants, comme s'il cherchait sur moi une empreinte de ma grand-mère.

— Bonjour Alex, dis-je doucement.

— Bonjour Andréa.

Il me sourit.

— Andréa est professeure d'histoire de l'art et consultante de temps à autre pour les musées parisiens. Viviane lui a proposé de reprendre avec nous le travail sur Carrousel. Elles partageaient un vif intérêt pour la psychologie de l'art et son expérience professionnelle en est l'exemple. Elle va nous être très précieuse, dit Mayfield en se tournant vers moi.

— C'est une joie immense pour moi, pour nous, de vous accueillir dans l'équipe, me dit Alex.

— Merci, j'en suis moi aussi très heureuse, j'ai hâte de comprendre tout ce qu'il faut pour démarrer.

Nous nous sommes dirigés vers la salle où se déroulerait le programme. Mayfield ouvrit la double porte et alluma la lumière. Une série de néons se déclenchèrent et m'éblouirent quelques instants. Mes yeux purent récupérer leur vision normale mais en restant légèrement voilés par la clarté surprenante qui avait précédé. Les détails de cette salle m'apparurent un à un : la grandeur importante de la pièce, quelques ordinateurs, du matériel médical, des photos de tableaux, des graphiques, une photo de Viviane... Tout semblait converger vers une sorte de petite pièce dans la grande pièce, un petit compartiment, qui se trouvait en plein milieu : la capsule.

Je m'en approchais après avoir demandé du regard l'autorisation à Mayfield, et j'entrais dans ce lieu comme dans une pyramide sur le plateau de Gizeh, tout avait le goût du mystère. Un large fauteuil était en son centre, il semblait extrêmement confortable et capable de se mettre en position allongée. Comment tout cela allait-il fonctionner ?

Mayfield arriva derrière moi et reprit étrangement le fil de ma pensée exactement où il était.

— Le patient sera relié aux machines que vous avez vues par des capteurs et ce, comme je vous l'ai rapidement dit tout à l'heure, pour toujours mesurer ses constantes principales. Cette capsule est là pour lui permettre de ne pas se sentir directement observé, qu'il puisse s'abandonner en quelque sorte plus facilement à sa contemplation.

— Je comprends. Je n'imaginais pas que ce programme serait si moderne dans sa forme.

Alex reprit l'échange :

— Viviane non plus, dit-il sur un ton dans lequel on distinguait

qu'il cherchait absolument à montrer tout le respect qu'il avait pour elle et son travail, tout en exultant à l'idée d'exposer son propre apport au protocole.

Il poursuivit :

— Elle avait imaginé un écran projetant les tableaux et nous partons bien de cela, mais depuis quelques années, beaucoup de progrès ont été faits dans le domaine de l'image et nous avons pensé que coller au plus près d'un Carrousel, avec le défilé des tableaux en arrondi, tout en reproduisant une sorte de « capsule de l'esprit » dans laquelle les images circuleraient sans être vues d'autrui, serait intéressant.

On sentait chez ces deux hommes leur profond engagement envers ce travail. Rien ne devait être oublié de tout ce qui pourrait influencer favorablement l'efficacité du protocole sur le patient. Ils traquaient le moindre détail, le plus infime parasite.

De ce que je ressentais, Mayfield était particulièrement fasciné par l'immersion dans le beau, peut-être plus que par l'histoire des œuvres elles-mêmes. C'était le mécanisme de pénétration de l'art dans l'esprit, son action, et la réaction du patient, qui mobilisaient sa détermination à finaliser Carrousel.

— Je vous propose que nous en restions là pour aujourd'hui Andréa. On m'attend à l'hôpital pour quelques visites de nuit.

De nuit ? Je regardai ma montre, il était 20 heures. Je n'avais absolument pas vu le temps passer.

— Pouvez-vous revenir demain ? Votre heure sera la mienne, me dit-il.

— 9 heures ? dis-je en me demandant de quelle façon j'allais pouvoir attendre le lendemain pour poursuivre notre échange.

— Je serai là.

— D'accord. Bonne soirée Dr Mayfield.

— Bonne soirée Andréa.

Après avoir salué Alex, je rentrai chez moi.

7. Carrousel

Sur le chemin du retour, j'appelai Camille. Elle profitait du bon air de Trouville et de l'affection de mes parents. J'aimais l'avoir au téléphone avant qu'elle ne s'endorme pour que nos échanges la bercent un peu, comme ces histoires que je lui racontais ou ces livres dont nous partagions dorénavant la lecture. Je pensais notamment à quelques nouvelles et contes qui se lisent à tout âge.

J'avais préféré garder pour moi cette investigation de l'héritage si atypique de ma grand-mère et particulièrement de cette expérience Carrousel. Je ressentais le besoin de le vivre intimement dans un premier temps et de ne le partager qu'après en avoir compris davantage.

À peine avais-je raccroché que Mia m'appelait.

— Alors ?

— Eh bien j'ai vraiment pu échanger avec Mayfield, même si je reste encore sur ma faim, je pense que les jours qui arrivent vont être particulièrement intenses.

— Raconte ! À qui s'adresse le protocole ? De quoi est-il fait exactement ?

— Il s'adresse a priori aux personnes ayant perdu une partie de leur élan, de leur envie, suite à un ou plusieurs événements compliqués, mais je pense aussi que toute personne peut le faire pour investiguer son esprit et ses contours. Viviane s'est si souvent rendue compte à quel point la littérature et l'art étaient ressources pour elle, tout cela prend de plus en plus de sens. Ce soir je vais relire certains passages des carnets dans lesquels elle parle de

quelques cas de patients, et de quelle façon ils ont influencé le souhait de mettre au point Carrousel.

— Ça doit être passionnant d'entrer dans le cœur de cette élaboration. D'ailleurs, pourras-tu me prêter les carnets de Viviane une fois que tu les auras lus ? J'adorerais m'en inspirer pour mon expo.

— Ton expo ? Ah ça y est, t'es partie ? Attends encore un peu avant de vendre les billets !

Je rigolais toute seule, mais elle me rejoignit de bon cœur.

Il y eut juste après un long silence.

— Tu sais l'accident... ? lui dis-je en prenant une voix presque chuchotante.

— Oui ?

— Même à toi je n'arrivais plus à en parler. À toi, tu te rends compte ? J'inventais toutes sortes d'excuses pour éviter d'y penser.

— Ta période femme des cavernes, oui je m'en souviens ma belle. Je t'ai trouvée si forte pendant ces longs mois. Tu t'étais éloignée, mais je savais très bien pourquoi, je ne t'en ai jamais voulu une seconde.

— J'ai le sentiment que c'était dans une autre vie.

— D'une certaine façon, ça l'était.

— Comment être sûre que le pire est derrière moi, et derrière Camille ?

— Par rapport à cet événement je pense que tu peux être rassurée, tu as su gérer et aujourd'hui tu vas bien. Tu n'es pas du tout le genre à te raconter des histoires Andréa, ton rapport au réel est solide, tu peux être tranquille. Et s'il reste quelques marques, elles font ton expérience et ce que tu transmets à ta fille de capacité de résilience, c'est tellement important. Je n'ai pas d'enfant, mais j'imagine à quel point le principal n'est pas qu'ils aient face à eux des parents parfaits qui ne montrent rien de leurs difficultés. Je

pense au contraire qu'ils doivent les voir fragiles par moments, car la vie est parfois très dure, et il ne faut pas qu'ils se sentent faibles ou anormaux quand ils traverseront à leur tour des temps difficiles. Ce qui compte, c'est qu'ils voient ensuite leurs parents se relever. Et tu es bien debout.

Elle continua :

– Elle parle des symptômes concernés dans son carnet ?

– Brièvement, car ce qui l'intéresse le plus ce sont les concepts qui naissent et entourent les symptômes classiques type anxiété, dépression, etc. La douleur d'aimer est ce dont elle parle le plus.

Un nouveau silence, pudique et contenu, s'installa quelques instants.

Mia sentit mon émotion et reprit doucement :

– Elle dit autre chose dans les carnets que tu as lus ?

– Il m'en reste beaucoup à lire, mais elle évoque le principe général à plusieurs reprises. En fait, tout part du principe que l'art, par un effet cathartique, va permettre d'exprimer les émotions bloquées ou encore incomprises par le sujet, en les transformant favorablement. Par exemple un tableau représentant la mort peut chez certains patients faire ressortir les différents deuils qu'ils ont eu à vivre, les différentes pertes. C'est très schématique comme exemple, mais c'est représentatif.

– Tu parlais de la douleur d'aimer juste avant...

– La douleur d'aimer c'est ce que décrit magnifiquement Proust dans *Albertine Disparue*...

Elle m'interrompit :

– Et quand on n'a pas lu Proust ? On peut comprendre quand même Marguerite ?

Mia m'appelait Marguerite quand elle me sentait prête à partir dans des envolées littéraires, sans faire attention au fait de rester accessible. Marguerite Duras étant mon autrice préférée, sans être

la plus simple à lire, m'appeler par ce prénom était un signal destiné à m'indiquer que je m'éloignais des références communes nécessaires à tout dialogue constructif.

— La douleur d'aimer c'est ce que l'on ressent lorsque l'on perd quelqu'un ou quelque chose auquel on était attaché, auquel on donnait un certain amour ou une énergie particulière : investissement affectif, envie, projet… et qui nous échappe. Survient alors un ressenti intense d'empêchement, vécu dans l'esprit et dans l'action, une inaccessibilité à l'être aimé ou au travail que l'on adorait par exemple, tandis que l'on a encore en soi tout ce potentiel d'amour, tout ce désir pour lui. On se retrouve alors en quête de sens, de redéfinition de soi, sans l'autre.

— Ce que l'on appelle aussi le processus de deuil ?

— Oui, c'en est un des aspects en effet. La vie est faite d'investissements et de pertes, c'est essentiel d'avoir les outils pour traverser ces aléas si naturels. L'art en est un.

— Ça ne te remue pas trop de lire tout cela ?

— Si, un peu, mais c'est très intéressant, et lorsqu'elle évoque les deux phases suivantes, celles de renaissance et d'épanouissement, c'est très stimulant. Je vais filer, je voudrais lire la suite des carnets avant de retrouver Mayfield demain pour un premier vrai rendez-vous de travail.

— Bien sûr, je pars au musée. J'y serai tard, tu peux me joindre quand tu veux ce soir.

— Merci Mia.

Je raccrochai et arrivai chez moi. J'y retrouvai tout le contenu de ma valise de Trouville et repris tout de suite les carnets. Grâce aux petits marque-pages que j'avais ajoutés lors de mes lectures en diagonale, je pus reprendre les notes qui m'intéressaient particulièrement :

« Il faut être vivant, heureux, effrayé, à terre, en larmes, et ensuite se relever, doucement, confiant, un jour à la fois. Apaiser et réparer l'esprit, redresser le corps, savoir saisir le beau et mobiliser nos ressources essentielles, celles qui ne dépendent que de nous, l'art, la nature, la lecture, la méditation, peu importe, se tourner vers la chaleur, le soleil du cœur et désirer se sentir vivant à nouveau. La vie est une succession de cycles, de traversées... »

« La réaction esthétique à l'œuvre d'art, ce que l'on ressent face à cette œuvre dans un musée par exemple, et qui nous trouble ou non, est ce qui fait émerger une sensorialité et certaines émotions. On imagine que cela va produire ensuite une mise en mouvement profonde et une élaboration accélérée de la vie psychologique du patient menant à une amorce de transformation de son fonctionnement. Je dis amorce parce qu'une lecture, même très approfondie, et un tableau, même extrêmement parlant, ne peuvent suffire en eux-mêmes à "guérir" d'un trouble grave par exemple. Mais pour le sujet capable d'introspection, cela peut être un outil très pertinent pour faire naître certaines pensées, mettre en lumière certaines représentations et les retravailler si besoin, afin de se remettre au monde, à la fois renforcé par une meilleure compréhension de son propre fonctionnement et plus souple dans son adaptation à ce qui l'entoure... »

« Anne est la patiente avec laquelle j'ai le plus "testé" l'esprit Carrousel sans savoir vraiment encore que je le faisais, c'est avec elle que j'ai le plus partagé de lectures, de réflexions, d'impressions face à des œuvres d'art. Elle avait été hospitalisée pour un épisode dépressif dans mon service et à chaque fois que je la voyais je me disais encore plus vivement que pour d'autres que je devais l'aider à sortir de son état et à retrouver son envie de vivre. Quoi qu'on en dise, il y a des patients qui nous touchent plus que d'autres, avec lesquels les inconscients se parlent plus finement, plus intuitivement, et avec lesquels le travail thérapeutique va plus vite. Sûrement aussi

une histoire de références communes qui agissent au-delà de nous et créent des fils mystérieux de compréhension. Anne faisait partie d'eux. Elle avait eu beaucoup d'appréhension lorsque je lui avais proposé de connaître l'hypnose, je lui avais donc bien expliqué que cette démarche serait totalement adaptée à son rythme à elle, qu'elle garderait son libre arbitre à tout instant, que l'art que j'incluais dans les protocoles amenait beaucoup de douceur, de contenant, de ce beau auquel elle était si sensible. Chaque séance allait se vivre comme un voyage, une balade faite de ce qui est ressource pour elle, pour aller chercher ce qui a besoin d'être encore trouvé et l'ajuster, tout en souplesse et délicatesse. La perception de la temporalité évolue légèrement lors d'une séance d'hypnose, c'est ce que l'on appelle la distorsion du temps... »

Les notes s'interrompaient et reprenaient sur un tout autre thème, je tombais de fatigue.

Pourtant, une fois couchée, une idée ne cessait de tourner dans mon esprit... Et si je proposais à Mayfield d'être le patient-test ?

8. Le patient-test

La nuit qui suivit fut particulièrement agitée. J'avais repris les carnets, mais n'avais pas trouvé le protocole ou les ébauches de ma grand-mère pour me représenter quelles œuvres en faisaient partie. Je m'endormis quelques heures au petit matin et rejoignis le laboratoire très tôt, trop impatiente d'y trouver Mayfield et de lui faire part de mon intention d'être le patient-test.

Il ouvrit de grands yeux ronds.

— Pardon ? dit-il stupéfait.

— J'y ai bien réfléchi, toute la nuit pour être franche, cela compterait énormément pour moi. En plus, vous n'auriez pas besoin d'autorisation, je signerais une décharge. Quand on y réfléchit vous avez tout à y gagner, et quel meilleur essai que celui réalisé avec quelqu'un qui est aussi sensible à l'art que la personne qui a créé le programme ?

Il me regarda d'un air circonspect, puis lança :

— Non, c'est insensé ! C'est beaucoup plus compliqué que ce que vous dites... Carrousel est un programme très fort, je ne prendrais pas le moindre risque de vous en faire ressortir déstabilisée, cela porte le nom d'essai pour de bonnes raisons. En dehors du fait que vous êtes la petite-fille de Viviane, ce qui biaise largement les choses, je n'ai aucun recul sur aucun test concernant Carrousel, et si Viviane avait souhaité vous le faire expérimenter dès la phase de test, elle en aurait parlé dans ses lettres, vous ne pensez pas ?

— Pas forcément, elle voulait me laisser libre avant tout je pense.

— De toute façon, j'imagine que dans les carnets il y avait déjà le protocole expliqué, cela fausse complètement la spontanéité de vos réactions.

— Non justement, aucune trace ! Des réflexions, mais aucun ordre donné aux tableaux évoqués, ou aux bribes de séances d'hypnose. Rien qui porterait le nom de protocole.

— Vous n'aviez pas les trois gros dossiers avec les notes et planches concernant les trois phases ?

— Non je vous assure, juste quelques carnets et quelques planches d'œuvres sans lien explicité.

Mayfield, le regard plus que suspicieux, se tourna vers les cartons entassés au sol dans son cabinet. Il se dirigea vers l'un d'eux sur lequel était inscrit "Carrousel 1" ». Il l'ouvrit, en inspecta rapidement le contenu, le referma, et passa ensuite d'un carton à l'autre jusqu'à l'un des derniers, lequel, lorsqu'il en découvrit la composition, lui provoqua un mouvement qui fut presque comique : il se mit entre le carton et moi pour que je ne puisse pas en voir l'intérieur.

Il dit :

— C'est là. Les trois dossiers consacrés à la passation.

— Je ne vois rien... dis-je exprès pour le pousser à se repositionner.

Il m'observa cette fois presque cliniquement, comme un médecin prêt à signer une attestation assurant que son patient est guéri, mais qui juste avant lui jette un dernier coup d'œil en le balayant de haut en bas, « pour être sûr ».

— Vous êtes vraiment prête à faire ces trois séances de thérapie accélérée, Andréa ?

— Plus que jamais ! Laissez-moi faire ce dernier cadeau à Viviane, entrer dans son Carrousel, et m'imprégner de son essence pour mieux le comprendre, l'éprouver, et mieux le réajuster si besoin.

Il réfléchit en faisant passer son regard des cartons à moi et inversement. Il devenait presque attachant dans cette réserve bienveillante.

— Bon, c'est entendu. En revanche, vous ne pouvez plus avoir accès à ces dossiers, vous comprenez, il faut un minimum de réactions naturelles.

— Bien évidemment.

— Et si à tout moment vous vous sentez trop liée à Viviane ou trop affectée par les différentes phases du programme, dites-le moi immédiatement. Il faut que cela reste une expérience positive pour vous et pour elle donc, et non le bouleversement de sa petite-fille.

— Je ne m'effondrerai pas, rassurez-vous. Et sur le reste aussi, vous pouvez me faire confiance.

Je le sentais très hésitant, mais prêt à tenter l'expérience de cette façon.

— Je vais tout reprendre et vous tiendrai au courant lorsque nous serons prêts. À partir de maintenant, vous ne venez plus au laboratoire, vous devez vous préparer à être le plus possible à nu devant ce protocole. Je vous conseille même de ne plus lire les carnets de Viviane. Vous comprenez l'importance de respecter cela, n'est-ce-pas ?

— Bien sûr, docteur.

— Bien. Allez vous reposer, je pense que je vous appellerai d'ici un ou deux jours.

— Je peux vous poser une dernière question ?

— Je vous écoute.

— Comment allons-nous évaluer l'efficacité de ce programme ?

— Après la totalité de la passation nous prendrons un temps pour revenir sur vos impressions, nous verrons de quelle façon à ce moment-là. Encore une fois, le souhait de Viviane était de mettre à disposition un outil artistique pour les patients, pas forcément d'en

faire un test soumis ensuite à une évaluation. L'idéal de ce qu'elle en imaginait était, je crois, que cela se situe au commencement d'un travail thérapeutique. En fonction de votre retour, nous referons je pense une série de passations avec d'autres patients pour affiner l'utilisation et la fonction de Carrousel. En fait je suis même persuadé qu'étant donné votre lien de parenté avec Viviane, nous ne pourrions valider votre essai comme valable.

Il s'arrêta quelques instants, puis il reprit plus vivement :

— En fait vous avez raison, en en parlant avec vous, je me rends compte que votre avis « de l'intérieur » va nous être très précieux pour peaufiner cette recherche et en proposer ensuite une version aboutie aux « vrais » patients.

— Merci. Je le crois aussi. J'y vais, et j'attends votre appel. Merci encore, docteur Mayfield.

Il avait accentué le mot « vrais » comme pour bien rétablir que je n'allais pas totalement être en position de patiente-test ici, mais quelque chose en moi savait que ce protocole pensé par ma grand-mère allait me traverser bien plus que je ne l'imaginais.

9. Automne et Hiver (*L'Angélus* de Millet, *Le Cri* de Munch et *Ophélia* de Millais)

Quelques jours étaient passés. Mayfield m'avait vite rappelée pour me dire qu'il lui faudrait un peu plus de temps que prévu, pour une histoire d'enregistrements, m'avait-il dit, sans me donner plus de détails. J'en avais alors profité pour aller embrasser Camille et mes parents à Trouville. J'avais fait un saut dans la maison de Viviane pour récupérer quelques affaires. Mes parents préparaient leur emménagement dans cette grande maison familiale maintenant disponible. Ils avaient toujours respecté le fait que c'était chez ma grand-mère, et même si ma mère avait grandi dans ce lieu, elle avait préféré trouver avec mon père une petite maison non loin de là, mais suffisamment à distance, pour que chacun garde son indépendance. Elle y était allée tous les jours les derniers mois, pour lui apporter quelques courses, s'assurer qu'elle avait mangé correctement et n'avait besoin de rien en particulier.

Mayfield m'avait recontactée comme convenu quelques jours après pour me dire que je pouvais venir le surlendemain au laboratoire, à 15 heures, pour démarrer la phase 1 de Carrousel. Alex et lui m'y attendraient.

Je savourais une dernière soirée près de ma petite fille et puisais toute la force possible dans ces moments familiaux, au milieu de cette nature vive et maritime que j'adorais.

Le jour prévu, après avoir plutôt bien dormi malgré un trajet en train qui m'avait paru interminable la veille, je partis au laboratoire.

Mayfield et Alex m'y attendaient. Ils avaient retravaillé toutes les notes de Viviane et me précisèrent avoir pris quelques libertés pour me permettre de percevoir l'esprit de Carrousel au mieux.

Une femme d'une cinquantaine d'années, plutôt grande, avec de beaux cheveux châtain clair bouclés et un visage singulièrement lumineux, était avec eux.

Elle sembla avoir le même trouble qu'Alex lorsqu'elle me vit pour la première fois.

— Vous lui ressemblez beaucoup, me dit-elle émue.

— Il paraît... répondis-je un peu gênée. Vous étiez proche de ma grand-mère ? Qui êtes-vous ?

— Je m'appelle Claire, je suis là pour assister Mayfield et Alex. Votre grand-mère et moi étions amies, répondit-elle avec une petite retenue.

Elle poursuivit :

— À force de se voir et de travailler ensemble quotidiennement, on apprend à connaître des petites choses de l'autre, et puis apparaissent ces moments qui créent l'affinité de plus, l'affection supplémentaire, et qui font que ce lien ne s'appelle plus ainsi par hasard, il relie effectivement les deux âmes.

— Deux âmes ?

— Oui, pardonnez-moi, je fais partie de ces personnes qui pensent qu'aucune rencontre ne se fait par hasard, et que si nous sommes par exemple réunis ici aujourd'hui, c'est pour de très bonnes raisons. Et quand je dis « nous » je pense que d'une certaine façon, elle est là également.

— Je le crois aussi.

Nous échangeâmes un sourire particulièrement affectueux pour deux personnes qui venaient de se rencontrer. Ce fut très rassurant.

Je me sentais en effet très différente de la première fois où je m'étais trouvée dans ce laboratoire. Mayfield m'avait mise très à

l'écart depuis ce moment-là, et même si c'était tout à fait cohérent avec ma demande, je me sentais maintenant *patiente* plus que professeure ou consultante dans le domaine artistique.

— Venez Andréa, installez-vous confortablement sur le fauteuil. Prenez quelques instants pour vous poser. Je vous présenterai ensuite le déroulement de la séance d'aujourd'hui.

La capsule était ouverte, ses murs se refermeraient lorsque le programme commencerait. Je fis plusieurs respirations conscientes pour m'aider à me centrer et à m'apaiser. J'observais la pièce autour de moi et aperçus quelques arbres qui bordaient le chemin le long des fenêtres du laboratoire. J'essayais de m'imprégner du mouvement délicatement ralenti de leurs feuillages verts baignés de soleil.

Les stores avaient été légèrement baissés pour envelopper la pièce d'une lumière réconfortante, celle des fins de journées estivales où la douceur du temps semble contenir le monde. De fines particules de poussière dansaient dans les quelques rayons lumineux qui traversaient la pièce.

— Vous vous sentez bien ?

— Oui, dis-je tranquillement.

— Vous l'avez compris, me dit-il en me regardant avec bienveillance tout en prononçant chaque mot avec force et conviction, Carrousel est un programme qui se veut, s'espère en tout cas, thérapeutique. Son but est la réactivation et la réinitialisation des ressources personnelles du patient à travers l'évocation de l'enfance, de l'art ou de la lecture par exemple, et enfin la jouissance d'un état d'équilibre retrouvé. C'est un programme conçu de façon extrêmement douce et qui ne peut a priori que faire du bien, ou rien, mais en aucun cas dégrader durablement un état qui était bon au départ. Alex veillera à ce que tout se déroule comme prévu techniquement, en ce qui concerne

la fluidité des images et du son.

— Du son ?

— Oui, vous saisirez un peu plus tard, dit-il en me faisant comprendre que je ne devais pas l'interrompre.

— D'accord.

Il poursuivit :

— Donc, fluidité des images, du son, pour surveiller aussi vos capteurs et leur fiabilité. D'ailleurs, ces capteurs n'ont, là encore, pas de véritables justifications, mais comme je vous le disais lors de notre dernière entrevue, nous n'avons jamais fait de tests sur ce protocole, et comme il convoque le corps et les sens de façon très nouvelle, nous préférons garder un œil sur vos rythmes cardiaque et respiratoire. Chaque phase démarre par l'induction d'un état hypnotique, un peu comme celui dans lequel vous étiez il y quelques instants lorsque vous contempliez les arbres dehors. (Cet homme, fin observateur, voyait tout.)

Il avait raison, Viviane m'avait dit que l'état de conscience modifiée de l'hypnose était effectivement très proche de ceux que nous éprouvons déjà sans le savoir : celui de la lecture, d'une balade dans la nature ou d'une rêverie.

— Après cette induction hypnotique, trois œuvres seront alternativement projetées dans cette capsule, ce Carrousel, et vous prendrez le temps là encore de vous y plonger à votre rythme, à votre façon. Pour m'indiquer que vous serez prête à faire apparaître l'œuvre suivante vous lèverez la main. Vous l'avez deviné, pour pouvoir être sûrs que tout se déroule dans le plus grand confort possible pour vous, nous avons installé une petite caméra qui permet de visualiser l'intérieur de la capsule de façon très discrète et à des fins de sécurité psychologique pour vous. Bien sûr et avec votre accord, nous pourrons analyser plus avant le matériel que cet enregistrement nous aura fourni, mais ce n'est pas sa

fonction première. Si à tout moment vous ressentez un inconfort trop important, de quelque ordre que ce soit, signalez-le-nous, et nous interviendrons bien sûr immédiatement. De la même façon, si vous souhaitez arrêter cet essai, même en pleine passation, c'est votre droit le plus entier. J'espère ne rien avoir oublié, et avoir été clair. Avez-vous des questions ?

— Combien de temps dois-je, ou puis-je, rester dans la séance ?

— Vous êtes absolument libre de vivre cette expérience rapidement ou plus longuement. Laissez-vous surprendre par vos réactions, votre besoin de fermer les yeux et de « partir »comme on dit, de vous évader. L'objectif est d'éprouver le plus totalement possible ce que ce Carrousel va faire vibrer en vous. Le temps dépend donc entièrement de vous. Nous, nous sommes là et ne sommes pas pressés.

Ils rirent en me regardant.

— Vous êtes prête à commencer ?

— Oui...

La capsule se referma. Ses murs étaient comme deux paravents opaques et arrondis qui glissaient tout autour de moi, d'une hauteur que j'évaluais à deux mètres environ, juste assez pour que je puisse encore voir les parties supérieures des murs du laboratoire, le haut des fenêtres, mais que plus aucun contact visuel direct ne puisse s'établir entre Mayfield, Claire ou Alex, et moi.

Une obscurité très enveloppante s'installa, j'entendais la respiration de Mayfield assis juste à côté de cet étrange compartiment, je sentais le parfum de Claire, le même que ma grand-mère, et percevais la petite agitation d'Alex qui vérifiait que ses appareils recevaient bien les informations provenant des capteurs qu'il venait de m'installer. Sa chaise roula ensuite vers son ordinateur à quelques mètres de la capsule et je les sentis tous se tourner vers le moniteur qui en projetait l'intérieur.

Un point blanc apparut devant moi qui me fit instinctivement fixer le mur de cette petite alvéole. Il se rapprocha, au point bientôt que je ne pouvais que le balayer du regard mais ne pouvais plus l'en recouvrir totalement. Mes yeux se fermèrent, et comme provenant de nulle part, la voix de ma grand-mère surgit à tâtons du silence.

Alex et Mayfield m'expliquèrent plus tard comment cela avait pu se produire.

Mayfield se souvenait que Viviane enregistrait certaines de ses séances pour les retravailler ensuite et qu'elle avait pris la liberté de tutoyer quelques patients pendant les séances d'hypnose pour permettre une meilleure adhésion de ceux-ci. Il avait fourni à Alex les enregistrements qu'il avait pu retrouver, quelques éléments de notre lien dont ma grand-mère lui avait parlé, et Alex avec l'aide des nouvelles technologies en avait fait un montage absolument stupéfiant.

La séance commença...

« *Installe-toi confortablement... Sens tes points d'appui et pose ton attention sur ta respiration, sans chercher à l'influencer, simplement en l'observant telle qu'elle est... lente ou rapide, cela n'a aucune importance... Sois dans l'accueil inconditionnel de ce que tu es...*

Ce moment c'est en quelque sorte une invitation à emprunter quelque chose comme "le chemin de notre vie", à travers les quatre saisons naturelles et symboliques qui rythment depuis toujours nos existences.

Ce paysage sensoriel va se dessiner autour de toi, te guider et t'offrir trois univers. Chaque phase comporte en effet trois tableaux, trois mondes, que tu traverseras à la façon d'un visiteur invisible. Tu vas vivre une balade artistique dans une forêt très singulière qui n'appartiendra qu'à toi, sens-toi donc libre d'y faire ta propre expérience. Tu n'as aucune contrainte dans ce lieu, uniquement des libertés. Tu peux fermer tes yeux à tout moment pour prolonger et

éprouver ce voyage de façon encore plus absolue.

Comme une enfant qui part dans une rêverie, laisse venir dans ton esprit un lieu très agréable... cette forêt par exemple... dans laquelle tu avances pas à pas, à ton rythme, à ta façon. C'est une forêt surprenante car elle possède en permanence les parures des quatre saisons... L'endroit où tu y entres t'apparaît orné de l'automne...

Viens avec moi, un peu comme si je te prenais la main, suis-moi vers cette forêt où tout commence. Comme pour Dante, je serai ton Virgile, ton guide dans cette première traversée... Ils ont appelé ce premier lieu Les Enfers, mais ne te laisse pas impressionner par ce nom, nous avons tous en nous une part de lumière et d'obscurité, il faut simplement apprendre à les faire coexister dans un équilibre adapté à notre vie. »

La Divine Comédie... Toutes ses notes suivaient cette dynamique et ces premiers instants le confirmaient. Elle m'en avait lu des passages tant de fois quand j'étais plus jeune.

Dante guidé par Virgile traverse l'enfer, le purgatoire, jusqu'au paradis. Je me souvenais de quelques passages en particulier : « Au milieu de la course de notre vie, je perdis le chemin, et m'égarai dans une forêt obscure. » Et à la porte des enfers : « Vous qui entrez, laissez toute espérance... ». J'avais bien le fil conducteur de cette première phase : j'allais retraverser les automnes, les pertes, les hivers de ma vie.

D'étonnantes sensations me saisirent le corps, ces ressentis liés aux situations où j'avais avancé abattue, apeurée, comme une enfant dans le noir. L'enfer était alors autour de moi, et parfois même en moi. Cela me fit l'effet d'une intuition terrible, de celles que l'on pense liées à une action inévitable à venir, une traversée obligée.

« Tu entres dans cette forêt, je te tiens la main à chaque seconde, tu vas y rencontrer des tableaux, des scènes, que tu connais pour la plupart... »

Étrangement je sentais la présence de ma grand-mère, comme si elle s'était trouvée tout près de moi. Je me laissais envelopper par ces éléments de pensée, de voix, venus de l'au-delà, ces mots comme autant de fils de soie de son foulard dont je reconnaissais jusqu'au parfum, la texture douce et tendre, l'élixir magique.

J'avançais... // 6.12

Dans la pénombre de la pièce, mes yeux s'étaient rouverts. Je fixais les feuilles des arbres que j'apercevais à travers le haut des fenêtres du laboratoire, sans plus savoir où j'étais vraiment ni avec qui. Quelque chose de surnaturel était en train de se produire.

« Dans ce lieu de sécurité toutes les images qui s'invitent auprès de toi sont bienvenues et trouveront leur place. Ici, toutes les transformations sont possibles, et se font toujours dans le respect de ce que tu es.

Cet endroit te donne l'impression d'avoir été fait pour toi, tout t'y plaît, les lumières, les couleurs... les sons et les silences... La température autour de toi y est très agréable... Les senteurs que tu préfères sont délicatement parsemées dans la végétation environnante, le début de l'automne s'épanouit... C'est "ta" forêt... Tu peux tout imaginer d'elle, toutes les évocations, tous les liens sont possibles... Tant qu'ils te parlent... »

Mes yeux s'étaient refermés. Une forêt en automne... J'observais, je découvrais ce lieu hors du temps et des espaces connus... Je m'offrais entièrement à cette contemplation, comme une bouffée d'oxygène inespérée dans ce moment si troublant. Je levai les yeux et perçus une humble empreinte estivale dans la lumière qui enveloppait les arbres et recouvrait les ramures, comme si les ocres naissants étaient en fait les restes de l'incandescence chaleureuse de la saison passée, que les feuillages avaient réussi à retenir.

« Il n'est pire douleur que le souvenir du bonheur au temps de l'infortune ». Ces mots de Dante me revenaient. Ces restes

 idiom

perdurent

de lumière s'accrochent, tout autant qu'ils sont indissociables du processus de perte et d'arrivée de l'hiver. ?

« Se détache devant toi un chemin ombragé... Tes cinq sens perçoivent ton environnement immédiat comme une invitation à l'univers de cette œuvre. Un champ apparaît dans un paysage qui a l'air singulièrement en suspens, comme si le temps s'y était arrêté. Cette contemplation permettra peut-être à ton esprit de se poser, d'entrer dans une communion avec la nature et de s'apaiser, ou peut-être aussi tout autre chose... Laisse ton esprit te proposer l'histoire de ce tableau... »

J'ouvris mes yeux. La capsule était baignée de *L'Angélus* de Millet, d'une beauté lumineuse, accessible et surprenante. Si le silence était un tableau, il pourrait être celui-ci.

« Ce tableau décrit deux paysans à l'heure dite de l'angélus, quand la journée de travail s'interrompt quelques minutes pour un temps de prière. Deux personnes sont présentes, un homme et une femme, ils semblent en absolue communion avec la terre et le ciel, la nature et Dieu. Un panier est posé entre eux sur le sol. Les couleurs sont douces, les visages baissés, quelques ombres contournent leur expression de dévotion.

Tu entres dans ce champ, discrètement... comme pour ne pas risquer d'être remarquée et de déranger le recueillement de ces deux êtres... »

Je pénétrais cette étendue, en prenant garde de ne faire aucun bruit... Je ne voulais rien perturber de ce monde en suspens, tout à sa prière. Le soleil se couchait et adoucissait l'horizon, les cloches de l'église résonnaient au loin. On imaginait facilement que ce couple avait travaillé toute la journée dans ce champ, c'était bien l'heure de la prière de l'ange... La lumière était chaude et douce, on ressentait le silence religieux et la ferveur de ce moment.

Un profond respect et une profonde humilité se dégageaient de l'attitude des personnages...

Les larmes me montèrent aux yeux. Mais que prient réellement cette femme et cet homme...? Il régnait ici un silence orné de parures crépusculaires qui faisaient douter par moment du lieu où l'on entrait : cela pouvait être un sanctuaire ou un bout de l'enfer. Ces êtres saluaient-ils un dieu ou imploraient-ils un ange, l'autre ange, celui déchu? Le Chant 1 de *La Divine Comédie* me revint comme une résonance à l'évocation terrible : « Vous qui entrez, laissez toute espérance... » Je me souvenais avoir lu l'hypothèse de Dali concernant cette œuvre, et particulièrement ce que représentait pour lui le panier posé par terre au milieu des deux paysans : un cercueil d'enfant... Une radiographie avait confirmé la présence d'un petit caisson noir... qui transforme alors la prière de l'ange en prière de douleur... Il y a bien un petit ange, devant lequel ses parents se recueillent. L'intensité des couleurs n'évoque plus alors le coucher d'un jour ensoleillé, mais une présence démoniaque venant brûler de ses enfers le cœur des parents.

Dans un réflexe que je ne pus contenir je m'avançai vers eux. Je savais qu'ils ne pouvaient pas me voir, mais de l'invisibilité peuvent émerger parfois certaines présences et je voulus y croire. Y croire et prier pour eux, prier un dieu, prier des anges, peu importait, mais amener de la ferveur et de la chaleur à cet instant.

J'étais envahie de détresse et repensais à ma petite Camille... Elle avait failli m'être enlevée elle aussi lors de ce terrible accident qui nous avait pris son père. Je ne pouvais supporter la douleur de ce souvenir et bloquai mes pensées. Je devais reprendre ce travail, cette expérience, en mémoire de ma grand-mère, et y trouver, je l'espérais, une forme d'apaisement.

Je levai légèrement la main pour signifier à Mayfield que je souhaitais continuer. *Le Cri* de Munch apparut dans la capsule, les couleurs vives de cette œuvre contrastant avec la douceur de *l'Angélus* m'éblouirent quelques instants.

« Observe cette peinture avant de refermer les yeux si tu le souhaites... Munch, cet immense artiste, eut une vie marquée par la mort et la maladie de nombreux proches. Il perdit sa mère et sa sœur très tôt, lorsqu'il était un jeune enfant, et en resta profondément angoissé. Ce cri représente symboliquement son intériorité. Le personnage se couvre les oreilles, cela va dans le sens d'un double mouvement d'effroi : le premier venant de l'intérieur et de ce psychisme fragilisé, et le second induit par ce qu'il reçoit du monde, qui pour lui est effrayant. Quelque chose d'existentiel traverse cette œuvre inquiétante. Le coucher de soleil "rouge sang", selon les propos de l'artiste lui-même, reflète là aussi l'esprit malade, morbide du peintre, tout comme le visage du personnage, si singulier, maigre et portant presque l'apparence d'une momie. Avance encore un peu dans cette forêt et tu arriveras vers cette scène... Tu es une observatrice extérieure je te le rappelle, tu ne risques absolument rien...»

J'observais les arbres, ils s'étaient assombris, le jour tombait et le crépuscule infusait dans le ciel. Au loin, je crus voir un pont en feu, mais il baignait simplement dans le déclin du jour. Une forme humaine se distinguait en son centre, un homme prenait vie. Comme dépeint sur cette toile : terrifié, sidéré, criant d'impuissance, hurlant et muet. Ce cri vint réveiller tous les miens, restés en suspens. J'étais étranglée de douleurs surgissantes. Mon cœur s'accéléra. Ces mots de Brecht firent irruption dans mon esprit : « Comme celui qui cherche à prévenir la cité d'un déluge imminent mais parle une autre langue, nous nous présentons et disons quel mal nous a été fait. » Ce tableau me révélait toute la douleur de vivre lors de traversées infernales, de pertes éprouvées.

Je me sentis en danger. Mon enfer ne pouvait être porté que par moi, dans un affolement indicible où les mots ne suffisent plus, où l'émotion étouffe, où tout est manque, tout comme la reconnaissance de certaines émotions ne se fait plus, elles se confondent et se perdent elles aussi dans le non-sens, irrattrapables et fuyantes. Oui, tout veut fuir l'esprit et le corps, plus rien n'offre de constance si ce n'est la présence désincarnée et dévorante de la souffrance elle-même. Alors comment partager, demander de l'aide, si même pour soi, tout repère habituel, toute capacité à se comprendre, à se penser, a disparu ? Dire à l'autre devient alors absolument empêché et la langue de notre douleur demeure intraduisible.

Cet homme j'aurais voulu lui parler, lui demander de quoi était fait son effroi, saisir pourquoi il faisait à ce point intrusion dans le mien et en révélait la densité. J'aurais voulu établir un lien avec lui, que nous puissions de nos chaos respectifs faire jaillir du sens, et peut-être apprivoiser la conscience et l'incarnation de nos êtres, dans ce monde devenu invivable. Mais tout restait inaccessible et muet. Je sentais quelque part en moi que ce silence me fissurait, que sa présence devenait insupportable.

J'ouvris les yeux pour sortir un instant de cette visualisation bouleversante et me calmer. Je respirais en tentant de capter autour de moi quelques éléments du monde concret, réel, pour m'ancrer à nouveau : le plafond du laboratoire, le haut des fenêtres, les feuilles des arbres. Le jour avait baissé. Je pris quelques minutes, mais la distorsion du temps propre à toute séance réussie était bien présente. Je n'avais plus aucune notion de l'heure qu'il pouvait être.

Mon cœur ne ralentissait pas, j'eus l'impression qu'il sortait de ma poitrine. Je ne voulais pas renoncer, encore un tableau et j'aurais fait toute la première phase. Viviane, je le voulais pour Viviane.

Je levai la main...

« Tu poursuis maintenant vers le dernier univers de cette première étape, tu trouves sur ton chemin une rivière, elle chante une complainte, presque en chuchotant... et tu découvres Ophélia, comme en apesanteur sur l'eau... »

L'œuvre était apparue sur l'écran, ses verts flamboyants enveloppaient la capsule. Je la voyais comme si je pouvais la toucher, comme si cette rivière fleurie était là devant et autour de moi.

Je la connaissais bien, je l'avais vue avec Paul au Van Gogh Museum à Amsterdam, lorsqu'elle fut présentée dans une exposition temporaire en 2008 je crois. J'étais restée fascinée plusieurs minutes.

« Ophélia est cette héroïne Shakespearienne, dont le père Polonius vient d'être tué par son fiancé Hamlet, et qui en perd la raison jusqu'à choisir d'en perdre sa propre vie. Elle laisse doucement cette rivière fleurie l'engloutir en flottant dans son délicat cercueil d'eau et de mousse. Celui-ci la mène, telle une barque qui naviguerait sur le fleuve séparant la rive de l'enfer de celle des vivants, vers la renaissance, en tant qu'éternelle icône pré-raphaélite. »

Le beau laisse ici place au sublime... Je m'apaisais. La broderie végétale de sa robe, les coquelicots vermillon dans sa main, les violettes autour de son cou, l'innocente blancheur des marguerites, la fraîcheur des jeunes roses, le saule pleureur semblant caresser l'eau qui l'enveloppe... Malgré son délicat corps flottant et inerte, il rayonne quelque chose de paisible dans ce dernier abandon. Après celui à la folie, s'épanouissait celui à la mort, ou à la sublimation du peintre... *Ophélia* ne fait plus qu'un avec cette nature accueillante, quelque chose d'une harmonie nous subjugue, j'étais une nouvelle fois fascinée. Je regardais partout autour de moi, comme si dans

cette capsule j'étais aux côtés d'*Ophélia*, dans cette rivière, et que nos deux corps avançaient au rythme d'une douce pulsation sur cette eau devenue refuge.

Cette toile était fascinante, elle faisait coexister la vie et la mort d'une façon surprenante. Camus vint se rappeler à moi : « Au milieu de l'hiver, j'apprenais enfin qu'il y avait en moi un été invincible. » L'invincible été de ces fleurs, de la beauté, au milieu de l'hiver de la mort de l'héroïne...

Un peu à la façon d'un rêve qui s'emballe et devient cauchemar, j'avais idée de savourer, de me laisser dériver sur la luxuriante rivière d'*Ophélia*, mais sans le vouloir je me projetais dans une rivière bien différente de celle du tableau. J'avais froid, je sentais l'humidité m'entourer, pénétrer ma peau, j'étais en train de dériver, je regardais affolée autour de moi, en tentant de rester à la surface. Je ne réussissais pas à trouver la moindre prise, j'allais mourir emportée par le flot en attendant que mon corps se rende. L'eau me recouvrait déjà de son linceul glacé, m'absorbait, tout mon corps était anesthésié, je ne souffrais même plus des brûlures de l'eau, je ne sentais plus rien, mon corps était à peine porté par la vie de cette rivière. Mon cœur était lui toujours inondé de vide, réactivé par ces souvenirs terribles, l'accident, le risque, la perte...

L'odeur froide des rochers qui surgissaient autour de moi, la mousse invasive, intrusive, qui lorsqu'elle se rapprochait semblait par moment menacer de remplir mes poumons : plus rien de moi ne semblait m'appartenir. Mes sens s'éteignaient les uns après les autres pour laisser la nature me posséder totalement, si bien que je ne devenais qu'une âme flottant dans cet espace dédié à ma disparition. Les sons s'atténuaient, les lumières diminuaient, le volume de la vie baissait tout doucement et au lieu de me terrifier, étrangement, cela me calmait. Mon corps et les recoins les plus sombres de mon esprit se retrouvaient enfin. La lutte s'arrêtait.

L'agitation réflexe de mes jambes semblait suffire à me maintenir hors de l'eau. Je tremblais de froid, mais une force instinctive me guidait au-delà de cette conscience dans une action de survie. Quel sens cela avait-il ? En quelques secondes tout avait changé et était passé de l'évocation artistique à un tourbillon infernal.

J'ouvris les yeux quelques instants, tout était noir autour de moi, je n'apercevais plus le haut des fenêtres ni les arbres, mais *Ophélia* elle, était là... Je refermai mes yeux.

J'étais exténuée. Enfin, je sentais l'eau se calmer et me remis sur le dos pour reprendre des forces, incapable pour l'instant de faire l'effort de plus pour rejoindre le rivage. L'eau devint plus douce, plus tiède, comme pour me contenir à nouveau, elle avait desserré son empire.

Je flottais, les mains étendues le long du corps, en tentant de puiser un peu de chaleur des quelques rayons de soleil qui me parvenaient, à travers les feuillages d'une cathédrale végétale de tilleuls, de noisetiers et de chênes. L'eau me portait et me faisait très lentement avancer. Je sentais à peine les limites de ce lit de rivière sur ma peau tant l'air et l'eau se confondaient. On ne pouvait plus distinguer où commençait l'un et où s'arrêtait l'autre.

Les bords de ce petit cours d'eau s'étaient rapprochés, je percevais à nouveau la mousse le long de chaque rive caresser mon corps, quelques fleurs apparaissaient, une forme de beauté renaissait sous mes yeux à peine réveillés. Je les gardais à demi ouverts et me laissais border par cette nature redevenue accueillante. Je ne bougeais pas, mon regard était posé sur le ciel de plus en plus tacheté de vert et je dérivais dans le silence de ce spectacle, comme s'il avait pour seul but de m'apaiser. Plus aucune force ne semblait vivre en moi. Je ne pouvais plus rien soutenir ni de mon corps ni de mon esprit, telle *Ophélia* dérivant vers un monde qui n'était plus le nôtre. Je me noyais.

cf p11

Je sentis une grande agitation autour de moi dans le laboratoire. Je tentais de réagir, mais mes yeux restaient fermés et mon corps étonnamment calme.

— Qu'est ce qui se passe ? s'exclama Alex.

Tout le monde se regroupa autour de la capsule où j'avais pris place une heure avant. Le souffle du Dr Mayfield, qui supervisait cet essai, s'était coupé devant le moniteur cardiaque. Mon cœur venait de s'arrêter.

— Je ne capte plus rien ! Mayfield vite !

Le contraste entre leur agitation et le repos de mon corps était total.

Mayfield, après avoir cherché très nerveusement mon pouls, était parti en quête du défibrillateur.

Claire, qui était restée très paisible, vint près de moi :

— Andréa, restez avec nous, tout va bien, tout cela va vous libérer, laissez votre âme vagabonder mais gardez votre esprit bien ancré dans votre corps. Je suis là, je ne bouge pas.

Elle me caressait les cheveux tendrement.

Je voyais cette scène, comme suspendue au-dessus d'eux et de moi, tout en percevant les mains de Claire m'envelopper la tête affectueusement.

10. Pertes

Ma première expérience de perte remontait à mes huit ans lorsque ma grand-mère paternelle était décédée. Je m'en souvenais comme si c'était hier. On m'avait déposée chez une voisine, madame Moreau, que j'appelais Jackie, et mes parents étaient partis « dire au revoir à mamie Blandine ». Je ne comprenais pas, j'aurais tant aimé la revoir moi aussi, surtout si je n'étais pas censée pouvoir le faire avant « un long moment ». Je voyais mon père bouleversé pour la première fois. Je fis mine de comprendre et d'obéir, mais comme la maison de ma grand-mère et celle de Jackie étaient à quelques mètres l'une de l'autre, je décidais au moment de la sieste de Jackie, de me faufiler à l'extérieur pour aller moi aussi dire au revoir à ma grand-mère Blandine.

Comme prévu, après quelques minutes, Jackie s'installa dans son fauteuil matelassé, et s'assoupit. J'ouvris tout doucement la porte de l'entrée, le chat en profita pour sortir, je décidais de le laisser gambader, le rappeler aurait probablement réveillé Jackie.

Je me dirigeai vers l'entrée du jardin et fis attention à refermer la grille sans un bruit. La maison de ma grand-mère était au bout de la rue, si près que je l'apercevais déjà. Je m'étonnai du nombre de voitures garées dans la rue ce jour-là, et je passai comme à mon habitude par la terrasse de mamie pour entrer par la porte de derrière. Je ne voulais pas être vue. J'entrai. De nombreuses voix me parvenaient, probablement du salon. L'atmosphère était étrange. Je traversai le couloir pour accéder directement à la chambre de ma grand-mère, très certainement en train de faire sa sieste, comme

Jackie. Il me semblait que les personnes âgées aimaient bien les siestes. J'entrai et ne compris pas tout de suite. Mamie était bien là, ma mère et mon père aussi, mais ce dernier avait les mains sur le visage et pleurait.

Dans un mouvement instinctif, je m'approchai et me mis près de lui. J'étais alors aussi tout près de mamie. Elle était différente, tout ressemblait au sommeil et pourtant quelque chose s'en dégageait de radicalement distinct. Je me suis souvenue que je m'amusais souvent à l'observer quand elle dormait, d'habitude son ventre bougeait très doucement, et en mouvements si lents que je m'endormais bien souvent à mon tour, après quelques minutes de cette observation déjà hypnotisante. Mais là, son ventre ne se soulevait pas. Rien ne bougeait. Elle était là, mais plus autant. Je compris alors que de ce sommeil-là, ma grand-mère ne reviendrait pas.

– Andréa !

Je me jetai dans les bras de mon père qui m'avait aperçue en relevant la tête. Il comprit tout de ma présence ici, me serra contre lui et le temps s'arrêta, pour nous deux aussi, mais dans un réconfort bien vivant.

Des dizaines d'années plus tard, j'allais être exposée à une nouvelle perte, beaucoup moins naturelle, de celles qui n'appartiennent pas au sens normal des choses et de la vie.

Ce terrible accident, auquel je n'avais jamais voulu repenser plus que quelques secondes. Je n'y arrivais simplement pas. Je bloquais toute reviviscence de ce moment, tant me le rappeler était, à chaque fois que j'essayais, absolument insoutenable.

Dans la confusion qui me possédait, je n'avais plus de défenses, plus de filtre, j'étais submergée, comme dans cette rivière, comme *Ophélia*. J'étais en train de revivre cette journée.

Nous avions prévu d'aller faire une balade en forêt, l'automne était là avec ses couleurs flamboyantes. Cet après-midi allait être magnifique. Camille avait alors six ans.

— Après la balade, nous irons prendre un chocolat dans le jardin des Tuileries, lança Paul.

— Ce sera une journée parfaite, dit Camille, bondissant de joie.

— Camille, laisse ton doudou ma chérie. On revient en fin de journée, continua-t-il. Il a besoin de se reposer après tout le dessin que tu lui as fait faire ce matin, dit-il d'une voix rieuse.

Paul était un brillant professeur de lettres qui savait transmettre sa passion à ses élèves et répondre à leurs questionnements philosophiques et psychologiques, si nécessaires au mouvement et à la construction de la pensée en littérature. Père attentif et disponible pour notre enfant, compagnon de vie stimulant, paisible et tendre, il correspondait pour moi à un idéal.

Nous nous étions rencontrés dix ans plus tôt à l'Opéra, j'étais allée voir *Les Contes d'Hoffmann*, lui aussi. Nous étions assis à quelques sièges l'un de l'autre, et avions échangé quelques regards avant le début de la représentation. Il n'avait ensuite pas pu éviter mes larmes et mon émotion, tant l'univers de cet opéra d'Offenbach me bouleversait. À l'entracte nous étions restés assis à parler de la musique classique, de son rôle sur l'âme et de quelle façon elle était malheureusement réservée de nos jours à une élite, particulièrement les opéras. Très naturellement après le dernier acte, il m'avait proposé de poursuivre notre discussion dans un café, ce que j'acceptais. Ce qui m'avait touchée, c'était cet accord sur l'accessibilité au beau. Par son métier, il constatait à quel point pouvoir se procurer un livre était facile, même dans une famille *où on ne lisait pas*, mais que l'écoute d'une œuvre magistrale comme une symphonie de Mozart, de Beethoven, ou encore d'un opéra, ne pouvait se faire sans un terrain social facilitant et privilégié.

Nous avions parlé plusieurs heures, j'étais tombée amoureuse de lui en une soirée.

Camille nous regarda d'un air suspicieux, mais obtempéra et laissa son doudou. Nous sommes sortis de l'appartement. À ce moment-là, je ne me doutais pas que nous n'y reviendrions qu'à deux.

Sur la route vers Fontainebleau, je m'étais assoupie en lisant, quand quelques secousses inhabituelles me firent sortir de ma torpeur. La voiture allait beaucoup plus vite qu'elle ne l'aurait dû. Paul ne contrôlait plus rien. Un malaise ? Il dormait ? Non, je le secouais, je criais, il ne se passait rien. Il se passait tout et il ne se passait rien. Il avait perdu connaissance. En un instant, il était à l'orée de la vie. Le choc fut terrible. La carrosserie céda de toute part, je sentais la voiture perdre ses limites, ses renforts, ses protections. Mon esprit résistait : tout allait bien se finir, demain j'y penserai dans un soulagement, il faudra du temps pour s'en remettre bien sûr, mais je le prendrai, et nous irons bien. Oui, nous irons bien. La plénitude tout juste caressée ne peut pas disparaître aussi brutalement, ça n'aurait aucun sens. Donc ça ne peut pas être. Ça arrive les situations désespérées en apparence qui se terminent bien. Plus de peur que de mal, on le dit. Souvent même.

Pas le temps de se dire au revoir, d'échanger un regard, c'était fini. Paul s'était effondré, rien ne le fit réagir, c'était grave. Il ne s'était pas endormi. Je sentais immédiatement, quelque part, je ne sais où en moi, un endroit où je ne veux plus jamais aller, qu'il était parti pour toujours, que son sourire n'accompagnerait plus aucune de mes joies, sa bienveillance aucune de mes peines, ni plus rien de nous. Ce moment allait être à la fois celui où j'aurai le plus besoin de lui, et celui où il venait de disparaître. Ce moment où tout bascule. La perte.

Devant moi, sans que je ne puisse agir, se déroulait le spectacle terrifiant de la perte, à une vitesse fulgurante, aussi rapide que mes pensées aux prises d'une agitation terrassante, je perdais. Je perdais. Paul.

La voiture alla s'écraser contre un talus dans un bruit effroyable où la tôle et nos corps semblaient dans le risque terrifiant de se confondre. Je ne pus reprendre le contrôle de rien malgré mes tentatives désespérées. Camille à l'arrière avait les yeux fermés, impossible de savoir si elle dormait ou non. Mon monde n'était peut-être plus. Comme le temps est distordu dans ces instants ! À la fois insupportablement lent et agité. Lenteur d'un processus d'intégration impossible, agitation des pensées qui veulent s'extraire de l'esprit, qui se bousculent, s'entrechoquent, se déchirent, luttent et tentent l'assassinat du réel sous l'effet tyrannique de la terreur. La disparition de l'autre, la sidération, l'éclatement. L'annulation, le déni, pour la survie... Il allait pourtant falloir survivre sur ce bûcher du trauma, pour Camille, qui dormait, sûrement.

Notre vie ensemble à portée de main, et en un instant, plus rien.

Camille fut emmenée en soins intensifs et luttait pour poursuivre cette vie que nous nous étions promis de partager. Paul avait fait un accident vasculaire cérébral et était parti sur le coup. Je n'avais rien, c'était un miracle vue la violence du choc. On me proposa, après quelques examens médicaux rassurants, de rencontrer le psychiatre de garde. Cet homme fut admirablement contenant. Lors de ce précieux échange il me permit, au milieu de ce chaos, de rester au monde après ce moment traumatique. L'effraction, comme il l'a nommée. Cela permit une sorte de réanimation minimum de mon esprit. Esprit qui refit en effet surface, mais à la manière du plongeur descendu sans bouteille d'oxygène et qui dans une inspiration étranglée, asthmatique, en prend la première

bouffée en ressortant la tête de l'eau.

Je restais les heures suivantes près de Camille, à tenir ses mains, à sentir son odeur sucrée d'enfant, à observer mon ange dormir, à guetter la vie.

Je me souviens du premier jour de l'hospitalisation, juste après l'accident, je l'avais regardée sentant alors qu'elle entrait dans le monde où la vie est suspendue, pas dans le sens de l'extase exquise où le temps s'arrête car les dimensions de l'être et de l'autre se fondent dans le beau, non. Cette fois, la suspension était infernale. Une paralysie, un effroi traversant, où simplement respirer semble faire prendre le risque de faire avancer le temps et de faire dérouler des minutes vers une éventuelle issue insurmontable. L'incertitude de l'instant, que l'on rejette autant que l'on tente de le retenir, le doute terrible, où l'immobilisme paraît presque protecteur tant faire bouger sa pensée est devenu menaçant. Ce ralenti haletant, déjà éprouvé dans la voiture.

L'empreinte de ce moment me constitue parfois tout entière, me redéfinit absolument. Absorbée dans cette solitude impuissante et si faible, je me raccrochais à tous les éléments qui pouvaient m'éloigner de la tragédie. Je récupérais ainsi quelques instants de souffle, reprenais ma respiration, sortais de l'apnée vitale. Comment figer le temps ? Pour me préparer à la perte de Paul ou permettre à un miracle de se produire. Tous les scénarios se bousculaient, toutes les possibilités s'activaient comme des prémonitions, des pensées qui voulaient se faire passer pour des intuitions. Nos peurs.

« Je ne tomberai pas. J'ai atteint le centre. J'écoute le battement d'on ne sait quelle horloge divine à travers la mince cloison charnelle de la vie pleine de sang, de tressaillements et de souffles. Je suis près du noyau mystérieux des choses comme la nuit on est quelquefois près d'un cœur. » Marguerite Yourcenar, du plus

profond de ma mémoire, vint me tendre un fil de beauté, comme pour m'aider à rester arrimée à l'espoir.

Son cœur... Le cœur de ma petite Camille avait commencé à battre dans mon ventre, je devais bien avoir en moi le pouvoir de réactiver cette vie qui fuyait... Si je prenais sa main et priais mon corps de fusionner à nouveau comme au tout début de notre vie ensemble, peut-être qu'une sorte de magnétisme maternel la retiendrait... Ma toute petite, mon tout... Ses jolis cheveux blonds formaient une parure autour de son visage encore poupin et de ce petit nez parfait que j'avais embrassé tant de fois. Elle survécut à cette journée. Une de plus qui retissait les liens avec notre vie. Des liens en fil de soie pour le moment, mais existants.

Je ne supportais pas de rentrer chez nous, ce *nous* redéfini en quelques heures, en dehors de moi. Ces moments, comme autant de déchirures, me tenaient trop éloignée de Camille. Lorsque j'étais à la maison, tout semblait se taire autour de moi. Le monde s'était décalé, il continuait de tourner pour les autres mais plus pour moi. Je me sentais sans contours, sans filtre, tout avait explosé. Les premiers matins au réveil, pendant quelques instants, je me demandais si tout cela n'avait été qu'un mauvais rêve, comme si le cerveau refusait d'intégrer l'information et la reprenait de plein fouet à chaque fois.

Refuser l'attente, l'insupportable, l'effrayante attente, et l'absurdité du réel. Marcher mécaniquement dans les couloirs de l'hôpital ou de la rue, s'extraire pour retrouver l'air, culpabiliser, y retourner, brûler vive.

J'avais toujours su accueillir les difficultés et en faire « quelque chose », souvent créateur pour moi. J'étais toujours restée en mouvement et du côté de la vie. Mais là, comment vivre sans eux, sans elle, sans nos illusions d'éternité partagée.

Cela faisait un mois que Paul était parti, un mois que je dormais à l'hôpital sur un fauteuil où je lisais la journée, et que j'allongeais le soir pour dormir. Les infirmières m'avaient proposé un lit, je l'avais refusé. Rien ne devait s'installer dans ce cauchemar et devenir une habitude. Ce cycle infernal devait se finir par le réveil de Camille et rien ne devait se poser avant cela dans quelque ordinaire que ce soit. Cela faisait un mois que j'étais en apnée devant le lit de Camille.

Je sortais de l'hôpital par d'interminables couloirs, et longeais les murs à la fois historiques et froids de ce bâtiment de la Salpêtrière. Je trouvais une forme de détente, de répit dans le fait de retrouver l'anonymat des rues parisiennes lors de ces petites pauses. Quelque chose n'avait pas changé. Au moins pour quelques minutes, au moins là, je baignais dans une atmosphère connue : l'indifférence de la rue. Ce jour-là, le temps était à cette fameuse grisaille parisienne, le vent frais me frappait le visage et me fit du bien. Mon mental redescendit doucement dans mon corps, je retrouvais clandestinement un peu de ma présence au monde.

Mon téléphone vibra, je réalisais une nouvelle fois que plus jamais « Paul » ne s'afficherait sur l'écran. J'avais gardé quelques messages de lui sur mon portable grâce auxquels je pourrais encore entendre sa voix, mais je ne pouvais pas les écouter. C'était Mia, je ne décrochai pas.

J'observais les passants, me demandant de quels projets et espoirs leurs vies étaient faites, de quelles luttes aussi. Moi, je ne réussissais à appartenir qu'à l'autre monde, celui de ceux qui survivent, en suspension. Quelque chose restait inaccessible et j'avais le sentiment que jamais je ne retrouverais le chemin de ces émotions-là, celles qui étaient devenues celles des autres. Ces vies apparaissaient autour de moi, je les croisais quelques instants et comme un enfant qui regarde les fenêtres éclairées des immeubles,

et d'après la décoration intérieure des appartements essaye de deviner la vie de ceux qui y habitent, d'attraper aussi un peu de rêve parfois, je tentais d'imaginer ce qui permettait à ces gens d'être présents à leur vie, et pour les plus chanceux d'entre eux, ce qui leur permettait de se sentir pleinement vivants.

Camille devait vivre. M'autoriser à éprouver le risque de sa perte ne pouvait pour l'instant coexister avec ma survie. J'étais confrontée au plus effroyable de tous les sentiments : l'attente. L'attente, dans laquelle espérer n'a que l'effet d'un sédatif qui raconte un temps l'histoire que des jours meilleurs arrivent, mais que le réel, surgissant sans prévenir, vient instantanément foudroyer. Et j'avais osé défier le réel en espérant.

Je savais qu'il n'y avait pas d'ordre, aucune règle dans la façon dont les gens que vous aimez vous quittent. Je ne pouvais empêcher certaines phrases de romans de me traverser. Comme celle d'Annie Ernaux dans *La Place*, lorsqu'elle décrit avec une vérité bouleversante, un livre sous les yeux, l'attente de la mort imminente de son père : « Je savais qu'à une certaine page de ce livre mon père ne vivrait plus ». Les vies parallèles qui s'offrent à nous, les fils tirés par nos passions, nos ressources, nos embarras, s'entrelacent parfois étrangement. J'avais envie d'y entendre un chant d'espoir, certains d'entre eux restent disponibles, tendus comme des *fils d'Ariane*, pour nous guider, quoi que nous vivions. Ces objets que sont les livres, à la fois inanimés et seules sources de vie par moments, en font partie. Ils ont cette éternité en eux, comme celle des œuvres d'art qui s'offrent infiniment à nos yeux.

Ceux qui ont vécu ces épisodes difficiles savent que quelque chose d'une vulnérabilité subsiste dans le simple fait de se souvenir de cette expérience comme ayant été la sienne. Comme si une empreinte résiduelle de cette perte de contrôle était désormais prête à accueillir trop facilement la prochaine coulée de

déchirement, d'attente et de violence pour le cœur, qui rongerait les bords de l'enveloppe, mon enveloppe, comme le métal en fusion se glisse dans le moule de l'arme avidement, sans retenue possible si ce n'est le moule lui-même. La brûlure s'infiltre et dévore la moindre existence, comme la lave tâtonne et pétrifie la moindre trace rebelle, la moindre résistance vivante, dans son avancée funèbre qui se dessine sur les remparts d'un volcan.

Ma peau brûlait, mon corps rejetait mon esprit, mon esprit méprisait mon corps. Les fleurs d'*Ophélia* me revenaient, mais au lieu d'en percevoir la vie, les couleurs et la gaieté, je ne percevais que leur étreinte au corps inerte et froid de la sacrifiée tragique. L'angle emprunté par mon cœur pour regarder mes pensées s'était flouté. Quelque chose s'éveilla pourtant à nouveau en moi, très humblement.

Je voulais me lever pour faire mon thé. Je devais me doucher, retourner à l'hôpital, reprendre l'attente, là-bas, mais je ne bougeais pas.

Je tournais la tête vers mon habituel refuge, ma bibliothèque, qui aujourd'hui semblait si inutile. Je repensais pourtant à cette phrase de Virginia Woolf : « Debout à la fenêtre, le regard plongeant dans le jardin, j'entendais le doux murmure de tous ces livres vivants emplir la pièce. Mer profonde, en vérité, que le passé, marée destinée à nous entraîner et nous engloutir. » Étrangement, lorsque j'avais lu cette phrase la première fois, je n'avais pas pleinement compris la deuxième partie. Ces mots de l'effondrement qui aujourd'hui faisaient sens. J'avais eu besoin de fabriquer en moi un terrain propice, celui du chaos, pour que certains germes puissent y croître. J'avais maintenant accès à un nouveau sens et il m'était fait l'honneur de comprendre le monde à travers l'épaisseur de cette révélation. Pour me raconter l'histoire que c'était un privilège, une petite voix ajouta : comme Virginia Woolf. Pour

éprouver certains auteurs, si cela est possible, il fallait en effet ce sésame : avoir connu l'effroi. Des milliers de lignes se rouvraient donc à moi.

Je regardais autour de moi, je tentais de rattraper quelque chose de Paul, de le capturer, de le retenir, mais chaque couleur, chaque meuble, était devenu terne, dépourvu de vie, comme s'ils ne pouvaient plus émettre les énergies habituelles. Tout semblait au repos, un repos mutique et désincarné. Il avait pourtant le don de savoir créer des silences qui contiennent et réchauffent, ces silences qui rayonnent. Celui-ci dénonçait le néant, l'acceptation obligée de cette rupture dans mon paysage affectif. Toutes les provisions d'amour que j'avais pu faire au fil de ces années passées ensemble ne rendaient son absence que plus déchirante, car elles avaient désormais perdu leur écho, elles s'imprégnaient en moi sans plus trouver de récepteur auquel s'amarrer dans le présent, sans plus pouvoir vibrer vers lui. La douleur d'aimer, c'était cela.

Le thé était dans mon petit placard, l'infuseur juste à côté de la bouilloire et ma tasse sur le côté de l'évier. J'étais toujours sur mon canapé. Impossible de boire ou manger quoi que ce soit, depuis cette compote et ce mauvais sandwich que les infirmières m'avaient quasiment forcée à manger.

On imagine et on nous dit souvent de façon légère que l'on doit faire des stocks de joie et de rires pour les moments de tristesse, mais l'on ne se doute pas que ce crédit sera à double tranchant. Oui, j'ai connu la joie et pourrai donc la *reconnaître*, je l'ai éprouvée et cela amortit peut-être quelques mètres de chute, j'avais pourtant l'illusion qu'elle me protégerait davantage. Alors peut-être qu'à force, on remonte plus vite des enfers, on en connaît de mieux en mieux le trajet de retour, mais à cet instant, juste à cet instant, j'avais le sentiment que rien ne me permettrait de remonter.

En passant devant la chambre de Camille mon ventre se serra.

Allait-elle y revenir… ? J'osai y entrer ne sachant si j'allais trouver du réconfort en percevant son petit monde, ou si j'allais me condamner. J'observais prudemment son bureau, les traces de ses petits rituels, ses jouets et ses peluches préférés. J'en pris une pour lui amener à l'hôpital, pour faire communiquer à tout prix ces deux chambres si douloureusement séparées.

Mon regard tomba sur ses livres, dont le dernier que nous avions lu ensemble *Comment Wang-fô fut sauvé ?*, la première des *Nouvelles Orientales* de Marguerite Yourcenar. Camille avait été émerveillée par ce texte, par cette évasion enchantée et somptueusement esthétique. Au-dessus de sa petite table, accroché au mur avec un bout de bande adhésive, je rencontrai *Le Petit Prince*. Camille avait collectionné les cartes illustrées des citations les plus connues et celle-ci était sa favorite : « J'ai toujours aimé le désert. On s'assoit sur une dune de sable. On ne voit rien. On n'entend rien. Et cependant quelque chose rayonne en silence. » Ces mots d'espoir trouvèrent le chemin de mon cœur.

Mon téléphone sonna, c'était l'hôpital. Camille était réveillée. Je revivais.

Camille avait survécu, j'avais repris vie avec l'ouverture de ses yeux, après plus de quatre semaines de coma. Je me délectais de son regard, de son sourire, comme on savourerait la première goutte d'eau après une traversée du désert, ou comme lors de ces baignades radieuses à Trouville. Ma paillette de lumière. Mon étincelle de vie.

Certains espaces en nous restent arides, ils font parfois réapparaître le tourment, comme un membre amputé sujet aux douleurs fantômes, mais vivant, au creux de soi. J'aime croire cependant que notre esprit possède aussi en lui des espaces verts, des jardins luxuriants, empreints de nos doux souvenirs. Quelques mètres carrés du pré de notre enfance, où l'on ne va que rarement,

mais qui *rayonnent en silence*, comme une petite bougie allumée, comme une petite veilleuse pour les moments plus sombres. Plusieurs petites vies, ou renaissances à soi, à l'autre, qui stimulent notre vision du monde dans un nouveau regard sur lui et sur nous-mêmes.

Je sentis à nouveau ma présence dans le laboratoire.

11. Réveil

Mayfield s'apprêtait à poser le défibrillateur sur ma poitrine, lorsqu'au même instant, un bip retentit. Un profond silence s'installa à nouveau dans le laboratoire. Les regards se croisaient sans que les corps ne bougent, pour ne pas risquer de perturber l'écoute de mon rythme cardiaque.

Tout semblait normal à nouveau. J'ouvris les yeux.

— Andréa, vous pouvez parler ? me demanda doucement Mayfield.

— Oui, marmonnai-je d'une voix très affaiblie. Qu'est-ce qui s'est passé ?

— Impossible à dire, nous avons arrêté de percevoir votre rythme cardiaque et à ce stade impossible de savoir si c'est un défaut des capteurs ou un réel arrêt, mais je préfère que nous arrêtions tout pour le moment.

Mayfield avait prévu une petite chambre de repos en cas de besoin. Je pus y passer quelques heures avant de demander à rentrer chez moi, mon électrocardiogramme étant parfaitement rassurant.

— Vous ne pouvez pas rester seule cette nuit, je préférerais vous garder ici.

— Je me sens vraiment bien Dr Mayfield, fatiguée mais tout à fait capable de rentrer, donc si tout est normal, j'aimerais dormir chez moi.

— Je vais vous raccompagner si vous êtes d'accord, dit Claire.

Je la regardais et lui adressais un sourire reconnaissant.

— Ça ira Mayfield, rassurez-vous.

— Appelez-moi demain à votre réveil s'il vous plaît Andréa, nous ferons le point sur la suite.

— Bien sûr, mais je serai là vers 17 heures demain pour la phase 2. Rien ne m'empêchera de continuer.

Je pris mes affaires et sortis du labo.

— Je vous remercie beaucoup Claire, mais je vous assure que ça va aller.

— Vous habitez près de chez moi, vraiment ça ne me dérange pas et je serai plus rassurée.

— D'accord.

Nous marchions toutes les deux, Claire se tenait tout près de moi, comme pour s'assurer que je tiendrais debout et que je ne perdrais pas l'équilibre. J'étais en effet encore épuisée par cette première phase.

— J'ai vécu quelque chose de très étonnant, je ne sais pas si ces capteurs se sont arrêtés de percevoir mon rythme cardiaque ou si autre chose de plus insaisissable s'est produit.

— Vous croyez aux expériences *différentes*, à ces petites extractions de l'âme ? me dit Claire.

— Que voulez-vous dire ? lui demandai-je.

— Je pense qu'il faut à certaines âmes plus de temps qu'à d'autres pour accepter de quitter la terre, de s'éloigner de leur vie incarnée. Elles cherchent alors à entrer en communication avec celles qu'elles côtoyaient, les protègent encore pour terminer une mission ou réparer un bout de chemin essentiel. Cela peut favoriser des expériences de distorsion du temps, de détachement, et même de dissociation ou d'expériences extracorporelles. En terme plus classique on pourrait dire un sentiment d'étrangeté.

— Vous pensez que c'est ce qui s'est passé dans le labo tout à l'heure, comme si Viviane était là ? Parce que je ne saurais

absolument pas expliquer comment ni pourquoi, mais je la sentais effectivement présente.

– Je n'en suis pas surprise du tout, accueillez tout cela sans trop vous poser de questions, laissez faire en toute confiance, dormez beaucoup, et poursuivez ce protocole pour accélérer votre réparation spirituelle.

– Oui, bien sûr. J'irai jusqu'au bout de toute façon.

– C'est bien. Vous êtes arrivée. Je vous retrouve demain pour la deuxième phase.

– Oui, avec plaisir. Merci encore Claire.

– Je vous en prie Andréa.

Arrivée chez moi, je me préparai une tisane à l'orange. J'avais trois messages, un de Mayfield et deux autres, de mes parents et de Mia. Mayfield insistait pour que je me repose quelques jours. En fin de compte je fus d'accord, j'allais dormir un peu, lire, ranger mon appartement et j'en profiterais ensuite pour aller rejoindre Camille à Trouville. J'avais très envie de la retrouver, de la serrer dans mes bras, elle me manquait plus que jamais après ce premier jour de passation si intense et où elle était apparue tant de fois. Je savais que quelques jours avec elle allaient me permettre de reprendre des forces.

Une fois à Trouville, je pris quelques minutes avant de rentrer chez mes parents pour marcher un peu sur les planches et passer devant la maison de ma grand-mère, puis devant Les Roches Noires, où l'on voit cette plaque en hommage à Marguerite Duras : « Regarder la mer, c'est regarder le tout. » Ce qu'elle avait complété par : « Et regarder le sable, c'est regarder le tout, un tout. C'est à Trouville que j'ai regardé la mer jusqu'au rien... » Je me sentais dans cette remise à zéro, ce chaos qui désorganise les pensées et les priorités. Je devais redéfinir ce rien : un vide, une absence, une attente, un espace stérile, ou fertile... Il me restait

une impression si particulière de cette première séance. Je ne réussissais pas à en revenir tout à fait. Seul mon appartement avait conservé sa valeur de refuge, cette grotte dont je connaissais tous les recoins. Mais une partie de moi ne m'appartenait plus, même mon reflet dans le miroir semblait différent, mon teint porcelaine était devenu diaphane, mes cheveux bruns contrastant plus que jamais avec ma peau. J'avais fait l'expérience d'une dissociation qui ne disparaissait pas, un peu comme ces films dans les univers desquels on entre si profondément qu'il faut quelques minutes, voire quelques heures, pour en ressortir tout à fait. J'espérais que ce n'était que cela. Je me trouvais entre la confusion et le soulagement. Là encore, dans un double ressenti. Mon esprit semblait détaché de la réalité, mon corps était exténué, comme dans une libération enfin possible. Le terme d'exorcisme me parlait d'autant plus singulièrement maintenant. Le mal était sorti. Ce vide résonnait maintenant avec clarté et non plus avec perte ou absence, il n'était plus l'écho de peurs ou l'empreinte d'effractions, mais devenait disponibilité, j'étais peut-être enfin capable d'accueillir le nouveau. Je m'endormais cette nuit-là sans plus savoir où était la réalité. Bizarrement je repensais non pas à *Ophélia, Le Cri* ou *L'Angélus*, mais à *L'empire des lumières* de Magritte, cette œuvre où une maison est éclairée par un lampadaire qui se trouve juste devant elle, mais où le toit est surplombé d'un ciel bleu parsemé de nuages. Cette représentation entre jour et nuit, ciel et terre, rêve et réalité, est surréaliste. Cette rencontre de deux mondes que tout oppose, sauf lorsque l'humain les lie en lui, est troublante. Il était particulièrement en phase avec mon ressenti actuel. J'acceptais l'errance qui découlait de cette désorganisation de ma pensée, la lumière du lampadaire s'éteignit, et je trouvai enfin le sommeil.

12. Printemps (*Les Coquelicots, La Femme à l'ombrelle, La Liseuse* - Monet)

Après une très douce semaine avec Camille pendant laquelle j'avais pu me remettre du trouble étonnant dans lequel m'avait laissée la phase 1 (et après un nouvel ECG que Mayfield avait souhaité me faire « pour être sûr »), je retrouvais le Carrousel pour la deuxième phase. J'entendis à nouveau la voix posée de ma grand-mère, ronde et douce, comme si cette séance, elle me la chuchotait à l'oreille.

« Commence par t'installer à nouveau dans ce fauteuil, bien confortablement. Sens tes points d'appui, ton corps et ton esprit se posent... Comme une enfant qui part dans une rêverie, laisse revenir dans ton esprit cette forêt, celle que tu avais laissée en hiver... Observe en elle la naissance du printemps... Tu prends le chemin ouvert à toi, évident, qui t'accueille, qui presque t'appelle, et tu entres sur le sentier, dans cet écrin de nature...

Autour de toi la végétation est sublime, les filaments des branchages sont pour la plupart devenus de jeunes feuilles, dont la couleur par sa pureté semble naître aussi, un peu comme si ce vert-là existait pour la première fois et que jamais aucun soleil n'avait pu le réchauffer jusqu'à aujourd'hui.

Per çois sa clarté vive et encore fraîche, son air tout juste tiédi et le silence qui règne dans ce lieu immaculé, prêt à être renouvelé de tout. En levant les yeux dans cette forêt tu aperçois la nudité des arbres, leur dépouillement, mais aussi en observant bien, l'éclosion de cette

nouvelle saison... »

Je me retrouvais dans cette forêt déjà observée, déjà découverte, si l'on peut réellement découvrir totalement une forêt. Un petit ruisseau serpentait à travers les arbres, tout y était paisible. C'était l'hiver il y a encore quelques jours, les arbres étaient nus, dans un dépouillement humble et pur. Un observateur simple aurait pu dire qu'ils étaient morts tant leurs branches semblaient sèches et fragiles. Ce monde est pourtant en pleine gestation. L'immobilisme, pour guérir, se réparer et revivre.

Le printemps était bien à l'intérieur de ces arbres et se préparait à en sortir totalement. Cela commence en effet par quelques filaments délicats, prémices des feuillages, qui semblent se multiplier à chaque instant, comme une fine dentelle de printemps, qui se confectionnerait sous nos yeux. Quelques ramures vont se former et s'épanouir. La lumière blanche de l'hiver va se réchauffer et prendre des tonalités bleues, roses et dorées, jusqu'à celles plus vives accompagnant les premières fleurs et leurs délicats parfums. En levant les yeux, ces filaments quadrillant la clarté hivernale laisseront place à la riche densité de verts feuillages. Quelques rayons de soleil perceront cette abondance pour venir réchauffer la mousse au pied des arbres, et le visage de chanceux observateurs. Ce sera amplement suffisant à définir un moment de grâce. Le renouveau est là, luxuriant, disponible et accueillant. La nature reprend vie et le chante au monde.

Les Coquelicots, ce sublime tableau de Monet, surgit sur l'écran dans une montée resplendissante de beauté. Tels des papillons incandescents, ces fleurs rendent cette prairie éclatante. Le peintre nous invite ici dans une balade sensorielle des beaux jours, une respiration artistique dans la nature. La vivacité de la campagne, la douceur de la température printanière, la lumière du ciel bleu parsemé de nuages... Chaque touche de pinceau est un appel pour

nos sens. Le délice de cette contemplation semble sans limite tant l'évocation de plaisir est intense. Tout y est offert et savoureux. Les deux personnages du premier plan traversent insouciants cette parcelle de félicité et de ravissement. L'enfant a cueilli quelques fleurs, une dame près de lui tient son ombrelle légèrement relâchée en arrière. Le temps est ralenti, presque suspendu, pour nous permettre de saisir ces impressions d'instants libres et joyeux.

Monet savait donner vie à ses impressions et les transmettre avec sa fabuleuse palette de couleurs et d'évocations. Il savait en effet *peindre la beauté de l'air.*

L'invisible de l'impression, rendu visible par le génie de l'artiste, dans un dialogue entre les couleurs et les caresses du pinceau. Rodin, ami de Monet, disait : « Lorsqu'un bon sculpteur modèle des corps humains, il ne représente pas seulement la musculature, mais aussi la vie qui les réchauffe. » L'invisible, mais fondamentalement actif.

Je me plongeais dans cette étendue sublime et me délectais de sa gourmandise florale.

Mes mains frôlaient les hautes herbes, je sentais leurs légers picotements sur la pulpe de mes doigts. Mes pieds avançaient prudemment sur le sol inégal de cette prairie, tout en percevant la force de cette terre si fertile, capable de tant de renouveau.

Les senteurs de ce bouquet printanier me parvenaient, réchauffées par la tiédeur de l'air ambiant. Un léger vent me caressait le visage, fluide et discret, qui semblait chuchoter son sifflement et parcourir délicatement cet espace découvert sur lequel on pouvait voir se dessiner de petites vaguelettes qui montaient et descendaient, en formant quelques ombres d'écumes verdoyantes.

Je me laissais envelopper par cette sensorialité voluptueuse. L'exquise onctuosité d'une fraise des bois s'invita dans ma bouche, comme le baiser surprenant d'un souvenir.

Je restais quelques instants sans bouger ni le corps ni l'esprit, et savourais ce moment de grâce, dans l'exploration sensorielle de cette œuvre. Je ne faisais qu'un avec elle.

Je vis à nouveau la dame et l'enfant à quelques dizaines de mètres, ils profitaient eux aussi de cet après-midi délicieux. Je m'approchai, invisible et discrète. Je reconnus leurs voix, surtout celle de la femme avec sa jolie ombrelle.

– Andréa, fais attention, le sol est irrégulier, ne cours pas trop vite.

C'était ma grand-mère... Elle était là, avec la même bienveillance, la même protection, ce lien au-delà des mots qui nous unissait. Elle était devant moi, *avec* moi... ! J'aurais tant aimé lui parler, revoir de tout près son visage, croiser son regard, lui prendre les mains, quelque chose était surprenant de réalisme mais cependant restait flou et me maintenait à distance. J'aurais aussi voulu dire à cette petite fille que quoi qu'il se passe elle ira bien et qu'elle trouvera les ressources pour traverser ce qui lui arrivera. La serrer dans mes bras comme je serre Camille, lui transmettre tout mon amour, ma confiance et ma force.

Comme si elle avait perçu quelque chose, elle se tourna dans ma direction, un sourire insouciant sur les lèvres. Était-ce le fait d'avoir entendu la voix de ma grand-mère dans cette capsule qui me faisait divaguer ? Je fus prise de vertige, comme dans un manège dont le tourbillon m'emporterait. Je me laissais tomber sans bruit sur le coussin végétal, le cœur baigné de gratitude.

Après quelques minutes, je me réveillais... J'étais seule, toujours dans cette petite parcelle enchantée, Viviane et l'enfant n'étaient plus là. Je me relevai et observai autour de moi la nature chatoyante. J'avançai sur un petit sentier et eus le choix entre deux chemins. Un bref instant je me rappelai ce laboratoire, d'où surgissaient ces mirages artistiques, je levai la main pour faire

venir dans la capsule le tableau suivant, ouvris les yeux quelques secondes, ce que j'aperçus était parfait. Je pouvais rester dans cette beauté sidérante, y continuer ma balade sensorielle, et y bercer mon être. J'arrivai vers un arbre majestueux longeant la prairie, une force inouïe émanait de lui, une partie de ses racines était visible mais on imaginait facilement la profondeur à laquelle elles devaient descendre. Son feuillage paraissait aussi léger que son tronc puissant. Il était à la fois tourné vers l'énergie céleste et ancré dans l'énergie terrestre. Une harmonie splendide en rayonnait. Je le dépassai et aperçus une petite butte dominant le paysage. Elle jaillit, sur cette douce colline... *La Femme à l'ombrelle*... Dans des teintes roses, vertes et bleues, une jeune femme se tient debout dans la nature et se fond dans la douceur du paysage tant les couleurs pastel de sa robe se mêlent à celles du sol et du ciel. Elle tient une ombrelle et regarde vers la droite. Son foulard flotte sur le vent. On ne distingue pas les traits de son visage... J'aimais imaginer que Monet lui voulait un caractère universel, dans lequel chaque femme y reconnaîtrait une forme de liberté. Une chaleureuse journée de printemps l'enveloppe et invite ses sens à la poésie, la luxuriance et l'épanouissement. Tout semble possible à nouveau au cœur de cette forêt et de cette femme. Elle fait partie des toiles qui m'avaient toujours inspirée. Monet a su plus que jamais capturer l'air autour d'elle, tendrement fusionné avec l'élan suggéré par sa posture. Une alchimie du désir, de la pulsion de vie, ancrée dans l'affirmation de l'être, comme un printemps à vivre. « Ce qui tient mon cœur éveillé est la couleur du silence » disait l'artiste... Le Carrousel me donnait alors l'illusion d'une douce valse.

Je revenais quelques instants dans le concret... Encore un tableau et j'aurais fini cette deuxième phase du programme. Je maintenais ma main baissée exprès pour me laisser le temps de deviner quelle œuvre ma grand-mère avait pu choisir pour clore ce printemps. Un

Botticelli, un autre Monet ? Je parcourais en pensée les couloirs des musées que je connaissais le mieux et recherchais l'ultime trésor. Les tentatives de mon intuition avouèrent rapidement leur défaite face à ma curiosité et je me décidai à lever la main.

Une nouvelle toile de Monet apparut sur l'écran, *La Liseuse.* Une jeune femme vêtue d'une robe blanche lit sous les arbres. La blancheur de sa robe est immaculée, elle semble soyeuse et d'un grand confort, comme une seconde peau fondue dans l'élégance. Les rayons du soleil filtrent avec bienveillance à travers les arbres qui entourent la jeune lectrice, et déposent sur elle et sur l'herbe des petites touches de lumière. Cet enveloppement de verdure aux senteurs fraîches, forme autour d'elle comme une caverne, un écrin de sérénité et d'évasion, à l'abri du monde, où seule la rêverie et la douceur de l'instant s'invitent. C'est un moment simple et véritable que nous offre l'artiste, une fois de plus.

Sans m'en rendre compte j'avais pris la place de cette jeune femme et me retrouvais sous cet arbre. Le livre entre mes mains était l'un de mes préférés. Je sentais son papier délicat sous mes doigts. Entre deux de ses feuilles, une lettre dépassait, à la façon d'un marque-page. Comme si elle m'était destinée, je voulus l'ouvrir et en regarder le contenu. Je décidai de le faire tranquillement plus tard et la glissai dans l'une des poches de ma robe.

Je levai les yeux de mon ouvrage et aperçus le peintre... Il m'observait, ajustait sa création, tandis que je percevais l'étoffe confortable qui m'habillait et le calme de ce moment. Rien ne bougeait, peut-être plus même le temps. Les sons atténués de la nature étaient tout juste présents, comme si leur seule fonction avait été de mettre en valeur le silence, comme une musique dont on aurait légèrement baissé le volume et qui nous parviendrait dans un écho lointain, pour ne pas risquer de déranger la petite

symphonie délicate jouée par le livre, car ils portent bien en eux, dans le style de leur auteur, une mélodie, qui rejoint même, dans des langues différentes, une langue universelle. Chaque auteur possède ses couleurs, sa partition. On ne s'endort pas avec Duras comme on s'endort avec Proust. Les styles contemplatifs, impressionnistes de Proust en font de parfaits compagnons quand le besoin de s'apaiser, de ralentir le temps nous convoque. Vagabonder avec Zola dans Paris un dimanche pluvieux au coin du feu... quoi de plus somptueux. Duras, je la gardais pour mes agitations, quand je cherchais un diapason à ma révolte.

Dans cet espace de verdure où je me trouvais dans la quiétude la plus complète, je suspendais ma lecture pour repenser à celles de mon enfance. Le nombre de fois où je m'isolais du monde, tentais de m'en extraire, ou de le sublimer en m'installant dans un coin de jardin ou de ma chambre, blottie dans la lecture de mon livre... « Il n'y a peut-être pas de jours de notre enfance que nous ayons si pleinement vécus que ceux que nous avons cru laisser sans les vivre, ceux que nous avons passés avec un livre préféré »... C'est ce que renferment en effet ces instants volés qui contiennent un peu de notre monde. Proust compare la lecture à une amitié ou à un processus de thérapie, dans le sens où elle constituerait une dynamique similaire, mais vécu dans l'intimité de soi, une mise en mouvement de la pensée élévatrice, au contact de l'univers d'un autre, suffisamment douce pour donner envie de garder le livre ouvert, mais suffisamment puissante pour activer le questionnement, le bouleversement parfois, la catharsis. Je me sentais revenir dans le laboratoire...

J'ouvris les yeux, la séance s'arrêta. J'étais beaucoup plus calme qu'à la fin de la première phase, mais pressée de rentrer chez moi pour me poser seule et relire quelques extraits de livres qui m'étaient revenus en mémoire.

Je saluai Mayfield, Alex et Claire et en quelques minutes de taxi me retrouvai au milieu de mon salon, cherchant dans ma bibliothèque *La physiologie du goût* de Brillat-Savarin (la fraise des bois persistait dans ma bouche et je me souvenais qu'il y avait dans cet ouvrage quelques lignes savoureuses). Mais je voulais avant tout retrouver *Sur la lecture* de Proust et cette citation : « Cette impulsion que l'esprit paresseux ne peut trouver en lui-même et qui doit lui venir d'autrui, il est clair qu'il doit la recevoir au sein de la solitude hors de laquelle, nous l'avons vu, ne peut se produire cette activité créatrice qu'il s'agit précisément de ressusciter en lui. » (...) « Une intervention qui, tout en venant d'un autre, se produise au fond de nous-mêmes, c'est bien l'impulsion d'un autre esprit, mais reçue au sein de la solitude. »

Ma grand-mère parlait de cela dans l'un de ses carnets, ces auteurs qui parlent de ce que représente la lecture. Elle commençait par quelques citations puis le texte *Sur la lecture* qui semblait être la référence principale de sa réflexion.

Elle continuait :

« Notre voisin des Roches Noires, Marcel Proust, expliquait que la lecture était pour lui un processus thérapeutique, on appelle cela la bibliothérapie. L'expérience de la lecture est une chose bien singulière. Lire un livre me fait le même effet, d'une certaine façon, que contempler un tableau, cela met en mouvement quelque chose de mon intériorité et l'élève. Cette réaction, que les spécialistes appellent réaction esthétique, nourrit à mon sens le moteur de notre activité psychologique. La réaction au mot, au symbole, à la couleur, au monde qui s'ouvre à travers l'œuvre de l'artiste et nous invite à entrer, contient un potentiel de transformation. Proust faisait un très juste parallèle entre la lecture, le processus psychothérapeutique et l'amitié. Il disait : "La lecture est une amitié. Tant qu'elle est pour nous l'initiatrice dont les clefs magiques nous ouvrent au fond de

nous-mêmes la porte des demeures où nous n'aurions su pénétrer, son rôle dans notre vie est salutaire. (...) La lecture est au seuil de la vie spirituelle ; elle peut nous y introduire : elle ne la constitue pas. Il est cependant certains cas, certains cas pathologiques pour ainsi dire, de dépression spirituelle, où la lecture peut devenir une sorte de discipline curative et être chargée, par des incitations répétées, de réintroduire perpétuellement un esprit paresseux dans la vie de l'esprit. Les livres jouent alors auprès de lui un rôle analogue à celui des psychothérapeutes auprès de certains neurasthéniques. On sait que, dans certaines affections du système nerveux, le malade, sans qu'aucun de ses organes soit lui-même atteint, est enlisé dans une sorte d'impossibilité de vouloir, comme dans une ornière profonde d'où il ne peut se tirer seul, et où il finirait par dépérir, si une main puissante et secourable ne lui était tendue." »

Je lisais ces passages en réalisant que c'était exactement ce que je venais de vivre mais avec ces tableaux, ces univers, qui en se présentant à moi avaient agi au plus profond, au plus intime des contours de mon esprit, et y avaient rétabli un équilibre. J'avais pu assouplir mon regard à nouveau et le réactualiser en quelque sorte, avec mon fonctionnement d'aujourd'hui. Si j'avais bloqué si longtemps le souvenir de l'accident, c'est qu'en étant trop près de lui, l'agitation produite par cette perte impossible brouillait toute possibilité de m'en faire une représentation « acceptable », pour m'autoriser à vivre sans trop de culpabilité ou de tristesse. À distance et avec une remise en mouvement de ce souvenir faite de façon indirecte, la contemplation et l'immersion dans ces peintures, j'avais pu réintégrer ma réaction à lui de façon différente.

Viviane terminait par cette ultime citation :

« *Chaque lecteur est, quand il lit, le propre lecteur de soi-même. L'ouvrage de l'écrivain n'est qu'une espèce d'instrument optique qu'il offre au lecteur afin de lui permettre de discerner ce que, sans ce livre,*

il n'eût peut-être pas vu en soi-même. (...) Regardez vous-même si vous voyez mieux avec ce verre-ci, avec celui-là, avec cet autre. Le véritable voyage de découverte ne consiste pas à chercher de nouveaux paysages, mais à avoir de nouveaux yeux. »

De « nouveaux yeux » en effet : l'écrivain prête son regard au lecteur, comme le thérapeute prête le sien à son patient, comme un fidèle ami nous ouvre son cœur, et ensemble, ils éveillent à deux esprits un sens nouveau sur le rapport aux autres et à soi. Dans ma perception des choses en effet, l'écrivain est non seulement un auteur, mais aussi un messager, un traducteur. J'aime beaucoup l'idée de la traduction, dans le sens où un monde à soi deviendrait possiblement, lorsque la traduction « parle », un monde pour l'autre. Comme un parent qui va traduire le monde des « grandes personnes » pour ses enfants. Comme un des personnages d'un livre auquel on s'identifie plus qu'à un autre pour la raison que sa vérité nous parle. Cette œuvre convoque peut-être alors chez nous quelque chose de non résolu, qui ne demande qu'à s'organiser et à s'apaiser, et qui trouverait une résonance dans le regard de l'artiste sur l'être humain, et dans cette forme de beauté à la fois singulière et universelle qu'il nous offre.

Tout cela a en effet à voir avec cette notion de traduction, non pas à la façon d'un professionnel bilingue qui traduirait un livre dans une autre langue, mais plus à la façon d'un avocat de la défense qui traduirait la vérité de son client dans des mots et idées compréhensibles et acceptables pour les jurés. Et dans chaque livre, dans chaque peinture, dans chaque sculpture, il y a des mots, une couleur, un reflet ou encore un élan, qui nous attrape l'esprit ou le cœur dans cette réaction à eux, sans nous les dérober, juste en leur offrant cet écart suffisant, cette contradiction qui surprend, interroge et doit trouver une place dans l'organisation cohérente de notre pensée. Comme aussi un psychothérapeute

qui aide le patient à trouver les mots, ceux qui feront sens pour lui, ou un hypnothérapeute qui crée un univers, se sert d'une histoire dans laquelle le patient se reconnaîtra suffisamment pour accepter de l'écouter et qui produira par conséquent une adhésion aux ouvertures proposées, aux petits contrastes et dissonances de regards sur sa problématique, dans lesquels les graines de sa transformation favorable se nichent.

Dans mon métier, que ce soit dans mes cours ou les mises en scène d'expositions, l'objectif était cette traduction du monde expert à l'amateur, pour rendre l'art compréhensible. Je refermai le carnet, me préparai un rapide repas avant d'aller dormir quelques heures. Le lendemain, l'ultime tour de Carrousel m'attendait.

13. Été (*Le Semeur, La Nuit étoilée, La Chambre de Vincent à Arles* - Van Gogh)

Mayfield m'accueillit non sans émotion le matin suivant, nous savions que ce programme toucherait à sa fin dans quelques heures. Il m'avait appelée plusieurs fois entre la phase précédente et aujourd'hui, et nous avions pu échanger sur l'expérience unique et étourdissante de ce Carrousel.

Tout le monde était prêt. La séance démarra très vite lorsque j'arrivais dans le laboratoire.

« Installe-toi à nouveau dans ce fauteuil, bien confortablement. Sens tes points d'appui, ton corps et ton esprit se posent... Toujours comme une enfant qui part dans une rêverie, laisse revenir dans ton esprit cette forêt, celle que tu avais laissée au printemps... »

Un bout de paradis... Cette même forêt qui accueille et traverse le cycle des saisons, qui me permet de mesurer les richesses toujours disponibles, toujours accessibles de chacune d'elles, si on apprend à les voir.

Les effluves frais des fleurs de printemps se sont arrondis et acidulés des fruits juteux et sucrés de l'été, les couleurs réchauffées par le soleil baignent le décor luxuriant qui s'offre désormais à moi. Tout est opulence. Même les sons portent l'empreinte de la densité des feuillages, comme si l'air ne circulait plus aussi facilement pour se frayer un chemin à travers cette abondance.

Je levai la main... *Le Semeur* de Van Gogh était la première œuvre de l'été...

Cette toile, peinte en juin 1888, décrit l'activité d'un paysan dans son champ. Le soleil se couche mais semble pourtant inonder cette étendue pastorale... En longeant le sentier, je m'imaginais arriver tout près de cette belle ville d'Arles... La lumière m'avait guidée vers une ouverture de la forêt et j'entrai, clandestinement, dans ce terrain immense. Cet homme semait des graines en les faisant voler de sa main vers la terre labourée, parfaitement représentée dans ses aspérités. On pouvait apercevoir en fond les rangées de maïs non récolté, comme un symbole du cycle des saisons, qui formaient un horizon doré derrière lui. Une maison se dessinait sur la gauche et sa petite taille renforçait l'impression de grandeur de cet espace baigné d'or.

J'entendais les jetées de semences retomber sur le sol dans un petit tintement atténué. L'odeur de la terre était vive et forte, j'en avais presque un léger goût de champignon dans la bouche. Les pas du semeur rythmaient de façon régulière ce spectacle.

La chaleur était encore très forte et une parure de mille reflets bleus et violets imprégnait la terre, comme des petites touches de crépuscule qui commençaient à recouvrir et contrarier la symbolique et l'énergie solaire du tableau. Le philosophe Gaston Bachelard, dans *Le Droit de Rêver*, a somptueusement décrit la poétique de sa palette : « Un jaune de Van Gogh est comme un or alchimique, un or butiné comme un miel solaire. Ce n'est jamais simplement l'or du blé, de la flamme ou de la chaise de paille : c'est un or à jamais individualisé par les interminables songes du génie. Il n'appartient plus au monde, mais il est le bien d'un homme, le cœur d'un homme, la vérité élémentaire trouvée dans la contemplation de toute une vie. »

J'étais toute à ma contemplation lorsque j'entendis une voix derrière moi : « Ceux qui ne croient pas au soleil ici sont bien

impies. »[1]

Je me retournai et aperçus un homme d'une trentaine d'années : c'était lui... j'en étais sûre. J'étais totalement bouleversée. Il se présentait aussi réel que dans ces rêves où l'on ne doute de rien malgré les situations parfois hautement surprenantes et invraisemblables dans lesquelles nous nous trouvons. Il était *là*. J'aurais voulu figer chaque seconde pour l'observer, l'entendre et le suivre. J'avais devant moi la réalisation d'un de mes rêves les plus extravagants : approcher Vincent Van Gogh.

J'avais bien tenté plusieurs fois de me représenter à quel genre d'homme il avait dû ressembler en vrai et il m'apparaissait clairement que John Peter Russell était celui qui en avait fait le portrait le plus fiable. Cet homme était d'une virilité brute mais soignée, il avait des gestes affirmés, mesurés, presque délicats.

Je tentai de lui parler, pleine d'hésitations :

— Bonjour... Trouvez-vous une inspiration qui vous plaise ici ? Êtes-vous bien ?

Il répondit, sans me regarder vraiment : « Je veux maintenant absolument peindre un ciel étoilé. Souvent il me semble que la nuit est encore plus richement colorée que le jour, colorée des violets, des bleus et des verts les plus intenses. Lorsque tu y feras attention tu verras que certaines étoiles sont citronnées, d'autres ont des feux roses, verts, bleus, myosotis. Et sans insister davantage il est évident que pour peindre un ciel étoilé il ne suffise point du tout de mettre des points blancs sur du noir bleu. »

Il peindra *La Nuit étoilée sur le Rhône* quelques mois plus tard, dès septembre, à la fin de l'été.

Je décidai de le suivre, toujours « comme un visiteur invisible », même si une forme déroutante de communication s'était établie ces

1. Toutes les citations de cette partie sont extraites des *Correspondances de Vincent Van Gogh* (Gallimard, 1990).

derniers instants. Peut-être était-ce simplement cette communion privilégiée entre une œuvre, l'univers d'un artiste qui nous touche profondément et notre sensibilité, qui créait soudainement entre lui et moi ce pont fabuleux, sensoriel et humain.

La nuit tombait. Je ne voyais presque plus cet homme dans le champ, ni l'artiste marcher devant moi. Peu à peu la vision prodigieuse s'éclipsa.

Je respirais vite et décidai donc de prendre un temps pour me calmer.

Je levai la main lentement, pour ne pas revenir trop vite de ce voyage fantastique qui berçait encore tout mon être.

La Nuit étoilée sur le Rhone inonda bientôt la capsule... J'avais ouvert les yeux très peu de temps, quelque chose de stupéfiant se produisait, comme si une temporalité lointaine de près de deux cents ans m'attirait à travers ce Carrousel...

Je regardais le haut des fenêtres du laboratoire. La lumière du jour avait presque totalement laissé place à la tendre clarté blanche de la lune, cette veilleuse naturelle qui berce le sommeil des hommes. Le temps sembla s'arrêter.

La Nuit étoilée sur le Rhône de Van Gogh était là... plus flamboyante que jamais.

Je ressentais face à cette toile une obscurité enveloppante, comme celle des feux d'artifices auxquels on assiste en famille enfants. Il fait nuit, tout s'éteint. Les cœurs et les corps qui guettent la première explosion de couleurs sont piqués de ce petit tremblement fait d'excitation et d'appréhension. Le spectacle aux mille feux commence, les sourires de nos aimés s'illuminent, et le ciel resplendit sur nos visages enchantés.

Nous possédons dans nos souvenirs d'enfance quelques autres lumières magiques qui encore aujourd'hui, lorsqu'elles étincellent

dans notre mémoire, nous *ravissent* l'âme et le cœur. Enfants, elles nous les dérobaient en effet, tout autant qu'elles les charmaient. Les feux d'artifice, les sapins de Noël étincelants, et naturellement, la première contemplation des étoiles dans le ciel, comme un secret que la nature nous révèlerait dans l'intimité de cet émerveillement, ou un conte des mille et une nuits qui nous serait dédié.

La nuit sur cette toile est comme la lumière de ce champ du semeur : solaire. Tout y est éclat. Les reflets des lueurs de la ville endormie dans le fleuve, la Grande Ourse étincelante, et rayonnant comme un guide pour le pinceau et l'inspiration de l'artiste. « Souvent, il me semble que la nuit est encore plus richement colorée que le jour... » disait-il à sa sœur, quelques mois avant de peindre ce tableau. Beaucoup ont tenté d'expliquer la psychologie de cet artiste fascinant. Je crois intuitivement que cette œuvre, tout comme cette citation de sa correspondance à sa sœur, la révèlent intensément. Terre et feu solaires, eau et ciel bleus, lumière d'or et d'étoiles, sont autant d'éléments enivrants confondus dans ses créations. Un peu comme une tentative de l'artiste de réunir enfin quelque chose de la vie et de la nuit en lui, de trouver dans le tourment de son esprit une étincelle de beauté, nourrie par ces astres et par la nature, qui résisterait à l'effondrement et relancerait la création le temps d'une splendeur.

Ici, le jaune orangé, couleur chaude, infuse sensuellement dans le bleu, couleur froide. L'échelle humaine, si précieuse en photographie et en peinture est présente : un couple, un homme et une femme, baignent dans l'incandescence qu'ils portent alors comme une couronne. Le contraste s'évanouit ici dans l'extase. Pour un temps, la lumière semble vaincre l'obscurité. Chaque étoile porte en elle un soleil, et le ciel de cette nuit est serti de beauté.

Que cette lumière vienne des astres ou de l'art, elle s'invite et est présente, comme un rayonnement, discret et silencieux, invisible

mais actif, comme « cet été invincible » cher à Camus, dans *Retour à Tipasa.*

Je ne réussissais pas à laisser ce tableau, à lever la main comme Mayfield devait probablement l'attendre maintenant. Je voulais en savoir plus.

Je contemplais encore cette nuit, ce couple, ce fleuve... Le monde silencieux et retiré de cette œuvre m'enveloppait. Plus que tout, je souhaitais y retrouver l'artiste. Je me retournai et le cherchai dans l'obscurité. Je distinguai bientôt une forme tournée elle aussi vers ce spectacle, un peu plus haut dans la rue. Toujours invisible, je remontai la petite ruelle arlésienne pour rejoindre le maître des lieux, l'artiste à qui cette nuit étoilée appartenait ce soir, Van Gogh. J'arrivais près de lui, et découvrais tout de son petit atelier portatif. Il rangeait son matériel de peinture, ses brosses, ses couteaux... sa palette. Il leva les yeux. Je suis sûre qu'il me vit, ou perçut ma présence. Il dit : « Encore une fois je me laisse aller à faire des étoiles trop grandes. » Il observa une dernière fois la scène capturée pour l'éternité, se retourna et se mit à marcher, probablement en direction de la célèbre maison jaune.

Nous arrivâmes en effet à un petit bâtiment dont il monta les escaliers rapidement. La chambre était là... Il y faisait plus frais que dehors et on y sentait un curieux mélange d'huile de lin et de lavande. Vincent déposa ses affaires sur le sol et s'assit devant un petit bureau très simple. Le long du mur étaient entreposées quelques toiles, dont celle de cette pièce...

Je dus sans m'en rendre compte lever la main, car je fus extraite quelques instants de ma rêverie par une nouvelle lumière venant de l'intérieur de la capsule et qui me fit ouvrir les yeux. Ce qui était en train de se produire était insensé, *La Chambre de Vincent à Arles* venait d'apparaître. Cette chambre, si fidèle à celle dans laquelle

j'étais déjà quelques secondes avant, que je venais d'apercevoir fraîchement peinte et posée à même le parquet. J'aimais et avais étudié cet artiste de façon si attentive, c'était comme si je pouvais par l'opération de je ne sais quelle magie, communiquer avec lui et son monde.

Le lieu était assez petit, très simple, mais avec tout le nécessaire de meubles et de toilette. Il y avait deux portraits au-dessus du lit, dont un autoportrait et deux dessins.

Comme s'il m'entendait penser, il dit à haute voix : « C'est ma chambre à coucher, la couleur y est suggestive du repos et du sommeil en général. La vue du tableau doit reposer la tête ou plutôt l'imagination. Les murs sont lilas pâle, le sol d'un rouge rompu et fané, les chaises et lit jaune de chrome, les oreillers et le drap citron vert très pâle, la couverture rouge sang, la table à toilette orangée, la cuvette bleue, la fenêtre verte. J'avais voulu exprimer un repos absolu par tous ces tons divers. »

J'observais ces couleurs, cette pièce et cette toile, leurs nuances si consciencieusement choisies, comme s'il me commentait en direct cette œuvre vivante et offerte à mes yeux, grâce à une faille temporelle et artistique plus que troublante. Sa description se fondait dans ma contemplation.

Il s'assit sur le bord de son lit, sortit un petit carnet du tiroir de son bureau et se mit à en tourner les pages. Je vins vers lui, dans ces fils temporels qui nous séparaient pourtant de deux cents ans, mais qui ce soir, par l'ardeur et la création de l'artiste, dans la fragilité de son antre, entraient en communion.

J'aurais aimé lui demander ce qu'il ressentait, saisir la véritable matière de son œuvre, atteindre les contours de son âme et de ses douleurs pour enfin pénétrer le moteur de sa création. Dans une frileuse indiscrétion, toutefois vite assumée, à la façon d'un enfant qui prendrait un bonbon en cachette, et qui une fois les

mains dans le paquet et le contenu dans la bouche en oublierait l'interdit, je fis quelques pas de plus pour apercevoir, en me penchant par-dessus son épaule, quelques mots écrits de sa main... comme on lirait une lettre d'amour trop attendue. Je redécouvrais ces lignes que je connaissais pour la plupart par cœur, éblouie et enivrée par ce moment. J'avais lu toutes ses correspondances et elles étaient là, elles aussi devant moi, en train d'être éprouvées, pensées et exprimées... Je lisais : « Je veux toucher les gens avec mon art, je veux qu'ils se disent : il ressent les choses profondément, il les ressent tendrement, je voudrais dire quelque chose de consolant comme une musique. Je voudrais peindre des hommes et des femmes avec ce je ne sais quoi d'éternel, exprimer la pensée par le rayonnement d'un ton clair sur un fond sombre, exprimer l'espérance par quelque étoile, l'ardeur d'un être par un rayonnement de soleil couchant. Alors je vais la nuit dehors pour peindre les étoiles... »

Je le fixais ardemment, sa sincérité était déchirante. Il voulait contenir la nature humaine dans un berceau de beauté, atténuer la douleur, fondre la candeur, pour offrir, le temps d'une ivresse esthétique, des notes estompées de tendresse et un lien au monde véritable et empreint d'éternité, d'une illusion d'infini.

Je continuais ma lecture, au diapason de la sienne : « Le cœur de l'homme est comme la mer, il a ses tempêtes, il a ses marées et dans ses profondeurs, il a aussi ses perles... »

Il prit une plume, tourna les pages jusqu'à en trouver une vierge. Il se figea devant cette page blanche et bientôt s'effondra. Je perçus sa détresse et me sentis dans une impuissance terrible. J'aurais voulu lui dire qu'il avait réalisé sa quête et réussi à toucher et consoler nos cœurs inconstants. Le rassurer sur le fait que par ses toiles il avait semé, et même incarné, ces perles de beauté, dont l'éclat réchauffait des siècles plus tard la froideur de nos solitudes.

sich fangen -

Il se ressaisit, balaya son paysage immédiat du regard : les murs de sa chambre, les lettres de son frère sur le bureau, la fenêtre ouverte sur la nuit et l'inspiration arlésienne, puis il baissa les yeux, comme s'il voulait cette fois regarder en lui-même. Il commença à écrire : « Il est bon d'aimer autant que l'on peut, car c'est là que gît la vraie force, et celui qui aime beaucoup accomplit de grandes choses et en est capable, ce qui se fait par amour est bien fait. Il n'y a rien de plus réellement artistique que d'aimer les gens, comme la nature... Si vous aimez véritablement la nature, vous trouverez la beauté partout. »

Il releva les yeux, dans ma direction. Pendant un instant j'aurais pu jurer qu'ils croisèrent les miens. Il les baissa à nouveau. J'aurais tout fait pour maintenir son regard, le saisir, le réchauffer, mais il fuyait déjà. Il referma son carnet... C'était fini.

La lumière s'éteignit. Je réussis difficilement à me lever de la petite chaise, je tremblais légèrement. Une fois debout, je me mis à la fenêtre de cette chambre pour admirer les étoiles briller, au-dessus de ce moment bouleversant.

Van Gogh était de loin le peintre qui me fascinait le plus. Je connaissais le Van Gogh Museum d'Amsterdam par cœur, j'avais lu toutes ses correspondances avec son frère Théo, son œuvre était saisissante, si puissante. La vie et la mort y coexistaient de façon poignante, comme si la vivacité des couleurs qu'il utilisait étaient des tentatives de réalisations de pulsions de vie, de survie souvent, sur un terrain de toute façon voué à l'obscurité. J'aurais voulu rester là, lui parler, mais je savais que c'était impossible. Certains tourments restent inatteignables.

Je sentis à nouveau mon corps dans le fauteuil du laboratoire. J'eus presque un léger vertige tant je revenais de loin et que le décalage ressenti entre Arles en 1888 et Paris aujourd'hui me parut brutal. Comme un rêve dont on s'éveille alors qu'on aurait souhaité

y demeurer pour toujours.

À cet instant pour moi, une seule étoile brillait encore au loin, dans le ciel qui nous domine et nous éclaire, nous recouvre et nous couronne, une seule lumière, dansante : Camille.

J'ouvris mes yeux pour la dernière fois dans ce laboratoire, mais pour la première fois en me sentant profondément transformée.

Mayfield me proposa de rentrer me reposer et de nous revoir quand j'aurais suffisamment mesuré les effets de ces séances. En attendant, j'en écrirais quelques notes pour conserver un retour « à chaud » de ces trois phases du programme Carrousel.

J'étais très émue. Je savais que quelque chose d'incroyable venait de se vivre, que cette expérience allait permettre de traverser les événements de vie difficiles, de les dépasser, grâce à une expérience totalement innovante.

Je dis au revoir à Mayfield, Alex et Claire, mis mon gilet rapidement dans mon sac et partis. J'avais hâte d'être au monde à nouveau, de tenter l'aventure d'être, un jour à la fois, dans cette coexistence maintenant plus souple entre douleur et douceur de vivre.

14. Mes paysages

En rentrant de la faculté, quelques semaines après ce que j'appelais désormais « mon » Carrousel, je trouvai un paquet de Mayfield sur le palier de ma porte. Il était question, suite au retour que je lui avais fait, de pistes de reprise des trois phases pour poursuivre les essais et espérer dès l'année suivante proposer Carrousel à de nouveaux patients. La voix de ma grand-mère serait remplacée par celle de Mayfield et les introductions de séances seraient retravaillées pour être plus neutres et pour permettre au plus grand nombre de s'identifier. Nous avions bien senti à quel point Viviane avait pensé cette expérience et ses étapes à travers notre lien, et cela devait être ajusté pour ne garder que sa dimension universelle.

Je mis ma robe blanche en mousseline pour accompagner les derniers jours de cet été radieux et sentis quelque chose dans ma poche, comme un morceau de papier. Je le pris dans la main et le dépliai. Je m'assis de stupeur. C'était une lettre. Celle que j'avais trouvée dans le livre de *La Liseuse*, dans la deuxième séance. Comment avait-elle pu se retrouver ici ? Je ne me souvenais plus du tout de l'avoir gardée. Je tremblais en reconnaissant l'écriture. Après quelques instants, les yeux pleins de larmes, je lisais :

« Ma chérie,

Je voulais te faire une dernière proposition, te donner quelques repères pour créer ton lieu de sécurité, ce lieu constitué de tout ce qui nous fait nous sentir vivant. Tu auras peut-être encore l'impression qu'un souvenir ou un moment de vie difficile sera celui de trop, celui

que tu ne surmonteras pas. C'est faux, ce sera toujours faux. Bien sûr, certains laissent des blessures terribles et profondes mais tu peux toujours trouver le moyen de faire avec, d'en faire quelque chose, un apprentissage, une expérience. Ne t'empêche jamais de renaître à toi-même. Le temps. Laisse venir le temps, avec sa délicatesse à la seconde, une minute après l'autre, respire consciemment et écoute une musique ou lis quelques pages d'un livre dont tu connais le paysage. N'hésite jamais à relire ceux qui t'ont fait du bien, comme une couverture chaleureuse que l'on retrouve chaque hiver. Si tu le peux va dans la nature, elle est si riche d'enseignement : elle sait à la fois être absolument dans le moment présent et dans la transmission. Son rythme, si tu peux le percevoir, et tu le pourras, est inestimable.

Visualise, juste pour l'exercice et même si tu n'y crois pas un seul instant, ce que pourrait être un moment de vie "après", tire un fil même délicat et fragile vers cet après. Parfois tu seras surprise du chemin que cela permet d'ouvrir, car une fois que ton esprit imagine qu'il pourra dépasser cette épreuve, il construira la voie pour avancer et se reconstruire. Nous sommes adaptation et transformation avant tout.

Imagine ton propre inventaire de ressources, tout y est possible, un patchwork de tes lumières et couleurs, de tes sons et de tes silences, de tes senteurs, de tes goûts et textures préférés. Un album de beauté, qui pourrait contenir les couleurs si riches et généreuses des quatre saisons, d'une peinture, ou la grâce d'une sculpture, l'écho d'une citation, les silences et les chants de la nature, d'une symphonie ou le rire de ceux que tu aimes, l'odeur du café le matin, le parfum singulier d'une fleur, d'un lieu ou d'une peau que tu chéris, le goût d'un fruit juteux ou d'un mets particulièrement fin et savoureux, la texture d'un oreiller ou d'une écharpe chaleureuse l'hiver, d'une main affectueuse ou d'un livre neuf... Offre à ton esprit et à ton corps le meilleur de tes souvenirs sensoriels et de tes plaisirs aujourd'hui, et fais les vivre

dans cette forêt intérieure, ce lieu de sécurité qui n'appartient qu'à toi, fictionnel parfois, mais bien réel souvent, et qui saura tisser des fils de vie en dehors de toi. Ce Carrousel, il est à toi.

Je t'aime, Viviane. »

J'étais bouleversée, je ne comprenais pas d'où provenait cette lettre ou n'osais pas y croire, même si lors des séances j'avais perçu des choses surprenantes, et que je ressentais bien que les transmissions de ma grand-mère étaient plus vivantes en moi que jamais.

Je repensais souvent à Carrousel, à ce que ces trois moments avaient pu réactiver et réorganiser de mes ressources les plus précieuses. Cette forêt était déjà devenue mon lieu de sécurité, j'y avais mis en scène tous ces tableaux et bien plus encore. Chaque soir, j'y retournais pour une petite balade des sens avant de m'endormir. Tout y était perfection : ce qu'offre la nature de constance dans le cycle des saisons, de dépouillement, d'acceptation, de consolation et de renaissance. Cette forêt où rien ne va trop vite ni trop lentement... où tout est juste. En fonction de ce que je vivais dans mon quotidien, du livre que je lisais, j'allais dans tel ou tel décor, telle ou telle saison, que cet endroit maintenant m'offrait. Je me laissais flotter à la surface d'une étendue calme d'eau, sur laquelle je n'avais plus rien à porter, la rivière florissante d'*Ophélia*, le Rhône inondé de poussières d'étoiles... Je me blottissais dans mon foulard ou ma couette, pour regarder les étoiles de Van Gogh, leur permettre de sertir mon obscurité de leur lumière. J'allais de temps à autre vers cette prairie où je retrouvais les errances poétiques de cette jeune femme à l'ombrelle et de *Flora*, à la fois tendres et déterminées, leur posture délicatement affirmée, dans l'accueil du mouvement de la vie. Je reprenais aussi parfois cette balade dans les coquelicots avec Viviane, dans l'écho du silence réconfortant de la nature, et je

gardais en moi en secret quelque chose de cet écrin de félicité, de cet appel de la beauté.

Je laissais se mettre en dialogue mes mémoires affectives, artistiques et littéraires, j'organisais leur rencontre, comme un album du beau, un musée imaginaire où nature et art se retrouvaient, et qui contenait tout ce qui était ressource pour moi, tout ce qui nourrissait mes cinq sens et mon esprit. Apprendre à faire coexister en nous le jour et la nuit, la lumière et l'obscurité, était sûrement le plus précieux des dons, et souvent l'apprentissage de toute une vie.

Dans *L'Idiot*, Dostoievski convoque ses personnages, et à travers eux ses lecteurs, autour de cette célèbre phrase : « La beauté sauvera le monde...(...) Mais quelle beauté ? » En effet, c'est bien cette question que nous devons nous poser, de façon tout à fait personnelle voire intime : quelle beauté sauvera *notre* monde, et pourrait nous tendre la main et nous ramener vers lui dans les moments de détresse ? Quelle beauté pourrait avoir pour nous, cette puissance : nous extraire du tourment et nous élever, même pour un seul instant ? Il nous faut définir et défendre ce *beau* qui transcende nos souffrances, négocie avec le réel et redonne du sens à nos vies. Est-ce l'art, la nature, l'amour ? Sans eux, que resterait-il pour nous tenir dans ce monde ?

Les tendresses, les bienveillances, les complicités, les rires, avec un enfant, un ami, un parent, sont autant d'amarrages au désir, à la pulsion fondamentale de vie. La littérature, la peinture ou encore la nature, viennent orner la résonance de ces moments de parures inestimables, pour les recevoir davantage, les percevoir plus intensément, en saisir la transmission sacrée, pour ensuite la faire se diffuser à nouveau dans ces liens.

Je pense donc qu'il ne faut pas entendre dans cette phrase que le monde serait sauvé absolument de tout par une esthétique

désincarnée, mais bien que notre traversée sera plus vivante, plus riche, plus fascinante, si nous nous entourons de cette grâce, éprouvée puis semée par quelques grands humains, qui ont osé vivre libres et en vérité, qui ont osé vibrer.

Mon travail avait repris de façon soutenue, mais je trouvais toujours le temps pour mes errances et instants d'inspiration dans les musées et les livres, abandonnée à ces œuvres qui s'offraient à moi. Mes respirations artistiques. J'acceptais encore plus facilement ces voyages à l'intérieur de moi, en lien avec le monde de l'artiste. Toutes ces traversées, ces réactions à la beauté qui m'avait été présentées dans ce Carrousel, avaient semé de l'or en moi. Il me revenait la phrase de Rodin, lorsqu'il avait décrit son enseignement à Camille Claudel : « Je lui ai appris où trouver l'or, mais l'or qu'elle trouve est bien à elle. » De même, Viviane et Mayfield m'avaient transmis de quoi réactiver ma pulsion de vie, dans le sens le plus pur, ce que l'on nomme le désir, celui d'avancer, de se dépasser, de se réaliser. Savoir vivre aussi avec le silence, poursuivre les dialogues intérieurs qu'il a initiés, détenir les repères de la tranquillité d'être à soi, pour rayonner ensuite au monde. Avancer malgré tout dans une *solitude lumineuse* comme l'appelait Neruda, solitude qui ne doit plus faire peur, car elle est la condition *sine qua non* de la réalisation essentielle de soi.

Mia avait, comme prévu, achevé la préparation de l'exposition inspirée par Carrousel, et la première dans quelques semaines semblait très attendue.

J'étais de mon côté en train de finir mon livre : *Le Carrousel des quatre saisons : un dialogue entre art et littérature dans la capsule de la psyché.* J'y décrivais mon expérience des dernières semaines. Je voulais permettre au plus grand nombre de non-initiés à l'art de tester ces quelques tours de manège sensoriels et artistiques, dans l'intimité de la lecture.

Ralentir le temps est parfois nécessaire. Pas celui de l'homme qui se projette anxieusement ou espérant, mais celui de la nature, qui sait embrasser l'instant.

S'entourer aussi de ceux qui offrent cette « affection aussi légère à porter que forte à éprouver » décrite par Camus, où la présence d'un être aimé, d'amitié ou d'amour, n'empêche en rien d'entretenir sa propre liberté, sa vérité et son désir, mais permet aussi de vivre tout ce qui a besoin du partage avec un autre pour être ressenti comme réel.

Camille et moi étions allées au musée du Louvre un jour imiter la pose du tableau de Vigée Le Brun sur lequel elle serre sa fille dans ses bras. J'ai gardé précieusement la photo que nous avions réussi à prendre, avec l'artiste-peintre et son enfant à quelques mètres derrière nous, et à quelques siècles aussi. Malgré le temps qui séparait notre photo de la création du tableau, ces deux captures de tendresse maternelle étaient liées par quelque chose d'intemporel. C'était l'un de ces moments de grâce, dont je capturais l'essence pour la glisser dans mon album intérieur. Je voyais ces instants comme des bougies, des lumières qui à chaque seconde de contemplation d'un tableau qui me touchait, à chaque phrase lue d'un auteur qui me parlait, s'allumaient plus fortes et me permettaient d'avancer.

J'avais enfin retrouvé ma disponibilité au monde, après des années de suradaptation continue, à tenter de dépasser les événements difficiles et toutes les luttes quotidiennes. J'avais appris à faire passer dans l'action et dans la réalité, tout le travail fait et compris dans cette capsule, à ne plus isoler le tourment de la joie, mais à oser les faire coexister et me rendre compte qu'ils s'enrichissaient.

Je décidai d'emmener Camille dans le parc du château de Versailles, pour une balade et un pique-nique dans le hameau

de la Reine. Allongée dans l'herbe, je laissais revenir dans mon esprit mon album de beauté. Camille le fit avec moi, à partir de notre contemplation du moment et de cet espace sublime où vécut Marie-Antoinette. Elle se mit à décrire tout ce qu'elle recevait de doux de cet endroit divin, et à le collecter dans un album imaginaire bien à elle.

J'avais appelé Mayfield la veille pour lui dire que j'avais emporté sans le vouloir le foulard de Claire et que je le déposerai dans la journée au laboratoire.

— Le foulard de qui ? m'avait-il répondu.

— De Claire.

— Pardon mais je ne vois absolument pas de qui vous parlez, ajouta-t-il.

— Claire, la personne qui était là avec nous au laboratoire.

Je tenais entre mes mains le foulard, les effluves du parfum de ma grand-mère me parvenaient. Mes yeux se posèrent sur Flora, régnant sur le mur devant moi. Je l'avais ramenée de la maison de Trouville, elle semblait plus vivante que jamais, je compris. En y repensant, à aucun moment Mayfield ne m'avait présenté Claire directement.

— Pardon, j'ai dû me tromper. Merci Mayfield, à très bientôt.

— Je vous en prie Andréa, désolé de ne pas avoir pu vous aider.

Je raccrochai, captivée par la fresque qui se tenait devant moi. Une silhouette aérienne... Un fond vert très singulier, quelques fleurs printanières... *Flora* serait désormais près de moi chaque jour. Comme Viviane, et sa transmission. L'incarnation de la renaissance, qui porte en elle toutes les saisons, par son histoire bouleversante. Sa corne d'abondance est fleurie, et elle semble contenir richesse, légèreté et fraîcheur. Cette jeune femme délicatement sensuelle dans sa posture de côté, est habillée de voiles dorés vaporeux et entourée d'un vert vif et lumineux. Les

fleurs qu'elle récolte sont d'un blanc virginal. Elle est le renouveau, et son destin en a fait un Phénix de l'art. Après avoir été ensevelie, elle renaît de ses cendres véritablement, celles du volcan de Pompéi, le Vésuve, entré en éruption au premier siècle après J.-C., et qui a englouti la ville en quelques minutes. Pétrifiée durant des siècles entiers, elle revit, presque intacte, sublimée par cette tragédie. La regarder l'incarne, sa beauté se révèle et s'épanouit dans l'esprit de l'observateur captivé, dans un message qu'elle lui transmettrait du passé.

Flora a quelque chose de toutes les femmes, et cette intemporalité que seule une incarnation du divin peut détenir. En elle est contenue l'éternité, dont quelques précieux rayons nous parviennent, comme un baume sur nos défiances... *comme cet être secret dont la vie ne finit pas et que côtoie la nôtre qui passe...*

Je restais posée dans ce parc magnifique, allongée près de Camille qui s'était endormie. Je lui caressais les cheveux et sentais son odeur sucrée. Nous ne faisions qu'un avec la nature enveloppante. J'observais de façon quasi-hypnotique le haut des arbres dressés majestueusement au-dessus de nous, puis je fermais de temps à autre les yeux et continuais ma balade dans mon lieu de sécurité, cette forêt toujours disponible et calme, où régnait la magnificence de mon musée intérieur, de mes œuvres préférées, dont s'échappaient au besoin quelques lignes d'une bibliothèque permanente, ou encore quelques images de cet album qui collectait les instants précieux, ces extraits d'absolu, comme aujourd'hui avec Camille. Tous ces trésors, ce qui composait les quatre saisons de mon âme, n'étaient plus uniquement des paysages, ils étaient devenus *mes* paysages, mon Carrousel de beauté et de vie.

Sommaire

Dépôt légal décembre 2022

Librinova

www.librinova.com

Made at Brétigny-sur-Orge, France
2023-03-20
http://www.print-info.eu/

10723016R00075